上校还乡

魏庄 著

天津出版传媒集团
百花文艺出版社

图书在版编目（CIP）数据

上校还乡 / 魏庄著 . -- 天津 : 百花文艺出版社，
2025.1. ISBN 978-7-5306-8986-8

Ⅰ. I247.5

中国国家版本馆CIP数据核字第 2024B87W15 号

上校还乡

SHANGXIAO HUANXIANG

魏 庄 著

出 版 人： 薛印胜

责任编辑： 魏 青 **封面设计：** 郭亚红

出版发行： 百花文艺出版社

地址： 天津市和平区西康路 35 号 **邮编：** 300051

电话传真： +86-22-23332651（发行部）

+86-22-23332656（总编室）

+86-22-23332478（邮购部）

网址： http://www.baihuawenyi.com

印刷： 北京协力旁普包装制品有限公司

开本： 787 毫米 ×1092 毫米 1/16

字数： 400 千字

印张： 27

版次： 2025 年 1 月第 1 版

印次： 2025 年 1 月第 1 次印刷

定价： 79.80 元

如有印装质量问题，请与北京协力旁普包装制品有限公司联系调换

地址：北京市大兴区旧宫镇工业区北西甲1号

电话：（010）87300275

邮编：100076

作者简介

魏庄，本名魏怀润，1955年3月出生于河南省南阳地区镇平县，1974年12月入伍，1986年9月毕业于新疆教育学院中文系，2006年6月加入新疆作家协会。著有政工和文学作品专著20余部，作品曾获全国“教育图书奖”、全军“文艺新作品奖”、兰州军区“昆仑文艺奖”、新疆“天山文艺奖”等多个奖项。

内容简介

长篇小说《上校还乡》讲述了上校军官韩军退出现役后不在城里享清闲，甘愿回到故乡带领乡亲脱贫致富奔小康的动人故事。

韩军出生在中原省宛平县金佛寺镇韩冲村，当地是典型的浅山丘陵地区，自然禀赋很差，加之老支书韩俊法常年患病，找不到合适的接班人，导致组织功能弱化，村民的生活长期处于贫困状态。韩军由于所在部队编制调整被编余，在待分配期间回乡探亲，不忍心看到家乡亲人就这样贫困下去，毅然接受老支书韩俊法和老同学、现任副县长兼镇党委书记于亚军的邀请，回到故乡担任村党支部书记兼村委会主任。上任后，他充分发挥自己在部队积累的政治智慧和领导工作经验，在省里派来的驻村农林科技特派员林静和西北农林科技大学实验农场畜牧兽医师黎萍等人的大力支持和帮助下，依托五名退伍军人作骨干，遵从“生态立村、生态兴村、生态富村、生态强村”的理念，团结带领党支部一班人和全体村民向贫困宣战，整修村道和河道，兴建规模化养殖场、服装加工厂和粮食加工厂，开辟林果园，种植绿色环保型小麦，大力发展集体经济和乡村旅游，积极改善村民的生产、生活和居住条件，使昔日在全县垫底的贫困村跃升为全省的生态样板村，村民过上了富裕的小康生活。其间虽有父亲的劝阻、弟弟的不理解、搭档的从中作梗、爱妻的英年早逝、暴雨中为营救村民险些丧生，但他始终初心不改，一往无前，最终累倒在就任地委副书记兼县委书记的前一天。

目　　录

第一章 抉　择

坐落在老牛山前怀的中原省宛平县金佛寺镇韩冲村，这几天爆出了一个特大新闻：韩庆厚家在西疆部队上当团政委的大儿子韩军要回来当村支书了。消息一传出，立刻在韩冲村的旮旮旯旯引起了暴雨狂风般的议论声。有的说，这娃从小就仁义，兴许是他看这个老家一直脱不了贫心生不忍，专门舍弃官位回来帮助咱们治穷根的；有的说，现在从中央到省里县里都在抓脱贫，听说干好了可以升官，他怕不也是想回来镀金的吧；也有的说，他可能是在部队上犯了错误，部队留不下，就把他给贬回老家来了……反正说什么的都有，而且说得有鼻子有眼。

韩冲村是一个典型的浅山丘陵地区。全村 386 户，1789 人，分布在九个自然村的十二个村民小组里。村子的地势是东高西低，有两条小河从东岗上迤逦下来，左边的一条叫圪獠河，右边的一条叫驴尿河，在韩冲村汇合成韩冲河后蜿蜒向西流入本县的最大河流赵河。站在村西往东看，整个村子的排列好像一个大写的英文字母“Y”字，左边沿着圪獠河排列的依次是李家湾、赵家沟、王家梁、马家山，右边沿着驴尿河排列的是张家卯、姜家河、十里坡、夏家岗，韩冲村刚好处在“Y”字的丫杈口上，村部就设在韩冲村。

听老辈人说，韩冲村的村部（过去叫大队部）设在韩冲村的原因，一个是韩冲村在九个自然村子里是最大的村子，人口最多；第二个是，韩冲村西边一直到镇上的东马路这一片都是洼地，土质好，而其他八个村子的地都在岗坡上，属于料礓石地，土质差，成立人民公社的时候上级为了平衡各个村庄的土地质量，就把韩冲村的洼地给其他村子都匀了一些，而把其他村子的岗坡地也给韩冲村划了一点，住在岗坡上的村民要到洼里来耕种，也都要从韩冲村通过；第三个是，韩冲村的西边是金佛寺镇，不管是住在左边的四个村子还是住在右边的四个村子，村民们到镇上办事，出出进进都要路过韩冲村，这样也便利，于是就把村部设在这里。

韩冲村自打土改以来，历史上曾经红火过几次，尤其是农业学大寨运动。韩冲村的地形地貌和大寨有些相似，大寨有九沟十八坡，韩冲村有九沟十三坡，村支书韩俊法到大寨参观后，回来领着大家伙儿拼命干，在九沟十三坡上也修起了梯田，成了全县闻名的农业学大寨先进典型。村民们曾经自豪地说："大寨人是站在虎头山上唱新歌，咱们是站在马家山上唱新歌。"后来实行家庭联产承包责任制，土地分到了各家各户，没有了集体经济，虽然解决了温饱问题，但经济上长期处于紧缺状态，同时也失去了抗击大型自然灾害的能力。加之村子所处的地理位置自然禀赋差，单靠传统的手段耕作，没有办工商业的条件，一来二去就落后了。特别是二十世纪九十年代初期一场大旱让粮食几乎绝收，村民的生活一下子跌入了谷底，后来虽经政府救济帮助村民度过了灾荒，但毕竟是伤了元气，加之患食道癌的老支书韩俊法的身体每况愈下，村党支部也失去了应有的战斗力，致使这个昔日的先进村变成了全县有名的落后村。当时全国的贫困线标准是人均年收入 638 元，全省的贫困线标准是人均年收入 700 元，而韩冲村的年人均收入仅有 620 元，是名副其实的贫困村。不说其他方面，单就小伙子娶媳妇这一项就够人煎熬的了。有人做了个统计，全村 25 岁至 35 岁的青年小伙子不到一百个，没有找到对象的就有七十多个，难怪一些老年人不无忧虑地说，要是这样下去，韩冲村恐怕就要在地图上消失了。村会计李喜德为此还编了几句顺口溜："老牛山、老牛山，老牛肚里心长偏，山前山后八百里，单把韩冲甩一边。"人们都巴望着赶快有一个能干的人站出来挽救这个局面。

韩军要回来当村支书的消息就是在这样的情况下传出来的。

最先得知这个消息的是村委会主任夏广泰。夏广泰是韩冲村夏家岗人，和韩军同岁，比韩军小几个月。他的相貌按照李喜德的描绘是：中等偏高的个头儿，白里透红的皮肤，眼睛黑而深邃，走路喜欢低头，平时不苟言笑，人前极具威严，乍一看上去，还以为他是城里机关的领导。

夏广泰的名字是他父亲给起的。父亲上过私塾，对杜甫的"安得广厦千万间，大庇天下寒士俱欢颜"这句诗里所寄寓的忧国忧民情怀推崇异常，夏广泰出生时就给他起了这个名字，希望儿子长大后也能够多多体察民间疾苦，为国家康泰出力，为百姓安居尽心。

夏广泰和韩军从小学到高中毕业都是同班同学，也都是学习尖子。不过，每次考试在班里几乎都是韩军第一，他第二。职务上也是这样，韩军是班长，他是副班长。就是在高中阶段选学生会干部，也是韩军当学生会主席，而他是副主席。他经常想不通，甚至有些嫉妒，但又不好表露出来，只好把这种思绪埋藏在心里。

那个时候大学不招生，高中毕业后两个人都回乡参加劳动。韩俊法当时是村支书，出于培养年轻干部的考虑，两个人都进入了村里的班子，韩军任团支书，夏广泰任民兵连长。后来征兵时两个人都报了名，也都体检过关，但由于只有一个指标，韩俊法又更看重韩军，在定兵时就让韩军穿上了军装，为此夏广泰心里有些怨气，认为韩俊法偏心，说韩军和韩俊法是一个村子的，同村人向着同村人。当时韩俊法的考虑是，往年上面时不时总要从农村招工，如果有了机会就让夏广泰去。可不巧的是，此后几年上面再没有下达过招工指标，夏广泰的怨气越来越大了，韩俊法也感到有些对不起夏广泰，就在换届选举时让夏广泰当了村长，后来改称村委会主任。一开始夏广泰对这个比芝麻粒还小三圈的“村官”并不看好，但后来他看也没有更好的出路，加之有朋友劝他说，村长“大小是个官儿，胜过卖水烟儿”，所以也就勉强接手干下来了。

夏广泰当了村里的行政一把手后，正值改革开放，国家逐步把农村的政策放宽，夏广泰凭着自己头脑灵活有文化，很快办起了砖瓦厂、造纸厂和工程队，后来又在县上的劳务派遣公司入了股，腰包很快就鼓了起来，成了远近闻名的“先富起来”的典型，而且绝对是“头户”。夏广泰先富起来以后，什么事情都要争一头。那年韩军举全家之力给父母盖了一座二层楼，说是楼房，其实就是主房多盖了一层，里面的墙壁用石灰粉刷了一下，外墙还是砖灰裸露着，而且厢房还是一层，并且只有一面有厢房，院内也露着天。夏广泰看到后，马上盖了个“豪华二层楼”：主房、厢房、门楼全部用二层包严，院子的顶部用钢化玻璃覆盖，透光、明亮，冬暖夏凉；内墙用最新式的防水墙纸和实木木板装修，外墙墙面贴着光洁漂亮的瓷砖；二楼的顶上加盖了一个像炮楼一样的阁楼，老远就能把人们的眼球吸引过去。这座房子当时被称作当地的标志性建筑。夏广泰把这座房子盖起来后总算在韩军面前争了个第一，也算是报了过去那些无数次第二的“一箭之仇”。

夏广泰在经济上是富有的，工作上是有能力的，但有两件事大家对他颇有微词。一件事是他的媳妇田改云过去是韩军的对象，韩军在当兵前就已经和田改云订了婚，后来韩军上前线去了，而且有一段时间没有音信，田改云到韩军的原部队去找也没找到，夏广泰就把她弄到了手。韩军参战完回来准备完婚，田改云已经成了夏广泰的新娘，而且肚子也已经隆起来了，这成了韩军终生的憾事，当然也是田改云心理上一辈子也抹不去的阴影。另一件事是夏广泰是韩俊法一手提拔起来的，可是自从夏广泰当了行政一把手后，慢慢地就把韩俊法给架空了，特别是到后来韩俊法的身体状况越来越差，不能正常理事，夏广泰就一手遮天，把韩俊法完全当成了一个傀儡和一张幌子。人们每每议论起这些事情的时候，脸上都像蒙着块灰布，心里也像被树荫遮着，总感觉这人办事不是那么地道，但又不敢明说，因为村里的大权在人家手里握着，说不准什么时候还得求人家呢。当然，夏广泰也乐得有人求他，只要有人找上门，他总要给个面子，想办法满足人家的要求，不让人家空手而归。也正是因为这一点，每次选举他都是高票。

给夏广泰提供消息的是柴广钦。柴广钦是金佛寺镇的镇长，快五十岁了，原来希望能转任党委的一把手，为后边升个副县长创造个条件，没想到前不久县上派来个副县长兼任镇党委书记，把他晋升的路子给堵住了，因而工作上多多少少有些消极。夏广泰平时和他走得近一些，他一听到这个消息就立刻打电话告诉了夏广泰。

柴广钦的电话是这天晚上夏广泰快睡觉的时候打过来的。柴广钦在电话中说的第一句话就是：“广泰，你的老对手又回来了！”柴广钦了解夏广泰和韩军的关系，所以他才这么说。

夏广泰被这句没头没脑的话给弄蒙了，对着话筒问道：“我的好镇长，你这说的是谁呀？我哪里会有什么老对手啊？”

柴广钦也不准备和夏广泰兜圈子，袖筒里拉通条——直来直去：“就是你的那位老同学，韩军嘛!”

夏广泰说：“你说的是他呀！他不是回来好几天了，咱们都已经见过面了。”

柴广钦说：“我说的不是这个意思。”

夏广泰问：“那镇长你说的是什么意思？”

柴广钦一字一句地说：“听说他准备回来当你们韩冲村的党支部书记，要接韩俊法的班。”

夏广泰一听，笑了：“镇长，你就别开玩笑了！人家一个堂堂的团政委，和县委书记都平起平坐，哪能看上这个比芝麻粒还小三圈的‘村官儿’？要是那样，真就成了国际新闻了!”

柴广钦没有笑，而是郑重地说：“这不是玩笑，是真的。”

夏广泰放下电话，好一阵子没有回过神来。“放着堂堂的正团级军官不当，要回来当这个比芝麻粒还小三圈的‘村官儿’？真有这样的事吗？简直不可思议!”夏广泰百思不得其解。

然而当他冷静下来以后，他忽然想到，这是不是韩俊法和于亚军下的一招棋：年底就要换届选举了，他们是要提前把村支书的位置占住吗？那把他夏广泰往哪里放？还让他继续当村委会主任吗？难道这个村委会的主任要让他当一辈子吗？这么一想，夏广泰不觉出了一身冷汗。因为不管从哪个方面说，年底选举他都是党支部书记的唯一人选，韩俊法的身体撑不下去了嘛!

夏广泰为这件事一夜都没有睡好，第二天早上起床对着镜子一照，两只眼睛肿得只剩下一道缝。

“先不忙，看看情况再说!”这是一向办事沉稳老练的夏广泰给自己的叮嘱。

想让韩军回来接韩俊法的班，正是韩俊法和于亚军书记的主意，而且这个主意是韩俊法首先提出来的。他们想把韩军留下来，就是想让韩军当韩冲村的党支部书记，他们的想法不仅仅是让韩军占这个位置，更重要的是想让韩军带领全村村民把“韩冲贫困村”这顶帽子尽快摘下来。

韩俊法的这个想法是在韩军回来后第一次到他家里去看望他时临时想

到的。

韩军四十挂零，长乎脸，高个头儿，体态匀称，气宇轩昂，走起路来虎虎生风，让人一看就是个标准的军人。他的两道剑眉下嵌着一双睿智的大眼睛，严格正规的军营生活锻造了他果敢、刚毅、沉稳、大气的品格，他浑身上下都充盈着朝气、正气、锐气和蓬勃向上的力量。只要是他往你面前一坐或一站，就会给你造成一种不严自威的感觉。但他的脾气和性格又是善意的、和蔼的，凡是熟悉他的人都知道他是一个非常随和的人。只要是你有求于他，他决不会视而不见、袖手旁观，而是会想尽千方百计帮助你。他是一个走到哪里都讨人喜欢的人，就连那些小猫小狗都可以成为他的朋友。据他的父亲韩庆厚讲，他从小喜欢养狗，他在当兵前曾经养过一条大黄狗，大黄狗和他的感情很深，常常是他走到哪里大黄狗就跟到哪里，像个警卫一样。后来他参军了，大黄狗就开始不吃不喝，天天流泪，不久后跳进池塘里淹死了。五年后他探亲归来知道了这个事，每天都要去池塘边向水面凝望，一连几天都很少说话，眼眶里有时还噙着泪花，心疼得父亲韩庆厚和母亲刘桂英直摇头叹息。

韩俊法知道，韩军是个知恩图报的人。自从他参军后每次探家，都要带着礼物前来看望韩俊法，他认为韩俊法是他革命路上的引路人，是他的恩人，什么时候都不能忘记。这次也是一样，他到家的第二天就带着礼物来到了韩俊法的家里，韩俊法和俊法婶对他很热情。他看到老支书被疾病折磨得瘦骨嶙峋，腰和背都佝偻着，还不断地咳嗽，心里很不是滋味。他在参军前就多次听过老支书做的忆苦思甜报告。老支书家在旧社会非常贫苦，老支书的父亲有一年在大年三十要饭时被地主家的狗咬伤而一病不起。后来新中国成立了，老支书紧跟着党的步伐，在农业学大寨运动中带领全大队社员夺得过许多面红旗。但是此后他的身体就垮下来了，尤其是他的胃，小时候因为穷没东西吃留下了病根儿，后来就查出了食道癌，虽然手术比较成功，但终究因为日子过得苦，药品和营养跟不上，身体变得越来越差。本来是应该交班的，但始终没有遇到一个合适的人选，要么人家不愿意干，要么有人想干但条件不够，就这样拖了下来。夏广泰倒是想干，但他不放心，他怕夏广泰把村民们的路带歪了。眼看到年底村支两委就要改选了，接班人还没有个着落，加上国家“八七”扶贫攻坚计划催得很紧，要求在二十世纪末必须脱贫，他的心里就愈加着急起来。就是在这个时候，韩军回来了，而且还来到了他们家。在一阵寒暄之后，老支书问起了韩军的近况。韩军告诉老支书，他已经决定退出现役了，正在待岗。

原来韩军是要被提升的，后来因为编制调整，他所在的师被合并成了一个旅，大批干部被编余。组织上想让他在旅政治部主任的岗位上先过渡一下，以后瞅机会再提升，他看一个师有那么多的师团职干部需要安排，为了减轻组织的压力，领导在征求他的意见时他婉言谢绝了，主动提出转业或走自主择业的路子，因为那时已经有了“自主择业”这种说法，并且正在论证。为此他还和妻子石梅闹了几天不愉快。

韩俊法问：“那你下一步准备干啥？”

韩军如实答道：“还没有想好。”

韩俊法说：“这也算是人生的一个大转折，你总得有个考虑吧。”

韩军说：“我这次回来就是先看一看，看看我爹我妈，出去这么多年我还真没有好好陪过他们。另外，自己也想休息一下，这些年在部队确实太累了。要说出路嘛，还是那一条，听从组织分配。要是让我自己选，无非就两条路：一条是转业，在地方找个合适的岗位，再为国家出点力；另一条是自谋职业，听说上面正在考虑自主择业的政策，如果这个政策实行了，我看自己选择个职业去干一干也不是一件坏事，人这一辈子总是多一些经历好。”

韩俊法听韩军这样一说，眼睛突然一下子亮了，又问道：“那你有没有回来工作的打算？”

韩军一听笑了：“那倒是没有。”他接着说，“在西疆那边我也是一大家子人。爱人的工作是搞高山病研究，年年要上昆仑山，经常照顾不了家里。女儿明年就要参加高考了，现在正是较劲的时候，也得有个人陪伴。岳父岳母年纪越来越大了，也需要有人照顾。老家这边父母有弟弟韩兵在身边，所以短期内我就不准备回来了。老景是不是要回来，那就到时候再看情况了。”

韩军这么一说，韩俊法的心绪又低落了下去。

但这次谈话给了韩俊法一个信息：韩军要退出现役了，不管是转业还是自谋职业都是要转到地方工作的，转到地方工作就要归地方管，归地方管事情就有回旋的可能性。

韩俊法想了一夜，第二天来镇上找于亚军。于亚军是镇党委书记，刚调来不久。他原来在另一个镇当书记，年初被提拔为副县长，因为金佛寺这个镇里有四个贫困村，而且韩冲村还在全县是垫底的，县委就把他派到这里兼任书记，任务是三年内必须把贫困村的帽子全部摘掉。于亚军和韩军、夏广泰都是高中同学，三个人的关系在学校的时候都比较密切。于亚军是恢复高考后第一批被录取的大学生，毕业后被当成宝贝到处抢着要，先在县委办当秘书，后来在乡镇的科员、副镇长、镇长、书记等岗位上一步一步地干了上来。

韩俊法找到于亚军把自己的想法说了出来，于亚军哑然失笑，连连摇着头说："不可能，不可能！说句对你不够尊重的话，这不是天方夜谭吗？"

韩俊法却没有笑，而是一本正经地说："我说的不是胡话。你和韩军是同班同学，你应该了解他。你别看他当兵走那么远，可他心里一直没有忘记咱们这个穷村。每次回家探亲，只要有时间，他都要到东家走走、西家看看，说说家常话。咱们韩冲村不管谁找他寻求帮助，只要有可能，他都会尽心尽力去办。不像有些人，一走出咱这个山旮旯就把咱们给忘了，你要是去找他，他离你远远的，生怕把你的穷灰沾上似的。"韩俊法举例说，"大前年咱们王家梁的王强去西疆的和田进玉货，让人家给骗了。王强听说韩军在那里工作，就找到了他。他不光热情地接待了王强，还派了一个从当地入伍的副团级干部跟着王强到事发地帮助解决，后来通过公安局把被骗的钱全部要了回来。咱们十里坡的周老三家在西疆做张车篷生意，有一年冬天下大雪，周老三的媳妇在车棚店门口的马路上铲雪，被过路的一辆大卡车撞倒，死在医院里，车主看他们不是本地人，就想私下赔几个钱了事。周老三把电话打回来，我给他出了个主意，让他去找韩军。后来韩军亲自出面，车主才不得不按国家的规定做了赔偿。那一年咱们村里盖小学，村里给每个在外地工作的人都写了一封信，动员他们捐款，韩军收到信后一下子就给捐了两万。两万是啥概念？那时候听说他的工资一个月才几百块钱。我这只是举几个例子，要说他给咱们村里办的好事情多了去了。你问问咱们九个自然村哪个村没有人找过他？凡是到西疆打工的、卖菜的、张车篷的、贩玉货的，还有去当兵的、考学的、投亲靠友的，哪一个遇到困难找到人家没给办？”说到这里，韩俊法长长地叹了口气，不无钦佩地说，“我和他爹旧社会都在私塾读过书，两家相好，韩军这娃是我眼瞅着长大的，这娃心地善良，仁义啊！”

于亚军敛起了笑容，静静地听着。他也深有同感地说：“韩军在学校的时候就是个处处替别人着想的人，从来不自私。他们家离学校远，家里给他买了一辆自行车，还是凤凰牌的，那时候大家都把自行车看得很金贵，尤其是新车，谁都不愿意借给别人用，生怕骑坏了。但韩军不小气，谁借都给。我当时还说过他，我说你就不怕他们把你的车子骑坏吗？你听他咋说，‘自行车就是用来让人骑的，骑的时候爱惜一点就行了，哪能那么娇贵？’那时候白面很缺，学校的食堂规定每周三的午饭可以吃一顿用白面做的面条或用白面、红薯面做的花卷馍，有的同学家里穷，吃不起这种饭，每到周三就要回家去吃。有的离家太远，来回要走两三个小时，这样就常常耽误功课。每到这个时候，韩军就把自己的自行车让给这些同学骑，他还动员我们学生会有自行车的人都把自己的车子让出来。他当时是学生会主席，你们村的夏广泰是副主席，我是学生会的学习委员，学生会的许多成员都有自行车，大家都很自觉，唯独你们村的夏广泰做得最差。韩军平时在学生之间互相帮助的事情就更多了。”于亚军一边说着，也露出了钦佩的神色。

“所以我想请你帮忙做做工作，看能不能把韩军留下来。”韩俊法最后说。

于亚军坐在办公桌前思谋了一阵子，说：“这种事情我过去也没遇到过，一下子也吃不准。这样吧，咱们先请示一下乔书记，看看乔书记的态度。”说完，拿起了办公桌上的电话。

于亚军说的乔书记名字叫乔丰年，是宛平县的现任县委书记。电话很快接通了，话筒里传来乔丰年的声音：“小于呀，找我有什么事吗？”于亚军是乔丰年一手培养起来的，所以虽然于亚军已经提到副县长了，乔丰年有时候还称他“小于”。

“乔书记您好！我这里有件事一下子拿不准，想请示一下您。”于亚军把刚才和韩俊法商量的情况向乔丰年做了汇报。

“这是件好事嘛！对韩军同志我们县里的几位领导都了解一些，那是一位非常优秀的同志。如果能把这位同志留下来，那你们韩冲村的脱贫摘帽问题就有希望了。这样吧，我和组织部的同志商量一下，看看有没有政策方面的障碍，等一会儿答复你们。”乔丰年说完，电话挂了。

韩俊法和于亚军就坐在那里静静地等候消息。

电话很快就打了过来。乔丰年在电话中说：“我问了一下组织部的同志，这里边没有政策障碍，主要是看人家韩军同志的态度，如果韩军同志的态度明确，剩下的事情就由组织部来协调，将来手续办过来后保留正县级待遇，先在你们村里代职，后边视情况再做安排。不过，你们在做这件事的时候一定要注意方式方法，一定要采取商量的态度，不能莽撞，也不能勉强，一切以韩军同志的意愿为主。”

县委书记的态度明确了，下一步就是如何做韩军的工作了。韩俊法和于亚军商量的结果是，由于亚军以同学的名义邀请老同学在一起吃顿饭，在饭桌上把话挑明，看看韩军是什么态度。参加的人不要太多，三四个就行。最后定的是他们两个和韩军。韩俊法建议让韩庆厚也参加，因为他们两个毕竟是老伙计嘛，有些话可能好说一些。于亚军同意了。

饭局设在镇上的一家名叫“家乡味道”的小饭馆里。上的饭菜都是当地的家常菜，也是韩军从小就喜欢吃的饭菜，像香油拌葛花、蒜蒸洋槐花、清炒面条菜、凉拌马齿菜，以及芝麻叶面条等。

于亚军与韩军叙了一会儿同学情，然后转入了正题。

于亚军诙谐而又带试探性地说：“老同学，我今天这顿饭可是鸿门宴呀！”

韩军不解，笑问道：“鸿门宴？你一个堂堂的大县长又兼着镇上的党委一把手，还有什么难事能有求于我这个已经卸任的一介武夫？”

于亚军没有笑，而是如实说道：“我这里遇到了一道难题。”

韩军没接他的话，而是静静地听着。

于亚军说："我这次到咱们镇上任职，县委交给我的最大任务是脱贫，咱们镇上目前还有四个贫困村，而且你们韩冲村还是在全县垫底的，县委要求，三年之内这四个村都必须摘帽，如果摘不了，就摘我的乌纱帽！你说这副担子不重吗？"

韩军点着头说："是不轻。"

于亚军说："说心里话，那三个村我不怕，因为他们的班子不差，主要是个凝聚力的问题，我最担心的是你们韩冲村。你也知道，不是你们的俊法老书记不愿干，也不是他没能力干，主要是他的身体已经吃不消了，再不想个办法，村里的工作上不去不说，把他的身体也拖垮了，到时候对谁都不好。所以我想请你帮助我想个办法，看能不能找个能接替俊法老书记职务的人，这也算是老同学你对家乡做的贡献了。"

韩军一听又笑了："这样的事情找我帮忙？哎呀，我倒是想帮忙，可你们都知道，我已经离开家乡二十多年了，对村里现在的情况一点都不了解，想帮也无能为力呀！"

于亚军可能是在寻找说辞，一时没有接韩军的话。

韩军想了一下，说："那广泰不是已经当了多年的村委会主任，对村里的情况也熟，身体又好，年富力强，正是干事的时候，他不是最合适的人选吗？"

于亚军没有说话，而是把目光投向了韩俊法。韩俊法低声说道："这个人太自私了，光顾他自己。"说完低下了头。

和韩军坐在一起的父亲韩庆厚在桌子底下踩了一下韩军的脚。韩军明白了，这是个敏感的话题，遂换了个话题说："喜德不是也在班子里工作了这么长时间，他不行吗？"

韩俊法说："喜德是个搞业务的，写写算算还可以，但要是让他当领导，特别是当一把手，恐怕……"韩俊法没有说下去，只是摇了摇头。

韩军会意，又问："那咱们村里有没有退伍军人或者大学毕业生，我看现在许多地方在配备农村基层班子的时候，对这两部分人都特别重视。"

韩俊法说："想回来干的大学生还没有，退伍军人倒是有几个，但条件都还不太成熟。"

“那这就不好办了。”韩军无奈地说，“我对咱们村里现在的情况确实不太了解，其他的就想不出什么好办法了。”

于亚军和韩俊法交换了一下眼色，共同看了看韩军，没有再说下去。

他们几个在说话的时候，韩庆厚的目光不断地在于亚军和韩俊法之间游移，他也不说话，只是若有所思地干坐着。

于亚军往韩军的盘子里搛了几筷子菜让韩军吃，然后问道：“老同学，听说你马上要退出现役了，退役后你准备干点什么呀？”

韩军微微笑了一下说：“目前还没有想好，前两天老支书问我，我说不外乎两条路，要么转业安置，要么自谋职业，其他的也没有什么打算。我一个扛枪弄炮的，能干什么呀？”

于亚军像不经意地说了一句：“要是你能回来，咱们老同学在一起并肩战斗，那就好了！”说完，朝韩俊法看了一眼，低下头吃菜去了。

韩俊法马上接着说：“我也是这样想的。你们两个老同学要是能在一起干，我就可以安安心心地退居二线了，甚至连二线都不占，彻底退了算了。”

韩军没在意，只是笑了笑，端起茶杯呷了一口。

韩庆厚的目光在于亚军和韩俊法的脸上又游移了一阵，然后朝韩军看了看，也低下头搛起菜来。

这个话题就这样打住了。几个人又说了一会儿别的话，饭局就散了。

在回来的路上，韩庆厚对韩军说：“你看出来没有，他们是在打你的主意呀！”

韩军不以为然地笑了笑说：“他们能打我什么主意？我还有我的事呢。梦梦明年就要考大学了，还等着我给她陪读呢。还有石梅，过去我一直忙自己的工作没有帮过家里的忙，现在我退役了，就该把家里的活揽起来，让她把她的专业再往上提提，兴许将来还能弄个院士干干呢。再说，我一个操枪弄炮的，回到老家来干什么？怎么干？总不能让我来当这个村里的支书吧！”他说的梦梦是她的女儿，现在正上高三。石梅是他的爱人，也是个军人，是军区高山病（高原病）研究所的副所长、研究员，是专门研究高山病防治的专家。

韩庆厚说："你只要真是这样想的就好。我只提醒你一句，就算他们说到天边，你都不能答应他们的要求。"

让韩军没有想到的是，此后一连几天，于亚军和韩俊法每天都要到家里来一趟，来了以后也不说更多的，只是闲聊一会儿就走了。直到最后一次于亚军临走时说了一句"只要你能回来，不管干什么，我都保你正县级待遇不变"的话，韩军才真正意识到，父亲韩庆厚说的话真应验了。看来他们把上下的关系已经疏通了，那句话肯定是出自组织，而非他于亚军所能决定的。

韩军是个组织观念和服从意识很强的人。知道了组织的意图后，韩军开始冷静地思考这个问题。他先是在村子里转，把九个自然村的十二个村民小组全转了一遍，连角角落落都看了。这一看，他才感到，自己从小就生活的这个村子现在确实落后了，落后得已经到了破烂不堪的程度。庭院对于农民来说，是一家人最重要的生活场所，可是许多农户的庭院都破落不堪，像李喜德说的那样，"门前柴草垛，进屋见锅台，鸡鸭满院跑，房后粪缸埋"，人都走不到跟前。村子里虽然有几家盖了新房，但与整个村子比起来，就像一块破布上面打了几块新补丁，花花搭搭，实在难看。他常听村民们抱怨说村里的光棍儿多，小伙子说不来媳妇，他想，就这样的破烂状况，谁家的姑娘愿意嫁过来呀！他还看到，村子里几乎看不到年轻人，所能见到的不是老就是小，再就是憨傻痴呆。他想，要是就这样下去，真就会像一些老年人说的，韩冲村这个名字恐怕就要从地图上消失了。他甚至还想，自己经常教育自己的部下和家人一定不要忘本，不要忘了家乡，要热爱自己的家乡。热爱家乡就得建设家乡，如果任由家乡贫困下去，那算热爱吗？我们自己的家乡我们自己都不想来建设，那还让谁来建设呢？这样想着，他的心里越发沉重起来。

是啊！对于一个生于斯长于斯的游子来说，故乡是他生命的脐带，农村是哺育他的地方。眼看着乡亲们这么贫穷，他能不心情沉重，能这样无动于衷、心安理得吗？

真正让他下定决心的，还是来自两件事的对他的触动。

一件是李威的婚事。李威是本村李家湾人，当了五年兵，刚退役。小伙子一米八几的个头儿，长得精精干干，一表人才，当兵期间就定了亲。可是前不久当他们抬着花轿去接亲的时候，姑娘家却悔婚了，理由是嫌他们家太穷。为此两家还大动干戈，惊动了两个村子的人，差一点闹出人命。李威的母亲想不通，投了河，被众人从河里捞了上来。

另一件是富贵自杀。富贵也是韩冲村人，虽然比韩军小了几岁，但两个人从小一起长大，虽说是发小，但差着辈分。富贵从小就失去了父亲，和他的母亲相依为命。因为家里穷，都快四十了还是光棍儿一条。他的母亲前些年不知道什么原因突然双目失明，大家都叫她“瞎妈”。有一天，韩军正在吃午饭，忽然听邻居说富贵自杀了。韩军问是什么原因，邻居说，富贵春上在医院里查出来胃癌，要做手术，当时手术费要 6000 元。富贵身上没有这么多钱，就回来凑，等到凑够了，到医院一检查，说病情加重了，手术要做大，6000 元变成了 12000 元。富贵说家里能卖的都变卖了，还差这么多往哪里去弄啊？他还听医生说，手术即使做成功了，还得化疗，要化疗好几次，化疗还得花钱。这种病全世界都没有办法，手术就是做得再好也活不了几年。既然活不了几年，那还花那个冤枉钱干什么？于是，他从医院回来后，先是给他妈做了碗鸡蛋面，然后就找了根绳子悄悄地把自已挂到了房梁上。可能是脖子勒得太疼了，他忍不住哼了一声，被他妈听到了。他妈循声一摸，吓坏了，赶忙出来喊人，富贵这才被救了下来。救下来时人已经软了，要是再晚一会儿，恐怕就没了。

听完邻居的叙说，韩军来到富贵家里看望。当时富贵直挺挺地躺在床上，两只眼睛紧闭着，旁边有好多人在劝，但他的眼连睁都不睁。韩军进来后，人们一跟他说“韩军来了”，他才把眼睛睁开看了韩军一眼，又闭上了。韩军再三劝说，他也没应一声。

富贵在床上一连躺了四天，连一口水都不喝。韩军天天过去劝都无济于事。

这时候，要韩军回来当村支书的消息大家都传开了，也传到了富贵的耳朵里。这天韩军又去看望富贵，再次劝着说：“你也是快四十岁的人了，做什么事都要想想后果。你都没想想，你要真就这样走了，你那个双目失明的妈怎么办？今后谁来伺候她？难道你就这样忍心丢下她自已走吗？听叔的，快起来，吃点饭。做手术就那几个钱，不够我给你添上。”

富贵终于说话了：“叫俺起来吃饭可以，但你得答应俺一个条件。”

韩军说：“什么条件？你说。”

富贵说：“你只要能回来当这个村支书，俺就起来吃饭。”

韩军一听，一时不知道如何回答，僵在了那里。

“看，你都怕咱们村穷，不敢回来，俺们还咋能活下去？”富贵轻声说了一句，又把眼睛闭上了。

这天晚上，韩军独自坐在院子里想心事，想了很久。他想，一个人想自杀，那需要有多大的勇气呀！如果不是生活所迫，如果不是对生活绝望，他们怎么会走上绝路？难道他们就不知道生命的宝贵吗？

“穷”是一个多么可怕的字眼！李威就是因为家里穷，快娶到家的媳妇像鸟儿一样飞了；富贵就是因为穷，狠心丢下失明的老妈走上了绝路；老支书就是因为穷，有病得不到及时治疗和营养，把一个好端端的身体拖垮了，一心想把村里的事情办好却无力回天。还有那些娶不到媳妇的“老光棍儿”，那些上不起学的孩子，那些不惜背井离乡打工的人……韩军越想越感到心里不是滋味，越想越感到自己背离了初心，越想越感到自己白受了部队这么多年的教育，越想越感到自己的人生目标太渺小了，渺小到只顾自己，而没有顾及还有这么多的穷人，只想自己生活安逸，而没有想到还有这么多的人上不起学、治不起病、住不起房，甚至吃不起饭。在集体利益和个人利益的矛盾面前患得患失，自己真是太自私了！

父亲看出了他的心事，凑过来问道：“你怕不是真想回来收拾这个烂摊子吧？”

韩军点了点头说：“我是不忍心看到乡亲们再这样穷下去了！”

怕什么就来什么！听了韩军的话，父亲的心突然间沉了下去。

韩庆厚真是不愿意让儿子回来收拾这个烂摊子啊！这倒不是说韩庆厚嫌弃村支书这个官小——祖上几辈子都没有出过一个哪怕是芝麻大一点儿的官，那还不是都过来啦？关键是，“村官”难当啊！从土改到现在，村里的干部像走马灯一样换着，干得不好遭人骂，干得好也遭人骂，哪有个理嘛！当村干部就得像韩俊法这样大公无私，可是到头来还不是一样遭人嫌弃？家也空了，人也垮了，接班人不好选，人家还说是他迷恋官位不愿意让，真是猪八戒照镜子，里外都不是人！现在儿子要当这个官，是因为他这些年没在农村生活，当兵走之前还是个孩子，涉世未深，他不知道农村这潭水的深浅啊！当年他极力找韩俊法让儿子去当兵，就是怕他们把儿子拴到农村。谁知现在又走到了这一步，用什么办法去劝解他呢？他想阻止儿子的行动，但又不知道儿子对这个问题究竟是怎么考虑的，儿子毕竟在部队受过二十多年的教育，人家毕竟是公家的人，又是一个和县委书记平起平坐的人，当父母的干涉太多了不好。于是他又问了一句："你到部队上去了这么多年，对农村的情况了解吗？"他的意思很明白，你这些年接受的是部队的教育，你还是回部队上去工作吧，农村的事情尽量别沾边。

韩军却说："受了部队的教育更应该用来回报社会，回报家乡，而不应该患得患失。你不是常跟我们说，人到啥时候都不能忽视了乡邻忘了根吗？"

儿子这么一说，韩庆厚不好再阻拦了，就忠告说："自古道，宁领一军，不领一村。当家人，恶水缸。农村可不像部队，鸡尿湿柴的事情都得管，特别是像咱们村，穷得叮当响，自古富家好当、穷官难熬，你可要想好啊！"

韩军果决地说："大不了还像当兵前一样，人家穷咱也跟着穷，穷日子穷过，就当是这个兵、这个官咱没有去当过。"

决心定下来了，韩军首先拿出5000元让富贵治病，然后向韩俊法和于亚军做了汇报。于亚军也给乔丰年做了报告。

事后有人问富贵："你怎么就那样信任韩军？"富贵说："俺和韩军叔从小一起长大，俺了解他。他这个人不自私，是个真正大公无私的人。咱们村只有他才能带领起来，别的人不行，至少在眼下不行。"

韩军回到了西疆。晚上躺在床上，和自己的爱妻一番温存之后，他把自己的决定告诉了妻子。

妻子石梅是恢复高考后的第一批大学生，现在是高山病研究领域里的专家和领军人物，在高山病研究方面可以说是硕果累累，目前已经出版了4部专著，发表了120多篇高水平的论文，获得了一批国家和军队授予的科技成果进步奖。领导和周围的同事们都说，凭着她的天赋和献身精神，将来当个中国工程院院士不成问题。

一听韩军说他要回老家，石梅忽地一下坐起来，用手摸了一下韩军的额头，冷着脸说："什么？你想回老家去当村支部书记？你没有发高烧呀！"

韩军知道石梅在这件事情上一开始肯定会想不通，所以他没有发火，也没有争辩，而是耐心地听妻子说完。他知道妻子的性格，只要他决定的事情，妻子就是再想不通也会支持他干下去，甚至会不遗余力。他之所以能从一个正排职干部一步步走到领导岗位，他的工作能受到师、军、军区乃至全军的表彰，其中也有妻子的一份功劳。现在妻子在这件事情上有些想不通也是正常的。事情来得太突然了！自己一开始不也是没想通，没有一点思想准备吗？这样一想，他也就释然了，听着妻子说下去。

石梅说："以前你顾不了家，我知道你的事业心和上进心强，就全力支持你的工作，再苦再累我都没有拖过你的后腿。现在你既然退出现役了，就应该好好安排个工作，安安生生过几天舒心的日子，也把家里的事情照顾一下，让我也能腾出更多的时间和精力把事业再往前推一把。我们总不能都这样把自己的人生像二锅水一样温在这个地方吧？"

韩军知道，妻子说的也是实情。自从他们结婚以后，他在部队，妻子在省城，一直是两地分居，两个人经常是聚少离多。妻子为了支持他的工作，一边潜心从事自己的事业，一边竭尽全力支持他。家里的事，甚至父母生病住院都从来没有让他管过。对女儿更是这样，女儿从小学到高中，他连一次家长会都没有参加过。妻子最大的心愿就是，他在事业上能走多远就走多远，不管遇到多大的困难她都会尽全力支持他。因为妻子知道他的事业心强，有着远大的抱负，这也是当初他们能够结合的一个重要原因。可是妻子也有自己的事业，尤其是在高山病研究领域，妻子已经付出了艰辛的努力，也取得了骄人的成绩，现在正处在人生和事业的第二个爬坡期，再经过一番艰苦的努力，完全可以到达事业的巅峰。而这个爬坡期也需要自己给予全力的支持呀！可是自己现在却做出了这样的选择，妻子怎么能想得通呢？但话又说回来，如果自己不做出那样的选择，那不同样会使乡亲们失望吗？要真是那样，自己的良心何安？自己以后还怎么去面对生养自己的那块土地，怎么去面对培养自己、成就自己的父老乡亲呢？

待妻子的情绪慢慢平复以后，韩军给她详细地讲述了他在这件事情上抉择的过程。末了，韩军语重心长地说："我是喝那个地方的水、吃那个地方的饭长大的，我也是从韩冲村的山沟里走出来的到目前为止职务最高的人，在乡亲们的眼里我也算是这个村最有出息的人，我总不能眼睁睁地看着乡亲们因为一个穷字去投水、去上吊啊！我们受党的教育这么多年，受部队培养这么多年，如果我们在个人的前途和一方百姓的前途面前分不清大小，那我们还算什么共产党员？还算什么领导干部？我们应该有这个觉悟啊！"

第二天在饭桌上，韩军把自己的想法说给了一家人。岳父岳母倒是很开通。岳父石钟是从师政委的岗位上退下来的，曾经参加过抗美援朝战争。他听韩军说要回去当村支书，很支持，对韩军说："这也是一种选择嘛！现在全党都在强调农业、农村、农民工作的重要性，号召全国的各行各业都要为农村的脱贫攻坚出力。你以自己的实际行动响应党的这个号召，我支持。家里的事嘛，有我和你妈呢，你就回去放心地干。"石钟还说，"你们都不要小看村支书这个职务。我们这些人要不是出来当兵，恐怕到现在连个村支书还干不上呢！当村支书不容易，当一个好的村干部更难，这里边的学问大着呢！你只要潜进心去做，说不定将来还能干出一番大事业哩！"

女儿梦梦也在一旁帮腔说："当时在看《激情燃烧的岁月》的时候我就说过，我爸多像电视里的石光荣呀，经常有老家的人来我们家找我爸办事，有时候一个月光挂面就要吃两三箱。当时我就对我妈说，将来我爸迟早是要回他那个老家的。你们看，我是不是说准啦？"梦梦还给韩军使了个眼色说，"爸，你回去好好干，等我将来上大学毕业了，我也回去帮你！"

韩军要走马上任了。灯下，石梅一边为韩军整理行囊，一边劝慰着。

石梅尽管对韩军的选择还不太理解，但她还是很关心韩军的身体。韩军在南疆的那次自卫还击战中肺部曾经受过伤，至今一遇感冒发烧就会隐隐作痛。石梅知道农村的医疗条件差，就提前给他准备了充足的药品，并且叮嘱说："农村不比城里，各方面条件都差，自己要注意照顾好自己，特别是要按时服药。药快吃完的时候要提前买，买不到就给我打电话，如果到发病的时候再找药就会耽误病情。另外，我知道你的事业心强，对乡亲们感情深，想尽快把事情办好，这我理解。但我要告诉你，身体是革命的本钱，没有一个好的身体，你就是想给乡亲们办事也无能为力，到那时候一切都晚了，所以要爱惜自己的身体。”韩军也体贴地说：“我不在身边，你也要照顾好自己的身体，不要累着了。课题研究要搞，但也要注意身体，不要本末倒置。爸妈和梦梦就交给你了……”

两个人就这么贴心贴肺地说着温情的话，一直到天亮。

临行前，韩军专门到之前的军民共建村与村支书达吾提告别。达吾提所在的村叫葡萄村，这个村的支柱产业是葡萄种植。过去这个村很穷，支部班子内部经常闹不团结。韩军所在的团与这个村结成共建对子后，韩军带人首先从增强班子的凝聚力入手展开帮建，使这个村的党支部建设很快跨入了先进行列。两年前，他们双双被中宣部表彰为“军民共建社会主义精神文明先进单位”，韩军也被葡萄村所在的市委和市政府授予“拥政爱民模范政委”称号。达吾提一见到韩军就上前来了一个热情的拥抱，亲切地说：“我的老朋友，你这么长时间躲到哪里去了不让我见一面，你是要准备把我想死吗？”当他听说韩军要回去当村支书时，有些不舍地说：“那我们就来个竞赛，看谁的村将来搞得更好！”

达吾提的儿子阿不力米提和儿媳阿孜古丽见到他后仍然称他叫“童川”——这是当年他们看完热播电视剧《凯旋在子夜》后对韩军的称呼。韩军告诉他们，自己老家的金佛寺镇上有个全国最大的玉器交易市场，那里有许多维吾尔族朋友，希望他们有机会也到那里去看看。

在与老战友、西疆惠众房地产开发公司董事长周爱民告别时，周爱民反复说：“你当村支书，我就是你的坚强后盾，有什么困难尽管说，谁让咱们是老战友呢。”

周爱民是韩军的同乡，也是同一个车皮拉到西疆来的。周爱民在部队就能干，在他们这批兵中和韩军一样也是第一批提的干。任职连长的时候所在部队因裁军被撤销了，他就转业到地方发展。后来搞起了房地产，公司做得很大，已经上市。之前周爱民听说韩军要退出现役，就对韩军说：“你退役后哪里都不要去，就到我这里来，公司的股权分给你一半，咱们一起干。”现在韩军要走了，周爱民很是惋惜。

韩军告别西疆后，专程到华西村和南街村参观了几天，又到新华书店选购了一些有关农村工作的书籍特别是文件汇编进行了认真学习和研究，对如何当好村支书有了底气。

县委乔丰年书记接到于亚军的报告后，让组织部与韩军所在部队机关取得了联系，把韩军的组织关系转到了县委组织部。并指示于亚军可以让韩军先行代理韩冲村的党支部书记，待年底换届选举村支两委时一并正式做出安排。

第二章　求　计

韩军上任后，摆在他面前的首要任务是如何找到带领村民快速致富的门路。他和韩俊法商量后，决定召开一次党支部委员会议，发动大家献计献策，集思广益。

这是他上任后召开的第一次党支部会议。通知下发后，到了开会这天，他早早地来到了村部。

村部设在村子靠北边的一所宅院里。这是一座坐北朝南的三合头院落，也是中原地区农村住房的典型宅院。院内有主房三间，东西厢房各两间，外加一个门楼。整个房屋都是青砖到顶，灰瓦压檐，放在过去年代也算得上气派。由于使用时间过久，墙壁已经斑驳脱落，疮痍满目。屋顶上集满了树叶和泥土，一棵棵瓦松茂盛地生长着，靠近屋脊的瓦垄有许多地方已经溜坡，露出了青黑色的斜芭。好在门口的那棵皂荚树仍然长得很旺，墨绿色的树冠像一柄巨大的伞盖笼罩在门前的空场上，给这座宅院营造出一种森严的感觉。

韩军走进院内，朝四周打量了一下，从每个小门口挂着的已经失色的牌子来看，还是当年他当团支部书记时的格局。主房的正厅是会议室，东间是党支部书记和村委会主任的办公室，西间是会计室兼妇联主任办公室。东边的厢房是厨房和杂物间，西边的厢房是两个招待间，那是专门用来接待上级派下来的工作组或驻村干部的。

韩军正要迈步往主房走，韩俊法就从里边快步迎上来，拉住他的手热情地说："从你当兵后还是第一次进这个院子吧？快进，快进！"显然这是老书记早早地过来在欢迎他。

韩军跟着韩俊法走进会议室，映入眼帘的一切和二十二年前一样，没有什么改变。会议桌是用两条农家几乎都有的那种长条几拼在一起的，桌子上也没有铺台布，桌面已经被摩擦和刻划得伤痕累累；围着会议桌摆了一圈板凳，板凳都是用长条木板做的，每个板凳可以坐下两个人。韩军朝这些板凳瞄了一眼，板凳面子上的油漆大部分早已磨掉，有的板凳只剩下三条腿，有的板凳腿损坏后是用木条和铁丝捆绑着的。韩军又朝墙壁上看了看，墙壁上挂着几块用三合板做的公示板，上面显示着支部工作栏和村委会工作栏，这些工作栏的内容倒是新的。

韩俊法可能看出了韩军的心思，不好意思地说道："这些办公用的桌凳一直想换，唉……"

韩军知道老支书想说什么，赶忙打圆场："只要有个办公的地方就好，等以后咱们有钱了慢慢再换。"

韩军和韩俊法刚一坐下，夏广泰和李喜德、李石榴就一前一后来到了。大家还算守时。

人到齐了，韩军坐到了偏位。韩俊法不依，把韩军硬拉到了主座位置，自己坐到了偏位。因为在韩军回来之前，于亚军书记已经在乡里召开了一次由各村党支部书记和村委会主任参加的会议，宣布了韩军的任职通知，通知明确：从即日起，由韩军担任韩冲村的党支部代理书记，主持该村的党支部工作。

会议开始前，韩俊法又把上级的通知重新宣布了一遍，然后向韩军介绍了党支部的组成情况。韩俊法告诉韩军，按照上级规定，村一级的党支部委员会一般由 5—7 人组成，他们村的支委成员原来有 5 人，前年空缺了 1 人，一直没有补上，现在刚好韩军回来了，成员就满编了。

韩俊法介绍完，韩军的目光在每个人的脸上扫了一遍，然后在李喜德和李石榴的脸上停留了一会儿。李喜德 35 岁，韩军当兵离乡时他的年龄还小，韩军对他的印象很模糊。据韩俊法讲，李喜德高中毕业，大学没有考上，就回乡务农。韩俊法看他能写会算，就让他当了村里的会计兼文书。人还算本分，工作比较踏实，性格也比较开朗，所以和大家都还合得来。李喜德眼睛有些近视，戴了副眼镜，有人就给他起了个外号叫"李四眼"。李喜德对此也不忌讳，谁叫就答应，所以大家都这样叫起来了，反而把他的本名给忘了。李石榴刚满 30 岁，是从外村嫁过来的。据韩俊法介绍，这个同志也是高中毕业，嫁到韩冲村来之前当过村办小学的代课教师。人很泼辣，也很上进，就是在遇到一些矛盾和问题需要她表态的时候有些犹豫不决。

会议开始，韩军把自己在部队的经历向大家做了简要介绍，并说了一些自己刚回来，对村里的情况不够了解，请大家多帮助之类的话，接着就转入了正题。

大家一听韩军说要尽快找到带领群众脱贫致富的门路，一个个都面带难色，头摇得像拨浪鼓。

李喜德声音低沉地说：“咱们这里一没有工业，二没有矿产，三没有特色农产品，就那几亩薄地，还都是料礓石，想在咱们韩冲村致富，那就像赶着鸭子去上架，把鸡蛋搁到针尖上，难哪！”

李石榴想了一会儿说：“我娘家那边从陕西引进了一个新项目，就是在坡地上种了几百亩桃园，我看咱们也可以学学人家，在东岗上也搞个桃园。人家陕西的商人说，将来桃子熟了人家包收，不用咱们去销售，省得赔呀赚的多操心。”

李喜德说：“桃三杏四梨五年，想吃核桃十五年。韩书记讲的是让咱们想一个带领群众快速致富的路子，你那个办法好是好，可都是三年以后的事情了，远水解不了近渴。何况东岗上的地又浇不上水，那么多桃树能不能栽活，三年以后有没有收成，这些还都是两说。即使三年以后能见效，人们也不一定有积极性。俗话说，宁可种萝卜，不拜千年佛。咱们都是农民，农民最看重的是吹糠见米，要是等到三年以后才能见效，那还不知道到时候骨头埋到哪里去了？”

李石榴说：“我说的办法不行，那你给支个招嘛！”

李喜德笑了笑说：“我要是有招，那不早就支出来了，还用你催？”

李石榴又说了一条路子：“我听咱们村里出去打工的人说，南方好多地方都办有家庭式作坊，有加工服装的，有装配小家电的，有生产家用塑料制品的，有编织饰品饰物的，反正很多。咱们不妨也可以试一试。比如说，男人们都外出打工去了，妇女们在家里闲着，咱们可以把这些妇女组织起来，搞服装加工，搞饰品饰物编织，这样既增加了这些家庭的收入，又使这些妇女有了事干，也会减少村里的是非。你们没看，有些女人没事干，一天到晚在那里戳是非，没有矛盾也被她们弄出是非来了。”

李喜德说："你说的办法好是好，可是钱呢？办服装加工厂需要有厂房，有设备，钱从哪里来？装配小家电、生产家用塑料制品、编织饰品饰物也都要有原材料，有的还需要一定的设备和工具，没有资金能行？你没看见，咱们村许多人的家里穷得就剩一口锅和一张床了，你让他们拿什么来投资？所以我说，还是不要指望一锹挖出个金娃娃——异想天开了，那是人家南方，咱们这里是北方，北方和南方是有差距的，而且差距还不小，咱们也没有那个条件，我看咱们还是想点实际的东西吧。"

李喜德这么一说，连李石榴也把嘴巴闭上了。

实际上，对于李石榴说的办服装加工厂的事情，韩军在心里还是赞同的。前段时间他到华西村参观，就看到了人家办的服装加工厂，他想，将来如果有条件了，在韩冲村也办一个。但韩军知道，眼下办这种服装加工厂的时机还不成熟，所以听了李石榴讲的话他就没有急于表态。

韩军看大家都不说话了，就把目光落在了韩俊法的脸上。韩俊法知道韩军的用意，试探性地说："要不，咱们还在养猪和养鸡上想想办法？"

他的话音还没落，李喜德就接上了："我看养猪养鸡就算了吧。前些年咱们办养猪场，有几年是赚的？今年的猪肉价格上去了，明年我们就大养，结果第二年的肉价又下去了，我们眼瞅着赔。后年价格又上去了我们又大养，结果又赔了。养猪周期太长，跟不上市场的变化，最后赔得连本钱都没有捞回来，欠人家银行的贷款到现在都还没还完。"

李石榴说："养猪不行，养鸡总可以吧！你问问咱们哪一家没有养？"

李喜德说："养鸡可以是可以，但那是一家一户的事情，挖耳勺炒菜——小打油，要是成规模地养，指不定哪一天来个鸡瘟，也叫你赔得连裤衩子都穿不上。你问问咱们的邻居王集村的人，前几年这样的亏他们还吃得少吗？"

李喜德这样一说，大家又不说话了。

韩军看了看夏广泰，想让夏广泰说一说，但夏广泰的目光既不看他，也不看其他人，而是怔怔地往前平视着，不知道他在想什么。韩军只好作罢。

会议室出奇的安静，韩军知道这样的会议是开不出什么结果的。他的脑子在急速地转动，想寻找出一个解困的办法。他忽然想到，自己在部队上工作时，每当遇到困难找不到解决的办法时，就会采取开大会、发通知、出板报、搞广播、通信箱等方式，广泛开展“我为部队建设献一计”活动，发动官兵提建议、献计策，然后把群众的智慧集中起来，找出解决问题的办法。韩军多次使用过这种方法，几乎是屡试不爽，他把这种方法叫作“问计于兵”。韩军想，这个方法今天也不妨一试。想到这里，他提议说：“我看这样，咱们以村党支部的名义向全村发一个征集致富门路的告示，并列出奖励条件，看看能不能在群众中找到一些解决问题的办法。”然后把告示的内容特别是奖励条件说了一遍。

他的话音一落，韩俊法马上表示支持：“我看这个办法可行。毛主席过去曾经教导我们，群众是真正的英雄。遇到困难走群众路线，这是他老人家的一贯思想，也是我们做好一切工作的法宝。”

李石榴说：“我也同意。”

李喜德有些犹豫，说：“这个办法好是好，就怕大家不响应。现在的人都是聋子打鼓各顾各，对集体的事情不像过去那么热心了。不过，可以试一试。”就是说，他也同意。

韩军看夏广泰一直不说话，就用征求意见的口气问道：“广泰，你看呢？”

夏广泰好像这时才醒悟过来，忙说：“挺好！挺好！我同意大家说的，没意见。”

韩军的目光在夏广泰的脸上停留了一阵子，然后收了回来。

既然大家都同意，韩军就给李喜德安排说：“喜德，你辛苦一下，起草一个告示，把今天会议的精神写进去，特别是要把奖励条件写清楚，这样会更好地调动大家献计献策的积极性。”

李喜德一边答应，一边面有难色地说：“告示好写，就是……”说到这里，他看了一眼韩俊法，后面的话没有说出来。

韩军问：“怎么，有什么困难吗？”

李喜德迟疑着说：“村里的办公费已经倒挂了，我这里四个口袋如水洗，一点钱都没有了。”

韩军明白了，是没有钱买笔墨纸砚。他问李喜德："需要多少钱？"

李喜德口算道："全村一共是十二个村民小组，要是每个组都贴一张，得12张，另外得预留一张机动，这样总共13张。一张大红纸2元，一共26元。毛笔1支，10元；墨汁1瓶，8元。胶水就不用买了，到时候我用面粉打成糨糊粘贴。一共得44元。"

韩军从口袋里掏出一张100元的票子递给李喜德："先拿去用，不够了再跟我说。"

李喜德慌忙站起来从韩军手里接过钱，连连说："够了，够了！还用不完呢！剩余的下次需要的时候再用。"

会议就这样结束了。

两天以后，每个村民小组的显眼处都贴出了一张用大红纸书写的告示——

告　　示

全体村民同志：

为了积极贯彻落实党中央、国务院关于实施"八七"扶贫攻坚计划的指示精神，加快我村脱贫攻坚步伐，尽快找到一条适合我村实际情况的脱贫致富路子，经村党支部会议研究决定，从即日起在全体村民中广泛开展一次"我为韩冲村发展献一计"活动。此次活动在村党支部统一领导下进行，由各村民小组具体组织。活动的内容主要是征集村民对脱贫致富的意见和建议，条数不限，越多越好。意见和建议可以写成文字，也可以打电话，还可以口头提出。在家留守的人员要积极参加，外出的人员特别是外出打工的人员都要由组长逐个通知到本人。对大家提出的意见和建议，党支部将组织专门力量进行评选，凡是被评为"好建议"的将实施奖励。奖励共设三个等级，其中：一等奖1名，奖金1000元；二等奖3名，奖金各500元；三等奖5名，奖金各200元。凡是被村里列为重点发展项目的好建议将实施重奖，除了发放一定的奖金之外，项目实施后给予5%的股权。希望广大村民互相转告，积极参与，争取获得重奖。

韩冲村党支部

1998 年×月×日

告示贴出后，确实吸引了不少人，大家都纷纷围着这张大红纸看，一边看还一边议论着。有的说这么多奖金钱从哪里来呀？因为他们都知道村里没钱。有的说这都是那些有文化、见过世面的人才能干的事，咱们这些睁眼瞎（方言：文盲）、井底蛙干不来。也有的对股权是个什么东西弄不明白，到处打听。总之很是热闹了几天。但几天的热度一过，一切又归于平静了。

自从告示发出后，韩军几乎是天天往村部跑，向李喜德索要活动的进展情况。那天的会议结束后，韩军安排李喜德每天都要守在村部，特别是要守好电话，以免没人接电话遗漏掉有价值的意见和建议。当时李喜德还说电话因欠费几个月都不通了，韩军从自己的口袋里掏出 500 元让李喜德补交了电话费。李喜德确实听招呼，天天守在电话机跟前，电话一响就马上接，生怕误了事情。有时候他怕误事，就干脆让媳妇李兰花把饭送到村部来吃。

可是一连几天过去了，除了有几个在外打工的人在电话里简单询问一下情况之外，再没有任何有用的信息，有时候甚至一整天都没有接到一个电话，更不要说文字性的东西了。用李喜德的话说，这个告示发出后，就像蚊子滚下山，没见到一点响动。征集不到“锦囊妙计”，韩军很着急也很无奈，愁得一脸苦相，连吃饭都不香。这时候他才真正体会到了“创业如劈山，万事开头难”的含义。夏广泰却幸灾乐祸地对李喜德讲：“禽有禽言，兽有兽语。农村不是部队，拿部队上的办法来治理农村，简直就是脑残！”

这天上午，韩军又来到了村部。快到吃中午饭的时候，他看还是没有征集到信息，起身往家走。走到半路，忽然听到身后有摩托车的声音。他回头一看，是一个小伙子骑着摩托车向他追来，他停下了脚步。小伙子把摩托车骑到他跟前停下，站好，然后端端正正地给他敬了一个军礼。韩军也还了一个标准的军礼，问道："请问你是……"

"报告政委，不，报告韩书记！我叫赵铁柱，本村赵家沟人，今年35岁。5年前从内蒙古边防部队复员，第二年回到村里，现在家务农。"赵铁柱用标准的军人动作和军事术语向韩军简要报告了自己的情况。

韩军听说过"赵铁柱"这个名字，还听说他在部队干过侦察兵，是带兵的一把好手。干到副营职时，因听信战友的劝说，复员来到一个民营的山羊养殖场担任总经理。后来因为一场百年不遇的暴风雪，这家养殖场遭到了毁灭性打击。媳妇看他没了"铁饭碗"也没了"泥饭碗"，就离他而去了，赵铁柱只得回乡务农。

韩军仔细打量了一下眼前这个叫赵铁柱的小伙子。只见他中等偏上的个头儿，不胖不瘦的身材，紫棠色的脸庞长得有棱有角，一双浓眉下是两只锐利的眼睛，整个眉宇间透着浩然之气。韩军一下子就喜欢上了这个英俊的小伙子，禁不住走上前拍了拍赵铁柱的肩膀，赞叹说："真像一个铁柱！"

赵铁柱不好意思地笑了笑，挠了一下后脑勺。

韩军和蔼地问道："你找我有事？"

赵铁柱说："韩书记，是这样的，村党支部贴出的告示我看到了，我想给您提个建议，不知道您会不会采纳？"

韩军一听赵铁柱说有"建议"，立马来了兴致，问道："有什么好的建议你尽管提，只要对乡亲们有好处我们就采纳。"

赵铁柱说："咱们这里属于浅山丘陵地区，值钱的东西不多，但不缺草和灌木，如果能把养羊的产业做大，也不失为一条致富的好路子。"

说到养羊，韩军更有了兴趣，因为他从小就喜欢跟着父亲放羊，高中毕业后回乡务农，他还养了一只山羊呢。他知道赵铁柱既然专门来找他，肯定是想好了主意，就鼓励道："你有具体的想法尽管讲，不要有什么顾虑。"

赵铁柱说："其实也没有多好的主意，就是现在有一种新品种羊，名字叫波尔山羊，原产地在南非，我们国家是从德国引进过来的。这种羊体格大，生长速度快，产肉多，肉质好，繁殖能力和适应能力强，出栏率高，效益也比咱们这里的土羊好。人家宝鸡的许多农民就是靠养波尔羊摘掉了贫困的帽子。用他们的话说就是，养羊使他们‘盖上了新房，娶上了新娘，开上了汽车，步入了小康’。”

赵铁柱讲到这里，韩军笑了，说：“顺口溜编得挺好！”

赵铁柱说：“还有好多这样的顺口溜呢！比如有的说：‘3只母羊养一年，顶个国家公务员。’还有的说：‘家养3只波尔羊，供养儿女上学堂。’”

韩军说：“那这说明养这种羊的老百姓确实尝到了甜头。”

赵铁柱说：“确实是这样。去年我从战友那里买了两只母羊，今年产了5只羊羔。我估算了一下，养一只母羊一年最少可以收入2000元，养得好了收入更高。您如果有兴趣，我可以带您到我家看看。”

既然是这么好的项目，当然有兴趣！韩军坐上赵铁柱的摩托车来到了他的家。

赵铁柱家的院子养着一群羊，两只大的是母羊，5只小羊羔正跪在地上叼着母羊的乳头吃奶。韩军一看，这种波尔山羊果然与他们这里的土羊不同。只见它个头高大，身材健硕，躯体呈圆桶状，站在那里像一头小牛一样。它坚挺的鼻梁上长着一只鹰爪鼻，鼻子上方是一双棕色的大眼睛。两只坚实的羊角弯曲着盘在头顶两侧，两只大而肥的耳朵垂在羊角之下。它的颜色很特别，被毛是白色，而头部和颈部却是棕红色，从额端到唇边还有一条白色的毛带，看起来就像化过妆一样。两只母羊站在那里，一边给羔羊喂奶，一边朝韩军看着，性格看起来很温驯。韩军看到这种叫作波尔的山羊很喜欢，向赵铁柱问道：“你这羊是从哪里买来的？”

赵铁柱回答说：“是从陕西麟游我的一个老战友那里买来的。我的这位老战友名字叫郭武民，在那个养殖场当副总经理。”

“一只种母羊多少钱？”

“这主要看种母羊的体重和是否能怀孕。我当时买的时候，这两只都已经怀孕了，体重一只是79公斤，另一只是82公斤，要是按市场价每只得2400元左右。场里领导看我是郭武民的老战友，每只就给我优惠了300元，两只一共4200元。”

“他们那里的这种种母羊多不多？”

"我买的时候不多，但经过这一年多的发展，可能快上千只了。"

"上千只？规模倒是不小。"

韩军站在那里思谋了一阵说："这样吧，我回去和大家商量一下，如果没问题，咱们就到现场看一看，然后回来再做决定。你可以先准备一下，到时候和我一起去。"

韩军回到家后，把这个情况说给了父亲韩庆厚。韩庆厚说："你说的这种山羊我在铁柱那里见过，皮实，好养，效益确实比咱们这里的土羊好。我打听过，养这种羊要想取得高收入，就得成规模养，养得少了，成本太高。"韩庆厚解释说，"这种羊咱们附近没有，要到很远的地方去买，来回花钱多。另外，还要配种。给这种羊配种也得是这种羊，种公羊的价格很高，为一两只种母羊又不好去专养种公羊，那一到配种季节就还得跑到人家那里去，这样来回折腾，就挣不了几个钱了。"

韩庆厚是养羊的行家，说起养羊来一套一套的。

既然都说养这种羊好，那就肯定没错。于是韩军就组织召开了支委会，把自己的想法说给了大家。韩俊法和李喜德、李石榴都同意，夏广泰没说同意，但也没提反对意见。事情就这样定下来了：韩军带赵铁柱到陕西那边考察一下，把情况先摸清楚，回来后看情况再做出决定。

韩军带着赵铁柱走后，夏广泰一直在猜测和观望。他知道赵铁柱这小子有些本事，就安排他的侄子、夏家岗的村民小组组长夏海山注意掌握赵铁柱的行踪，自己则忙他的砖瓦厂和工程队的事情去了。

韩军和赵铁柱来到郭武民所在的波尔山羊养殖场后，郭武民带着他们详细了解规模化养殖波尔山羊的情况，并给他们详细介绍了建设这样的养殖场的各种数据。郭武民也告诉他们，波尔山羊由于引进的时间短，目前供不应求，如果韩军他们确实需要，要赶快下决心。场里还可以免费为他们培训养殖技术人员。

韩军回来后把考察的情况和自己的想法向党支部会议做了详细汇报，最终形成的决议是：以村集体的名义建设一座规模化的波尔山羊养殖场。

要建设规模化的养殖场，首先需要一定的人力和一笔不小的资金。人力好办，韩军和赵铁柱在从陕西回来的路上都已经商量好了，干这种事情需要有创业精神，还需要齐心协力，刚好村里有五名退伍军人，可以把他们组织起来，作为养殖场的骨干力量。另外，还可以把富贵也吸收进来打杂，这也算给富贵找了个生活出路。此时的富贵身体已经康复。之前韩军把他联系到省城的医院做了治疗。到省城医院检查后发现，富贵的病情并不像以前说的那么严重，手术后化疗了两次就结束治疗了。农村人的身体耐力强，过去又很少吃药，吃点好药很管用，富贵出院后养了一段时间就完全康复了。

人力的问题解决了，可他们在资金筹措的问题上却遇到了难处。大家都知道村里拿不出一分钱，单靠这几个人凑也凑不了几个，韩军只好去找镇书记于亚军。

于亚军说："这方面上级有政策。如果你们成立一个合作社，合作社的成员每户可以贷款 5 万元，而且还可以享受贴息，但必须有村委会担保。另外，村里过去如果在信用社没有贷过款或虽贷过款但没有超过信用社的限定，信用社也可以贷三五十万元。按你们韩冲村目前的情况，给信用社做做工作，贷出 30 万元应该没有问题。"

有了这个政策，韩军回来就立即把那五名退伍军人找来组织起了合作社。为了能多贷点款，他把自己也算到合作社里，这样就可以贷到 30 万元了。

在组织合作社的时候他对这几位同志说："我自己算合作社的一个成员，但我不参与分红，如果将来养殖场办亏了，那我要算一份。"

合作社办得很顺利，但在让村委会提供贷款担保的时候，夏广泰却出了个难题。夏广泰说："村委会是要对全村的村民负责任的，养殖场将来办好了可以，如果办赔了，担保的这个钱谁来出？"

韩军说："如果赔了，就由我自己来出。"

韩俊法说："我也算一份。"

夏广泰轻蔑地笑了一下，那意思无非是说："你们能赔得起吗？"

韩军明白夏广泰笑中的含义，说："那就让我的战友周爱民以自己的房地产公司来做反担保。"韩军还把周爱民的情况向夏广泰做了简要介绍。

夏广泰一听，还是不松口，说："西疆那个地方都快到天边了，那么远的地方到时候谁去找？谁认识人家是谁呀？”

韩军无奈，只好把电话打给了于亚军。

于亚军说得很果断：“办养殖场的事情按你们村支部的决定办，贷款担保的事一切由镇上兜底！”

胳膊扭不过大腿。夏广泰这才让会计李喜德在信用社的《贷款担保书》上把村委会的章盖上了。

筹建养殖场第一期工程一共需要70万元，现在解决了60万元，合作社的其他几个同志凑了51000元，还差49000元，韩军就打电话让妻子石梅救了急。

建设养殖场的款项凑齐了，之前派到陕西学习养殖技术的几个同志也回来了，韩军就带着一班人开始选点做规划。

按照建设养殖场的技术规范要求，韩军带着几个人把点位选在了夏家岗村东南方向的一个半坡上。韩冲村春夏季刮东北风比较多，秋冬季刮西北风比较多，现在选的这个地方刚好避开了风向对村里的影响。规范上说，养殖场离居民区的安全距离是1公里，而现在选择的这个地方离最近的夏家岗村是1.2公里，夏天即使偶尔刮点南风或东南风，对村民的生活不会影响太大。

点位定下来后，韩军就带领大家买材料、挖地基、打机井、拉电线，开始动手建设。夏广泰眼看韩军办事力度这么大、办法这么多，担心他一旦把养殖场办成功就会压自己一头，于是指使他的侄子夏海山怂恿枣木芯煽动夏家岗的村民到养殖场的工地闹事阻拦。

夏海山是夏广泰哥哥的儿子，32岁，初中毕业。夏海山生得五大三粗，靠着一股蛮力过生活。夏海山的父亲去世的时候夏海山还在上小学，在去世前把儿子托付给了弟弟夏广泰。夏广泰视夏海山为己出，供夏海山上到初中毕业。夏海山实在读不下去，夏广泰就让他在自己的砖瓦厂干，每月有固定的收入不算，还出钱给他娶了媳妇成了家。夏海山因此对夏广泰感恩戴德，把夏广泰看成亲生父亲，只要夏广泰咳嗽一声，他就会像电打的一样，跑得比兔子都快。夏海山从夏广泰那里受领旨意后，亲自登门来找枣木芯。

“枣木芯”是田桓仁的绰号。田桓仁个子不高，肤色黑青，两只眼睛长得像老鼠的眼睛一样贼亮贼亮，和人说话的时候爱上个扢撩树（方言：爱抬杠），又喜欢搞所谓抱打不平，人们就给他起了个绰号叫“枣木芯”，意思是牛毬掉蛋，冥顽不化。田桓仁是田家湾人，和夏广泰不是一个村子，但夏广泰知道田桓仁的秉性，想利用他，就经常给他施点小恩小惠，以便把他笼络在自己的身边。

夏海山来到枣木芯家的时候，枣木芯刚刚吃过晚饭。枣木芯知道夏海山无事不登三宝殿，就直来自去地问道：“海山大组长这么晚找俺有何贵干?”枣木芯上过初中，有时候说话也装着带点文气，但多数时候装着装着就露馅。

夏海山也不拐弯：“韩军那小子要搞什么养殖场，地基都开始挖了。养殖场真要是搞起来，是要养几百上千只羊的。那么大一群羊每天都要屙尿，要是在大夏天，尿骚味冲天，再刮个东南风，那不把全村的人都给熏死了?”

枣木芯笑了，说：“你们夏家岗在东南，俺们田家湾在西北，夏天的风再大也刮不到俺们田家湾来，你跟我说这些有啥用?”

夏海山说：“肯定有用！这件事涉及全村人的利益，涉及全村人利益的事就是大事，管好这样的事人人有责，你也是韩冲村的人，难道与你无关?”

枣木芯说：“不在其位不谋其政，这些事都是村干部管的，碍咱们啥事？咱又没长六个指头。”

夏海山说：“村干部管的事咱们也有权管，不是说村民有权罢免村干部吗？村民连村干部的官帽都敢摘掉，那他们做的事损害了村民的利益，咱们为啥就不该管一下?”

枣木芯说：“你叔不是村委会主任吗，那他咋不管?”

夏海山摇了摇头说：“全韩冲村的人谁都知道，现在是韩家的人瞎子敬礼一手遮天，我叔一个人势单力薄，说了也不算。”

枣木芯问：“那你想叫俺干啥?”

夏海山说：“我想叫你去把他们拦住。”

“俺？”枣木芯用右手指了指自己的鼻子说，“你没看那帮子都是当过兵的人，一个个像老虎一样，俺一个人单枪匹马的，你这不是让俺拿着鸡蛋往石头上碰吗？”

夏海山说：“我不是让你一个人去，我还有其他人。”

枣木芯问：“还有谁？”

夏海山说：“我们夏家岗全村的人。”

枣木芯说：“俺姓田，你们夏家岗人姓夏，他们能听俺的？”

夏海山说：“我提前跟他们说一下，他们肯定听！”

枣木芯说：“他们既然都听你的，你又是村民组长，那你为啥不亲自出面去组织，还东结葫芦西搭架，绕这个圈子干啥？”

夏海山说：“我不是不方便嘛！你想，我叔是村委会主任，搞养殖场肯定也是投了赞成票的，现在我要是一出面，人家肯定会怀疑是我叔在背后指使的，那样反而会把事情办砸了。”

枣木芯仍然有些迟疑，低下头在思谋着。

夏海山看他不肯答应，知道劝将不如激将，遂激了他一句：“我叔还经常说你田桓仁正义感强，遇事敢讲话，主持公道。今天一看，我才知道我叔有时候也会看错人。不说了，告辞！我找其他人去！”说完，起身要走。

枣木芯赶忙站起来把夏海山拦住：“别慌着走嘛，俺还有话说呢。俺看这样，遇到这种事你能来找俺，说明你夏组长看得起俺，这一回俺就听你的！但你要把你们夏家岗的人说好，到时候俺一说话，他们要给俺帮腔，可不能把俺一个人晾在那里。”

夏海山也很干脆地说：“既然你能这样做，我也给你打开窗子说个亮话，第一，我保证把我们夏家岗的人安排好；第二，如果事能办成，你家老大从下个月就到我叔的造纸厂上班，按月发给工资。”

枣木芯有两个儿子，大儿子田晓龙上到高二就死活不上了，回来后想打工，但到现在都没有找到个合适的营生。枣木芯一听夏海山说要把他的大儿子安排到夏广泰的造纸厂工作，一时间心生欢喜，忙喊叫媳妇出来拾掇菜，他要和夏海山喝几杯。

夏海山知道自己的目的已经达到，谢绝了枣木芯的好意起身告辞。临出门他还对枣木芯说了一句:“咱们说的事可要皇帝下令一言为定,不能变卦!”

枣木芯也态度坚决地说:“君子一言,驷马难追!一言为定,决不变卦!”

第二天,枣木芯果然带领着夏家岗的人把养殖场的工地给围住了。当时赵铁柱进县城购买搭建羊舍的材料去了,韩军也不在跟前,就李威和养殖班的其他几个人在场。

李威理直气壮地对枣木芯说:“我们把养殖场选在这里建是经过科学计算的。按照有关规定,养殖场离居民区的安全距离是1公里,而这里到夏家岗村边的距离是1.2公里,完全符合规定。况且,你是田家湾人,又不是夏家岗的人,你们田家湾离这里相隔八架山,你跑来胡搅缠什么?”

枣木芯狡辩说:“不管是夏家岗还是田家湾,都归韩冲村管,是韩冲村人就要管韩冲村的事。俗话说,路不平有人铲,事不平有人管,你们在这里建养殖场危害了全村人的利益,俺们就是要管!”

“我们就是要管!我们就是要管!”

一人煽动,百人响应。枣木芯一煽乎,夏家岗的人也跟着起哄。

正在村部开会的韩军听说有人阻拦修建养殖场,宣布暂时休会,骑上摩托来到现地察看。

枣木芯一见到韩军来了,就拎着一把镢头领着众人把韩军拦住。韩军扎住摩托下来,要和他讲道理。还没等韩军张口,他就举着镢头气势汹汹地威胁说:“谁要是敢在这里动土,可别怪俺不客气!”

富贵这时突然举着一把老虎耙子站在了枣木芯面前,把韩军挡在了身后。

枣木芯伸手把富贵搡到一边,不屑地说:“走,一边去,六个指头挠痒,这里没有你的事!”

富贵不让,说:“枣木芯,俺可告诉你,辣子红了值钱,人红了不值钱,你不要在这里胡搅蛮缠!村里的事就是俺的事,韩军叔的事就是俺的事,谁要是敢动韩军叔一个指头,那就请你听听俺这个老虎耙子怎么说!”富贵说着,举起老虎耙子在枣木芯面前舞了一阵。

枣木芯吓得退后几步，指着富贵说："干什么干什么！你想干什么？"

富贵瞪着两只大眼睛咬着牙齿说："想要你的命！"

枣木芯说："你敢？"

富贵冷笑了一声说："请你不要忘了，俺可是死过一回的人！"

俗话说，光脚的不怕穿鞋的，胆大的害怕不要命的。枣木芯看见富贵的眼睛都红得快要流血了，一边朝后退着一边说："行，行，惹不起咱还躲不起？算你厉害，俺怕你了还不行？"说完又低声补了一句，"真是个狗腿子！"

富贵举起老虎耙子就追了上去，大喊着说："狗腿子？你说谁是狗腿子？说我是狗腿子，你还没这个资格当呢！"

枣木芯吓得连连后退，不小心退到了沟边，差一点掉下沟去，惹得围观的人一阵哄笑。

这时老支书韩俊法快步走了过来。他当着众人的面把枣木芯狠狠地训斥了一顿，接着又让人把夏海山找来，命令他把夏家岗的村民们带走了。

这场闹剧虽然暂时收了场，但它却在人们的心里留下了阴影。尤其是韩庆厚，他之前之所以阻拦韩军当村支书，就是在这方面心存担忧。在他的认知上，林子大了什么样的鸟都有，瓜子多了什么样的仁（人）都有，农村是一个是非之地，村支书不好当，闹得不好就会把自己弄得人不人鬼不鬼，到最后身败名裂。他真后悔让韩军回来蹚这浑水。

第三章　上　当

一座崭新规范的养殖场总算建成了，韩军把养殖班的人员集中起来。

养殖班当过兵的有 5 个人：赵铁柱、李威、田茂利、王卫东、张勇，加上富贵一共 6 个人。

当过兵的这 5 个人各有特长：赵铁柱是侦察兵出身，带兵经验丰富，军事素质好，尤其是精通军体拳，对擒拿格斗这一套非常熟练；李威 28 岁，个头儿 1.82 米，长得英俊潇洒，仪表堂堂，在部队曾担任过警卫班班长，并代理过警卫排排长，要不是受到文化程度的限制，肯定会提干；田茂利 30 岁，个头儿虽然不高，但很爱学习和钻研，技术好，尤其对电工精通，在部队就是海军舰艇上的机电员；王卫东 26 岁，中等偏上的个头儿，虽然长了个娃娃脸，但说话办事很稳重、老练，在空军的地勤部队曾当过三年的给养员；张勇 25 岁，个头儿不高不低，脸长得像白面书生一样，一笑两个酒窝，说话也是轻声细语，很腼腆，性格和他名字的含义完全相反，很惹人喜爱，在部队曾当过卫生员。

这几个人还来自不同的军兵种：赵铁柱和李威是陆军，田茂利是海军，王卫东在空军地勤工作，张勇服役的单位是战略导弹部队。韩军说："你们把陆海空和二炮部队都占全了！"赵铁柱说："不全，还差个武警呢。"韩军说："那就让李威代替吧，因为他代理过警卫排排长，和武警担负的任务有些相似。"韩军这样一说，大家都笑了。

韩军把养殖班的人员集中起来以后，根据每个同志的年龄、资历和特长，对大家的工作做了明确分工。根据韩军的分工，赵铁柱任养殖班班长，对外称场长；李威任副班长兼出纳，对外称副场长兼会计；田茂利任饲养员兼电工；王卫东任饲养员兼仓库保管员；张勇任饲养员兼卫生员。富贵当杂工。分工后，韩军让赵铁柱和李威组织大家把各自的工作职责讨论一下，然后写下来，打印好，用镜框镶起来，挂到墙上，以便于履行和对照检查。韩军还要求大家把内务整理好，毛巾、被褥、牙具全部使用从部队上带回来的，衣服穿迷彩服，没有的要想办法补齐，一切都要按部队的规矩办。并规定，每周出三次早操，周一要按时升国旗。对富贵也要纳入养殖班统一管理，一切向当过兵的人员看齐，不会的要尽快学。

在分工的时候，韩军留意了一下，养殖班这 6 个人，有 5 个是光棍汉。田茂利虽然有媳妇，但也经常在家里受气。媳妇常常抱怨跟着田茂利日子过得太穷，时不时就要闹离婚。要不是田茂利之前在镇上开了个修理铺多少有点收入，媳妇恐怕早就跑了。

韩军想到这些，心里有些苦涩，分工之后，他鼓励大家说："想脱单首先要脱贫，只有脱贫才能脱单。我们每一个同志一定要争口气，再苦再累都要好好干，争取早日把'光棍班'的帽子摘掉！"

大家你看看我，我看看你，开始还想笑，但最后谁也笑不起来了。大家都暗暗地铆足了劲。

接下来的事情就是到陕西买羊。养殖班留下李威、田茂利和富贵在家做接羊准备，韩军带着赵铁柱、王卫东和张勇前往陕西。

此时正值夏秋之交，公路两旁的秋庄稼茂密地生长着，有的庄稼开始成熟，到处一片兴旺景象。农人在田野里劳作着，不时地发出欢快的笑声。赵铁柱、王卫东、张勇这几个年轻人坐在卡车上，被眼前的喜人景象所振奋，情不自禁地唱起了抒情歌曲《在希望的田野上》。韩军则坐在一旁，想着到了目的地该做的事。

我们的家乡 在希望的田野上
炊烟在新建的住房上飘荡
小河在美丽的村庄旁流淌
一片冬麦 那个一片高粱
十里哟荷塘 十里果香
哎咳哟嗬呀儿咿儿哟
咳！我们世世代代在这田野上生活
为她富裕 为她兴旺

我们的理想 在希望的田野上

禾苗在农民的汗水里抽穗
牛羊在牧人的笛声中成长
西村纺花 那个东港撒网
北疆哟播种 南国打场
哎咳哟嗬呀儿咿儿哟
咳！我们世世代代在这田野上劳动
为她打扮 为她梳妆

我们的未来 在希望的田野上
人们在明媚的阳光下生活
生活在人们的劳动中变样
老人们举杯 那个孩子们欢笑
小伙儿哟弹琴 姑娘歌唱
哎咳哟嗬呀儿咿儿哟
咳！我们世世代代在这田野上奋斗
为她幸福 为她增光
为她幸福 为她增光
……

年轻人的歌声也感染了韩军，他也跟随着赵铁柱他们几个年轻人的歌声边走边唱，洒下一路欢笑声。

韩军一行到达宝鸡境内时，在一个公路和铁路的交叉路口，遇到了一列火车要通过，扳道工把岔道口的护栏放了下来，并拉响了警笛，所有的车辆都依次停了下来，等候着火车开过。

出乎人们意料的是，当所有的车辆都停稳后，忽然从后面又开上来一辆大卡车。这辆大卡车是重车，车上装了满满一车煤。快到岔道口时，这辆车还没有要停的意思，继续往前开。扳道工急了，赶忙举起手里的信号旗来回绕，接着把警铃又拉响了。但不管扳道工怎么努力，这辆拉煤的车都丝毫没有停下的迹象。这时，火车已经呼啸着从前方开过来了，所有的汽车司机都为这辆汽车捏一把汗。火车司机可能已经发现了情况，立即拉响汽笛，并试图刹车减速，但由于行驶中的火车有巨大的惯性，尽管车轮和铁轨已经被摩擦出了冲天的火星，但火车还是以飞快的速度冲到了岔道口。恰巧这辆汽车这时也行驶到了道轨上，只听“哐当”一声，这辆汽车瞬间就被火车撞到了很远的地方，车身在空中上上下下来回大幅度地弹跳了几下，最后落在了地上。火车也缓缓地停了下来。

韩军断定肯定有人受伤，立刻带着赵铁柱、王卫东和张勇穿过铁路前往营救。果然如韩军所料，这辆被火车撞翻的拉煤车从空中落下后，砸在了一辆黑色小轿车上。韩军指挥众人把卡车抬起来，发现驾驶室里的司机闭着眼趴在方向盘上，满身血迹，另外两人同时受伤，被砸的小轿车里的女司机也已经昏迷，还有一名女性被夹在座位上不能动弹。韩军赶快组织人把这两个车上受伤的人员从车里抬了出来。韩军他们这次带了两辆大车，他让赵铁柱他们把车厢里铺上软和的东西让伤员躺在上面，火速把这五位伤员送到了附近的医院抢救，一直等到铁路部门处理事故的人员到来，他们才离开医院。事后得知，那位拉煤的司机当时是酒驾，开小轿车的女司机名叫黎萍，是西北农林科技大学实验农场的畜牧兽医师。

韩军他们来到郭武民所在的养殖场后，情况发生了变化。郭武民告诉韩军说：“我们场里由于正在扩大养殖规模，种公羊不够用，所以决定从现在起只向外供应种母羊，而不准再向外供应种公羊。如果你们需要的话，邻近乡有一个小型规模的养殖场可以供应，我可以带你们过去看看。”

韩军一行跟随着郭武民来到一个名叫“常丰”的波尔山羊养殖场。常丰养殖场坐落在一处半山腰。这里的地形真奇怪，说是山区，但没有高山，都是很低的山。这些山有很多，山连着山，几乎所有的村庄都散落在山脚下或山坳里。韩军到这个养殖场一看，规模也不小，眼下有将近200只羊，看样子还要扩大，因为新的羊舍已经盖好了。

这个养殖场的场主姓黎，名字叫黎大发。黎大发看上去有50多岁，个头儿高挑，体格匀称，长着一张国字脸，皮肤很白，可以想见，年轻的时候肯定是一个英俊潇洒、人见人爱的帅哥。从他的眼神和言行举止看，这是一个很精明的人。

黎大发热情地接待了韩军一行。看样子他和郭武民很熟，一见面就像老朋友一样，拉住郭武民的双手问长问短，舍不得放下。

黎大发听说韩军是来购买种公羊的，就引着他们来到了种公羊的饲养房。看来场主确实是个勤劳敬业的人，饲养房收拾得干干净净、整整齐齐，一进门就给人一种舒适的感觉。一只只种公羊体态雄健，精神饱满，让人一见就心生羡慕，击掌称赞。这里的种公羊不像郭武民他们场里的羊每只都在耳朵上刺着记号，而是用一根小红布条绑在羊的耳根上，而且绑得都很松。韩军问为什么这样做，黎大发说："我这个人心软，羊小的时候在耳朵上刺字我看着心疼，所以就改用了这种方法。"黎大发还说，"自古道，人畜一般同。羊和人一样，也是一条生命。羊是我们养羊人的伙伴，也是我们的财源，我们也得尊重和珍惜它们的生命啊！"看来，黎大发和他的羊是很有感情的。

郭武民进到羊群里摸了几个种公羊的睾丸，向黎大发问道："黎老哥，你这一只准备要多少钱呀？"

黎大发豪爽地说："哎呀！郭总，你来了嘛，还用讨价？你说多少就多少，看上眼的你就拉走！"

郭武民说："俗话说，卖家漫天要价，买家就地还钱。有讨价就有还价，这是做生意的规矩嘛，古来如此。你就说个价钱嘛！"看样子郭武民从部队上回来是彻底地融入市场了。

"你说的也对，做生意嘛就得讲究个行规。"黎大发仰起头佯装思谋了一阵，说，"这样吧，郭总你知道，现在市场上种公羊紧缺，像我这群羊，哪一只拿出去都是抢手货。刚才你介绍说这几位朋友都是你的老战友，我听过部队上唱的歌，'战友战友亲如兄弟'，他们是你的兄弟，当然也就是我老黎的兄弟。既然是兄弟，那就得讲究点兄弟情义。这些羊的市场价眼下是 6000 元，少一分我都不会卖，但给你的战友算 5000，你看怎么样？"

"5000 元一只种公羊？"韩军心里一喜。因为来的时候郭武民就给他们说过，眼下在市场上一只种公羊不会少于 6000 元，有的可能还会要到 7000 元，甚至更高，听说有的地方已经上万了。黎大发只要 5000 元一只，看来他是真的给郭武民面子了。

郭武民有意掩饰住自己的暗喜，问道："黎大哥，能不能再给优惠一下？”

黎大发摊着两手面露难色说：“我的郭老弟，你也是行内的人，你出去打听打听，到哪里能买来质量这么好价钱又这么低的种公羊？你要是低于6000能拿来像我这样的种公羊，你拿来多少我收多少，绝不说二话！”

郭武民知道价钱不会再降了，就到羊群里去挑。黎大发顺手牵出两只拉到郭武民面前说：“你看看这两只怎么样？头脸，体型，精气神，你到哪里去找？”

郭武民拉住黎大发牵过来的两只种公羊端详了一阵，又摸了摸睾丸，点着头说：“那就这两只了。”

黎大发夸奖说：“郭总真是好眼力！我就喜欢你这种性格。”接着又补了一句，“你放心，我们都是老朋友了，决不会坑你的。”

韩军他们当面付了款，把种公羊装到了车上。押着买回来的一百只种母羊和两只种公羊往回返，半路下起了大雨。好在临行前郭武民帮他们给车厢顶部搭上了防雨和防晒的篷布，羊只才没有遭受雨淋。

谁知汽车行驶到韩冲村的村道上后，由于道路稀滑泥泞，车子没走多远就陷进了路边的泥沟里，韩军和赵铁柱他们几个只得把羊群卸下来赶着走。羊不像人那样听话，它们走走停停，有的正走着又往路边的地里跑，人还得踩着泥巴把它们赶回来，5公里的路走了将近一夜，待回到村里时已是凌晨了，人和羊一个个都变成了泥猴子。

韩军想：看来人们说的没错，“要想富，先修路”。路不好，将来即使把羊的养殖业发展起来了，别人也不敢来这里收购。

有了这次教训，韩军下决心要尽快把进村的道路修起来。

黎萍伤愈出院了，那天被韩军他们送到医院后，经过检查没有发现大的伤情，只是当时被那辆拉煤车砸伤后震晕了才昏迷的，头上和胳膊上也只是有点擦伤，在医院里住了几天就出院了。

黎萍是黎大发的独生女，32岁，毕业于西北农林科技大学。毕业后先是留校当讲师，后来学校的实验基地从德国引进了一批波尔山羊，她就申请来到实验基地当畜牧兽医师，专门研究波尔山羊的良种繁育和疫病防治工作。

黎萍继承了父亲黎大发的基因，个头儿高挑，身材匀称，皮肤白皙，是个大美女。尤其是那乌黑的头发，像瀑布一样披在肩头，更让人惊羡不已。但她的脸型却不是国字脸，而是鸭蛋型，据说她母亲就是这种脸型。她母亲当年也是远近有名的大美人。

黎萍回到家里，父亲黎大发问道："你这几天到哪里去了？怎么今天才回来？"因为几天前她就给父亲打电话说她要回来，但因为车祸耽误了。

黎萍就把出车祸的事情跟父亲说了一遍。

黎大发一听，惊讶地"啊"了一声，说："伤着哪儿啦？快让我看看！"说着，就上前扶住黎萍的肩膀朝黎萍的脸上身上来回搜寻察看。

黎萍撒娇似的说："哎呀！人家不是跟你说了吗，没有受什么伤，就是那辆汽车砸过来的时候把我的头给震晕了，在医院里住了几天就好了。"黎萍说着，在黎大发面前把身子转了几个圈让黎大发看。

黎大发把女儿浑身上下仔细看了几遍，这才放下心来，不无感叹地说："你都把我吓死了！你要是有个什么事，叫我怎么向你那死去的妈交代呀！"黎大发说到这里，就悲伤起来，眼里噙满了泪花。

是的，黎大发是深爱着自己女儿的。在女儿很小的时候，她的妈妈因患急病去世，留下父女俩相依为命。他拼命工作供养女儿上学，女儿很懂事也很争气，小学、中学、大学，一路走高，对他也十分孝顺，生活上关心体贴不说，还想方设法为他解闷，帮他驱除孤单。就说养羊吧，波尔山羊刚开始引进来的时候，女儿让他到他们的实验农场看过，他说很喜欢这种羊，想养一只，女儿就给他买了一只。谁知他对这种羊越养越喜欢，越养越有感情，养了一只养十只，养了十只养一百只，直到现在养了快二百只了还嫌少，还铆着劲要发展，按他的想法，恐怕一千只都打不住。女儿担心他的身体吃不消，劝他见好就收，不要累坏了身体。他不依，说他就是要试一试自己究竟有多大能量，他不能就这样一天三个饱一个倒，过一天算两晌，那样也对不起女儿那个一辈子要强、争气、勤劳的妈妈。女儿无奈，只得想尽千方百计满足他的要求。这不，盖新羊舍，添新设备，就是女儿帮助他搞起来的。现在，听说女儿出车祸了，他能不心疼吗？好在女儿已经安然无恙地回来了，他的心里才稍稍宽慰一些。

他问女儿："你受伤后是哪个好心人把你救出来的？"

黎萍回答说："我当时已经被震晕昏过去了，什么也不知道。后来在医院里醒来后，听医生说是几个男同志。他们临走时还来看过我，看他们的样子好像是当过兵的。"

黎大发说："你当时也没问问人家叫啥名字？留个联系方式也行，将来咱们好感谢人家。"

黎萍笑了笑说："我当时躺在急救室里，头上戴着氧气罩，浑身插满了管子，连呼吸都很困难，哪还能说话呀？"

黎大发说："你说的也是。那你怎么能知道人家是当过兵的？"

黎萍说："我是从他们的表情和走路的姿势上看出来的。你没看经常来咱们这里的郭武民郭总，还有咱们村西头我金贵叔家的晓明，当几年兵回来，连走路都很正规，说话办事更是稳重老练，和没当过兵的人相比好多地方都不一样。"

黎大发问："那他们有几个人？"

黎萍想了一下，说："我当时被氧气罩盖着，看不太清，好像是四个人。"

黎大发思谋了一会儿，心想："当过兵的，四个人，莫不是他们？"紧接着又摇了摇头，在心里说："哪有那么巧的事情！"

他抬起头来，对女儿说："那你的车呢？你那天是不是还是开的人家小郑的车？"

他说的小郑名字叫郑远方。郑远方是黎萍的未婚夫，比黎萍大一岁，在西农大当副教授。

黎萍说："是他的车。车都拿去大修了，铁路上给办的。"

黎大发叹了口气说："往后不要老开人家的车。你打算要个啥样的车你快想好，钱我都给你准备好了，没个车来来往往也不方便。"

黎萍说："车我已经看好了，明天就去办手续。"

黎大发说："那就好，不管买什么样的车，只要称你的心就行。"

黎萍放下包，先是把家里的里里外外收拾了一遍，接着来到种公羊舍去察看，她要找那只患有死精症的种公羊。她这次回来就是准备把这只患有死精症的种公羊拿走处理掉的，不料想在路上出了车祸。

黎萍在种公羊舍里找了一圈没有找到，就向父亲问道："哎，爸，那只羊哪里去了？"

黎大发知道她问的是哪只羊，但还是佯装不知地问："你说的是哪一只？"

黎萍说："就是那只有病的。"

黎大发说："前几天有几只都有病了，我知道你问的是哪一只？"

黎萍说："就是不能生产的那一只嘛！"

黎大发不好再问了，只好编了个谎说："我把它处理掉了。"

"处理掉了？处理到哪里了？是不是卖给食品公司了？"黎萍紧追着问。

黎大发支吾了一下说："我也不知道他们是不是食品公司的，反正是处理掉了。"

黎萍问："那你卖了多少钱？"

黎大发又支吾了一下，说："卖了 2000 块钱。"

黎萍"噢"了一声说："卖 2000 块那可能就是食品公司了。我还担心你是卖给养羊户呢，卖给养羊户那可就坑死人了！"

黎大发遮掩着说："哪能呢！你看你老爸我是那样的人吗？"

黎大发这样一说，黎萍就把心放下来了。

韩军他们把购进的羊只安顿好后，开始研究具体的养殖办法。按照他们原来的计划，100 只种母羊留下 50 只自己养，其余的 50 只放给村民认购，这样也算给村民们开了一条脱贫致富的路子。可是告示发出去几天后，除了有几户人家过来看看，一只也没有卖出去，大家都说太贵了，买不起。赵铁柱说："实在没有人要，我们养殖班就全部把它们养起来。我们这些人都是当过兵的，这点羊还养得过来。"韩军说："不是怕你们养不过来。我们购进这批羊的目的是要为全村人创出一条脱贫致富的路子，如果只有你们几个来养，那就失去了办养殖场的真正意义了。"大家感到韩军说得有道理，也都积极想办法看怎样才能把这批羊分下去。

李威在郭武民的养殖场参加过学习，当时他听说过宝鸡有的地方采取"领母还羔"的办法让群众认养，效果很好，他建议韩军可以用这种办法试一试。

韩军问："什么叫'领母还羔'？"

李威说："'领母还羔'的具体办法是，养羊户先交100元押金，然后领回一只种母羊，一年后留下种母羊交回两只羊羔，同时退回押金。"

韩军想了一下说："你说的养羊户先交100元押金然后才能把羊领回，这我理解，因为你不让他交一点钱，他就会认为你这羊是白送的，养好养坏与他都没有多大关系。让他交上100元，他就有责任心了，他就会尽心尽力地去养。可是一年后这只种母羊要给他们留下，让他们只上交两只羊羔，那意思是不是说，这两只羊羔是用来抵销种母羊成本的？"

李威说："是这个意思。"

韩军说："那你们要算个账，看这样做行不行。我们是要让村民们脱贫致富，但也不能让养殖场亏本，否则信用社那里可是不好交代的，对村委会和全村村民也是不好交代的。反过来说，村民们把种母羊产的羊羔都交给我们养殖场了，剩下的他们还有没有利润？如果有了还可以，如果赔了，那他们以后就不会再养了，到那个时候我们办这个养殖场最终也是失败的。"

赵铁柱把话题接了过来，说："韩书记，不会的。我养过波尔羊，算过这个账。波尔山羊的种母羊一般都是两年产三胎，平均一年一胎半。每胎产羊羔有多有少，最多的一胎产四只，最少的产一只，平均大概是两只半。就是说，两年内每只种母羊要产羔七只半。七只半除以二，最少也是三只半。第一年他们把其中的两只交给了养殖场，按市场价每只羊羔就算600元，两只是1200元，这样看起来和种母羊的1800元相抵是少了，但我们经过最多三个月的育肥，每只羊羔就可以卖1000到1200元，那么两只羊羔就是2000元到2400元，这是不是就赚了，而且还赚得不算少？当然，我们对村民上交的羊羔重量要做出统一的规定，比如说，每只羊羔的重量不能少于30斤，少了就要在押金里面扣，这样羊羔的重量就有保证了。"

韩军说："这个账我听明白了。那养羊户呢？用这个办法他们会不会赔？"

赵铁柱说："不会的。你想啊，一只种母羊两年要产七只半羊羔，交给养殖场两只，还有五只半，就按五只计算，每只育肥后就按最低的 1000 元卖，五只就是 5000 元。况且种母羊这时候已经是白送给他的了，养殖场不会再收取他一分钱，也不会问他再要羊羔，产的羔全归他了。按照常规，一只种母羊的最佳产羔期是 5 年到 8 年，那除去第一年，以后的收益不就全是他们的了？所以，陕西那边的农民编顺口溜说：'一只母羊养三年，顶个国家公务员。'人家这样说是有道理的。"

账算清楚了，韩军就让大家开始做宣传。为了增强宣传效果，韩军还让李喜德把养波尔山羊的好处编成了顺口溜。李喜德还真行，一个晚上就编出了好几段，其中一段的标题叫《波尔山羊好》，内容是：

波尔山羊好，产品名声高。
种从南非出，机会德国造。
此羊长得奇，特征要记牢。
头脸很怪异，棕色两边倒。
长头罗马鼻，耳大下垂吊。
体躯全身白，背阔腰圆妙。
身长体型大，时短肉质好。
温驯喜扎堆，饲喂听呼叫。
采食不挑剔，体健抗病好。
四季都发情，两年三胎羔。
育肥生长快，出栏速率高。
毛皮骨肉肠，浑身都是宝。
粪便有机质，种地肥效好。
农民最喜欢，致富离不了。
家家户户养，小康路上跑。

赵铁柱和李威他们也编了一段：

家养一只种母羊，
柴米油盐不用忙。

家养两只种母羊，
助你起宅盖新房。
家养三只种母羊，
供养儿女上学堂。
家养五只种母羊，
等于开个小银行。
家养一群种母羊，
保你跑步进小康。

这些顺口溜写在大红纸上张贴出来后，村民们纷纷围观念诵。有的喊着李喜德的外号问：“李四眼，你这上边写的‘种从南非出’我们理解，就是说这种波尔山羊最早是从南非出来的，那‘机会德国造’是什么意思？”李喜德说：“种是南非的，但德国把它引进后进行了改良，然后又向其他国家推广，我们的这些波尔山羊最初就是从德国引进的，引进这些波尔山羊就等于给我们创造了脱贫致富的机会，所以我说‘机会德国造’。”李喜德这么一解释，大家才明白了，都夸李喜德的顺口溜写得好。

在农村，遇到新鲜的事物，农民们是不肯轻易下手的，他们往往要观察其他人的行动。所以就有人总结说：“农村的事，就是一人做，两人跟。”这也是农民的普遍心理。韩军知道农民的这一心理，为了吸引大家踊跃领养种母羊，他说服父亲韩庆厚和弟弟韩兵各带头认领了一只。大家一看韩军家都领养了，知道这肯定是件好事，也都纷纷效仿，一下子就领走了80多只，韩军只好和赵铁柱带车又找郭武民进了一批，郭武民那里不够，他们还从黎大发的养殖场购买了一些。

富贵看大家都领养了，也想领养一只，就来找韩军。韩军说：“你在养殖场工作，公家和私人的关系不好处理不说，别人还会说你占了公家的便宜。”富贵想了想，感到韩军说的有道理，只好放弃了这个打算。

不料想，这批种母羊刚分下去就出了问题。

韩军一开始想，这批种母羊一部分分到了一家一户散养，一部分留在养殖场集中养。散养的好办，养羊户一般是只领养了一只，最多的领养三只，羊少好管护，而集中养的这些羊只，管理起来则难度比较大，弄不好就会影响到整群。为此自从这批羊进了养殖场，他每天都要骑上摩托过来看一遍，生怕出现问题。谁也没想到，这些集中养的没有出现问题，而那些散养的却接二连三地报警。

先是张金斗。张金斗是张家峁的村民。这天早上韩军刚起床正在洗漱，张金斗就气喘吁吁地跑过来说："韩书记，我前几天领养的那只种母羊突然不吃不喝，也不倒沫了，还不断地咩咩叫，在地上一会儿卧下去、一会儿立起来，好像很难受，麻烦你找个人快过去帮我看看!"

韩军草草地洗漱完，打电话把张勇叫来，骑上摩托来到了张金斗家。只见他家的那只种母羊焦躁不安地站在那里，背弯得像弓一样，还不停地扭头向后看。张勇放下药箱，上前摸了摸羊的脉搏，用手在羊的鼻孔上试了试呼吸状况，然后又察看了羊的粪便，向张金斗问道："你是不是给它喂粮食太多了?"

张金斗说："我夜黑给它喂了些豌豆和玉米，看它喜欢吃，所以就给它多喂了一些。"

张勇说："这羊肯定是酸中毒了!"

张勇说着，打开药箱，取出一支碳酸氢钠溶液和一瓶葡萄糖，两种药加在一起，给病羊的静脉注射了一针。

静脉注射后，病羊稍微安静了一点。张勇叫张金斗拿一碗温开水出来，掰开病羊的嘴巴慢慢地灌了进去。接着，张勇就开始给病羊按摩。他用两只手沿着病羊的胃部和腹部来回轻柔地揉搓着，按摩一会儿让病羊休息一下，然后接着按摩。这样经过了大约一小时，病羊渐渐安静下来，卧在地上，打了几个嗝，然后开始缓慢地倒起沫来。张勇这才松了一口气，张金斗也露出了笑脸。

张金斗这时才想起来，赶紧让家人给韩军和张勇倒杯茶水端了过来。他一边给韩军和张勇递水，一边说："我的老天爷呀！咱过去没有喂过羊，这种羊可真娇气！多喂了点粮食就惹了这么大的祸，都把人给吓死了！当时我还在想，人吃了粮食都上膘，别说是羊。不管是人还是牲畜，多吃点粮食肯定好。哪知道美物不可多用，好东西吃多了也会惹祸!"

张勇说："其实这种羊不是娇气，是你不了解羊的胃部构造。羊是食草动物，跟其他动物的胃不一样。猪、鸡这些动物只有一个胃，书上叫单胃，而羊却有四个胃，分别是瘤胃、网胃、瓣胃和皱胃，所以书上说羊是复式胃。羊的瘤胃、网胃和瓣胃被称为前胃，前胃中起主要作用的是瘤胃。瘤胃的容积很大，是贮存饲料的大仓库。羊吃了饲料后，一般不经过充分咀嚼就吞咽进了瘤胃。饲料进入瘤胃后，先在瘤胃中与水和唾液混合，然后被揉磨、浸泡、软化和发酵，经过一段时间，再把饲料送回口腔仔细咀嚼，然后再入瘤胃进行消化和吸收，这个过程称作反刍，也就是我们常说的倒沫。反刍能促进饲草和饲料的消化和吸收。我们之所以强调精饲料和粗饲料要搭配好，特别是精饲料不能一次喂得太多，是因为精饲料喂得多了会引起酸中毒，而粗饲料能防止酸中毒。”

张勇讲到这里，看了看张金斗，说：“我这样说可能不太好懂。”

张金斗点着头连连说：“能听懂，能听懂，你继续说！”

张勇喝了一口茶，继续讲道：“刚才我们说，羊是靠瘤胃进行反刍的，而粗饲料对瘤胃具有机械刺激作用，粗饲料的这种机械刺激作用有利于促进羊的反刍，反刍又可以吞进大量唾液，唾液一般又是碱性的，它能有效地中和瘤胃因发酵而产生的酸，从而保持瘤胃酸度相对稳定。如果饲料中的精饲料比例过高，它会快速产生大量的酸，而且精饲料吃的多了瘤胃里粗饲料的比例也会相应地下降，这样，羊的反刍就会减弱，唾液就会减少，中和瘤胃酸的能力就会减弱，进而引起瘤胃酸度上升，pH 值下降。一旦 pH 值低于临界点，就会出现酸中毒症状。你的这只羊就是典型的酸中毒，如果处理不及时，轻则掉膘，重则引起并发症，甚至会危及生命。”

听张勇这么一讲，张金斗惊讶地说：“我的妈呀！养个羊还真有大学问哩！”

韩军说：“要不，人家为什么强调要科学养羊呢！”

临走的时候，张勇又开了一张含有山楂丸、健胃散的处方交给了张金斗，让他到镇上买回来，按说明书上写的服用方法给羊喂上几天。

接着是赵家沟的赵家虎。赵家虎是韩军从张金斗家回来的第二天中午过来的。当时韩军正在吃午饭。赵家虎一进门就上气不接下气地说：“韩、韩书记，我们家的那、那只羊快、快不行了！”说完又解释了一句，“我去找张勇没、没找到，就直接找你来了。”张勇是上午被韩军派到镇上兽医站购药去了，韩军打电话没打通，他从赵家虎的神色判断，知道赵家虎家的这只羊病得肯定不轻，也没多问情况，就放下饭碗，骑上摩托到镇上接了张勇来到赵家虎的家。

赵家虎家的这只羊确实病得不轻。只见它的肚子鼓得很大，背弓得很高，神情极度不安，呼吸十分困难，见了韩军他们几个，眼神显得极为哀怜。

张勇对赵家虎说了一句“你是不是让它吃露水草了”，紧接着让赵家虎赶快找点食用醋和食用油过来。这些东西平时家里都有，赵家虎很快拿了过来。张勇打开自己的药包，取出一瓶酒精，按照一定的比例把这三种东西配在一起，扳住羊头慢慢灌了下去。等了一会儿，张勇又让赵家虎砍了一根椿树枝，找了一瓶大酱。张勇用刀把椿树枝刮干净，把大酱涂在椿树枝上，然后塞进羊的嘴里让羊咀嚼。病羊开始不嚼，张勇就拿住椿树枝不松手。过了一会儿，病羊开始把衔在嘴里涂有大酱的椿树枝咀嚼起来。病羊嚼了一阵，开始打嗝，又过了一阵，像鼓一样的肚子慢慢消了下来，病羊的精神也好转了。

这个时候赵家虎才解释说：“早上我准备到地里去把菜地收拾一下，心想，与其把草薅回来喂，还不如直接把羊赶到地里吃。菜地里萝卜、白菜、雪里蕻、茼蒿什么都有，另外还有豆秧、红薯秧和青草，想吃什么就吃什么，都是新鲜的，多好！所以我就把羊拉上去了。当时地里的露水很大，走到地里我的裤腿都被露水打湿了。羊到地里后见到这些青菜、青秧和青草后，吃得可欢实了，连头都顾不得抬一下。回来的时候，我还又扤了一箩头菜叶子倒在拴它的地方让它吃。谁知到上午的时候，我就发现它不对劲，又是弓腰，又是伸背，头还不停地扭着往后看，一会儿肚子就鼓起来了。我就赶快到养殖场去找张勇。养殖场的人说张勇让韩书记叫走了，我急了，就直接跑到韩书记你的家里去了。”

韩军说：“你直接找我就对了。你要是不去找我，这只羊恐怕就危险了！”

张勇对赵家虎说：“羊最怕吃露水草了。”

赵家虎看了看张勇，说道：“那为啥？你能不能给我们讲讲，让我们以后也注意点。”

张勇说：“我跟好几家都说过，羊有四个胃，其中的瘤胃最大。羊吃的饲料首先要进入瘤胃，饲料进入瘤胃后是要发酵的。瘤胃在发酵饲料的营养成分过程中，会产生大量的挥发性脂肪酸和各种气体。这些气体只有通过不断的嗳气也就是我们常说的打嗝动作排出体外，才能预防臌气。羊在饲喂后半小时内是产生各种气体的高峰期，每分钟的产气量高达几公斤。当羊采食了大量带有露水的豆科牧草或富含淀粉的块茎类饲料时，瘤胃的发酵作用会急剧上升，所产生的气体如果来不及通过打嗝排出时，就会出现‘臌气’。这时候如果不及时进行放气或者灌药止酵，就会使羊因窒息而死亡。所以我们的放羊谚语中就有‘要想羊只好，不吃露水草’的说法。”

张勇解释完后，开了一张中药处方交给赵家虎，让他到镇上把药买回来煎成汤药，每天给羊灌服两次，连服三天。

有了这两次事故的教训，韩军让赵铁柱把养羊户集中起来，就如何养殖波尔山羊的问题进行了专门的培训。当然，主讲离不开张勇。

第四章　矛　盾

韩军过去在部队上工作时和妻子石梅分居两地，一忙起来他常常连个电话都不给家里打，刚开始石梅还以为是他变心了，后来才知道，他只要一干起工作，把什么都给忘了，简直就是一架光知道工作的机器！

现在又是这样。韩军回来后只顾忙村里的事，一直没有给石梅打过电话。石梅对他的身体不放心，就主动打电话过来询问他回来后的情况，韩军就把这边的情况跟石梅述说了一遍，石梅这才放下心来。但石梅仍嘱咐他一定要注意身体，一是要注意吃好，不能让胃病犯了；二是要定期到医院里检查，发现肺部的结节有变化立即回西疆做手术，千万不能大意。

羊的事情告一段落，韩军开始筹划修路。修路首先需要钱，但一说到“钱”字，大家的脸上都像蒙上了一块黑布。

韩军来到镇上找于亚军。于亚军说：“贫困村修路有专项资金，年初已经安排完了。”但他还是给县交通局的孙广成局长打了个电话。

孙广成和于亚军是老朋友，那一年他和于亚军到韩军所在的部队驻地亚尔番旅游，韩军还接待过他们。

孙广成在电话中对于亚军说：“刚好最近上级交通部门又追加了一些给贫困村修路的指标，但狼多肉少，只能是专项资金拨付一部分，修路的村庄还得自筹一部分。”

于亚军问，村里需要自筹多少？孙广成说：“这要根据各自道路的基础条件来定，山区的要多一些，平原的则要少一些。”

于亚军问，像韩冲村这样的村庄需要贴补多少？孙广成说：“韩冲村我去看过多次，那里是丘陵地区，按修3.5米宽的标准，每公里大约需要自筹5万元。”

韩冲村进村主路的长度是5公里，需要自筹25万元，于亚军问韩军能不能筹到。韩军为了能拿到修路指标，想都没想，当即答道：“能！”于亚军就在电话中把这个话告诉了孙广成。

孙广成说："那你们就打个报告吧。"

韩军马上回到村里写了报告，找李喜德盖上村委会的章，又到镇上找镇长柴广钦盖上镇政府的章，紧接着马不停蹄地来到县交通局，把报告递到了孙广成手里。孙广成当场就把报告给批了。

报告虽然批了，但孙广成告诉韩军："批了报告只是你们的项目列入了政府的修路计划，要拿钱还需要村里的自筹资金全部到位。"

这一下把韩军难住了。因为村里没有集体经济，他接手的时候不仅没有一点积累，账上还倒挂了 20 多万元，几乎天天都有人来要账，为了应急，他把从部队上带回来的为数不多的那点钱都快倒贴光了。现在需要自筹这么多，钱从哪里来呢？韩军心事重重地回到了村里。

韩军回到村里的时候正是各家各户做晚饭的时候。他刚走到村口，远远看见一群人聚集在村部吵架，当时村部没有其他人，只有会计李喜德在应付。人们看见韩军回来了，一起朝韩军围了过来。韩军一问才知道，村里自从进来这批波尔山羊后，有的养羊户拉着羊到地里放养，任由羊乱跑着吃草，有的甚至看到羊吃了庄稼也不管，糟蹋了很多庄稼，引起了许多矛盾和纠纷。这次两家吵架，就是因为一家的羊吃了另一家的庄稼，两家人吵到了村部，要求韩军给评理。韩军这才想到这件事是由于自己缺乏工作的预见性造成的，他首先向大家做了自我批评，然后请李喜德通知村委会成员第二天开会专题研究解决这个问题。众人散开后，韩军把当事双方留下来单独做了调解工作。几天后，以村委会名义制定的关于羊只管理的规定印发到了各个村民小组。村里决定，由会计兼治保主任李喜德主管这项工作。

羊的管理问题处理完，韩军就马上组织召开村支两委会议，专题研究修路的自筹资金问题。会议给出了三条办法——韩军把它称作"三个一部分"：以村委会的名义向信用社贷一部分；发动村民捐一部分；村支两委成员利用自己的人脉关系化缘一部分。韩军在会上说，不管是谁，只要能借到就行，将来由村里偿还。韩军还想让砖瓦厂和造纸厂也给出一点，但考虑到这个问题涉及到夏广泰，很敏感，现在还不到说这个事情的时候，话到嘴边他又咽了下去。关于发动群众捐款的问题，会议的一致意见是，只能自愿，不能摊派。会议最后对村支两委筹资的工作做了分工。

会后，韩军先跑了一趟信用社。

信用社的主任说："你们村里原先还欠着信用社 20 多万元，上次为办养殖场又贷了 30 万元，到现在还没有偿还。按照我们信用社的规定，是不能再贷给你们了，除非是由镇政府出面做担保。"

韩军想：上次为养殖场的事已经让镇政府担保了，这种事情只能做一次。看来这条路是行不通了，只能另想办法。

夏广泰其实是能搞到钱的，但他对修路的事情一直是处在矛盾之中。他也知道，修桥补路是一件积德行善的事，何况路修好了对自己也有好处，至少对自己砖瓦厂和造纸厂的产品销售会带来利好，另外，自己平时进县城的机会也多，路修好后再遇到下雨天自己也不会再像过去那么狼狈了，所以在会上他就没有表示反对意见。但他也知道，这件事办好了会往韩军的脸上贴一块大金子，全村人都会说韩军的好话，那样对韩军的威信会大大加分，无形中也就会降低他夏广泰在群众中的威信，甚至还会有人在背后骂他，因为他干了十几年的村主任，这条路一直是原样，甚至比原来更烂。当然他也知道，凭他的人脉关系，化个 10 万 20 万的缘还是可以办到的，何况自己还承包着两个厂子。但是正像歌中唱的，"该出手时就出手"，现在还不到自己出手的时候，他要等一等再看。

大家跑了一个多星期，收效甚微。正应了人们常说的一句话：现在一说到钱字，好多人都五脏发抖，四肢抽筋。除了老支书拉来了 2 万元的赞助，其他人几乎是空手而归。好在李喜德给大家找到了一条路子：村子里在外地工作的人听说村里要修路，纷纷表示支持，有的已经有了捐款的意向。韩军一听到这个信息眼睛立马亮了：对于在外工作的人来说，思乡之情，人皆有之，把家乡的路修好了，对于他们来说也是办了一件大好事。他感到这里边大有潜力可挖，当即就让李喜德把在外地工作的人员和常年在外地打工的人员分别造一张花名册来，包括联系方式一起写上，然后商量具体的筹款办法。

秋收时节到了，韩军只得把精力投到了"三秋"中去，筹款修路的事情暂时被放下了。韩军心想这样也好，秋收过后，大家的手里会增加几个活钱，对筹措修路的款项也会带来一些便利。

秋收过后，发生了一件意想不到的事情：一些群众领养的一些种母羊没有怀上羊羔，养殖场的种母羊也有这样的情况。

事情最先是由韩军的父亲韩庆厚发现的。韩庆厚领养的种母羊配种后没过多久，他便一有空就蹲在这只种母羊的跟前，左看看，又看看。韩军想，父亲这样做可能是喜欢这个品种羊的缘故，因而也就没多过问。后来，韩庆厚这样做的天数多了，引起了韩军的疑问。有一天，他从镇上开会回来，发现父亲还是像往常一样蹲在种母羊的跟前左察右看，还时不时地起身在种母羊的腹部和乳头上摸。韩军就问道："爹，这羊不是好好的吗，你老看它干什么呀？"

韩庆厚说："我是在看它怀上羔没有。"

韩军说："配种快一个月了吧？"

韩庆厚说："不是快一个月，是一个多月了！"

韩军说："那你没看它怀上羔没有？"

韩庆厚说："看不明显，好像没有。"

韩军说："不会吧！配种过后不是让张勇检查过吗？"

韩庆厚说："当时检查的是配种的情况，能不能怀上那是以后的事情。"

韩军说："这个我也不大懂，要不，让张勇过来看看？"

韩庆厚说："再过几天看看，真不行了再说。"

又过了几天，韩庆厚领养的这只母羊仍然没有出现他所期望的结果。韩庆厚是养羊的老手，很有经验。他知道，母羊妊娠后，食欲增加，毛色光亮，体态逐渐丰满，性情温驯，行动谨慎，好静喜卧，阴唇收缩，阴门紧闭，阴道黏膜苍白，黏液浓稠。特别是随着妊娠时间的延长，母羊的乳房会开始发育，颜色红润，乳头周围有蜕掉的皮屑和污垢，乳头的根部也逐渐变得敦厚而松软。而眼下的这只种母羊，这些表现一点也没有，而且恰恰相反。尤其是最近几天，不管跟前有没有人，它都表现得极度兴奋不安，不断地大声鸣叫，还爬墙、抵门，不停地摇尾巴，给食也不吃。韩庆厚观察它的外阴，发现它的外阴部红肿，还分泌有少量的黏液，阴门和尾根部也附着着一些分泌物。凭韩庆厚的经验，这哪里是一只有孕羊，完全是一只发情羊嘛！

为了证实自己的判断，韩庆厚又看了几家领养户的羊，结果发现在这几家领养户中，有5家也有这种情况。韩庆厚不放心，又来到养殖场察看，发现这里也有类似的情况。这说明，出现这种情况不是母羊的问题，问题一定是出在种公羊身上，至少在这两只种公羊中有一只有问题。于是，他对韩军说："你赶快叫人把那两只种公羊检查一下！"

韩军立刻派张勇去镇上的畜牧兽医站请兽医。

畜牧兽医站派医生迅速来到现场，经过观察和化验，确定两只种公羊中的一只患有死精症。也就是说，用这只患有死精症的种公羊给母羊配种，母羊是不会怀孕的。

"这肯定是那个黎老板搞的鬼！在种公羊上做手脚，真是麻子敲门——坑人到家了！"赵铁柱一听到种公羊患有死精症肺都气炸了，当即要去找那个黎大发算账。韩军知道这样的事情处理起来比较棘手，就带着赵铁柱和张勇前往处理。

他们先是找到郭武民，由郭武民带着来到了黎大发的养殖场。

黎大发一见到韩军他们几个就知道是什么事情了，但他的嘴还是很硬，像煮熟的鸭子。当郭武民把情况说完后，黎大发完全采取了不认账的态度。他狡辩说："你们把羊都拉走这么长时间了，谁知道它在什么时候得的病？何况郭总你也是在养殖场工作的，应当懂行，你当时都看过了，也没有提出疑问，现在怎么能提出这样的问题呀？这就好比你从商店里买回一件衣服，都穿在身上几个月了，你还能再拿到商店去退吗？"

郭武民知道和黎大发再说也是嘴上抹石灰——白费口舌，就悄悄地对韩军说："他有个女儿在西农大的实验农场工作，女儿比较通情达理，我们是不是去找他女儿做做工作？"

韩军想，既然已经来了，况且这件事情总得有个结果，拖下去损失就会更大，于是就听从了郭武民的建议。

当韩军和赵铁柱、张勇在郭武民的引领下来到黎萍所在的实验农场时，他们几个人一下子被这里的美丽风光吸引住了。只见整个场区树木参天，道路宽阔，林荫遮地，花草繁茂。办公楼、教学楼、实验楼、生活楼一应俱全；文化馆、体育馆、科技馆、展览馆鳞次栉比；养殖场、检疫场、标本场、交易场分区而建，一座座中西合璧的漂亮建筑散落在花团锦簇之中，给人一种心旷神怡、美不胜收之感。韩军看后在心里赞叹道："这哪里是农场嘛，简直是一个偌大的现代公园！韩冲村将来要是能建成这个样子，那该有多好啊！"

接到门卫的通报，正在输精室工作的黎萍穿着白大褂在会客室里热情地接待了他们。

黎萍一看到韩军他们几个就一阵惊喜："哎呀！怎么是你们啊！"

郭武民感到很奇怪，说："怎么，原来你们认识呀？"

黎萍说："我那天遭遇车祸，就是他们几个把我救出来的。那天我已经被那辆拉煤车砸晕了，要不是他们把我从车里救出来，就是在车里闷也会把我闷死的。他们可是我的救命恩人哪！"

韩军不好意思地笑了笑说："那都是应该的，不管是谁遇到那样的情况，都不会袖手旁观。"

黎萍说："你们当时救了我的命，我连你们的名姓都没来得及问呢，能不能给通报一下？"

韩军的脸色微微红了一下，没好意思说。

郭武民赶忙接过黎萍的话茬，指着韩军他们几个对黎萍介绍说："这位韩书记名字叫韩军，是中原省宛平县韩冲村的党支部书记，原先是一个大官儿，在西疆的部队上当团政委。"

黎萍惊讶地说："哎呀！在部队上当团政委，现在转到地方当村支书，那不是大材小用了吗？"

郭武民解释说："本来韩书记是要做其他安排的，因为他们村是全县有名的贫困村，他们镇上和县上的领导看到他们村里的班子太弱，为了使他们的村子尽快脱贫，就让他回来了。这也是他自愿回来的。"

黎萍更加钦佩了，赞叹地说："那说明韩书记有家乡情结，时刻惦记着家乡人民的脱贫，一般人做不到。佩服！真叫人佩服！"

韩军腼腆地笑着连连摆手："哪里，哪里！黎老师过奖了！"

郭武民把韩军、赵铁柱和张勇的情况简要介绍后，就开门见山地向黎萍说明了来意。

黎萍一听，对父亲黎大发的做法又好气又好笑。好气的是，这样做事是违背社会公德的，不要说韩军是她的救命恩人，就是对其他的人也不能这样做；好笑的是，那一天她追问父亲时，父亲还支支吾吾地说是卖给食品公司了，并且还用卖的钱数来遮掩，她当时还信以为真了，没想到父亲为这点钱还会编假话，父亲当时编假话的神态自己现在还能想起来，真是可笑极了！

黎萍明白了韩军他们的来意，当即就请假带着他们回到了自己的家里。

黎大发这一次没咒可念了。他先是挓挲着两只手自惭地说："看这事办的！看这事办的！"然后像个犯了错的小孩子一样，红着脸低着头再也不说话了，那意思无非是说：事已至此,你们看怎么办吧！

黎萍看了看父亲的窘态，知道他已经没脸处理这个问题了，就自己带着韩军他们来到种公羊舍，让郭武民挑了一只体格最好、年纪最轻的种公羊，交给了韩军他们。

黎萍回转身，又从家里取出一沓子百元钞票，用一张牛皮纸包起来往韩军手里递，一边递一边说："这是一点赔偿金，请您交给那些受损的养羊户。"

韩军一听就明白了，这是要赔偿给那些由死精症种公羊所造成损失的养羊户的，他连忙拒绝说："有这只健康的种公羊，什么问题都好解决了。再说了，当时也是我们自己看上的种公羊，我们也有责任，况且以后我们还要合作呢！"

韩军一行走了。韩军那轩昂的仪表和儒雅的谈吐给黎萍留下了深刻的印象。事后，她还专门找到郭武民询问了韩军的具体情况，郭武民给她做了详细的介绍，并且说这都是他的战友赵铁柱给他讲的。黎萍听后，对韩军更加敬佩了。

韩军走后的第二天，郑远方来找黎萍商量订婚的事儿。郑远方也是一个标致的小伙子，高高的个头儿，匀称的身材，五官端正，浓眉大眼，皮肤白净，高高的鼻梁上架着一副紫红色秀郎架眼镜，举手投足间透着学者风度。他们两个在大学时就是同学，已经谈了几年恋爱了。

一见面黎萍就说："你急什么嘛，还怕我跑了不成？"

郑远方说："这不是前几天你自己说的时间吗？刚好今天休息，我就早早地过来了。"

黎萍慵懒地说："是我说的时间就不能变吗？你没听人家说，大姑娘的脸就像六月的天说变就变，前边晴得好好的，说不定一会儿就会刮狂风、下暴雨！"

郑远方说："人家那说的是小孩子的脸像六月的天，说变就变，不是说的大姑娘。"

黎萍不耐烦了，说："不管说的是大姑娘还是小孩子，反正本小姐今天没这个心情，改天再说吧！"

郑远方只好怏怏地走了，边走还边咕哝着说："真是奇了怪了，卖几只羊就把脸给卖变色了！"

韩庆厚从这件事中也看到了自己的责任，决定帮帮儿子。他找到韩俊法说："韩军在部队上待的时间长了，对农村的好多事情不了解。像这次买羊，他不知道做生意的人心里奸猾，人家说了几句好听的话就当真了，结果吃了亏。要不是铁柱在那边有熟人，还不知道要吃多大的亏哩！"

韩俊法说："怕他吃亏咱就帮帮他。我在班子内，你在班子外，我们老哥儿俩合起来给他当个参谋，你说中不中？"

"中！中！可中！"

两个老伙计都会心地笑了。

韩庆厚回到家里，把儿子韩军当村支书这段时间办过的事情回顾了一下，心想，儿子是一心一意想把村里的事情办好，想让乡亲们的生活尽快地好起来，他的出发点是好的，但他有点操之过急。另外，他对有些人和有些事还没有看透彻。自己要想帮儿子，首先就得把有些事情说清楚，让他在心里有个数，不能完全用老经验来行事。另外，要给他适当地泼点冷水，让他的头脑不要太热，要学会见好就收。要不然，到最后是收不了场的。于是，在一天晚饭后，他看儿子有点空闲时间，就把儿子叫到了院子里的玉兰树下，和儿子攀谈起来。

韩庆厚一开始就开门见山地说："他们让你回来当这个村支书，我心里虽然不乐意，但木已成舟，我也没再拦你。从你回来这段时间办的这几件事情看，你操的心是好的，也费了很大的劲，当然也有效果。但我发现你对农村的情况仍然不像人家一直在农村干的人那么了解，也吃了一些亏，所以，有些话我还是要跟你再说一下。说得对不对你都不要生气。当父母的嘛，谁都想让自己的儿女好。”

韩庆厚说到这里，停了下来，眼睛看向儿子。

韩军知道这是父亲在关心自己，也是在等待自己的态度，于是他带着感激的口气说：“爹你有话尽管讲，在父母面前，我永远都是你和我妈的儿子。”因为韩军明显地感受到，自从自己当上兵特别是提干以后，父亲就再也不像以前那样对自己耳提面命了，每次在他面前说话都是掂量了又掂量，生怕哪句话说错了伤了自己的自尊心。今天又是这样，所以他才向父亲表明了自己的态度，目的是想打消父亲的思想顾虑，有话就尽量跟自己说出来，哪怕是说错了也不要紧。谁叫自己是他的儿子呢！

韩庆厚得到了儿子的明确态度，说话的胆子大了起来，就竹筒倒豆子，直言不讳地说：“首先一个，在农村干，心里不要太实诚。你当兵走之前，人们的思想觉悟都高，上级号召的是大公无私，热爱集体，现在的很多人讲的是发家致富，钱多为王，谁能挣来钱谁光荣，谁日子过得穷谁耻辱，所以好多人都在钻圈弄猴想办法去捞钱，为了一个钱字，有些人连羞耻都不要了。遇到这样的人、这样的事，脑子要多根弦，不要脑子一热，不该表的态你去表，不该办的事你去办，要是那样，到最后肯定是要吃亏的，有时候还会吃大亏。像你们这次到陕西去买羊就是个例子。现在做生意的人好多心里都奸猾，不要听人家说几句好话就信以为真。要不是人家铁柱在那里有熟人，不知道你们还会吃多大的亏哩！以后再遇到这样的事，要多长几个心眼儿，多瞅瞅，多看看，在脑子里多打几个问号。你从小就是个心地善良的实诚人，把哪个人都看成是好人。我不是说这样不好，我只是提醒你，世上有三教九流，人分三六九等，社会是复杂的，有好人，必定就有坏人。虽然到什么时候坏人都是极少数，但对坏人不可不防。坏人对社会、对别人，包括对家庭的危害，是任何好人都估计不出来的。”

韩庆厚说到这里又停了下来。他喝了一口茶，润了润嗓子。

韩军知道，父亲是在给他讲自己的人生经验。这些人生经验虽然有一些是他个人的体验和观察，不一定全有道理，也不一定就是他韩军应该照着去做的，但他知道父亲的一片苦心，这是父亲不想让他在今后重蹈这次购羊的覆辙。所以他还是点点头，耐心地听下去。

韩庆厚说："第二个，就是治理乡村有个过程，不要指望一口吃个胖子。农民和你们部队上的人不一样，他们没啥纪律性，散漫惯了，你要是老拿部队上的那一套办法，恐怕一时半会儿行不大通。俗话说，心急吃不了热豆腐，性急绣不成牡丹花。不管办什么事都要慢着点，要懂得事缓则圆的道理。这就像蒸馍一样，要慢慢上汽，汽圆馍熟。"

韩军对父亲的这段话颇以为然。他知道自己最大的缺点就是遇到事情性子急，不懂得等待时机，急于求成，所以常常吃亏。如果说过去在部队犯点急躁病还有情可原的话，现在自己的工作对象完全变了，再也不能照搬部队的那些办法了，否则就会在工作中吃大亏，给乡亲们的利益带来不应该有的损失。

韩庆厚继续说："这第三个，你以后主要是和夏广泰打交道。据我这些年的观察，这个人嘴上说的和心里想的经常不一样，你别看他平时话很少，但他的心里很做事。李喜德就在私底下说过，这个人是阎王爷打算盘——一肚子鬼主意。可是现在没有办法，这是上面安排的，你绕不过去，那就只好认了。但你跟他打交道要多长个心眼儿。常言说，宁可得罪君子，不可得罪小人。遇到他的事情睁一只眼闭一只眼能过去就行，不要去和他较真儿。要是叫他咬你一口，那不把你咬死，也要把你咬个半死。我说的这句话，你什么时候和他在一起共事，你就要记到什么时候，要不然等你吃了亏，后悔恐怕都来不及了。"

父亲说的夏广泰的情况，过去在学校的时候韩军也了解一些，这个人的最大缺点就是嫉妒心强了一些，但那个时候都还是学生，处在不谙世事的阶段。韩军这次回来听到了村民们包括老支书对夏广泰的一些反映，回想当初夏广泰在他和田改云婚姻问题上的做法，韩军感到夏广泰这个人在有些事情上确实做得不够地道。不过，韩军相信人是会变的，只要你真心对待他。因为夏广泰毕竟不是一个坏人，他还是一个共产党员嘛！还是毛主席他老人家说得好，我们不但要善于团结和自己意见相同的人，而且要善于团结那些和自己意见不同的人，还要善于团结那些反对过自己并且已经被实践证明是反对错了的人一道工作，这才是我们共产党人应有的胸怀。

韩庆厚看儿子听得很认真，就继续说道："这第四个嘛，就是你这个支书究竟干几年的问题。按我的想法，你想为乡亲们办点好事，我们当父母的也不拦你，但你也不能干得时间太长，干上个一年半载，能给乡亲们办出几件漂亮的事，你就赶快收手，回你部队去，这样你对上对下、对里对外都好交代，可不敢按你想的，要干多少多少年。要是那样，你不光会把你前几十年积攒的好名声都丢掉，还会让人们骂你后几十年。我这不是吓唬你，这是我活了大半辈子对农村事情的体验，信不信由你。总结起来一句话，就是我常跟你讲的，我们不求你荣华富贵，只求你平平安安。只要你平安了，我和你妈到老景也就有个依靠，有个指望了。"

韩庆厚最后这几句话说得很重，韩军听得出来，这是父亲提前给他敲的警钟！按自己原来的想法，在村支书这个位置上，自己至少要干它五年，因为好多事情都是五年为一个阶段，甚或是一个周期，特别是村里的底子薄，有些事情一两年是干不出个什么名堂来的。但这个话现在又不能跟父亲讲，因为父亲今天是来给自己交心的，父亲这样说肯定也是想了很久，如果现在就直接说出来，肯定会伤父亲的心，那样也就亏了父亲的一片苦心了。

想到这里，韩军带着感恩的心情对父亲说："爹，您今晚上说的这番话，都是为了儿子好，儿子一定记在心里。往后儿子在哪些地方做得不到、做得不好、做得不对，您老一定要及时地指出来，防止儿子栽跟头摔跤。还是那句话，您老可千万不要认为儿子是个什么官儿，在父母眼里，儿子永远都是个没有长大的孩子。平时对儿子也要多提醒，多教育，遇到事情要多给我出出主意，这样才能帮助儿子把工作做好。工作做好了，我本人脸上有光，父母和家里的所有人脸上也都有光，您说是吗？"

韩庆厚对儿子的这个态度很满意。心想，儿子不愧是部队培养出来的，要是韩兵，他是不会理解父母这片苦心的。当然他的这些话也不会去讲给韩兵听，他认为韩兵没有老大这个气度，也没有老大这个水平。

第五章　募　捐

秋收过后，修路的事情又被提上了日程。

秋收期间，韩军曾对准备硬化的这条进村路进行了反复勘察和测量，他总感到修3.5米有点窄了。之前他曾经到华西村和南街村参观过，南街村他还去过两次，人家的进村主路都很宽，华西村的恐怕20米都不止，就连他自己原来所在部队的军民共建单位葡萄村，那路面的宽度也在10米左右，现在这条路只修3.5米实在太窄了。因为从发展的眼光看，农用车会越来越多，就是城里人坐的小轿车也会开到农村来的。村里人眼下虽然还买不起汽车，但看看国家的发展大势，小轿车进村是早晚的事。修路和起房盖屋一样，是长久大计，一旦修起来至少要管几十年，如果现在不看到这个问题，等将来需要了再来拆建重修，那不是眼睁睁地看着浪费人力、财力和物力吗？于是他又去找县交通局的孙广成局长。

在去找孙广成局长之前，他首先征求了父亲和韩俊法的意见。他感到，自己离开村里20多年，确实对农村的情况不太了解了，而父亲和老支书都是自己的靠山，他们对农村的情况了如指掌，又支持自己的工作，所以每遇到棘手的事，他都要事先请教一下他们，听听他们的意见，然后再做决断。这次就是这样，当他把自己的想法说给两位长辈后，立刻得到了两位长辈的支持，他们说，铺路修桥，百年大计，要修就要修得宽宽敞敞的，不要太小家子气了，那样会给自己和后人留下遗憾。

韩军找到孙广成后，把自己的想法告诉了孙广成。孙广成很支持他的想法，说："把现在的路基扩展到9.5米，将来的路面修到8.5米比较合适。但这样一来，造价就要大幅提高。"

孙广成给他算了一下，路面如果按8.5米修，每公里的造价在原来的基础上就要增加17万元，总造价至少要160万元，这还不算人行道和绿化带。

韩军问孙广成："交通局还能不能再给解决一点？"

孙广成想了想说："修路的指标是经过县政府的常务会议讨论决定的，不能突破。不过还有个变通的办法，就是只要是村道就可以批。你们村里的道路有两条丫杈路，那个如果能算上，将来不要有人告状，我就可以名正言顺地给你再增加一点拨款。"

韩军说："这是给村里人办好事，大家感谢都来不及呢，谁还会去告状？"为了促使孙广成下决心，韩军打包票说，"这件事包在我身上，出了事由我韩军负责！"

孙广成看了看韩军，说："只要有你这句话，我就放心了。咱们现在就去你们村里测量。"孙广成心里明白，连县委乔书记都对韩军高看一眼，既然韩军敢打包票，他自己还怕什么？

孙广成亲自带着技术人员跟随着韩军把村子里的两条丫杈路测量了一遍，测量的结果是，进村的主路不算，左边沿着圪潦河的村道是 1.7 公里，右边沿着驴尿河的村道是 1.3 公里，两条村道加起来刚好是 3 公里。孙广成当场表态给他们再追加 30 万元。

测量完两条丫杈道，孙广成应韩军的要求，让技术员把进村的主路一并测量规划了一下。最后确定，路基按 9.5 米修，路面铺 8.5 米，主路两边各留两条绿化带和一条人行道，内绿化带 1.5 米，外绿化带 4 米。主路的一边沿着韩冲河，沿河的一面可以根据地势进行调整，但最近的距离不能少于 2 米。人行道修 2 米。整个工程分两期完成，第一期先修干道，待以后经济条件好了，再考虑绿化带和人行道的修建和绿化问题。

这个方案拿到村支两委会上讨论，都说这样设计很好，有发展眼光，就是筹钱的难度太大了，其他没提出什么异议。夏广泰一直是保持沉默，不说支持，也不说反对。韩军问他有什么意见，他说挺好，都听大家的。

事情就这样定下来了，剩下的事情就是找钱了。还算好，有上次李喜德提供的路子，这次筹钱是先从外围开始的。

从李喜德提供的花名册看，全村在外地有正式工作的 70 多人，常年在外地打工的有 90 多人，加起来有 160 多人。韩军想，如果有正式工作的每人能拿出 3000 元，常年在外地打工的每人能拿出 2000 元，那这个问题就好解决了。于是他在会上提出了一个办法：凡是自愿为家乡修路捐款的，不论钱数多少，都要张榜公布、建档立卡；凡是捐款在5000元以上的统一勒碑刻铭；凡是捐款在5万元以上的单独树碑立传，让后代子孙铭记。

接下来就是每个支委按照会上的分工给每个在外地工作和常年打工的人打电话。韩军和李石榴是给在外地工作的同志打电话，只要能联系到的多数都表示大力支持，并说出了具体支持的钱数，有的还很快就把捐款汇了过来。在这些表了态的人中，多则四五千，少则一两千，有两个在外地从事贸易工作的人分别捐了1万元和2万元。韩军把这些信息都让李石榴制成表格一个个登记清楚。此后一连几天，李石榴就拿着这张表格逐一跟踪落实，收到款后就交给会计李喜德。这部分人捐的还比较顺利，不到半个月就捐了接近25万元，比预想的结果要好。

但其间也出现了一个小插曲：姜家河村村民姜大茂的儿子姜小茂在外地的一个政府机关工作，姜小茂家乡观念很强，当韩军通过电话把情况跟他说明后，他第二天就捐了3000元，但他的钱不是直接寄给村里，而是寄给了他的父亲姜大茂，可能也是为了让父亲去村里交这个钱时能给他脸上添点光彩。可是姜大茂没有理解儿子的一番用心，而是把这个钱收了起来，还跑到韩军家里找韩军算账，说韩军你有什么资格打电话让我的儿子给你们捐款？韩军知道他这是思想觉悟低造成的，也没有和他计较，表态说这个钱村里可以不收，客客气气地送他走了。弟弟韩兵问韩军为什么对他这么客气？韩军说："农村人挣个钱不容易，现在要让他一下子拿出这么多钱捐给村里，他的心里肯定是舍不得的。"

在外地打工的这一块效果不够理想。负责这一块的是老支书韩俊法和夏广泰、李喜德。他们逐个打完电话后，接电话的人都说修路是个好事情，但就是捐不了多少钱，因为他们是在打工，没有固定收入，有活的时候情况好一些，找不来活的时候连吃饭都成了问题。有的还说，族肥留原籍，家贫走他乡，出门打工的多数都是穷家寒舍，即使能挣来几个钱也是家里急着用的。但他们也没有回绝，都表示一定要想想办法，毕竟是自己村子的事情，路修好了人人受益。不过也有例外。韩俊法他们打完电话过了几天，有两个在外地做张车篷生意的小伙子寄回来1万元，并附了一封信，说是他们都是大龄青年，至今还没有成婚，希望村里能尽快把路修起来，把村里搞好，他们也好早日脱单。韩军让李喜德把这封信在村里的大喇叭上连续广播了几天，对村民们教育很大，许多在外地打工的纷纷把捐款寄了回来，多则两三千，少则七八百，很快也筹到了6万多元。

在外地工作和打工的人员最后一共捐了34万元，离80万元还差46万元。韩军知道，现在该从支部内部和留守的村民身上想点办法了。他把几个支委的情况分析了一遍：老支书常年吃药，肯定拿不出来，要是能拿得出来，他早就到医院治病去了，哪还能拖到今天？李喜德因为兼着砖瓦厂和造纸厂的会计，手里应该有一点，拿个5000元应该没有问题。李石榴的丈夫常年在煤矿打工，在村里的打工者中收入是最高的，李石榴这次以她丈夫的名义虽然已经捐了3000元，但她是个上进心很强的人，并且捐5000元才能上功德碑，所以估计她也会拿出5000元。夏广泰一家是全村收入最高的，不光承包着砖瓦厂和造纸厂，自己还有一个工程队，并且在县城的一家劳务公司还有股份，让他拿出5万元应该不成问题。这样加起来就有6万元。韩军给自己定的任务是10万元。他在心里想，自己要是能完成这个任务，加上其他支委的6万元，46万元的任务就变成了30万元，再在村民们中间多少筹一点，那样就好向孙局长交代了。到时候在孙局长面前多叫叫苦，或许孙局长就会批准他们开工，只要一开工，问题就好解决了。俗话说车到山前必有路嘛，到那个时候总会有办法的。这么想着，他先是给李喜德和李石榴打了电话，让他们在思想上有所准备，当然他不能把话说得太直白。这种事情，还是点到为止，不能强人所难。对于夏广泰那边，韩军想来想去感到由自己直接说不好，就让李喜德传了个话，当然也是点到为止，并且反复交代不能说这是他韩军的意思，否则对方会多心。

把其他支委的事情安排完，韩军开始琢磨自己怎么去完成任务。

他心里很清楚，自己从还没担任代理支书以前就开始为村里的事情掏腰包了——到华西村和南街村参观时花的都是自己的钱，到现在不但把自己的工资全贴了进去，还向石梅伸了几次手，这一次要完成任务，除了还向石梅伸手以外，没有其他的路可走了。可是，石梅也不是自己的提款机呀！前几年自己家里盖房子多数是石梅掏的腰包，后来韩兵盖房子时也是石梅资助的，这次再向石梅伸手真有点张不开口了。但不张口又解决不了问题。思前想后，他只好硬着头皮给石梅发了一条短信：

梅子，我的好媳妇！我这边又遇到急事情了，想请你再伸出援手，不知道爸妈手里现在是否宽裕？盼回复。想你的军。

石梅当时正在灯下写她的论文，一接到韩军的短信就知道他肯定又是在为村里的事到处乱抓，当即拿起电话故意数落道："哎！短信我收到了，你是不是又为了村里的事在到处抓钱呀？"

韩军在电话中嬉皮笑脸地说："老婆英明！我真是又遇到难事了。"

石梅故意噘着嘴说："我就知道，不遇到难事，你是不会想起我们娘儿俩的。还'想你的军'！什么时候你主动想过我们？要不是我主动给你打电话，恐怕你一年也不会打个电话回来！"

韩军马上道歉说："我错了！都是我错了！好媳妇，都是我不好，我做检讨！以后一定经常给你们打电话！"

韩军说到这里，不知道为什么，心里一下子涌起了对妻子和女儿的深深愧疚和无限情义，眼眶里顿时噙满了泪花。他怕石梅察觉，赶忙把眼泪擦去。但他鼻子的吸溜声还是让电话这头的石梅听到了。

石梅可能也意识到刚才的话说重了，遂换了个口气问道："你需要多少？"

韩军说："需要五万。"

石梅吃了一惊："前段时间你说需要四万九，我给你汇了五万，怎么现在又要这么多？这段时间梦梦参加高考补习班，我的钱都给她交了学费，手里真的没有钱了。"

韩军说："我也知道你手里没钱，我的意思是说，看能不能跟爸妈说一下，从爸妈那里借上一点。"

石梅迟疑了一下，说："向爸妈借钱给村里办事，我张不开这个口……"

韩军说："你试着问一下，实在不行，我再想其他办法。"

石梅用手捂着话筒朝客厅里看了一眼，犹豫起来。

正在客厅里看电视的石钟听到石梅的声音，把电视的音量调小，朝石梅问道："梅梅，你是在给谁打电话呀？"

石梅说："爸，我是在给韩军打电话。"

石钟问："他有什么事吗？"

石梅犹豫了一下说："他想问你们老俩（方言：老两口）借点钱。"

石钟问："你问他需要多少？"

石梅说："他说需要五万。"

石钟干脆地说："需要五万就给他五万，哪还用说什么借不借的！我和你妈就你这一个闺女，韩军又是我们的女婿，一个女婿半个儿，等我们将来去见马克思的时候，我们存的那点钱还不都是你们的！"

石梅说："这钱他是要拿去捐给村里修路的。"

石钟说："修路好嘛！修桥补路，一大善事。你问他五万够不够，不够了我让你妈再给添一点。"

石梅说："够了，够了，他说只要五万。"

石梅的嘴里虽然仍在嘟囔着，但还是按照爸爸说的，满足了韩军的要求。韩军在电话中一个劲地夸奖说："梅子，我的好媳妇，世界上再也没有像你这样通情达理的人了，你真是我的好媳妇！请你替我谢谢爸妈，将来我也要把他们的名字刻到功德碑上！"韩军还没说完，两行泪水已经溢出来了。

10万元的任务完成了5万元，接下来韩军又找周爱民化缘。他知道前不久周爱民又开了一个楼盘，资金紧张，但再紧张也不至于揭不开锅。俗话说的好，瘦死的骆驼比马大！韩军心里想的是，只要能给5万元就行。当然他也说的是借，而不是白要。战友就是战友！周爱民一听说他要钱是为了修路，就爽快地说："5万元哪够？先给你10万元，后边等新楼盘开售了再给你添一点。"

韩军的心里这一下畅快多了，紧接着他就让李喜德和李石榴负责准备召集全村村民大会举行捐款仪式。韩军专门给他俩交代说，举行捐款仪式前要广泛宣传，但不要提硬性指标，而是要村民们量力而行，不要给有困难的群众造成思想和生活压力。他还特意交代说："不管捐多捐少都不要鄙视，更不要嘲笑，只要能尽一份心意就行。"因为他知道，村民们手里没有多少钱，对这一块他也没有抱太大的希望。

韩军给石梅打电话要钱，又给李石榴和李喜德打电话安排捐款，这些事都是在家里做的，韩庆厚听得清清楚楚。他在心里想，修桥铺路，积福行善。自己从当孩子起就一直生活在这个村子里，吃够了路不好的亏。那一年冬天韩军他妈在生韩兵的时候难产，当时是在夜里，他们本想找个摩托车把韩军他妈赶快送到镇上医院，但天上突然下起了雨夹雪，出村的路泥泞难行，无奈他们只得找来四根木头绑了个简易的担架，由四个人抬着韩军他妈往镇上送。十几里的路程，四个人在泥水里整整走了三个小时，赶到医院的时候韩军他妈已经奄奄一息。医生说，要是再晚来一会儿，人就没命了。就是从这一天起，韩庆厚就产生了一个想法，什么时候能把进村的主路修起来就好了。这些话他不知道在韩俊法跟前说了多少遍。韩俊法也几次说到，等村里将来有钱了，第一件事就是把这条路修起来。然而，由于这些年村里的集体经济一直不景气，韩庆厚和韩俊法的这一心愿就一直没能实现。现在韩军把这件事提起来了，并且下了那么大的决心，韩庆厚知道这一次是动真格的了，就也开始琢磨着怎么能为修这条路出一把力。他知道儿子之所以不跟他讲，是因为儿子不想让他在钱的事情上犯难，儿子宁愿自己去舍脸到处化缘，也不愿把实情告诉他。但修路的事是大家的事，大家的事就人人有责，他韩庆厚也不能例外。因为这个家他是户主，他是一家之长，一家之长就要尽到一家之长的责任。积极参加捐款，既是对儿子工作的支持，也是了却自己的心愿，捐多捐少都得有所表示。于是，他趁韩军不在家的时候把老伴儿喊过来，问道："咱们还有几个钱？"家里的钱平时都是韩大妈管的，他问的是家里还有多少存款。

韩大妈说："每次往外取，都是你拿去花的，你还不知道？"

韩庆厚说："我是说，村里要集资修路，咱们也得带个头，捐多捐少也是尽个心意，何况这还是军军倡议的，咱们可不能落后！"

韩大妈说："自从咱们这个房子盖好，家里的底子就全花光了，剩下的还都是人家石梅给的。这几年逢年过节石梅给汇一点，花剩下的都在箱子里搁着，约莫着还有个小一万，另外给燕子还留了一万，你说那是给孩子办婚事用的，我把它存到信用社里去了。"

韩庆厚想了想说："那咱们就捐一万，不够的我明一（方言：明天）再上街想点办法。”

韩大妈说：“你怕不是在打你那个东西的主意吧？”她说的是前不久韩庆厚用积攒的钱买了两副寿木（方言：棺木），拉到镇上的木器店里加工去了。他怕韩军知道了要给他们掏钱，就没给韩军讲。

韩庆厚也不遮掩，说：“不打它的主意，其他的眼下也没个进钱门路。”

韩大妈说：“已经买了，就别来回折腾了。要不，就把给燕子的嫁妆钱先取出来用上，以后有了再给她攒？”

韩庆厚想了想说：“也行，你明一就去把它取出来，取的时候多取一点。我琢磨着俊法哥手里也不会宽展，取出来咱用一点，给他送一点，他也好在群众面前说话。”说完，他又叮嘱道，“这件事先不跟军军说，免得他替咱们多操心。”

韩大妈点头答应了。

燕子晚上下班回来，听说村里为修路的事正在筹备捐款，问韩庆厚说：“爹，听说村里正在为修路的事动员捐款，咱们家准备捐多少呀？”

韩庆厚说：“我和你妈已经商量好了，到时候咱们全家捐到一起，你就不用捐了。”

燕子说：“村里修路，人人有责，我听说有的要捐一两万呢，我知道你们也没有钱，我那里还存了5000多元，明天我就把钱取回来，咱们可不能捐少了。你们知道，我哥可是个顾面子的人，他又是支书，捐得少了别人家会看笑话的。”

燕子这么一说，韩庆厚欣慰地点着头说：“看来你这个大学没有白上，你这个党员也没有白当，心里有集体，知道上进，爹也就宽心了。爹听你的，明一你就去把钱取出来，取个整数就行。”

燕子高兴地伸出右手指“耶”了一声，像一只活泼的小燕子。

第二天一上班，燕子就到信用社取出5000元存款送了回来。

韩庆厚收到燕子的钱后又琢磨了一阵子，对韩大妈说：“夜黑我想了半夜，我琢磨着咱们捐一万有点少。你想啊，我听说修这条路要160多万元，就说军军他们能找上面批一点，再找合适的人要一点，在外头工作的人捐一点，可160万元那可是个大数目啊！现在村里手头有点活钱的就那几家，多数都拿不出来，要是将来凑不够，上面的计划不给咱们批，那军军不是白忙活了吗？关键是到时候路还是修不起来，咱们不还得蹅（方言：踩）过去的泥巴路？所以我想啊，干脆，咱们这次咬咬牙，把底子全拿出来，都捐上去，你看行不行？”

韩大妈想都没想说：“行，就照你说的办！古时候人家佘太君为了保大宋王朝，把几个儿子都献给了国家，咱们多捐几个钱算啥？明一我就上街把那一万也取出来。”

韩大妈说完后，又问道：“你不是说给俊法哥也送一点吗？你准备送多少？”

韩庆厚说：“我想好了，就把燕子给的那5000元送给俊法哥。送的时候咱把话也说明白，就说这个钱将来也不要了，叫他不要有思想压力。”

隔了一天，韩大妈就把存在信用社里的一万元钱取了出来。韩庆厚拿着燕子给的5000元送到了韩俊法的家里。

韩俊法家里确实没钱，韩庆厚进门的时候，韩俊法手里拿着1800元钱刚从外边回来。韩庆厚一问才知道，他是把早几年为自己准备的一套寿木给卖了。韩庆厚听到这个消息，什么话都没说，把5000元放到韩俊法的手里，噙着眼泪说：“我就知道你没钱，这是专门给你送的。你快去把那副板子赎回来，你那可是真柏木板子，现在出再大的价钱都很难买到了！”

韩俊法摇了摇头说：“卖了就卖了，不心疼！你知道，为修这条路，咱老哥儿俩可是没少念诵，现在韩军有这个魄力修，咱们为啥不支持呢？说了不怕你笑话，要不是我这身衣裳嫌旧，我真想把我的衣裳也拿去卖了捐上修路！”

韩庆厚被眼前这位老共产党员的举动深深地感动。他把装钱的袋子往韩俊法的面前推了推，起身告辞。

韩俊法不依，韩庆厚说：“咱们老哥儿俩还分你我吗？你就不要再推辞了。我再说一遍，这个钱是我和你弟妹送给你和嫂子的，也是为了修路，以后你们坚决不能还。你们要是还了，那我们老哥儿俩的兄弟情也就从此了断！”

韩俊法紧紧握着韩庆厚的手说：“庆厚，我的好兄弟！那就照你说的办，我和你嫂子永远记着你和弟妹的这份情！”

夏广泰一家此时也在说捐款的事情，但却是另一番景象。

这天田改云正在做晚饭，夏广泰从外边回来了。田改云问：“听说村里要修路，正在动员捐款，咱们家准备捐多少呀？”

夏广泰不高兴地呛了田改云一句：“我跟你说多少遍了，这些都是大老爷们儿的事，你们女人家瞎操啥心哪！”

田改云争辩说：“修桥铺路，人人有责，不管男人女人，路修好了都要走，我问一问有啥不行啦？”

夏广泰更加不高兴了，说：“叫你别管你就别管，周瑜操着诸葛亮的心，说那么多闲话干什么？”

田改云还要说，这时候女儿夏贝贝骑着电动摩托车下班回来了。一进门她就问：“爹，村里都在说捐款的事，咱们家准备捐多少呀？”

夏广泰瞪着眼说：“刚对你妈说这件事我不让你们管，你又来凑热闹，捐多少你又说了不算，你操那个闲心干啥？”

夏贝贝说：“我也是韩冲村的一个村民呀！修路是我们自己的事，这怎么能说是操闲心？就你这个老爹大男子主义思想重，在家里就不让我和我妈说话，你这封建思想也得改一改了！”

女儿这么一说，夏广泰反而没有话说了，怔怔地坐在那里。

刚才他说的话听起来好像在对田改云和女儿发火，其实他是在心里生韩军的气。就在刚才回来的路上，李喜德建议他这次最好能捐5万元。虽然李喜德没讲这是韩军的意思，他追问了几次李喜德也不承认是韩军的授意，但他明显地感觉到，这肯定是韩军说的。“你有什么权力让我捐这么多？”他当时还在心里骂了韩军一句。所以一回到家，正在火头上的他一听到田改云说捐款的事，他就气不打一处来。

夏广泰独自坐在那里想了一会儿，盘算了到捐款的时候自己应采取的对策，心情慢慢好了起来。晚上吃饭的时候，田改云一边往夏广泰的碗里拨菜，一边说：“听说村里有的在外边工作和打工的人这次捐款要捐一两万，不管怎么说，咱们不能少于这个数，要是少了这个数，别人是要捣脊梁骨的。”

夏广泰这次没再和田改云置气，而是说："请你们放心，在这种事情面前，我夏广泰啥时候抠搜过？"

他这么一说，田改云心里有了底，就安心地吃起饭来。

夏贝贝却给夏广泰将了一军："老爹，你可是咱们周围村子里有名的实力派人物，到时候如果少了这个数，那你可就在人前说不起话喽！"说完，放下筷子，伸出五个手指头，接着还打了一个响指。

夏广泰胸有成竹地说："你老爹我知道！到时候你就看着你老爹怎么放卫星吧！"

田改云一边吃饭一边乜了夏广泰一眼，轻蔑地说："说的大话，使的屁钱！你就吹吧！"

第六章　报　答

黎萍自从上次把韩军一行送走后，一直想找个机会到韩军所在的韩冲村看一看，一来是看看那天赔偿的那只种公羊又出问题没有，不能让人家再找上门来；二来也是想再看看韩军，她总感到那天有好多话没来得及说，有好多心意没有表达，总不能让救过自己一命的恩惠就那样轻描淡写地滑过去。前段时间她一直在给基地的种母羊授精，几个星期都没有休息，领导说给他们补休三天假，刚好可以利用这几天假期去完成自己的一桩心愿。

这天的天气真好。金色的阳光从树林间穿过，给眼前的大地铺满了锦缎。鸟儿在枝头歌唱，弹拨着人的心弦。一大早黎萍就起床洗漱，并把自己的爱车擦拭得光可鉴人。她还刻意地打扮了一番，穿上了艳丽的红色风衣，往她的新轿车跟前一站，红人红车，特别耀眼。她的男朋友郑远方过来为她送行，叮嘱她快去快回，否则他会想她想得吃不下饭睡不着觉的。黎萍娇羞地说："看你多腻人！这一次我就要多去几天，把你身上的臭毛病改一改！"说完，在郑远方的额头上轻轻吻了一下，开上她的红色小轿车向韩冲村奔去。

韩冲村的捐款仪式会场设在村小学的操场上。主席台是用学生的课桌拼起来的，上面铺着白布。韩军在部队时，开大会的主席台铺的一般是墨绿色的绒布，小会议室才用白布，这里买不到，又要省钱，只得这样凑合了。主席台的上方挂着横幅会标，上面写着"韩冲村修村路捐款仪式"。字是用毛笔写在菱形的红纸上，然后用别针别上去的。这些毛笔字当然是出自村会计李喜德之手。主席台的正中摆放着一只用大红纸包裹着的吐舌箱子，上面用黄广告色写着"捐款箱"三个字。主席台两侧，"要致富先修路，接千家连万户""修好进村路，造福全村人""我是韩冲人，修路为自己""修好韩冲路，人人有责任"等大红标语格外醒目。李喜德和李石榴跑前跑后忙碌着。前来参加会议的人或提着小凳子或空着两只手陆陆续续往会场走着。韩军早早地就来到了会场，但他没有急于露面。他知道，村民们的手里没有钱，他也不祈求当天能收到多少钱，他只是想利用这个机会凝聚一下人心。另外，他也是想看一下村里的骨干特别是村支两委成员的思想觉悟和表现，“买针不买针，试试朋友心”嘛。

黎萍开着她的红色小轿车下了公路进入韩冲村的村道，没走几步就把她的心脏颠得在胸腔里乱跳。她在心里说：“妈呀！这叫什么路啊？这个村子连个像样的路都没有，那将来怎么和他们合作呀？”人们常说，凡事先入为主。黎萍在来之前是准备要和韩冲村，不，准确地说，是准备和韩军长期合作的。但现在一看这条路，她就在心里打了退堂鼓。

黎萍开着车歪歪扭扭地进了村子，打听了养殖场的位置，就继续开着车往前走。刚一出村，车子的底盘就被路上的土疙瘩给顶住了，她只得下车步行。她穿的是高跟鞋，走在疙疙瘩瘩的土石路上就像跳舞，不一会儿就走得满头大汗，身上的内衣也被汗水打湿了。黎萍的心情更加沮丧了。

黎萍颠簸着来到养殖场，只有张勇和王卫东在值班，其他人都去参加捐款大会了。因为上次张勇跟着韩军到黎萍他们家买过羊，两个人比较熟悉，黎萍就和张勇攀谈起来。

黎萍问张勇：“你们村里开捐款大会，捐什么款呀？”

张勇回答说：“为修路捐款。”

一听说修路，黎萍来了精神，问道：“准备修哪条路？”

张勇说：“就修你来时走的这条路。这是从西公路上进我们村子的主路，好多年前就说要修，可就是弄不到钱。这次韩书记下了很大决心，说就是砸锅卖铁也要把这条路修起来。”

黎萍点点头说：“你们进村的路确实需要修了，要不然，就是有再好的项目，也没人敢来合作。”

张勇说：“谁说不是呢！上次就是从你们那里买羊回来，遇到下大雨，这条路上泥巴大，汽车进不来，没有办法，韩书记就带着我们踩着泥巴把羊从泥水里赶着回来的，到家的时候，把我们弄得浑身是泥，连韩书记也变成泥猴子了。你没见，我们当时可狼狈了！”

张勇说到这里，黎萍忍不住笑了，说：“你们怎么没有留个照片呀？让我也瞧瞧你们的韩大书记变成泥猴子后是个什么样子！”

黎萍这么一说，张勇也笑了。

停了一会儿，黎萍又问道：“你刚才说捐款，你知道不知道需要捐多少呀？”

张勇说：“具体的数字不知道，光听说修这条路总共需要160万元，上级拨了80万元，需要村里自筹80万元。”

黎萍“哦”了一声，说：“看来需要村里自筹的资金还不少呢！那你们村里有这个能力吗？”

张勇说：“村里哪有这个钱哪！听说村里的账上还欠着人家银行20多万元呢。需要自筹的这些钱只能靠村民们来捐。前段时间村里已经向在外工作的和在外打工的人征集捐款，听说已经捐了一部分。”张勇还说，“我们的韩书记为了捐款，专门问他的岳父岳母借了5万元，还从他的战友那里争取来了10万元，就这样他还不让我们对外讲。”

黎萍听完，若有所思地点点头，说道：“你们的韩书记真是一心为村民们着想啊！现在这样的好干部可是越来越少了。”

黎萍喝了几口水，对张勇说：“你现在能不能离开？”

张勇说：“可以。现在羊还不到喂的时候，有个人招呼着就行。”

黎萍说：“我想让你带我到捐款的会场去看看。”

张勇说：“没问题，那就让王卫东留下，我带你去。”

说完，张勇给王卫东交代了一下，就带着黎萍朝会场走去。

此时的捐款大会已经开始，大多数人是在观望，只有少数人上台，捐的也就是五十一百的，没有出现大额。捐了一会儿，会场上出现了静场。大家你看看我，我看看你，没有人上台。这时，老支书韩俊法站了起来，他佝偻着腰走上主席台来到捐款箱前，说了一句“我捐6800元”，然后把钱举起来朝会场摇了摇，慢慢地投进了捐款箱。

站在一旁监捐的李喜德愣了一下，凑到韩俊法跟前小声说：“你平时吃药都没钱，这钱是从哪里来的？”

韩俊法也用小声答道：“我这是借的。”

他俩的对话通过麦克风传到了会场，俊法婶站起来大声说：“他这哪是借的？是把他的寿木卖了换来的。”

韩俊法生气地指了一下俊法婶，示意她快坐下。

会场上顿时出现一阵出奇的静默。

韩军眼眶里含着泪花，目送着老支书走下主席台。

韩庆厚这时也站了起来。只见他手里拿着一个大纸包，来到主席台后，他把纸包里的钱掏出来，也在手里举了举，说了句“我们家捐 2 万元”，然后把钱捏在一起，也投进了捐款箱。

“哇！老韩家捐这么多呀！他们是不是把家底全部拿出来了？”有人在下边议论。

“听说韩老头为了捐款，把给女儿准备的嫁妆钱都拿出来了！”台下有人回应。

“老韩家真像大宋王朝的杨家将，满门忠烈啊！”有人在台下感叹。

韩军看着父亲的举动，默默地点了点头，泪水在眼眶里打转。

会场上出现一阵躁动，陆续有人开始上台捐款，有赵铁柱、李威、田茂利、富贵……王卫东和张勇的钱是赵铁柱代表他们捐的，赵铁柱在捐的时候还特意向大家做了说明。一开始富贵说他也要捐款，韩军知道他家里的情况不让他捐，但他还是来了。

当然，李喜德和李石榴也捐了，他们每人都捐了 5000 元。韩军满意地朝他俩点了点头。

坐在台下的田改云看到这个场面，几次示意夏广泰快捐——因为来开会之前夏广泰跟她交代过，捐不捐和捐多少到现场再看，让田改云不要插手……夏广泰像稻草人看戏无动于衷。他递给田改云的眼色是：不要着急，好事不在忙中取，再看看！韩军几次朝他看，他也像没看见一样，每次和韩军的目光相遇，他都赶忙把目光转向了其他地方。夏广泰此时的想法是，如果捐到最后没有出现他所想象的大额，他就捐个大额压他们一头，也让大家特别是韩军看看他的气魄和能力。他这样想的目的还有一个，修这条路大小也是一项工程，是工程就有利可图，他一旦捐了个大额，到时候他说把这项工程承包下来，韩军就是想阻拦也无话可说了。

黎萍开着她的红色小轿车在张勇的引领下从村子里穿过，边走边观察村容村貌。黎萍面色凝重地说：“村子也确实够破烂的，看来韩军书记当这个村支书，肩上的担子不轻啊！”

张勇说：“谁说不是呢！其实我们韩冲村在前些年还是很红火的，我们的老支书还多次到县上和地区做过报告，省里也表彰过，省上的报纸、广播电台和电视台还报道过好多次呢！可是后来形势变了，老支书的身体也垮了，也选不上来个称大家心的接班人，所以就落后下来了。”

黎萍说：“那韩书记回来接支书的班，大家愿意吗？”

“大家可愿意了！”张勇带着夸奖的口气说，“韩书记当兵前就是村里的团支部书记，那个时候老支书就想培养他将来接班。后来韩书记就当兵去了。当了兵也不忘家乡，给乡亲们办了好多好事呢！所以这次大家一听说他要回来接老支书的班，都高兴坏了！”

黎萍问：“为什么？”

张勇说：“那不是明摆着吗？我们韩冲村往前走有希望了呀！”

黎萍说：“你说的也是。就说养羊和修路这两件事吧，这可都是给村民们办的实实在在的好事，这两件事要是真的办成了，那全村人可是都要受益了！”

张勇说：“还不止这两件事，听说韩书记还准备建服装加工厂，搞林果园，盖学校，修综合办公楼，还有好多呢！”

黎萍说：“看来韩书记是准备在村子里长干呢！”

张勇说：“我也是这么看的。有的人说，韩书记是不好驳老支书的面子才留下来的，干不了几天就走了。我不是这么看的。你看韩书记做的这些事情，那都是管长远的事情，他要是有临时观点，才不会这样干，也不会下这么大的功夫干，顶多搞一两项政绩工程，然后拍拍屁股就走人。这种人咱们见得多了！”

黎萍很赞同张勇的观点，点着头说：“你说的也是。”

又往前走了几步，黎萍扭过头问张勇：“小张，你多大了？”

张勇回答说：“我今年整 25 岁。”

黎萍问：“成家了吗？”

黎萍这么一问，张勇的脸色一下子红到了耳根，他嗫嚅着说：“我连个对象都没有，和谁成家呀？”

黎萍说："25 岁还没对象，是你的条件太高了吧？"

张勇还是红着脸说："像咱这个穷样，还敢提什么条件呀！我们村里像我这个情况的光棍汉有上百个呢！"

黎萍看了张勇一眼，说："这么多呀！那也太可怕了！"

张勇说："还有更可怕的呢。你就说我们的场长赵铁柱和副场长李威吧，这两个人你都认识。赵铁柱原来结了门亲，后来他复员回来后，人家女方一看他家里这么穷，当时就和他掰了。李威的媳妇都快接到家里了，人家怕跟着他一辈子受穷，就是不肯上接亲的轿子，没有办法，只好把婚给退了。为这，李威的妈还差一点寻了短见呢。"

黎萍说："这也够可怕的。不过，像你们村现在这个穷样子，要是搁我，我也不愿嫁过来。眼瞅着往火坑里跳，人家姑娘家傻呀？"

张勇说："谁说不是呢！所以这也不能怪人家姑娘，是咱这里太穷了啊！"

黎萍鼓励张勇说："现在你们应该看到希望了。有韩书记这样的人来当家，村里的落后面貌肯定会改变的。只要落后面貌改变了，村民们都过上了好日子，不愁好姑娘不嫁过来。"

张勇说："我们韩书记经常在大会小会上这样讲的。所以我们这些年轻人现在的干劲都很足，都盼着快快脱单呢！"

黎萍说："好样的！咱们两个来个约定，要是你们村里将来搞好了，你的婚姻问题包在我身上。我们那里年年都要办科技方面的培训班，每次都有女生参加，你只要具备条件，我负责给你当红娘，你说怎么样？"

张勇这下子腼腆起来了，嗫嚅了几下没有说出来。

黎萍半开玩笑说："怎么，你还准备继续当单干户呀？"

张勇连忙说："没、没、没！我是说咱不够条件。"

黎萍说："不够条件就创造条件嘛！小伙子，跟着韩书记好好干，将来一定不会就这样单干下去的！"

张勇红着脸笑了。

捐款仪式在继续进行着。随着一首《感恩的心》的乐曲声，一队佩戴着红领巾的小学生在夏贝贝的带领下，打着少先队队旗，迈着整齐的步伐，神情庄重地从学校的大门里走了出来，边走还边唱着他们自己编的歌谣：

修路好呀修路好，
修路为大家，
也为自己好。
你捐一分钱，
我喊劳动号，
齐心协力加油干，
幸福生活早来到……

他们依次来到捐款箱前，像大人一样庄严地把手中的捐款投进了捐款箱。每走上来一个，夏贝贝都要有意识地询问一句。

夏贝贝是村小学的老师。她去年从师范学校毕业。从长相上看，她完全继承了父母的优点：既有父亲夏广泰的标致身材，又有母亲田改云的漂亮五官。但她的性格与父母完全不同：为人处世没有多少心机，家庭生活不会逆来顺受，她完全是按照自己的意愿来工作、生活、行事的。当然，有时候她也会妥协，比如说自己的婚姻。夏贝贝最大的特点是：热情、泼辣、大胆、用心。别看她年龄不大，办起事来却稳当、老练，又别出心裁，常常让人感到既出乎意料之外，又是在合情合理之中。这次组织学生捐款就是这样。

夏贝贝问一个准备捐款的小男孩："韩洪江，你准备捐多少钱呀?"

这个名叫韩洪江的小男孩回答说："我准备捐 6 元。"

夏贝贝问："你捐的这些钱是从哪里来的呀?"

小男孩回答说："是春节的压岁钱。"

夏贝贝用鼓励的口气说："春节的压岁钱到现在还没花完，真乖!"

小男孩激动地笑了一下，把钱投进了捐款箱。

紧接着，一个小女孩走上前准备捐款，夏贝贝问："刘亚楠，你准备捐多少啊?"

小女孩回答说："我准备捐 4 元 6 角。"

夏贝贝又问："你的钱是从哪里来的?"

小女孩回答说："是从爹妈平时给我买学习用品的零花钱里节省出来的。"

会场上很静，大家都把目光集中在这些孩子身上，有的还抹起了眼泪。

又有一个小女孩走上来，把一卷钱展开准备捐。

夏贝贝弯下腰问道："姜小花，你准备捐多少啊？"

这个叫姜小花的小姑娘慢悠悠地回答说："我准备捐28元。"

夏贝贝说："你怎么捐这么多呀？你奶奶不是还躺在床上的吗？钱是从哪里来的？"

大家都知道，姜小花的父亲前几年外出打工被楼板砸中身亡，她的母亲也改嫁了，她只好和奶奶相依为命。她的奶奶常年患病，卧床不起。

姜小花这时朝韩军看了看，对夏贝贝说："前几天韩军伯伯到我们家，看我奶奶有病抓不起药，就掏了200元钱让我奶奶抓药。这是抓药剩的28元，奶奶一直舍不得花。昨天她听说村里要修路，不能下床，就把这些钱交给我，让我替她捐上……"

听到这里，韩军再也忍不住了，他含着泪走到孩子们跟前，给孩子们庄严地敬了一个军礼，哽咽地说："孩子们，谢谢你们！谢谢你们！我代表村支两委和全村的父老乡亲谢谢你们！有你们这样支持，我们就是砸锅卖铁也要把这条路修好！我们不光要修好这条路，将来还要把我们各个自然村和各家各户的路都要修好，让全村的老老少少都过上好日子！让全村的孩子们将来都有一个好的前程！"

会场上群情振奋，有许多人都流下了眼泪。

坐在台下的夏广泰也禁不住擦起了眼角。

"向孩子们学习！我们也来献点爱心！"韩军给孩子们敬礼的右手还没有放下，镇上的于亚军书记和柴广钦镇长突然出现在了会场。他俩手里各拿着一个红包大踏步走上主席台，站在捐款箱面前，分别从红包里掏出一沓子钱。

于亚军面对着大家说："听说你们村要捐款修路，这是件大好事，我和柴镇长也来凑个热闹。钱不多，是点心意。听说你们村里有个规定，捐5000元要勒碑刻铭，我们只想尽一点心，不想要这个名，所以我俩每人就捐 4900 元。”

说着，两个人分别把钱投进了捐款箱。

韩军走上前紧紧地握着两位领导的手，一个劲儿地说：“谢谢！谢谢两位领导！我代表全村的父老乡亲谢谢您们！”

韩俊法上前拿起话筒对着会场大声说：“我们的韩军书记也为修路捐了款，是他问家里要的和从战友那里化缘来的，加起来总共是 15 万元。他也是不要这个名，所以不让告诉大家。”

于亚军拉住韩军的手说：“老同学，我们都得向你学习呀！”

韩军谦虚地说：“哪里，哪里，这都是应该的！”

田改云朝夏广泰扔了一顶遮阳帽，示意他快捐。夏广泰刚想站起来，会场后边突然传来一个女性的声音：“我也来捐一点！”一身红装的黎萍手里提着一个时尚的坤包走上主席台。会场上的人们齐刷刷地把目光投向了她。

实际上，黎萍在张勇的引领下，早早地就来到了会场。不过，她和张勇是站在离会场不远的地方，会场上的情况通过扩音器传得很远，黎萍和张勇都听得清清楚楚。期间，黎萍还让张勇悄悄地到主席台向会计李喜德询问了捐款的情况特别是捐款的数额，了解捐款的数额和实际需要数额之间还有多大缺口，她好在会上表态。

黎萍一上台就大大方方地向大家鞠了一个躬，然后声音甜美地说：“各位领导和乡亲们，我叫黎萍，是西农大实验农场的畜牧兽医师，你们村里养的波尔山羊有一部分就是从我们家供应的。刚才你们捐款的场面我都看到了。说实话，我今天到你们村里来，本是想看看我们家的波尔山羊在你们村养的情况怎么样，下一步怎么扩大合作，可是一走进你们的村路，我的心里就凉了一大截。后来又看到了你们的村容村貌，说句不该说的话，请你们别介意，我对你们村的情况确实不敢恭维。但是，当我听了你们养殖场张勇同志的介绍，刚才又看到和听到了你们的所做和所说，我的信心又增强了，不，是大大地增强了！我刚才问了一下，你们修路的自筹资金还有 21 万元的缺口，我在这里表个态，这 21 万元我全包了！”

说到这里，她用右手指着远处的一个红点说：“你们看远处那辆红色小轿车，价值26万元，是我爸给我买的嫁妆，买来还不到一个月。这次回去我就把它卖了，交给你们修路。如果还有缺口，一律由我兜底！”

她的话说到这里，会场上响起了一阵热烈的掌声。

她又给大家鞠了一个躬，接着说：“我今天捐这个款，一个是要给我们韩冲村的父老乡亲赔礼道歉。有的人可能不知道，前段时间你们村里进的那批波尔山羊有一部分就是从我们家的养殖场进的，其中那只患病的种公羊也是从我们家进的，这只病羊给一些养羊户造成了损失，现在我们要把大家的损失补回来。另一个是，这笔款也是用来感谢你们村的韩书记的。你们可能不知道，韩军书记带人到我们那里购羊的时候，路上遇到了火车与汽车相撞的特大事故，韩军书记带人当场救出了受重伤的5个人，其中就有我。当然那个时候他们还不认识我。在那样的情况下能够舍生救人的人，那是怎样的一种思想境界！何况他们救下我们5个人以后，连个名字都没有留下，就那样默默地走了。可以毫不夸张地说，没有韩书记和他的几位战友，我现在恐怕已经变成一把灰了。大家说，我应不应该感谢一下韩书记呀？”

会场上大声回应：“应该！”

黎萍又朝大家鞠了一个躬，接着给韩军又单独鞠了一个躬。

黎萍接着说：“我之所以要捐这个款还有个理由，我这个款不是捐款，是来投资的。”

说到这里，会场上传出了一阵小声议论。

黎萍说：“请大家不要误解了，我这个投资是不要回报的，我投的是敬佩，是信任，是对未来的希望，就是说，我这个投资是不要求用资金偿还的！”

会场上安静下来，听她继续讲下去。

黎萍用沉缓的声音说：“我说的敬佩，是敬佩韩书记的志向和选择。据我所知，他作为解放军的一个正团级上校军官，按现在的有关规定，不要说再提升了，就现在这个职位他应该享受到的待遇，他的后半生完全可以过上衣食无忧、体体面面的生活。可是他却选择了回乡当农民，当一个村支部书记。他为的是什么？还不是为了父老乡亲早日过上好日子？这就是我所说的敬佩。当然，我也敬佩刚才捐款的那些领导和群众，更敬佩那些可爱的孩子们，他们把春节的压岁钱和平时爸爸妈妈给的零花钱都捐出来修路，这种在幼小的心灵里萌发的热爱家乡、热爱集体的崇高精神，难道不值得我们这些大人敬佩和学习吗?!我所说的信任，也是对韩书记的信任，是对我们韩冲村全体父老乡亲的信任。韩书记这个人给我的印象是，宽宏大量讲诚信。我不说今天这件事的组织，也不说他给村里人办的好事，就处理我们家的那只患病的种公羊，我们一家人都非常感动。本来是我们家把事情办错了，应该加倍赔偿的，但韩书记没让我们那样做，只是换了一只种公羊就了结了。和这样的人合作，能没有信任感和安全感吗？有这么好的父老乡亲支持，韩冲村的未来能没有希望吗？我是大学的老师出身，容易激动，但也很理智，今天我撂下一句话，我把宝就押到咱们韩冲村了！不光我们家的养殖场要和韩冲村长期合作，我还要介绍我们西农大实验农场与韩冲村合作，直到韩冲村摘掉贫困帽子，像韩书记说的，要让村里家家户户老老少少都过上好日子!”

黎萍慷慨激昂地讲到最后，右手还有力地在空中挥了一下。

韩军用双手紧紧地握住黎萍的手，激动地说：“黎老师，你过奖了，我们全村的人都应该感谢你!”

于亚军书记和柴广钦也握着黎萍的手说：“你讲的这些话应该是我们来讲的，就让我们共同努力吧!”

第七章　余　波

捐款仪式在全村人的心目中留下了长久的印象，它的余音在很多人的心里久久挥之不去。

那天散会一回到家，田改云就和夏广泰吵了一架。

田改云生气地说："有粉不知道往脸上搽，今天给你露脸的机会，你却坐到那里装迷糊，我几次使眼色让你上台，你都装着没看见，我急得给你撂帽子，你也无动于衷。真是老和尚戴个道士帽——假装迷瞪僧。你平时那么能，正经事来了却上不得台面，今天你的聪明劲儿哪里去了？你连自己的女儿都不如，我看你以后怎么面对村里的人！"

夏广泰争辩说："我不是想到最后给他们来个惊喜嘛！也让会议压压轴。"

田改云讥讽地说："惊喜？那你的惊喜呢？你的惊喜送给谁了？"

夏广泰说："韩俊法一说完，我就想上去捐，我人都站起来了，谁想到在这个节骨眼上从半路上冒出来个程咬金，那个女的一上台就给全包了，把我想表现的机会一下子就从根上给掐死了。你说她早不捐，晚不捐，单瞅着我要上去捐的时候她却从中插了一杠子，你说我倒霉不倒霉！"

田改云埋怨说："那不还是你有私心在作怪！平时遇到个事算计过来算计过去，生怕自己吃一点点亏，到头来还不是算住了自己？"

夏广泰不高兴了，嘟噜着脸说："说我有私心，天底下谁没有私心？我要是没有私心咱们家能过到现在这个样子？我要是没有私心你能有楼房住？我要是没有私心你的女儿能安排正式工作！我要是没有私心你还能多生个儿子？喊，真是！"

田改云多生个儿子的事，全村的人都知道。那个时候计划生育抓得特别紧，一对夫妇只能生育一个孩子。夏广泰利用他手中掌握的权力和他在上面的人脉关系，以"田改云头胎有残疾"的理由上报镇上和县里的计划生育部门，名正言顺地又生了一个男孩取名夏宝，现在已经在县城上高中了，来年就要考大学。夏贝贝的工作安排也是一样，她当时的学历是中专，按照规定，只有大专以上文化程度才能按正式教师编制安排，中专学历只能安排代课教师，然后继续参加学历教育或自学高考，待大专毕业后再按正式教师编制安排。但夏广泰在镇上和县里有关系，他就以村委会的名义给上面打了个报告，说他们村是山区，招个正式的教师都不愿意来，为了尽快改变山区教育的落后面貌，申请将应届毕业生夏贝贝直接按公办正式教师对待。报告很快就批了下来。好在夏贝贝这孩子争气，不但教学认真，对学生好，而且还关心村集体建设，处处替村民着想，赢得了党支部一班人和村民群众的一致好评。夏贝贝还参加了自学高考，来年就可以拿到大专毕业证了。

田改云知道夏广泰的毛病，无理也要犟三分，她不想和他争吵下去，就没接他的话茬，只是又埋怨了一句："平时还说你是'二诸葛'，我看一到关键的时候，你的智商等于零！"

夏广泰不服气地说："《红旗谱》中的朱老忠说得好，'出水才看两腿泥'。修路的难题还在后头呢，我看到时候他们怎么踟（方言：迈）过去！"

田改云说："我哪是让你去跟人家作对，去看人家的笑话？我是说你也要学学人家，该为集体操点心时就要为集体操点心，不要老想着自己的那二亩自留地。孩子们都大了，你这个当爹的也该给他们做个榜样留个后路，要是就这样下去，走到哪里都让人家戳脊梁骨，孩子们将来恐怕连个好对象都找不来。"

夏广泰冷笑了一声说："我夏广泰的孩子找不来对象？笑话！就凭我给他们置下来的这份家业，姑娘小伙子还不是要挤着往我们家里跑?!"

田改云鄙夷地看了夏广泰一眼，轻蔑地说："你就吹吧！孩子们的前途不让你给他们葬送了就是好的。"

夏广泰也朝田改云乜斜了一眼，警告说："我知道你的心里还在惦记着那个姓韩的，我可告诉你，以后别再替他说话，更不准和他有来往，否则可别怪我不客气！"

田改云生气地说："你自己做得不对，还猪八戒败阵倒打一耙子，谁在心里惦记人家了？"

夏广泰也不想把话说得太深，就一句话打住了：“没惦记更好！隔家门子另家过，井水不犯河水，免得生闲气！”

倒是姜家河村的姜大茂很识相，那天的会议一结束他就找到李喜德，把他儿子姜小茂捐的3000元掏出来交给了李喜德，并且又添了2000元。李喜德问：“你怎么不去交给韩书记呀？”姜大茂红着脸说：“为这事咱都跟人家置了气，哪还有脸去找人家？”李喜德问：“那这个钱写你们家谁的名字？”姜大茂说：“你就写我儿子姜小茂的名字，将来把儿子的名字刻在功德碑上，我这个做父亲的脸上也有光嘛。”

黎萍那天参加完捐款仪式没有走，晚上住在了韩军家里。韩军一家人很喜欢黎萍，特别是韩大妈，简直就把她当成了自己的亲闺女，说她长得好，有文化，会说话，懂事，性格也好，喜欢得不得了。还说：“我要是再有个儿子，非让你做我的儿媳妇不可！”

韩军说：“妈，看你都说到哪里去了？人家是重点大学的老师，又是科研单位的科技人员，前程远大着呢，哪能跑到你这乡旮旯里来吃这份苦！”

黎萍不依，说：“乡旮旯里怎么了？你这个大团长都不嫌农村苦，能回来当村支书，我就念了那几本书，有什么资格嫌弃农村？何况我学的专业还是为农业服务的呢。你们要是不嫌弃，我这次回去就搬过来给你们家当闺女！”

说得一家人都哈哈大笑。

韩军说：“那你就给我妈当个干闺女吧，她特别喜欢闺女。”

黎萍敛住笑，一本正经地说：“那就说定了，我给大妈当闺女，同时给你们的养殖场做技术指导，这样我以后到这里来也就名正言顺了。”

韩军说：“要真是这样，那我们就烧了高香了。”

黎萍认真地说：“那咱们就一言为定！”

韩军说：“好，一言为定！”

黎萍说这番话的时候，是和韩军一家人在一起吃早饭。黎萍听韩军说“一言为定”，当即就放下饭碗站起身来，朝韩大妈恭恭敬敬地鞠了一个躬，然后亲亲地喊了一声：“妈——！”

韩大妈一时没反应过来，就没有答应。

黎萍娇嗔地对大家说："你们看，大妈不接纳我这个闺女嘛。"

韩大妈醒过味来，红着脸忙说："我接受，我接受！"

黎萍又亲亲地喊了一声："妈——！"

韩大妈亲热地答道："哎——！"

一家人又大笑了一阵。

对于黎萍的举动，家里的两个小成员——燕子和亮亮也很激动。

燕子是韩军的妹妹，23 岁，省农大分校毕业，全名叫韩春燕。由于她的性格开朗，和燕子一样美丽善良，大家干脆把她叫作燕子，全名反而没人叫了。亮亮是韩军的弟弟韩兵的儿子，还不满 4 岁。燕子一听黎萍向自己的母亲喊妈，高兴地说："我现在也有个姐了！"亮亮马上附和着说："我现在有两个姑姑了！"逗得一家人哄堂大笑，连一向不苟言笑的韩军也笑得差点把嘴里的饭喷出来。

"一日叫娘，终身是母。"也就是从这天起，黎萍真就把韩大妈当成了自己的亲妈，把"韩书记"改称为"韩军哥"。

第二天，黎萍也就真的当起了养殖场的技术指导。她先是来到养殖场的卫生室，把里边的医用设施设备仔细察看了一遍，不符合规范的一一做了规范，缺少的让张勇做了记录，要求他赶快补齐，不能到急需的时候耽误事。接着又来到饲养室，察看了饲槽、饮水机、灯光和通风设备。她感到饲养室里通风不好，当即提出了改进意见。后来又察看了饲料仓库和饲料配料情况，仔细检查了饲料配比。她感到机器切出来的饲草有点长，羊吃了不容易消化，也提出了改进意见，并给他们传授了"寸草铡三刀，没料也上膘"的经验。富贵是管这一块的，他也做了详细记录，不懂的地方当场又请教了黎萍。张勇的文化程度高一些，他还让张勇帮助他记了下来，以便改进。看完这些，黎萍又在韩军的引领下来到羊粪的堆积点。

羊粪的堆积点离养殖场有 300 米左右，是岗坡中的一块洼地。当初之所以要选在这个地方，一个是因为离养殖场不远不近，距离适中，好管理；另一个是因为洼地避风，刮大风时不容易把羊粪刮得到处飞，影响村民的生活，同时又可以避雨，防止下大雨的时候羊粪被雨水冲刷流失。

黎萍跟着韩军他们几个来到羊粪堆积点并且听了韩军的介绍后，对这个堆积点的位置选择没有提出异议，但对羊粪的处理方法却提出了批评。

黎萍说："目前我们国家在羊的养殖行业中对羊粪的处理主要有五大技术，也就是腐熟堆肥处理技术、羊粪生产沼气技术、制成有机肥处理技术、作为新能源处理技术和生物学处理技术。在这五大技术中，最简单也是最常用的是腐熟堆肥处理技术，也就是我们通常所说的堆肥。使用这种方法的好处是，操作方法简单，成本低，但也有弊病。比如，堆制的方法不当不容易腐熟，施用到农田后对农作物生长不利；再比如，堆制过程中如果管理不善，容易造成环境污染尤其是地下水污染；再就是，堆制的过程一般需要 3 个月到 6 个月，周期太长。"

黎萍讲到这里，韩军问道："黎老师，据你的看法，那我们应该采用哪种处理技术好？"

黎萍说："从我们韩冲村目前的情况看，也只有采用眼前你们这种堆肥的方法。"

"为什么？"韩军问。

黎萍笑了："其它那些技术好是好，可是都需要钱哪，你们有吗？"

"说的也是……"韩军不好意思起来。

黎萍说："我不是说用堆肥的方法不好，而是说，运用这种方法要讲科学。"

"堆个羊粪也要讲科学呀！那你就给我们讲讲怎么做才算科学？"韩军又说。

"要按规范办事。"黎萍解释说，"堆肥的发酵方法一般有三种，第一种是条形堆腐法，也就是我们现在用的这种方法；第二种是槽形发酵法，就是建一个大棚，在大棚内按一定的规格修筑水泥槽，然后将羊粪置入槽内发酵；第三种是塔形发酵法，就是修筑圆柱形的密闭塔，把羊粪置入塔内进行发酵。"

韩军说："还这么复杂呀。"

"是比较复杂，要不，怎么叫科学堆肥呢？"黎萍继续讲解说，"在刚才我说的这三种发酵方法中，第二种和第三种也是需要花钱的，我们目前既然还没有这个财力，那就要把第一种方法运用好。运用这种方法有三点需要注意：第一，羊粪堆不能堆得太大，太大了腐熟不透，一般要堆成长条状，高度在1.5米到2米，宽度在1.5米到3米，长度视场地大小和粪便多少而定；第二，要定期进行翻堆，这样有利于透气，腐熟均匀；第三，堆制过程中要用泥浆或塑料薄膜密封，防止粪水流入地下污染环境。”

黎萍讲到这里，指着眼前的羊粪堆说：“你看你们的这种堆法，几个月的羊粪全堆在一起，像一座山，这能堆出好肥吗？另外，刚才你们在介绍的时候我问你们，这堆羊粪堆起来之后翻过堆没有，你们说从一开始到现在从来没有翻过。没有翻过，里边就不透气，不透气怎么能把里边的羊粪腐熟呢？再一个，你们的这堆羊粪一直是露着天堆的，也没用泥浆糊，也没用塑料薄膜盖，那一下雨粪水不是都渗到地下去了？离你们这个堆积点不远就是河流，要是粪水从地下渗到河流里，那你们吃的水还安全吗？”

黎萍这样一讲，韩军坐不住了，他连连检讨说：“这件事不怪他们，是我不懂得科学造成的，我们一定改，今天就改！”

黎萍看了看韩军窘迫的样子，不由得笑了。

黎萍对羊粪的堆积方法提出了批评，但对他们养殖班的内务和日常管理却大加赞赏。她在参观了养殖班的内务后，称赞说：“你们的养殖场办得真是和军营里一样，我回去后也要在我们那里大力推广一下。”

黎萍还特地察看了种公羊舍，询问了她们家赔偿的那只种公羊还有没有问题，当听了韩军的肯定性回答后，黎萍满意地点了点头，但她也对韩军说：“办这么大个养殖场，光用种公羊配种成本太高，应当把种公羊配种与人工授精结合起来，这样既可以提高受精的成功率，又可以降低成本，是个一举两得的好事情。”韩军如实说：“我们的人都不会这个技术。”黎萍说：“不会可以学嘛！我就是专门教这个的，你们可以派人去，我们可以免费为你们培训。”韩军一听说可以免费培训，当即指定由张勇去参加培训，张勇高兴得几乎跳了起来——因为参加这样的培训不仅可以学到技术，而且还有脱单的机会，这是前一天黎萍亲口对他讲的。黎萍看他高兴的样子，颇有含义地朝他笑了一下。

黎萍临行之前，韩军怀着十分感激的心情对黎萍说：“你这次来，不仅从经济上给我们解决了燃眉之急，而且从技术上给了我们具体的指导，我们真不知道该怎么感谢你！”

黎萍说：“要说感谢，还不知道谁感谢谁呢！我的付出再多能值一条命的钱吗？”说完还深情地看了韩军一眼。

临上车，黎萍还主动伸出手来说：“韩书记，我们的大团长，我们还是握一下手吧！”

韩军红着脸赶忙朝四周看看，犹犹豫豫地伸出了自己的手。

黎萍一边凑到跟前凝望着韩军的脸，一边放低声音关心地说：“村支书不好当，要多保重自己。有困难就给我打电话，不要一个人硬扛着。”

韩军从黎萍滚烫的眼神中读出了黎萍的话中之情，但他没敢往深处想。

黎萍这次来，在韩庆厚的思想上也引起了一阵波澜。

按照他之前的看法，做生意的人一般比较奸猾，像上次韩军带人从黎萍家买来的那只种公羊，就是一个很好的例证。但使他没有想到的是，人家不光把种公羊赔过来了，还给捐了那么多钱。尤其是那天黎萍在捐款大会上讲的那番话，更使他激动不已。这哪里只是讲话嘛，这简直就是人家捧出来的一颗滚烫的心啊！韩庆厚多少年都没有听到过这样激动人心、充满正气，也充满人情味的讲话了，他所能听到的，不外乎那些听得耳朵都起了茧子的官话、套话、哄老百姓的话。真就像老伴儿说的，自己如果真是还有个儿子，他就是扒房子卖地也要去请人家给自己当儿媳妇。想想自己以前对人家的那些看法确实是不应该的，而且还把那些话说给了儿子，那就更不应该了。好在儿子是干部，是个团级干部，要是像自己这样的水平，那还不知道要闹出什么样的笑话呢！韩庆厚想到这里感到很自愧，他想找儿子说说，但不知从何说起。想找人家黎萍说说，人家是个姑娘家，这样的话又不好开口。想来想去，他就跟老伴儿交代说：“人家小黎家离咱们这里那么远，来一趟不容易，人家又给咱们村办了那么大的事，这几天你就看着办，家里有什么好吃的你都拿出来，把人家好好招待一下！”韩大妈知道韩庆厚是个厚道人，加上她自己也特别喜欢黎萍，所以就倾其所有款待黎萍。在黎萍走的时候，韩大妈还破天荒给这个过去素不相识的姑娘封了一个大红包，说是姑娘家第一次到家里来，这样做是为了图个吉利，搞得黎萍很不好意思。但黎萍又不能拂老两口的心意，就只好把红包接住了。黎萍的心里为此还很是激动了一段时间。

黎萍回去就把准备给韩冲村修路捐助的资金落实了，不过，她的车没有卖，钱是她爸黎大发给的。

那天她回去后把自己的爱车擦拭一新，准备开到二手车交易市场去卖。郑远方听说了，忙跑过来拦住说："刚买的新车，往二手车市场一摆，只能卖个二手车的价，那多不合算呀！"

黎萍说："我自己的车我想怎么处理就怎么处理，你管得着吗？"

郑远方说："狗咬吕洞宾，不识好人心，我这不都是为了你好吗？"

郑远方看说不动她，就把电话打给了黎大发。

黎大发在电话中问黎萍："傻闺女，刚买回来个新车，你卖它干啥？"

黎萍说："准备给韩冲村捐款。"

黎大发说："咱们这里离他们韩冲村十万八千里，你卖车去捐款，挨得着吗？"

黎萍说："你上次卖给人家的有病种公羊给人家造成了很大损失，能不赔偿人家吗？"

黎大发说："不是已经赔偿了吗，那还要赔偿多少呢？总不至于把嘴巴张得比狮子还大吧！"

黎萍说："狮子的嘴巴没张多大，就 21 万元。"

黎大发惊讶地说："21 万元？21 万元还少啊？这哪里是在索赔，简直是在打劫嘛！"

黎萍耍着赖皮："这是不是在打劫我都不管，反正我已经答应人家了，没有现钱我就去卖车！"说着，就要去发动车。

黎大发急了，在电话中说："小祖宗，我都听你的，现在就去给你汇款。反正我将来眼睛一闭，钱有多少还不都是你的！"

就这样，黎萍的车没有卖，钱却如数汇给了韩军。

修路的自筹资金有着落了，韩军没敢耽搁，收到黎萍的汇款就到县交通局找孙广成。孙广成也不食言，当即就按之前说好的修路指标把款给批拨了下来。

修路的资金问题解决了，接下来就是测量放线，开始动工。

这次修路要在原有旧路的基础上加宽两倍，同时还要留出人行道和绿化带，这就要占去路边一些农户的土地。按照村支两委会上研究的方案，凡是占了农户土地的，就要按所占土地的实际面积在村里的机动土地中照实予以补偿。村里是这样规定的，也是经村民代表会议讨论通过的，可是真到具体落实的时候许多人就不干了。有的说他的地喂得肥，村里的土地瘠薄，不能一比一补偿，要求增加补偿面积。有的说，村里的机动土地离住所太远，家里没壮劳力，耕作困难，要求在近处补偿。也有的说，他们家的越冬作物已经种上了，并且已经施了底肥，花了好多钱，要求村里补偿这部分损失。反正提什么要求的都有，弄得搞测量的技术人员很为难。尤其是枣木芯，他在这条路边根本就没有地，路不管怎么修也损失不到他的利益，可他就是挡住不让修，说："一个乡村小道，只要能过辆车就行，何必要修那么宽？这纯粹是形象工程，劳民伤财！"韩军用长远的观点给他解释，他也不服，说等村里发展起来以后再把路扩宽也不迟。后来他看老支书韩俊法也来做工作，就提出了一个要求，除非韩军的弟弟韩兵把他的商店扒掉，他就放手，否则他就要到上边去告状。这一下把韩军给难住了。

韩兵的商店位于进村路的尽头，按照新规划也没有占道，只有一个山墙压在绿化带上，并不影响修路。当初在讨论修路方案的时候，大家都认为这个商店可以先不扒，等到绿化的时候再酌情处理，所以也就不在补偿之列。现在枣木芯提出了这个问题，一些占地户也跟着起哄，说韩兵的商店不扒他们的土地也不让。这给韩军出了个难题：扒吧，理由确实不充分，况且这个商店也是韩兵一家生活来源的重要部分，当初韩兵开这个商店的目的，就是让媳妇秋云方便照顾家特别是照顾父母，因为韩军不在家嘛！可要是不扒，这么多人盯着，进村路就开不了工。尤其是枣木芯，他说要到上面去告状，就肯定会那样做。村里的人谁都知道他爱告状，在这方面他可是个说到就能做到的人。韩军倒不是怕枣木芯去告自己的状，他是怕这件事把人家孙局长牵连进去。在追加拨款之前，孙广成曾经给韩军提过醒，这件事可以办，但不能有人告状。韩军也曾当面给孙广成表过态，要是有人告状，就由他韩军来负这个责。现在如果因为这个工作没做好，让枣木芯真到上面告了状，那他韩军怎么向人家孙局长交代呀？所以思来想去，韩军还是决定把弟弟的商店扒掉，不能因为弟弟一家的事情耽误了全村修路。

晚上回到家里，韩军就径直来到韩兵的家里，说了自己的想法。他的话音还没落下，韩兵就急了，说："那个商店又不碍啥事，村里在会上都定了不扒，为啥现在突然又要说扒？难道谁楞就听谁的？再说了，你不在家，咱爹咱妈年龄大了需要照顾，我和秋云也不能外出打工，开个商店也是为了一家人的生计。现在要是扒了，那秋云的工作怎么办？"

秋云也在一旁说："从现在到春节正是商店的经营旺季，就是要扒也要等到过完春节再扒，现在扒太亏了。"

韩军说："这条路急等着修，要是不修，到了年底人家交通局是要把指标收回去的。你们不是还承包着一个造纸厂吗？商店扒了秋云还可以到造纸厂去上班嘛。"

韩兵说："造纸厂离咱们家那么远，一天三顿饭来回跑，哪能受得了？何况爹妈缝缝补补的事情还需要秋云来料理，哪能顾得过来？而且造纸厂现在很不景气，好长时间都没有开工了。"

韩庆厚听说兄弟两个为商店的事情商量不通，虽然他知道这个商店对于韩兵一家生活的重要性，但他还是想劝韩兵一家听从村里的安排。于是他就跟在韩军的后面也来到了韩兵的家。

一进门韩庆厚就拿出了当爹的权威："兵兵和秋云哪，我知道你们开这个商店不容易，眼下又快到经营的旺季，扒了确实可惜，但你哥他是村里的领头人，一两千双眼睛在盯着他呢！这个商店你们要是不扒，大家都攀扯着不让征地，那咱们村里的这条路能等到什么时候才能修啊！你们都知道，这条路是你哥到处求爷爷告奶奶，央人托己争取来的。况且我还听说，为修这条路，人家城里的孙局长是看在你哥的面子上，冒着很大的风险，把咱们村往东走的两条小道的面积都算上了。孙局长怕有人告状，还特意跟你哥叮嘱过，你哥也是跟人家孙局长拍了胸脯的。现在你们的商店要是不扒，那个爱告状的害人精扬言要到上面去告状，要真是那样，咱们怎么去跟人家孙局长交代呀！所以我也来帮你哥说句话，说一千道一万，你们就听你哥一句话，把那个商店先扒了吧，等以后有机会了，让你哥再给你们想个办法，看哪个地方合适，就再给你们盖个新商店。钱的事情不用你们操心，到时候我和你妈帮着你们凑点。再不然，我跟你嫂子也说一声。你们也知道，你嫂子对你们那是很亲的，当时你们在盖这座房子的时候，你嫂子可是给你们支持的不少啊！”

父亲在他们几个兄弟姐妹的心目中是很有权威的，父亲把话都说到这个份儿上了，他韩兵和秋云还有什么可说的呢？他们虽然在内心里对扒商店这件事很不情愿，但他们在嘴上还是勉强地答应了。

尽管这样，临了韩兵还是对韩军说了一阵子气话：“商店开这么多年都办得好好的，你一回来就得拆，真是倒霉透了！人家当支书都是往怀里扒拉，你倒好，什么事都是自己倒贴，我看将来你非把这个家倒贴完不可！”

这还是兄弟俩长这么大第一次闹红脸，一连几天两人见了面都感到很别扭。

第八章　收　获

石梅最近在昆仑山进行“驻守5000米海拔以上部队军事训练中容易发生的高原疾病及其防治”课题研究。课题内容主要包括高原环境的特点及其对人体的影响，高原低氧对人体运动能力的影响，初上高原部队的生理与心理防护，高原部队军事训练中的易发疾病及其处置办法，以及高原军事训练应遵循的基本原则。研究仍然是先采集数据，然后进行统计、比对、分析、综合，再从中找出规律性的东西。

研究期间，石梅不慎把脊背摔伤造成错位，只得回山下养伤。梦梦看她伤成这个样子，就劝她说：“妈，你还是给我爸爸打个电话让他回来陪陪你吧，要不然你怎么办呀?”石梅说：“你还不知道你爸的性格，只要是他下决心干的事情，他就是拼上命也要把事情办好。这个时候不知道他都忙成什么样子了，我们还能忍心拖他的后腿？还是我们自己克服一下吧。”

屋漏偏逢连阴雨。石梅的伤还没有好，梦梦又在体育课上把右腿摔骨折了。石梅只得忍着自己的伤痛去医院照顾女儿。石母几次都要打电话让韩军回来，都被石梅拦住了。

养殖场的第一批羊羔开始陆续要降生了，赵铁柱他们既激动又不安。激动的是，他们几个月来的辛苦眼看就要变成收获了，心里的那份高兴劲儿真是无法用语言来形容。不安的是，他们的多数人特别是卫生员张勇过去从来没有给羊羔接过生，就是养过波尔山羊的赵铁柱自己也只经历过一次接羔，况且那还是早早就请了镇上兽医站的兽医过来接的生。这次他们也想从兽医站请个兽医过来帮帮忙，但不巧的是，兽医站的三个兽医，两个到县里参加培训班，剩下的一个女兽医回家坐月子去了，他们只好自己上。好在张勇之前曾在郭武民所在的养殖场学习过，看到过接生的现场和程序，大家的心里才稍稍踏实一些。

这天晚饭前韩军接到赵铁柱的报告，说两只母羊已有产羔的迹象。韩军草草地扒了几口饭，拿上手电就往养殖场走。他刚一出门，父亲韩庆厚也跟了出来。他问父亲出来干啥，韩庆厚说想和他一起去养殖场看看。韩军想阻拦，韩庆厚说：“你不要忘了，你爹我年年养羊，这点经验还是有的。虽然我不懂你们说的洋办法，但遇到情况我还是可以当个参谋的。”父亲这样一说，韩军想了想也有道理，况且他自己对接羔的事情心里也没有底，就答应了父亲的要求。

养殖场专门为待产羊准备了分娩栏。当韩军父子俩来到养殖场时，赵铁柱带着大家已经做好了接羔的各种准备工作，养殖班的同志一个个都像临战的士兵一样严阵以待，就连富贵也一脸严肃地蹲在墙边，两只眼睛直盯盯地看着两只待产羊。韩庆厚察看了一下张勇接羔的准备情况，满意地点了点头。他把两只待产羊分别观察了一遍，然后指着体型较大的一只说，这一只要先产。他顺势蹲在这只待产羊身边，轻轻地抓了一把给待产羊准备的铺草在手里揉了揉，他感到有点硬，就让富贵出去找点软乎的过来换上。他问淡盐水和麸皮水准备了没有，张勇说准备了，并随手把装有淡盐水和麸皮水的脸盆端过来让韩庆厚看。韩庆厚又问羊喝了没有，张勇说刚才给它喂，它只是闻了闻舔了一下，没有喝。韩庆厚用手指在盆子里蘸了一下送到唇边尝了尝，说太咸了，让张勇再去拿点水过来，最好是温开水。张勇把温开水拿过来倒进盆子里兑好后，端到了待产羊跟前，待产羊试着喝了一口，抬起头温顺地朝韩庆厚看了看，然后又把嘴插进盆子里一股劲地喝起来，一下子就喝下去半盆。大家都把钦佩的目光投向韩庆厚。韩庆厚让张勇用同样的办法给另一只待产羊也喂了淡盐水和麸皮水。

在大家的期待中，第一只待产羊开始焦躁和不安起来。它一会儿卧下，一会儿站起，还不停地做着排尿的姿势，有时还扭头朝它的身后看。这样反复了一阵子，它的两只前蹄突然朝地上乱刨起来，一边刨还一边大声地“咩咩”叫。李威紧张地问张勇：“这羊是不是有什么问题？”张勇说：“书上说这是正常现象。”韩庆厚把一只手指放在唇边做了个噤声的动作，大家都屏住了呼吸，不作声了。待产羊闹腾了一会儿慢慢安静下来，卧倒了地上。韩庆厚一边小声让张勇赶快把待产羊撵起来，一边用双手做了个向上托起的手势。张勇双手把待产羊往上托了托，待产羊温驯地站了起来。韩庆厚打着手势小声说：“让它往左边卧。”张勇又用双手托着待产羊的身子朝左侧卧了下来。

待产羊在产床上休息了一会儿，阴门开始张开，不一会儿，胎羔的头部就露了出来。张勇要去接，被韩庆厚拦住了。待产羊稍微休息了一下，猛地使了一阵子劲儿，整个胎羔被全部排了出来。韩庆厚示意张勇把胎羔接住。张勇要擦胎羔身上的胎水，韩庆厚摆了摆手，张勇会意地住了手。母羊躺在地上休息了一会儿即站起来，伸出舌头开始慢慢地舔食羔羊身上的胎水。待它舔了一会儿，韩庆厚示意张勇用干草把羔羊的身上迅速擦干。

韩庆厚让富贵把装有淡盐水和麸皮水的脸盆端过来放到母羊面前，母羊喝了几口，站在地上照顾了一会儿羔羊，开始躺下休息。大约过了半个多小时，它又开始不安起来。不过这一次没有前一次厉害，两只前蹄只是在地上轻轻地刨了几下就停下了，也没有大声叫。大约又过了半小时，第二只羔羊就生产了。

第一只母羊一共产了三只羔羊，并且都生产得比较顺利，大家都很高兴。

就在第一只母羊生产第三只羔羊的时候，另一只母羊也开始生产。这只母羊虽然比第一只体格要小一些，但它的反应却比第一只大得多，叫声也比第一只大。大家的心都被提得高高的。好在有韩庆厚在场，大家才放了心。

第二只母羊一共生了两只羔羊。生第一只还比较顺利，生第二只的时候却出现了倒生。母羊生产得很痛苦，大家的心也提得很高。韩庆厚怕耽误的时间久了造成死羔，立即戴上消毒手套亲自为母羊助产。羔羊产出后呼吸中有嘶嘶啦啦的啰音，韩庆厚说这是羔羊的口腔里吸入了羊水，赶忙把羔羊的两条后肢倒提了起来，让张勇帮着在羔羊的胸部两侧轻轻地拍打了一阵。当看到吸入的羊水从羔羊的鼻孔中排出来的时候，韩庆厚的脸上露出了满意的笑容。

两只母羊一共生产了五只羔羊。当第五只羔羊身上的羊水被擦干的时候，最先出生的羔羊已能站立并能吮吸母乳了。看着一只只可爱的羔羊，大家都欣慰地笑了。

此时，外面的天已经大亮。太阳准备升起，鸟儿开始歌唱，大地也欢腾起来，一派生机勃勃的景象。韩军和养殖班的伙伴们舒展着疲惫的身躯，呼吸着新鲜的空气，满怀信心地迎接着新一天的到来。

进村的公路已经测量、放线完毕，下一步的工作就是购买材料，组织施工。韩军考虑，一个村子搞一个160万元体量的工程，也算是一项大工程，应该成立一个专门的领导机构，于是他就主持召开村支两委会议专题研究这个问题。会上大家一致认为应当成立这么一个机构，以保证工程的顺利进行。经过讨论，这个机构的名称就叫作“韩冲村道路硬化领导小组”。但在谁当这个领导小组组长的时候却出现了意见分歧。韩军认为，夏广泰是村委会主任，又干过工程项目，对修路这类工程应该说是轻车熟路，就提议让夏广泰当这个领导小组的组长。可是夏广泰不接招。他说，这个项目主要是韩军争取来的，资金也主要是韩军筹措的，韩军又是村党支部的一把手，这个领导小组组长理应由韩军来当，就是将来搞个报道、写个什么材料也好处理。夏广泰说：“如果党支部确实想让我为修这条路出把力，我可以当个副组长。”

夏广泰嘴上是这样说的，可他在心里的盘算是：在农村来，这个项目的体量不算小，加之这样的工程没有多少技术含量，按他过去所接的同类工程计算，将来的利润不会低于25％。自己手里的工程队完全有条件把这个项目拿起来。夏广泰当时想，要是韩军当组长，自己提出来拿这个工程，韩军也不好驳自己的面子，而如果自己当了这个组长，那自己就不好说话了。

夏广泰把自己的意见提出来以后，大家讨论了一阵，最后确定，由韩军担任组长，夏广泰任副组长，李喜德和另外两名村民小组组长任组员。韩军考虑到这项工程的质量问题很关键，应该单设一个质量监督员，就提议让赵铁柱兼任质量监督员。老支书和李喜德、李石榴都说赵铁柱思想觉悟高，办事可靠，人也利索，都举双手赞成。夏广泰没说同意，但也没有反对，这件事就这么定下了。

组织机构确定以后，接下来就讨论看采取什么样的方式选择施工单位，比如，是由村党支部和村委会来指定施工单位呀，还是用招投标的办法来确定。韩军让大家充分发表意见。结果又是两种意见。韩军和老支书韩俊法说应该采用招标的办法，货比三家。夏广泰和李喜德的意见是，用谁不用谁，由党支部研究一下就行了，不需要那么复杂。李石榴说，两种意见都行，那就是说她持中立态度。韩军详细阐述了用招标的办法选择施工单位的好处，让大家再讨论。夏广泰不发言，眼睛盯着李喜德。李喜德知道夏广泰的心思，犹犹豫豫地说："招标是个好办法，就是程序太烦琐了，况且过去处理这种事情都是由支部开会决定的。"言外之意是说，由党支部做决定是老规矩，何必多此一举呢。韩军说："过去的做法也可以改改嘛！毛主席过去做过的决定有些不是已经改了吗?"韩军说完，用威严的目光看了李喜德一阵。李喜德的脸色一下子红了，垂下眼睑低声说："其实用招标的办法也行，麻烦就麻烦一点，但可以避免许多矛盾，保证工程质量。"韩军一看决策的时机成熟了，立即提议："既然这样，我们就进行表决，同意用招标的办法选择施工单位的请举手!"一边说一边举起了右手。他的话音刚落，韩俊法就举起了手。李喜德看看夏广泰，又看看韩军，也犹豫着举起了手。李石榴看多数人举起了手，也随着举起了手。夏广泰看大家都举起了手，言不由衷地说了一句"既然大家都同意，我也没有意见"，最后也无奈地举起了手。

事情就这样定下来了。韩军让李喜德尽快发布告示，把招投标的时间、地点、流程、要求一项一项地写清楚。并且授权老支书韩俊法全程监督。

从麟游县第一批购进的一百多只种母羊陆续都产了羔，少的产一只，多的产四只，平均产两只半，比预想的结果要好。看着一只只活蹦乱跳的小羊羔，养殖班的同志一个个都喜笑颜开，大家的干劲更足了。散养户的户主们也对养殖前景更加有了信心，许多有羊户要求增加养殖数量，一些先前没有购买种母羊的无羊户也要求领养羊只，韩军就派赵铁柱和张勇又去黎大发的养殖场购进了一批种母羊和种公羊。

修路招标的事情也按计划进行着。公告发出后，先后有6家工程公司和建筑公司报名要求参与竞标，夏广泰的工程队也报了名。为了慎重起见，韩军安排李喜德带着赵铁柱和从县交通局请来的一位名叫许燕的工程师，对竞标公司的资质逐个进行了先期调查摸底，当然也包括夏广泰的工程队。经过考察，宛平县城恒昌工程公司和好友建筑公司被划入了重点。夏广泰从李喜德口中得知了这一消息，晚上亲自提着礼物来到了韩军的家里。

夏广泰这次到韩军家来是做了充分准备的。他准备了5万元现金，又买了4瓶茅台酒和4条大中华烟。来之前他把这些东西摆在一起还专门照了相。田改云问他照相干什么，他说留个纪念嘛，花了这么多钱总不能连个影儿都没有。他之所以舍得花这么多钱去送礼，是算过账的。如果能用这些钱换回那40万元，那也是值得的。

夏广泰提着装有5万元现金和烟酒的提包来到了韩军的家。

自从韩军回来担任村里的代理支书，夏广泰这还是第一次登韩军家的门。作为老同学和现在的同事，韩军热情地接待了他。

两个人寒暄了一阵，夏广泰说出了来意。他把5万元现金推到韩军的面前，态度诚恳地说："前次为修路捐款，我本来是要在会上把这个钱捐出来的，没想到人家黎萍一把包了，所以当时就没有捐。我现在很后悔，一定要捐出来，即使上次捐的钱够用也请你收下作为备用。"他本来想说当时田改云还批评了他，但他知道田改云和韩军的关系，也就没说出来。

韩军说："我的老同学，你作为党支部成员和村委会主任，想为集体捐款是个好事呀！过去有句话不是说，革命不分先后吗！可是你拿这么多酒和烟是什么意思呀？"

夏广泰带着笑意说："这么多年咱们都没见过面了，况且庆厚叔过去对我真像对待自己的孩子一样那么亲，作为晚辈总得尽点孝心吧？"言外之意是说，他这是专门来孝敬庆厚叔的。

韩军连说了几句"谢谢"，接着把话题转到了修路的招投标上。实际上夏广泰提着礼物一进门他就知道了他的来意，他只是没把话题点破而已。

夏广泰一看正合自己的心意，马上把话题接了过去，说出了自己的想法：他想承包这项工程。

韩军因为事先已经听了李喜德和赵铁柱他们的汇报，心里有了底，就爽快地答应说："想承包这项工程是个好事，你可以参与竞标嘛，同等条件下咱们村里自己的企业是可以优先的。"

韩军的答复是无懈可击的。

夏广泰不好再说什么，又聊了一会儿家常就告辞了。

临走，韩军把他带来的5万元现金又交回到了夏广泰的手里，说："麻烦你多跑趟腿，把这些钱交给喜德，让喜德给你出个手续。你送来的烟酒我就代我爹收下了，谢谢你的美意。”

事后，韩军把这些烟酒折合成现金装进一个信封里送给了夏贝贝，说这是他的一个战友送给夏宝的，让她务必转交给夏宝作为学费使用。并且交代说，这件事情不能告诉家里。

自从夏广泰进门，韩庆厚就时不时地从外面观察一下里面的动静，他特别关注夏广泰提来的那些礼物韩军会怎么处理。夏广泰走后，韩庆厚对韩军说：“你这样处理好，还不伤广泰的面子。刚才我真担心你会把他的钱收下。”

张勇按照韩军的安排到黎萍所在的西农大实验农场参加培训，主要是学习对种母羊的人工授精技术，主讲人正是黎萍。张勇学得很专心，经常受到黎萍的表扬，也正是这次培训，使张勇收获了爱情。

因为黎萍上次在韩冲村的养殖场看到了养殖班的内务和他们走的队列，回来后就建议场领导把这一经验在场里推广一下，刚好这时他们场里要举办这期培训班，而这期培训班的负责人就是黎萍，场领导就让黎萍在这期培训班上先搞个试点，待取得经验后在全场推广。

培训班开班后，黎萍就按场领导的要求开始抓试点。黎萍抓的重点内容有三项：一是要求学员按部队的做法整理内务卫生；二是按部队的规章制度规范学员的一日生活秩序；三是组织学员按部队的条令进行队列训练，培养令行禁止的作风。刚好张勇也参加了这次培训，黎萍就充分发挥张勇的示范和骨干作用。她首先让张勇介绍了韩冲村养殖班实行军事化管理的经验，接着就结合培训班的课程安排内容，逐项对学员进行军事化管理和训练。

黎萍抓的这个军事化管理的试点很快见到了成效，为此场里还在她办的这个培训班召开了现场观摩经验交流会，黎萍也受到了场里领导的表彰。

其实受益的不仅仅是黎萍，还有张勇。张勇不仅得到了锻炼，展露了才华，还受到了一个姑娘的青睐，这个姑娘名字叫郭娟娟。

郭娟娟是郭武民的妹妹，也是来参加培训的。高中毕业后没有考上大学便到她哥哥郭武民的养殖场里当了一名合同工。

郭娟娟是个上进心很强的姑娘，爱学习，肯钻研，样样工作都干得很出色，不仅给她自己添了彩，也给她哥哥郭武民争了光。郭娟娟有个最大的心愿，就是这辈子一定要找个穿军装的做伴侣。郭武民为此跟他的战友都托付了一遍，但一直没有结果。后来，郭娟娟也降低了标准，说现在虽然不穿军装了，只要过去穿过也行。但即使这样，也一直没有遇到一个合适的，所以就耽搁了下来。郭娟娟眼看着自己快变成“老姑娘”了，心理上扭成了一个结。

正在这时，场里安排她到西农大的实验农场参加培训，就是在这次培训中结识了张勇。

刚开班的时候，郭娟娟对张勇并没有太在意，甚至还有些看不起张勇，因为张勇长得像白面书生一样，说话绵绵的，没有一点阳刚之气，根本就不像当过兵的。可是后来一搞军事化训练和管理，张勇突然间像变了一个人，说话干脆，办事利索，计划周到，行动敏捷。尤其是队列训练和军体拳训练，张勇往队前一站，军姿端正，威风凛凛，口令洪亮，指挥自如，与自己以前对张勇的印象完全两样。郭娟娟心想，这不就是自己朝思暮想要寻找的伴侣吗？于是在一个周末的晚饭后，郭娟娟把张勇约了出来。

在华灯初上的场区林荫大道上，郭娟娟对张勇说：“你平时看起来软绵绵的，可是一到训练的时候往队前一站，眼睛瞪得像铜铃，好吓人呀！”

张勇说：“是吗？我自己怎么没感觉到呢？”

郭娟娟说：“可能你们在部队上这样做习惯了，自己感觉不出来吧。”

张勇说：“可能吧。哎，你怎么知道我们在部队上是这样的习惯？”

郭娟娟说：“我哥就是当过兵的，他经常给我们讲部队上的事情。”

张勇问：“你哥在哪个部队当过兵？”

郭娟娟说：“他当兵是在内蒙古，具体是哪个部队我不知道，听说这是保密的。”

张勇说：“当兵在内蒙古？怕不是和我们班长在一个部队吧！你哥叫什么名字？”

郭娟娟说：“我哥叫郭武民。”

张勇说：“那就太巧了！你哥就是和我们班长在一个部队当兵，他们还是战友呢！”

郭娟娟说："我哥和你们班长是战友？那你认识我哥吗？"

张勇说："何止认识！我们养殖场进的波尔山羊，还是你哥给联系的呢！"

郭娟娟说："原来我们还有这层关系，那确实是太巧了！"

张勇说："你哥可真够朋友，上次我们从黎老师她爸那里买了一只有病的种公羊，要不是你哥给出主意，我们可就亏大啦！"

郭娟娟说："我哥那样做也是应该的，谁叫他是你们班长的战友呢！"

两个人徜徉在场区的林荫大道上，就这样边走边聊，心理上的距离很快就拉近了。

郭娟娟说："听说你们村里搞养殖都是你们的村支部书记的主意，他是不是特别优秀啊？"

张勇说："不光是优秀，可以说是非常出色。在我见过的人当中，我们的韩书记那可真正称得上出类拔萃。不论是长相、气质、人品，还是口才、文采、能力，没有几个能比得上他！"

郭娟娟说："怪不得我哥一提起你们的书记就竖大拇指，原来真是这样！那你们跟着他干累不累呀？"

张勇说："不累！一天干 24 小时都不嫌累！在这样的领导手下干活，浑身有使不完的劲儿，高兴都还来不及呢，哪里还会感到累呀！"

郭娟娟说："那你们平时怕不怕他？"

张勇说："要说不怕是假的，但我还真的没有怕过他。"

郭娟娟笑了，说："你这样说不是自相矛盾吗？"

张勇一本正经地说："不矛盾。我说怕，是说自己干不好了怕对不起他。说不怕，是说他虽然平时很严肃，但你只要把工作干好了，他就会表扬你，奖励你，你也就不用怕了。"

郭娟娟说："你说的这些话里还充满着辩证法哩！"

张勇说："事情本来就是这样的嘛！"

郭娟娟憧憬地说："遇到这样的一个好领导也是你们的福气，什么时候我要是能见见你们的书记就好了！"

张勇马上说："这个好办！培训班结束后你就跟我过去，我保证让你天天见到我们的韩书记，你的吃饭住宿我也全管，也就当是你到我们那里去旅游了!”

郭娟娟“咯咯咯”笑了一阵，说：“还旅游呢！我听说你们那里穷得连条像样的路都没有，外面的人去了怎么进村呀?”

张勇正色道：“谁说我们村没有一条像样的路？我们进村的那条路马上就要动工修建，修路的款都筹齐了，这里边还有咱们黎老师的功劳呢！下次你去，保证是一条崭新宽阔的水泥路，你信不信?”

郭娟娟也敛住笑容，点点头说：“你们虽然现在没有，但你说的我也信，因为你们有个好书记呀!”

两个人就这样漫无边际地聊着，慢慢地相熟了。此后，两个人一起听课，一起实习，一起训练，很快由同学变成了恋人。黎萍知道这个消息后很高兴，说他们两个这次来参加培训是双丰收嘛！她还对张勇开玩笑说：“我这个红娘还没有发挥作用，你就自己行动了，你的泡妞技术还蛮高的嘛!”说得张勇直红脸。

后来韩军知道了这个消息，就对养殖班的同志们说：“只有脱贫才能脱单。张勇给大家开了一个好头，你们每个人都要努一把力，争取三年左右把我们养殖班的‘光棍班’称号取消!”

就在张勇收获爱情的时候，李威也赢得了一个姑娘的芳心。不同的是，张勇和郭娟娟是双双一见倾心，而李威遇到的姑娘却是可望而不可及。

李威所遇到的这个姑娘是夏广泰的爱女夏贝贝。夏贝贝是在一次参观养殖班的内务卫生时对李威产生爱意的。

有一天，夏贝贝的学生姜小花对夏贝贝说：“前天我到养殖场去看羊，我看到了养殖班叔叔们住的房间里特别干净，床上的被子叠得像豆腐块一样，不信你亲自去看看!”夏贝贝在电视上和电影里看到过解放军整理的被子，但没到实地看过，她一直想找个机会亲眼看一看，于是就利用星期天的时间骑着电动摩托去了养殖场。到养殖班一看，她被惊呆了：养殖班的内务卫生确实干净整洁，尤其是被子，叠得真像豆腐块一样。想到这正是教育学生的一次好的课题，就组织学生专门到养殖班参观了一回。这一参观不打紧，夏贝贝听说这些都是李威主要负责的，便请他给孩子们示范，上了一堂生动的思政课，这一来二去，两个人就对上眼了。李威在上高中的时候就暗恋过夏贝贝，只是因为自己家里穷，又碍于夏广泰的威严，没敢表露真情，现在俩人再次重逢，哪还能无动于衷？于是他就主动向夏贝贝表明了心迹。夏贝贝回到家里，反复说养殖班的内务整得好，应该在全村推广，尤其是对李威极力夸奖。夏广泰听出了夏贝贝的言外之意，严厉斥责说："养殖班的那些人都是韩军的狗腿子，尤其是那个李威，穷得连快娶到家的媳妇都跑了，还有什么值得夸耀的？"夏广泰还警告说，"以后你不准再到那个地方去，如果再去让我知道了，我就打断你的腿！"就这样，两个人的恋情暂时熄火了。李威想不通，他妈劝他说："穷小子爱上富家小姐，哪朝哪代都是悲剧，你娃子就放弃吧！"

修路工程的招标工作正在顺利进行。竞标的结果是宛平县城的恒昌工程公司中标。恒昌公司的老板名叫李恒昌，公司的名称取自他的名字。这是个具有优等资质的公司，县域境内的许多工程特别是公路和桥梁建筑大多是这个公司承建的，在业界有着良好的声誉。在投标之前，好友建筑公司的老板刘好友曾经找过他，想给韩军送点礼，被李恒昌拒绝了。李恒昌说："听说韩军这个人很正派，在正派人面前接工程要靠实力，如果在这个节骨眼上去送礼，本来能够拿到的项目也会泡汤。"结果正如他所料，他靠实力拿到了这个项目。另外，他已经听到了不少关于韩军的传奇故事，他自己也是个正派人，很想结识一下这个传奇式的人物，这次总算如愿以偿了。

对于这个结果，夏广泰当然是不高兴的。招标工作一结束，他就像霜打的茄子一样，整天阴沉着脸。知道内情的人都说，卤水点豆腐，一物降一物，二奸臣这下遇到能降住他的克星了。

正当修路工程准备全面上马的时候，上级通知村支两委的换届选举工作开始了。这是一件政治任务，上级要求要把它放在头等重要的位置上。韩军只好把修路的事情先放下来。

韩军主持村支两委会议专题传达学习了上级关于换届选举的文件指示精神，对本村的两委选举工作做了整体部署。考虑到本村的实际情况，特别是自己过去从来没有参与过农村基层组织的选举工作，为慎重起见，韩军建议由老支书韩俊法来担任选举工作领导小组组长，全面主持两委的选举工作。镇党委和镇政府批准了他们的请示。

第九章　选　举

按照计划，村支两委的选举工作是先选举村民委员会组成人员，而后选举党支部委员会成员。

这次选举工作一开始还比较顺利，一切都是按照原计划在进行着，可是在将要进行正式选举的时候却出现了个意外情况：村委会主任的候选人只有一个人，也就是老主任夏广泰。

按照规定，村委会主任的候选人应该在三个以上，最少也得两个。一开始报名的时候本来有三个，后来一个生病住院查出是癌症，一个在外打工合同没到期人家不放，所以只剩下夏广泰一个人了。

候选人只有一个是不符合规定的，即使是陪选也得至少再找一个人。韩俊法找了几个条件相对接近的人做动员，人家都找了个借口给回绝了。因为谁都知道，村干部难当，在韩冲村当村干部更难。韩俊法急得嘴上都起了潦浆泡，无奈，只好找韩军救驾。韩军想，这项工作本来就是自己分内的事，现在遇到了难题，也不能让老支书太作难。同时，这也是和群众见面的机会，正好可以把自己对未来村里的工作目标跟大伙儿讲讲，以便凝聚一下人心，所以他就答应了老支书的请求。

让韩军陪选的这番话，老支书是在养殖场跟韩军讲的，因为韩军当时正在养殖场研究扩大养殖规模的事情。老支书走后，韩军一转身看到了赵铁柱，他猛然想到，赵铁柱不是一个合适的村委会主任人选吗？于是就问道："铁柱，其实你应该参加村委会主任的竞选。"

赵铁柱看身边有人，没有正面回答。事后他给韩军讲，四年前他刚回来的时候曾参加过一次村委会主任的竞选，当时就在他的票数快要超过夏广泰的时候，夏广泰的侄子夏海山找了个借口故意挑起竞选双方的村民斗架，造成选举中断，赵铁柱一气之下就退出了竞选，最终还是夏广泰连任。

经赵铁柱这么一说，韩军突然想到，怪不得村支两委几次在研究工作说到赵铁柱的时候夏广泰都不表态，原来两个人还有这么个过节。赵铁柱还悄声对韩军说："夏广泰这个人心里阴毒，请你在参选的时候还是当心点好。"

韩军不以为然地说："我只是陪选，又不是真的参选，也不挡他的路，他会使什么绊子？"因为他知道，他将来是要当村支书的，镇上的于书记早就说过这个话，这次也只是走个过程而已，要不他放弃自己在部队的职位回来干什么？

赵铁柱仍然郑重地说了一句："还是防备点好。"

韩军知道赵铁柱也是好意，就说道："谢谢你的善意提醒，我一定多加注意。"

韩军对自己陪选村主任并没有多大兴趣，因而也没有去做拉选票这一类的工作，只是把自己在会上准备说的话打了个腹稿。凭着他多年的历练，在这样的场合讲话已经是家常便饭了，不需要写成稿子，也不能写成稿子，都是乡里乡亲的，手里拿着稿子周吴郑王地去念反而有些另类。

可是夏广泰却不一样，他对这次选举却非常看重，上级的通知一发下来他就开始做工作，几乎是天天晚上找人谈话，特别是那些他认为听他话的村民小组长。

这天他又把他的侄子夏海山叫到家里，给夏海山交代了一番。

夏广泰对夏海山说："你这几天不要忙其他事情了，替叔办件事。"

夏海山一直对夏广泰感恩戴德，言听计从，说道："叔，你有啥事尽管说，只要我海山能办到。"

夏广泰说："你去跟那几个听咱们话的小组长说，让他们这一次一定要多投韩军的票。"

"咋给他投票？"夏海山对夏广泰的用意不解，讶异地问道，"大家都准备投你的票，你让大家投他的票干什么？"

夏广泰说："说了你也不懂，你就按我说的去办吧。"

夏海山一时猜不透他这个自称为二诸葛的叔叔这次又有什么新计谋，但他又不好多问，因而就答应按照夏广泰的意愿去做，说道："叔，我就照你说的办，让他们都投韩军的票。"

夏广泰说："不是让他们都投韩军的票，而是要把多数票投给韩军，该给我投的还是要给我投。”

夏广泰这样一说，把夏海山又说蒙了。夏海山问：“给韩军投，也给你投，那你的意思，这次究竟是你继续当主任哪，还是想让韩军来当？”

夏广泰说：“要让韩军来当。”

夏海山更加不解了，说：“凭什么让他来当？他姓韩，咱们姓夏，他当了能替咱们夏家说话吗？”

夏广泰说：“说多了你也听不明白。这样吧，你们投票的时候，要在韩军和我之间掌握一个比例，比方说，总共是1000个人参加投票，你们要给韩军投510张，给我投490张。就是说，要把多数票投给韩军，但又不能给他投的太多，只要让他能超过半数就行。再说明白一点就是，既要给韩军投票，又不能让韩军的票比我的票高得太多。这下听明白了吧？”

夏海山像鸡啄米似的点点头说：“这一次听明白了。不过，这个比例不好掌握。你也知道，咱们的村民就那么点文化程度，有的连个名字都写不好，到时候他们在票上随便一画，谁还去管那么具体呀？”

夏广泰说：“这个好办。小组长不是要提前对选民进行登记吗？只要一登记，就知道谁会参加选举了，你就让小组长提前给这些参加选举的选民们说好让他选谁。小组长在给这些选民分配任务的时候，要提前把选票的比例算好，让他们选谁到时候就写谁的名字，这样到会上就不会乱了。最后的结果肯定就是我们想要的结果。”

夏海山把夏广泰说的这番话琢磨了一阵，说：“好，就按你说的这个办法，我现在就去找那些小组长做工作。”说完就要起身。

夏广泰拦住他，从里间取出事先准备好的两箱子宝丰大曲和20条帝豪香烟交给夏海山，说：“你把这些东西拿去，给这些小组长做工作的时候，每人给送上两瓶酒和两条烟。”并且交代说，“这件事一定要注意保密，对外不能透漏风声。”

夏海山说声“记住了”，抱上烟酒出门走了。

俗话说，没有不透风的墙。夏广泰给韩军拉票的事情很快就传到了韩庆厚的耳朵里。韩庆厚得到这个信息后感到很奇怪，心想，人家拉票都是为自己，夏广泰拉票却是为别人，是什么意思嘛！他想不通，就来找韩俊法。韩俊法说：“我也听到这个消息了，心里很纳闷。我想给镇上的于书记打个电话报告一下，但咱又没掌握啥证据。这不，我还正发愁不知道咋处理哩！”韩庆厚知道这些事情在选举结果没出来之前是不好处理的，所以就从韩俊法家里告辞出来，回到家里后跟韩军也说了一下。韩军由于没有参加过农村的选举，对其中弯弯曲曲的事情不了解，听了父亲的话，只是淡淡地笑了一下说：“管他们给谁拉，到最后看看民意再说吧。”

选举大会在村小学的操场上举行。会场的主席台上挂着会标，会场四周贴满了标语。镇上的于书记和柴镇长都来参加，看来镇上对韩冲村的选举工作确实很重视。

正式选举前，先由竞选人发表竞选演说。按照会议议程，夏广泰首先走上主席台，在完成了必要的礼仪之后开始演讲。他是拿着稿子念的。他说如果他当选，第一，要保质保量完成上级下达的粮棉油种植和“三提五统”任务，决不拖全镇的后腿；第二，继续办好村办企业，按时收缴应缴的承包费；第三，依托县城的劳务派遣公司，每年介绍外出打工人员不少于 100 人，常年打工的保持在 70 人以上，积极帮助村民创收；第四，耐心细致做好宅基地审批和计划生育工作，保证不出现超占宅基地和超计划生育问题；第五，对困难户和五保户按时足额发放救济款，不发生截留、贪污、挪用等现象；第六，继续做好社会治安工作，确保在任期内不发生重大刑事案件和事故。最后说了一句“请大家看我的行动”，然后走下了主席台。

夏广泰的这个演说，正体现了李喜德对农村工作思路的概括：“农村工作两台戏，计划生育宅基地。‘三提五统’完成好，天王老子不找你。”夏广泰这些年就是按着这个思路当村主任的。

韩军不知道“三提五统”是什么意思，会后向赵铁柱请教，赵铁柱给他做了解释：“三提五统”是专门向农民征收的行政事业性收费和政府性基金，是解决“三农”问题的一个重要手段。“三提五统”中的“提”指的是村提留，“统”指的是乡统筹。所谓“三提”，是指农户上交给村级行政单位的三种提留费用，包括公积金、公益金和行政管理费。“五统”是指农民上交给乡镇一级政府的五项统筹，包括教育费附加、计划生育费、民兵训练费、乡村道路建设费和优抚费。“三提”和“五统”一般各占“三提五统”总额的50%。

开会的时候，赵铁柱是坐在韩军旁边的。夏广泰讲完，赵铁柱趴在韩军的耳边小声咕哝了一句：“土地爷吹笛子——老腔老调!”韩军朝他轻轻“嘘!”了一声。

轮到韩军发言了。他站起来，习惯性地整了整衣服，迈着军人特有的步子走上主席台。他先是向于书记和柴镇长敬了一个军礼，接着又面向会场敬了一个军礼。大家都没见过这种场面，屏着气一齐把目光投向他。

韩军敬完礼，用沉缓的语气讲道：“尊敬的于书记、柴镇长，尊敬的选举领导小组的各位领导，尊敬的各位选民，大家上午好!”他在讲到“大家上午好”的时候，有意把声音提高一些。于亚军带头鼓起了掌，其他人也随着鼓了掌。他接着讲道：“我叫韩军，出生于1956年8月，第一学历高中毕业。1976年参军入伍，1978年入党并提干，1979年参加边境地区自卫还击作战，1986年取得大学毕业文凭。参军后历任班长、排长、团政治处组织干事、连政治指导员、师组织科干事、军组织处干事、军区组织部干事、团政治处主任、团政治委员等职。今年因部队调整编制，我被编余待分配工作。今年3月探家期间，根据家乡建设需要，我被组织上安排担任村党支部代理书记。经过这几个月的工作和思考，我对咱们韩冲村的未来发展特别是如何完成‘八七脱贫攻坚’任务有了一些想法，今天利用这个机会向各位领导和父老乡亲汇报一下，请大家批评指正。”

韩军讲到这里，朝会场环视了一下，继续讲道：“为了简便起见，我把这些想法归纳了一下：第一，瞄准一个目标。也就是经过三到五年的努力，力争使全村人均年收入在现有的基础上实现翻两番，达到2480元。这要分两步走，先利用两到三年的时间翻一番，然后到第五年的时候再翻一番。”

他讲到这里，会场上出现一阵骚动，隐隐约约听到有人说这是“吹牛”。他没有解释，说：“下面还要投票，为了节省时间，我这里暂时不做解释，但我要告诉大家的是，我提出这个目标是有依据的。同时，为了激励大家争先脱贫，我还设想准备采取重奖的办法，具体办法是：凡是一年能实现翻两番的家庭，人均奖励3000元，两年实现这个目标的，人均奖励

2000 元，三年实现这个目标的，人均奖励 1000 元，四年以后实现这个目标的不奖不罚。”这时会场上又出现了议论声，主要是唏嘘，没有再听到风凉话。

韩军说：“对于我在上面提出的这个目标，有的同志可能会说不可能实现。我要说的是，我们在部队有句口号——‘没有办不到，只有想不到；只要有想法，就可能有成功。我们共产党人就是要把不可能变为可能！’从长征开始，到新中国成立，我们不是把无数个不可能变成可能了吗？”

这时会场上有人鼓起了掌。

韩军继续讲道：“第二，抓好两项基本建设。一个是抓好基础设施建设，主要是‘五通’，也就是通路、通水、通电、通电话、通闭路电视；‘四建’，就是建学校、建工厂、建集中居民点、建综合办公楼和文体医疗楼。另一个是抓好文明村风建设。要在全村开展‘五讲四美三热爱’活动，倡导讲上进、讲勤劳、讲荣耻、讲孝善、讲乡情，语言美、形象美、庭院美、行为美，热爱祖国、热爱集体、热爱韩冲的文明新风尚。第三，发展三大产业。包括特色种植业、规模养殖业、适度加工业。像我们现在养的波尔山羊就包含在养殖业这个范围，当然现在我们的养殖规模还很小，下一步还要扩大和发展。第四，建好四支队伍。就是要建好党员干部队伍、退伍军人队伍、农业科技人才队伍和乡贤智囊队伍，充分发挥各类人才的作用。第五，打牢五个基础。包括组织建设基础、集体经济基础、人居环境基础、科学文化基础和乡规民约基础。上述这些方面都有具体的内容和要求，限于时间我今天不做解释，后面我们还要专门开会研究，我在这里只是点个题，或者说是先吹个风。上面我讲的这五个方面也可以叫作‘一二三四五工程’。总的设想是：统一规划，分步实施，团结奋斗，五年翻身。也就是说，要争取在五年之内使我们韩冲村摘掉贫困村的帽子，不说更高层次，至少要跨入全宛都地区的先进行列。上面我讲的这些，既是村里下一步的工作思路，也是我本人的任期目标。我知道，要实现这个目标，单靠一两个人是不行的，必须是全体村民齐心协力。俗话说，人心齐，泰山移；人怕齐心，虎怕成群。如果一个村的村民人人各揣各的心眼儿，各打各的小算盘，就是神来了也别想干好。我相信，摆脱贫困、尽快致富是每个韩冲人的热切愿望，只要我们在座的父老乡亲的思想和干劲拧成一股绳，我们韩冲的明天一定会很美好，我们的目标一定能够达到。如果大家信得过我，我愿意和大家一起朝这个方向努力。”

韩军讲完，分别朝会场和主席台又敬了一个军礼，然后离开了会场。因为按照规定，选民投票的时候，候选人是应当回避的。

韩军走下发言席的时候，人们的目光紧紧跟随着他，待他离开会场时大家才反应过来，鼓掌声“哗哗”地响了起来。于亚军情不自禁地赞叹说：“奇才，简直是奇才！没想到一个离开农村二十多年搞军事工作的人把农村工作研究得这么透彻！”他的话由放在面前的麦克风传给了会场上所有的人。大家似乎都在咀嚼着刚才韩军的讲话，没有人再大声说话。

韩军的这次演讲，确切地说是他给韩冲村设计的这个脱贫和发展方案，在参加会议的人员包括一些领导干部中是有一些不同看法的，包括于亚军也有一些疑问。事后于亚军曾问韩军：“老同学，你的那个讲话确实不错，条理性、前瞻性、操作性都很强，可是你那个‘翻两番’的目标有什么依据？也就是说到时候能不能实现呀？”他的言外之意无非是说，那些数字可都是代表着真金白银，如果到时候实现不了，对上上下下那可是不好交代的！你韩军的身份和别人不一样啊！

韩军自信地说：“一个国家，一个地区，要想在五年左右使人均收入翻两番那是困难的，或者说可能实现不了，但作为一个收入基数比较小的村子，只要路子对头，方法得当，经过努力是完全有可能实现的。”他还胸有成竹地说，“我这样讲也是经过计算的。第一，这个目标必须达到。我查了一下资料，1990 年，我们全省农村居民人均收入是 526 元，去年是 1733 元，每年递增的幅度在 7%左右，有的年份还高一些。按照这个发展速度，五年以后，也就是到 2003 年，全省农村居民的人均纯收入就会达到 2300 元左右。如果我们韩冲村的人均收入在这五年之内翻不了两番，那就还是赶不上全省的平均水平，就是说五年以后我们还是落后分子。所以说，五年之内翻两番的目标必须实现。第二，经过努力这个目标能够达到。就以养羊这个例子来说。从目前的情况来看，养一只波尔山羊可以有 2000 元左右的利润，一只母羊两年可以产羔 3 次，每次平均产两只半，3 胎就按 6 只算，这是12000元，减去母羊的成本，收入大约在10000元左右，平均每年就是5000元。如果是个三口之家，到第三年的时候是不是就可以达到我所说的目标了？那他们还有其他收入呢，比如，他们还要种地，还要养鸡、养鸭、养猪，有的还可以在农闲时间打点零工，等等。其实，不光是养羊，下一步我还准备办一个服装加工厂，把可以走出家门的妇女们组织起来，让他们搞服装加工，这样也可以增加他们的收入。项目我都看好了，先从加工农村孩子穿的童装开始，技术要求简单一点，这样也便于调动妇女群众的积极性。”

算完账，韩军还把下一步的打算告诉了于亚军。韩军说：“现在我的工作重心是抓紧起步，过段时间等我腾出手来，我会对全村各家各户的情况进行详细的调查、统计和分析，找出每家每户致贫的主要原因和脱贫的具体办法，然后采取村、组、家庭、个人四级联动的办法，解决全体村民脱贫致富的问题，争取在五年快到的时候，‘翻两番’的人户达到90%以上，剩余的全部由村集体兜底。当然，这需要大力发展集体经济，使村集体有实力承担这个重任。”

听了韩军的讲述，于亚军的眼睛亮了，他赞赏地说：“我说嘛，我的老同学是堂堂的上校军官，说话肯定是有依据的，绝对不会满嘴跑火车！我常听人家说，军人的品格就像出膛的子弹，定然会向着目标飞行，直至击中靶心。我等待着你所设计目标的早日实现！”

韩军说：“其实有些话我还没有讲完，比如关于韩冲村将来究竟要建成个什么样子，我看了一下华西村和南街村，就是要达到‘五化’，也就是收入方式多元化、居住方式城镇化、生活方式社区化、生产方式产业化、组织方式自治化。这些我还只是个初步的想法，还没有完全想好，不成熟的东西还需要沉淀。另外，大家习惯了过去的那种思维方式，讲得多了他们也接受不了，甚至会产生抵触情绪，所以我一下子还不能把全部盘子都端出来。”

于亚军向韩军的肩上砸了一拳头，说：“真有你的，还打着埋伏哩！”

韩军一本正经地说：“当然，我也知道，今天我讲的这些内容还只是纸上谈兵，在付诸实施的时候肯定会遇到这样那样的困难和坎坷。不过，路在人走，事在人为。我相信古人说过的话：路虽远，行则将至；事虽难，做则必成。我有这个信心。在部队，我走过那么多的单位，还真的没有打过败仗。同时，我提出的这些目标要实现，还要靠你这个父母官的支持，到时候我向你这个豪华书记伸手的时候，你可不许打官腔啊！”韩军之所以称于亚军是“豪华书记”，是因为于亚军是副县长兼的镇党委书记。

于亚军爽快地说：“老同学，请你完全放心，支持你的工作就是支持我自己的工作，遇到困难咱们老同学一起上，如果力量不够，还有县委的乔书记这个后盾呢！”

说着两个人便哈哈大笑起来。

韩军和于亚军在说这番话的时候，柴广钦没有在场，他对韩军在会上承诺的“翻两番”的目标是根本不认同的。他是从基层一步一步干上来的，仅在村支书的岗位上就干了7年，他深知村民增收的艰难性。凭他的经验，作为一个整村，在三五年能够“翻一番”，那都要费老鼻子的劲，作为村里的带头人不脱三层皮也至少要脱一层皮。现在韩军提出要在这样的时间段里“翻两番”，他认为这是绝对不可能的，除非是举全镇之力，并且还得县上给予特别倾斜，但现在镇上的财力也不容乐观，常常是囊中羞涩，他这个管钱的“父母官”每每遇到要花钱的时候，也是干挓挲手，恨不得用一块麻布把自己的头脸蒙起来。所以，当他在会上一听到韩军说到“翻两番”的任期目标时，他的脑海里蹦出来的第一个词就是“吹牛”，接下来尽管韩军做了简单的解释，他也没有认可，因为凭他的经验，这是绝对不可能的。在他脑海里用的是“绝对”二字。会后他还专门询问了夏广泰对韩军演说内容的看法，当听到夏广泰说韩军的演说纯粹是吹牛的时候，他在心里笑了，基层就是基层，英雄所见略同嘛！按他的看法，夏广泰在会上的演说虽然平庸了一些，但夏广泰说的那些工作内容是靠谱的，而韩军说的工作目标和思路则明显地带有一个农村工作门外汉的理想化色彩。不过，他的这种想法并没有说给别人，只是在心里思谋着，同时他对韩冲村未来的脱贫工作还捏了一把汗——因为他和于亚军都是本镇贫困村脱贫的第一责任人，如果韩冲村到时候脱不了贫，他也是要挨板子的，更不要说提升了！

韩军在大会上讲完话后，接下来的程序就是开始投票。投票的结果出现了戏剧性的变化：韩军当选村委会主任！

按照原计划，村民大会是要选举夏广泰继续担任村委会主任的，在党内的选举中让韩军当村党支部书记，这也是经镇党委、镇政府审定过的选举方案，让韩军参加竞选也只是为了凑个数。现在可好，群众把韩军选成了村委会主任，陪选的变成了主选！

选韩军当村委会主任虽然也是夏广泰事先专门安排人做工作要大家选的，但他对现在这个结果也不满意。因为他要求选举人在给他和韩军投票中要有点差距，但差距不能太大，太大了也降低他的威信。没想到韩军的得票成了压倒性多数。他在心里直骂他安插的那几个人太无能。选举会议一结束，他就把夏海山叫到他的家里臭骂了一顿。

“我一开始不是给你交代过了吗？要给他姓韩的投票，但也不能投得太多，过个半数就行了，怎么最后给他投了那么多？投票人总共650多人，他就得了将近600票，你让我的脸以后往哪里搁呀？”夏海山一脚刚踏进他的家门，他就黑丧着脸劈头盖脸地训斥道。

夏海山摊着两手无奈地说：“我也是提前都给那几个村民组长说好了的，谁知道姓韩的往台上一站画了个大饼，那些人就拿着棒槌缝衣服——当真（针）了，最后把票都投给姓韩的了！”夏海山还自嘲地说，“真没想到，放屁打嗝嗝，劲儿使反了！”

夏广泰知道事已至此，发火也没有用，遂朝夏海山摆摆手下了逐客令：“现在说这些有什么用？快走快走！你走了我也眼不见为净！”

夏海山红着脸朝夏广泰鞠了一躬，唯唯诺诺地退出门去。

望着夏海山的背影，夏广泰又咬着牙骂了一句：“尿罐子泡豆芽，球事办不成，一帮子蠢货！”

就在夏广泰训斥夏海山的时候，柴广钦却打电话把夏广泰狠狠地批评了一顿。柴广钦在电话中劈头就说：“咋球搞的嘛，你今天才得了那么一点点票！”因为两人比较亲近，柴广钦对夏广泰说话就很随便。

夏广泰赶忙遮掩说：“镇长好，这是我专门安排的。”

柴广钦不解：“你专门安排的？韩军的票是你拉的吗？”

夏广泰说：“是我拉的。”

柴广钦更加不解了："天底下还有这样的事？"

夏广泰在电话里笑了一下说："我这不是想给韩军树树群众威信嘛！"

柴广钦带着明显不高兴的口气说："那你的得票也太少了嘛，这对你的威信可是要扣大分的！"

夏广泰没有说话，因为他正在对这样的选举结果耿耿于怀呢。

柴广钦在电话里停顿了一下，说："你小子怕不是在觊觎韩俊法的位子吧？"

夏广泰没置可否，只是轻描淡写地说道："过一天我当面给您汇报思想。"

柴广钦说："我提前给你打个预防针，韩俊法的那个位子镇上和县里都早有考虑，你要好自为之。"柴广钦说完，就把电话挂了。

柴广钦之所以对夏广泰的选举结果这么关心和关注，不仅仅是因为夏广泰平时与他走得近，更重要的是他器重夏广泰的工作能力，因为韩俊法的身体不好，韩冲村的好多工作是靠夏广泰推动的。现在出现了这样的局面，他担心将来如果韩冲村的工作失去夏广泰，光靠韩军这个明显的门外汉，脱贫的目标是很难实现的。

对于这次竞选，田改云和夏广泰在家里也生了一场气。那天选举完刚回到家，田改云就黑着脸埋怨夏广泰说："你在会上的那个竞选演说也太次了，简直丢人！"夏广泰说："我本来就不看好那个位置。"田改云说："那你得的票数也太低了！你过去在群众中的威信哪里去了？"夏广泰恶狠狠地说："他们也不要高兴得太早了！"

这样的选举结果也给于亚军出了个难题：让不让韩军当这个村委会主任？选举一结束，韩俊法就给他提出了这个问题。按照选举法的规定，村民委员会的选举只要选举程序合法，选举的结果就有效。如果不让韩军当这个村委会主任，显然是违背选举法的。但如果让他当了，那党支部书记还能不能选他？韩俊法吃不准。因为按照现行规定和普遍做法，村里的党支部书记和村委会主任是分开担任的，目前还没有两个职务一肩挑的先例，只是听说外省有的地方在搞试点，但至少在本省还没听说有哪个地方在这样做。于亚军和柴广钦商量了一下，给韩俊法的答复是：党支部书记的选举按原计划进行，待选举结果出来后再做通盘考虑。

按照上级下发的选举办法，村党支部委员会的选举程序是：先按照20%的差额选出新一届支部委员，而后由新一届党支部委员等额选举出新一届党支部书记。韩俊法知道，委员选举不怕，但就怕选书记的时候出幺蛾子。

俗话说："怕中有鬼，痒中有虱。"怕什么就会来什么。选举的结果最终还是出了问题。

夏广泰此前已经意识到，自从韩军回来当了代理党支部书记，韩俊法就真的要退了。过去自己一直觊觎这个位置，但碍于自己是韩俊法一手提拔起来的，要是自己赤裸裸地把韩俊法顶下去，那样人们会骂他夏广泰忘恩负义，所以尽管他牢牢地掌握着村里的实权，但表面上对韩俊法还是尊重的，当然那只是做做样子，现在韩俊法自己要退了，那夏广泰也就没有必要再讲客气。他知道上面都支持韩军，包括县里，但村党支部书记的选举是村里人说了算，这是党章规定的。所以选举一开始酝酿，他就盯紧了这个位置。他之所以这样做，还有一层原因，就是他感到韩军太狂妄、太不近人情了。韩军在大会上的演说压了他一头不说，关键是在修路工程的承包问题上，他亲自提着礼物登门求情也不行，这是他这么多年当村委会主任所不曾有过的事情。真是哪个有权哪个霸，谁变蝎子谁蜇人！回头想一想，自从他夏广泰当上这个村委会的主任，他想办的哪件事情没有遂自己的心愿？现在倒好，半路杀出个程咬金，把自己的所有如意算盘都给打乱了，他必须主动出击。因而党支部委员会的选举还没有开始，他就开始做工作了。

他把这个班子的成员仔细分析了一遍。现在这个班子一共有五个人，在这五个人中，韩俊法肯定会力挺韩军，韩军自己也不会选他夏广泰，那么最关键的就得看李喜德和李石榴的态度了。他知道，这两个人平时和他走得比较近。李喜德在他办的造纸厂和砖瓦厂里有干股，他们之间有着共同的利益；李石榴的丈夫田宝明年年都是由他亲自给安排去煤矿打工，虽然脏点累点，但挣钱最多，李石榴自然也会感恩他。但是现在韩军回来了，韩军的水平明显高于自己，并且还有县委乔书记和镇上于亚军的后台，他们会不会改变态度呢？他有些吃不准。于是他趁夜暗专门安排他的侄子夏海山去给这两个人送了重礼：每人两万元现金，外加四瓶茅台酒。他还给这两家的女人每人送了一条金项链和一对金镯子。当然他不能说这是在送礼，而说的是分红和奖金：对李喜德他说是砖瓦厂的分红，对李石榴说是他所在的县上的劳务派遣公司给李石榴丈夫的奖金，这样人家也好接一些。送完礼他仍然不放心，又分别给这两个人打了电话，许诺说如果这次他能当上党支部书记，将来这些分红和奖金会加倍。

夏广泰不但在李喜德和李石榴身上下了功夫，他还专门到柴广钦家里去了一趟。在他的心目中，柴广钦是他的知己和后台，每每遇到困难，他只要找到柴广钦，柴广钦都会替他想办法。现在又到了关键时期，他肯定还得要依靠柴广钦来给他撑腰。拜望柴广钦的时候，他本来是想带上几万块钱的现金的，但他知道柴广钦平时不收重礼，他怕弄巧成拙，就只带了几瓶酒。见了柴广钦他毫不隐瞒地明说了自己的想法。柴广钦给他的答复和前一天跟他说的一样，对党支部书记这个位置组织上已经有所考虑。他问："如果群众要是选了我，组织上认不认？"柴广钦说："只要程序合法，组织上也不会否决。"但柴广钦还是以告诫的口气说："组织上对这次选举看得很重，尤其是你们韩冲村，希望你一定要按照组织的意图办事，不要违背组织意图。"夏广泰只记住了"只要程序合法，组织上也不会否决"这句话，而对第二句话并没有在意。

韩俊法对夏广泰的真实想法是了如指掌的，尤其是在村委会主任选举后，他就听说了夏广泰的反常举动——给韩军拉选票，当时他就猜测夏广泰肯定是在觊觎党支部书记这个位置。为了使党支部书记的选举工作不出岔子，他专门来到夏广泰的家里做工作，当面给夏广泰讲了这次选举对于整个韩冲村未来发展的重要性，要求夏广泰一定要明白镇党委的意图，自觉按党性要求对待这次选举。

为了促使夏广泰顾全大局，老书记主动放下身段，佝偻着腰，语重心长地对他亲手提拔的这个年轻后生说道："广泰呀，咱们都是党的人，你虽然党龄不如我长，但在党也有 20 年了吧，咱们都得听党的话，按党的要求办事。这次韩军回来接我的班，是组织上经过慎重考虑才决定的，镇上的于书记和县上的乔书记都有明确的态度，县委组织部也有具体安排，希望你一定要顾全大局，行使好自己的权利，为咱们韩冲村的发展做出积极的贡献，当然在一些个人利益问题上恐怕还得做出点牺牲。”老书记的话说得再明白不过了，就是白痴也知道是什么意思。

夏广泰回答得也很干脆：“请老书记您放心，我一定按照党章赋予的权利投好自己神圣的一票。”

乍一听，夏广泰说的也没错，但仔细琢磨，又感到话里有话。于是，韩俊法又连夜分头找了李喜德和李石榴，十分明确地跟他们谈了镇党委的意图，要求他们用共产党员的党性作保证，一定要选出能够带领大家脱贫致富奔小康的领头人来。

让韩俊法没有想到的是，他从李喜德和李石榴他俩的家里前脚走，他俩就分别给夏广泰打电话汇报了情况。夏广泰在电话中给他俩打气说：“不管别人怎么说，你们自己一定要有主心骨。只要你们自己立场坚定，态度鲜明，他们谁也拿你们没有办法。这是党章赋予你们的权利嘛！我再重复地说一遍，这次你们只要能投我的票，以后咱们有福共享。我夏广泰向来说话算数，决不反悔！”

党支部的选举工作如期进行。前来监选的是镇长柴广钦，于亚军书记因为要参加地委党校的主题教育培训班没有来。选举的结果正如夏广泰所愿：他自己给自己投了一票，李喜德和李石榴各给他投了一票，他的得票数是 3 票。韩俊法和韩军各得 1 票，韩俊法投的是韩军，韩军投的是韩俊法。韩军在投票的时候是这样想的：由老支书来坐镇，他自己则冲到第一线，如果能这样做，他所设计的目标肯定会加速实现。总不能自己给自己投票嘛！

当选举结果公布的时候，连柴广钦都感到很惊讶。尽管他也希望夏广泰能当上这个村支书——按他的想法，如果能让有农村工作经验的夏广泰当支书来把舵，有干劲的韩军当村委会主任在前面冲，这也不失为一个对各方面都有利的方案，而且之前他都一直想让夏广泰接替韩俊法的位置，结果由于种种原因未能实现……但于亚军临行前曾给他反复交代，韩冲村的班子是县上的乔书记和县委组织部都十分关注的。柴广钦担心现在这样的选举结果不好向于亚军和县上交代，为此他的心里还沉重了几天。

韩俊法对于这样的选举结果虽然早有预料，但真正出现的时候他还是很震惊了一阵子。他问柴广钦："柴镇长，您看这事咋办?"

柴广钦为难地说："我以前也没遇到过这种情况，还是等于书记回来后再说吧。"

韩俊法又问："那眼下支部的工作谁来主持?"

柴广钦想了想说："现在让韩军继续主持好像也不太合适，要不你先担起来?"

韩俊法想了一会儿，点了点头。

第十章 要 官

老实说，对于这样的选举结果，韩军一点思想准备都没有，这等于是给他当头打了一记闷棍！他怎么都没有想到，会把他选下来。下一步怎么办？他想理出个头绪，但他的智商现在几乎降到了零，一连几天他都闷闷不乐。真是知人知面不知心，他太低估了夏广泰这类人的阴暗心理和破坏性！韩庆厚本想安慰他几句，但不知道从何说起，因为这是人家党内的事。只是当韩军一个人独坐的时候，韩庆厚才坐在他身边一个劲儿地抽烟，也算是个陪伴。

这天晚上已经很晚了，韩庆厚看韩军屋里灯还亮着，就敲了敲门。韩军一听是父亲的声音，就把门打开，把父亲让了进来。

韩庆厚在韩军的床边坐下来，试着说："我弄不明白你们的事情，当党支书和当村主任有多大的分金（方言：区别）嘛！"

韩军说："我给你这么打个比方吧，在一个家庭里，对于子女来说，父母都是他们的长辈，父亲和母亲说的话他们都得听，可是对于一般的家庭来说，往往父亲说的话分量更重一些，当父亲和母亲两个人的意见不一致的时候，往往是以父亲的意见为主的。当然我说的是一般情况，有个别的家庭也有母亲说了算的情况。在一个村班子里也是这样。按照我们现行的领导体制，村里的所有组织和个人都是在党支部的统一领导下开展工作的，村委会主任也不例外。就村党支部来说，村委会主任一般是兼着党支部的副书记，那就是说，在党支部内部，村委会主任是要接受党支部书记领导的。"

韩庆厚点点头说："你像这样说我就明白了。那要是真让夏广泰来当这个支书，你在他的手下恐怕不好干。"

韩军也不隐瞒，说："我也是这么想的。"

韩庆厚想了一会儿说："我有个想法，说出来你看行不行。"

韩军说："爹，有啥话你尽管说，只要你说的有道理。"

韩庆厚说："要不然，咱不干这个村主任行不行？反正现在上面还没有正式通知，之前你的那个支书也是代理的，这个时候咱们丢手不干，就坡下驴，谁也说不出啥。就是镇上和县里来找你，你也好说，我没被选上嘛！"

韩军笑了笑说："党内的事情没有你说的那么简单。况且你看那天乡亲们投票的情况，我感觉得出来，他们对我是寄予很大希望的，在这个节骨眼上我要是打了退堂鼓，那我怎么跟乡亲们交代？我以后还回不回来？回来还见不见乡亲们？"他的言外之意是说：我不能亏了乡亲们的心啊！

韩庆厚没有更好的办法给儿子讲，就对韩军安慰了几句，退出来了。

韩庆厚到这个时候感到很后悔，自己当初应该拉下脸来把儿子拦住，不要让他蹚这浑水。但现在已经迟了，只能让儿子自己去面对，去处理了。不过，他对儿子的能力没有怀疑。就说那天儿子在竞选大会上发表的那篇讲话，他当时听了就很受鼓舞。因为是第一次听到儿子在大庭广众之下讲话，真没想到儿子有那么高的水平，不说夏广泰没法比，就连镇上和县里的有些干部也不一定比得上。他当时甚至还为儿子有那样的水平而感到骄傲！谁知道后来会出现那样的情况。他隐隐约约听说是夏广泰搞的鬼，但他又不是党内的人，自己又不能去猜测，所以就只能是听听而已。人家就真的那样做了，你一个平头百姓能把人家怎么样？他知道，现在的这种局面等于是给儿子出了一道难题。但他又想，一个都当到了团政委的人，不可能遇到这样的一点事就束手无策，就趴下去。

在夏广泰这里却是另一番景象。

当天选举一结束，夏广泰就掩饰不住喜悦的心情，哼唱着豫剧《铡美案》中的名段《包龙图打坐在开封府》回到家里。一回到家他就让田改云给他拾掇酒菜，说他要邀请人过来共同庆贺一下。田改云不愿意，他立马拿出了家长的威严，斜睖着眼不容置疑地下起了命令。

田改云很不情愿地准备酒菜去了。夏广泰沏了一壶上等信阳毛尖茶，然后靠在躺椅上，悠然自得地听起了豫剧《空城计》名段《我正在城楼观山景》。

"啊哈！我们的夏书记真是好心情啊！"

夏广泰正在闭着眼聚精会神地一边听杨先争声情并茂地在收录机里演唱，一边情不自禁地打着梆子跟随着杨先争的音调哼唱着，忽然传来了李喜德的声音。他睁开眼一看，是李喜德、李石榴和夏海山相跟着进到院子里来了。他赶忙起身拉住李喜德的手说："来来来，喜德、石榴，还有海山，你们都是有功之臣，快进屋里来，快请！快请！"

夏广泰一边喜笑颜开地说着，一边做了个"请"的姿势，把他们三人迎进中堂。

中堂里豪华阔气，像城市里有钱人家的会客厅一样，沙发、电视、空调、摆件、茶台、落地灯应有尽有。夏广泰亲自沏茶给三位"自己人"，夏海山和李喜德、李石榴都面带喜色向夏广泰表示祝贺，并请他往后要多多关照。

唱完茶，夏广泰把李喜德他们三个请进自家的餐厅。餐厅里也是杯盘碗盏一应俱全，餐桌上已经摆满了酒菜。为了犒劳这三个人对自己的鼎力相助，夏广泰专门拿出珍藏了15年的国酒茅台。夏海山要替他掌酒他不让，说他们三个都是他的贵人，宴请自己的贵人应该由主人亲自把盏。他站起来给每个人的酒杯里斟满，然后双手捧住自己的酒杯恭敬地对面前的三个人说："关羽痛饮结金兰，李白斗酒诗百篇。握十次手不如喝一次酒，说三天半不如吃一顿饭。这次仰仗三位尤其是喜德和石榴鼎力支持，使广泰终能如愿以偿。前黑里我曾给你们二位打电话许过愿，只要我能坐上书记这个宝座，我夏广泰决不会忘恩负义，咱们有福同享，有难同当，我有大家有，绝不食言。今天算是个开头，我敬大家一杯！"说完，双手捧住酒杯一饮而尽。李喜德他们三个也都把杯中酒喝了下去。

酒菜吃喝一阵子后，李石榴突然顾虑重重地说："夏书记，咱们这样做是不是有点过了？会前老支书专门到我家里说，选韩军当书记是镇上和县里的意图，现在我们没有投韩军的票，镇上和县里会不会批评我们呀？"

夏广泰说："他们凭啥批评我们？选谁不选谁是我们的权利，这是党章规定的，他们有什么资格批评我们！"

李石榴说："那韩军会不会有什么想法呀？"

夏广泰轻蔑地说："他有啥想法？木匠戴枷——自作（做）自受，有想法也是他自作的！好好的一个团政委金饭碗不端，偏偏要回来夺我们这个泥饭碗，和我们这些乡里人争枝夺巢，呈什么能啊？脑子简直是让毛驴子给踢了，真是的！”

李喜德顺口说道：“不过，要说韩军这个人还是挺不错的，就人家大公无私的那种精神，好多人都做不到。”

夏广泰不高兴了，放下酒杯正色道：“哎，我说喜德，你说这话是什么意思？你是不是说选我选错了，应该选韩军是吧？”

坐在李喜德身旁的李石榴一边看着夏广泰的表情，一边在桌子底下把李喜德的一只脚轻轻踩了一下。

李喜德赶忙带着歉意向夏广泰解释说：“没、没，夏书记，你误会了，我不是那个意思。我是说，人无完人，各有长短，正如俗话说的，‘乡里姑子乡里样，各有各的强项’，韩军有韩军的长处，夏书记你也有你的强项。做农村工作、就需要像你这样长期在农村工作，有农业战线工作经验的同志来当这个一把手，这样工作起来就会得心应手，同时也不会出什么乱子，有利于保持基层工作的连续性和农村基层的稳定。你说是吧？”

夏广泰高兴了，带着夸奖的口气说：“喜德你说这话我爱听！别听他韩军一开口都是些四六句，听起来怪顺溜，可是那管用吗？不信你让他再干一段时间试一试，短期内能唬住一些没见过世面的人，时间一长他准露馅，不信咱们骑驴看唱本走着瞧！”

李喜德附和着说：“夏书记说得是！夏书记说得是！以后您指到哪里我们几个就干到哪里，绝不会给你丢脸！”

李喜德说着，站起身双手捧杯，十分恭敬地给夏广泰敬了一杯酒。李石榴也站起来，说着“我也赞助一下”，也给夏广泰敬了酒。

又吃了一会儿菜，夏海山突然提了一个问题。

夏海山担心地问：“叔，咱们这样选举算不算数哇？”

夏广泰说：“海山你说这话是什么意思？”

夏海山说：“我是说上级会不会改变决定，让咱们重新选举呀？”

夏广泰说：“他们凭什么？”

夏海山说：“党章上有这样的规定，上级党组织有权改变下级党组织的决定。”

夏广泰说：“镇长亲自坐镇监选，程序又没有违法，我夏广泰也没有干过违法乱纪的事，他们敢轻易推翻？除非他们从上面另派一个书记来。”

夏海山说：“如果他们真的把我们的选举结果推翻了咋办？”

夏广泰说：“那我就到上面去告他们，让他们给我夏广泰一个说法。”

夏海山说：“镇上、县上都是支持韩军的人，你能告得赢吗？”

夏广泰恶狠狠地说：“除了镇上、县上，那还有省上和中央嘛，只要我们有理，还怕没有说理的地方？！”

为了让他们吃个定心丸，夏广泰趁着酒劲儿给他的这几个他自认为的知己交了底：他之前已经请示过柴镇长了，并且在选举刚结束的时候他还专门请示了柴镇长，柴镇长给他的答复是：“今天的选举结果是有效的。”

夏广泰没有说假话。就在下午选举结束的时候，他真的在现场询问了柴广钦，说这次选举结果算不算数，镇上会不会改变村里的选举结果。柴广钦的原话是：“今天的选举是合法的。一般情况下，镇上不会改变村里合法的选举结果。”但柴广钦也留有活口，“那最后就看于书记和县委组织部的态度了。”但夏广泰只记住了柴广钦说的第一句话，而把第二句话给忽略了。

夏广泰这么一说，李喜德他们几个都喜笑颜开地说：“夏书记原来是有尚方宝剑啊！”

夏广泰志得意满地说：“你们啥时候见我夏广泰办过没有把握的事！”

“是是是！夏书记办什么事都是经过深思熟虑的！”李喜德他们几个带着恭维的口气连声说。

夏海山又问：“那修路的事他们招的标还算不算数？”

夏广泰反问道：“如今皇帝老爷都换位了，你说他下的诏书还有没有效？”

夏海山说：“人家可是按正规程序走的。”

夏广泰不屑地说：“就那么一个芝麻大点儿的事，随便找个理由就把他们否了。如果连这点小事都处理不了，那我夏广泰还咋在韩冲村混下去呀！”

夏海山连连点着头说："是是是，凭叔的本事，他韩军就是长三个头六个臂也别想比过您！"

夏广泰还嗤之以鼻地说："牛皮不是吹的，火车不是推的，'三到五年翻两番'，尽是胡吹冒撩。什么狗屁'一二三四五工程'，不知道是从那张报纸上抄来的，尽糊弄我们这些乡巴佬！嘁，从今天起，就让它见鬼去吧！"说完，又举起了酒杯。

此后一连几天，夏广泰的家里都是高朋满座，猜枚划拳之声不绝于耳。田改云烦透了，对夏广泰说："当心偷鸡不成蚀把米，赔了夫人又折兵！"夏广泰瞪着眼说："少说那些长别人志气灭自己威风的话！你没听人们常说，喂鸡需要一把米，喂狗需要一块肉，没米没肉你能把人心收买住？真是妇人之见！"

时令已过了霜降，马上就要入冬了。修路的事如果再不开工，就要等到来年开春了，那样耽误的时间就太长了。恒昌公司的李恒昌也怕夜长梦多，几次找到韩军请求开工，因为合同早已签订，不能按合同完工，是要按违约进行赔偿的。韩军找韩俊法商量怎么办，韩俊法说，既然已经选出了新书记，我也不好决断，还是开个支委会商量一下吧。谁知韩俊法在会上一提出这个问题，就被夏广泰一句话给堵了回来："着什么急嘛！这条路人老几辈子都走过来了，也不差这几天。"那言外之意无非是说，书记都已经选出来了，迟早上级会批的，等批下来再说这件事也不晚。夏广泰说话的时候态度很恶劣，有一种不容商量的霸气，好像他已经坐上了韩冲村党支部的第一把交椅。支部的老成员们都知道，过去他可是从来没有这样做过的，即使是他想做什么事，话也是说得很委婉，用的也是建议和商量的口气，但此时这样的态度却是完全变了，口气是不容置疑的，好像支部会议是由他主持的，而不是由韩俊法主持的。他的话一说出来，就噎得韩俊法好半天说不出话来。他还用安排工作的口气对李喜德说："喜德，年底了，你下去赶快把困难户的情况摸一下，造个表，说不定哪天镇上就会来电话要情况。今年再上报的时候，救济和补助的面要大一点。上面不是反复强调我们要代表最广大人民群众的利益吗？我们多报点困难户也是为了我们韩冲村老百姓的利益。"他还含沙射影地说，"做农村工作不是写文章，不是凑四六句，更不是编电视剧，做农村工作有自己的规律，什么时候干啥要按着规律办，违背了这个规律是要吃亏的，甚至会栽跟头！”大家一听都知道，他的矛头是针对着韩军的。

会议结束回到家里，韩军气得把茶杯都摔碎了。他没有想到夏广泰的心理会变得这么阴暗和冷酷。

韩俊法怕韩军遇到这样的情况吃不消，特意来到家里陪他说说话。

韩军一见到韩俊法就很生气地说：“真没想到夏广泰会变化这么大！”

韩俊法说：“这一下你可知道这些年我的工作有多难做了吧！”

韩军说：“既然这样，那你为什么还要迁就着他？”

韩俊法说：“没有合适的接班人嘛！能干的，人家都外出找门路挣钱去了。有的人想干，可夏广泰在选举的时候老是给人家使绊子。”

韩军问：“那他既然想当这个支书，为什么不早下手，偏偏要等到这个时候？”

韩俊法说：“那他以前还不是在看我这张老脸上？谁都知道他是我一手提拔的，要是明打明地顶我下台，他怕人家说他忘恩负义。俗话说，再坏的人总也有顾忌嘛！再说，我也有我的难处。比如说，上级安排的事有些由于我的身体不好走不到前头去，就只得靠他。另外，他也没有吃喝嫖赌这些坏毛病。所以我总想，人无完人，也就将就着他。谁知道这次他竟把事情办到这个程度！”

韩军说：“私心太重的人，迟早是会暴露的，搞得不好甚至会走向反面。”

韩军心里很清楚，自己虽然是村委会主任，也是个“一把手”，但按照我们国家目前的体制，村委会是要在党支部的统一领导下开展工作的。如果支部书记是一个立党为公的人，那你这个村委会主任的工作就好开展，如果是夏广泰这样的人当支部书记，他会一手遮天，对想干事的人步步设堵，你就是有再好的设想也休想实现。要真是那样，自己别妻舍子跑回来还有什么意义？想来想去，韩军最后还是下了决心，既然自己已经选择了返乡这条路，就要义无反顾地走下去，决不能出现“出师未捷身先死，长使英雄泪满襟”的现象。决心下定之后，他努力把情绪稳定下来，耐心地等待着于亚军书记的归来。

在这个等待的日子里，他不断地往进村的那条路上跑，筹划将来怎么修，甚至连一些细节都考虑好了。他还一如既往地每天到养殖场去一趟，察看养殖情况，解决养殖班遇到的困难和问题。韩庆厚看到儿子恢复了往日的干劲儿，心头悬着的石头也就落了下来。

于亚军终于回来了！韩军听说后，马上骑着他的电动摩托车风风火火地来到于亚军的办公室，开口第一句话就是："老同学，我向你伸手要官来了！"

于亚军打着哈哈说："你一个和县委书记平起平坐的大团长，连我都要向你臣服，你问我要什么官呀？"

韩军把自己的想法和盘托出："我要当韩冲村的第一书记兼村委会主任！"

韩军自从参加工作以来，这还是第一次向组织伸手，他在说这句话的时候感到脸上热辣辣的。

于亚军郑重起来，说："你说的这个方案我们不是没有考虑过，可这涉及到政策制度问题。虽然听说南方的一些省份正在试点，但是在咱们这里还没有先例。"

于亚军想了一下说："这样，我向乔书记请示一下，听听乔书记的意见。"说着就把电话打给了县委书记乔丰年。

乔丰年当时正在开会，秘书给他回电话说："乔书记现在正在讲话，会议一结束马上给你回复。"

在等待乔书记回复的当儿，于亚军跟韩军聊起了夏广泰这些年的变化。韩军听完，叹息着说："没想到夏广泰现在是这个样子！"

于亚军说："人是会变的嘛！"

于亚军接着问韩军："如果县委同意咱们的意见，你会不会调整你的党支部班子？"

韩军说："那还不至于！虽然这次选举出现了意外情况，但也是情有可原。"

他分析说："通过这半年多来在一起工作，我感到李喜德和李石榴这两位同志还是积极要求进步的，是可以依靠的，只是他们和夏广泰在一起相处得时间长了，总有些利益关系。另外，他们对我还不是很了解，将来互相了解了，我相信他们是会支持我工作的。至于夏广泰，听老支书说他也没有吃喝嫖赌这些坏毛病，就是说他在品质上还没有完全变质，只是思想意识上有些灰尘，私心重一些，那还是要争取的。不过，班子的力量确实需要加强。要实现我们设定的目标，目前这个班子的力量还是有些弱。我观察了一下，赵铁柱这个同志是个好苗子，可以进来。另外再有个文化程度高一点的，最好是大学毕业生，那就更好了。我听说最近两年南方有些省份开始有选择地安排大学毕业生到村一级担任副职进行培养锻炼，如果我们省也有这样的考虑，请书记你给我们韩冲村争取一下。”

于亚军说：“安排大学生当村干部的事，我还没听说上级有这方面的考虑，但我听说省委组织部准备给每个贫困县下派一名农业科技特派员，具体方法是住在一个村，负责一个乡镇，指导一个县，时间不少于三年。如果有这样的机会我就帮你争取一下。”

韩军说：“如果能把这个指标分给我们，那就太好了，我还正想物色一个懂农业的专家给我们当顾问呢！”

县委乔丰年书记开完会就给于亚军回了电话。于亚军在电话中汇报了韩冲村选举当中出现的情况，并谈了想让韩军担任村党支部第一书记兼村委会主任的想法。他没说这个想法是韩军提出来的，而是说这个想法是他们镇上的意见。乔书记态度很明朗：“你们这个想法很好嘛！就是要让能力强的同志挑重担！”

于亚军说：“我们最大的担心就是这样做在我们省还没有先例，不知道上边能不能通过。”

乔丰年说：“没有先例的事情可以创造先例嘛！深圳办特区当年有先例吗？关键是看你创造的这个先例符合不符合‘三个有利于’的标准。”“三个有利于”是当年邓小平同志提出来的，目的就是要大胆地实行改革。

于亚军用请示的口气问道：“那书记您看我们对韩军同志做这样的安排有什么具体的指示？”

乔丰年在电话中思索了一会儿说：“这样，我和组织部的同志商量一下，马上给你答复。”

县委组织部的批复马上就下来了：由韩军担任韩冲村党支部第一书记兼村委会主任，全面主持村党支部和村委会的工作。韩军一接到通知，就立刻投入他所设计的韩冲村发展目标的组织实施中。

事后，于亚军问他的这个两个职务一肩挑的办法是怎么想出来的。韩军回答说：“我当时想来想去，也只有这个办法才能解决问题，同时也能把负面影响降到最低。”

韩军解释说：“因为夏广泰的支部书记是按照正规的组织程序选举出来的，你又没发现他有什么违法乱纪的事情，你如果否定了它，你就不好给他本人和其他同志解释。现在这个办法没有改变选举的结果，你的书记照当，我给你派的是第一书记，这你就不好说话了。另外，我也是从自己的一个亲身经历中受到的启发。”

韩军说：“我们团原来和驻地的葡萄村搞共建，这个村子有两个大家族势均力敌，每次村支两委选举时，这一边出个支部书记，另一边就必须得出个村委会主任，否则就会闹事。后来我就给这个村子所在的乡党委提了个建议，让乡里给派了个第一书记。第一书记是外边来的，和他们两边都没有瓜葛，两边都很听他的话，甚至都争着靠近他，这位第一书记干得很是得心应手。后来这个村子和我们部队还成了中宣部表彰的全国军民共建社会主义精神文明先进单位。”

于亚军一听，高兴地说：“我说嘛，你原来是有先进经验啊！那好，这次你就把这个经验在你的一亩三分地上好好试验一下，将来我帮你大面积推广。”

韩军重新上任后，首先就让修路的事情上马了。李恒昌早就做好了准备，韩军电话一打，他立马带着他的机械设备来到了工地。安营扎寨后，整个工地上机器轰鸣，人声鼎沸，一派会战景象。李恒昌说：“就凭着韩军的人品，我这次就是不赚钱，也要把这条路打造成样板工程！”

按照合同规定，村里专门抽出了50名青壮年男女村民给李恒昌当小工。韩军原来打算动员村民采取以工代赈的方法节约点修路的开支，后来和李恒昌协商时，李恒昌说，那种方法过去有的村采用过，但效果不好，造成了许多返工现象，得不偿失，主要原因是这些村民没有经过专门的培训，缺少技术知识。为此李恒昌建议，由村里派出50名村民当小工，由他们公司的员工按照三比一的比例进行帮带，并比照他们的员工给这些村民发放工资，这样也可以增加这些村民的收入。后来的实践证明，这种方法既保证了工程质量，又调动了村民的积极性，都说李恒昌是个好老板。县里也专门派来了技术人员，协助把好质量关。李喜德、老支书和赵铁柱都各司其职，整个工程进展得既快又好，韩军看了很是满意。

上级关于韩冲村村支两委选举结果的批复下来后，夏广泰从脊梁骨一直凉到了尾巴骨。他自感羞于见人，一连几天都不出门，还病了一场。

韩军知道这个情况后心想，夏广泰出现这种情况也是情理之中的事，但自己和夏广泰毕竟从小就是同学，夏广泰的工作能力也是明摆着的，这些年担任村委会主任虽然有缺点，但由于老书记的身体不好，他始终是撑在第一线，没有功劳也有苦劳，况且以后还要在一个班子里共事，老是心里别扭着也不好。于是，他本着团结合作的原则，和老书记商量后，一起来到夏广泰的家里看望。

面对着一脸病容的夏广泰，韩军诚恳地表态说："广泰呀，我和老书记商量了，咱们两个以后在工作上分个工，你对村里的情况熟悉，我着重管支部这一块，你还管村委会的工作，公章你也还管着，大项经费党支部过一下，一般开支仍然由你来审批。村里的事情我们商量着办，大方向还是由老书记给我们掌舵。你看这样安排行不行？"

夏广泰虽然对韩军说的话半信半疑，但人家都到家里来了，不管人家的心里是怎么想的，嘴上已经有了这么个态度，自己也不能把事情做得太绝，于是便答应了。

支委会上，韩军把他在夏广泰面前说的话又重复了一遍。其他支委的分工是：李喜德任组织委员，李石榴任宣传委员，韩俊法任纪律检查委员。选举工作就这样尘埃落定了。

紧接着，韩军又专题召开党支部工作会议，在充分听取大家意见的基础上，对之前他所提出的"一二三四五工程"方案逐项逐条进行了细化，责任划分明确到人，并列出了完成任务的时间表。

进村的道路终于在入冬前竣工了。主路全部用水泥铺就，有的地方还用上了钢筋，主要是考虑到这些地方的地基太虚。主路两旁还留了绿化带和人行道。路修得宽阔漂亮，远远望去就像一条青白色的飘带，白天晚上都有人前来观赏，就连邻近村庄的人也过来参观，说韩冲村的路比县上到镇上的公路都修得漂亮。

韩军没有食言。他安排赵铁柱请来石匠打制了三块功德碑，刻上了捐款人员的名字。因为在外地工作的人员捐得最多，有一块碑专门刻上了他们的名字，韩军还亲自拟写了一副对联刻在名单的两旁：

同宗游子勒碑刻铭衷心感念先祖厚恩大德

后辈新秀携手并肩奋力谱写盛世宏图华章

因为黎萍为修路捐的款数额最大，韩军提议单独为黎萍立了功德碑。韩军还特地为黎萍的功德碑撰写了碑文。

柴广钦作为镇长，对这条路的修筑一直十分关注，因为这是他的职责范围内的事，他生怕花了那么多钱把事情办砸，那样他这个镇长也是不好向上向下交代的。其间他曾几次前来察看施工情况，路修好后他又专门来了一次，沿着路从这头到那头仔仔细细地检查了一遍。当他看到这条路修得又快又好，赢得了各方面的好评时，他的脸上也绽开了笑容，他在心里说："韩军这小子还真有点魄力！"

夏广泰是在一个黄昏后单独骑着电动摩托过来察看这条新路的。他站在从公路下到进村路的路口，望着这条自己曾寄予多重希望的村路，既佩服韩军的魄力，又怨恨韩军的无情，心里五味杂陈。特别是当他站在黎萍的功德碑前，看着韩军亲自撰写的碑文时，心里更不是滋味，心想，要不是这个臭女人，自己即使拿不到这个工程，至少也可以在功德碑上留下自己的名字。现在，这条路与自己一毛钱关系也没有了。他想着，心里不免生出一缕怨恨来。

夏海山不知什么时候也追了过来。他明白夏广泰此时的心境，恶狠狠地说："要不是这些乌龟王八蛋，怎么能断了我们的财路？无毒不丈夫！老子即使不伤他们的筋骨，至少也送两只苍蝇给他们尝尝，恶心恶心他们！"

第十一章　重　逢

进村的道路一竣工，韩军就立即着手筹备服装加工厂的事情。他在华西村和南街村考察的时候，专门考察过他们的服装加工厂，当时他想将来也在村里办一个这样的加工厂。那里的厂长告诉他，村民们如果没有经过专门的培训，他们建议应该从加工童装开始，因为成人服装工序多，要求也高，相比之下童装要好做一些。于是韩军就听从了他们的建议。

建服装厂一是需要厂房和机器设备，二是需要专业技术人员和熟练的缝纫工。有了前面建养殖场和修路的经验，解决这两个问题的路子韩军很快就想出来了。他先是选择加工厂的地点，把厂址定了下来。对于这个厂址的选择，他是下了一番功夫的。因为在他的心目中，将来是要对全村的生产、生活、娱乐等设施进行统一规划、整体布局的，早在华西村和南街村参观时他的心里就有了一张蓝图。现在的行动其实就是在这张蓝图上开始布点，他对自己的要求是，从一开始就要有整体考虑，而不能随意而为。

厂址选好后开始选人，也就是让谁来负责，先把班子搭建起来。考虑到这项工作将来主要是由妇女来干的，最好是选一个合适的女同志来担任这个角色。韩军把全村的适龄妇女在脑子里过了一遍，最后把目光落在了李石榴身上。

韩军想，李石榴虽然受夏广泰的思想影响比较大，但她的文化程度相对较高，组织领导能力也强，性格泼辣又不失细致，在群众中有一定的威信，应该是一个比较合适的人选。于是他就把这个想法拿到党支部的会议上去研究。

出人意料的是，当韩军在会上提出让李石榴当服装加工厂厂长的时候，大家都一致同意，唯独李石榴自己坚决不干。李石榴说："不行不行！麻袋做龙袍，不是这块料。我从来就没干过这样的活。平时我们家的针线活都是我娘家妈给做的，我连一般的针线活都不会，更不要说是带领那么多人办服装加工厂了。"

韩军说："当厂长主要是组织领导和协调，又不是让你亲自坐到缝纫机前去干活，你怕什么！"

韩俊法和李喜德也说："石榴，你平时那么大胆泼辣，怎么一到关键时候就退坡啦？当厂长对你也是个锻炼嘛！年初咱们在研究用什么办法能够带领群众尽快脱贫致富的路子时，你不是就提出要组织妇女们办服装加工厂吗？"

大家这么一说，李石榴不好再推辞，就只好答应了。但她又说："如果你们非要我来干这个厂长，那田改云必须是副厂长。"她看有的同志有些疑惑，就进一步解释说，"田改云的文化水平比我高，她本身就会操作缝纫机，针线活是咱们全韩冲村有名的巧手，不信你们可以回去问问你们的老婆。"

李石榴说的这些情况韩军也知道。田改云她妈是远近闻名的女红高手，她用缝纫机扎的衣服和在商店里买的衣服相比没有什么两样，田改云从小就把母亲的这套手艺给传承了下来。现在经李石榴一提出，韩军打心里赞同。但他又不能马上表态，一方面他是书记，表态应该是在最后，也就是归纳大家的正确意见；另一方面，大家都知道他和田改云的关系，现在夏广泰又在场，如果表态早了会适得其反。

果不其然，当李石榴的话音刚落，夏广泰就断然拒绝说："不行不行，她不能去干这个！"说完还看了韩军一眼，红着脸低下了头。

李石榴是个快人快语的人，她的想法很简单，就是想把田改云拉上给自己当帮手，于是问夏广泰："哎，我说夏主任，现在又不是封建社会，她为什么就不能干这个，非得天天在家里围着锅台转呀？"

夏广泰又下意识地看了一眼韩军，找着借口说："我在支部里工作，干部家属不能干政，这是纪律。"

李石榴笑了一下说："你还真就把这个离七品还差十万八千里的村干部当成官儿了。让改云当副厂长是要让她去干活，又不是去享受，你担什么心嘛！"

任凭她怎么说，夏广泰就是不松口。

韩军知道夏广泰的心思，想冷却一下再处理，也就把这个问题暂时搁置了。

会后，韩军给李石榴出了个主意：“如果你确实想让田改云当你的助手，不妨在私下先给田改云做做工作，绕过夏广泰。”

于是，李石榴就找了个机会把自己的想法告诉了田改云，并且把夏广泰的态度也跟田改云说了。

这么多年田改云一直被夏广泰圈在家里，一听说有这个机会，而且还是自己的专长，就和夏广泰闹了一场，瞪着眼放下狠话说：“如果你夏广泰这次不同意让我干，我就永远不再进这个家门！”

结婚二十年了，田改云还从来没有在夏广泰面前说过这样的硬话。夏广泰怕田改云真的会走这条路，只好勉强答应了，说：“好，既然你愿意干，我就给你开绿灯。但我有个条件，进厂后只准你和李石榴在一起，不准和韩军来往，尤其是到广州学习期间，更不准和韩军直接接触，否则你就别回这个家！”

韩军带着李石榴和田改云来到位于广州市郊的白云童装厂学习。两位女同志参加培训，学习童装的加工技术，韩军则主要是向厂领导请教办厂经验和从来料加工到销售的整套流程等。其间，田改云向韩军倾诉了她当年对韩军的思念之情。韩军劝解说：“已经过去的事情就让它过去吧，现在双方都有了自己的家庭，还是要往前看，争取把以后的日子过得更好。”田改云还对韩军说了夏广泰对韩军的嫉妒之心和阻挠之事，请韩军大人不记小人过，善待夏广泰。韩军说：“人都是可以塑造的，也是可以变的。好人可以变坏，坏人也可以变好。我相信广泰会走上人生的正确道路。让我们共同努力吧。”

一年一度的新春佳节来到了，村里在外地工作特别是外出打工的人都陆陆续续回来了。当他们看到进村的道路修好了，养殖场办起来了，都夸韩军干得好，说韩冲村有希望了。有些打工的人甚至说，过完年不出去了，就留在村子里干。

韩军知道了这个情况，专门找到夏贝贝，让她组织小学生搞个活动，把这样的好现象在村子里传播一下，以便吸引更多的男女青年留下来。夏贝贝马上行动起来。

就在这个时候，镇上通知了一件事情，说他们村的枣木芯最近正在北京上访，镇上要求韩军立即派人进京把枣木芯接回来。韩军接到镇上的通知，向李喜德和李石榴一打听，才知道枣木芯是个上访专业户，每年都要在春节前上访，为的是向各级组织要点钱过春节。

韩军了解到枣木芯的这个情况，决定仍然指派李喜德前往北京去接，并且给枣木芯还写了一封劝回信。李喜德看韩军没有给钱的意思，有畏难情绪，说："这家伙如果见不到真金白银，他可是软硬不吃的。"他说的意思很明白，没有钱恐怕人是接不回来的。韩军说："你见了他就给他讲，钱在我这里，回来就给。"李喜德还是感到为难，韩军说："你如果怕你一个人接不回来，我把赵铁柱给你。"李喜德知道赵铁柱有硬功夫，枣木芯平时谁都不怕，就怕赵铁柱，所以就答应了。

李喜德和赵铁柱走后，韩军想，枣木芯之所以走到这一步，固然有组织上处理这类问题方法不当的原因，但从他本人来说主要是头脑里有一个"懒"字在作怪，其实质还是一个"穷"字。正如俗话说的，猪饿爬墙头，人穷邪念生。要想从根本上解决枣木芯的上访问题，恐怕还得在治穷上下功夫，而不能霸王拉弓硬上弦，牛不喝水强按头。于是当枣木芯被接回来后，韩军当着李喜德和赵铁柱的面，给枣木芯讲了一个"神医治疗贫困病"的故事。

韩军说，有个懒汉家里很穷，穷得几乎揭不开锅。有一天他听说一个地方有个神医能治百病，尤其是能治穷病，于是他就去找这个神医。神医见了他问道："你哪儿不舒服啊？"懒汉答道："穷。"神医说："啊，是穷啊！穷病，穷得叮当响，穷得吃不饱，穷得睡不着。这个病可不好治，现在得这种病的人太多了！"懒汉说："那你就给我开一瓶一夜暴富胶囊吧。"神医说："没货，买这个药的太多了，供不应求。"懒汉说："哎哟，我的妈呀！我怎么这么背呀！那怎么办呢？"神医说："你可以先排号，把你的电话留下，等货到了我通知你。"懒汉说："我说大夫，我现在特别特别着急，能不能给想点办法让我早一点拿到药呀？"神医说："你说你着急，谁不着急呀？得这种病的没有一个不着急的，谁不想一夜暴富啊！"懒汉回答："说得也是，那我得等到什么时候啊？"神医说："我给你查查。"神医查了登记本后对懒汉说：“你前面现在有五亿七千多万人。”懒汉急了，说：“这么多呀！你能不能跟厂家说说，让他们快点生产吗？”神医说：“快不了！现在原材料人民币不够用，没法快。”懒汉想了想说：“那你给我开一瓶小康颗粒行吗？”神医说：“小康颗粒也没货，也得等啊！”懒汉说：“这个怎么也没货呀？”神医说：“小康颗粒是用一夜暴富胶囊的边角料做的，一夜暴富做不了，小康颗粒也就做不了。”懒汉说：“那现在你有什么药啊？”神医说：“我这里现在只有脱贫冲剂，这个货比较充足，就是副作用太大，好多人都不愿意吃。”懒汉说：“有什么副作用呀？”神医说：“就是吃了这个药，容易腰酸背疼腿抽筋，还容易出汗，皮肤容易变黑。吃这个药，必须得起早贪黑，而且味道还特别地苦。”懒汉无奈地叹了一口气说：“苦也没有办法，谁叫咱没有那个一夜暴富的命呢？那你就给我先开一盒脱贫冲剂吧，先脱贫再说呗，一边吃脱贫冲剂一边等一夜暴富，要不然到时候连脱贫冲剂也没有了怎么办！”神医说：“那好吧，那我就给你开一盒脱贫冲剂。”懒汉说：“能不能走合作医疗啊？”神医说：“可以。”神医把处方交到懒汉手里，说：“行了，你拿药去吧。记着，这种药再苦都要坚持吃，否则你的穷病是治不好的！”

韩军讲完这个故事，语重心长地对枣木芯说：“有句老话说得好，财不入急门，福不入偏门，脱贫致富要走正道，不能走歪门邪道。我们不是说，劳动人民两只手，工作起来样样有吗？人靠自己勤劳的双手去创造幸福生活，那才是光荣的。搞歪门邪道是搞不来幸福生活的，即使能弄来几个钱，那也是不光彩的，是要被人捣脊梁骨的。人可以穷，但是不能志短，不能没有一点骨气，不能没有一点尊严。咱们都是有孩子的人啦，俗话说，人活一张脸，树活一张皮；雁过留声，人过留名。做父母的不管干什么，都要给孩子们做个榜样，为孩子们留条后路，如果你就照过去的这条路走下去，恐怕孩子们将来说个媳妇都难。不知道我说得对不对。”

枣木芯听了韩军的话似有所悟，表示要改正过去的毛病。

韩军看枣木芯的心里有所触动，问道：“我听说你家的老大晓龙一天到晚在屋里闲着，你也没想着给他找个事情干干？”

枣木芯不知道韩军这样问有何用意，如实答道：“俺也想给他找个事干干，可是往哪里找啊？为他俺都快愁死了！”他想说原来夏广泰曾经答应让他的大儿子到他们的造纸厂去上班，结果后来黄了。但他知道夏广泰和韩军不和，也就没说出来。

韩军看了一会儿枣木芯，说：“你如果不嫌弃，我和铁柱商量一下，就把你们家的晓龙安排到养殖班去，和富贵做个伴，你看行吗？”

枣木芯问：“那，发不发钱哪？”

韩军说：“发钱，每个月按 300 元工资发。不过，现在养殖班还没有钱，每个月只能先发 100 元做个生活费，到明年年底一次性补齐。”

“每个月先发 100 元……”

枣木芯还想说什么，韩军把话茬接过来说：“怎么，你不同意呀？你要是不同意，那我就把刚才说的话收回来。”

枣木芯这才反应过来，连忙说：“同意！同意！明天就叫他去养殖场上班！”

田晓龙到养殖场后给富贵打下手，一开始富贵还不乐意要，说最讨厌他的那个牛毬爹。赵铁柱说：“他爹是他爹，他是他，不一样嘛。况且，人是会变的，他的爹将来也是会变的。”赵铁柱这样一说，富贵就勉强收下了。田晓龙这孩子很争气，样样工作抢着干，他尤其喜欢养殖班的军事化生活，跟着李威他们整内务、走队列、练匍匐拳，没多久就真的像一个“兵”了。枣木芯看到儿子的进步很高兴，说：“韩军这家伙还真是有点本事！”当然，这是后话了。

临近春节，韩军和石梅商量起在哪里过年的事情。韩军说：“当兵这么多年我一直没在老家过过年，今年有这个机会，要是走了怕不好跟父母交代。”石梅说：“明年梦梦就要参加高考，这个时候正是关键时期，我们也不敢来回折腾，怕耽误孩子的功课，所以我们就不准备回老家过年了。”商量的结果是，韩军初一初二在老家过，初三坐上飞机回西疆，因为石梅的爸爸妈妈年岁也大了，就石梅这一个女儿，老两口肯定也想过个团圆年。两人把这个决定告诉给了双方的老人，双方的老人自然都很高兴，说只是苦了韩军还得来回跑。

过年的事定下来，石梅主动给韩军预订了机票。她知道韩军把自己的工资都贴到村子里去了。

就在家家户户欢度新春佳节的时候，韩军家却出了一件怪事。

大年初一这天早晨天还没亮，家家户户就开始放鞭炮。当韩军洗漱完拿着鞭炮打开楼门准备燃放的时候，却发现不知是谁在他家的大门上糊了很多粪尿，门口还靠了一个大花圈。这在农村可是最损人的事啊！韩军知道这肯定是平时在工作中得罪了什么人，他们没地方出气，就采取这种恶毒的报复办法。韩军来不及多想，他怕让家里人看见吃不消，慌忙拿起花圈趁着天还黑着赶快往村外扔。不料，这件事情还是让早早就起来的父亲看到了，韩庆厚当即就气晕了过去。韩军知道，在农村这种事情是不能传出去的。他怕父亲想不通出现意外，只好让石梅把机票给退了。当然他没有说这件事情，而是编了个理由。

由于这件事的影响，大过年的，一家人都高兴不起来。他们埋怨说，韩军如果不回来当这个村支书，哪里会出现这样的败兴事？韩庆厚虽然很生气，但还是劝大家忍了。好在是大年初三黎萍开着她的红色小轿车过来给两位老人拜年，爸长妈短不停地叫着，这才缓解了笼罩在一家人心头上的压抑气氛。

事后，夏广泰听说这件事是夏海山干的，批评夏海山不该干这种下三滥的事，有损自己的祖荫。夏海山振振有词地说："没烧他们的房子就算便宜他了。我就是气不过他韩军断我们的财路！"

春节一过完，韩军就开始筹划服装加工厂的事。按照计划，服装加工厂第一期工程是先建设一个能容纳 100 台缝纫机的加工车间，再建一座包括办公、设计、业务洽谈、质量检验等在内的综合性办公楼。办服装加工厂遇到的第一个困难仍然是资金问题。村里目前还拿不出钱来，村集体要想有收入，得等到秋后大批的育肥羊出售。韩军召集李石榴和田改云算了一下，第一期工程和设备加起来至少也需要 160 万元。可是钱从哪里来？韩军知道，去年为了修路，大家把口袋都掏空了，现在要是再采取捐的办法肯定是行不通了，于是他又想到了信用社。他找到信用社后，信用社主任说："去年你们村已经贷了两次款，到现在还没有还，信用社是不会再贷给你们了。"但信用社没有把话封死，说个人贷款可以，但个人贷款需要用资产做担保，如果是合作社贷，每户可以贷5万元，以村里的名义做担保就可以了。韩军与李石榴、田改云商量决定，凡是愿意参加合作社的，每人贷款5万元，作为股金在服装厂入股，将来在服装厂工作既可以拿工资，也可以在盈利中参与分红，不入股的只能拿工资。这么一规定，大家参加合作社的积极性很高，不到两天就有20多人报名，因为有之前养羊的经验做证明。他们都说，只要是韩军看准的事情，只管参与不会有错。田改云也想报名，但夏广泰就是不同意，田改云干脆不和夏广泰商量了，自己做主直接报了名。

资金落实后，加工厂的建设工程正式启动。会计还是让李喜德兼着，但工程的组织指挥让两个女同志干显然不合适，于是韩军就把赵铁柱从养殖场抽出来，专门负责加工厂的筹建，让李石榴和田改云做助手，待基础设施建好后再把赵铁柱抽回去。

赵铁柱走后，李威全面负责养殖场的工作，天天值班，不能回家，这也给夏贝贝提供了和李威单独接触的良机。夏贝贝一有机会就骑着摩托过来找李威约会，两人的感情迅速升温。

这时候石梅从西疆给韩军打来电话，说她爸爸通过关系给他在市委组织部安排了一个处长的位子，让他赶快回去办手续报到。韩军知道，现在各级都在强调按编制办事，军转干部想在地方上谋个职位是很艰难的，往往要被降一两级使用，而他现在的运气不错，像石梅说的，地方上不仅是给他做平职安排，而且位子还是在组织部门，这可是好多人都求之不得，甚至连想都不敢想的大好事啊！韩军想象得出来，岳父石钟为他的这件事不知道求了多少人、费了多少周折才有了这个结果，如果丢了，确实是很可惜的。但他又想，现在韩冲村的建设刚刚有了点起色，他的好多设想还等待着通过他去带领乡亲们用辛勤的劳动变为现实，如果现在自己拍拍屁股走了，肯定是会前功尽弃的。如果自己真是这样做了，那与在战场上临阵脱逃有什么区别？自己在乡亲们面前的承诺还算不算数？自己怎么向乡亲们交代？自己以后还回不回生自己养自己的这个老家？他想来想去最终还是把这个极为难得的好机会放弃了。他耐心向给妻子石梅解释说：“我这边的工作现在正较劲，如果走了确实不好向乡亲们交代。我知道爸爸为我的事肯定操了很多心，费了很多周折，但我现在确实不能丢下乡亲们去奔自己的前程。请你给爸爸妈妈耐心地说一说，就说我从内心里感激他们对我的关心和爱护，我一定把村里的事情办好，用实际行动来报答他们对我的关怀和殷切期望。等他们将来老了，我一定像亲儿子一样孝敬他们、赡养他们、陪伴他们，让老两口真正过一个金色的晚年。”不管石梅怎么劝解，韩军都不改决心，急得石梅在电话里还哭了一鼻子。

服装加工厂建成后，养殖场又扩建了一座养殖房，并且添加了采精输精室、检验检疫室和图书阅览室，韩军还专门为养殖班订阅了《中原农民报》《农村百事通》等报纸杂志。由于养殖场的主要收益要等到秋后，扩建费用仍然靠贷款。好在养殖场已经有了一定规模，有那么多的羊摆在那里，信用社就没再提过高要求，很顺利地就给办了。

养殖场扩建后，韩军专门打电话让黎萍来了一次，看看这样扩建行不行。黎萍来后逐个看了一遍，夸奖说：“当过兵的人办事就是不一样，干什么成什么，到处都整整齐齐，干干净净，认真细致，不留瑕疵。”

开春后天气逐渐变暖，万物有了生机，大地一片青绿。这天韩军刚从麦田里察看完苗情往家走，于亚军突然打来电话说：“我说老同学，我上次跟你说的省里给贫困村派来的农业科技特派员马上就要到了，这一下可满足你的愿望了吧！”

“农业科技特派员？”韩军在脑子里迅速转了一圈才忽然想到，这还是上次在镇上他给于亚军说想要个大学生的时候于亚军给表的态，这家伙还真是说到做到。于是他马上用感谢的口气对于亚军说：“还是老同学关心老同学！来的是个什么人哪？”

于亚军开着玩笑说：“来的肯定是个好人，不会是坏人！”

韩军笑了，说：“我想问的是，来的这位特派员原来在哪个单位工作，是干什么的，叫什么名字呀？”

于亚军说：“上级只是跟我们打了个招呼，说这位特派员是省农林科学院的研究员，曾在省农业大学当过教授，其他的就没有多说，我也不好多问。反正就这几天人就来了，来了以后什么都知道了，你的任务是把人家安排好。没有什么困难吧？”

韩军怕讲困难于亚军会变卦，忙答道：“没有！没有！我们有能力安排好，请你放心。”

于亚军特别交代说：“没有困难就好，那我就把人放到你们村。不过，听说这位特派员是一位女同志，过去没有在农村生活过，你可一定要把人家照顾好，不能出现任何纰漏。因为人家是省里派来的，能不能接待好不仅是你们韩冲村的事情，也是镇上和县里的事情。如果有什么困难，随时给我打电话。”

接到通知后韩军想，要是来个男的还好安排一些，一个女同志家，光生活上就有许多不方便之处。比如洗漱，他知道城里的女同志在这方面都很讲究，况且人家还是个教授。另外，上厕所也是个很大的难题，如果住在村部，没人作陪、不好开伙不说，那里边虽有男女厕所，但那都是旱厕，臭味很大，城里来的人肯定不习惯，何况还是个女的。想来想去，他就和父母商量，让特派员住在自己的家里。因为就全村而言，能够大体上符合条件的也就是两家，一家是自己家，另一家是夏广泰家，就夏广泰目前的情况，住在他家显然是不合适的。父母亲很高兴，说多一个人多个热闹，反正咱们那么多房子都是闲着，就让她住楼上吧，和燕子做个伴。

既然父母同意人家住在自己家里，韩军就亲自动手，在燕子隔壁收拾出了一间。床和被褥是现成的，母亲专门把被褥从柜子里取出来放在太阳底下晒了晒，铺在了床上。韩军知道知识分子都喜欢学习，还专门到镇上买了一张桌子和一把座椅，又买了个书柜。一切准备妥当，就等着客人的到来。

客人是由于亚军护送，在一个春光明媚的上午来到韩冲村的。一见面韩军就愣住了！

只见来人穿着一件米驼色卡其布风衣，脖子上围了一条素粉色的丝巾，鸭蛋脸白里透红，恰似秋天成熟的苹果，秀美的鼻梁上架着一副金丝边眼镜，乌黑油亮的秀发拢在脑后，用一个好看的发夹挽了一个髻。整个人看上去端庄秀丽，干净利落，装束得体，气质优雅，韵味十足，浑身充满着学者的气息。

韩军一看，心里一阵激动：这不是当年在南线作战中自己曾经的恋人林静吗？

顷刻间，韩军浑身的血液直往上涌，心脏也咚咚地狂跳起来，他一时愣在了那里，不知道说什么好。

倒是人家林静很镇静。她可能是已经在县里知道了韩军的情况，一看韩军的窘迫相，很大方地伸出了右手，诙谐地说："这就是大名鼎鼎的上校村干部吧，我在县上就听乔书记说过你的革命行动啦！怎么，不欢迎啊？"

韩军这才回过神来，羞赧地伸出了自己的右手。

两个人握完手，韩军指着眼前的村庄向林静简单地介绍了村里的地理位置和概况，然后带着林静来到了自己的家。

一进到住处，林静一眼就看出来，这肯定是韩军亲自为她准备的。她在心里说："还是像当年那样心细！"

林静把行李收拾完，跟着韩军来到楼下的中堂里喝茶休息。中堂其实就是会客厅，里边摆着沙发、茶几和招待客人的用品。林静朝墙上瞄了一眼，看到上面挂着一个韩军和一个女人的合影镜框。林静想，照片上的女人可能就是韩军的爱妻了。

待客的第一顿饭，韩大妈做得很丰盛，还专门把韩兵一家都叫了来，并把正在镇上科技推广站上班的燕子也叫了回来。饭桌上，韩军把林静介绍给了全家，也把全家人介绍给了林静。当然他没有说他和林静的过去，家里的人也不知道他们过去的事。韩大妈看林静文静秀气有学者气质，很是喜欢。

韩军介绍完，燕子问："哥，那我以后对林教授怎么称呼啊？"

韩军笑着说："你不是已经称呼林教授为教授了吗？"

燕子说："我不是这个意思。我是说，在家里怎么称呼。从现在起，林教授和咱们就是一家人了，在家里还称呼林教授是不是有点太正规了？"

韩军说："那就来个不正规的，你就把林教授称呼为'姐'吧。"

亮亮一听高兴了，说："那你叫姐，我就叫姑姑，我又多了一个姑姑，现在我有三个姑姑了！"

一家人都被他逗笑了。秋云说："不是叫姑姑，应该叫阿姨。"

亮亮不明白，问："为什么？"

秋云说："因为你燕子姑姑和黎萍姑姑都没有结婚，所以叫姑姑，你没听林教授说她的孩子马上就要高中毕业了，所以应该叫阿姨。"

亮亮睁着一双大眼睛说："那你的意思是说，凡是没结婚的就叫姑姑，结了婚的就叫阿姨，那我燕子姑姑将来要是结婚了，我也得叫她阿姨吗？"

亮亮这么一说，大家笑得更厉害了，连林静都差点把嘴里的饭菜喷出来，她赶忙把饭碗放到餐桌上，掏出手绢擦了擦笑出的眼泪。

亮亮充满稚气的问话把秋云闹了个大红脸，她嗔怒地对亮亮说："小孩子家说了你也不懂，快吃饭，等你将来长大后就知道了！"

本来是要在下午专门召开村支两委的会议让林静和大家见面的，由于镇上临时要召开春季植树造林会议要求各村的书记和村委会主任必须参加，韩军就把见面会改到了晚上。

在村支两委会上，韩军把林静介绍给了大家。韩军还特意对大家说："林老师现在是省农林科学院的研究员，过去在省农业大学任教授，特派员和研究员叫起来都有些拗口，我们就直接称呼林教授好了。另外，根据镇党委的通知，从今天起，林教授除了选举权和被选举权留在原单位外，全面参与我们村的村支两委工作。"

韩军这样一介绍，大家都用热烈的掌声对林静表示欢迎。

会议结束的时候，林静去了趟厕所。还没等韩军反应过来，就听到林静在厕所里"啊"了一声。韩军拿着手电快步走到厕所门口，他不好进去，就赶忙把手电塞到李石榴手里让她赶快进去看看。原来是林静在城里没有见过这样的旱厕，厕所里又没有电灯，她在蹲下的时候差点掉到了茅坑里。

事后，韩军让李喜德专门安排人给厕所里安装了电灯。

韩军对林静说："这就是我让你住到我们家的一个重要原因。"

在返回的路上，林静询问了韩军在战争结束以后的情况，特别是他的婚姻状况。

韩军说："战争结束以后，我被作为战斗骨干分配到了西疆军区的一个团里当指导员。命令宣布后，组织上考虑到我们这些战斗骨干刚从战场上下来，有的还带着伤，就安排我们休假，同时也处理一下个人的问题。过去我曾跟你说过，当兵前我已经订了婚，对象的名字叫田改云，她的照片我也让你看过。我回来是准备结婚的，可是回到家后才知道，田改云已经和夏广泰结婚了。夏广泰就是刚才你在会议上看到的那个党支部书记。我一问，原来还是我自己的原因。当时部队往前线开拔的时候，我曾经给田改云写过一封信，说我们要执行紧急任务，短期内可能回不来，如果我将来回不去了，请她不要悲伤，赶快找个称心的人过好自己的生活。因为要保密，我在信中没有告诉她自己执行的是什么任务。她接到信后，以为我是提了干变心了，就拿着我信封上的地址找到了我的原部队。到了以后她才听说我是参战去了，她就回来了。后来，战争打响了，报纸上、广播上天天都在报道战场上的情况，我们一些战友牺牲了，部队就抱着骨灰盒送到家里。这样的事情多了，他们又一直没有接到我的信件，田改云以为我在战场上牺牲了，整天哭得像个泪人。正在这时，夏广泰找上门来，夏广泰也是田改云的同学，在高中的时候就暗恋田改云，就这样，时间一长他们便结了婚……”

“那后来呢？后来你是怎么和现在的爱人认识的？”林静问。

“我现在的爱人叫石梅，是我在大学做报告的时候认识的。”韩军说，“有一次，我们几个战斗骨干来到石梅所在的大学做报告，报告做完后学校安排我们参加学校师生的座谈会，与师生互动。座谈会上，师生代表给我们提了好多问题，比如对战争的看法、对人生的看法、对生命价值的看法，等等。其中，石梅提的问题最多，她当时问我，当你听说要参战的时候你对自己参军的行为后悔不后悔？你上战场前想到过死没有？你上了战场当听到炮声隆隆的时候害怕不害怕？你受伤以后想得最多的是什么？反正提的问题很多。当时在参战部队中有一句响亮的口号，就是‘牺牲我一个，幸福十亿人’，这也是我们当时的真实心声，我就用这样的话来回答她。她听了很感动，写成体会文章在学校的刊物上发表，还在学校的大喇叭上广播，当时她给我的印象很深。后来我们到各个部队做巡回报告。报告团的领队是我们师的政治部主任，名字叫石钟，也就是石梅的爸爸。这样一来二去，我和石梅就走到一起了。”

“噢，我说嘛！今天上午在客厅墙上的镜框里看到的那张照片，不像你之前跟我说的那个叫田改云的姑娘嘛，原来是这样！看来，嫂子非常优秀，你们的结合也非常幸福！”林静不无夸奖地说。

韩军说：“说你嫂子很优秀，说我们的结合很幸福，这确实不假。你嫂子在高中的时候就入了党，在大学的时候还是学生会的主要负责人，也是系里学生党总支的书记，当时部队到学校去特招，你嫂子是第一个被选招的对象。我们两个结婚后，一直分居两地，一年到头我也回不了两趟家，家里面里里外外的事情都是她干的。你想，从女儿上学开始，到现在马上就要高中毕业了，我连一次家长会都没有参加过，你说让你嫂子操了多少心啊？”

林静说：“这么说，嫂子真是贤惠，她肯定也吃了不少的苦。那她现在干什么？”

“她现在在军区的高山病研究所工作，是副所长。”

林静说：“那肯定也是学科的骨干，这个时候正是事业上爬坡的时候。”

韩军说：“是的，我看她经常上昆仑山，身体状况越来越差，有时候想想心里很不是滋味，真有一种心疼的感觉。”

林静说：“那你为什么还要丢下她，跑回来当这个村干部，你不感到后悔吗？”

韩军说：“这个事情说起来话长，以后咱们慢慢再说吧。”

两个人边走边聊，韩军也问起了林静的情况。

林静说：“战争结束以后我就复员了，后来就考上了省农业大学，毕业后留在学校任教。前几年省农林科学院扩编，科研人员缺口大，我就被调整到了农科院。”

“那你爱人和孩子呢？爱人现在干什么工作？孩子今年多大了？”

林静说：“我爱人名字叫赵北峰，原来在省政府外经贸厅工作，后来就下海了。孩子叫赵小刚，正在上高中，今年就要参加高考。”

韩军说：“要是这样算，你们结婚的时间应该也是在1981年前后了。”

林静说：“是的，我是在上大学之前结的婚。当时大学有规定，在大学学习期间不允许结婚，但没说上大学前不准结婚。父母看我的年龄慢慢大了，怕再上几年大学婚姻问题不好处理，就在我上大学之前给办了。”

韩军说："早一点办也好，要是真要等到大学毕业再办，年龄也确实太大了。"

其实，林静在婚姻问题上是有难言之隐的。

林静的爱人赵北峰从小是一个孤儿。林静的父母结婚后一直没有生养，同事告诉他们说，听说不能生养的人抱个孩子引一引就好了，同事还举出了例证。林静的父母就抱着试试看的态度到孤儿院里抱来了还在襁褓里的赵北峰，果然第二年生下了林静。一开始，林静的父母并没有要把他们两个往一起撮合的想法。后来他们看林静年龄大了，赵北峰也积极要求上进，进了省直机关，所以就分头给他们两个做工作，最终把他们捏合到了一起。赵北峰从科员一步步干到了处长的位置，主管外贸业务，其间有许多做外贸生意的人来找他寻求商机，其中也不乏漂亮的女人。后来赵北峰让一个名叫黄莺的女人拉下了水。赵北峰经不住黄莺的诱惑，跟她合伙做了几笔生意，挣了几个钱，就辞去了公职，下海做起了生意。黄莺逼着赵北峰和林静离婚，赵北峰舍不得。林静知道这件事情后，情绪很低落。无奈，两个人就分居了。林静这次之所以下派，一方面是组织上的安排，另一方面也是她自己要求的。她下来的目的，除了完成她自己在事业上的一个心愿之外，就是想避开赵北峰，眼不见心不烦。除了担心父母，她最担心的还是儿子。小刚是他爸爸一手带大的，父子情深。现在他还不知道父母分居的真正原因，一旦知晓，还不知会做出怎样的举动，毕竟还没到成熟的年纪……当然这些话她没有跟韩军说，也不能说，她只能把苦水咽到自己的肚子里。现在见到了韩军，她的心情一下子又明亮起来。因为在县里的时候，她就听乔丰年说了韩军的情况，她知道韩军仍然是当年她所认识的那个有抱负的韩军，而且现在的韩军比那个时候更成熟、更优秀。能和他在一起工作，自己在事业上的追求和愿望肯定能实现。

皎洁的月光洒在眼前，此时的大地一片宁静。面对着皎洁明媚的月光，林静想起了韩军当年发表在《战地快报》上的一首诗，她轻轻地吟诵起来——

我向硝烟中走去，
带着青春的风采，

妈妈哟，您不必为我担忧，
因为我胸中盛满对祖国的爱。

我从鲜花中走来，
带着英雄的气概，
妈妈哟，请您不必为我悲哀，
我已化作山巅上高洁的松柏。

然后由林静在先、韩军附和，两个人轻声唱起了参加过那场战争的人都喜欢唱的一首歌《月亮之歌》——

当我躺在妈妈怀里的时候
常对着月亮甜甜地笑
她是我的好朋友
不管心里有多烦恼
只要月光照在我身上
心儿像白云飘啊飘
只要月光照在我身上
心儿像白云静静地飘啊飘

当我守在祖国边防的时候
常对着月亮静静地瞧
她像妈妈的笑脸
不管心里有多烦恼
只要月光照在我身上
心儿像白云飘啊飘
只要月光照在我身上
心儿像白云静静地飘啊飘
月亮 我的月亮 请你夜夜陪伴我
月亮 我的月亮 请你夜夜陪伴我
一直到明朝

唱完，林静看了看韩军，摘下眼镜，擦了擦眼睛……

回到家躺在床上，韩军和林静两个人都辗转反侧不能入眠，各自想着各自的心事。

韩军望着房屋顶上的天花板，20 年前发生在战场上的一幕又回到了眼前——

炮火连天，杀声阵阵。敌人的机枪在山头上吐着火舌，韩军带领的尖刀排在后方炮火的指引下，不顾一切地奋力往山顶上冲。当他们以牺牲半个排的代价冲进敌阵横扫顽敌时，一颗罪恶的炮弹在红旗手跟前爆炸，韩军把红旗手往自己身后拉了一把，自己却不幸被爆裂的弹片炸伤，倒在血泊里，双眼也被炮弹爆炸的强大火光灼伤……

当他醒来的时候，眼睛不知道是被什么东西蒙着，眼前一片漆黑。他竖起耳朵听听，好像自己是躺在医院里。他感觉到身边有人，就轻声问道："这是什么地方？我的眼睛怎么看不见东西了？"

"哎呀韩排长，你终于醒来了！你现在是在野战医院里。你的眼睛被炮火的火光灼伤了，要恢复一段时间才能好，现在是用绷带蒙着，不能见光，请你忍耐一下。"答话的是一个温柔的女性的声音，听起来很甜美。

后来他得知，刚才回答他的就是他的救命恩人，这个野战医院的代理护士长，名字叫林静。

他问自己是怎么到这个医院来的，护士告诉他，当时林静护士长正带着几名医护人员在战场上进行战场救护，忽然发现他被炮弹的弹片击伤倒在地上，鲜血把胸前的衣服都浸湿了，眼睛红得像火，眼角还流着黏液。林静冒着敌人的炮火匍匐着冲到他跟前，背起他就往山下跑。林静在前面跑，身后枪炮声不断，待跑到安全地带后，林静的全身都被汗水湿透了，两只鞋子也不知什么时候跑丢了，两只脚丫被山石和灌木划得血肉模糊……

韩军被林静的英勇行为深深地感动着，心想，这辈子不论自己走到哪里，都要永远记住这位勇敢而善良的姑娘，即使是献出自己的生命也在所不辞。

韩军当时既是战斗排的排长，又是团政治处报道组的成员——他在新兵阶段就参加过团里和师里举办的新闻报道培训班。他不但要带领全排执行作战任务，还要抽空给前线部队的《战地快报》写报道，用自己的战斗檄文鼓舞斗志。由于他此前已经采写了大量的战地新闻、创作了许多篇诗作并投给了报社，所以在他养伤期间，几乎每天的《战地快报》上都刊载有他写的报道和诗文，林静当天晚上在路上吟诵的那首短诗就是他在那个时候发表的。护士班的姑娘们每每读到他的作品都要夸赞一番，有的还问他说："韩排长，你现在住在医院里，眼睛又看不见，报纸上刊登你的那些文章是从哪里来的呀？"他就向他们解释说，这些稿子都是之前投的，报纸由于版面的限制，要根据当天的版面需要选择着登，所以现在才见报。姑娘们听后，对他更加敬佩了。

韩军不知道，有位姑娘已经在内心里对他产生了感情。这位姑娘就是代理护士长林静。当他伤愈准备归队时，林静把他约出来，塞到他手里一封信，信中写道：

亲爱的韩排长同志：你好！

我非常敬佩你的勇敢精神，也非常敬慕你的文学才情。如不嫌弃，我愿意做你的终身伴侣。

此致

战斗的敬礼！

爱你的静

1979年4月×日于野战医院

信中还夹带了一张林静的半身照片，照片上的林静身穿军装，清纯、美丽而又文静。照片上的林静一直对着他笑，好像她的心里被蜜糖浸泡着。

读着林静充满爱意的信，看着林静在照片上甜蜜的笑意，韩军的心也被打动了。但他又很清醒，姑娘的心是纯洁的，容不得半点玷污。自己已经在老家订了婚，这件事必须向姑娘说清楚，不能欺骗姑娘。于是他就把自己和田改云订婚的事情原原本本地告诉了林静，并把一直珍藏在身上的田改云的照片掏出来让林静看。林静知道了事情的原委，虽然深感遗憾，但仍然对他和田改云的爱情报以真诚的祝福。谁知后来他和田改云的婚事发生了变故，这让韩军追悔莫及，四处打听，终无结果。他想，这辈子恐怕是再也见不到自己的这个救命恩人和恋人了，谁知现在竟突然出现在自己的面前，真是“踏破铁鞋无觅处，得来全不费工夫”，这是不是就是人们常说的天意呢……

楼上的林静和韩军一样，也是心潮起伏，难以入眠。当年的情景历历在目，一切都犹如发生在昨天。联想到韩军的幸福家庭和自己不幸的婚姻，林静的内心涌起了一股难言的悲伤，一行行热泪禁不住从眼眶里滚下来，落在了柔软崭新的绣花枕巾上……

林静到来的消息，韩军还是在第一时间给石梅打了电话。韩军说完情况后对石梅说：“你不会多心吧？”

石梅说：“我的丈夫我还不了解？就是让你们两个住到一个屋子里，你都不会有非分之想！”

第十二章　生　态

服装厂开工是在2月的下旬。女工们在李石榴和田改云的带领下干劲很足，3月初按合同约定交了第一批货。但没料到的是，这批货只有少量合格，多数被退了回来，原因是产品不符合合同规定的尺寸。他们拿出尺子量给购货方看，购货方说："这些童装是出口的，采用的是国际标准，合同上也是这么约定的，你们拿国内用的尺码做标准怎么能达标呀？"李石榴和田改云拿出合同一看，说："对呀，我们就是按合同上做的呀！"后来他们才发现问题，凡是到广州参加过培训的员工用的都是国际标准，而没有参加培训的，只是在加工的流程上用的是国际标准，而尺码用的却是国内的标准。问题的根子找到了，他们把合格的留下，不合格的全部退了回来。由于加工的成品不好拆掉重来，他们只好拿到街上贱卖掉，多少收回了一点成本。

这件事对女工们打击很大，不少人纷纷要求辞职。田改云回到家里还让夏广泰给狠狠地数落了一顿，说："我当初就不让你干，你逞能偏要去干，怎么样？没有金刚钻，就不要揽那个瓷器活！"

韩军知道这个情况后，当即来到厂里，和大家一起分析发生问题的原因，说这不能全怪大家，他自己也有责任，鼓励大家不要泄气，允许出错，有了问题改了就好，要争取下个月把造成的损失补回来。

夏广泰担心夏贝贝和李威真的要走到一起，就托在县城工作的朋友给夏贝贝在县城找了一个对象，小伙子名字叫朱尚煌，是县教育局副局长的儿子。夏贝贝的心里因为有李威，不同意这门亲事。夏广泰说："你在教育系统工作，人家的老爹在县教育局当领导，将来结婚后还不把你也调到县里去？这是打着灯笼也找不到的好事，你还有什么挑的？"

夏贝贝说："我这辈子哪里都不去，就在韩冲村！"

夏广泰拿出了家法："如果再说一个'不'字，明天你就离开这个家！"

田改云知道夏广泰的脾气，就劝夏贝贝把这门亲事先答应下来，从长计议。

李威知道了这个情况，情绪一落千丈，自责说：“我怎么这么倒霉，找一个黄一个，看来这辈子真要打光棍了！”

一年一度的植树造林运动开始了。韩军早在年前就筹划着要赶快把进村道路两旁的行道树栽起来，但究竟栽什么树种，他一直没有想好。现在好了，有林静这个农林专家在这里具体指导，他的心里有了底。

这天，他骑着摩托带着林静来到村路两边察看。林静说：“作为村道来说，这条路修得确实不错，很有前瞻性，但行道两旁选择树种不要贪洋。从生态学的角度看，一个地方长什么树，它是和这个地方的生态环境相适应的。一种或多种树木在一个地方生长繁茂，历史悠久，说明这种树种与这个地方的生态环境已经互相适应，也就是我们现在喜欢说的已经是和谐共生。如果不顾生物的属性，花了好多钱把那些所谓洋树种引种进来，不一定是件好事，有时候还可能事与愿违。”林静建议还是多栽种一些乡土树种。

根据林静的建议，主道路和人行道两旁种植国槐和塔柏。林静说：“塔柏直上直下垂直生长没有树荫，栽在主道两旁；国槐树干高、树荫大，长个几年树荫的直径就可以达到 4 米左右，把它栽在人行道两旁，夏天好遮阴。”林静还拿出西安市的例子说：“你可能去过西安，西安的许多条大街上，道路两旁栽种的都是国槐，树干很高，树冠很大，每棵树都像撑开的一把巨型伞，看起来非常美观。这种树夏天能给人们遮阴，下雨天还能遮雨。”林静又说，“塔柏和国槐这两个树种都是常绿树种，四季常青，特别是到了冬季，当大地一片荒凉的时候，这种树会起到调节人们视野的作用。”

关于村里的其他道路旁边和河边栽什么树，林静也给出了建议。她说：“路旁特别是在庄稼地周边和空地应该以杨树和刺槐，也就是我们常说的洋槐树为主，因为喜鹊、红尾伯劳、红脚隼、戴胜、黑枕黄鹂等益鸟喜欢在这些树上栖息，而这些益鸟又是蝼蛄等害虫的天敌，这样做对控制农作物的虫害很有好处。另外，在河边、沟崖和荒坡地上，也可以多栽些我们这里常见的树种，像杨树、柳树、桑树、楝树、春树、楸树、构树、桐树、榉树、枫树、紫荆、皂荚、乌桕、水杉、麻栎、流苏、木槿、连翘、腊梅、刺槐和葛花等，总之，树种要尽可能地杂一些，这也是保护生态的需要，有利于吸引各种鸟类前来栖息，对控制农作物和家禽家畜的病虫害都有好处。”经林静这么一说，韩军对下一步搞好村里的绿化工作心里就更加有底了。他也更加佩服林静不愧是农林专家，感慨地说：“钱支援，物支援，不如来个科技特派员。你这个特派员真是给我们派对了！”

紧接着，韩军就组织全村开始栽树。他把进村路的绿化作为重点，从全村抽调 50 名精壮劳力，编为 5 个组，由李喜德和赵铁柱带队，按照统一规划、分段实施、谁栽谁管、年底算账的办法，给出栽种的具体标准和工资报酬，树苗由村里统一购买，每组负责栽种 1 公里，年底验收后根据成活率给付应得报酬。后来有的村民提出到年底算账时间有点太长了，他们想尽快拿到现钱好用于家庭日常开支。韩军经与李喜德和赵铁柱商量，最后确定，树苗栽好后进行第一次验收，合格的发给总报酬的 60%，不合格的返工，直至合格。到年底再进行第二次验收，合格的发给全额报酬，不合格的视情从应得报酬的余额中扣除。这么一改，大家都说可行，积极性就高涨起来了。

对于其余村道两旁和河岸、庄稼地周边的绿化，韩军也参照进村主路的绿化方法，采取统一规划、分组实施、谁栽谁管、收益归己的办法组织实施。其具体办法是：先由村里对这些地方应该栽什么树种、栽种的具体数量和要求、栽种的起止时间和验收标准等做出统一规划，然后按照就近和便于管理的原则划分栽种区域，由各村民小组具体组织实施。树苗自行解决，谁栽谁负责管理，将来的收益全部归栽种人。韩军认为这一块的绿化面积大，树苗需求量也大，涉及到家家户户，情况复杂，不好组织，恐怕没有个两三年完成不了任务，所以他给各村民小组规定的完成时限是三年。谁知村民小组长会议一开，任务和政策一宣布，村民们表现出了少有的积极性，只用了一个半月就完成了栽种工作，而且验收合格率达到了 95%以上。也就是说，三年的任务一年就顺利完成了！植树造林任务完成后，他感慨地说：“毛主席他老人家说人民群众中蕴藏着无限的创造力，看来这真是真理呀！人心齐，泰山移，只要政策对头，完全可以创造奇迹！”

林静说："这主要是你领导有方，如果换一个人，你看会不会是这个效果?"

在植树造林运动中，夏贝贝也带着村小学的学生前来参加。其间还发生了一段小插曲。

那天，夏贝贝带着她的学生来到驴尿河的南岸上栽树。驴尿河南岸有一段是一片荒地，靠河岸六七米的地方是一条简易村道。按照统一规划，这条村道两旁也要绿化，夏贝贝就把她的学生带了过来。在他们附近栽树的是养殖班的同志和姜家河的村民。这天刚好是星期天，夏广泰在县城给夏贝贝找的那个对象朱尚煌利用休息时间前来看望夏贝贝。朱尚煌先是来到夏贝贝的家里，家里说夏贝贝带着学生栽树去了，并告诉他栽树的具体地点。朱尚煌是开着私家车过来的，找到夏贝贝后，看到夏贝贝正在栽树，就跑过来帮助夏贝贝栽树。

朱尚煌是个高个子，皮肤很白。这天的装束看样子是经过刻意打扮的，只见他身上穿着一套崭新的条纹西装，里边是雪白的衬衣，脖子上打着一条带条饰的紫红色领带，发型很酷，还打着摩丝，类似于香港明星那种，脚上穿着擦得铿亮的尖头皮鞋。

正在栽树的小学生和周围的村民包括养殖班的几个人一听说这个打扮时尚的城里小伙子就是夏广泰给夏贝贝找的对象，都跑过来凑热闹，想看看这个来自城里干部家庭的"准新郎官"。他们一看到朱尚煌的长相和打扮就开始小声议论起来，有的甚至还故意大声说："哎！你们快看哪，夏贝贝找的这个对象还是个小白脸呢!"养殖班的王卫东也凑着热闹大声喊："李威你快过来，和这个小白脸比比，看你们两个谁长得更帅!"

夏贝贝本来就对朱尚煌不感兴趣，她看到周围这么多人都来看热闹，脸上挂不住，就不高兴地用低声问道："你来干什么?"

朱尚煌像有意要让大家知道他和夏贝贝的关系一样，故意大声回答："你是我的女朋友，还不许我过来看看吗?"

夏贝贝还是低声说："八字还没一撇呢，谁是你的女朋友？快走，我们还要劳动呢!"

朱尚煌还是大声地说："你们家把我们家送的那么多彩礼都收下了，你还不是我的女朋友？按你们农村的规矩，收了彩礼就等于定亲了，定了亲你就是我的准媳妇了。要是在我们城里，我们两个不光能互相看望，而且都可以住到一起了。这还能说你不是我的女朋友?”

夏贝贝看朱尚煌越说越离谱，就催着他快走。朱尚煌故意赖着不走，还夺过夏贝贝手里的工具要帮她栽树。夏贝贝生气了，夺回工具，猛地推了他一把，大喊着说：“快走！别赖在这里丢人现眼了!”

朱尚煌的背后有个小崖，小崖下头有个小磨坡，磨坡再往下就是驴尿河的河岸。可能是夏贝贝用力过猛，朱尚煌当时没有防备，当夏贝贝推了他一把后，朱尚煌往后退了几步打了个趔趄，身子往后一仰就掉下了小崖，接着就沿着河岸滚到了驴尿河里。好在是河岸不高，且河里的水也很浅，朱尚煌的身体没有大碍，只是新衣服被滚了一身泥巴。

这时候有些看热闹的村民特别是小伙子们站在岸上恶作剧：“都快过来看哪，小白脸掉到驴尿河里了!”

夏贝贝实在看不下去了，到河边把朱尚煌拉上来，陪着他回到家，用夏广泰的衣服把他的新衣服换了下来。

当时出这个事的时候林静也在附近，她问韩军：“你们怎么给这条河起了这么一个怪名?”韩军就给她讲了驴尿河这个名字的来历。

韩军说，听老一辈人讲，这个地方原来并没有河，传说老牛山上有座北顶山，山势很高，山上住着一个祖师爷，这个祖师爷经常要到南顶山去会南顶山的祖师爷。北顶山的祖师爷每次往返南顶山骑的都是一头小毛驴，有一次北顶山的祖师爷骑着小毛驴从南顶山回来的时候，路过这个地方，他感到累了，就在这里歇脚休息，小毛驴歇下来后，在这个地方尿了一泡尿，这泡尿很大，一泡尿就冲出来了一个小河沟，这个河沟后来越冲越大，就变成了一条河，所以人们就把它叫作驴尿河了。

林静听到这里忍不住笑了，说：“小毛驴的这泡尿可真够大的，能冲出一条河!”

韩军说：“这不过只是一个传说而已。我想应该是这样的情况，就是原来这里没有河，只是一个小河沟，下雨的时候小河沟有水，水也不大，没雨的时候，河沟就干了。随着时间的延长，这条河沟慢慢地就变得深了，也变得宽了，但河水仍然很小，就像小毛驴尿的尿一样。后来人们需要把这条河流起个名字，为了好记，或者当时的人文化程度低，起不了一个好名字，看它的水流就像小毛驴尿的尿一样细小，于是就把它叫成了驴尿河。不知道我这个说法能不能解释得通？”

林静说：“你的这个解释可以写到地方志里边去。”

韩军说：“那你就太抬举我了！”

韩军知道，植树造林，三分靠栽，七分靠管。全村的树苗栽好后，韩军组织召开村支两委会议，专门研究了树苗的管理办法。根据韩军的提议，会议一致同意专门成立一个树木管理领导小组，具体负责全村集体树木的管理，同时对村民自栽的树木给予技术指导。领导小组由李喜德和赵铁柱分任正副组长，林静担任技术顾问，同时从全村选调 5 名年龄不超过 60 岁、责任心强的村民组成护林小组，重点管护村集体的树木，按月发给工资。会后，李喜德和赵铁柱还组织领导小组制定了《韩冲村树木管理暂行办法》，经村支两委会议讨论通过后下发到各村民小组执行。

自从林静来到韩军家住下后，经常和韩军成双成对地出出进进，说起话来也很随意，好像互相之间已经没有了距离感，引起了韩大妈的担心。有一天她趁韩军和林静不在，悄悄地对韩庆厚说：“这俩孩子是不是走得太近了，不会出啥事吧？”韩庆厚说：“古往今来，男女授受不亲。我也感到他俩已经没有界限了，好像过去很熟一样，有些事情也不好问。要不，你瞅个机会问问咱们军军，看他怎么说？”韩大妈说：“这种事情，又没有见个风浪，怎么问呀？”韩庆厚说：“要是不早打预防针，等真有了风浪咱咋给人家石梅交代？”韩大妈说：“你说得也是。要不，我找个机会问问看。”

一天，林静到县上开会去了，韩军在家，韩大妈就趁机询问了他和林静的事情。韩军一听笑了，说：“哪会有什么事啊！”接着他就把他和林静在战场上的情况详细说了一遍。

韩大妈一听，说：“哎呀，我和你爹过去不知道，人家对咱还有救命之恩哪！那咱可不能慢待了人家。”

临了，韩军叮嘱母亲说：“这件事情仅限你和我爹知道，对外不能说出半句。人多嘴杂，要是让那些心术不正的人知道了，不知要编排出什么样的新闻来了呢！”

母亲说："你放心，我和你爹都是守口如瓶的人，这些话就是烂到肚子里我们也不会说出去。"

也就是从这个时候起，韩庆厚和韩大妈老两口待林静就像自家人一样，对林静更加亲近了。

养殖场这边春季产羔的旺季来到了，场里的几位同志又忙活起来。关于接羔工作大家都有了经验，准备工作就很有条理，大家在心理上也不那么紧张了。但韩军还是告诉养殖班的同志思想上要重视，不能大意。他自己还是和第一个接羔高峰期那样，除了处理村里的紧急事务，不管是白天还是晚上都守在养殖场里，看着一只只羊羔生产出来。

一天，林静一个人来到养殖场，看到养殖场办得不错，说了一些赞扬的话。后来她发现养殖场对羊粪的处理不够科学，就问韩军："咱们养殖场的羊粪是怎么处理的呀？"

韩军回答说："是按照宝鸡那边的做法堆制处理的。"

林静问："羊粪堆里投放蚯蚓没有？"

韩军回答说："没有。"因为他从来没有听说过羊粪堆里还要投放蚯蚓，即使有蚯蚓也是蚯蚓自己爬进去的，哪还需要人来投放？

林静说："你们这种堆制的方法虽然目前也是我们国家多数养殖场处理羊粪的通用方法，但如果能往里边投放一些蚯蚓就更加科学了。"

林静解释说："自然堆放一般需要半年左右才能使羊粪腐熟，这样腐熟的质量不高而且需要的时间长，还容易污染地下水。如果采用投放蚯蚓来处理，不但用的时间短，一般一个月就可以腐熟，而且经过蚯蚓处理的羊粪里边含有蚓粪，养分更高，更有利于被农作物吸收，对地下水也没有污染。"

韩军说："要是这样说那还不简单？到潮湿的地方挖点蚯蚓来放进去就是了。"

林静笑了起来，说："我的大团长同志，这里边的蚯蚓可不是随便放的，那是要选择好品种的。"

韩军更加不懂了，疑惑地说："蚯蚓还有品种？"

林静说："不仅有，而且还很多，每一个品种都是有说法的。"

林静说着，就给他讲了目前全世界已经发现的蚯蚓种类，还简单介绍了国内常用的几个品种，同时也讲了蚯蚓的作用。

林静说："蚯蚓是一种古老的生物，二十世纪八十年代初在美国的亚利桑那大峡谷中已经发现了五亿五千万年前的蚯蚓化石。根据科学家们的研究，目前世界上的蚯蚓种类多达三千种以上。就我们中国来讲，目前也发现有二百多种，其中分布最广的有环毛蚓、爱胜蚓、异唇蚓、杜拉蚓等品种。"

林静说："蚯蚓对人类的贡献非常大。这种贡献主要体现在蚯蚓对土壤的形成和改良上。达尔文曾经写过一本名著，书名叫《蚯蚓的习性和它对形成植物壤土的作用》。书中说，蚯蚓具有掘穴性和杂食性等生活习性，如果一亩地里有四五千条蚯蚓的话，每年排出的蚓粪可达两三吨重，如果将这些蚓粪平铺于地表，厚度约达 0.3 厘米。一年是这么多，那么十年、一百年呢？想想人类的形成和农耕文明发展史的时间进程，就不难得出结论。根据达尔文的研究，蚯蚓能把地下大量的泥土翻到地上，被蚯蚓翻上来的这些泥土和其中所含的有机物，在经过蚯蚓的消化道时，会发生一系列复杂的变化，最终变成富有钙质和腐殖质的土壤。这种富有钙质和腐殖质土壤，使得植物茁壮生长，从而使动物和人类都能更好地生存。如果没有蚯蚓的辛勤劳动，也就没有土壤，当然人类也就没有土地可以耕种，人类也就不存在了。同时，蚯蚓还有改良土壤、促进农作物生长和增产的作用。所以科学家们说，如果没有蚯蚓的还原作用，那我们人类所生活的这个地球将成为一个尸体遍野、堆积如山，没有任何生物的星球了。"

经林静这么一讲，韩军开了窍。他红着脸说："真没想到，一条小小的蚯蚓竟有这么大的作用，我真是太孤陋寡闻了！"

林静说："如果讲军事，你不也是专家吗？"

韩军不好意思地笑了一下，说："现在转行了，确实需要学习新的知识。"

林静说："如果你们愿意采纳我的建议，我可以回我们农林科学院的试验站去一趟，向他们要些蚓苗回来。"

韩军当然同意，说："那你就辛苦一趟。"

林静很快就把蚓茧带回来了。韩军和他的伙伴们都是第一次见到这个东西，感到很新鲜。韩军按照林静说的办法，领着他的伙伴们重新修建了羊粪发酵池，接着把蚓茧投放了进去。

过了几天，林静带着韩军他们几个又过来观察。林静翻开发酵池表面上的覆盖物一看，一个个蚓茧果然变成了一条条蚯蚓，颜色红红的，在羊粪堆里到处乱爬。韩军不敢看，离得远远的。

林静说："你在战场上那么勇敢，怎么看见这些小虫子这么害怕?"

韩军说："小时候我在坑塘里洗澡，腿上被蚂蟥咬得到处是血，大人们说，蚂蟥还会钻到人的身体里边去呢！吓得我再也不敢下水洗澡了，而且见了小虫子就躲得远远的，生怕它们钻到我的身体里。"

说得大家都哈哈大笑。

其实，不只韩军一个，赵铁柱、李威几人，别看他们都长得高高大大的，可是他们都害怕蚯蚓，不敢近前看。只有富贵不怕蚯蚓，他从羊粪堆里捏起一条粗一点的蚯蚓拿到眼前还仔细审视了一番，说："哎，蚯蚓怎么没有眼睛啊，那它咋去找吃的东西呀?"

林静就给他讲解了蚯蚓的生物学特点。林静说："蚯蚓是环节动物，长期生活在地下，头部已经退化，没有眼睛。凸起在它头部前面的是它的嘴巴，叫作口前叶，没有视觉作用，仅仅是用来索取食物和挖土钻洞的。虽然蚯蚓没有眼睛，但它的触觉器官却很发达，包括表皮感觉器、口腔感觉器、光线感觉器等，对前进中接触到的物体和环境它都能够很敏感地反应出来。科学家们曾经对蚯蚓做过两个试验，一个是在蚯蚓行走的路上放一块铁片或一块砖头，当蚯蚓的皮肤接触到这些物体后，它立即就会转向避开；另一个是把蚯蚓放在光线强弱不同的地方，结果蚯蚓是向弱光行走。这说明，蚯蚓确实是用触觉器官代替了眼睛的功能，而且它对光线的强弱很敏感，遇到强光就会本能地躲避。"

林静接着说："你们不要小看这个小动物，它的全身可都是宝。如果你们谁有兴趣，我可以教给你们怎么养殖蚯蚓。你们就利用养殖场生产的羊粪来养殖，不说多，每天收入个百八十元没有问题，保证比你们现在的工资高。"

韩军看了看大家，说："你们谁要是按林教授说的，养殖蚯蚓挣来的钱可以按集体和个人二五分成。"

赵铁柱几个人一听都红着脸笑了，连连摇着头说："我们没这个财气。"因为他们都害怕看见蚯蚓。

只有富贵没有笑，也没有说话。

下班后，富贵低着头回到家里，一边吃饭，还一边想着心事。母亲问他："你是又遇到啥难事了？连吃饭都没有心思。"

富贵这才抬起头来说，"不是难事，我是在想，咋能多挣点钱把原来俺治病花的那些钱赶快给人家还上，再把你的眼病治一治。"

母亲说："别再为我操那些心了，俺这眼病恐怕是要带进墓坑里去了。"

富贵没再接母亲的话，而是快快地吃完饭，跑到韩军家。

韩军家也是刚刚吃完饭。一见富贵过来，韩军就让个座位，问道："富贵，你找我有什么事？"

富贵嗫嗫嚅嚅地说："军叔，你后半晌说的话可算数？"

韩军没听明白，问道："我说的哪些话？"

富贵说："就是后半晌你说，养蚯蚓挣来钱按集体和个人二五分成。"

韩军想起来了，其实他就是随口说了那么一句，没想到富贵当真了。于是他说："是真的呀！怎么，你有这个想法？"

富贵说："我想试试。"

韩军也郑重起来了，说："你只要愿意干，我支持你！"

富贵一听，笑了，说："那俺明天就开始干。俺保证仓库那边的事决不耽误。"

韩军说："不要说得那么绝对。如果有时候你养蚯蚓这边忙，我跟铁柱说一下，可以让其他同志搭把手。你不也是经常过到饲养房这边帮忙吗？"说得富贵又笑了。临了，韩军又说："你放心，不管你养蚯蚓能赚多少钱，我说的那个比例都不会变，而且你的工资还照原来的标准发。"

富贵眼眶里含着感激的泪花回去了。

刚出门，富贵又返了回来，找林静请教养殖蚯蚓的具体方法。

林静从她的书柜中拿出两本书，一本是《蚯蚓养殖学》，一本是《蚯蚓养殖实用技术》。对富贵说："这两本书一本理论性强一些，一本操作性强一些，你想看哪一本?"

富贵拿起两本书翻了一下，说："俺就看这本《蚯蚓养殖实用技术》，那一本太深了，有些地方俺看不大懂。"

这时韩军也过来了，拿起《蚯蚓养殖学》翻了一下，说："这一本我拿去看看。"

林静从富贵手里接过《蚯蚓养殖实用技术》，翻到"蚯蚓的养殖方法"一章，给富贵详细讲解了蚯蚓养殖的常用方法和技术，并讲了蚯蚓的采收、加工和利用，直讲得富贵连连点头，说："没想到养个蚯蚓还有这么大的学问。"

第二天，富贵就按照着林静教的方法，一边管着饲料仓库的事，一边开始养起蚯蚓来。为了防止蛇对蚯蚓养殖的危害，他还遵照林静说的办法，在蚯蚓养殖棚里专门养了几只大鹅。

谁也没有想到，看似不起眼的蚯蚓养殖，竟然使富贵走上了一条脱贫致富的道路。

第十三章　矿　难

李石榴领导的服装加工厂终于传来了好消息，她们加工的第二批童装已经结算完毕，合格率达到97.2%，完全符合当初合同所约定的合格率不能小于97%的标准，授权方很满意，给予全额结算。

按照最初的规定，加工一件上衣8元，加工一条裤子7元，现在账一结完，凡在加工厂工作的妇女人人都拿到了第一笔工资，最高的拿到了521元，是田改云，最低的也拿到了210元。参加服装加工的妇女，多数过去都是一天到晚守在家里，种着二亩薄地，天天围着锅台转的女人，顶多是养个鸡鸭养个猪，挣点零花钱。只有少数人出去打过工，挣过一些整钱，但那也是抛家别子，浪迹他乡，那种滋味只有她们自己知道。现在在自己的家门口就可以挣钱，而且可以照顾家，照顾老人和孩子，满足的微笑一个个都溢在脸上，她们都感谢韩军为他们办了一件大好事。进厂时还有些犹豫的人，现在坚定了信心，过去采取观望态度的人，现在主动找到李石榴，要求加入服装加工队伍中。李石榴自然很高兴，和田改云一商量，又吸收了20多人。因为加工车间就那么大，人再多就挤不下了。韩军听到这个情况后对李石榴说："你们先干着，等再过两个月加工数量稳定了，咱们的账上也有积累了，就再扩建一个车间。"

李石榴听韩军这么一说，当即代表她的姐妹们对韩军表达了感谢之情。

李石榴还反映说："因为厂里没有食堂，大家中午饭都是回家吃的，这样太耽误事了。"

韩军想了想说："这个好办，这一次的盈利先不还信用社的账，我们先拿一部分出来在厂里建一个食堂，这样既可以解决大家中午就餐的问题，又至少可以吸纳2—3个人就业，一举两得。"

李石榴很高兴，问什么时候开工。韩军说："既然我们有能力办，那就不要等了，找个时间开个村支两委会研究一下，定下来就马上开工。"

韩军是村里的党政一把手，他的提议很快就通过了。夏广泰虽然对办这个厂态度消极——他总认为这是在给韩军的脸上贴金，但田改云是副厂长，办好了他家也有份，他也就没有提反对意见。

按照韩军的提议，这件事仍然由赵铁柱负责。

就在新建食堂准备开工的时候，李石榴却得到了一个噩耗：她的男人田宝明在煤窑里被砸死了。李石榴当时正在车间里检查产品质量，一接到这个电话当即就晕倒在地。田改云抱住她，在她的人中穴掐了好一阵她才醒过来，一醒过来就天塌了一样放声大哭。田改云端来水让她喝了几口，又劝了一阵，把她送回了家里。

李石榴坐在家里哭了好一阵，一时不知道该怎么办，因为她们家平时和李喜德家走得比较近，便找来李喜德商量处理办法。李喜德也感到很突然，悲伤了好一阵，出主意说："宝明这几年去煤矿打工，一直都是广泰给联系安排的，广泰又是县城劳务派遣公司的股东，和那个公司的老板比较熟悉，还是让他给想想办法。"李石榴觉得李喜德说的有道理，于是就抹着眼泪来找夏广泰。

此时的夏广泰正躺在自家院子里的躺椅上喝茶，身边的收录机里播放着马琪和周玉珍主演的曲剧《寇准背靴》，唱的是《手提竹篮把饭送》一段。

夏广泰正在眯着眼打着梆子听戏，李石榴进来了。夏广泰看到李石榴，由于仍然沉浸在马琪和周玉珍营造的欢快氛围中，也没注意观察李石榴的表情，眯着眼睛用手指了指跟前的一张椅子示意李石榴先坐下，李石榴这时候哪还有心思听戏呀！她一坐下又忍不住哭了起来。

夏广泰这才回过神儿来，把收录机音量放小，漫不经心地问道："发生什么事了，还值得这么哭哭啼啼的？"

李石榴就把事情的原委说了一遍。

夏广泰一听，惊讶了一阵，问道："那现在怎么处理？"

李石榴说："我来找你就是想让你给想个办法。"

夏广泰沉下脸说："这种事情，人已经没有了，找我有什么办法？如果你经济上有困难，我可以给你一点把后事料理一下，其他还能有什么好办法？"

李石榴擦着眼泪说：“宝明是你帮助给安排的，我来是想让你费费心，帮助想个办法，看咋处理好。”

夏广泰警觉起来，说：“当初你们家宝明去煤矿打工，那可是你亲自找的我，而不是我去求的你们。现在出事了也不能来怪我，不能说给你们办了好事又来找我麻烦。平时你们挣来钱也是装进了自己的腰包，你们谁也没有给过我一个子儿花呀。”

李石榴赶忙解释说：“夏主任，你误会了，我不是这个意思。我是想，你和县上劳务公司的人熟悉，我想让你出个面帮助找找他们，看咋处理一下，不能让宝明就这么白白地死去。”

夏广泰神色放松下来，说：“这么说嘛，还在理。不过，我和人家劳务公司的人只是一般的关系，我也就是帮助人家联系点业务，让人家给咱们村里的人找个挣钱吃饭的地方，其他也没有什么来往。平时咱给人家找麻烦的次数多，我也没有得到人家什么好处，况且咱们跟人家合作的时候讲得都很清楚，人家只管介绍工作，其他的都不管，出了事也应该去找当事方。这个时候你让我去跟人家说这种事情，恐怕不好张口吧。”

李石榴一听，知道夏广泰是在推托，一下子急了，说：“那怎么办？我一个妇道人家，家里又没有其他人，宝明就这样不明不白地没了，你说我能甘心吗？”

夏广泰说：“人死不能复生，谁也没有办法，要找只有去找他打工的那个煤矿的老板。”

李石榴说：“那个煤矿那么远，听说煤矿的老板很厉害，手底下还有一帮打手，我一个妇女家哪敢去惹他们呀？”

夏广泰说：“没有其他人你可以去找韩军呀！他不是很支持你的工作吗？”夏广泰的话音里带着明显的推托和挑拨。

李石榴说：“这种事情与人家有什么关系？人又不是人家给派出去的，再说……”李石榴想说当初选举的时候咱都没有投人家的票，现在有事了去找人家，怎么好意思张口啊？

夏广泰明白李石榴的心思，低声说了一句：“那我就没有其他办法了。”言外之意说，那你自己去想办法吧，反正这件事我管不了。

李石榴知道夏广泰是不会管了，就返回来又找李喜德商量。

李喜德听了李石榴的讲述，低着头想了一会儿，说：“现在只有一条路了。”

李石榴问：“哪条路？”

李喜德说：“就是夏广泰说的，只有去找韩军，说不定找到人家还能解决问题。”

李石榴连连摇着头说：“不行不行，我不能去！当初投票的时候咱给人家投了反对票，让人家落选，给人家造成了那么大的难看，现在遇到这种事去找人家，我张不开这个口。”

李喜德说：“韩军不是那种计较的人。那件事都过去这么长时间了，他也不会计较的。况且他见过的世面大，经历的事情多，你去找找他，说不定他真能帮你想个办法的。”

李石榴想了一阵，没有想出更好的办法，就硬着头皮来到了韩军的家里。

韩军一家人当时正在吃饭，听李石榴把情况一说，一家人都把饭碗放下了。

韩军问李石榴：“县上的劳务派遣公司你去过没有？”

李石榴说：“我去过。”

韩军起身从屋里拿出纸和笔，让李石榴把劳务公司的地址写上。

李石榴写完，交到韩军手里。韩军看了一下，说：“我现在就去找他们。”说完，就去推摩托车。

韩庆厚说：“城里那么远，你不要骑摩托了，还是搭公共汽车去吧。”他是怕儿子因为心里有事骑摩托车精力不集中容易出事。

韩军说：“我把摩托骑到公路上，然后搭公共汽车过去。”

韩庆厚说：“这倒行。那你坐公共车走了，把摩托车放哪里？”

韩军说：“反正车站附近也有人家，我随便找个地方放一下就行了。”

林静接过话茬说：“这样吧，我跟你一起到公路上，等你搭上公共汽车，我再把摩托车骑回来，这样也免得耽误时间。”

韩军说：“这样也行，就是怕耽误你中午休息了。”

林静说：“哪有那么娇气，李主任的事情是大事，快走吧。”她说的“李主任”，指的就是李石榴，因为李石榴是村里的妇联主任。林静说完，坐上韩军的摩托车就走了。

韩军临行前还专门给李石榴交代了一句：“你先回去吃点东西，等我的电话。”

韩军找到李石榴说的那个劳务公司后碰了一个硬钉子。公司的老板说：“我们和用工方有合同，用工方把人接走后，一切由用工方负责，出了事故由用工方处理，与我们劳务公司无关。”

看来只有直接去找用工方了。回到家里，韩军找来李石榴商量办法。

韩军问：“咱们这里还有没有人和宝明在一个煤矿打工？”

李石榴说：“还有一个，是我们家的一个亲戚，今儿上午就是这个亲戚给我打的电话。”

韩军说：“这个亲戚跟你说没说过矿上准备怎么处理这个事故？”

李石榴说：“说了。据这个亲戚说，这个煤矿是个私人煤矿，像个黑煤窑，老板很黑，凡是出了事故，一般给个三五万块钱就给打发了，你要是去找他们，他手下有一帮子打手，吓也把你吓跑了。”

韩军说：“既然是这样，那你们当初为什么还要争着去？”

李石榴说：“当时不是看在这个地方挣的钱比其他地方多吗？一开始我也很犹豫，夏主任就反复给我们做工作，说是在这个地方打工，挣的工资要比其他地方多一倍，宝明一听就动心了。”

韩军知道，现在说什么都晚了，于是就商量如何去。他知道，办这种事要快，况且人的尸首还在那里放着，必须马上办。可是如何办，他还得仔细地想一下。于是，他坐在那里一时没有说话，只是低着头在琢磨这件事应该怎么处理才好。

李石榴以为韩军和夏广泰一样，也是不想管了，一下子又急哭了，恳求说：“韩书记，我一个女人家，现在可是一点主意都没有了，你可不能不管呀？”接着又补充了一句，“只要你肯管，你要我做什么都行！”说着，哭得更厉害了。

韩军从思索中回过神来，安慰说：“石榴，看你都想到哪里去了！不要说我们是在一个班子工作，就是我们互不相识，这样的事只要是我遇到了，或者是你找到我了，我都不会袖手旁观的。这样，我现在就给镇上于书记打电话，让他帮着找辆车，我们明天就到那个煤矿去。另外，我得再到县城去一下，找个律师请教一下，看处理这样的事情有什么法律依据。”说完，他当场就给于亚军打了电话。

于亚军说：“就派我的车去。我的驾驶员小张你熟悉，也是个退伍兵，遇到事情还可以帮你应付一下。”

车的事情落实了，韩军就起身进城，让李石榴做准备，并让她把加工厂的工作给田改云交代一下。

韩军找的这个律师是他的高中同学，姓闫，政法大学毕业，现在在一家律师事务所工作，关系挂在县司法局。韩军把情况一讲，这位闫律师说：“必须让他们给个说法，不能就这么不了了之！如果需要，我可以跟你们一同前往。”韩军当然是求之不得的。

韩军回到家把情况告诉了李石榴，李石榴很感激，但李石榴又再次跟韩军说：“听说那个煤老板很黑，请你一定要有所提防。”

韩军想了想，觉得李石榴说的有道理，便把赵铁柱也带上，因为赵铁柱办事机灵，且经过侦察兵训练，有武功。

赵铁柱接到任务后建议把李威也带上，他说李威经过半年多的训练，对擒拿格斗这一套也很熟练了。韩军同意带上李威，让赵铁柱把养殖场的工作仔细交代一下，防止出现问题。

晚上，韩军又想到田宝明的尸首需要拉回来，也需要一辆车，于是又通过电话连夜从县殡仪馆租了一辆殡仪车。

第二天一大早，韩军就带着李石榴、赵铁柱、李威和闫律师出发了。一开始说是去一个车，后来看人多坐不下，闫律师就从他们的律师事务所带了一辆车。

他们先是来到了这座煤矿所在的县公安局。因为韩军一再听李石榴说这个煤矿有个打手队，为了以防万一，韩军提出先到公安局踩个点，如果遇到特殊情况也好有个退路。但他又不好把话说得太明白，因为李石榴说的情况毕竟只是听人传言，真实情况他们并没有见过，如果李石榴他们说的情况不符合事实，那就被动了。

韩军一行来到县公安局的门卫值班室，接待他们的是一位四十来岁的女警官。女警官很和蔼，她问韩军："请问你们几位来公安局准备办理什么业务？"

韩军说："我是部队上的，到咱们县上来是准备调查处理一个案件。我们几个先来公安局报个到，如果遇到突发情况，我们想请求当地公安机关予以协助。"韩军说着，掏出了自己的军官证，因为他的关系还在部队。

这位女警官一看他还是个上校军官，就把公安局应急指挥中心的电话号码写在一张纸上递给了他，说："如果你们遇到紧急情况就打这个电话，三分钟之内就会出警。"

韩军吃了颗定心丸，带上李石榴他们往煤矿开去。

韩军走之前，把村里的工作交给了夏广泰。韩军当时想叮嘱几句，夏广泰却信誓旦旦地说："你尽管放心地走，家里的事情有我招呼，不会出现什么纰漏。"

韩军前脚走，夏广泰就把夏海山找来商量说："下一步村里有钱的人会越来越多，趁现在好多人还没有反应过来，你赶快组织人去把砖瓦厂扩建一下，多囤一些砖瓦，到时候肯定会大赚一笔！"

夏海山说："人好找，砖瓦也好安置，就怕韩军回来了不好交代。"因为之前韩军曾几次在会上讲过，村办的几家企业全部维持原状，不准再扩大规模，如需扩大，必须经村党支部会议研究决定。

夏广泰说："就是趁他不在家才要赶快办，赶他回来生米都煮成熟饭了，他还能把你扒掉？"

夏海山这下放心了，说："只要有你给的尚方宝剑，我还怕什么？明天我就去组织人，保证在一个星期之内见到成效！"

夏海山和夏广泰算过时间，从韩冲村到田宝明出事的那个煤矿有上千公里，加上路况很差，韩军他们还要去和煤矿上交涉，弄不好还会打官司，一时半会儿也回不来。但他们还得按最快的速度计算，万一韩军把事情办得很顺利提前回来了呢？所以夏海山就给夏广泰下了个一星期之内完成任务的保证。

夏海山从夏广泰那里回来的当天晚上就开始张罗扩建砖瓦厂的事情。扩建砖瓦厂首先要扩建砖瓦窑，箍一个窑没个十天半月不行。为了加快速度，夏海山经夏广泰同意，决定组织两班人马昼夜不停地干，白班的工钱按一天半计算，夜班的工钱一夜按两天结算。有了这样的高额报酬，凡是有这方面劳动技能的人都踊跃报名，干起活来也会很拼命。

夏广泰承包的砖瓦厂是开在靠近十里坡的驴尿河北岸，一共有三孔砖瓦窑。烧砖瓦用的土一开始是就近取的，后来夏广泰发现，河南岸的土质更适合烧砖瓦，就在驴尿河上架了一座小桥，从河南岸取土拉到河北岸的窑厂去烧。现在要扩建窑厂，就仍然得像原来那样，在河北岸扩建一个新窑，然后从南岸取土。

窑厂取土的河岸上方住的是十里坡自然村。十里坡村是个杂姓村，其中以关姓为主。这个自然村的村民小组组长名字叫关平安，生性刚强，为人正直，深得村民拥戴。夏海山带着民工扩大窑厂开工后，关平安出于对村民安全的考虑，找到夏海山说："海山，你这窑厂扩建后，将来是不是还从河南岸取土啊？"因为都是村民组长，关平安说话的口气比较委婉。

夏海山也不掩饰，说："你没看北岸这些土里都是料礓石，不从南岸取从哪里取？"

关平安说："你看南岸离住家户那么近，你们这几年挖土都快挖到房子跟前了，要是哪一天河里发了大水，把那几家冲走怎么办？"

夏海山不以为然地说："哪有你说得那么玄乎！驴尿河的水比驴尿的尿还小，况且河岸离那几家还有一二十米远，哪能说冲就冲了？你就放一百个心吧！"

关平安又朝窑厂的河南岸看了一阵，很郑重地说："海山，人命关天，这可不敢打渣子（方言：开玩笑的意思），我看你这个窑厂还是不要扩建了吧，要扩建除非将来是从北岸取土。"

夏海山不耐烦了，摆摆手说："这个窑厂是夏主任承包的，有本事你直接去找他，冲不冲与我无关，我只管干活。"

关平安在夏海山这里碰了个钉子，回家想了半天，感到这件事事关重大，就来找夏广泰商量。他知道夏广泰不好说话，但为了村民的利益，他还是硬着头皮来了。谁知夏广泰的话比夏海山说得还硬，他的话还没说完，夏广泰就冷着脸说："窑厂扩不扩建，这是村里的事，卖萝卜的跟着盐担子走，你操什么闲心呀？回去老老实实把你们小组的事情办好，其他的事情少管！"

关平安朝夏广泰的脸上看了看，问道："那这个窑厂扩建的事情韩书记知道不知道？他可是在村委会和村民大会上宣布过，村里办的企业一律维持原状，不准扩建。"

夏广泰的脸色更加难看了，没好气地说："我说你这个关平安就是狗拿耗子爱多管闲事！韩书记讲的就不能变了？我告诉你，韩书记出差了，现在是我夏广泰在家主持工作，将来就是出了问题也是我夏广泰负责，与你有什么关系？没有其他要说的话你快走，我还有事！"

夏广泰下了逐客令。

关平安带着一肚子火气回到家里，想来想去怎么都想不通，于是就把村里几个群众威信高的村民叫到家里来商量办法。大家商量的一致意见是：坚决把他们挡住，决不能让他们这样为所欲为，就是拖也要拖到韩军书记回来！

意见统一后，关平安就带着这几位村民代表来到窑厂找夏海山说理。一开始就这几个人，后来整个十里坡在家的村民都来了，把夏广泰准备新扩的窑厂工地围了起来。

夏海山怕吃亏，就悄悄地派人把他们夏家岗在家的村民也全部召集了过来。

两个自然村的村民怒目相对，势不两立，一开始只是在言语上争吵，后来渐渐地就有人开始动手，你推我搡，互不相让。两个村民小组的人正在对峙着，夏家岗那边不知是谁在人群里喊了一声："你们还愣着干什么，快上啊！"说时迟，那时快，只听"呼啦"一声，夏家岗的村民一哄而上，两个自然村的村民一会儿就扭打在了一起。只听着人群里乒乒乓乓，咒骂不断，哭爹喊娘，不一会儿就撂倒了一片。十里坡的人明显占了上风。

夏海山一看他们的人吃了亏，像猴子吃了辣椒一样，红着眼拎起一根棒子，冲到关平安跟前，举起手中的棒子，咬着牙照着关平安的头上就狠劲地劈了下来，一边劈还一边骂着说："都是你姓关的鳖孙挑的头！不治治你这个祸事精，你永远都不知道马王爷长着三只眼！"

夏海山长得五大三粗，似铁塔一般，身上的气力能气死牛。他的棒子一甥下去，只听关平安“啊”的一声，顿时血流满面，仰面倒在了地上。

躺在村卫生室输液的老支书韩俊法闻听夏广泰的砖瓦厂发生了械斗事件，拔掉针头就往现场跑。来到现场一看，一切都明白了，他赶忙派人去找夏广泰。

夏广泰当时正躺在自家的躺椅里，一边喝着信阳毛尖茶，一边闭着两只眼睛在欣赏赵义庭演唱的豫剧《南阳关》。一接到消息，他顿时吓得脸色苍白，魂飞魄散，连收录机都没顾得上关，就跌跌撞撞地跑到了砖瓦厂。一看现场，他的两条腿完全软了，连忙打电话向一直对他亲近的镇长柴广钦报告。

柴广钦一听就火了，在电话中毫不客气地责备说：“咋毬整的嘛！人家韩书记前脚走，你就在家闹这种乱子，人家回来我看你咋交代嘛！”

夏广泰带着央求的口气说：“镇长，事已至此，我也没有招了，看在我是您老部下的面子上，您就给出个主意吧！”

柴广钦说：“那还能有什么好办法？赶快把重伤员送县医院，轻伤员送镇医院，对涉事人员尤其是吃了亏的要注意安抚，不要舍不得花钱啊！”

夏广泰好像遇到了救星，连连点着头说：“好好好！镇长，您说得对，我马上就去办，不怕花钱！”他刚想放电话，忽然想到还没说句感谢话哩，于是又说道，“谢谢镇长……”话还没说完，对方的电话就传来了忙音。

夏广泰挂断电话，按照柴广钦教的办法，赶忙组织人员把轻重伤员分别送到了镇上和县里的医院。当然他也确实没有吝啬，事情一安排完就亲自来到镇上的农村信用社，用支票取出了一大笔现金。

隔了一天，村里突然开进来两辆有公安标志的警车，头辆车上还吱吱哇哇地拉着警笛。两辆警车开到夏海山的家门前停下，从车上走下来两名全副武装的公安人员。他们把夏海山叫到跟前，问明了他的姓名和出生年月，然后向他出示了一份盖有县公安局红色大印的刑事拘留书。夏海山的胖头顿时像六月天缺水的黄瓜秧一样耷拉下去……

富贵自从开始养殖蚯蚓以后，就迷上了这一行。他按林教授教的办法，专门给蚯蚓搭了一个养殖棚，每天除了把养殖场仓库的事情打理好，一有空就来到养殖棚看他养的蚯蚓。他算着蚯蚓成长的时间，到了这个时间点，就按林教授说的办法开始采收成熟的蚯蚓和蚯蚓粪。他还把林教授给的那本《蚯蚓养殖实用技术》带在身上，一有空就要读几页，实际操作中拿不准的地方就向林教授当面请教。每次采收完蚯蚓和蚯蚓粪，他都要按照书上说的办法晾干装好，然后借来一辆带斗的三轮摩托车成批量送到县城的收购点。后来采收的量大了，县城收购点的负责人看他的货物质量好，人也本分实在，他们也有意在这里扩大收购量，就干脆派专人上门来收购，让他集中精力只管养殖和采收。这样前后不到一个月时间，他就收入了1400多元。他把这些钱一张一张地数好，一分不差地装在牛皮纸袋里，放进了家里的一只老旧箱子里。

富贵在做这些事情的时候，外面发生的械斗事件他一概不知。当他知道的时候，事态已经平息了。

第十四章　功　　夫

韩军带着李石榴和赵铁柱几人经过两天起早贪黑的奔波，来到田宝明出事的煤矿。按照之前商量好的，韩军带李石榴和闫律师坐一辆车，赵铁柱和李威坐闫律师带来的车。到煤矿办事的时候，只有韩军这辆车到现场，赵铁柱和李威的这辆车暂时隐蔽。为了不给李石榴的亲戚添麻烦，韩军没让李石榴的亲戚出面。

他们到来时，这个煤矿的老板没有露面，接待他们的是一个副手。这个副手右边脸颊上有一道很深的伤疤，估计也是在某一次矿难中受的伤。李石榴急于想见到田宝明的尸首，一到矿办公室就向“疤瘌脸”提出了见人的要求。

“疤瘌脸”当即就回绝了，说：“我们老板已经明确，事故的处理协议不签，别想见人，这也是我们这里的惯例和规矩。”“疤瘌脸”的话说得很硬，没有一点商量的余地。

韩军一看，在这事上纠缠太多也解决不了问题，就只好直奔主题。韩军说：“那就按你们说的，我们先谈协议吧。请问你们矿上处理这类事件有什么具体规定？”

“疤瘌脸”带着疑问的目光看了看韩军，向李石榴问道：“请问这位朋友怎么称呼？”

李石榴说：“这是我们村里的党支部书记兼村委会主任，姓韩，我们称韩书记。”

“疤瘌脸”点了点头，说：“当书记的都懂得政策，韩书记你也知道，煤矿上出这样的事情也不是一次两次。既然你们来了，那我们就按老规矩办，协议一签，拿钱走人。”

“疤瘌脸”说着，拿出一份协议书推到韩军面前，手指着协议书说：“请你看一下，条件都写在上面。”

韩军拿起协议书一看，立马皱起了眉头。尽管在来之前他已经听李石榴说了这个煤矿处理这类事故的赔偿额度，但他还是吃了一惊，随口说道："怎么？才5万元哪，一条命就值5万元，你们也太轻视生命了吧！"

"疤瘌脸"不以为然地说道："就这还是我们老板格外开恩了呢，过去一般都是给3万块就了结了。"说完他又像叫苦一样说，"韩书记你也知道，现在政府对煤矿开采的政策特别严，关口也特别多，哪一个地方打点不到都开不了工，即使开了也会把你封掉。现在开矿可是越来越艰难了，老板年纪轻轻地急得头发都白了，不信你可以随便找个人打听打听。"

韩军不想和"疤瘌脸"扯这个闲篇，把协议书递给闫律师，低声说："请你看一下。"

闫律师接过协议书仔细地看了一遍。

韩军对闫律师说："那你就先谈一下吧。"之前他们几个有过商量。

闫律师就把他们的条件说了出来，赔偿金额38万元，一分钱都不能少。闫律师解释说："我们提出的这个数字也不是随意说的，我们是按照法律规定经过严格计算得来的。"

"疤瘌脸"一听笑了，说："你们不要开玩笑啊！就是狮子的口也不能张这么大呀！"

闫律师没有笑，而是严肃地说："这是一条人命，能随便开玩笑吗？"

闫律师说完，拿出法律依据一条一条算了一遍。

"疤瘌脸"一听，知道碰到硬茬了，说道："你们提的这些条件我确实还没有遇到过，我也做不了主。这样，我把你们说的这些条件向我们老板报告一下，看他怎么定。"

韩军听得出来，"疤瘌脸"说的也不是搪塞之词，就说："那好吧，请你们尽快给予回复。"

"疤瘌脸"说："尽快，尽快。"然后进到里面去了。

"疤瘌脸"果然没有耽搁，不一会儿就出来了，说："我把你们的情况向老板报告了，我们老板也很开通，答应可以再加5万元，给你们个整数，你们看行不行？"

韩军看了看闫律师，闫律师会意，对"疤瘌脸"冷笑了一下，说："加5万元，你说行不行？"说完，掏出一支烟，也不给"疤瘌脸"让，自己掏出打火机把烟点燃一口一口地抽起来，眼睛也不看“疤瘌脸”，把脸转向了天花板。

韩军的表情也更加严肃起来。

“疤瘌脸”朝韩军和闫律师看了看，起身又走了进去。

过了大约一刻钟，“疤瘌脸”又回来了，说：“你们提的条件大大超过了我们老板的承受能力，也打破了我们矿上的惯例，老板感到很为难，我跟老板好说歹说，好不容易才把老板说通。”“疤瘌脸”说着，右手伸出了五个指头，说，“再加这个数。”

“疤瘌脸”这次说完，也没再说“行不行”这样的话，只是用眼睛在韩军和闫律师的脸上来回扫视着。

这时刚好韩军的手机里有个电话进来，韩军离开座位走到一边，故意大声说：“喂，啊，我听出来了，你是炮兵营的赵营长，你现在在哪个单位工作？什么？在县公安局？真巧，我现在就在你们县里，在一个煤矿办点事。见一面也好，我也很想念你们。你不用来车接了，我这边有车。对，我们这边连司机一共四个人。”韩军故意抬起手腕看看表，继续说，“大约需要两个小时。好的，这边的事情今天可能办不完，明天还得来。这样，我们先见面，明天再过来办，刚好有件事情还得请你给帮帮忙。好，好，我们稍等一会儿就出发。”

韩军合上手机，回到座位上，对闫律师和李石榴说：“这件事我看这位老兄和他们的老板都很为难，反正今天也办不完，我有个部下刚好转业安置在这个县的公安局，他要请我们吃饭，我答应他了，现在我们就出发，刚好见了面也好请教一下处理这类问题的政策。”说完，就要起身走。

“疤瘌脸”连忙把韩军拦住，说：“韩书记也当过兵啊？”

韩军说：“现在还没有脱军装呢。”

“疤瘌脸”不解，闫律师说：“刚才忘了给你介绍了，我们韩书记是部队上的团政委，和县委书记是平起平坐的，今年准备转业，是我们县委书记专门把他邀请回来帮助我们村子脱贫的。”

“疤瘌脸”连忙站起来，哈着腰连连点着头说：“我有眼不识泰山，失敬，失敬！这样，请你们再稍坐一会儿，我再去跟我们的老板说说好话，看看能不能再给你们追加一点。咱们都是有家有口的人，你们大老远来一趟也不容易，再说出这样的事我们也很痛心，这位大姐肯定心里也不好受。如果今天能办好，你们安心，我们也放心了。”说完，快步走了进去。

“疤瘌脸”这次去的时间比以前长一点，出来后带着笑意说：“我给老板又说了说好话，老板也很同情达理，同意再加 4 万块，也就是 19 万块，是你们说的那个数的一半。你们可以去打听一下，过去我们从来没有给过这么多，这一次可是顶破天了。请你们也体谅一下我们的难处。”“疤瘌脸”这次说得很诚恳，可以看得出来，他和他的老板确实是破了先例了。

韩军知道这可能就是他们的底线了，于是说道：“谢谢你这位老兄今天为我们的事情跑上跑下。说句实话，不管是在部队还是在地方，处理这样的问题都得按政策办。国家对处理这一类的问题历来都有明确的规定和标准，我们给你们提出的要求都是按国家的标准和政策规定计算过的，没有添加任何过分的要求。因为这是一条鲜活的人命，我们之间不是在做买卖，不需要讨价还价。如果这件事发生在我们自己身上，那我们自己和我们的亲人会怎么想？何况我们的这位同志还那么年轻，刚刚 30 岁出头，孩子还只有几岁，他是家里的顶梁柱，现在顶梁柱没有了，那房子不是要塌下来了吗？所以，请你们也再算算账，如果答应我们提出的条件，咱们今天就把这个协议签掉，如果你们感到为难，我们也不勉强你们，我去会会我的老部下，明天我们再继续谈。如果你们同意，我还可以把我的这位老部下请过来和你们见个面，他在你们当地工作，情况肯定比我们熟悉。我想，只要按政策办事，问题总是会得到解决的。你看呢？”

“疤瘌脸”鸡啄米似的点着头说：“韩书记不愧是部队上的大领导，政策水平就是高！这样，我现在就去跟我们的老板说。”话音还没落，人就进去了。

他刚一进去，就听到里边有一个男人粗声粗气的声音，虽然不高，却隐约能听出来是让“疤瘌脸”答复。

“疤瘌脸”很快就出来了，满脸喜笑着说：“我们老板同意了，这次破一回例，就按你们提的要求办，现在我们就签协议，签完协议就让财务支付，老板已经让财务上去做准备了。”“疤瘌脸”说着，拿起协议书修改去了。

“疤瘌脸”很快就把修改后的协议书拿过来了。就在韩军他们等待签订协议的时候，门口忽然有个戴着墨镜的中年汉子往韩军这边瞄了一阵。韩军朝来人看了一眼，来人一闪身不见了。韩军在心里画了个问号。

协议书很快就签完了，煤矿一方还是“疤瘌脸”代签的。协议书一签完，“疤瘌脸”就带着财务人员把赔偿金送过来了。尽管这时已有百元大钞在市面流通，但38万元还是装了满满一箱。“疤瘌脸”打开箱子让李石榴验视，李石榴一看这么多钱，怕数错，就让韩军代验。韩军从里边取出一沓数了数没有差错，又看看每一沓上都盖的有银行经办人员的印章，钱币又是真的，就只把沓数数了数，又把箱子封了起来，交给了李石榴。

接下来就是到停尸房去看田宝明的遗体。停尸房里十分简陋和阴冷，里边并排放着10具简易太平柜，看样子这里经常有矿难发生。真是“物离乡贵，人离乡贱”，李石榴一看到田宝明的遗体就抚柜大哭了一场。韩军劝住李石榴，让“疤瘌脸”安排人把田宝明的遗体装到了他们事先准备好的殡仪车上。

韩军带着两辆车开始启程。他知道，这时候最重要的是保护好李石榴手里的38万元现金。他让李石榴把装现金的箱子放在后座上，让李石榴和闫律师分坐在箱子两边护着，自己则坐在前排的副驾驶位置上，仔细观察着车辆前面和汽车两边的情况，并通过后视镜不断地盯着车后面的情况。车辆一开动，他就给赵铁柱发了条短信：

我们现在出发，你车立即跟行，保持距离，注意隐蔽。

车辆行驶了个把小时进到了山里，这里早已出了煤矿的地界。山路两旁都是灌木、草丛或石头包。由于来的时候也是走的这条路，军人出身的韩军对这里的地形地物已经了然于胸。他马上又给赵铁柱发了一条短信：

山路崎岖复杂，加倍警惕！

但他们担心的事情还是发生了。

当他们的车辆行驶到一个转弯处时，突然发现前面有一辆公安人员执行勤务的依维柯车横在了路上。好在车是在山路上，行驶车速比较慢，驾驶员处理得及时，当他们的车开到这辆依维柯车跟前时，车辆平稳地停了下来。韩军透过车窗朝前面的依维柯车看了看，给赵铁柱发了一条短信：

遇到一辆依维柯，公安标志，情况不明。

这时，从依维柯车上走下来四个穿着警服、戴着深色茶镜的彪形大汉，其中有两个手里拎着警棍，两个手里举着盾牌。他们下车后朝四周看了看，走到韩军坐的车旁，分别站在了车的左右两侧。驾驶员小张以为是交警要查验车辆，赶忙取出驾驶证和营运证，摇下车窗，准备接受检查。这时赵铁柱他们乘坐的车从后面远远地开了过来。那四个人离开韩军他们的车，其中一个个子矮一点的“茶镜”跑到依维柯车前，指挥驾驶员调整了车姿，把道路让了出来，然后来到赵铁柱他们的车前，像交警一样打着手势，指挥他们不要停留，赶快开走。赵铁柱想下车，被这个像交警一样的人拦住了，他只好让驾驶员开车离开了。

那四个人看着赵铁柱他们的车开远了，就又回到韩军他们的车前，一人把住了一个车门，并让韩军他们都把车窗摇下来。韩军朝这几个人看了看，心生疑问：我们的公安交警人员在执行勤务时虽然态度比较严肃，但一般不带凶相，但从这几个人的表情上看都是凶巴巴的，一个个都像影视剧中的黑帮，举手投足的动作除了那个个子矮一点的稍有点像交警以外，其他三个都不像正规的公安交警人员。况且这里地处荒山野岭，人少车稀，又不是交通要道，打从进山到现在很少有车辆通过，查验什么车呀？这样一想，他突然警觉起来，连忙掏出手机，想给赵铁柱发个短信。谁知他刚把手机掏出来就被把门的“交警”喝住了，这更加证明了他的判断。坐在后排的李石榴神色紧张起来，紧紧地护着她的现金箱子。

就在韩军他们和这群伪装的交警周旋的时候，他们家里的亲人也在为他们的安全担心。

早上吃饭的时候韩大妈对燕子说：“我在天明的时候做了一个梦，梦见有一群狗撵着你大哥咬，醒来后想一想，是不是你大哥他们遇到坏人了？”

燕子说：“你那都是迷信。”

韩大妈说："儿行千里母担忧，我这不是担心嘛！"

燕子说："我大哥是打过仗的人，遇到坏人他有的是办法对付，你就不要操那份心了。"

韩大妈说："你说的也是。你大哥是个细心人，做事想得周到，可能是我想多了。"

大家都没再说什么，接着吃饭。早饭后各忙各的事情。

吃过中午饭，大家都休息了一会儿，韩大妈也睡了一觉。醒来后她的右眼皮直跳，她知道左眼跳财、右眼跳灾这样的老古语，心里由于老想着韩军的事，有些放心不下。正在这时，石梅打电话过来，问韩军在不在家。当时这个电话是打给燕子的。燕子就把韩军去煤矿帮助李石榴家办事的事情如实说了。石梅紧张起来，说："你们快想办法找找他！"

燕子感到有点莫名其妙，问道："嫂子，我大哥他好好的，你担心什么呀？"

石梅说："我中午正在午休，突然做了个梦，梦见你大哥和人家打架，把人家头都打破了，但没见血。我常听人们说，梦是相反的。梦里说是他打人家，那现实肯定是他被人家打了。我刚才给他打了几次电话，他的手机都无法接通。你们在家近，请你和爹妈说一下，赶快想想办法，看看能不能和他联系上。"

燕子就把石梅的话说给了母亲。

韩大妈一听，心就慌起来，对燕子说："你大哥是真的遇到啥难事了？"

这天刚好韩庆厚到镇上办事去了不在家，韩大妈看林静在屋里，就喊林静说："小林，你那里有手机，能不能给韩军打个电话，问问他们现在走到哪里了，事情办好没有？"

林静说："好的大妈，我现在就打。"

林静一边说，一边掏出手机拨了一串号码，可是打了两遍电话那头都没人接，林静的脸色也暗了下来。

韩大妈更加坐立不安了。

他们不知道，此时韩军他们几个正在和矮个子"茶镜"他们周旋。他看到了林静的来电，但守门的人不让他接，他只好眼睁睁地听着林静的来电铃响。

看着赵铁柱他们的车走远了，那个个子矮一些的“茶镜”把脸伸进窗口，终于说出了他们的用意：他们是要向韩军他们要钱的。

矮个子“茶镜”用温和的口气说：“我们的老板已经打听到，你们刚刚得到了一笔大财，正如常言说的，见一面分一半，我们只要一半，多一分也不要。干我们这一行的都很讲究义气，请你们完全放心。”他还用劝慰的口气说，“我们老板说了，只要你们答应我们的条件，我们就立马放行，决不伤人。”但他又接着威胁说，“如果你们不答应我们的要求，你们几个人连同车辆都将被抛弃山沟，我们会做得连一点痕迹都不会留下。”

李石榴一听，担心这样会对韩军他们造成伤害。她想，人家韩军都是为了自己才担惊受怕过来帮助她们家的，自己受点损失事小，要是为了几个钱把人家韩军伤害了，那可是担待不起的。于是她问：“你刚才说的话可是真的？”

矮个子“茶镜”说：“我说的话都是干我们这一行的行规，决不会食言。如果你不相信，你就自己把钱拿出来，数够 19 万，其他的还装起来。如果我们多动你们一分钱，天打五雷轰！”

李石榴动心了，拉过装钱的箱子准备打开，被韩军和闫律师拦住了。

韩军透过车前的挡风玻璃朝远处看了看，他断定赵铁柱他们迟早是会拐回来的。为了拖延时间，他知道对这些人讲道理也没有用，但他还是给他们讲起了道理。

韩军对矮个子“茶镜”说：“你知道在光天化日之下你们这样做是什么性质吗？是抢劫，是犯罪，这是要判刑的！”

矮个子“茶镜”不以为然地说：“我们知道你在部队上是个大官，可是你那一套在这里吃不开。什么犯罪不犯罪，我们只知道钱重要。你们要是把这些钱都给我们，不，只给一半，就是让我去坐牢我都愿意。我的老娘瘫痪在床上没有钱治，我要是像你这样拿着高工资，还能冒着杀头坐牢的风险来干这种事吗？”矮个子“茶镜”说到这里，突然抹起了眼泪。

韩军一看对方的表情，猜测他也算是一个孝子，就劝说道：“人就是再穷也不能铤而走险，来干这种打家劫舍的事情啊！如果你真是一个孝子，就一定要走正道，一定要用自己的诚实劳动去赡养老人。如果你父母知道你在干这种事情，他们会怎么想？如果你最后把性命都丢掉了，还拿什么去孝敬你的父母？”

矮个子“茶镜”说：“谁也不是生来就会干坏事的。我看你也是个善良人，实话跟你说吧，一开始来这个煤矿打工的时候我也是很下气力的，但挣的钱根本不够给我母亲治病，后来这里的一个大哥也就是我们的老板——他就在前面停的那辆车上，拉我干了一个月，结果拿到的工资比我干三个月的苦力都强，我就跟着他干了。现在，我母亲的瘫痪病也治得差不多了，再干几个月把我母亲的病治好我就准备彻底洗手。”

韩军继续劝说道：“我不知道你想过没有，今天你如果把我们抢劫了，公安局肯定会找到你们。公安局要是把你们抓去，那还不是要新账旧账一起算？要是那样，你还能实现想把你母亲的病彻底治好的愿望吗？”

矮个子“茶镜”说：“我还没想那么多，我只是想，今天如果能把你们的钱拿到手，我至少可以分到3万块，那样我母亲的病就有希望了。”

闫律师插话说：“我们韩书记的部下就在你们县的公安局工作，难道你们就不怕他们来抓你们吗？”

矮个子“茶镜”说：“我们听说你们在县公安局有熟人，但不管是真是假，我们都不怕。我们的大老板也就是我大哥的拜把子大哥，那可以说是神通广大，手眼通天，在县里市里都有熟人，他认识的人比你们说的那个官大得多，你们就是把我们抓起来了，他也有办法把我们捞出来。你们不知道，前边进去的弟兄都是这样被捞回来的，所以我们根本不怕……”

矮个子“茶镜”还要说下去，这时从依维柯车上走过来一个戴墨镜的中年汉子。他走到“茶镜”面前很不耐烦地说：“都什么时候了还这么磨磨蹭蹭的，扯什么闲篇呀？”

韩军一看，这正是他在煤矿办公室门口看到的那个“墨镜”，心里想，这些人肯定是煤矿打手队的人。只听“墨镜”对矮个子“茶镜”恶狠狠地说：“不要再磨嘴皮子了，如果不行就动手，一分钱也不给他们留！”说完，朝另外几个人打了一个“上”的手势。

四人立刻像恶狼一样把四个车门打开，将韩军他们几个拉了下来。

李石榴抱着装钱的箱子死活不下车，被一个高个子“茶镜”用警棍敲开手拖了下来。

矮个子“茶镜”趁机把李石榴装钱的箱子拉出来，抱在怀里就往依维柯车跟前跑。

李石榴挣脱高个子“茶镜”的手，追上矮个子“茶镜”去夺现金箱子。矮个子“茶镜”不放，驾驶员小张也跑过来帮忙。“墨镜”一看，上去就抓住驾驶员小张的胳膊推到了一边。

韩军一个箭步上前，一扫腿就把“墨镜”撂倒了。“墨镜”是个壮汉，五大三粗，浑身力气，他来了个鹞子翻身，从地上爬起来就对韩军来了个反攻。韩军也不示弱，一个鲤鱼打挺从地上站起来，又把“墨镜”打翻在地上。

躺在地上的“墨镜”挣扎了几下也没能爬起来，趁着韩军不注意，他抓起地上的一个石块使劲朝韩军砸来。驾驶员小张眼疾手快，赶忙跑上去挡在了韩军的面前，石块砸在了小张的脸上。只听小张“啊”了一声，双手捂住了眼睛。韩军扭过身察看，被“墨镜”也砸了一石头，头上顿时鲜血直流。

“墨镜”趁机从地上站起来，报复韩军，并呼喊矮个子“茶镜”帮忙。矮个子“茶镜”看了看韩军犹豫了一下，没有上，“墨镜”给了他一巴掌，骂道：“才几分钟就把你的脑子洗了？真是贱骨头！”

“墨镜”正要叫他的手下围攻韩军，赵铁柱和李威及时赶到了。他俩和韩军一起，三下五除二就把这伙人全部擒住。赵铁柱和李威拿出早已准备好的绳索，把这伙人一个个手背后绑住，扭送上依维柯车，然后押着送到了县公安局。

当他们押着“墨镜”一伙人出发的时候，韩军按照之前县公安局那位女警官留的电话号码给公安局应急指挥中心打了电话。他们的车子一到，应急指挥中心的公安人员就迎了上来将那伙歹徒押走了。

事后，赵铁柱给韩军讲了他和李威拐回来的经过。赵铁柱说：“我们的车当时从你们停车的地方开走后，走了没多远就停在一个你们看不到的地方。我们在那里等了一阵子，看你们还不过来，我就给你发短信。短信发出后不见你回短信，我便知道，你们肯定是遇到麻烦了，于是我们赶快调转车头往回开。刚拐过来弯，谁知这时候小车发动机的水箱开锅了，我们便跳下车跑步往你们出事的地点赶。刚一赶到，就看见那个‘墨镜’在那里乱吼。我和李威一看，这家伙肯定是个头目，上去就把他给摁住了！”

韩军说：“亏得你们两个来得及时，要不然那帮家伙还要挣扎一阵子的。”

闫律师说：“看来那个矮个子‘茶镜’的良心还没有完全泯灭。”

韩军说：“真正的坏人到什么时候都是极少数。”

往回返的路上，韩军接到了林静的电话，韩军说：“事情已经解决了，我们都已经转危为安，谢谢你们的关心。”他还让林静转告家人，请全家放心。

跟林静通完电话，韩军给石梅打了个电话，报了平安。石梅在电话里说：“以后出去多带几个人，你把我都吓死了！”

几个人回到韩冲村后，韩军让赵铁柱帮着李石榴把田宝明的后事料理一下。赵铁柱为人厚道，办事认真，把田宝明的后事办得井井有条，大家都很满意。

李石榴对赵铁柱很感谢，她知道赵铁柱的母亲常年卧床，生活不方便，但她又有丧事在身，不便串门，就请赵铁柱把家里需要拆洗的衣服被褥拿给她，由她帮助拆洗。赵铁柱没有拒绝，而是体贴地说：“这些天你跑上跑下也累了，先好好休息，过几天我再拿来。”

韩军回来后，趁着全家在一起吃饭的当儿，把他们这一趟在路上遇到的情况说了一遍。当燕子听说赵铁柱和李威都很勇敢时，她突然对李威有了好感。但她还只能暂时把这个秘密藏在心里，她要找机会再观察观察李威，看他是不是真的适合自己。

李石榴从煤矿回来后，夏广泰也到家里来了一趟，当时他还掏出一个装有现金的信封对李石榴说：“宝明出了这么大的事我也没帮上忙，这点钱你拿着看办点啥事，多少也是我和改云的一点心意。”

李石榴没有收，说：“矿上赔偿了一些，办后事的钱够了，你还是拿回去吧。上次你给的那 2 万块钱我还放在那里没有花，哪天我给你送过去。”

她说的那 2 万块钱，是当时夏广泰贿选时让夏海山趁天黑送给她的。

夏广泰连忙摆着手说：“不用不用！那都是过去的事了，还提它干什么！”

李石榴没有接他的话茬，她心里想，人和人的差别真大，这一次要不是韩军真诚相帮，她还真不知道事情会是一种什么结果。

夏广泰看没有更多的话说，坐了不一会儿就尴尬地离开了。离开时，李石榴硬是把他带来的信封塞回到了他的手里。

韩军知道了夏海山在夏广泰的指使下擅自扩建窑厂和聚众械斗的事情。他找到老支书韩俊法和十里坡村民小组的组长关平安等人详细了解了事件的来龙去脉，接着分别主持召开了村党支部会议和村民委员会会议。根据这两个会议的一致意见，决定给予夏海山党内留党察看一年和行政撤销村民组长职务的处分，分别报请镇党委和镇政府批准。夏广泰也迫于压力，在两个会上分别做了检查，检查的内容虽然有点轻描淡写，但大家都知道，自从他担任村党支部书记和村委会主任以来，这还是第一次在公开场合承认自己有错误。

第十五章　投　缘

韩军一回到家，富贵就拿着两个装着现金的信封过来找他。富贵把两个信封里的钱掏出来，说："叔，这 5000 块钱是我还你的，这 1426 块钱是俺这 25 天养蚯蚓挣的。"

韩军一听说富贵要还他钱，猛然间愣了，说："你还我钱？你什么时候借我钱了？"

富贵说："就是年是个（方言：去年）你给俺的那 5000 块钱呀，你忘了？"

经富贵提醒，韩军这才想起来，去年他给了富贵 5000 块钱看病用。他拦住富贵说："啊，你说的是那个钱哪，咱们当时不是说好了吗？那 5000 块钱是我资助你的，既然是资助，那就是让你使用的，你听谁说过哪个人把送出去的钱又收回来了？除非他当初把钱送给人家的时候不是真心。如果你心里实在过意不去，你可以再挣点添添，给你妈把眼病治一治，要是能治好，也让她老人家睁开眼看看现在的好光景。"韩军说着，把 5000 块钱又还给了富贵。

富贵犹豫着把钱接过来，想了想说："那就先按你说的办，但你的这个情俺以后是要还的。"

韩军说："你说这话就外气了。咱们两个从小一起长大，什么时候分过你我呀！"

富贵迟疑了一阵，看了看韩军，不好再推辞，就把钱又装进了信封里。

韩军拿起另一沓子钱说："这 1426 元你拿去交给李威，让李威记在账上，然后按照集体和个人各半的比例把你应该得的返还给你。"

富贵把韩军递过来的钱拿在手里，说："好，等一会儿上工俺就把它拿过去交给李威。"但他又犹豫着说，"军叔，你看给俺的这一份是不是有点太多了？"

韩军说："不多，这是你的劳动所得，不要有什么顾虑。我当时就说过，不管是谁，只要想干这个活，报酬都是一样的。将来即使扩大再生产了，也还是这个标准。我们就是要鼓励更多的人通过自己的诚实劳动脱贫致富，而不是等着让国家来救济。”

富贵感到韩军说的有道理，就把钱装了起来，准备等会儿一上班就拿去交给李威。富贵看韩军真按原来的承诺兑现了，便又对他说：“军叔，我还有个想法，不知道该说不该说。”

韩军知道富贵这样说肯定是有什么建议，回答道：“哪有什么不该说的？只要你的想法好，对大家有好处，对我的工作有帮助，你就尽管说，说出来我们可以商量嘛！”

富贵大着胆子说：“据俺在这段时间摸索的情况，蚯蚓养殖的事情完全可以把规模扩大一些。”

韩军问：“你有什么具体想法吗？”

富贵说：“俺一个人顾不过来，想再找个帮手。”

韩军说：“这是个好事情呀！你看谁合适你就自己定，这样你们也好合作。”

富贵说：“俺一下子还没想好，因为这是个脏活，不是谁都愿意干的。你只要说行，俺回去就找一个。”

韩军问：“田桓仁家的老大不是在给你打下手吗，你看他行不行？”他说的田桓仁就是枣木芯。

富贵看韩军问到了田晓龙的情况，就如实答道：“这个娃儿肯干，思想也上进，比他爹强。”

韩军说：“那不是更好吗？你可以去问问他，看他愿不愿意干。”

富贵说：“你说得对，等一会儿俺就去问他。”

韩军鼓励富贵说：“按照你现在的办法再干一段时间，如果你们感到可行，就可以把规模再扩大一些，到时候多找几个人专门成立一个养殖蚯蚓的合作社，挂靠到养殖场，这样也便于经营和管理。林教授的那本《蚯蚓养殖学》我也认真地读了，蚯蚓虫小学问大，搞得好完全可以发展成为一个产业。你们多摸索摸索，说不定将来我们会做出一篇大文章来的。”

富贵一听，劲头更足了，说：“军叔，只要你支持，俺一定干出个样子给大家看看。林教授给俺的书上举了好多例子，俺看了以后就在心里想，人家能干好，咱们为啥就不能干好？人要争口气哩！”

韩军说：“你有这个想法就好。不光我支持，党支部和村委会都会支持。遇到什么困难你们随时说，村里一定会及时帮你们解决。”

有了韩军的这个态度，富贵想把蚯蚓养殖事情做大的决心更加坚定了。

种母羊受精的旺季到了，黎萍如约来到了韩冲村。她还是开着那辆漂亮的红色小轿车。她的车子开到韩军家门前的时候，韩军一家人包括林静都正在吃午饭。黎萍一下车，就朝韩大妈大声地喊了一声：“妈——”

正在吃饭的林静愣了，停下筷子说：“韩大娘，我来了这么长时间都不知道，您还有一个闺女呀！”

韩大妈笑了笑说：“这是我的干闺女。”

待黎萍坐下，韩大妈就给林静讲了这件事的来龙去脉。

林静一听，笑着睨视了一眼韩军说：“哎哟！我还不知道，韩军哥还有这么一段英雄救美的动人故事呢！”说完，又朝韩军笑了一下。

韩军脸上红了一阵，没好说什么，可是敏感的黎萍却从两个人的谈话中感觉到了他俩之间不一般的关系。

其他人没看出什么来，但韩军却知道黎萍这时在想什么，他赶忙对黎萍介绍说：“这位是林教授，家在省城，是上级给咱们村派来的科技特派员。林教授的爱人在省外经贸厅工作。”

接着他又把黎萍介绍给林静：“这位是黎萍，西北农林科技大学毕业，现在在西农大的实验农场担任畜牧兽医师，我们第一批进的一部分波尔山羊，就是她们家的养殖场供应的。咱们进村的那条路当初在修建的时候，黎萍老师还捐了一辆车呢！”

林静放下碗筷连忙站起来，拉着黎萍的手说：“原来你是帮助咱们韩冲村脱贫的有功之臣哪！来，拥抱一下！”林静伸开双臂和黎萍亲切地拥抱了一下，接着说，“以后咱们就是好姐妹了，咱姐妹俩共同努力，帮助韩军哥把韩冲村的脱贫致富工作搞得更好。”

黎萍也激动地说：“有你这位好姐姐做导师，韩军哥一定能带领全村早日实现他的‘一二三四五工程’。”

吃完饭，黎萍在韩军的陪同下来到养殖场，一看，张勇的女朋友郭娟娟也在这里，韩军经询问，才知道是张勇邀请人家来的。韩军很高兴，就让张勇和郭娟娟给黎萍当助手。三个人一起干，工作进展得很顺利，不到一个星期，待孕的母羊大多数被输了精。黎萍所在的实验农场还有事在等着她，她在这里不能久留，就给张勇叮嘱了注意事项，提前回去了，留下郭娟娟协助张勇给剩下的待孕母羊输精，并逐个检查此前输过精的母羊是否已经受精。

黎萍和林静相处了一个星期，两个人非常投缘，很快成了要好的朋友。

其间，两个人一有机会就在一起聊天，时不时地就会聊到韩军。

这天下雨，雨下得很大，刚好给待孕母羊的授精工作暂时告一段落，黎萍就待在家里，和林静聊天，两个人聊着聊着，话题又转到了韩军身上。

黎萍说："林姐，我听说你在当兵的时候和韩军哥一起打过仗，是真的吗？"

林静说："是真的。他在战场上可勇敢了！"

黎萍说："那你那个时候和韩军哥熟悉吗？"

林静说："熟悉，他受伤后还是我给护理的呢！"

黎萍说："我听说你当时是代理护士长，肯定护理了不少伤病员，你感觉韩军哥和其他伤病员一样吗，比如说，对待伤病的态度，对待战争的态度，对待人生的态度？"

林静笑了，说："那是在打仗，战争状态下的人哪有那么多复杂的想法？他们的想法就是打仗，伤病后想的也是如何尽快把伤病治好，然后重上战场。不过，那个时候的韩军哥确实很勇敢，可以说，在我护理的那些伤病员中，韩军哥虽然不是唯一最勇敢的人，但他的表现却是突出的，连我们的院长都经常在大会小会上表扬他，他出院后我们院长还把他当作先进典型给后来的伤病员讲，鼓励大家都要向他学习，以勇敢的精神战胜伤病，当时对大家起的教育作用可大啦。"

黎萍说："既然院长都经常表扬他，那说明韩军哥当时的表现确实很突出。"

林静说："是这样的。我记得他当时不光是自己勇于战胜伤痛，还给病友们讲保尔·柯察金勇于同伤痛做斗争的故事，鼓励大家在伤病面前要做一个强者。我到现在还能背出他教给我们的保尔·柯察金的那段名言。”林静说着，还真就把那段名言背诵了下来——

> 人最宝贵的是生命，生命属于我们只有一次。人的一生应当这样度过：当他回首往事时，不因虚度年华而懊悔，也不因碌碌无为而羞愧。这样他在临死的时候就能够说：“我的整个生命和全部精力，都献给了世界上最壮丽的事业——为人类的解放而斗争。”

黎萍赞赏地说：“哎呀！时间都过去20年了，你还记得这么清楚！”

林静说：“那个时候能够读到的小说很少，《钢铁是怎样练成的》这本书就是韩军哥推荐给我们的。参战的时候他还把这本书带在身上，我就是听了他讲的保尔·柯察金的故事和这段名言后，才从他那里借来阅读的。书的内容一下子就把我吸引住了，我用了两个晚上就把它一口气给读完了。”

黎萍说：“看来这本书对大家的影响确实不小，我就很喜欢这本书。”

黎萍说到这里把话题一转说：“哎，林姐，你说韩军哥那个时候表现那么突出，你就没有喜欢过他吗？”

林静很干脆地说：“喜欢！不光我喜欢，我们医院的好多人都喜欢。我刚才不是跟你说了吗，连我们院长都很喜欢他，还经常拿着他当先进典型去教育别人呢！”

黎萍知道林静是理解错了，解释说：“我说的是那种喜欢，就是男女之间的那种喜欢。”

林静这一下理解了。她想，自己和韩军的那种关系只有他们两人知道，听说韩军跟石梅说过，但其他人是否知道，她就不清楚了。她不想把这种事情做更多的传扬，于是就换了一种说法回答黎萍：“对于这么优秀的小伙子要说不喜欢那也是假的，但人家当时已经定过婚了，你就是再喜欢也不可能表现出来。挖墙脚的事情不要说在那个时候，就是放到现在，也是不道德的，那样做是要遭人唾骂的。”

黎萍若有所思地点点头说：“你说的也是。不过，韩军哥也确实是一个天底下难找的好男人，哪个女人要是能和他在一起，那真是一辈子的福气！”

林静看了看黎萍的表情，试探着问道：“我听说你的那位男朋友不是也很优秀吗，怎么，你不满意呀？”

黎萍的情绪低落了下来，叹了口气说：“人倒是不错，有文化，有涵养，也有上进心，长得还帅气，对我和我爸爸也好，要说不优秀那也是亏了他。但我总感觉他缺了点什么。”

林静说：“你感觉他缺少什么？”

黎萍说：“过去我总觉得他缺点什么，但自己也弄不明白他究竟缺了点什么，直到我见了韩军哥，我才感觉到，他缺的就是像韩军哥那样的一种男子汉气概！你不知道，他说话办事总是黏黏糊糊、腻腻歪歪的，一点也不利索，让人一看就着急上火！哪像人家韩军哥，说话办事干脆，利索，敢做敢当，从不拖泥带水，浑身上下都充满着阳刚之气，而且还很会体贴人，很有亲和力，你要和他在一起，那真是太带劲了，你不想往前走都难！”

林静笑了，说：“你对韩军哥这么崇拜呀！要不然我跟他们家石梅姐说说，把他让给你！”

黎萍的脸色一下子红了，抡起拳头在林静的胳膊上捣了一下，羞红着脸说：“人家是跟你说正经的，看你都想到哪里去了！”

说完，两人抱在一起，笑成了一团。笑完，林静说：“我是跟你开了个玩笑，别当真。不过，我和你有同感，韩军哥这个人确实是一个难得的优秀男人，在他身上，脑子里永远有目标，眼睛里永远有事业，肩膀上永远有责任，胸腔里永远有激情，值得我们好好学习！”

黎萍要走了，林静不舍，叮嘱黎萍要经常来。黎萍答应有机会还会来，并邀请林静找机会到他们那里去看一看。林静爽快地答应了黎萍。两个人依依不舍，真有一种相见恨晚、难舍难分的感觉。

富贵要扩大蚯蚓养殖规模，请韩军和林静过来指导。林静过来后就给富贵讲了扩大生产后应注意的事项。

韩军说：“我准备组织一个养殖蚯蚓的专门合作社，大规模地养殖蚯蚓。”

林静说：“你这个想法很好，但目前还做不到。”

韩军问：“为什么？”

林静说："扩大规模，首先需要有更多的供料与之相适应，现在这点羊粪供应两个棚子的养殖已经满负荷了，要是再扩大规模就没有供蚯蚓吃的粪料了。要想办一个养殖蚯蚓的专门合作社，最好的办法就是全村家家户户建沼气，然后把沼气的渣料集中起来做养殖蚯蚓的供料，这个问题就好解决了。"

韩军听林静这么一说，感到扩大蚯蚓养殖规模的事情还真得从长计议。于是他对富贵说："你们就按林教授说的规模先养着，等村里的经济状况好起来了，我们再办一个大型的蚯蚓养殖场。

一天，韩军把林静带到村里的坡地跟前，对林静说："这块坡地从这里到东岗上，不算大沟过去岗脊上的那一片一共有3200亩，全村人均1.8亩，如果加上岗脊上的1000亩总共是4200亩，我一直想把它利用起来，好好经营一下，也给村民造点福，但一直没有想出个好的办法，你是农林专家，给出出主意。"

林静说："这块地我细看过，这里的土壤，它的成土母质主要是坡积或洪积的棕黄色黏土和亚黏土，沉积厚度一般是20米到100米，结构紧实，质地黏重，心土层具有明显的粘化现象，土体中存在着大量的铁锰结核，铁锰结核的结构面上具有明显的铁锰胶膜等新生体，有些还含有砂姜或砂姜层，耕层比较浅，地下的水位比较低。如果用通俗的话说就是，眼前的这些岗坡地有利于耕作的土层比较浅，土质比较差，土地太瘠薄，也不利于灌溉，要想利用，首先需要对土壤进行改良。这样的项目没有一定的经济实力做支撑是不行的。"

韩军说："那有没有少花钱也能把这片土地利用起来的好办法？"

林静说："有倒是有，那要看能不能办到……"

他们正说着，赵铁柱带着王卫东跑过来了，两个人跑得汗流浃背，上气不接下气。赵铁柱掩饰不住自己的喜悦心情说："韩书记，林教授，王卫东今天可给咱们养殖场做了大贡献啦！"赵铁柱一边说，还一边喘着粗气。

韩军说："不要着急，你慢慢说。王卫东给我们做了什么大贡献？"

赵铁柱缓了缓气息说："他发现羊特别爱吃构树叶子和嫩枝条。"

韩军一时没反应过来，问道："这和做大贡献有什么关系？"

赵铁柱说："关系可大了！这能给我们节约饲料呀！"

韩军还是没听明白，说："不要着急，你说详细一点。"

赵铁柱说："你不是专门给我们订了一份《农村百事通》杂志吗？你知道，王卫东爱学习，一有空他就到图书阅览室去找书看。尤其是《农村百事通》这本杂志，几乎是每期他都要看，主要是看那里边有没有值得我们学习借鉴的东西。昨天晚上他又到图书阅览室里看书，看到最新一期上面登载有一篇介绍构树的文章。文章里说，构树的叶子含有丰富的蛋白质、碳水化合物、脂肪和维生素，它含有 18 种动物不可缺少的氨基酸和矿物质，猪马牛羊都喜欢吃，吃了还上膘快。王卫东今天早上一吃过饭，就跑到沟边砍了一梱构树的嫩枝条扛了回来，搭到羊舍里看羊吃不吃。结果那些羊都抢着吃，一会儿就把那一捆给吃完了。后来我们几个又去砍了一些，都被羊给吃光了。"

赵铁柱讲到这里，韩军说："你说的这件事情我也想起来了，我小时候放羊，羊就喜欢往有构树的地方跑，去吃构树的叶子和嫩枝条。有的羊为了能吃到新鲜的构树叶子和嫩枝条，不惜爬高上低，有的还因为这腿都被摔伤了。"

赵铁柱说："构树叶子羊光爱吃还是小事，关键是它可以为我们节省饲料。我们简单计算了一下，按照杂志上说的配料标准，如果每天都能让羊吃上这样的构树叶子和嫩枝条，一天可以节省 1/4 的饲料，构树每年生长的旺盛时间按照 5 个月来计算，那一年下来就要节约一笔可观的成本。"

林静也说："人爱辣的，羊爱脆的。构树叶子和嫩枝条的营养价值很高，确实是饲养牛羊的上乘饲料，就连鸡鸭鹅这些家禽都爱吃。但一次也不能吃得太多，吃得太多会影响羊的进料和增重。"

韩军说："你们的这个发现很有价值，值得表扬。"他指着远处说，"你们看，咱们这里的沟沟坡坡到处都是构树，如果是你们自己采收，就把每个人采收的数量记下来，按照节约饲料的一半给大家发奖励，不能让大家白干。"

赵铁柱笑了一下说："这些都是我们分内的事，给奖励多不好意思。"

韩军说："按劳分配，这是我们社会主义的分配原则。就这样定了，到时候我在村支两委会上给大家通报一下。”

赵铁柱和王卫东走后，林静说：“你刚才不是说想把这片岗坡地利用起来吗？你的这些小部下已经帮你把这个问题解决了。”

韩军一时没有反应过来，说：“他们怎么帮助我们解决了？”

林静说：“你看，这片岗坡地比较瘠薄，水位也比较低，种其他作物不行，但种构树可以。因为构树是咱们这里的乡土树种，它适应性强，抗干旱，抗病虫害，抗盐碱，耐贫瘠，生长快，产量高，当年栽种，当年成林，当年见效，用途广泛，经济效益也好。尤其是构树的根系特别发达，它的部分根系可以行成固氮菌根，在土壤中形成坚固的网络结构，这样就可以起到涵养水源、保持水土、防止沙化或石漠化的作用，进而改善土壤的物理条件，调节土壤的酸碱度，促使土壤积累有机质，最大限度地吸附或转移土壤中的重金属，最终达到改良土壤的目的。所以在科技界，构树被称为环境修复的先锋树种。我们如果把这片岗坡地种上构树，不仅解决了养殖场的饲料问题，还可以改良土壤，用不了几年，这片地就会变得肥沃起来，到那时这片地就变成聚宝盆了。你说这不是帮你解决问题了吗？”

韩军恍然大悟地说：“这还真是个一举两得的好事，看来我还真得重奖一下这一帮小伙子！”

林静说：“当然，什么事都不能走极端，这么一大片地也不能都种成构树。从生态学的角度讲，作物杂一点有利于生态平衡。另外，构树种的多了养殖场也消化不了，那也是一种浪费。”

韩军问：“按你的看法，这片地再种点什么好？”

林静说：“要我说，种果树最好。栽种果树一方面可以增加村民收入，另一方面也可以制造景观。你不是几次都说到，人家的乡村旅游搞得很红火，对你很有吸引力吗？你看我们这片地的地形，从下往上看像登阶梯，步步走高，所谓湖山形胜，就是这样的风光，一览无余倒不好，如果种上不同的果树，那不是营造了一种景观了吗？如果我们再把果树的品种选好，那将来就是一处绝妙的景观，到时候你不叫人家来观光都不行。”

韩军拍着手说：“这下你可说到我的心里去了，这是我在当兵前都梦寐以求的。如果真能做到像你说的那样，那我们韩冲村将来就真的要实现

‘居住园林化’了!”

韩军经常听林静说“生态学”“农业生态学”“生态农业”这些术语，自己过去没有接触过，感到很新鲜，就向林静请教。

韩军问:“你老是讲‘生态学’这个词，我怎么听不懂啊?”

林静说:“这是我们搞农林专业的一个术语，和你们搞军事的一样，都有自己的专业术语。我们常说的‘生态学’是个大概念，它是专门研究有机体与周围环境相互关系的一门科学。按照不同的分类方法，它可以划分成许多种不同的学科，比如，从应用性质上划分，它就可以分成农业生态学、医学生态学、工业资源生态学、环境保护生态学、环境生态学、生态信息学、城市生态学以及景观生态学等等。我平时所讲的主要是农业生态学，是生态学中的一个小概念。当然，如果细分，这个小概念也是不小的，如水田生态农业、庭院生态农业、旱田生态农业、园地生态农业等等。

“‘生态农业’是相对于‘现代农业’也叫‘石油农业’这个概念提出来的。过去我们农业上所用的生产资料，如化肥、农药等，这些大多是石油产品，虽然它有效地提高了粮食产量，但它对环境的污染太厉害了，特别是对人类健康的危害前所未有。所以从20世纪的中后期开始，一些发达国家中就出现了一种针对现代农业的弊端而提出的新农业概念，也就是我们所说的生态农业。它的目的是要建立一个能自我维持土壤肥力，减少环境污染的可持续发展的农业系统。我们国家是从20世纪80年代初期开始重视这项建设的，经过十几年的探索和发展，已经找到了一条建设现代化农业的根本途径。从各地的实践经验看，发展生态农业的最大好处是，它可以避免掠夺式的经营方法和滥用、浪费土地资源的现象，不仅能减少水土流失，避免生态环境恶化，而且有利于整个国土资源的开发利用和保护改造，使有限的自然资源能得到持续的利用，促进生态良性循环，为农业的可持续发展创造良好的生态环境。同时它还有利于提高农业的综合效益，满足人们对农产品不断增长的需要，并为农村剩余劳动力广开就业门路。发展生态农业也是建设社会主义新农村的一个方向，所以说它的前景十分广阔。”

林静讲的这些知识韩军都是第一次听说，他听得很入神，一边听还一边琢磨。他特别对林静说的“发展生态农业也是建设社会主义新农村的一个方向”这句话很感兴趣，他问林静：“难道你说的这些确实是建设新农村的一个方向吗？”

林静肯定地回答说：“那有什么假的？现在有些地方正在搞生态户、生态村、生态乡、生态县的试点，你如果感兴趣，我们也可以向上边申请，在我们韩冲村进行生态村建设试点，国家还有补贴呢！而且我就是研究这个专业的，我们院里还给我布置了研究课题，明年还要让我在全国的研究生态农业科学的大会上作成果交流呢！”

韩军一听高兴了，说：“那太好了！你就把咱们这里作为试验基地，到时候把咱们韩冲村也打造成生态村。要是真能做到，你到大会上也就有话可讲了，那可是一举两得的好事呀！”

也就是从这天起，韩军完全迷在了“生态农业”里。他专门报考了国家高等教育自学考试的农学专业，并订阅了生态农业杂志。他还要求养殖班的同志都要尽可能地参加自学高考和中央农业广播电视学校的学习。他对大家说：“人穷其实是穷在脑袋上。富贵必从勤苦得，男儿须读五车书。学习不一定是摆脱贫困的唯一办法，但它一定是最可靠的办法。如果不下功夫学习现代农业科学知识，就是当个农民也是不合格的。”他还说，“农民农民，就得以农为本。我们现在所从事的是农业，我们现在的身份是农民，只有钻农业、懂农业，才能真正爱农村、爱农民，也才能在农村建功立业。”养殖班除了赵铁柱，其他人的文化程度都在高中以下，他们按照韩军说的，高中毕业的报名自学高考的本科和大专，初中毕业的报名农广校的中专，就连大学毕业的赵铁柱也报了名，他说争取把研究生学位拿下来。

第十六章　入　股

按照林静的设计，村里的那片岗坡地，从下而上依次准备种植的果树是：桃树、杏树、李子、梨树、苹果、柿树，这样从初夏到深秋都有果子采摘，看起来也美观。岗脊上的那一片种植构树，那里刚好离养殖场也近一些，便于采收。

韩军问林静："依你看，这项工作什么时候开始好？"

林静说："从季节看，现在栽种果树已经晚了，可以先整地，改良土壤，为明年的种植做准备。"

韩军问："构树现在栽种晚不晚？"

林静说："构树现在种植还不算晚。构树的适应性很强，容易成活，春夏秋三个季节都可以种植，尤其是春秋两季，温度适宜，湿度高，树苗成活率也高。就是苗木问题你打算怎么办？"

韩军说："你看咱们这里满沟满坡都是构树，挑些壮实的苗子移过来就可以栽上。"

林静说："选择苗木很重要，不能随意而为。"

韩军说："这方面你是专家，我们都听你的。"

林静说："你是当家人，不能什么都听我的。但我可以给你当参谋。我们农林科学院的林科研究所前几年研究出了一种新的构树品种，名字叫中原一号。这种构树生长力旺盛，产量高，抗逆性强，很受欢迎，你如果同意，我可以回去给咱们村里争取一些。"

韩军说："你的意思是不是说，如果是你去要，这种树苗可以不收钱呀？"

林静说："也可以这么理解。"

韩军说："不要钱的事情还能不同意，那不是傻瓜吗？那你就辛苦一趟，刚好也可以回去和家人团聚一下。"

林静知道，这是韩军在找机会关心她。但一说到团聚，她的心里就一阵苦涩，因为她和丈夫赵北峰已经分居快两年了。自从赵北峰和黄莺好上以后，她就想和赵北峰离婚，但父母不同意。后来她把父母说通了，赵北峰又不同意了。再后来赵北峰主动提出要离婚，儿子赵刚又插了一杠子，说：“你们要是离了，我就离家出走，你们两个我谁也不跟。”儿子是他们的心头肉，特别是那些年他们都在奔事业，没有时间管儿子，他们感到心里很对不起儿子，现在既然儿子是这个态度，他们只好暂时放下了。现在回去和谁团聚呢？但她还是简单收拾了一下，搭上了回省城的公共汽车。

服装加工厂建食堂的事因为李石榴的家事耽误了十几天，现在事情处理完了，李石榴的心情也缓过来了，所以就开始动工了。赵铁柱带着李石榴、田改云采购建筑材料，组织建筑施工，很快就把食堂建起来了。

新食堂四个开间，一间是厨房，一间是餐厅，一间是储藏室，一间是炊事人员的休息室和更衣间，都是崭新的设备。尤其是餐厅和厨房，用的都是最新式的节能环保厨具，餐桌餐椅也都是新式的，员工们从来都没有见过，她们说：“一走进这里，心里就有一种说不出来的满足感，没想到这辈子还能享受到这样好的生活待遇。”这也难怪，这些都是按照韩军的要求和标准搞的。韩军说：“既然建了就要建好，至少要往前看二十年，二十年之内不能落后。”

在食堂建设期间，好多事情都是赵铁柱和李石榴一起研究办理的，一来二去两个人都有点离不开了。赵铁柱是个实诚人，他看李石榴一个女人家干什么都不容易，家里又出了那样的事，人都瘦了一圈，因而跑腿出力的事情他都要多担一点。李石榴很感谢赵铁柱对她的关心和照顾，特别是对赵铁柱在处理田宝明事情的整个过程中所给予她的帮助更是感恩不尽，所以，处处都体贴照顾赵铁柱。她还抽时间去赵铁柱的家里，洗衣缝被，东擦西拭，把家里收拾得干干净净，包括赵铁柱的母亲她都不嫌脏不嫌累地服侍。她一边干还一边说：“家里没个女人就是不行。”

李喜德是个热心人，他听说了这件事情，就趁李石榴一个人的时候，试探着问李石榴：“我说石榴啊，论年龄我比你长几岁，当大伯子哥的一般不好过问弟妹的私事。不过，我总想着咱们都在一起工作，互相之间应该有个照应。我听说铁柱对你有好感，我不知道你的想法是啥。如果你也愿意，就给铁柱把话挑明，这样你们两个也好来往，其他人也就不会说什么闲话了。我说的不一定对，请你考虑一下。如果你感到自己不好出面，我可以找铁柱谈一谈。如果你没有这方面的意思，那我刚才说的这些话就此打住，以后再也不提。”

李喜德平时喜欢开玩笑，但这次说得很认真，李石榴听得出来，人家是真心在关心自己。但她对这件事也有顾虑。虽然田宝明去世后，她越来越感觉到，家里没个顶梁柱确实不行，现在赵铁柱体贴自己，和自己年龄差别也不大，但是，宝明去世的时间还短，要是现在就说这件事，外人是会耻笑的。于是她诚恳地对李喜德说：“喜德哥，你说的话我明白，你的心意妹子领了。你也知道，宝明去世才没几天，要是现在就说，恐怕会遭人骂的。我想还是再等一段时间再说，让人家铁柱也有个思想准备。到时候我少不了会给你添麻烦的。”

李喜德想了想，李石榴说的也有道理，就说：“那就听你的，这件事先搁下。但我还是那句话，如果你对铁柱有好感，就早一点把话给人家铁柱挑明。你没看，自从韩书记当了咱们的书记，铁柱可是成了香饽饽了，随着咱们村里经济条件的改善，说不定哪一天会有姑娘找上门来的。我说的可是实话呀！”

李石榴感激地点点头说：“喜德哥，我知道你说的话都是对我好，妹子我记下了，遇到合适的机会，我就给铁柱把话挑明，让他也把自己的心定下来。”

林静很快就把构树苗要回来了。当然这些构树苗她也不是白要，她给林科研究所讲的条件是，韩冲村可以作为他们林科所的一个试验基地，这些构树苗可以作为他们的试验品种，如果所里的技术人员忙不过来，她可以代他们采集实验数据。研究所的学生到这里实习还可以免费提供食宿，这样也可以节省试验成本。而且林静还给他们开出了一个更加优惠的条件：韩冲村的这块构树地可以作为研究所的苗圃，如果将来需要从这里采收构树苗，韩冲村可以无偿提供。林科所按林静的要求给她提供了最好的树苗，还给她派了专门的运输车，并且连运费都没有收取。

构树苗很快就运回来了，因为事先有所准备，树苗一到，韩军就立即组织人力开始栽种。

这次栽种构树苗是按照集体作业的形式进行的。韩军的想法是，既然是规模化经营，那就应当采取集团化的作业方法，这样也好组织和管理。为了打好基础，韩军按照20亩一个劳动力管护的标准来安排人员，这块地当时规划的是整1000亩，一共需要50个劳动力，年龄规定是20—60岁，个别身体好的老年人也可以放宽条件。组织方式仍然是采取合作社的方式，这种方式既便于管理，也便于调动参与者的积极性。按照他的经验，群众自由组合，自己管理自己，往往比来自外面的管理要管用得多。栽种这块地的构树是为养殖场服务的，所以整个管理工作还是挂靠在养殖场，由赵铁柱统一领导，但经济上要单独核算，自负盈亏。韩军知道这里的地势高，缺水，他按照500亩一眼井的标准又组织打了两眼机井。

整个栽种工作都是在林静的具体指导下完成的。从开垄、挖穴、施肥到选苗、定植、灌水，一切都严格按照规范进行。这下养殖场的羊粪可派上用场了。养殖场的羊粪通过养殖蚯蚓经过了熟化，都是上等的有机肥，林静按照这里的土壤条件设定了每棵树的施肥标准，在种苗下土之前都施足了底肥。韩军和赵铁柱这些人都是从部队上出来的，干什么事都讲究个整整齐齐，方方正正，在栽种之前他们就带领着合作社的劳动力像在部队上整理内务一样，把地块整理得四棱四正的，栽树苗的时候也是拉着绳子开的垄、栽的苗，横看竖看都成行，看上去非常整齐美观。村民们看惯了不修边幅的种地方法，都感到很新奇，许多人从外村赶过来观看，一个个都暗暗称奇。就连于亚军和柴广钦看了也赞不绝口，还专门带着各村的书记和村委会主任到这里开了现场会。

在栽种构树苗的过程中，因为是地亩面积大，韩军在事前进行了全村动员，夏贝贝和李石榴也分别带着她们的学生和员工都来参加了。这中间还发生了一些有趣的故事。

这天夏贝贝带着她的学生来到栽种构树苗的坡地里参加劳动，也巧，她在县城的男朋友朱尚煌因为要到金佛寺镇办事，顺便又过来找夏贝贝。朱尚煌到家里一问才知道，夏贝贝劳动去了，因为他过来一趟不容易，就想到无论如何也要和夏贝贝见一面。朱尚煌来的时候是外出工作，穿的是西装，后来听说夏贝贝是在参加劳动，就吸取了上次的教训，把自己的西装脱下来，换上了夏广泰的便装。

朱尚煌穿着夏广泰的衣服来到工地。因为好多人平时对夏广泰很怵，大家远远看见朱尚煌穿着夏广泰的衣服还以为是夏广泰来了，一个个躲得远远的，谁也不愿意靠近他。

朱尚煌来到夏贝贝身边，夺过夏贝贝手中的水桶要帮助她提水浇树，被夏贝贝一把又夺了过来，生气地说："你又来干什么？嫌上次丢人丢得轻啊！"

朱尚煌说："现在都什么年代了，你的思想咋还这么封建！来看看自己的女朋友有什么丢人的？我上次不是已经跟你说了吗，要是按现在我们城里年轻人的做法，你和我早就睡在一个床上了！"

朱尚煌说这些话的时候，他的身边都是些不谙世事的小学生。这些小学生一听他说要和他们的夏老师在一个床上睡觉，一个个都气得摩拳擦掌。还没等夏贝贝说话，他们就举着工具拥到朱尚煌跟前，用小手指着朱尚煌说："你这个叔叔是从哪里来的，怎么一点羞耻都不知道，大白天的说什么要和我们夏老师睡觉，你还有没有脸皮！"说着，举着工具就要把朱尚煌往外轰。

朱尚煌一时不知道说什么好，一下子僵在那里。

夏贝贝大声说："愣着干什么，还不快走！"

朱尚煌这才醒过味儿来，放下工具赶忙往回走。这时候，劳动的人们都看清楚了，来人不是夏广泰，便纷纷围过来看热闹。朱尚煌一看情况不好，撒开腿就跑。没料想，脚下被地上的树桩子绊了一下，一头栽了个马趴。王卫东这些小青年本来就对朱尚煌顶替李威有气，一个个起哄喊着说："都来看哪，'小白脸'夹着尾巴逃跑啦！'小白脸'夹着尾巴逃跑啦！"整个工地上一片嬉笑声……

自从那天李喜德跟李石榴说了那一番话后，李石榴就很留心，一直想找个机会把想说的话跟赵铁柱挑明。

这一天，她带着厂子里的姐妹们也来参加栽种构树。半上午的时候，她老远看到有个打扮入时的姑娘走进了养殖场，就不时地朝养殖场那边瞭望。过了个把小时，那位姑娘从养殖场出来了，还是赵铁柱给送出来的。赵铁柱送了姑娘一段路，李石榴的眼睛就一直没有离开过他俩。直到赵铁柱和那位姑娘分手告别，李石榴的眼神还集中在那两个人身上。

实际上，那位姑娘是镇上乡镇企业办公室的会计，人家是来核对养殖场的财务数据的，每个月都要来一次，只是李石榴没在养殖场工作，所以没有见过这位姑娘。

刚才她看到赵铁柱和那位姑娘好像很熟，忽然想起来李喜德那天说的话，心想，莫不是真的有姑娘盯上赵铁柱了？她这样一想，身上猛然间打了一个激灵。于是找了个理由，把工地上的活计交给田改云，扛起工具就往村里走。

回到村里后她也没有直接回家，而是先到小卖部买了一大包面包和香肠后来到赵铁柱的家。她把赵铁柱和他母亲的脏衣服收了一大堆，用一个床单包起来，准备背回到自己的家里洗。临出门她给赵铁柱的母亲交代："大婶，铁柱后半晌回来了您让他到我那里去取。您跟他说，晚饭就在我那里吃。"李石榴把食品放在床头，又为老人家倒了一杯热水，"委屈您老了！我找铁柱有正经事。"说完竟羞红了脸。

赵铁柱下午下班后骑着摩托车回到了家里。听母亲说李石榴让他过去取衣服并要他在她家里吃饭，他简单地洗了一下，就骑上摩托车来到了李石榴的家。

李石榴是个勤快的女人，把家里收拾得很干净。她的孩子仍然放在她的娘家妈那里照看，家里只有她一个人。当赵铁柱走进李石榴家饭厅的时候，饭桌上已经摆好了菜，还摆着一瓶张弓大曲。李石榴是村里有名的好茶饭，有一个做菜的好手艺。赵铁柱一坐下，就被李石榴的厨艺吸引住了。由于这段时间的接触，他和李石榴除了那层窗户纸还没有捅破，两个人的关系已经很亲近了。他看着满桌子的好菜，也没等李石榴让，就自己动手吃起来。李石榴也陪他一起吃。

两个人吃了一会儿，李石榴拿起酒瓶把酒杯斟满，端到了赵铁柱面前，满含深情地说："铁柱哥，这段时间你为我们家的事跑上跑下，忙前忙后，吃了不少苦，这杯酒妹子敬给你！"

“石榴妹子，咱都是自己人，你也不必客气，这都是应该的。”赵铁柱说着，接过酒杯喝了下去。

李石榴往赵铁柱面前的小碟子里搛了一条小黄鱼，说：“这是我前些天进城专门给你买的，我听说你们当过兵的人都喜欢吃，今天试着做了一下，不一定好吃，来，你尝一尝。”

赵铁柱夹了一口还没送进嘴里，就称赞说：“好吃！好吃！”

李石榴笑了，知道赵铁柱是喜欢自己才这么说的，于是又把赵铁柱的酒杯斟满，双手端了起来，说：“这第二杯酒是敬仰酒。我从小就敬仰解放军，尤其是这次去煤矿，我一看你在那帮歹徒面前正气凛然，身手不凡，当时就心生敬佩。来，这杯酒敬给我敬仰的人！”李石榴一边说，一边把酒杯捧到了赵铁柱面前。

赵铁柱站起身，谦虚地说：“说敬仰不敢当，要说敬仰，咱们都应当敬仰韩书记！”说完，一仰脖又喝了下去。

“来来来，快吃点菜垫垫。”李石榴不停地往赵铁柱面前的小碟子里搛菜。她看着赵铁柱吃了一会儿菜，然后又把酒杯端起来说：“铁柱哥，这第三杯酒我要说一句恳求你的话。不知道上辈子我做了什么亏心事，让我和女儿变成了孤儿寡母。这往后的日子肯定会过得很艰难，遇到难处的时候我可能会麻烦你，希望你不要嫌弃我们母女。”李石榴说到最后，话音里竟然有了哭腔。

赵铁柱赶忙用双手把酒杯接住，像在部队上表决心一样说：“石榴妹子，你尽管放心，你家里有什么事只管找我，我赵铁柱保证随叫随到！”说着，还没等李石榴反应过来，一杯酒就已经下肚了。

李石榴借着酒劲儿不好意思地问：“铁柱哥，我问你一句话，你要如实回答我。”

赵铁柱一看李石榴有话要说，回道：“你问吧，只要我知道的，我都会说给你。”

李石榴大胆地说：“铁柱哥，你喜欢我吗？”这一问，把赵铁柱问住了，看赵铁柱不说话，李石榴又说，“是不是因为宝明的事，你不喜欢我？”

赵铁柱摇着头说：“没有，没有！我从来都没有这样想过！”

李石榴说："那你是不是嫌我长得不好？"

赵铁柱还是摇着头说："看你说的！在咱们这方圆几十里，谁不知道你长得最俊！你长得那么好，人家求都求不来呢，哪还敢说嫌弃！"

李石榴还是幽幽地说："那是不是我在哪些地方做得不好，不称你的心，你不喜欢我？"

赵铁柱急了，说："谁说不喜欢啦？我早就喜欢上你了，就是不敢，你要是不信，我可以给你发誓！"

李石榴赶忙用手捂住赵铁柱的嘴，说："不许你这样说！人家不就是太喜欢你了才这样问的，你还当真了！"

经李石榴这么一说，赵铁柱紧张的心情才放了下来，说："我是说，宝明的事才过去没几天，咱们就在一起，怕别人知道了说闲话。"

李石榴说："各人过各人的日子，老是去想别人说什么干啥？"

赵铁柱想了想说："你说的也是。"

李石榴说："我想跟你说的一句话就是，你要是真喜欢我，从今天起，我这个人就是你的了，这个家也就是你的家，等宝明够一周年的时候，咱们就排排场场地举办个正式的婚礼。你说这件事这样安排行吗？"

李石榴的一番话说得有情有理，赵铁柱听了直点头……

构树苗栽好后，韩军就开始筹划下一步的工作：剩下的岗坡地种什么好。也就是说，根据目前的情况，究竟种什么才能来钱快。尽管之前他和林静已经达成默契准备栽种果树，但由于这块地的地亩面积大，加之比岗脊上的地土质好，且大部分还是村里的机动用地，目前还种植有果木、中草药、庄稼等作物，牵扯村民的利益较多，根据村民委员会组织法中"关于凡涉及村民利益的重大事项应当由村民会议或村民代表会议讨论决定"的规定，他还是把这件事交给村民代表会议讨论决定。

会上，当韩军把想在这块地种果树的想法一亮出来，大家就七嘴八舌地议论开了。有的说："桃三杏四梨五年，想吃核桃十五年，栽果树还不如种药材来得快。"有的还举出了亲戚家的例子。

林静说："你们说的这些都是老黄历了。现在经过用科学的方法培育的果树苗，许多都是当年栽培当年挂果，最迟第二年也就挂果了，而且在第三年、第四年就到了盛果期。”

林静还说：“就脱贫来说，栽种果树来得最快。”她给大家算了一笔账，“就以苹果树为例，苹果树的寿命一般为30年到50年，一亩地的苹果树在盛果期一年的平均亩产量是2500公斤左右，高产的可以达到5000公斤。就按平均值计算，目前苹果的收购价是每公斤2.41元，就按每公斤2元计算，一亩地也可以收入5000元，按这些地亩所占的总人口算，咱们村的这片地是人均1.8亩，1.8亩乘以5000元，就是9000元。9000元是个什么概念？不是实现翻两番，而是达到小康标准了！”

林静是科学家，她来韩冲村快一年了，她说过的事情都办成了，大家都很信服她。经她这么一算，大家都打消了顾虑，种果树的劲头鼓起来了。

村民的思想统一了，韩军接下来就开始组织力量对准备种植果树的岗坡地实施改良。这块地总共有3200亩，要全部改良显然是办不到的。林静给出了一个挖树穴改良的方案。具体办法是：先把准备栽果树的行距和株距确定下来，树穴为一米见方，把经过搅拌的含有腐熟羊粪和洼地壤土的混合土填进树穴里，用挖出来的原土把树穴封起来，每隔半个月浇灌一次，以保持地块湿润。树穴里的混合土不仅有机质含量高，而且有蚯蚓的幼蚓和蚓茧，这些幼蚓和蚓茧长成成蚓后就会对周围的土壤进行分解。将来栽上果树后，树大成荫，又有落叶和落果，树荫是蚯蚓的最好栖息地，这些落叶和落果又是蚯蚓的美食，这样要不了几年，这块地就变成一片肥沃的土地了。

林静对韩军说：“我说的这些只是一种设想，真要这样做需要有很多的付出，也需要有足够的耐心。你不是只准备干三年到五年吗？到那时成效还没有充分显现出来怎么办？”

韩军说：“只要对村民致富脱贫有利，我就是多干几年也心甘！”

韩军在部队养成了雷厉风行的作风，这件事说干就干。要干，首先还是整理土地的问题。可是他还没有开始，问题就冒出来了：土地的归属问题，也就是说这些土地属于谁。听老支书说，这些地原来是分到各家各户的，后来有些人家由于没有劳动力就不耕种了，有的是出去打工撂荒了，也有的是零零星星地种了些中草药或是栽了点杂树，只有少数几家经营得好一点。现在一听说村里准备对这块地进行开发，他们都知道韩军是个说到做到而且能做好的人，加之有之前构树地的样子在那里放着，都纷纷在自己的地里做文章，没几天时间，许多地里都栽上了树苗和蔬菜，栽的时候他们也不管长不长，也不管有没有水浇，反正先栽上再说，到时候村里总会有个说法。

事后韩军才知道，这件事最初还是夏广泰在暗中挑动起来的。那次在夏广泰承包的砖瓦厂发生械斗事件以后，虽然组织上只处分了夏海山而没有处分他，他只是在会上做了一个很不像样的检讨，但他还是感到很失面子，一直对韩军耿耿于怀。他经常在会上会下想收集韩军的“黑材料”，但就是得不了手。无奈，他就只好等待时机。这次一看韩军又要在这块岗坡地上做文章，他知道这样做涉及全村的每家每户，不可能只有一种声音，于是他就想趁机做点文章，杀一杀韩军的威信。

夏广泰找到老支书韩俊法，挑拨说：“您是咱们村的老书记，干了几十年，没有功劳也有苦劳啊。韩军现在这样做，都是在否定过去，否定过去就是为了否定你，否定你过去为咱韩冲村建设付出的心血和汗水。他这样做的最终目的，明眼人一眼就能看得出来，他实际上都是在打击别人抬高他自己！”

韩俊法早就看出了夏广泰的用心，批评他说：“广泰呀，你也是一个有20年党龄的老党员了，在新老书记之间挑拨是非，符合党性原则吗？你还是想想自己的问题吧，想想自己和人家韩军相比有哪些差距，自警自励，迎头赶上吧，要不然，你将来可是要栽跟头的！”

夏广泰碰了钉子还不死心，又叫来夏海山面授机宜。夏海山因为械斗事件被留党察看撤销了职务，心里正窝着火，经夏广泰一点，复仇的火焰在他的心里立马蹿得老高，他连夜就跑到那些他在平时能说上话的村民家里煽风点火。一些不明真相的村民经他一挑拨，就跟着瞎起哄，变着法子给韩军出难题，逼着韩军要钱，而他和夏广泰却躲在阴暗的角落里看韩军的笑话。

韩军当时并不知道这些情况。群众的意见一出来，倒把韩军给难住了。开发这些地本来就需要很高的成本，钱从哪里来他还没有想好，现在又出了这档子麻烦事，这更使他坐立不安了。

林静看他愁眉苦脸的样子，取笑说："我的韩大政委！人人都说我们的韩书记心宽智谋广，现在遇到这么点事就把你给愁成这个样子了？你不是老喜欢办合作社吗，为什么这次不办了？"

韩军说："我这次也想办，可是这些地全村人家家都有份，要是再办合作社，那还不是和没办一样，到头来还得我一个人来管？"

林静说："你傻呀！办合作社不是可以入股吗？家家户户都成了股东，你再成立一个理事会，选个理事长，那还需要你一个人来管吗？"

一句话点醒了梦中人！韩军一下子绽开了笑脸："哎呀！我怎么就没想到这一招！"

林静说："你在部队上下命令惯了，管老百姓的事完全靠部队上的那一套不行，遇事要学会在脑子里面拐个弯儿！"林静说着，还用右手的食指捣了捣自己的额头。

韩军高兴坏了，把林静的主意拿到村支两委会议上讨论，大家都没有意见，又拿到村民代表会上征求意见，也没有听到谁反对，可是就在他要组织力量准备开工的时候，村民们却又找上门来了：我们地里种的东西怎么办？因为不管是过去种的还是这次突击种的，反正是地里有种的作物。

怎么办？韩军处理这类问题已经是很有经验了。他经过和老支书韩俊法商量，拿出了一个办法：凡是在今年以前栽种的树木和其他作物经村民代表评估后，将来在收益中一次性给予补偿，凡是在最近几个月内栽种的树苗和菜苗以及其他作物一律不予补偿。

韩军把这些意见拿到村民代表会上表决，结果被一次性通过。因为大家将来都是股东，吃亏占便宜的事大家心里都有一本账。

这个政策一实行，大多数人很自觉地把自己地上的作物处理掉了，最后又是韩兵给出了个难题：韩兵的地里栽种的是苹果树和柿树，平时主要是由父亲韩庆厚经管的。由于韩庆厚是这方面的行家，这两种果树几乎是年年丰收，当然也有着良好的经济收益。现在要归集体管了，还要把这些果树都要拔掉，韩兵真有些舍不得，况且补偿金又远远达不到他的收益，他最终给顶住了。其他地里有作物的人家一看韩兵都是这个态度，也都不干了，纷纷要求增加补偿数额。这件事被搁置了下来。韩军做了很多工作都无济于事，苦恼得连饭都吃不下。

这块地是韩庆厚一锹一锄经营起来的，一开始他也有些舍不得，但看韩军那么苦闷，就来给韩兵做工作，但韩兵丝毫不为所动。事情就这么僵在了那里。

谁也没有想到，最后竟是林静帮助韩军解了围。

林静知道，韩军是个想办什么事情一定要办到底的人，达不到目的他会吃不下饭睡不好觉，现在因为韩兵的事情既生气又无奈。林静看了很心疼，她就试着来到了韩兵家。虽然平时人来客去时韩兵一家总要到父母这边和林静在一起吃饭，但林静真正能到他家里坐坐的机会还是很少的。韩兵和秋云一看林静登门来了，慌忙给林静让座递茶。

林静很会做思想工作。她和韩兵、秋云拉了一会儿家常，接着把话题转到了他们的儿子亮亮的教育问题上。

林静说："我听说你们亮亮都 4 岁了，平时你们给他教过怎么认字吗？"

韩兵笑了笑说："没有，平时我和她妈都很忙，哪有那个闲工夫呀？"

林静郑重地说："作为你们的大姐，我可是要批评你们的。对孩子的学习如果不早抓，将来上学后你和城里的孩子一比，肯定要差一大截子，这一差可能就要影响他们的一生了。这就是现在的城里人经常讲的，不能让孩子输在起跑线上。"

韩兵说："咱们是农村人，哪能和人家城里人去比呀！"

林静说："你说这样的话就错了。现在都在说要缩小城乡差距，城乡之间最大的差距在哪里？我认为最大的差距就在教育上。城里人重视教育，而农村好多人却忽视教育，就像你们刚才说的，'哪能和人家城里人比呀'，在其他方面可以不比，但在教育这个问题上一定要比。不比不知道，一比你就会吓一跳。"

林静说："我给你们举个例子吧。就说我的儿子。我的儿子今年 18 岁，马上就要高考了。他是在什么时候开始学习的呢？他是在 1 岁半的时候就开始学习了……"

韩兵和秋云听到这里张大了嘴巴，惊奇地说："1 岁半就开始学习，他能学得进去吗?”

林静说:“不但能学得进去,而且还学得很好。两年以后也就是3岁半的时候,他不但把3500个常用字和次常用字全都认识了,还能区分出哪个字是多音字,并且能把成段的小说读出来。”

韩兵和秋云说:“是真的吗?那你的孩子真是太聪明了!”

林静说:“不是我的孩子有多聪明,而是我重视了早教。其实,现在世界上好多国家都很重视早期教育问题,有的孩子在母亲肚子里的时候就开始接受教育了,城里的人把这种方法叫作‘胎教’。你们说,像这样的孩子长大以后,他们的文化水平能还像现在咱们农村的孩子这样低吗?”

韩兵说:“真是不比不知道,一比吓一跳。要是这么说,我们真得重视孩子的教育问题了,不能老是像我们这样低层次地循环下去。”

秋云说:“照林教授你这样说,我们也想把娃儿的教育尽早抓起来,可是我们的文化程度不高,也没有经验,不像城里的人可以去请家教,我们农村人去找谁呀?”

林静说:“你们要是信得过我,就把孩子交给我,我每天给他教一个小时,一年以后我保证交给你们一个既懂礼貌又能识字数数绘画的优秀学龄前儿童!”

秋云说:“那就太好了!那我们得给你付报酬。”

林静问:“你们准备给我付什么报酬啊?”

秋云说:“给钱呀?城里人请家教不都是要给钱的吗?何况你还是大教授呢,这样的好事到哪里去找啊!”

林静笑了,说:“我不要钱,我只有一个条件。”

秋云说:“林教授,要啥条件你尽管说,只要我们能办到!”

林静说:“真的?”

秋云说:“我们农村人都很实诚,说话从来都不拐弯,我们说的话哪还能有假?”

林静说:“那我可就说了!”

秋云说:“你说,我们一定答应!”

林静低缓地说:“我希望你们能支持你哥的工作。当然眼前你们可能要在经济上吃点亏，不过，这个亏将来我会在其他方面给你们弥补。”

秋云的脸色红了一下，说道：“支持！我们一定支持！林教授你都说了嘛，我们还能不支持？”

秋云说完，红着脸看了看韩兵。

韩兵犹豫了一下，像下了某种决心一样说：“支持！不支持他的工作，我们还能不支持林教授您的工作？”

韩兵虽然表面上答应了，但内心里并没有完全想通，他甚至还在父亲韩庆厚面前发牢骚说：“人家当官儿都是叫花子烤火——尽往自己怀里扒拉，他却相反。要不是他回来当这个村支书，哪会给我们家造成这么大的损失！”

问题总算解决了，接下来就开始实施。虽然有了合作社的理事会，但大事小情还得韩军亲自动手，因为他的意图那些人并不能完全弄得懂。况且大家把理事会的会长又选给了赵铁柱。赵铁柱肩上的担子又重了，韩军还得分担一些，不能把这个小伙子给压垮了。因为家家都有股，人人都有股份，大家的积极性都蛮高，事情进展得还算顺利。整个地块还是按照构树地的标准整理的，从下往上一层一层都是梯田，依次是桃树地、杏树地、李子树地、梨树地、苹果树地、柿树地，很方正，很规范，老远看起来比构树地更加壮观。地整好后，又打了六眼机井，修建了水渠，解决了灌溉问题。

第十七章 夜 哭

土地问题解决后，接下来就是实施土壤改良了。还是按林静事先说的办法，每一块地的树种确定后，先定拟栽果树的行距和株距，然后在每株定植的位置开挖树穴，树穴挖好后即把事先准备的混合土放进树穴里，最后用原土封上。他们是从岗坡上最高处的柿树地开始改良的，因为水是从高处往下浇的，这样也便于浇灌。

第一块地刚搞完，林静的家里来电话说有急事要她回去。她看眼下正忙，有些犹豫。韩军便对她说："没有急事家里是不会这么催的，现在大家都知道怎么做了，有我在这里照应，你就放心回去吧，不懂的地方我们会通过电话找你请教。"听韩军这么一说，林静就回去了。

林静回去后才知道，是赵北峰要和她办离婚手续。

赵北峰比林静大一岁，42 岁，人长得高大帅气，皮肤白净，林静当年能听从父母的撮合和他结婚，一来二人青梅竹马，二来赵北峰当年救过林静。那一年他们一起参加由居委会组织的荒山植树活动，林静的腿部被毒蛇咬伤，居委会领导赶忙派车把林静往医院送。当时赵北峰听人家说如果不及时把伤口里的毒液吸出来，伤者就会死亡，于是他在护送林静的途中，一边安慰林静，一边用嘴对着林静被毒蛇咬伤的伤口往外吸，蛇毒的毒液和林静身上的血水搞得他满嘴满脸都是。由于毒液吸出及时，林静没有大碍，为此林静很是感激赵北峰，说赵北峰对自己有救命之恩。所以后来父母给他们两个往一起撮合的时候，林静也就同意了。也正是因为赵北峰长得帅，所以就成了许多姑娘心仪的对象。特别是赵北峰在省外经贸厅工作，后来又当了处长，手中掌握着审批进出口商品的大权，因而就成了一些心存不轨的人尤其是漂亮女人围猎的对象。随着虚荣心的增长、个人欲望的膨胀，赵北峰最终倒在了黄莺的石榴裙下。

又是一个婚外情！有位哲人说过，婚外情就像买股票，白痴都知道如何开始，但却很少有人能安全结束。赵北峰就是这样。

那天当林静提着简单的行包回到省城走进自己家门的时候，赵北峰正抱着头流着泪坐在客厅的沙发上，只听他不停地唉声叹气，撕扯着头发歇斯底里地喊叫着说：“这都是我自己作的！现在已经这样了，你们叫我怎么办呀？我可怎么办呀？”一边喊叫一边痛哭流涕。

林父林母都躺在里间的床上，气得长吁短叹，说：“这都是你自己不长心戳出来的祸事，让你坐牢你就去坐牢，谁也救不了你！”

这时林静推门进来了。赵北峰一看见林静就像看见了救星一样，扑上前抱住林静就哭叫着说：“静静！静静！快救救我！现在只有你能救我了，你快救救我吧！”赵北峰一边撕心裂肺地喊叫着，一边抱住林静的双腿跪在地上。他把自己的头在林静的两腿间来回蹭着，泪流满面地说：“完了，我完了，我这一辈子全完了！”

现在的林静已经对赵北峰彻底失望了，甚至是绝望。特别是一想到赵北峰和那个女人在一起，林静的心里就恶心。她把赵北峰一脚踢开，把包扔到茶几上，进到里间跟父母打了一声招呼：“爸妈我回来了。”然后走到卫生间开始洗漱。她一边洗还一边小声骂着：“不要脸的东西，你还有脸回来！”

林静洗漱完走出来，坐到沙发上，喝了口茶，冷着脸对赵北峰说：“说吧，这么急着催我回来干什么？”

这个时候已经从地上坐起来的赵北峰擦了一把眼泪，看了看林静的脸色，满脸羞惭地说：“我被那个女的告了，她说她已经怀上了我的孩子，她要逼我和你离婚。我托人问了一下法院，他们说我和你要是不离，那就要判我重婚罪，最少也得坐两年牢。”

林静还是冷冷地说：“判刑就判刑，让你坐牢你就去坐，那都是你自己做下的，与我何干，你来找我干什么？”

赵北峰说：“我们不是夫妻吗？咱们两个要是把离婚手续一办，这件事就算了结了，你过你的好日子，我也就不会被判刑坐牢了。”

林静说：“想得倒轻巧！这个时候你知道和我是夫妻了？你早干什么去了？你既然知道我们是夫妻，你还要和那个女的好什么？你既然喜欢她，你就去找她，让她帮你想办法，反正我没有办法！”

赵北峰说：“这是你我之间的事情，她有什么办法？其实这件事情很简单，咱们两个到民政局把离婚手续一办，就什么事情都解决了。”

林静说：“简单？我看这件事情没有你说的那么简单！”

赵北峰说：“很简单，小刚跟你，学费和生活费由我来出，将来他结婚、买房子的钱都由我来解决，现在咱们的这套房子产权全部归你，家具我也不要，家里的存款都给你和小刚留下，我净身出户。这总可以了吧？”

林静冷笑了一声，说：“开出来的条件倒是不错，但我不感兴趣，我不离！”

赵北峰急了，恳求着说：“你还有什么条件尽管说，我要是能办到的我都答应，只要你能把手续办了就行。”

林静说：“我什么条件也没有，就是不办，我——不——办！”林静故意把“不办”两个字的字音拉得很长。

赵北峰说：“你不是几次都对我说要离婚吗？为什么现在又不离了？你反悔了吗？”

林静说：“我反悔了，我现在不想离了！我从早上出门，到现在还没吃饭，我要做饭去！”

林静说着，丢下赵北峰走进厨房，开始忙碌起来。

赵北峰赶忙跑到厨房，“扑通”一声跪在了林静的面前，声泪俱下地说：“静静，静静，我求求你！看在我们做了20年夫妻的份上，你就把手续办了吧，你不能就这样眼睁睁地看着让我去坐牢啊！”

林静没有再接赵北峰的话茬，旁若无人地做起了晚饭。

吃完晚饭，林静躺在床上，怎么也睡不着。之前她已经听说那个叫黄莺的女人怀上了赵北峰的孩子，那个女人之所以要怀上赵北峰的孩子，就是要把她自己和赵北峰做成事实上的婚姻，然后逼着赵北峰离婚，如果赵北峰不离，她就会拿孩子的事和他讲条件，把他告上法庭，让他坐牢。现在要想使赵北峰摆脱这个困境，要么是那个女人把肚子里的孩子做掉，要么是林静做出让步，和赵北峰离婚。第一条路显然是走不通的，因为那个女人既然下了那种决心，她就是要千方百计把赵北峰搞到手，否则她是不会善罢甘休的。那现在就只有第二条路了。虽然赵北峰背叛了自己，但真要是把赵北峰弄到监狱里去，那她林静也是于心不忍的。

林静思前想后，权衡再三，最后只得忍着内心巨大的伤痛和赵北峰办理了离婚手续。

手续办完了，但林静内心里的伤痛却一直没能抚平。虽说两个人这两年一直分居，之前也因为这件事整天闹得别别扭扭的，但真到分手的时候她还是不忍心的，毕竟两个人从小一起长大，又在一起生活了近 20 年，并且婚后两个人互相恩爱，互相体贴，度过了一段美好的时光，这个时期林静的心里是非常甜蜜的。特别是赵北峰为了支持她的事业，几乎把家里的事务全部承担了起来，洗衣、买菜、做饭、拖地板，哪一样赵北峰都不让林静插手，就连儿子小刚小时候的尿布都是赵北峰洗的。只是后来林静太沉迷于事业，竟把赵北峰的感受忘到了脑后。现在，一切已经无法挽回，自己种下的苦果也只有自己去吞下了。

林静和赵北峰的离婚手续一办完，回到家大哭了一场，任凭父母怎么劝都无济于事，父母甚至自责说，当初不该把他们两个撮合到一起。

庆幸的是小刚一直住校，很少回家，尚不知情。林静和父母约定，暂时保密，高考结束后再告诉他。如果小刚问起，就说他爸爸被派出国了。

林静由于内心极度压抑和悲伤，办完离婚手续后一连几天都是眼泪不断，以致回到韩冲时两只眼睛还是红肿着。韩军看到后不知道是什么缘故，也不好多问，只是为她心疼。

吃饭的时候，韩大妈看她端着饭碗无心下咽，关心地问道："小林，你是不是身上不舒服呀？哪个地方不舒服你不好跟韩军他们讲，你就跟大妈讲，大妈毕竟比你们年岁大，经历过一些事情。"韩大妈知道，女人们有些特殊的病痛是难以对别人言说的。

林静只是摇头，说："大妈，谢谢你关心，我没事，自己都好。"话虽是这样说，可她内心里的苦痛是掩饰不住的，话还没说完，她的眼泪又掉了下来，惹得一家人都心疼不已。

晚上躺在床上，林静想想这些年的过往，自己为了事业连老公都没看住，感到很窝囊也很委屈，想着想着就又哭了，这次哭得更厉害。

睡在隔壁的燕子听到林静屋里有隐隐的哭声，赶忙爬起来敲敲林静的房门。

林静的哭声止住了，隔着门说：“燕子，我没事，你去睡吧。”

燕子不好勉强，犹豫着回到了自己的卧室。她感到很纳闷：明明是哭得那么伤心，说明心里很苦痛，但又说“没事”，不知道这里面究竟是什么原因，于是跑到楼下告诉了父母。

韩庆厚对韩大妈说：“你快上去看看，要是小林遇到了啥难处就好好劝劝，别让这孩子哭坏了身子。”

做母亲的都知道女儿的心思，她想林静肯定是遇到过不去的坎了，于是穿好衣服就上了楼。

林静一听是韩大妈的声音，就把门打开了。

林静见了韩大妈，话还没有说出来，就抱住韩大妈“哇”的一声哭开了，这次哭得比之前更伤心，哭得全身都在发抖。

韩大妈心疼地把林静拉到床边坐下，抚着林静的脸颊和头发怜爱地说：“孩子，哭吧，把心里的苦水都倒出来，大妈给你做主。”

林静哭了一阵，就把自己的婚姻经历跟韩大妈叙说了一遍。

韩大妈这还是第一次听到林静的婚姻状况。自从林静住到她们家后，她一直认为林静这么文静的一个女孩子，又这么有学问，家庭一定很幸福，没想到竟然会是这个样子，惹得韩大妈很是唏嘘了一阵子。

韩大妈掏出手帕帮林静擦去眼泪，劝慰着说：“人这一辈子都是打几截过的，就像走路一样，有高山就有平地，过一岗就有一洼，有高就有低，谁也不知道自己会遇到什么样的坎儿。特别是女人，都是把自己的希望寄托在男人们的身上，男人好了，自己的日子就会过得舒心一些；如果男人不好，或者心变花了，那遭罪的肯定是咱们女人。你想啊，他的心思已经不在家里了，他哪里还会想这个家呀？等闹出乱子的时候，所有的事情都还得咱们女人来承担。就像你们家的这个人，人家给他灌了点迷魂汤，他就被人家迷住了，啥都听人家的，这样的人没有什么好下场，这样的婚姻也没有什么好结果。将来他是会后悔的！谁做出的事情谁来承担，你也不要过于纠结。事情既然已经过去了，你就不要再去想他了，想了也挽救不回来，与其这样伤心落泪，还不如直起身子干事，挺起腰杆做人，把咱们自己的事情办好，把咱们自己的日子过好。听说你的父母年岁也不小了，你要是就这样下去，让他们老俩知道了，他们也会惦念的，要是影响了他们的身体，那损失可就大了，那恐怕也不是你所愿意看到的。”

林静哽咽着：“他就是个负心汉，我恨死了他！唉，也怪我，那几年只想着我的科研项目，到头来把家给弄丢了……我现在只是担心儿子，他要是知道了，怕是……”

韩大妈忙接过话：“孩子，我懂，当妈的都是这个心思。听大妈一句话，现在事儿已经出了，你得想个招儿，怎么能让孩子心里过了这个坎儿。”

林静点点头。

韩大妈拍了拍林静的手说：“我听军军说你在战场上还救过他的命，你可是我们韩家的救命恩人。大妈今天跟你表态，只要你不嫌弃咱们是农村人，我们这个家就是你的家，我和你大伯，还有军军和兵兵都是你的靠山，你有啥困难就跟我们说，你遇到啥难事只要我们能帮的决不会看着不管。你看咱们村里这两年变化多大？这里边就有你的功劳，全村的人都是看在眼里的。我听军军说，咱们村里将来还要盖别墅，要是真能实现，我就让他将来给你也盖一套，到时候把你的爸妈都接过来住。至于你的婚事你也不要担心，就凭你长这么俊，这么有学问，这么有涵养，这么年轻，还怕将来遇不到一个合适的人？”

韩大妈用自己的人生经验劝说了一阵子，待林静的心情稍稍平静一些后，韩大妈体贴地说：“好了，孩子，时间也不早了，你来来回回也累了，今天晚上好好睡上一觉。明天你哪儿也不要去了，就在家里歇着，大妈我陪着你。”

林静和母亲的谈话韩军在楼下都听到了，他心里也替林静难过，一夜几乎没有合眼。他同情林静的遭遇，同时也痛恨那个负心的男人！第二天早上一起床，他的两只眼睛竟也是红红的。

韩大妈对韩军说：“你今天哪里也不要去了，在家里陪陪小林，我看只有你说话她才听。”

韩军点点头同意了。韩军这一天哪里也没有去，只是给赵铁柱打了个电话，让他把地里的活儿组织好。

燕子看到哥哥也为林静的事情难过，就对母亲说："人家离婚碍我哥啥事，他这么难过干什么?"

母亲说："你哥是个心软的人，见不得人家遇到难处。"她还想说林静曾经是韩军的救命恩人，但韩军交代过这件事不能外传，她也就没有说出来。

燕子说："那你可得注意，我看他俩的关系不一般，要是让我嫂子知道了那可不得了!"

母亲说："一个姑娘家，少管人家的闲事！你都没看自己多大年岁了，也该想想自己的婚事啦。"

燕子撒娇似的说："你看林静姐，嫁了人还得离，还不如不嫁！我就准备在你身边当一辈子老姑娘。"其实，这时候她已经定下决心要嫁给李威了。

韩军在家里说是要陪林静说说话，其实他对林静什么话也没说。他就是这样，过去在部队、现在在群众面前，他很善于讲话，对个别人也很善于做工作，可是一遇到这种事，他却不会说话了。

韩大妈看他们这样干坐着也不是个办法，就对韩军说："军军，你不是好长时间都没有去县城了吗？今天没啥事，你就带上小林到县城里去转转吧。"

韩军很听母亲的话，就带着林静到县城转了一天，回来后林静的心情好了一些。

就是从这一天起，韩大妈对林静更亲了，有时候甚至超过了她的亲骨肉。燕子问她为什么要这么做，韩大妈说："你们不知道，一个女人遇到这样的事情，她连死的心都有。"燕子一听吓得直吐舌头，说："要是我，宁可这辈子不嫁人!"

韩庆厚知道了林静的婚姻遭遇，也时时处处对林静更加关心，用燕子的话说就是："我爹我妈真就把林教授当成自己的亲闺女了!"

心里充满阳光的人常常会同情他人遇到的不幸，而心理阴暗的人则会做出违背常理的事情来。

就在那天韩军带着林静到县城散心的时候，他们的行动却被夏广泰和夏海山叔侄两个给盯上了。

那天上午半晌的时候，韩大妈看林静在家里坐着伤心，就让韩军陪着林静到县城里去转一转，散散心。韩军骑着摩托带着林静到镇上的公共汽车站乘公交车去县城。韩军骑着摩托带着林静往公路上走的时候，半路上让夏海山看到了，不过他离得很远，他能看到韩军和林静，而韩军和林静却没有发现他。夏海山一看到韩军的摩托车上带的是林静，就知道他俩是要到县城去的，心想，一对另一半都不在跟前的男女一起进县城，肯定不会干什么好事，即使干好事也可以给他们制造个把柄，于是他拨通了夏广泰的电话把这件事告诉了夏广泰。

夏广泰让夏海山跟着他们看看他们到底去干什么。

夏海山叫了辆轿车提前来到县城的公共汽车站，因为县城到金佛寺的班车每天的往返时间是固定的，夏海山掐着点儿按照韩军和林静的登车时间，坐在车里耐心地等候着。

果真没过多久，韩军和林静乘坐的那趟班车按时开了过来。进站后不一会儿，韩军和林静并肩从车站里走了出来。夏海山赶忙摇下车窗，拿出提前准备好的照相机，对着韩军和林静快速拍了几张。

韩军和林静走出车站后，搭着带棚子的三轮摩托车往县城里边走。这一天他们总共走了五个地方，有百货大楼、新华书店、玉器市场、彭雪枫纪念馆和人民公园。中午在侯记烧鸡饭馆吃的饭。饭后韩军把林静带到了新落成的新世纪大酒店，这是专门为迎接新世纪而盖的酒店。韩军想开个房间让林静休息一下，林静怕韩军多花钱，就在大厅里的迎客区坐了一会儿。

凡是韩军和林静到过的地方，夏海山也都尾随着，并偷偷拍了许多照片。在新世纪大酒店，夏海山不好进去，就把韩军和林静进酒店时的照片拍了下来，照片的背景特别突出了“新世纪大酒店”的招牌。

夏海山跟踪着韩军和林静拍完照片，到照相馆把胶卷冲洗出来，挑出20张放大洗印了2套，装进照相馆提供的两个专用塑料袋子里，然后乘车回到了韩冲村。

晚上，夏海山打听到田改云不在家，就把这些照片送给了夏广泰。夏广泰遗憾地说：“照片拍得不少，拍得也不错，就是缺少亲密的镜头。”夏海山说：“我也想抓拍几张两个人亲密的镜头，可是这两个人不管走到哪里都保持着距离，急得我没有办法。到照相馆冲洗时，我问照相师傅能不能给处理一下，把两个人中间的距离去掉，照相师傅说，这个技术只有省城才有，他们这里的几个师傅都不会做。”

夏广泰把照片翻了一遍，说：“有总比没有强。今天让你辛苦了！”

果树地的土壤改良用了整整三个月。不过，效果确实好，当岗坡最下面的桃树地还没搞完的时候，韩军到上面的柿树地和苹果树地检查树穴的土壤变化情况。他们把树穴的潮润封土一扒开，只见有许多条蚯蚓正在“工作”，土壤中的蚓粪也一粒粒地堆积着。林静说：“现在的地温正适合蚯蚓生长，只要我们按期浇水，把土壤中的湿度保持住，到今年入冬之前，树穴里的松土就会基本上被蚯蚓处理一遍，明年开春以后它们就会沿着树穴的穴壁‘扩大战果’，等我们再栽上树，树大成荫，这些地里的土壤慢慢就会变成松软的有机土质了。”

有人对林静说的这些话存有疑问，韩军解释说：“林教授这样说是有科学依据的。”接着他给大家列举了一串数据，“一条健康的蚯蚓一年可翻耕20吨到40吨的泥土，一般土壤的一个立方重量在2.3吨到2.8吨。按咱们这里的气候条件，蚯蚓一般在每年的阴历三月开始大面积活动，到阴历十月休眠，实际‘工作’时间为8个月。如果我们取蚯蚓年翻土量的平均值为30吨，按8个月来计算，那么每个月能翻土3.75吨，就是按每立方土重量的最高值计算，一个树穴里只要有一条健康的蚯蚓，那么这个树穴里的土壤一个月也被蚯蚓翻完了。”

韩军这么一说，大家都对林静的说法相信了。有的还说：“我们的韩书记跟着林教授学习，也快成农林专家了。”

一年一度的高考开始了。韩军的女儿韩梦要参加高考，石梅问韩军能不能回来陪陪女儿。他们就这一个女儿，从小就很乖，而且女儿一直是把爸爸当作偶像。韩军想都没想，就满口答应了。女儿一听，在电话中说：

“哎，爸，你真是我的亲爸爸!”

没隔几天，石梅突然收到一个陌生号码发来的短信，短信中说：

石梅医生您好！我是韩冲村的一个村民，和您的丈夫韩军关系很好，我今天给您发短信，是想跟您说个情况。今年年初，上级给我们村派来了一名科技特派员，是个女的，名字叫林静，长得很漂亮。本来是要安排住在村部的，村部也有专门的招待间，可您们家韩军看人家长得好，就安排到了自己家里。两个人吃在一起，住在一起，经常出双入对，关系密切得已经超出了朋友和同事的范围。我跟您说这件事的目的是想提醒一下您，请您多留点心，防止自己的男人被人家拐走了。我因和韩军私交好，也不想让他犯错误，所以才给您发这样的短信。祝您工作顺利！

署名是“一个关心您和韩军的人”。

石梅收到这条短信后心想，自己的丈夫自己还能不了解？就是有个漂亮的姑娘站到他面前，他都不敢正面看人家一眼，何况林静还是省上派来的科技特派员，他能敢在人家面前出格吗？况且之前丈夫曾经给她打电话说过他以前和林静的关系，这说明他们之间的关系是正常的，所以她也就没有多想。

可是没过几天，这个号码又给她发过来一条短信，短信的内容是：

石梅医生您好！上次给您发的短信不知道您收到没有。关于韩军和林静的关系，现在又有了新的情况，林静已经离婚了，就在前几天办的，林静回来还哭了一场。最近您家韩军和林静的关系又升温了，出出进进在一起不说，两个人还一起进县城，逛商店，逛市场，逛公园，并且还一起到酒店开房，我这里都有照片可以作证，明天我就把照片给您发过去。

这次没有署名，但号码还是前边发短信的那个号码。

接到这个短信后，石梅感到很纳闷，心想，发短信的是个什么人呢？他发这样的短信是出于什么目的呢？是自己的丈夫真的有了出格的行为，还是他在工作中得罪了什么人，对方故意用这种方法来发泄私愤呢？石梅是个有头脑的人，不是那种听风就是雨的人，为了慎重起见，她一方面给韩军打电话，询问林静的近况，看韩军怎么给她回答，她可以从丈夫的回答中判断韩军对林静态度的变化；另一方面，她把发短信的这个电话号码也发给韩军，让韩军帮助查一下，她好澄清一些疑问。

石梅怕白天打电话影响韩军的工作，就把打电话的时间放在了晚上。她算着韩军该快休息了，就把电话打了过去。

“喂，是军吗？你休息了没有？”

“还没呢。你也没休息吧！”

“废话！西疆和咱们老家有两小时的时差，我现在刚刚吃过晚饭，离休息还早呢！”

“哎呀！回来的时间长了，我把这一码事都给忘了。”

“你最近身体还好吧？”

“好，好！农村空气好，我现在的身体比在部队上还好，不信你回来看看！”

“尽是忽悠你老婆！明知道我离你那么远，怎么看哪？”

“我不是想让你吃个定心丸嘛！”

“你这半年去医院体检过没有？”

“啊，你说这个呀，老实交代，没有。”

“那可不行，每半年必须体检一次。这是医生说的，可不是我说的。你如果做不到，我就回去把你拉回来，不让你再当那个村官了！听到没有？”

“听到了，听到了，老婆！过几天我就去医院检查。”

“过几天？必须给我说个准确的时间，到时候我要检查！”

“那就下个星期吧。”

“不行，这样说太笼统，必须说出具体的时间！”

“星期五，下个星期五行吧？”

“星期五太晚，下个星期一！”

“星期一不行，星期一镇上还有个会呢。”

“那就星期二。”

"星期二……好像星期二也有事。"

"那就星期三，不能再推了！"

"好好，那就星期三。"

"咱们可是说好了，到星期三晚上我是要打电话检查结果的，如果你失约，我立马就坐飞机回去，到那时候你可别怪我不支持你的工作！"

"好好好！我一定！君子一言，驷马难追！"

石梅在电话中停顿了一下，试探性地问道："最近林静在咱们家怎么样，都好吧？"

韩军在电话那头叹了一口气说："我还没跟你说呢，她已经离婚了，唉！真没想到！"

石梅虽然之前在接到的那个短信中已经知道林静离婚了，但从韩军嘴里说出来，她的心里还是一震："林静真的离婚了？那她现在是不是很苦闷呀？"

韩军说："不光是苦闷，她想不通，天天哭，白天晚上哭，真叫人痛心！"

石梅问："那你们两个过去关系那么好，你也没劝劝她？或者带她出去走走，散散心？"

韩军如实答道："劝了，也陪她出去走了，虽然情绪好了一点，但我看她心里那道坎好像不好过，一天到晚都愁眉苦脸的。"

石梅进一步试探着说："那你就带她到县城去转一转嘛，不要老是待在家里，老待在家里心里的苦楚散不出去，憋也把她憋坏了。"

韩军说："前几天我带她到县城去了，转了一天又回来了。"

石梅又问："出去也没多带个人，帮你做做工作？"

韩军说："就我们两个人，带其他人不好，这种事情让其他人知道了不好。"

石梅听到这里，心里有底了。丈夫说的情况和那个短信上说的情况没有什么出入，说明丈夫是诚实的，也没有掩饰什么。那条短信上说会有照片寄过来，那就等照片寄过来看看是什么情况再说吧。

接着石梅就把查电话号码的事告诉了韩军。石梅说："我有个同事，最近老收到一个相同号码的骚扰电话，还有骚扰短信，我这个同事跑到电信局查了一下，说这个号码是咱们宛平县的，具体的单位查不到，就让我帮助查一下。等一会儿我把这个号码发给你，你抽空到咱们当地的电信局帮助查一下，我也好给同事交代。”

韩军说：“这个简单，你把号码发过来就是，明天我就找个人帮助查一下，查到后立马给你发过去。”

石梅打电话的目的达到了，准备挂机，临了又叮嘱道：“下星期三体检，不要忘了，忘了要受处罚！”

“我的好老婆，忘不了，要是真忘了，甘愿受罚！”

“为什么？”

“因为我要是不去体检，你就会坐飞机回来，那不是正好吗？你老公我还不是要高兴死了？”

“想得美！我还有课题任务没有完成呢，等我的课题完成了，我就飞回去，好好修理你！”

韩军收到石梅发过来的电话号码后，立即发给了于亚军。于亚军果然有办法，很快就查出来了，说这个号码是县教育系统员工用的，但具体名字人家不说，因为这是电信部门的规定，如果说出来一旦出了事是要负法律责任的。

韩军把查询的结果告诉给石梅后，石梅问他在县里的教育系统有没有熟悉的人，韩军想了想说没有。石梅想，韩军的工作范围和教育系统又不搭界，就暂时把这件事情给放下了。

实际上，这两次短信都是夏广泰发的。他知道石梅的单位，通过关系问到了石梅的手机号，并利用夏贝贝的男朋友朱尚煌的手机发出的短信。

过了几天，石梅收到了一个挂号邮件，打开一看，里边装着厚厚的一沓照片。她知道，这就是那个发短信的人说的韩军和林静在一起的这些照片了。

石梅把每张照片都翻来覆去地看了好几遍，除了都是两个人在一起活动外，也没有发现特别亲密的地方，联想到韩军在电话中说的情况，她也就认定这不过是韩军看林静由于离婚思想压抑，带着林静出去走一走散散心而已，并不像短信里说的那样。

后来发生的一件事却真的引起了石梅的警觉。

韩军的女儿梦梦快要参加高考了。按照韩军原先的承诺，他是要回到西疆陪着女儿参加考试的。可是韩军却突然来电话说，他要到省里去参加一个名叫“脱贫攻坚工作进展情况座谈会”，不能回西疆陪女儿参加高考了。石梅问林静最近回不回省城，韩军说林静的儿子也要参加高考，林静也得回省城。这就使石梅起了疑心。加之从去年韩军回到老家上任一直就没有回过西疆，连春节也没有回来，石梅怀疑韩军是真的变心了，遂决定待女儿高考完亲自回家看看情况，如果真像那两条短信说的那样，那她这些年来苦心经营的这个家就真的要出现危机了！

其实，夏广泰在给石梅发这些短信和邮寄这些照片之前，他是拿着另一套照片先送给柴广钦看了的。当时他的想法是，你韩军再能，你也隔不过镇上这一关，要是让镇上的领导知道了你的这些丑事，你就会在镇领导的面前失宠，那你以后就休想再像以前那样在我夏广泰面前耀武扬威了。他知道于亚军和韩军的关系很铁，就把这些照片悄悄地送给了柴广钦，并且还添油加醋地把韩军和林静的关系描绘了一番，他想通过柴广钦的口把这些信息传递给于亚军。但令他没有想到的是，柴广钦并没有听信他的话，而是敲打了他一顿。柴广钦说：“我说广泰呀，你是不是又在嫉妒人家韩军了？我看了一下人家干的这几件事情，包括修路、办养殖场、建服装加工厂、植树造林，还就是干得比较漂亮，说得直白一些，就是比你干得好。我们常说，做人要厚道，你要是就这样下去，恐怕将来的路会越走越窄，你可要好自为之啊！”

夏广泰在柴广钦面前碰了壁，但他又不死心，于是就在石梅的身上动起了心思。

第十八章　梦　想

巧合的是，林静的儿子赵小刚也参加高考，林静向韩军请假，说提前回去帮助儿子准备一下。韩军说："孩子考大学是大事，你快回去，需要多长时间你就在家待多长时间。"

林静走的时候，韩军要到省里参加"脱贫攻坚进展情况座谈会"，刚好和林静一路，就和林静一起去了省城。

韩军和林静乘坐的是宛平至省城的直达快客，两个人并排坐在一个双人座位上。一坐下，林静就满含谢意地对韩军说："这次要不是你和大妈，我还不知道能不能过去这道坎呢！"

韩军安慰林静说："这件事搁在谁身上都会想不通。我当时就想，像你这么优秀的女人，打着灯笼都找不来，这个赵北峰真是瞎了眼了！"

林静说："亏得你和大妈理解我，劝解我，要不是上有父母下有孩子，我当时死的心都有！"

韩军说："我妈当时就是怕你想不开，才让我天天陪着你的。"

林静说："你们一家对我真像亲人一样，将来要是我的下派期满了，恐怕是舍不得离开你们的。我真羡慕石梅姐，她这么有福气，遇到了你们家，遇到了你们这家好人。男怕入错行，女怕嫁错郎，真是俗话不俗啊！"

韩军说："我妈不是已经跟你说了吗？只要你不嫌弃咱是农村人，我们这个家就是你的家，我们一家人都是你的靠山，将来不管你遇到什么难事，我们都不会看着不管。你没看，我妈其实是已经把你当成亲闺女看待了。"

林静说："我已经真切地体会到了。晚上躺在床上我也在想，当年我们两个阴差阳错没能走到一起，我现在实际上已经融入你们这个家庭了。要说福气，我认为这就是我的福气，这恐怕也是天意吧！"

韩军说："好人自有好报，好人一生平安。乌云总会过去，明媚的阳光就在眼前。还是毛主席他老人家说得对，'风物长宜放眼量'，我们都应该把烦恼丢到脑后，放宽眼界往前看，去拥抱美丽的艳阳天。"

来到省城，林静邀请韩军到家里坐坐，如果不嫌弃的话他可以住在她家里，反正家里只有她和儿子。韩军感到她的丈夫已经不在家了，去了也不方便，就婉言谢绝了林静的好意。

林静陪着儿子考完试，对爸妈说："你们平时为了小刚起早贪黑，也够累了，现在高考结束了，分数线还要等一段时间才能下来，我把小刚带到乡下去，一来让你们休息一下，二来也让他体验一下农村的生活，不能太娇惯了。"林静的爸妈知道林静因为离婚的事心情一直不好，儿子去了也能缓解一下她的压抑情绪。

林静带着儿子小刚回到韩冲村的时候，韩军已经提前回来了，而且石梅也带着梦梦回来了。林静和石梅一见如故，还互相恭维起来。

石梅两只手搭在林静的两个肩膀上，像欣赏一件艺术品一样端详着林静说："长得真像天仙一样，怪不得你韩军哥经常夸你！"

林静说："如果说我是天仙，那你就是天仙她姐姐呀！"

韩军在一旁打趣说："她本来就是你的姐姐嘛！不信，你喊一声姐姐？"

林静真就甜甜地喊了一声："石梅姐！"

石梅顺口答道："哎——！"

韩军诙谐地对石梅说："看看，上当了吧！说你胖你就喘，你还真把你自己当成天仙她姐了！"

说得几个人都哈哈大笑起来。

韩梦也很喜欢赵小刚，一见面就问长问短。韩梦是个外向型性格，说话大大咧咧的，小刚则相对内向一些，在韩梦面前一说话就脸红。

石梅问小刚："小刚，你多大了？"

小刚羞红着脸回答说："阿姨，我今年 18 岁。"

石梅惊喜地说："哎呀，你和梦梦是同岁呀，真巧！那你是几月生的？"

小刚说："我是 5 月生的。"

石梅说："梦梦是 8 月生的，你比她大 3 个月，那你就是梦梦的哥哥啦！来，梦梦，快叫小刚哥！"

梦梦就站到小刚跟前，大大方方地喊道："小刚哥！"

小刚的脸上更红了。

小刚本来就性格沉静，得知父母离婚的消息，变得更加内向了。

林静看在眼里，心里很疼，也不好多说什么，就鼓励小刚说："你都给人家韩梦当哥哥了，还不赶快拿出当哥哥的样子来？"

经妈妈这样一提醒，小刚也就大方起来，主动和韩梦交流起了参加高考的情况，不到一天，两个年轻人就熟络起来。

在交谈中大家才知道，两个孩子平时都喜欢绘画，韩梦甚至还想填报美术院校或美术专业，但石梅最想让她报的是医学院或医疗专业，将来好继承她的事业。

韩梦在家里时，经常听韩军和石梅在电话中谈论韩军在老家当村干部的事，心里很好奇。回到老家的第二天，韩梦就对韩军说："老爸，我经常听我老妈说你对老家的感情深，今天要修路，明天要买羊，后天要种树，天天都忙得脚不着地，当村干部都当上瘾了，你能不能带我们去参观一下你的杰作呀？"

韩军觉得这正好是对孩子进行乡情教育的好机会，便满口答应说："好，老爸满足闺女的要求，今天就带你去看看！"说完，就给赵铁柱、李喜德和李石榴分别打电话，安排了几项工作，并交代了注意事项。

临出发的时候韩梦说："老爸，就咱们两个多没意思呀，要是妈妈和小刚哥、林阿姨他们也来那多好啊！"

韩军说："闺女说得对，应该把他们都带上，让他们也给你老爸的工作提提意见，指导指导嘛！"

于是，石梅、林静、韩梦和小刚跟着韩军一起来到进村的主路上。主路很宽阔，路两旁的塔柏一棵棵挺拔地矗立着，像是正在站岗的哨兵；人行道旁边的国槐已经抽出了嫩绿的枝条，深绿色的叶子给来往行人遮挡着太阳强光的暴晒。马路边上，几位身穿橘红色工作服的环卫人员正在清扫人行道上的树叶和垃圾——这是村委会根据韩军的提议专门安排的保洁队，一共 10 人，主要任务是清扫和保持全村尤其是主道路的清洁卫生。

韩军站在路口，指着道路两旁的行道树说："你们看这些树，要不了几年，它们就会长成参天大树。到那个时候你们要是再过来看，那感觉肯定和现在不一样！"

石梅站在从公路下村道的路口往村里眺望，感叹着对林静说："昨天在车上我就注意到了，这条路修得真好。我和你韩军哥结婚后第一次回老家，当时刚刚下过雨，这条路上全是泥。从西疆回来的时候我心想自己是新娘子，应该穿得好一些，就穿着结婚之前刚买的一套新裙子，脚上穿的也是一双新高跟皮鞋，谁想到会遇上了这样的路和这样的鬼天气！一下车我就栽倒在泥窝里，要不是你韩军哥眼疾手快赶快把我拉起来，我还真就变成泥猴子了呢！后来你韩军哥看我实在没办法走，就一直背着我，到家的时候他身上的衣服都湿透了。我当时想就凭着他能一口气把我背10里地这一条，我这一辈子都会支持他，都会对他好！"

石梅说到这里，眼眶里竟溢出了泪花。

韩梦说："老妈，没想到你和老爸还有这样一段感人肺腑的爱情故事呢！这要是写到小说和电视剧里边，不知要感动多少人呢！"

石梅对林静说："后来你韩军哥一说要回老家来，我的心里就发怵，怕再走这条泥巴路。那个时候你韩军哥就说，等有条件了，一定要把这条路修起来。没想到，这条路现在真的就给修起来了，以后我们回老家，再也不用踩泥巴路了！"

林静说："我听说为修这条路，你和石大伯石大娘前前后后都贴了十来万呢，你们也是修这条路的有功之臣呀！"

听林静这么一说，石梅有些不好意思，说："一开始他说要钱修路，我还有点想不通，后来我爸我妈说修桥铺路是积福行善的好事，哪能不支持？于是就把钱给他了。现在想起这件事我的心里还感到有愧。"

林静说："我听韩军哥说，之前你已经给他5万元了，你一个月的工资就那几百块钱，5万元可不是个小数哇，得好几年积攒的。"

石梅说："那里边有的是平时的工资攒的，有的也是我的奖金。这几年搞了一些课题，发表了一些论文，有的还获了奖，这些钱我没舍得花，都把它存起来了。我总想，一家人过日子，总会遇到一些急用钱的事，没点积蓄不行，要是每次钱一到手就把它花光了，那要是遇到个急事怎么办？总不能仰着脸去向别人借吧？"

林静说："你攒钱的时候恐怕也没有想到，这些钱会让韩军哥全拿来搞公益了!”

石梅说:“他当村支书这一年多,不光把我的箱子底掏光了,还问我爸和我妈要了一些。好在是我爸我妈就我这一个闺女,要是姊妹多,人家还会对我爸和我妈提意见,说他们老俩偏心了呢!”

林静说:“韩军哥让你和家里这么做,你后悔吗?”

石梅说:“一开始想不通,但现在想通了,你看,这条路修得多好!让全村人甚至从外面来的人都受了益,这钱花得值!以后要是他给乡亲们办事需要钱我还给,到什么时候我都不会后悔!”

听了石梅的话,林静的心里一阵感动。她禁不住走上前拥抱石梅,深情地说:“你真是我的好姐姐!韩军哥有你这个贤内助,真是他的福气,也是咱全韩冲村乡亲们的福气!”

韩梦和小刚站在一旁静静地听着,眼睛里闪烁着光。小刚凑到韩梦的耳边小声说道:“你妈和你爸一样,都是思想觉悟很高的人,都是我们学习的榜样!”

韩梦说:“因为他们都是军人,也都是入党多年的老党员。”

小刚问:“那你呢,你想过入党的事没有,你准备什么时候申请入党?”

韩梦说:“我的入党申请已经被批准了,从上个月起,我就是一名预备党员了!”

小刚惊奇地说:“是吗?那你们一家都是党员,是真正的红色家庭。要是这样说,那我的思想就太落后了,我还没写申请呢。要是将来被录取了,上了大学我就赶快写入党申请。要不然,和你的差距就太大了!”

看完道路,韩军带着他们几个来到了养殖场。

养殖场里,养殖班的几位同志在赵铁柱的带领下,正在给羊只喂饲料。韩军指着羊群和羊舍,给石梅他们讲述了办养殖场的经过。

韩梦看着一只只活波可爱的大小羊只说:“这些羊真好看!要是城里也允许养羊,我也要买几只这样的羊养养。”

林静悄悄对石梅说:“石梅姐,我还没跟你说呢,韩军哥为办这个养殖场,还发生过一个英雄救美的故事呢!”

石梅感兴趣地问:“什么英雄救美?我还不知道呢!”

林静就把韩军营救黎萍的那件事说了一遍。

石梅说："还真有这样的事？"

林静说："人家为感谢韩军哥，还在咱们修刚才那条路的时候捐了一辆小轿车的钱呢，总共是 21 万元！"

石梅说："哟，捐那么多呀！那说明这个姑娘也是个懂得感恩的人。那她后来又来过咱们这里没有？"

林静说："来过，经常来！现在韩大妈已经把人家认成干闺女了，出出进进就像一家人。人家还是咱们这个养殖场的义务技术指导呢！"

石梅说："那咱们抽个空会会人家。人家对你韩军哥的工作这么支持，咱们得想办法感谢一下人家！"

林静说："不用着急，说不定哪天人就来了。长得可漂亮了，你要是见到，保证喜欢！"

石梅说："是嘛！经你这么一说，我真是今天就想见到！"

石梅他们几个随着韩军来到服装加工厂。加工厂的车间里一片繁忙，一台台电动缝纫机"嗒嗒嗒"地响着，加工出一件件童装成品。韩军介绍说："这里的女工平均每月可以拿到 500 多元的工资。"

韩梦惊奇地说："哎呀！都快赶上我老妈的工资了！"

李石榴这天到镇上参加乡镇企业工作汇报会去了，家里的工作暂时由田改云负责。田改云看到韩军带着几个人来了，就朝韩军走过来。韩军举起右手朝她示意了一下，田改云继续忙她的事去了。

林静把石梅拉到一旁悄悄说："刚才那一位就是韩军哥当兵前的未婚妻。你看那眉眼还有那身材，二十几岁的时候肯定也是个乡村美妞！"

说得石梅"噗"的一声，忍不住笑了起来。

在构树地里，韩军给石梅他们几个讲解了构树的经济价值和对养殖场的贡献。韩军说："过去好多人，包括我都对构树的经济价值和生态意义不了解。其实，构树的浑身都是宝。比如构树的种子，它可以作为制造润滑油、肥皂和油漆等的原料，构树的皮、枝、叶、种子和白色的乳汁，均可入药。目前，我们国家的科研人员已经从构树中分离出了黄酮类、萜类、挥发性油、脂肪酸、氨基酸等化合物，具有多种药理作用。构树的叶子可用于治疗吐血、外伤出血、水肿、癣疮等，它还能抑制钙拮抗，降低人体表皮细胞的活性损伤和氧化损伤。构树的果实具有补肾、清肝明目、利尿等功效，并且对亚硝酸钠中毒有明显的改善作用，对老年痴呆也有一定的延缓作用。在构树的根中也已经分离出了多种活性物质，对多种疾病都具有治疗效果。”

韩梦说：“那它能不能造纸呀？”

韩军说：“能！不但能造纸，它还是造纸的上等原料呢！早在2000多年前，我们的祖先就开始利用构树皮来造纸，我国古代‘四大发明’之一的蔡伦造纸术所用的原料，就是构树皮。构树皮纤维洁白，纹路细长而且柔软，吸湿性很强，与亚麻比较接近，而它的细度堪比棉花，在纤维特性和含量方面都表现出了很好的品质，是纺织和造纸的优良原料，可用它来做高档纸浆，现在用这种纸浆已经能生产出好几十种特种用纸了。”

韩梦赞叹说：“真没想到，一棵小小的构树竟有这么大的用途！”

韩军说：“如果能够大面积种植构树，还可以绿化荒山，治理水土流失，加固提防，改善生态环境。而且由于构树的用途广泛，经济效益高，可以提高种植户的经济收入，所以咱们村现在把它作为脱贫致富的一个项目来经营的。你们刚才也看了，养殖场里有四分之一的饲料就是来自这片构树林，每年它要给养殖场提供一笔可观的经济收益呢！”

韩梦和小刚津津有味地听韩军讲着，林静走上前说：“梦梦你看，你爸现在都快成农林专家了！”

韩军说：“如果说我在这方面有点长进的话，那还不都是跟你学的？”

林静不好意思地笑了笑，她还想说什么，忽然间朝身后的石梅看了看，又把想说的话咽了下去。

石梅他们几个跟着韩军来到正在改良的果树地的底端。站在这里往上看，果树地成梯田状从眼前依次由低到高，能看到最顶端的构树林，再往远处是老牛山，眼前则是圪潦河和驴尿河的交汇点。韩军站在果树地梯田的底端，给石梅和两个孩子描绘了这个梯田果园未来的美景。

韩军说：“按照规划，这个梯田果园由下往上依次栽种桃树、杏树、李子树、梨树、苹果树和柿树，果园的土地现在正在改良中，计划明年开春后就开始栽种果树。这些果树的开花期和坐果期、成熟期不同，它们将来开花和成熟的时间是从下往上依次进行的。就是说，从阴历三月到阴历七月都有果花可供欣赏，从初夏到深秋都有果子可供采摘。那时候站在这个地方放眼望去，将是一幅美丽的图画：坡上花果遍布，眼前流水潺潺，远山苍翠笼罩，身后绿树掩映，空中白云悠悠，脚下青葱一片，耳畔百鸟鸣啭，村子里游客络绎……”

韩梦惊叹：“哎，老妈，你听我老爸，他现在讲话就像作诗一样，把韩冲村都描绘成神话中的伊甸园了！”

石梅说：“你爸现在进步了，回来一年多都快变成诗人了！”

韩军说：“我这不是在作诗，而是在做梦。不过，我做的这个梦不是人们所说的白日梦，而是可以实现的梦想。要不了三年，我这个梦想就可以实现。你们信不信？”

韩梦看看石梅，说：“老妈，你说呢？”

石梅说：“你说信不信？”

韩梦说：“你信我就信。”

石梅说：“你爸我还不知道，他想办的事情什么时候没有办成过？”

韩梦说：“那就是说，对我老爸刚才所描绘的韩冲村的美好前景你信了？”

石梅郑重地点点头说：“我信！”

韩梦说：“那我也信！”

小刚说：“要是韩伯伯刚才说的这些能够实现，那刚好可以给我们的绘画写生提供一个绝佳的创作基地，将来我们想写生的时候就回到这里来写生，有吃有住，人也熟悉，那多好啊！”

韩梦说：“你要是想来我就回来陪你，反正这是我们的老家嘛！”

后来，韩军带着他们来到了大田边，也就是村西边的那一片洼地。这片洼地从村庄西边一直延伸到县里至镇上的那条公路边，韩军指着眼前的这片大田说：“这些洼地是咱们韩冲村的保命地、饭碗地，目前我正在考虑如何把这块地建成美丽的田园。”

韩梦说：“哎，老爸，是不是需要我们先用画笔给你描绘一下呀？”

韩军说：“我现在的想法是，要争取把眼前这块田园打扮得比你们的画笔画得还要美丽动人！”

参观完这几个地方，韩军最后还带着他们察看了村容村貌和河道沟坡。韩军说：“不出三年，这些地方都将发生翻天覆地的变化。”

韩梦说：“老爸你不要再说了，你再说我就不想走了，也不想上大学了，干脆就回来跟着你美化地球吧！”

韩军说：“让你们上大学也是为了将来更好地建设好我们的农村，把我们的家乡打扮得越来越年轻，越来越漂亮。毛主席他老人家曾经说过，农村是一个广阔的天地，在那里是可以大有作为的。作为年轻人，千万不要认为农村没有用武之地，将来我们的农村一定会成为城里人向往的地方呢！”

在返回的路上，韩军还情不自禁地唱起了他最喜欢唱的那首《父老乡亲》——

我生在一个小山村
那里有我的父老乡亲
胡子里长满故事
憨笑中埋着乡音
一声声喊我乳名
一声声喊我乳名
多少亲昵
多少疼爱
多少开心
啊 父老乡亲
啊 父老乡亲
我勤劳善良的父老乡亲
啊 父老乡亲
啊 父老乡亲
树高千尺也忘不了根
……

韩军刚开始唱的时候，两个孩子感到很惊奇，他们没想到一向很严肃的他还会唱歌。后来两个孩子从这首歌中读懂了他的理想、他的梦想和他对故乡父老乡亲的一片深情。他们也被深深地感染了，也跟随着他一起唱了起来，唱到最后，他们一个个的眼眶里都溢满了泪花……

石梅陪着两个孩子看了一天也想了一天，她亲眼看到，这一年多来，韩军的心血没有白费，他的梦想正在变为现实。作为韩军的妻子，她既感到欣慰，也为韩军的身体担心。她知道韩军身体的隐忧，但她更知道韩军的性格，韩军的性格既是军人性格的集中体现，又是军人性格的独特表现。他认准的事情就一定会坚持到底，绝不会因为主客观条件的制约而放弃，自己只有全身心地支持他的工作、他的事业，才算是真正尽到了做妻子的责任。

考虑到自己几年都没有回韩冲村了，眼下女儿的高中学业已经结束，高考也已经结束，需要休整一段时间，自己的研究课题也已经交稿，石梅就安心地在村里多住了一些时日。

闲暇的时候，林静经常找石梅聊天。林静知道石梅是搞高山病研究的，就向她询问喀喇昆仑山和高山病研究的情况。

石梅说："昆仑山被称为万山之祖，海拔确实很高，最高的山峰公格尔峰海拔 7600 多米，是世界著名的高峰之一。山峰再高，那里都有部队驻守，而凡是有部队的地方，就需要有医务人员。特别是我们这些专门搞高山病研究的，我们的研究课题来自驻守在高原上的部队，我们要研究和破解这些课题，也要依托驻守在高原上的部队才能完成，所以如果没有特殊情况，每年我们都要上昆仑山，到山上研究我们的课题，同时也帮助驻防的部队做好医疗和保健工作。"

林静问："听说昆仑山山高气压低，缺氧严重，你能承受得了吗？"

石梅说："昆仑山由于海拔高，山上的空气十分稀薄，空气中的含氧量不足平原的一半，上山后遇到的最大困难就是缺氧。缺氧的典型症状就是胸闷、呼吸困难和头疼。头一旦疼起来，整个头部就像要爆裂一样，所以一些初上高原的官兵常常要用背包带或其他条状的东西把头部缠起来，用这个办法来缓解头疼。缺氧还有一个症状就是恶心、呕吐，吃不下饭，见到饭就想吐。你可能听说过，在喀喇昆仑山脉中段驻守着全国海拔最高的哨卡，这个哨卡的名字叫神仙湾哨卡。这里的气候极端恶劣，年平均气温低于零度，昼夜温差达30多度，冬季时间长达6个月，一年里8级以上的大风占了一半，空气中的含氧量不到平原的一半，而紫外线强度却高出平原的一倍，被称为‘生命禁区’。在这个连队就曾经发生过吃饭可以立功的故事。”

石梅讲到这里，林静感到很惊奇，说：“怎么，吃饭还能立功呀?”

石梅说：“是的，吃饭也能立功。当时是建站初期，部队刚上山，好多人都因为缺氧而患上了高山反应症，见到饭就想吐，部队要执行各种勤务，还要担负保卫祖国领土的任务，老是不吃饭怎么行呢？于是连队党支部就做出了一项决定：一顿能吃一碗饭或一个馒头的给予队前表扬，一顿能吃两碗饭或两个馒头的给予连嘉奖，一顿能吃三碗饭或三个馒头的记三等功一次。党支部的这项决定一宣布，全连就展开了吃饭比赛，看谁吃得快、吃得多。官兵们为了保证身体健康，完成卫国戍边任务，争先恐后地抢着吃饭，见了饭就恶心的，吃饭时干脆就把眼睛闭上，饭吃下去就呕吐的，坚持强吃强咽，最后终于度过了吃饭这一关。后来这个连队由于完成各项任务成绩出色，被中央军委授予‘喀喇昆仑钢铁哨卡’的荣誉称号。”

林静敬佩地说：“这个连队真不容易，应该受到表彰。可是，石梅姐，连队的官兵们一般比较年轻，他们上去都受不了，那你的年龄比他们大，并且还是个女同志，你上去能吃得消吗?”

石梅说：“说实话，我刚开始上山的时候确实有点吃不消，特别是当因缺氧而高山反应严重的时候，自己还打过退堂鼓。但后来一想，驻守在山上的部队最需要的就是医务人员能够尽快破解高山反应给他们造成的病痛，如果我们都害怕困难不愿上去，那这些难题到什么时候才能被破解呢？山上的官兵什么时候才能拥有健康的身体来戍边卫国呢？一想到这些，高山反应的强度好像就减弱了，高山反应给身体带来的痛苦也随之减轻了，后来不管遇到什么样的困难，也都能自觉地克服了。”

林静点着头说：“这里边既有信念的问题，也有个对守防官兵的感情问题。听说上昆仑山很危险，有时候可能要付出生命的代价，你遇到过这种情况吗？”

石梅说：“遇到过。我就亲眼看见过有的官兵因为过冰达坂或遭遇暴风雪袭击而献出了年轻的生命。就连我自己，也遇到过几次险情。尤其是前年10月，我们科研小组的同志在山上执行完任务刚离开营地准备下山，走到半路时突然遇到暴风雪，车子深陷在冰雪坑里，所有的办法都使尽了也弄不出来，当时的通信条件也差，前后方都联系不上，天气又特别严寒，我们就这样在冰天雪地里熬了两天三夜，当时把所有能够取暖的东西都用上了，所有能吃的东西都拿出来吃了，但还是熬不住。大家都说，这一次怕真的是完了，有的甚至还强撑着身体写下了遗书。直到山上的部队和山下的基地相互查询不到我们的行踪时，才派出部队从两头向中间搜索，最后把我们营救了出来。”

林静惊叹说：“真是够惊险的！”

石梅说：“也正是有了这一次的经历，后来不管遇到什么样的艰难和险阻，我们也就都能够坦然地面对了。”

林静说：“石梅姐，你是搞医学研究的，我过去也从事过护理工作，对医疗方面的事情都比较关注，依你的经验，在昆仑山上什么样的病最严重，也就是说哪种病最要命？”

石梅想都没想就脱口答道：“肺水肿。凡是在高原上患上这种病的人，十有八九会有并发症，并发症的后果就是呼吸困难，心力衰竭，最后不治而亡。因为发生这种病的根源是缺氧，所以我们说缺氧是高原病的万恶之源。”

林静说：“那遇到这种病怎么办呢？”

石梅说：“输氧，只有及时、足量地输氧，才能赢得救治的主动权。”

林静说：“那我们现在有这个条件吗？”

石梅说：“正常情况下，氧气是够用的，可是一旦遇到特殊情况比如说突降暴风雪或山上发生雪崩把道路阻断了，或者是自然灾害的袭击造成了通信中断，山下的氧气送不上去，那这个时候问题就严重了，有的肺水肿患者就是因为缺氧而终结了生命。”

林静说：“要是这样说，你的研究就是非常重要的了。通过你的研究，可以给出预防和治疗各种高山病的方案和途径，减轻高山病给守防官兵带来的病痛，减少或消灭非战斗减员，这样实际上也是在为提高部队的战斗力服务。现在看来，你当年对这个专业的选择是正确的。”

林静和石梅都是搞科学研究的，所不同的是，一个是研究农业生态学的，一个是研究高山病防治的，虽然研究的领域不同，但其间的道理是相通的。所以两个人就有了许多共同语言，两个人越聊心理上的距离也就越近。

林静和石梅不仅聊事业、聊专业，有时候也聊家庭。

有一天两个人在一起闲聊，林静问石梅：“我听说过去韩军哥一直在下面的部队工作，而你是在省城工作，你们就这样长期分居，互相之间想不想啊？”

石梅说：“要说不想那是假的，但现实就摆在那里，想有什么用？每当这个时候，我就拼命地工作，拼命地搞我的研究，一忙起来，就把那些事情都忘到脑后去了。”

林静说：“这恐怕就是心理学上说的‘注意力转移法’吧。”

林静又向石梅诉说了自己以前的家庭生活：“那时我一到进入课题，什么都不想了，一心想的就是怎么样快快地把课题拿下来。有时候他忍不住了，就来缠我，我感到很烦，就把他给撵走了。”

石梅说：“这样不行，这样迟早是会出事的。”

林静问：“你长得这么漂亮，你和韩军哥又是两地分居，就没有遇到过第三者想插足这样的事吗？”

石梅笑了一下说：“怎么说呢，这样的事我还真是遇到过。”

林静一听，睁大了眼睛。

石梅说：“那还是在我刚调入现在的这个研究所不久发生的事情。我刚调到这个研究所的时候，刚过 30 岁，正是女人一生中的黄金年龄，所里当时有个副所长，是恢复高考后的第一批博士生，专业上造诣很深，人也长得帅。这个副所长平时在工作上特别关照我，业务上也经常给我吃小灶，我当时对他的动机有所怀疑，但人家毕竟是领导，我也不能躲他，一来二去他就误认为我对他有意。有一次到内地出差，他只带了我一个人，为了避嫌，他跟所长说你韩军哥家有事需要我回去处理，帮我请了假。后来到了目的地后，他向我表明心意，我当时就拒绝了。回到西疆后，我把这件事告诉了你韩军哥……”

“这种事你也跟他说呀？”林静不解地问。

石梅说：“夫妻之间嘛，什么事都可以说。”

“那我韩军哥当时有什么反应？”林静又问。

石梅说：“你知道，你韩军哥是个很大度的人，他一听我说那个情况，就很大度地说，这样的事只要不突破底线就行。男人嘛，如果见了一个貌若天仙的大美女他在心理上一点反应都没有，那说明他不是傻瓜也是心智上有缺陷。”

林静笑了，说：“韩军哥真是少有的大度之人。”

石梅说：“后来你韩军哥回来休假，还把这位副所长请到饭店吃饭，感谢他在事业上对我的关心。再后来他就当了所长，我也当了副所长。”

林静佩服地说：“这件事处理得好。韩军哥要是那种倔脾气，听你一说就火冒三丈，一气之下跑回来找这个副所长算账，闹得满城风雨，那结果肯定不是现在这个样子。”

石梅说：“谁说不是呢。”

林静又问：“刚才说的是你自己，那我韩军哥呢？他有没有遇到过第三者插足的事情？”

石梅平静地说：“他也遇到过。你想啊，他那么优秀，长得又那么帅，还那么有气质，哪个姑娘见了不心动？”

林静笑了笑说：“是吗？我怎么就没有听说过！”

石梅说：“你敢说你就没动心？那你当年给他写情书干什么？”

林静慌了，说：“这种事他也告诉你？”

石梅笑了，说：“不要害怕，好妹子，我不是在有意揭你的老底，我是说，那个时候我们都是年轻人，正处在充满幻想的年龄，谁都有选择爱的权利。你当时想选择爱他没有错，只是因为客观条件不允许，加之后来阴差阳错，你就失去了他，而我却得到了他，这都是缘分。”

林静点着头说：“你说的也是。”

石梅说："两个人在一起过日子，信任是最重要的。如果彼此失去了信任，那这个家迟早要散。"

林静很信服地点了点头。她和赵北峰离婚后，有位知己的朋友曾对她说，女人要想走得稳，必须温柔带点狠。你只会温柔，狠不起来，所以就被人抛弃了。当时她还对此深信不疑。现在看来，那样的观点浅薄了。

石梅虽然回来的次数不多，但大家都知道她是医生，因而她回来后找她看病的人就很多。石梅为人热情，看病耐心，大家都喜欢找她。

其间，她为富贵的母亲检查了眼睛，检查的结果是白内障，她跟富贵说："到医院做个手术就能复明。"富贵现在手里有钱了，检查结果一出来，富贵就按照石梅的指点到地区医院带母亲做了白内障剥离手术，人还没下手术台就看见光明了。富贵的母亲回来后见人就说："韩军家的媳妇是个神医。"

韩军知道李喜德的媳妇结婚这么多年一直没生育，两口子的思想压力很大，不仅喝中药，还经常悄悄地出去求神拜佛，他要石梅给看看。石梅询问了二人的生理状况，判断说："可能是喜德患有弱精症，希望你们到大医院去看看。"李喜德带着媳妇到省城一检查，果然如石梅所判断。李喜德和媳妇都后悔不该相信那些庸医和巫婆说的话，让他们花了那么多的冤枉钱、吃了那么多的苦药也无济于事。后来他们接受石梅的建议做了试管婴儿，了却了多年的愿望。

老支书韩俊法患食道癌，手术后胃部一直疼痛，胃经常疼得腰都直不起来，韩军就带着石梅来到韩俊法家里诊望。石梅仔细检查后说："俊法叔的胃本来就是寒底，加上手术后营养一直跟不上，就造成了胃气不畅，我回去后想点办法。"后来石梅回到西疆，寄了三副马肚，并交代了使用方法。韩俊法按照这个办法把三副马肚吃完，胃疼病竟然就真的好了。老支书逢人就说："韩军家的石医生人好医术也好，给我们这么多人治好了陈年老病，真是积福了！"

假期中，韩梦和小刚也是形影不离。小刚总有些郁郁寡欢，韩梦知道他的心思，就轻声对他说："你听我一句劝，过去的事，你再想也改变不了。"

小刚轻叹："敢情你父母都在身边，我……"

韩梦说："哎，小刚，你不知道，我跟爸妈在一起的日子就这么几天。平时他们各有各的工作，也经常分居两地。这不，过几天又要分开了。实际上，我跟你的情况差不多。"

小刚低声说："那怎么能一样？"

韩梦继续"诉苦"："我爸一天到晚就是忙忙忙，我一年到头见不到他几次。他就爱他的部队，逢年过节都和他的当兵兄弟在一起，说那些小战士刚到部队，想家，他这个'大家长'得陪着他们，让他们感到部队的温暖。"

小刚的情绪好了一点，说："我妈啥都不稀罕，就稀罕书，家里到处都堆着书，一有空她就啃书本，研究她的课题，连饭都会忘了吃。"

韩梦问小刚将来准备报考什么专业，小刚说想报绘画。韩梦说："我也想报这个专业，但妈妈不同意。"小刚出主意说："如果你真想报这个专业，将来在报志愿的时候可以先选一个顶级的学校作为第一志愿，然后把绘画专业作为平行志愿来报，录取的时候第一志愿肯定过不去，这样你的绘画专业就稳拿了。"韩梦说："这是个好办法，到报志愿的时候我试一试。"韩梦问小刚准备报哪个学校，小刚说："我的志愿就是中央美术学院。"韩梦说："我也报这个学院，争取咱们两个将来当同学。"

韩梦还在私下对韩军说："爸，你在这里实现你的梦想，把韩冲村打造成一个美丽的山乡花园，我去大学好好学绘画，等我学成回来，就把你的杰作画到我的画布上，然后拿到全国、全世界去展览，让你的杰作在全国、全世界发光。"韩军说："能不能拿到全国、全世界去发光，那是你的梦想。我的梦想就是，赶快实现我的'一二三四五工程'，让全村的父老乡亲们都赶快脱贫致富，过上小康生活。"韩梦说："那我们的梦想是一致的，你得支持我。"韩军悄悄说："我们结成统一战线！"父女俩击掌为誓，还悄悄地"耶"了一声。

小刚对韩军的军人气质和作风特别崇拜，一有机会他就会向韩军请教部队上的事情。他甚至还对林静说："我爸爸要是能像韩伯伯一样负责任就好了。"林静阻止道："别瞎说。"

其间，黎萍也来了一次，她是代表他父亲提前来洽谈如何收购育肥羊的。因为一入秋，当年的育肥羊就要出栏了，早出栏早受益，对双方都有利。黎萍来后，第一次见到石梅，看到石梅这么漂亮，这么温柔，这么有学问，心里不免有一种失落感。但石梅却特别地喜欢她，一见面就夸她长得漂亮，夸她为村里修路捐款的那件事办得好。石梅非常关心她的个人问题，说："将来你结婚的时候一定要通知我，我只要是不上山，就坐上飞机回来参加你的婚礼！"高兴得她拉着石梅的手直喊："石梅姐，您真好！真是我的好姐姐！"

临走时石梅将韩军父母的被褥里里外外又给拆洗了一遍，并带着公公婆婆专程到县城给他们挑选了秋冬两季的衣服。本来是要带他们去省城的，但两位老人怕石梅多花钱，说如果她想给买，就在镇上买一两件算了，乡下人整天和坷垃粪头打交道，没必要穿那么高级的衣服。石梅看说不过他们，便依了两位老人。

石梅回老家后还听说韩军为村里的事和弟弟韩兵闹了两次不愉快，就主动登门向韩兵和秋云赔礼道歉，请求弟弟和弟媳原谅。她看侄子亮亮这段时间跟着林静学识字很有成效，专门跑到城里给亮亮买了好多适合儿童阅读的书籍和画册，还买了故事机让亮亮学习用。韩兵和秋云对这位长嫂很尊敬，特别是那年他们在盖房子的时候这位长嫂慷慨相助，要不然他们是住不上这么好的房子的。现在嫂子亲自上门来了，作为弟弟和弟媳，他们还能说什么呢？

这段时间燕子到地区农业局举办的培训班学习去了，石梅一直没见到，她就把回来时带给燕子的衣服和化妆品交给了公公和婆婆，请他们转交给燕子。她还几次打电话给燕子，鼓励她好好学习，争取在自己喜欢的领域当一个专家。她还特别关心燕子的婚事，嘱咐燕子早一点把自己的婚事定下来，好让父母放心。

因为要填报高考志愿，石梅和林静不得不带着孩子返回。临行的前一天晚上，石梅和韩军早早地就躺下了。一番温存之后，石梅把之前收到的那两条短信和那一包照片拿给韩军看，并把处理这件事的前前后后跟丈夫说了一遍。韩军搂住妻子赞叹："我的老婆真是个智者！"石梅问："此话怎讲？"韩军说："有句格言不是说，'谣言止于智者'吗？你当时如果是收到这些短信和照片后不分青红皂白，跟我大吵大闹，那会是一种什么结果呀？”石梅说：“你认为你的老婆就那么傻吗？夫妻之间最重要的就是互相信任，有了这一条，不管什么样的苍蝇都休想盯上！”

说完这些，石梅又把话题转到了林静身上。

石梅说：“通过这段时间的相处，我感到林静是一位很有学养、思想纯洁的好女人，过去人家救过你的命，现在又这么倾尽全力支持你实现自己的梦想，你可要善待人家。特别是她现在已经离婚了，思想上肯定很苦闷，你要多为人家着想，短信上说的那些事情，我是不会信的，这一点请你放心。林静毕竟还年轻，将来如果遇到合适的对象，咱们也要尽心帮助人家多张罗。

“回来这段时间我也看到了，你确实是把韩冲村的脱贫工作当成事业来干的。这一点我过去不够理解，现在我理解了，就按你的想法干下去，不管你想干多长时间，不管你想干到什么程度，我都会尽全力支持你。西疆那边家里的事情你也不要过多的牵挂，梦梦也上大学了，爸妈的身体还好，我的工作也是轻车熟路，只要照着现在的路子坚持走下去就会有成果。你要是想我了就随时给我打电话，现在的交通条件这么好，坐上飞机就回去了。我知道你没有钱，来往的机票我给你订。我最担心的还是你的身体，要注意养胃，肺部要定期检查，不能大意。你是咱们家的顶梁柱，我和梦梦还有爸妈的希望可都寄托在你身上了，你就是不为自己也要为我们娘儿俩和爸妈想想，你可一定要把自己的身体保护好啊……”

石梅就这样千叮咛万嘱咐，贴心的话儿一直说到东方破晓……

临行之前她拉住林静的手说：“好妹子，我可是把你韩军哥交给你了。他这个人只知道工作，不知道顾惜自己，你要多关照他。他那个老胃病你是知道的，你要经常提醒他注意保暖，按时服药，定期体检。尤其是他肺部那个情况你更清楚，那是战争给他留下的创伤，最怕复发。你一定要监督他定期检查身体，不能出现问题，尤其是不能发烧，一旦感冒发烧，一定要尽快采取措施，千万不能耽误！”

林静说：“石姐你这么信任我，我一定尽全力。”两个人最后相拥而别。韩军的父母也舍不得让儿媳妇走，但人家有自己的工作，况且孙女还要填报志愿，老两口也只好含着泪把石梅和梦梦送上了回程的车。

第十九章　访　贤

果树地整理出来后，韩军有一个想法：一定要找一个大学毕业生来负责经营，最好是农林大学毕业的学生。因为林静迟早是要走的，必须培养一个不走的农林专家。

他曾对林静说："专业的人要做专业的事，反过来也是一样，专业的事要靠懂专业的人来做。林果业是一个专业，需要有专业的知识。农林院校毕业的大学生经过系统的专业培训，干起这项工作来要比半路出家的人得心应手得多。"

林静很赞同他的观点。

他把全村的人都在脑海里过了一遍，包括现在正上大学和近几年从大学毕业的学生，没有一个符合条件的人。他便向林静求助，说："你在省农业大学教过书，又在农林科学院工作，肯定熟悉这方面的人才，你给帮助物色一个吧。"

林静想了想说："这方面的人才肯定有，但人家不一定愿意来。"

韩军说："我可以给他们最高的待遇。"

林静一听笑了，说："咱们村里现在还没有脱贫，连村干部的生活补贴都发不下来，你拿什么给人家高待遇呀？"

韩军说："我可以让他们占股，比如说我们的果园人均一股，我可以给他们两股甚至三股。"

林静说："现在的大学生都很现实，股份是一个重要的激励条件，但他们要生活，没有工资肯定是不行的。"

韩军说："工资到年底就可以发了。你也知道，育肥羊下个月就可以出手，一出手咱们就有钱了。"

林静想了想说："打个时间差也行，那先让我试一试。"

林静说完，就给同事打电话，在电话中把韩军的要求详细地讲了一遍，请对方帮忙给物色一个大学生。

信息很快反馈回来了，还真有韩军需要的这么个大学生，而且这个大学生还是他们韩冲村的，名字叫田杏。告诉他们这个消息的是田杏的同学张倩，在省农林科学院直属林科站工作。

张倩说："田杏是我大学时的同学和室友，毕业后本来也是分配在省林科站工作的，后来田杏的家里发生了变故，她的继父在外地打工时被吊车砸死了，母亲患败血症去世了，家里欠了很多债。她嫌工资低，为了还债辞掉工作到南方打工去了。"

林静问田杏现在在什么地方，张倩说："这个我也不知道，刚开始我们两个还有联系，后来就联系不上了。"

张倩虽然和田杏已经联系不上了，但知道田杏家的地址，上大学的时候她去过她家两次。张倩把田杏家的地址给了林静。

有了地址就有找到田杏的希望。韩军求贤若渴，决定第二天就去找。韩军心想，田杏既然是从韩冲村走出去的，村里肯定有人知道一些她们家的情况。于是，他专门到韩俊法家里打听田杏的情况，因为韩俊法在村里算是比较年长的人，又一直是村里的当家人，他多少是会知道一些的。

韩俊法回想了一阵说："是有这么个人，住在咱们村的田家。早些年的时候，田杏她爹得了急症，当时是正给人家盖房子，一头栽到地上，口吐白沫，再也没有起来。田杏她爹去世后母亲经人介绍嫁到了外乡，也就是你打听到的滑县。以后的事情我就不知道了。田杏和她妈走了以后，还留下了一座院落，村子里有好几家盖房子需要宅基地，找到我想要占她们家的这个地方。我当时想，人家还有后代，说不定什么时候还会回来的，要是看到老房子不见了，你叫人家咋想？所以我就一直没答应，那座院落到现在还留在那里。"

韩军专门到田杏家的老宅子去看了一下。韩军想：田杏也是个苦命的孩子，既然是在这里出生的，到什么时候这都是她的家。于是，他把村里的事情稍加安排，第二天就乘坐公共汽车来到了滑县。本来林静也说要来的，她想着如果见到田杏，帮助韩军说服田杏。但韩军当时想，这一趟究竟能不能找到田杏，还是一个未知数，要是林静跟着一起来了，如果找不到人，多一个人多花钱不说，还让林静陪着辛苦，那也划不来。于是就对林静说："我先去打个前站，要是能找到线索，你再出面也不晚。"林静看他说的也有道理，就依了他。

韩军来到滑县，找到了田杏的家。这里也是一个院落，坐北朝南，主房是个二层楼，青砖到顶，楼板是木板，两间厢房也是青砖灰瓦。院子里蒿草丛生，一看就知道这里已经多少年都没住过人了。韩军找人打听，那里的人说，田杏外出打工后回来过一次，带了好多钱，把之前家里欠的账一次性还清了，以后就再也没有回来过。韩军一连找了她们家的几家亲戚，都说好多年都不联系了，最后只好空手而归。

韩军回来后把这些情况告诉了林静，要林静转告张倩注意留心田杏的消息，一有她的消息马上告知。

韩梦和赵小刚的入学录取通知书都下来了，两个人都被中央美术学院录取了，这是两个人悄悄商量的结果。石梅虽然不愿意但也没有办法。她准备把孩子送去学校，打电话问韩军去不去。韩军想了想说："孩子自打上小学起我就没有陪伴过，高考的时候又不在身边，这次无论如何也得去送一送。"石梅说："这次可要说话算数。"韩军说："一言为定。"

韩军这次真的没有失约。他心里明白，梦梦需要父爱，小刚也需要父爱。现在小刚的父亲离开了他们母子，报到的时候没有父亲送肯定会感到失落。于是他放下所有工作，把两个孩子一起送到了学校。

石梅和林静当然也都来了，两个人一见面像久别的亲人，有说不完的知心话。

其间还发生了一件有趣的事儿。

那天他们带着两个孩子刚走进中央美院的大门，人群中有一名中年男子挤到他们后面，把一个红包往赵小刚的怀里一塞，一闪身就不见了。韩军的两只眼睛再往人群里搜寻，结果连个影儿都没有看到。其实，林静已经猜到了，肯定是赵北峰因为没脸见他们才用了这种方法。

赵小刚挤过人群追了几步也没有追上，只好回到林静身边，把红包打开一看，果然是赵北峰送的。红包里放着一张小纸条，上面写着：

儿子，好样的！爸爸对不起你们！但不管你们怎么恨我，我都在心里爱着你和妈妈。我以后还会来的。希望儿子加油，将来做一个堂堂正正的男子汉，千万不要学你这个混账的爸爸！

“爸爸！”赵小刚红了眼眶，把小纸条递给妈妈。林静扫了一眼，愤怒地撕了个粉碎，扔进了垃圾箱，眼眶里立刻溢出了说不出是愤恨还是伤心的泪花。韩军示意石梅赶忙拉起林静和两个孩子往校内走去。

养殖场传来了好消息：第一批育肥羊已经全部出栏，当初修建羊舍和购买种羊的成本已经全部收回，建养殖场欠信用社的贷款已经全部还清。

赵铁柱在给韩军报告这一消息的时候，掩饰不住内心的喜悦说：“就这还不算留下的种羊和羔羊，圈里现在所有的羊只从明年开始，就都是我们自己的纯收益了。”

养殖场有了好收益，那就要按当初的合同办。贷款和欠账还完后剩下的收益，除了按当初的协议留下一部分作为养殖场的发展基金外，结余23万元，这23万元按村里和养殖场人员各半分成，上交给村里11.5万元，养殖场的养殖人员得11.5万元。本来富贵应该和大家一样分成的，但富贵坚决不同意，他说自己养蚯蚓已经有了一份收入，不能再要那么多了，最后还是按韩军的意见给他分了1万元，给田晓龙分了5000元，其他人员每人分2万元。一年时间每人分了2万元，每月就是1600多元，这比当时县委书记的工资还高，大家很是高兴了一阵子。

养殖班的同志一致要求韩军和大家一样分成，但被韩军坚决地拒绝了。韩军说：“国家每个月给我发工资，就是让我起到组织和协调的作用，真正的工作是你们几位同志干的。大家为了养好这些羊每天都起早贪黑地干，应该按劳分配，而且养殖场的同志也给了养羊农户具体的指导、帮助和服务，都是无偿的，没有一个人提额外要求。作为党支部书记和村委会主任，我应该向大家学习，更不应该从大家的劳动收益中获利。”

韩军这么一说，大家只好依了他。

在利润分配的时候，韩军曾提议要给赵铁柱增加分成。因为当初村里在征集脱贫致富好建议的时候曾经说过，谁的建议被村里采纳了，将来要在这个项目的总收益中奖励5%的股份，赵铁柱坚辞不受，说：“村党支部当时能够采纳我的建议，为乡亲们脱贫致富找到了一条路子，这本身就是对我的肯定，我已经感到心满意足了，况且我现在已经拿到了这么多钱，要是再要就背离我的初衷了。”韩军看他说的也有道理，就没有再坚持。但韩军在心里已经给赵铁柱加了分。他在心里想，要想带领乡亲们共同致富，就需要这种一心想着大家、不计个人得失、大公无私的人。

据说田晓龙把奖金拿回家交给他的父亲枣木芯的时候，枣木芯很是感叹了一阵子。他对儿子说：“还是人家韩军说得对，人要想致富还得走正路。那几年俺年年上访，虽说收了几个钱，可那些钱是怎么来的？那是在没有听到骂声的骂声中拿到手里的。俺在花那些钱的时候就在想，人家给俺塞那些钱的时候不知在心里是怎么骂俺的，背后也不知道有多少人在戳我的脊梁骨。现在好了，你分的这些钱是自己的劳动所得，花起来心里也舒坦。”他拍着儿子的肩膀说，“好儿子，你娃子有福气，遇到了一个好领导，以后你就跟着你韩军叔好好干，争取也有点出息！”

村里养羊户的收益也很可观。除了应该给养殖场上交的羊羔任务，每只种母羊带来的经济效益都在2500元左右，有许多户养了两只种母羊，收益应该在5000元左右。韩军算了一下，按照去年说的指标，半数以上养羊户的纯收入已经在原来的基础上翻了一番，如果不发生意外，到三年的时候，这些养羊户就可以实现翻两番的目标。这样一算，韩军的信心更足了。

前来收购这批羊只的是黎萍和她的爸爸黎大发。黎萍主张收购价格要定得高一点，一开始黎大发不同意，后来经黎萍软磨硬缠，黎大发只得按黎萍说的办了。

没有养羊的农户看到养羊户的收入这么高，也都纷纷要求养羊。黎萍说：“这样也好，现在这个季节把种母羊购进来，明年一开春就可以发情受孕，秋后又是一个售羊旺季。”于是她和父亲黎大发一起，又给韩冲村送来了一批种羊。

韩军对黎大发也尽了地主之谊。他把黎大发邀请到家里，好饭好菜热情地款待了几天。特别是黎大发临走前的一天晚上，韩军特意把老支书韩俊法和李喜德、李石榴、赵铁柱他们几个都叫过来作陪，给了黎大发足够的面子。黎大发很激动，悄悄对黎萍说：“人家韩书记不愧是个大官，待人处世就是有水平！”还说，“我的闺女真是好眼力，以后他们要是还需要捐款，你随时跟老爹讲！”

梦梦上了大学，石梅没有什么牵挂了，专心致志地搞研究。这天她接到了一个通知：到美国加州大学的圣地亚哥医学院做访问学者，时间半年。这对她来说，是一个难得的机会。前几年有几次机会领导安排给她，但苦于孩子没法安置，她就把机会让给了别人。现在好了，刚好梦梦也上大学走了，没有什么后顾之忧了，于是她在做了充分的准备后，乘上了飞往大洋彼岸的航班。

临走之前，石梅专门给韩军打了电话，叮嘱韩军一定要注意自己的身体。韩军说：“你看我的身体就像钢铸铁浇的一样，你就安心去学习吧，我和梦梦都等着你早日学成归来呢！”

村民们的生活好起来了，脱贫工作基本走上了正轨，韩军也能腾出手来抓抓其他工作，他决定借着季节转换期的空闲时间把文明村风工作集中地抓一下。

当初在竞选村委会主任的时候，韩军曾提出要在全村开展“五讲四美三热爱”活动，倡导树立“讲上进、讲勤劳、讲荣耻、讲孝善、讲乡情，语言美、形象美、庭院美、行为美，热爱祖国、热爱集体、热爱韩冲”的文明新风尚。开展这样的活动就要考虑农村工作的特点，考虑村民的实际情况特别是接受能力。韩军通过仔细观察和分析感到，在农村，“讲孝道”是一个牵一发而动全身的话题，现在有许多人特别是年轻人孝老观念淡薄，不敬老、不爱老、不孝老、不养老的现象比较突出，家庭的许多矛盾往往都是因为这个问题而引起或造成的。再一个就是不讲卫生，有些农户住的庭院平时脏得进不去人，而对于一个普通农民来说，家庭院落就是他一生中最重要的世界。经过反复思考，韩军决定把“讲孝道”和“庭院美”作为活动的切入点。采取的方法仍然是农民容易接受的方法：抓典型、树样板；抓两头、带中间。也就是说，开展“庭院美”活动采取抓典型、树样板的方法，开展“讲孝道”活动采取抓两头、带中间的方法，用这两种方法吸引群众，激励群众，调动群众参与这项活动的积极性。

活动的目标、方向、思路和具体方法确定了，韩军就开始组织实施。他先是召开村支两委会议统一思想、明确任务、划分职责，接着就抓典型、树样板、引路子。

对于“庭院美”活动，主要是选择两三家不同类型的农户先行整治，然后组织全村的村民代表召开现场会进行推广。韩军把这项工作交给了夏广泰。

对于“讲孝道”活动，主要是选择两三个做得好的家庭作为先进典型进行培养和总结，然后让他们在全村介绍经验，号召全体村民向他们学习；同时选择一些反面典型，把他们的不良做法收集起来，改编成能够让大家接受同时又不引发新矛盾的文艺节目进行演出，让村民在轻松愉快的氛围中接受教育和熏陶。韩军知道李喜德有这方面的特殊才能，就把这项任务交给了李喜德。

夏广泰的女儿夏贝贝是村小学的老师，也是学校的负责人之一，韩军知道这个年轻人上进心强，热爱村集体，富有正义感，而且多才多艺，就让夏贝贝组织她的学生配合前面的两项活动。

整个活动由老支书韩俊法全程实施监督。由于分工明确，责任具体，大家都很快地行动起来了。

夏广泰虽然对韩军不感冒，但他不想让大家看笑话，而且他也想趁这个机会展露一下自己的领导才能，于是村支两委会议一结束他就立即展开了工作。他过去总听夏贝贝说养殖班的内务卫生搞得好，就想把养殖班作为开展“庭院美”评比活动的第一号典型。接下来他又选了李石榴家。他知道李石榴是个爱干净的人，什么时候都把家里收拾得干干净净。现在又有赵铁柱帮助，家里的卫生标准肯定会更高了。夏广泰知道，因为处理田宝明的事情李石榴对他有看法，但他还是选择了李石榴家。他心想，这样做或许能把他在李石榴心目中的阴影抹去一些。有了这两个种子选手，夏广泰又选了另外两家作为陪衬。

选完了“种子”，夏广泰就组织这几家开始做准备。其实需要准备的只有后面的这两家，养殖班和李石榴家都是现成的，最多是到时候把卫生再打扫一遍就行了。

一切准备就绪，夏广泰召集了村民代表开现场会，推广这几个典型的经验。有的村民代表参观完养殖班后说，人家养殖班的人都是经过部队专门训练的，咱们是个乡巴佬，怎么能跟人家比呀！

夏广泰说："能不能比，那是次要的，关键是要学习人家的这种工作标准和生活习惯。你们说学养殖班不好学，那好，人家李石榴也和咱们一样，是个普通的村民，把李石榴家作为样板学总可以了吧？"

夏广泰这样一说，大家都没话说了。"没话说就按这个标准干！"夏广泰明确了任务和完成任务的具体时限。

夏广泰在村里工作的时间长，抓工作也是个硬手，他的号令一下，没人敢说二话，该拆的拆，该建的建，没几天家家户户就变了样。对于那些没有劳动能力的农户特别是那些鳏寡孤独的老人，夏广泰还专门组织了学雷锋小组进行帮助。夏贝贝也积极配合，她带着学生，看到谁家的院落整理得好，就用小喇叭传播经验，谁家的庭院整理不到位或行动不积极，他们也拿着小喇叭满村子广播，逼着他们赶快改正。

经过全村上下齐动员，整个村子的村容村貌焕然一新，后来于书记和柴镇长在韩冲村组织召开了村容村貌治理现场会，县里派了一名副县长和农业局、住建局、卫生局的局长前来参加会议。县电视台还对现场会特别是村容村貌的治理成果进行了报道。夏广泰很风光地在现场会上做了经验介绍，当然这也是韩军有意安排的。

李喜德把"讲孝道"活动也组织得有声有色。

李喜德会写，也会吹拉弹唱。他把孝老爱亲的先进典型材料和对父母不孝的事例收集到手后，一方面通过张贴布告、开设宣传栏、口头广播、会议宣传、演讲比赛等方式，大张旗鼓地在群众中进行宣传；另一方面，他把这些内容编写成相声、快板书、演唱词、三句半、诗朗诵等，通过举办文艺晚会或派出小分队深入田间地头进行文艺小演唱等方式，组织群众观看，扩大宣传效果。夏贝贝也组织她的学生配合宣传，深受村民的喜爱。大家都说，自从实行家庭联产承包责任制后，这种由集体组织的文娱活动好多年都没有见到了，现在这样一组织都感到很亲切，大家在活动中既受到了教育，也得到了放松。

其间也发生了一些小插曲，其中就有“夏贝贝智教不孝儿”的故事。

韩冲村的马家山是个小自然村，村里有位老人名叫马本山，60多岁，早年丧妻，曾经当过马家山的生产队长。马本山有三个儿子，老大叫大海，老二叫二海，老三叫小海。在这三个儿子中，老大有两个孩子，老二和老三都是一个孩子。马本山和三个儿子都是分门另住，儿子们由于家里生活过得紧巴，加上对老人不孝敬，都不愿养活父亲，马本山几次上吊被人救起，和儿子们断了来往，生活过得很艰难。“讲孝道”活动开展后，马本山的儿子和儿媳们也参加了不少宣传活动，但他们对老父亲的态度却改变不大，马本山找到李喜德告状，想让李喜德帮帮他。李喜德心生一计，并告诉给了夏贝贝，夏贝贝心领神会，决心帮帮这位可怜的马老汉。

马老汉有四个孙子和孙女，大海家的老大是个儿子，在镇里上学，其余的三个孩子都在夏贝贝那里上学。夏贝贝教给他们的具体办法是：从老大家的女儿开始，三个孩子每天轮流给爷爷端饭，如果父母询问，就说是自己吃了，直到把父母的孝心唤醒为止。

三个孩子按照夏贝贝教的办法做了两个轮回，一开始他们的父母并没有发现，到第三轮的时候，被老大家的媳妇发现了，追问她的女儿把饭端到哪里去了，女儿就如实说了。老大家的媳妇问她为什么要这样做，她说：“那是我的爷爷，做孙女的给爷爷端饭是天经地义。”老大家的媳妇问这是谁教给她的，她说这是他们的夏老师教的，夏老师说做儿孙的应该讲孝道。老大家的媳妇就来问老二和老小家的媳妇，老二和老小家的媳妇一听，心里的火气就不打一处来，她们说：“我说这几天锅里的饭老是不够吃，原来是家里出了内鬼！”三个媳妇先是把各自的孩子揍了一顿，接着结帮来找夏贝贝算账。夏贝贝也不害怕，就和三个媳妇论理，最后闹得不可开交。夏广泰为此还把夏贝贝打了几巴掌，说她多管闲事，让人家闹到家里，丢人现眼，并威胁说要把夏贝贝锁到家里，不让她出门，最后还是田改云出面说话，夏广泰才没有那样做。

这件事反映到了韩军这里，韩军就来到马本山家，把他的儿子和儿媳妇叫到一起，开了个家庭会。

韩军给他们讲了三个故事。

第一个故事是“虞舜至孝感动天”。第二个故事是“百里负米奉双亲”。第三个故事是“埋儿奉母得黄金”。

韩军讲完这三个故事，对马本山的儿子和儿媳说：“我上面讲的这些故事，发生的时间都已经很久远了，有的还是上古时候的事情。我们常说，人类的文明是在不断发展进步的，人类本身也是在不断地进化，如果用这个观点来衡量，我们现在应该比古人的思想觉悟更高才对，可是我们却退步了，连古时候的人都不如，难道我们还不嫌羞耻吗？‘哀哀父母，生我劬劳’。父母为了抚养我们长大成人，曾经付出了巨大的辛劳，他们的功德可以与日月争辉。现在他们老了，作为子女有责任有义务孝敬他们，赡养他们，这是天经，也是地义。尊老爱幼是我们中华民族的传统美德。我们的老祖先曾经说过，五刑之属三千，罪莫大于不孝。这句话的意思是说，天下被重罚治罪的人很多，其中最严重的是儿女对父母不孝敬。人家夏贝贝老师与你们非亲非故，完全可以不管你们家的事，就是你们的父亲三天没有饭吃也碍不着人家，可那是你们的亲人啊！现在人家用善意的方法启发你们的孝心，你们应该感谢人家才对，而你们却到人家家里兴师问罪，这难道就没有天理了吗？就没有公论了吗？俗话说，要想公道，打个颠倒。如果你们将来老了，你们的子女也是这样对待你们，你们会做何种感想？你们还能活下去吗？何况老人并不都是累赘呀！人们常说，敬田得谷，敬老得福；家有老，胜似宝；老人炕头坐，一福压百祸。家里有老人正是你们的福气，怎么能生在福中不知福呢？”

韩军的一番话，说得马本山的儿子和儿媳一个个羞愧满面，当场争着要求赡养自己的父亲。后来在韩军的协调下，从老大开始，三个儿子轮流供养父亲，一轮一个月，并且要开展比赛，看谁对父亲最孝顺。

后来，这家人被村里和镇上评为“孝老爱亲”先进典型，他们的事迹还上了县里的电视台和地区的报纸。

通过这件事韩军也体会到，村民中间出现点问题并不可怕，关键是做领导的要善于因势利导。毛主席他老人家说的“严重的问题是教育农民”这句话永远不会过时。只要我们的教育引导工作真正到位，我们的农民兄弟是会接受你的教育的，因为他们是淳朴的，他们的本质是好的。

第二十章 感　动

张倩给林静发来一条消息：她和田杏已经联系上了。

自从上次林静询问了田杏的情况后，张倩很上心，但经多方打听，一直没有得到田杏的信息。有一天，她在浏览最近几期的中国农业科技核心期刊时，偶然在《中国南方果树》杂志中读到了田杏撰写的《亚热带气候条件下杏树的生长特点及栽培》论文，写的是浙江省的事情。

张倩对林静说："我翻看了前几期，发现上面刊载有田杏撰写的有关果树生长和栽培的好几篇研究论文，写的都是浙江的地域，因此我判断田杏很可能就在浙江工作。于是我通过在浙江工作的朋友打听田杏，得知她在一个名叫'美丽江南林果基地'的果业公司担任农艺师，公司的老板就叫江南。"

张倩说："我和田杏联系上以后，把你们的想法告诉了她，她听后很激动，说她很想念家乡，但她又说在短时间内她还不能离开这个公司，因为她和这个公司之间有合同约定。我问她合同定了多长时间，她说是 10 年，从现在起还有 5 年。她还说，就是 5 年以后能不能回老家还不一定，因为她已经准备在那里成家了。"

韩军得到这个消息后，心想，不管人家能不能回来，毕竟人已经联系上了，即使人家不回来，去见上一面也好。于是他和林静商量，这次一定要去，并且要和林静一起去。

两个人按照张倩提供的地址和联系方式顺利地找到了田杏。田杏所在的公司经营着一大片果园，果园里种植着苹果、石榴、杨梅、枇杷、橄榄、蜜柚等果树，尤其是那片柿树林挂满了柿子，柿子已经快要成熟了，一个个都呈现着橙黄色，煞是好看。

田杏高挑个头儿，身材匀称，可能是南方的水土养人的缘故，她的脸色白里透红，显得很水灵。从谈吐看，人很质朴，也很文静，是个懂礼貌、有主见、肯上进的女孩子。她虽然从小就离开了韩冲村，对韩军的印象很模糊，但毕竟是家乡来人了，见了韩军和林静很激动，也很亲切，热情地接待了他们两个，并且还把江南介绍给了他们。江南 29 岁，中等偏上的个头儿，长得眉清目秀，一看就知道这是一个生长在江南水乡的英俊小伙子。从他们的举止看，两个人的关系已经非同一般，估计最少也是情侣关系。在后来的接触中证实了韩军和林静的这一判断。

林静一上来就喜欢上这两个年轻人了。她问田杏："你是哪一年在省农大读的大学？"

田杏就回答了具体的时间。

林静说："怪不得，那时我已经离开农大了，我说怎么不认识你呢。"

田杏说："您在学生中的威信可高了，我到农大读书时，我的师姐师兄们还经常念叨您呢！"

田杏告诉韩军和林静，她是在家庭发生重大变故后离开单位来到浙江的，当时也是在一份《中国南方果树》中看到浙江的许多地方都在实施规模化林果种植，她通过这家杂志社了解到了江南公司当时正在招募科技人员，于是来到了这家公司。当时接待她的就是这家公司的老板江南，江南给她开出了优厚的条件。但她不满意，说自己家里欠了外边很多债，她要把欠的债一次性还上，否则，她会另做选择。江南看她科班出身，正是自己急需的人才，就答应了她的要求。但江南也有个条件，就是她必须在这个公司最少服务 10 年，否则按违约处理，届时要按三倍的违约金予以赔偿。合同就这样签订了。她拿着这笔钱回去把家里的欠账全部还清了，就再也没有回去，一心一意履行她的诺言。其间她与江南渐渐产生了爱情，两个人已经在谈婚论嫁了。

韩军也给田杏讲述了家乡的发展变化，想请她回家乡建功立业。韩军说："你知道，咱们村过去是个贫困村，正常年景生活上还勉强过得去，要是遇到天灾人祸，那就苦了乡亲们了。特别是咱们那里缺少资源性产业，乡亲们缺少经济来源，一到用钱的时候手头都非常紧巴，自家鸡下个蛋都舍不得吃，要拿到街上去换个油盐钱。尤其是年轻的小伙子，找个对象都很艰难，现在村里还有上百个单身汉。父老乡亲们一年到头起五更爬半夜勤扒苦做，都是今年盼着明年好，结果到了明年还是一件破棉袄。村里的李会计曾经编过一个顺口溜，说咱们韩冲村是‘天高路又远，村穷人心散，吃粮靠返销，花钱靠贷款，姑娘留不住，光棍一大片’。有些人的家里穷得连小偷进去都得掉眼泪。但是现在不一样了，这两年上级抓扶贫的力度很大，村里的面貌也在发生着变化。比如说，咱们进村的道路过去是‘晴天一把刀，下雨一团糟’，去年已经修成了水泥路。村里还建起了养殖场和服装加工厂，现在正在改良咱们村东的那一大片岗坡地，这项工作还是林教授给具体指导的。下一步我们还准备按照生态村的标准对全村的村容村貌进行改造，估计用不了几年的时间，咱们韩冲村就会发生一个质的变化。建设新农村需要有知识、有文化的年轻人，你是专门搞林果栽培的，咱们村正在改良的那片岗坡地就是准备栽种林果的，那片地总共有 4200 亩，除了已经种植的构树地还有 3200 亩，比你们现在经营的这片果园要大得多。你们如果有兴趣，我们可以把那片果园承包给你们经营，你们有什么条件尽管提出来，我们都可以谈。”

韩军还说：“我们经常说要热爱家乡。特别是像我们这些常年在外地工作的人，一提起家乡就激动得想掉泪。可是，家乡也得需要我们热爱才行。要是大家都不去建设家乡，那我们这个家乡还值得热爱吗？”

林静插话说：“咱们韩书记在部队是团政委，和县委书记平级，他就是为了改变家乡的落后面貌才放弃官职回到咱们韩冲村的。”

从表情上看，田杏对韩军说的话是认同的，但她又反复申明：“我和江南有约在先，我不能失约，况且我们已经准备结婚了。”言外之意是说，这时候让她回去，已是不可能的了，因为家里已经没有一个亲人了。

韩军看人家说的也是实情，所以也就不好再勉强，他和林静一起在他们的林果基地参观了一天，就打道回府了。

秋收快结束了，大地一片寥廓，村子西边洼地的秋庄稼收割后，有许多地块被翻耕了一遍，户主们开始准备种麦子。韩军一直在想，这块地是村民们的保命地，只能种粮食，不能改种其他作物。但种粮食的产量又太低了。他听说别的地方采取了先进的种植方法提高了单产，村民也增加了收入，可是村里的这些地年年老办法，年年老收成，始终上不了台阶。他想，如果能找到增产增收的办法，那对于实现五年翻两番的目标将是一个有力的贡献。他本来是想等果树地的树苗栽上后到明年这个时候再考虑这个问题的，但种庄稼一种就是一年，耽误一年就是一年的损失。再说，人家林静三年期满的时候是要走的，趁人家在，也好请教，等到人家走了再去办，损失可就大了。于是，他把自己的想法告诉了林静。林静说："栽种果树和改良种植粮食的田地之间没有矛盾，关键是看你的决心怎么下。如果你确实想在小麦种植上做文章，这块地应该从今年冬季就开始改良，早抓早受益。否则，见机不早，必生后悔。"

两个人来到田间，沿着地边转了半天。林静说："种植小麦和种植其他作物一样，不管使用什么种子，不管使用多少肥料，它的产量总是有限的，到了天花板想再往上走就会很困难，不如换个思路。"

韩军问换个什么样的思路好，林静说："现在我们种地使用的都是化肥，打的都是农药，土地越来越板结，土壤肥力越来越差，我们吃的粮食农药残留也越来越严重，已经形成了恶性循环。你看现在的癌症、糖尿病、心脑血管疾病为什么这么多，恐怕与这个有直接的关系。科学家们已经用他们的科学研究证实了这方面的问题。如果我们采用绿色环保的方法种植粮食，对地对人都有好处，那样肯定会增加粮食的附加值。我看了许多文献资料，现在世界上的许多国家都开始重视这个问题，我们国家也开始在研究这个问题了。"

韩军说："三句话不离本行，你说的怕又是生态农业吧。"

林静说："是的，生产绿色环保型粮食，本身就是生态农业范畴内的事情。"

韩军说："那你就给个方案，看咱们这块地该怎么办。我早就说过，你既然在咱们这里担任农业科技特派员，咱们韩冲村的山山水水就是你的试验田，你不管研究什么课题我们都支持你。"

林静说："其实我一到你们村里，就在思考一个问题，如果能在这里搞一块试验田，严格按绿色环保的方法来耕作种植，那我这个特派员就不虚此行了。"

韩军说："说说你的具体想法。"

林静说："就是恢复老传统，还是按照咱们老祖宗的方法种地，然后加上点现代科技手段。具体说就是，种庄稼不施化肥，不打农药，完全采用原生态的方法种植。”

韩军说：“庄稼一枝花，全靠肥当家。现在又没有农家肥，不施化肥怎么提高地力？没有地力怎么保持一定的产量？另外，现在有些庄稼经常打农药都把病虫害消灭不了，要是不打农药那还不让虫子把庄稼给吃光了，到那个时候农民还收成什么？”

林静说：“不施化肥不是说不施肥，不打农药不是对病虫害放任不管。咱们不是有经过养殖蚯蚓腐熟的羊粪吗？你不是还要搞沼气吗？这些都是很好的有机肥，这些有机肥比施用化肥的效果要好得多。只要我们在施用有机肥的时候保证有足够的量，再加上科学的施用方法，效果肯定要比施用化肥好得多，生产出的粮食也肯定比施用化肥种出来的粮食受欢迎。况且羊粪还是一种长效肥，你没听人们说吗？牛粪冷，马粪热，羊粪能得二年利。就是说，在各种牲畜的粪便中，羊粪的肥效对于庄稼来说是最好的，而且羊粪的肥效最少能发挥两年，这样还可以节省成本。另外，对于病虫害，我们不打农药了，但可以采取物理的办法、人工的办法、生态的办法来防治。这些办法都是经过实验得到验证的。用这种办法生产出来的粮食没有农药残留，你说人们欢不欢迎？当然，采用这种办法种植粮食，比用施化肥、打农药的办法种植粮食要投入更多的劳动，生产成本也会成倍地增加，但我们粮食的售价也可以相应提高，只要质量好，就是贵一些也会有人消费。现在许多城里人一听说是绿色环保食品，不管多贵都买，有的甚至不问价格。这是为什么？就是因为大家的生活水平普遍提高了，对健康的要求也越来越高了。用一句俗一点的话来说，大家把自己的命看得越来越珍贵了。你说我说的有没有道理？”

韩军佩服地点着头说：“有道理，有道理！”

两人商量的结果是，先拿出 100 亩地做试验，待取得经验后再大面积推广。

林静对韩军说：“你说的扩大蚯蚓养殖场和办沼气的事情现在可以提上日程了，要不然，将来的蚯蚓饲料和绿色环保麦田的肥料是不够用的。”

石梅在美国加州大学做访问学者的主要任务是研究高原肺水肿的发病

机理。石梅是一个肯学肯钻研的人，加上她年年都要上昆仑山，积累了关于高原肺水肿的大量第一手资料。她的导师是汉斯教授。汉斯教授治学严谨，是个汉学通，曾多次来中国开展学术交流，并三次登上昆仑山研究高山病。在汉斯教授的指导下，她很快就发现了高原肺水肿的始动因素，得出了物理力学的改变是高原肺水肿发病的首要机理的结论。汉斯教授对石梅很赏识，多次在自己的学生杰克面前夸赞石梅。

杰克是汉斯教授的得意门生，也是一个非常优秀的科学研究工作者，对汉斯教授非常崇拜。既然汉斯教授都那么看重石梅，他当然对石梅就更加高看一眼。加上石梅确实长得漂亮也特别有气质，这个近 40 岁还没有结婚的美男子便开始追求起石梅这个东方美人来。

杰克经常关心和照顾石梅，在她生日那天，杰克按照西方的礼仪为石梅举行了庆贺生日的晚宴，晚宴后，杰克向石梅表达了他对石梅的爱意。杰克承诺，只要石梅答应，石梅在美国工作和生活的一切手续都由他来办理，石梅的女儿到美国留学的事情也包在他身上。但石梅回答他的只有两个字：不行！无论杰克怎么纠缠都无济于事。杰克最后无奈地说："No! No！这个东方女人不好对付!"

事后，石梅把这件事通过越洋电话告诉了韩军。韩军一听就幽默地说："这个杰克也太笨了吧，连个女人都拿不下来!"接着他又对石梅说，"你怎么不让人家把你抢走啊?"石梅说："你想得倒美！是不是你身边有个漂亮的小姑娘在等着填补空白呢?"韩军说："你别说，还真有个漂亮的姑娘在等着我呢!"石梅说："骗鬼去吧！就是真有个漂亮的姑娘站到你面前，你恐怕连人家的手都不敢摸一下!"

韩军一直惦记着把田杏请回来的事。这天他在村里转，无意中又来到了田杏的家门前。他站在门口朝里边看了一阵子，忽然有了一个新主意：把这个院落整修一下，或许能勾起田杏的思乡情绪。他把这一想法告诉了林静，林静表示赞同，说："这叫筑巢引凤。为了吸引人才，你真是把脑汁都绞尽了!"这个想法拿到村支两委会议上讨论，大家也都说没有意见，李喜德甚至还说："要是能把咱们急需的这些人才吸引过来，就是给人家盖一座别墅也值得!"

韩军提议这项工作由夏广泰具体负责，李喜德协助。让老支书韩俊法当顾问，因为在班子中老支书的年岁最大，对田杏家的情况也比其他同志了解得多，这件事在中途遇到什么情况由他出面也好协调。

韩军的话音刚落，夏广泰就说："我在县城那边还有点事，开会前我就想请假，后来我看也不差这一会儿时间，就把这个话题暂时放下了，现在既然提到了这个话题，因为城里那边的事还很急，我就在这里说一下，我想请几天假过去处理一下，如果等得及，那就等到我回来咱们再开始，如果你们等不及，那就换一个人先负责，我要是回来得早了，再继续把这件事担起来。"

夏广泰的话说得很婉转，也很明白。他既然要请假，韩军也不好拦挡，就说："广泰有事，那就过去处理，具体工作先由喜德负责一下，老支书帮助坐个镇，等广泰办完事回来后继续负责，大家看怎么样?"

老支书韩俊法和李喜德、李石榴都同意，这件事就这样定下来了。

第二天一吃过早饭，韩军和李喜德、赵铁柱在一起商量了这所房屋维修的整体方案，并列出了房屋维修所需要的材料清单，核算了所需要的经费，然后让李喜德拿着预算报告去找夏广泰签字。因为在那次新的党支部委员会选出后，根据韩军的提议，村委会主任的工作仍然由夏广泰担任，村里的经费也由他继续管理，如果没有他的亲笔签字，钱是借不出来的，也报不了销。李喜德看韩军要让他去找夏广泰签字，就说："你不是昨天已经批了让他到城里办事去了吗?"韩军这才想起来，说："噢，我把这件事给忘了。那你就给他打个电话说一下，如果他同意，我们就把钱先借出来购买材料，等他回来补个手续。"李喜德拿起座机的话筒给夏广泰打电话，结果打了三次对方都是关机。韩军说："这件事也怪我，提前没有说清。这样吧，他的手机关机不外乎两个原因，一个是因为白天办事忙，他就把手机关了，到晚上再开；另一个原因是，他出去办事走的匆忙，没有给手机充电，所以就把手机给关机了。要真是这样，那就等到晚上再打，看他开不开机。"

李喜德等到晚上很晚又打了几次电话，夏广泰的手机都没有开机，第二天等了一天，夏广泰的手机仍然关着。韩军是个急性子，一看这种情况，就对李喜德说："这件事是在会上定了的，广泰不在家，我们几个凑点钱先去买材料，等他回来后再补个手续。"于是，韩军、李喜德和赵铁柱几人就凑了些钱，让李喜德和赵铁柱进城购买材料去了。

实际上，夏广泰的手机是有意关的。

那次韩军和林静从浙江回来一说要把岗坡上的林果园子承包出去，夏广泰就在想，3200亩地可不是个小数字，果树又是个挣钱的项目，一亩地就是挣个二三百元，那就是很可观的，还不要说是成千成千地挣。于是他就暗动心机，琢磨着想个什么办法把这个项目的承包权拿到手。他知道，由自己亲自出面，这件事是不好办的，让夏海山去办也不行，因为夏海山办事太毛糙了，搞不好还会弄巧成拙，最终把好事给办砸了。就这样，他一连想了几天都没有想出个好办法。

事也凑巧。那天韩军组织召开村支两委会议研究给田杏家维修房子的事，私下里李喜德曾在无意间说了一句："要是把这个项目公布出去，让有资质的公司都来竞争，我们就不用费这个劲了。"说者无意，听者有心。夏广泰当时心想，自己在县城那么多朋友，何不去找一找有这样资质的公司，通过竞标的办法来争取这个项目的承包权呢？最后要是让自己找的这个公司中标了，他们能把自己忘了吗？于是在韩军给他分配任务让他负责田杏家房屋维修工作的时候，他就提出要请假到城里办点事。他知道，维修房子肯定需要钱，为了拖延时间，给自己留下足够的回旋余地，第二天从家里一出来，他就把自己的手机关了。到城里后，他用朋友的手机给夏贝贝打了个电话，说如果家里有急事，就把电话打到他临时指定的电话上。

夏广泰进到县城后，就来到劳务派遣公司找这个公司的老板。这个公司的老板姓梁，人们都称呼他梁老板。梁老板50岁出头，一看就知道是个老江湖。因为夏广泰是他公司的股东，他一见到夏广泰就递茶让座显得很客气。梁老板一听夏广泰的来意一下子就来了劲头，拍着夏广泰的肩膀热情地说："夏老弟，你不愧是你老梁哥的亲兄弟，这样的好项目你首先想到了你老梁哥，哥我真得谢谢你！"说完，他问，"你有什么具体要求？"

夏广泰说："其他也没有什么特殊要求，就是看能不能找到有资质的公司。"

梁老板爽快地说："这个好办！办这样的项目只有农业公司才能用，现在咱们县城的农业公司一抓一大把，不要说一个，就是找十个你老梁哥我也有办法。"说完，他就拿出手机要打电话。

夏广泰拦住他说："我看还是不要在咱们的县城里找，县城离我们那里太近了，都是熟人，将来有些事不好处理。俗话说，远来的和尚好念经，最低也要在宛都市找。"他说的宛都市是地委和地区行署的机关所在地，那里的公司资质肯定要比县上的好，离韩冲村的距离也比县城远，将来办起事来比县城要隐蔽一些。

梁老板想了想，感到夏广泰说的也有道理，就拿出手机拨了几串号码。

梁老板神通广大，一会儿就把目标锁定了。他合上手机欣喜地对夏广泰说："刚才我打电话的这个公司就是个农业公司，公司的老板叫杨万顺，所以公司的名字就叫万顺农业公司。他对咱们的这个项目很感兴趣，让咱们明天就过去见面。"

夏广泰在县城住了一晚上，第二天就和梁老板一起来到宛都市找杨万顺。

杨万顺的公司设在一个居民小区里，是个一套三的单元房。这套房子一进门是个客厅，客厅是会客室兼会议室，里边的两间一间是杨万顺的办公室，另一间是员工的办公室兼会计室。夏广泰跟着梁老板进门的时候，杨万顺从里间走出来，热情地把他俩迎了进去，让到了沙发上。杨万顺看上去不到 40 岁，中等偏上的个头儿，说话很豪爽，口才也好，是个见面熟，一见到梁老板和夏广泰就哥长哥短，把梁老板和夏广泰叫得心花怒放。

梁老板给杨万顺介绍说："这就是我昨天跟你说的夏主任，他现在是我们县金佛寺镇韩冲村的党支部书记兼村委会主任，是村里的实权派。他这次来的目的就是想让你的公司参与他们村那片林果园项目的竞标，不知道你有没有这个兴趣？"

杨万顺态度很坚决地说："有，有！你昨天在电话里一说，我当时就给你表了态。3200 亩的林果园，这样的好项目往哪里找啊！"

梁老板说："有兴趣就好，但不知老弟你能不能把这个项目拿下来？"

杨万顺拍着胸脯说："老梁哥你也太小看你这个小老弟了！你没看我公

司的名字吗？万顺，万顺，万事顺利！你小弟要是没有这个金刚钻，敢揽这个瓷器活吗？老梁哥你就说吧，你们两位有什么条件？”

梁老板说：“你知道，现在找个好项目也不容易，既然你对这个项目看好，那我们就积极配合，夏主任从内部做工作给项目落地创造条件，你负责参与竞标的各种手续，我起个承上启下的作用在中间负责协调，将来事成之后你不要忘了我们两个老哥就行！”

杨万顺很大方地说：“老梁哥咱们交往这么多年，你还不了解我？江湖上的事，你老弟我还是略知一二，为人不得三分利，谁肯晚睡早起床？兄弟我给你说句落地的话，如果这个项目将来能成，挣来的利润咱们弟兄三个三一三剩一分，你们二位老哥看你小弟这样安排行不行？”

梁老板也痛快地说：“万顺老弟是个敞亮人，就按你说的办。到时候咱弟兄仨各把一口，一定要把它拿下来，庆功宴由你哥我来办！”

说完，三双手紧紧地握在了一起。

在韩军的紧催慢赶下，田杏家的院落很快就整修一新。韩军还专门让林静把这个院落整修前后的模样都拍了照片。

这座院落一整修完，韩军和林静带着这些照片又来到了田杏工作的林果基地。果然不出韩军所料，田杏一看到这些照片眼泪一下子就涌了出来，当即要求江南陪她一起回老家看看，如果江南不去她就一个人回。江南和她正在热恋之中，当然满足了她的要求。于是两个人就随着韩军和林静回到了韩冲村。

第二十一章　竞　标

田杏一回到韩冲村，第一眼看到的是那条进村的水泥路。她怎么也没有想到，小时候那条崎岖不平的泥巴路现在会变得这么宽敞和漂亮，道路两旁的塔柏和国槐也长得郁郁葱葱。她知道，要不了几年，这条路一定会变成一条令人赏心悦目的林荫大道。进村后她看到了村里的变化，韩军也给他讲述了下一步准备对村子进行改造的设想。回到自己家的院落后，原来的老房子已经整修一新，整个院落干净整洁，屋内各种生活用品配置得很齐全，她打内心里感谢韩军他们为自己所做的一切。

第二天韩军带着他们来到了果树地。果树地经过几个月的整修，规规整整，煞是壮观，完全是一块标准化的林果园子用地。田杏一看就惊呆了，过去这里可是一大片荒坡呀！现在虽然树还没有栽上，但她已经看到了果林成荫、果实满树的未来。江南的眼里也是满满的惊羡，这片果林加上构树地比他的果园大得多。在他们那里，土地是很稀缺的，好多都已经被开发了，想找一块较大面积的土地那是很难的。田杏问他是不是动心了，他诚实地点了点头。晚上在饭桌上，江南说，如果韩冲村愿意拿这片果园和他合作，他可以把田杏留下。这当然是韩军所求之不得的，但韩军没有马上表态，因为这涉及全体村民的利益，他得和大家商量。

田杏和江南在村里住了三天。韩军按照相关流程，把与江南公司合作的意向确定了下来，条件是：这片土地原来的权属和规划不变，但种苗必须由江南公司来提供，技术指导也由江南公司负责，工人一律由韩冲村派出，按照规定核发工资。果子成熟后由江南公司负责销售，收益按村六他四的比例分成。江南公司要求：果树施用的肥料一律用有机肥，不能用一点化学肥料，不能打一滴农药，否则按违约处理。因为这些水果将来是要出口的，国际上对水果的质量要求特别高，甚至到了苛刻的程度。韩军说：“这一条请江总放心，你们就是不来，我们也是这样打算的，并且我们已经在树穴里施了足够的高质量的有机肥。”

这天下午韩军把已经打印好的一式三份合同书又复查了一遍，然后交到林静手里，让江南和田杏再看一遍，如果没有异议，第二天上午就正式签署。

韩军这天下午是临时在家里办公的。林静拿着合同书刚一出门，就看到一辆小轿车停在了门口，一位中年男子从车里走了下来，后面跟着一位女士。这位中年男子走到林静面前谦恭地问道："请问韩军书记是住在这里吗？"

林静朝这位中年男子看了看，点点头说："这就是韩书记的家。请问您二位是从哪里来的？"

中年男子说："我们是从宛都来的。"他指了指自己带来的那位女士说，"这位是我的助理，也是我们公司的副总。"

林静朝两位客人打量了一番，然后朝门里喊了一声："韩书记，有人找你！"说完，拿着合同书办事去了。

韩军快步走出来，朝客人看了看，握住中年男子的手热情地说："欢迎欢迎！请到屋里坐！"

韩军把客人让进客厅，倒上茶水，叙谈起来。

中年男子自我介绍说："韩书记，我叫杨万顺，是宛都市万顺农业公司的董事长兼总经理。这位是我的助理，也是我们公司的副总，名字叫杨丽。我今天来的目的，是想参与咱们韩冲村果园项目的竞标，不知韩书记给不给这个机会。"

韩军一听愣了，心想，村里从来没有说这个项目要招标啊？但他还是随口问了一句："请问杨总是从哪里得到的这个消息？"

杨万顺没有正面回答，而是反问道："怎么？你们这个项目是保密的呀？"

韩军如实说道："保密倒是没有，但我们没有说要面向社会招标呀？"

杨万顺说："没有对外说也不要紧嘛，原来没有说，现在也可以说嘛！大项目公开招投标，这已经是当今社会上通行的惯例了，如果韩书记一开始没有想这样做，现在也可以改一改，做个试验。毕竟是公平竞争嘛！公平竞争的结果就是优胜劣汰，那样对更好地经营好贵村的那片林果园子也是有好处的。”

韩军双眼盯着杨万顺看了一阵子，沉缓地说：“你说的意思我明白了，这件事我们要在会上研究一下。”

杨万顺留下自己的联系方式，开上他的小轿车走了。

韩军送走客人回到客厅里独自坐了一会儿，林静拿着合同书回来了。她把合同书递到韩军手里说：“江南和田杏对合同很满意，没有要修改的地方。他们说，明天一吃过早饭就签，签完他们就出发往回返，家里还有好多事在等着他们回去处理呢。”

韩军接过合同书看也没看，就放到了桌子上，然后把刚才杨万顺来的情况复述了一遍。

林静一听，愕然地说：“怎么还会出现这样的事情呀？那这个合同还签不签？”

韩军沉思了一会儿说：“看来要暂缓一下了。”

林静说：“为什么？那我们怎么向人家江南和田杏交代？人家可是咱们三请诸葛亮才请来的呀！”

韩军说：“我也是想尽快把合同签掉的，要不然我把他们催得那么紧干什么？但现在不是出现新情况了嘛！情况变，我们的工作就得变，不变，就可能会出现危机，如果等到出现危机再变，那不是要交更多的学费吗？”

林静说：“你是不是已经预见到了什么？”

韩军说：“我总感到我们的事情进行得有些太顺利了，我也总感到这件事情与夏广泰前几天请假有关，但我又没有证据。人们常说，事出反常必有妖，我担心这里边有隐情。”

林静说：“你是说这件事与夏广泰有关？”

韩军说：“我只是有这个疑问。你想啊！那天开会前他并没有说要请假，会上我们说要把这片果园承包出去，会议还没开完他就说要请假，而且请假一出去就把手机关掉了，一关就是几天。他前脚一回来，这个叫杨万顺的后脚就来了，一来就说要承包咱们的果园子。这难道是巧合吗？况且我们说承包果园的话是这一次才在会上讲的，过去我们从来就没有讲过，外界的人也不知道我们有这个想法呀！”

林静说："你分析得有道理。那你说我们现在怎么办？"

韩军说："为了慎重和稳妥起见，我看我们就来个竞标。一方面，如果刚才来的杨万顺他们的公司确实有这个实力，我们也就可以多个选择；另一方面，即使他们将来中不了标，通过公开竞争也就堵住了他们的嘴。"

林静问："如果我们不让他们参与竞标，那会是个什么结果？"

韩军说："如果现在我们不让他们参与竞标，他们就会在社会上散布谣言，说我们搞暗箱操作，那时候你满身是嘴，也说不清楚了。那样不仅会损害我们党支部的威信，也会给江南公司造成负面影响，不论是对我们双方的合作还是对江南公司的生产经营，特别是产品销售工作都会带来消极后果，所以我们不得不慎重对待。"

林静说："那现在怎么向人家江南和田杏交代呀？咱可是说好明天上午要签合同的。"

韩军说："刚才我也想了，现在要是给他们说了我们的想法，他们一时肯定会想不通，但我们要相信，只要我们把情况和道理讲清楚，他们是会理解的，并且也是会支持和配合我们的。不过，今天晚上以前不能讲，你可以先去给他们打个招呼，就说这是全体村民的事情，这个合同还得经村民代表和村委会过一下，让他们也好有个思想准备，明天先不要走。"

林静看韩军说的也有道理，就按韩军的口径向江南和田杏解释了一下。

江南和田杏一听，果然有些不高兴，说："你们在村民代表和村委会上都已经过了几次了，怎么还要过呀？这也太烦琐了吧！"

林静只好说："你们也知道，农村的事情就这样，人多嘴杂，咱们最好把各种情况都考虑到，这样也会给将来的工作少找麻烦。"

江南和田杏看林静说的也有道理，也就安静下来，说："既来之，则安之，反正这里也是我们自己的家，再急也不在乎这几天。"

韩军经过几乎是一夜的思考，在第二天召开的村支两委会上说出了自己的想法，让大家讨论决定。他的想法是，用招投标的办法选择果园承包商，他并且还把杨万顺公司的请求告诉了大家。

韩军刚一说完，李喜德和李石榴就说："不是说今天就要签约了吗？怎么半路上杀出来个程咬金呀？"

韩俊法也说："这么变来变去的，别叫人家江南公司的人有什么想法呀！"

韩军说："现在情况变化了嘛！根据实际情况决定工作方针，这是毛主席他老人家教导我们的话。情况变，我们的决策也得变呀！"

大家看韩军这样说也有道理，也就同意了。

韩军想试探一下夏广泰的真实想法，就说："按照现在社会上的通行惯例，招投标的单位一般都在三个以上，现在我们只有这两个，是不是还需要再找一到两个公司参与竞标呀？"

夏广泰马上发言说："没有那个必要了吧！多一个公司多一个麻烦，我看有这两个就行了。"说完，他还朝李喜德看了一眼。李喜德不明就里，随声附和了一句："老妈妈的裤腰——免（缅）了好。"

夏广泰的话更加证实了韩军的判断，但他没有表现出来。

既然大家没有不同意见，韩军就把这项工作做了分工。韩军说："这件事涉及村民的利益，还是由广泰负责，喜德协助，中间遇到什么情况咱们及时研究。会后请广泰和喜德尽快拟一个招标通知，把招标的目的、时间、内容、要求和注意事项都写清楚，然后发给这两个公司让他们做准备。"

夏广泰点点头，算是接受了任务。

果然如林静所说，当韩军带着她把村支两委研究的结果传达给江南和田杏时，这两个年轻人的情绪很是激动了一阵子，但经过韩军和林静的解释，他们的情绪最终还是平静了下来。韩军说："我知道这样做给你们的工作造成了麻烦和被动，但不这样做又不能服人服众。这样做对你们来说是增添了麻烦和时间成本，但同时也给你们展示自己的实力提供了机会，我相信你们一定会通过竞争在村民和同行中树立起一个崭新的令人钦佩的形象来！"

经过一番紧张的筹备，招投标会议按照之前的通知时间如期进行。江南公司的江南和田杏，万顺公司的杨万顺和杨丽，都提前来到了韩冲村的村部会议室。万顺公司还来了一名农业科技人员，名字叫张靓。据杨万顺介绍说，张靓是他们公司的林果园艺师。后来韩军了解到，张靓是宛平县农业局农科站的现任技术员。

韩冲村村支两委的成员全部参加了当天的会议。为了公平起见，他们还邀请了县科委负责农业科技的一位副主任参加会议做指导和监督，这位副主任姓梁，人们都称呼他梁主任。梁主任还带了一名工作人员。

关于会议由谁主持，会前曾经进行过专门的研究，韩军提议让夏广泰主持，夏广泰怕到时候有些话不好说反而对自己不利，就推辞了。大家都说让韩军主持，韩军说："江南公司一开始是我亲自请来的，现在如果让我主持，恐怕会有偏向之嫌。"他接着说，"要不，我们就请林教授主持。林教授是上面派来的，处于中立地位，况且这次竞标科技方面的内容比较多，让林教授主持正是她的强项。"韩军这样一说，大家都觉得有道理，会议的主持就让林静担任了。

韩军带着村支两委成员坐到了后排座位。

会议一开始，林静首先介绍了参加会议的人员，然后就进入了正题。林静说："今天我们进行招投标的标的物是，韩冲村林果果园，标的物的面积是 3200 亩整，标的物的种植果木是桃树、杏树、李子、梨树、苹果、柿树六个种类，标的物的标的是村民合作社所占股份不能少于 51%，因为土地是村民合作社的，村民合作社要控股。"

林静又说："按照事先的通知，今天的招投标内容主要有三项，第一项，由竞标双方的负责人先介绍各自公司的基本情况，阐述各自对经营标的物的整体设想和具体思路，然后提出自己的标的；第二项，由竞标双方的科技人员回答与标的物相关的知识，回答的方法和规则等一会儿宣布；第三项，由竞标双方展示各自的果品销售渠道。竞标结果评价的办法是，每一项内容竞赛后，胜者记三分，负者不记分，三项内容竞赛完成后，累计得分最高者为中标。"

林静讲到这里停下来，向两个公司的人员问道："你们两个公司的同志听清楚没有？"回答说："听清楚了。"林静又问："请问你们对上述竞赛规则有没有意见？"回答也说："没有。"

林静说："那好，那我们就先进行第一项内容。为了体现公平性，我们准备了两个小纸球，每个纸球上写着一个数字，一个写的是一，一个写的是二，抓到一的先讲，抓到二的后讲。"

林静宣布完，一位女性工作人员拿过来一个用瓷器做的带有盖子的碗型茶叶盒，这位工作人员双手拿起盒子摇了摇，然后打开盖子让杨万顺和江南伸进手去抓。抓的结果是，杨万顺是一，江南是二。林静就让杨万顺先讲。

杨万顺是个好口才，用李喜德的话说是“尿瘪子镶金边——好嘴儿”。他条理清晰地一口气就把公司的基本情况和经营林果园的思路讲完，讲得很顺溜，正如他的名字一样。他在介绍他们公司情况的时候特别强调，他们公司的科技力量很强，现有农业科技人员 10 名，其中高级农艺师 2 名、中级农艺师 5 名。他阐述的未来果园的经营思路虽然层次比较分明，条理比较清楚，但林静明显感觉到，他缺乏甚至没有经营林果园的实际经验。杨万顺在讲完上述内容后，接着报出了本公司竞标的标的：让村民合作社占股 56%，他们公司占股 44%。就是说，他们报出的标的比林静刚才宣布的最低标的增加了 5%。

接下来是江南公司的江南发言。江南是大学生，也是个做实业的，他在简要介绍了本公司的情况后，对林果园的经营思路做了系统的阐述。可以听得出来，他对这个问题的阐述要比杨万顺的阐述实在得多，可操作性要强得多。这两个方面讲完后，他也报出了本公司的竞标标的：和万顺公司的一样，让村民合作社占股 56%，他们公司占股 44%。

他们两个讲完，林静说：“你们两个公司的情况都介绍完了，报出的标的都是在原来的基础上给村民合作社增加 5%，这算是第一轮竞标，结果是个平局，现在进行第二轮竞标。你们哪个公司愿意在刚才的竞标基础上增加的，现在可以发言。”

林静的话音刚一落下，杨万顺就举起手来说：“我们万顺公司再增加 5%。”

林静问：“你的意思是不是说，在你刚才说的让村民合作社占股 56% 的基础上再给村民合作社增加 5%，也就是让村民合作社占股 61%，你们公司占股 39%，对不对？”

杨万顺点点头说：“对，我就是这个意思！”

林静问江南：“江南公司呢？你们有什么新的想法？”

江南看了看田杏，犹豫了一下，说："我们公司也给村民合作社增加5%的股份。"

林静说："那你的意思也是说，让村民合作社占股61%，你们公司占股39%，对吧？"

江南说："对，我们是这个意思。"他虽然是这样回答的，但他的情绪显然没有一开始那么高。

林静说："这是第二轮竞标，也是个平局，不分胜负。那现在我们进行第三轮，看你们哪个公司还有新的想法。"

林静说完后，又是杨万顺先发言。杨万顺说："我们给村民合作社再让出5%的股份！"

林静说："你的意思是说，让村民合作社占股66%，你们公司占股34%，对吧？"

杨万顺说："我们就是这个意思。"

林静又问江南："江南公司，你们呢？"

江南脸色红了一阵，摇了摇头说："我们公司就是刚才那个数，不能再增加了，再增加就要折本了。"

林静说："现在给你们两个公司两分钟的考虑时间，看看你们还有没有新的想法。"

林静看着表，时间到后问两个公司："你们两个公司还有没有新的想法？如果有，现在可以提出来。"

杨万顺和江南都摇了摇手，表示没有。

林静宣布说："第一项内容竞标的结果是，万顺公司以村民合作社占股66%，本公司占股34%的标的胜出，请记分员给万顺公司记三分。"

夏广泰朝杨万顺看了看，给了个赞许的眼神。

韩军不动声色地看着前方。

林静宣布完，又说道："刚才万顺公司的杨万顺董事长在阐述本公司经营林果园的思路时内容不够实，操作性也不够强，特别是没有按照我们事先的通知来思考和谋划。我们反复强调，我们韩冲村的这个果园是按照无公害标准来规划和设计的，我们前期的工作也是围绕着这个目标来展开的。

无公害果园与传统果园相比，在生产经营上有许多不同的要求，其特殊性是显而易见的。江南公司的阐述就是严格按照这个要求来思考和谋划的，而万顺公司仍然是完全按照传统的方法来阐述自己的经营思路，对无公害果园的内容根本就没有涉及。我在这里提出这个问题的目的是引起你们对这个问题的重视，但不影响你们的分数，因为这个内容不是这次讨论的重点。”说到这里，她朝评委们看了一下说，“我说的不一定合适，仅供万顺公司和各位评委参考。”

评委们都点了点头，对林静的评价表示赞同。县科委梁主任也点着头说：“林教授的点评比较中肯。”

夏广泰没有点头，也没有其他表示，静静地坐在那里等待着下一个项目开始。

林静接着说：“下面进行第二项内容，答题竞赛。答题竞赛开始前，请两个公司的科技人员先自我介绍一下。”

林静说完后，张靓和田杏互相看了一眼，谁也没有发言。

林静说：“介绍各自的情况不分先后，谁先说都行。”

杨万顺就鼓励张靓说：“张园艺师，你就先说吧。在坐的都是我们的老师，说了也好向各位老师求教嘛。”

张靓鼓了鼓勇气，站起来先是向大家鞠了个躬，然后自我介绍道：“我叫张靓，地区农广校毕业，中专学历，现任万顺公司园艺师。”说完，坐下了。

夏广泰朝杨万顺看了一眼，显出不满的神情。

坐在会议桌顶端的县科委梁主任突然问了一句：“哎，小张，你不是咱们县农科站的技术员吗？前段时间在县上举办的农业科技培训班上你还发过言呢，什么时候调到地区了？”

张靓一时不知道如何回答，红着脸嗫嚅了一阵，僵在那里。

杨万顺赶忙替她打圆场说：“她在我们公司是兼职，是兼职，关系还在县里。”

梁主任说：“兼职？按规定不是说，体制内的人员可以到乡镇或村里兼职，不能到企业尤其是民营企业兼职吗？”

杨万顺说："是临时兼职，是临时的。"

梁主任"哦"了一声，没有再说下去。

夏广泰的脸顿时像被挨了耳光一样红了起来，他朝杨万顺狠狠地剜了一眼。

林静的目光朝向田杏说："田杏同志，请你也把自己的情况介绍一下。"

田杏大大方方地站起来，也是先向大家鞠了个躬，然后自我介绍道："各位领导和老师好！我叫田杏，今年 28 岁，毕业于省农业大学，本科学历，学士学位。毕业后分配到省农林科学院的农林科技研究所工作，后辞职到浙江求职，被江南公司聘任为园艺师，现在是该公司的副总经理兼园艺师。介绍完毕。"

大家的目光都在张靓和田杏两个人的脸上来回扫了一阵，会场的气氛一时间紧张起来。

韩军注视着会场。

夏广泰很不满意地又朝杨万顺看了一眼，脸上和脖子都涨得紫红。

林静开始宣布答题规则。林静说："这项内容主要是回答问题。我们提前给大家预告过，我们这个果园子将来主要种植六种果树，我们就按照着六种果树出题，不超出这个范围。每种果树出三套题，第一套题是必答题，一共三道题，每道题答对记一分，答错不记分；第二套题是选答题，每张试卷上是三道题，只需要选答一道题，答对一题记两分，答错不记分；第三套题是抢答题，只有一道，答对记三分，答错不记分，一人答错的，另一人可以接着这道题继续答，成绩同样计算。考虑到六种果树的题目都要回答，时间太长，我们只抽答其中的两种果树。抽答的办法是，把六种果树的名字都写在纸条上放进答题盒子里，由你们两位同志每人抽一个，然后合到一起，共同回答。"

林静让工作人员把答题盒子放到张靓和田杏的面前。

大家都屏息静气地看着她俩。

张靓抽的是"柿树"，田杏抽的是"苹果树"。

林静说："那我们现在就开始答题。"答题之前要确定答题的先后顺序，林静又让工作人员把抽签盒子拿到了两位答题人的面前。张靓抽的是一，田杏抽的是二。林静就宣布答题正式开始。

林静说："现在以柿树的种植为题进行第一轮答题。第一轮是必答题，请张靓同志先回答。第一题，请问目前我国可以用来栽培的柿树主要品类有哪些？请回答。"

张靓答道："目前我国可以用来栽培的柿树树种有1000个左右，这些品种一般可分为两类：一类是涩柿类，柿果在树上不能自身脱涩，必须使用人工脱涩；另一类是甜柿类，柿果在树上能够自身脱涩，可供鲜食用。"

林静说："回答正确，记一分。第二题，柿树栽植的最佳时期怎么选定？请回答。"

张靓答道："柿树喜温，每年的秋季落叶后和春季的萌芽前是栽植柿树的最佳时期。"

林静说："回答正确，记一分。第三题，柿树害虫的主要天敌有哪些？请回答。"

张靓答道："主要有瓢虫和寄生蜂等。"

林静说："回答正确，记一分。张靓的必答题一共得三分。"

大家的目光在张靓的脸上又扫了几下。

林静接着说："下面请田杏同志回答问题。请问柿树的经济寿命一般有多长？柿树的生命周期最长的有多少年？请回答。"

田杏答道："柿树的经济寿命一般可达百年以上，柿树的生命周期最长的有300年到400年。"

林静说："回答正确，记一分。第二题，请问柿树的嫁接方法一般有几种？"

田杏答道："一般有芽接和枝接两种。"

林静点点头说："回答正确，记一分。第三题，请问柿树的修剪方法有哪些？"

田杏答道："柿树的修剪分为冬剪和夏剪。冬剪要视柿树的不同生长期而定。柿树的生长一般分为幼树期、初果期、盛果期和衰老期，不同的时期应采取不同的修剪方法。夏剪主要是剪除萌芽和疏嫩枝以及摘心、环剥等。"

林静说："回答正确，再记一分。田杏的得分也是三分。接下来是第二轮答题，请听好。这一轮是选答题，每一张试卷上一共写了三道题，只需要选答一道题，答对记两分，答错不记分。现在先请张靓同志抽题。"

工作人员把试题盒子放到了张靓面前。

张靓抽出一张试卷，从上到下看了一遍说："我回答第二题：柿树的病害一般有哪些？柿树的病害一般有炭疽病、角斑病、圆斑病、白粉病、黑星病、叶枯病、褐纹病、蝇污病、煤污病、胴枯病、柿疯病、白纹羽病、细菌性根癌病等。"回答得很流利。

林静说："回答正确，给张靓同志记两分。下面请田杏同志抽题。"

田杏从题盒子里也抽了一张试卷看了一遍，说道："我回答第三题：柿果脱涩的方法一般有哪些？柿果的脱涩方法一般有温水脱涩法、石灰水脱涩法、二氧化碳脱涩法、乙烯利脱涩法、酒精脱涩法、谷氨酸钠脱涩法、松针脱涩法、榕树叶脱涩法等。"

林静说："答题正确，给田杏同志记两分。"

林静说完，朝两位答题人看了看，说："请你们两位注意，下面是一道抢答题，也是一道应用题，也就是我们平常所说的实操题，抢到的先回答，每人只有一次机会。请你们要仔细听题，慎重答题，不要抢题，等我宣布说'开始'的时候再抢。第一个人回答不出来的问题，第二个人可以接着回答，答对了照样记分。你们二位听清楚了吧？"

两人齐声回答："听清楚了！"

林静让工作人员把答题盒子拿过来，说："这道题请我们的梁主任辛苦一下，动动您的金手。"

梁主任笑了一下，拿着题盒子从里边抓出一把试卷说："还挺多的，那我就随便抽一张吧。"

梁主任抽出来一张，念道："柿树的早期丰产栽培技术有哪些要点？"

林静说："请你们两位注意，现在开……"

"我回答！"还没等林静说完，张靓就抢了过去。

林静说："抢早了，这一道不算。请你们不要紧张，等我宣布完'开始'的时候再抢。"

林静说完，又让梁主任抽了一张。

梁主任又从题盒子里抽了一张，念道："柿果冷冻保藏的技术要点有哪些？"

林静看了看张靓和田杏，说道："开始——"

张靓还是第一个抢到了题。她站起来答道："柿果冷冻保藏的技术要点主要有三个方面，第一，低温保藏。将柿果装入……装入……"张靓回答到这里卡住了，重复了几遍也没能答出来。

林静说："对这个问题田杏同志可以接着回答。"

田杏站起来，不慌不忙地答道："柿果冷冻保藏的技术要点主要有低温保藏、冻结保藏、气调保藏三个方面。低温保藏，就是将柿果装入0.06毫米的聚乙烯塑料袋里，密封后放入冷库中，存放在温度为-1℃至0℃、相对湿度为85%至90%的条件下，这样可以贮藏50天至70天。冻结保藏，就是把脱涩后的柿果，装入聚乙烯塑料袋里，密封后放入-18℃的低温库里，冻结一至两天后，再移入-10℃的冷库中贮存。采用这种方法，可以长期保藏柿果不变质。气调保藏，就是选用长80厘米至110厘米、宽54厘米至60厘米、厚0.06毫米的低密度聚乙烯薄膜包装袋，将柿果进行小包装，每袋装150个柿果，然后加入500克至1000克分子筛乙烯吸收剂，热焊密封，低温保存。其温度、相对湿度和袋内的氧气含量、二氧化碳含量都要达到规定标准。采用这种方法，既可以防止柿果软化，也可阻碍病菌的生长发育，还可以促进涩柿脱涩，实用价值很高。回答完毕。"

林静朝田杏做了个让她坐下的手势，然后宣布："回答完全正确，给田杏同志记三分。"

林静低着头用笔在纸上算了一下，宣布说："这一轮的答题，张靓一共得分5分，田杏一共得分8分，田杏同志暂时领先。"

韩军用余光瞥见夏广泰的脸色有些难看。

林静接着说："刚才是关于柿树的竞赛答题，下面开始关于苹果树的竞赛答题。答题的程序和规则还是和前面一样。"

林静说完，让工作人员把签筒又拿了过来让张靓和田杏抽。这次抽的结果是，田杏先答，张靓后答。

林静开始出题："第一轮是必答题。第一道题，请问目前我国栽培的优质苹果主要有哪些品系？"

田杏回答道："目前全世界的苹果品种大约在1万种以上，我国目前栽培的优质苹果品系主要有富士系、金冠系、元帅系、乔纳金系、嘎啦系、津轻系等。其中富士系是日本原农林省东北农业试验场于1939年用国光与元帅杂交育成的优良品种，我国自1966年开始引种；金冠系又名金帅、黄香蕉、黄元帅，是美国品种；元帅系是指包括元帅在内的一系列芽变品种；乔纳金系是由美国纽约州农业试验站育成，我国自1979年引进，1980年以后开始推广；嘎啦系是新西兰育成的品种，我国的山东省栽培较多，是优良的中早熟品种；津轻系是由日本青森县果树试验场杂交育成，这是个果个大、风味好、产量高的中熟品种。"

林静说："回答正确，记一分。第二道题，什么是无公害苹果园的生草栽培制？它的优点是什么？"

田杏回答道："生草栽培制是指在土壤水分充足的苹果园里，种植禾本科、豆科草种或实行自然生草的一种土壤管理制度。它的优点主要有：能有效防止地表的水、土、肥的流失；能改善果园的生态环境；能改善土壤结构，提高土壤肥力；在黏土地和地下水位高的土壤生草后，在雨季能够减轻涝害；能节省劳力，便于田间作业；有利于苹果增产增质。"

林静说："回答正确，记一分。第三题，无公害苹果的生产技术有哪些要点？"

田杏答道："主要有：一是建立无公害果园基地；二是科学地投入果树所需的能量物质；三是有限度地使用植物生长调节剂；四是在产前产后的生产过程中都要做到无害化；五是对可能发生的病虫害采取无公害综合防治技术。"

林静说："回答正确，记一分。田杏同志的第一轮答题一共得三分。下里请张靓同志答题。"

林静给张靓也提了三个问题，三个题都回答正确，林静宣布给张靓也记三分。

接下来是选答题。两个人每人都选答了一道题，也都答对了，只是张靓回答得不够流利，但也没有扣分。

最后是抢答题。林静还是让梁主任抽题。

梁主任把题从题盒子里抽出来念道："苹果树主要有哪些树形？如何通过修剪促进苹果树优质丰产？"

梁主任念完后，林静提示说："这是一道理论加实际应用题，这道题比较难，给二位两分钟的思考时间，然后等我宣布开始的时候再抢答。"

林静说完，看着手表。

这时会场上的气氛骤然间再次紧张起来。

韩军看到杨万顺擦起了脸上的汗水。

林静抬起头来，宣布："时间到，现在开始——"

这一次还是张靓先抢到了题，但她没有马上回答，而是站在那里做思考状。

林静说："请不要慌，抢到了就要回答，在规定的时间内回答不出来，是要让另一位同志回答的。"

张靓想了一会儿，答道："苹果树的树形主要有树冠疏层形、自由纺锤形、改良纺锤形、细长纺锤形、主干形等。如何通过修剪促进苹果树优质丰产……"答到这里，张靓又思考了一阵，歉意地说，"对不起，下面的内容我答不上来。"

张靓说完，林静朝她摆了摆手，让她坐下了，又对田杏说："这道题你可以接着回答。"

田杏站起来，平静地回答说："苹果树的树形就是刚才张靓回答的，主要有树冠疏层形、自由纺锤形、改良纺锤形、细长纺锤形、主干形也叫圆柱形等。为了生产优质无公害苹果，必须通过合理的修剪，使树体形成通透结构，消除寄生区，达到枝组密度、类型比例、分布姿势适宜，果枝类型和方向得当，果实均匀分布，总量合适的要求。修剪的技术和方法主要有以下几种：一是改造树形。尽量把树冠体积大的改造成中、小冠树形，同时结合高接换种改形，维持树冠稳定，树形标准，逐步增枝，促花结果。二是调控树冠。通过以果压冠、控制上强、去除多余大枝、调节主枝角度等方法，把树冠的大小和高低控制在合适的范围内，使树形始终保持标准树形。三是不间断地进行枝组培养和更新。根据枝组的不同生长阶段和枝组姿势、枝组间距，采取不同的修剪方法，对枝组进行培养和更新，从而保持果树的旺盛生命力。四是科学处理新梢和一年生枝。综合运用疏枝、摘心、扭梢、拉枝、折倒、不动等方法，对新梢和一年生枝该保留的保留，该修剪的修剪，该去除的去除，使树形疏密相间，透光性强，新老枝搭配合理，达到增质丰产的目的。五是及时选留和更新果枝。在树形修剪中，对能够长成端正果实的果枝和成串结果的果枝要注意保留，对枝龄过大、结果能力下降的果枝要及时进行更新修剪，使全树枝组和果枝经常处于年轻有力的状态。”

林静说：“回答完全正确，记三分。”

接着，林静还是低下头用笔在纸上算了一下，宣布说：“这两种果树的答题全部结束，张靓同志的得分一共是 10 分，田杏同志的得分一共是 16 分，田杏同志胜出！”

大家热烈地鼓起了掌。

夏广泰的脸色难看到了极点，这在韩军看来再正常不过了。

林静宣布说：“这一项内容，江南公司得三分，万顺公司不得分。”

林静准备继续进行下一项内容，梁主任突然说：“请林教授暂停一下，我临时给提几个问题，请这两位同志回答一下，我也检验一下你们对新知识的掌握情况和关注程度。我先声明，我只是想了解一下情况，不记分，回答对错都没有关系。”

梁主任接着就提了两个问题。一个是：什么叫无公害农业？我国发展无公害农业的主要目的是什么？另一个是：当前我国农业环境污染的主要方面有哪些？防治农业环境污染有哪些主要对策？没想到张靓和田杏都答上来了，而且都回答得非常流利。梁主任很满意，说：“这说明这两位同志平时都是爱学习的人，你们对农业发展的前沿知识都很关注，我在这里对这两位同志提出表扬。希望在坐的每一位同志都应该向这两位同志学习。”

梁主任的话音刚落，大家都热烈鼓掌。田杏还把张靓拉了一下，两个人一齐站起来，共同给梁主任鞠了个躬。

林静说：“对梁主任的指示我们一定要认真对待，包括我自己今后也要加强这方面的学习。接下来我们进行第三项内容，由两个公司展示各自的销售渠道。这项内容不分先后，谁想先说就先说。”

林静的话音落下，杨万顺朝江南看了看说：“那就还是我先说。我们公司在地区的宛都市是坐地户，我们的销售渠道主要在宛都。”

林静说：“请杨总您说得具体点，比如说，你们具体有哪些主要的销售渠道，你们每年的销售量能达到多少，你们对水果销售的淡旺季是怎么调剂的，等等。”

杨万顺想都没想就说道：“我们的销售渠道主要是宛都市的批发市场，我们每年的销售量大概是5000吨，水果的淡旺季主要是靠保鲜库调剂的。”

林静问：“你们的保鲜库容积有多大?”

杨万顺说：“具体的，好像是七八百吨吧，等一会儿我问一下。”

林静看了看他，说：“宛都市的果品批发市场是你们公司自己直接经营的呀，还是有专门的经营公司，你们和人家合作经营的?”

杨万顺说：“是合作经营的。”

林静问：“有合作的合同吗？或者是有个合作的意向书也行。”

杨万顺说：“我们是口头上说的。我们两家的关系好，没有签订文字协议，是口头协议。”

林静说：“口头协议也行，你能不能给这家公司的老板打个电话，我问他几句话。”

杨万顺说：“可以，可以！我现在就打！”

杨万顺接着就把电话打了出去。

电话很快接通了，杨万顺对着话筒说：“哎，刘哥，我现在在宛平的韩冲村参加竞标，还是我前几天跟你说的那件事，你说每年可以给我们万顺公司代销5000吨水果，我们的林教授想向你问点情况，麻烦你给回答一下。”杨万顺说着，把手机递给了林静。

林静接过手机，把免提打开，对着话筒说：“刘总您好！我是省农林科学院的林静，是省里派到宛平县的农林科技特派员，我们现在正在为韩冲村的林果园子搞招投标，我听说您的公司和杨总的公司是合作关系，我想麻烦问一下，据杨总说，您那里每年可以给杨总的公司代销水果5000吨，我想确认一下，这是否属实。”

被称为刘总的那个人在电话那头说：“这个数字是杨总给我说的，这个数字太大，我们公司没有那么大的力量，完成不了，每年最多能销售 3000 吨，而且还不是杨总他们一家的货。”

林静问：“听说你和杨总是好朋友，那你还有没有其他渠道可以帮助他销售一些水果产品？”

刘总说：“其他的渠道就没有了。林教授你也知道，同行是冤家。我在这边已经有了专门的批发市场，我要是在其他地方再开，那些人即使不把我吃掉，也不会让我好好活着！”

林静把手机还给杨万顺，问道：“杨总你对这项内容还有没有其他需要补充的？”

杨万顺看了看林静和大家，说：“就这些，其他的没有了。”

林静把目光转向江南，说：“请江总说说你们公司的销售渠道？”

江南站起身，拿着一摞子材料走到林静跟前，他把这些材料放到林静面前，指着说：“这是我们和国内销售公司签订的水果销售合同，这是我们和港澳台地区签订的水果销售合同，这些是我们和东南亚一些国家签订的水果销售合同。这些合同所约定的销售额度，加起来一年的保底数是 2 万吨，也就是说，销售数额每年不能低于 2 万吨，但上不封顶，越多越好，因为我们经营的全部是无公害水果。这是我们的保鲜库，总容积是 1 万吨，这是保鲜库的照片。”

林静把江南拿过来的这些合同翻看了一遍，然后分发给在坐的其他同志看。

待大家都看完后，林静谈了自己的意见。林静说：“刚才大家都看了两个公司的销售渠道展示，我先谈点意见，供大家讨论。咱们经营的这个林果园子，将来能不能经营好，取决于三个重要的条件，一个是管理团队，就是说你有没有这个实力、这个力量来管好这 3200 亩林果地。要是经营不好，这块地被种瞎了，而且合同一签就是十年二十年，那后果是不堪设想的。第二个就是技术力量。林果种植和经营是个科技活，技术含量和要求比种植其他粮食作物要高得多，所以没有一定的技术力量是不行的。再一个就是销售渠道。果树长得再好，果子的产量再高，可是你如果卖不出去，那就等于零。我们这块地总共是 3200 亩，盛果期的年产量都在万吨以上，如果到时候不能及时地销售出去，或者是不能放到保鲜库里冷藏起来，那不是都要烂到树上吗？到那个时候怎么处理？难道让全村人都到果园里去哭吗？所以我的意见是，这第三项内容江南公司得三分，万顺公司不能得分。我说的是一家之言，不一定正确，请大家讨论。”

林静说完，把目光转向了大家。

李喜德率先发言：“我同意林教授的意见，我们既要为承包的公司着想，也要对我们的村民负责。”

李石榴接着表态：“我也同意林教授的意见。”

老支书韩俊法说：“我同意林教授的意见。我们应当把眼光放远一点，不能光顾眼前。”

韩军看了看夏广泰，夏广泰低着头不说话，韩军说：“我同意大家的意见。”

夏广泰抬起头，看了看大家说：“既然大家都同意，我也没有意见。”

林静看大家都表了态，就把目光投向梁主任，说：“梁主任您是代表县里来的，请您给我们指示一下？”

梁主任严肃地说：“我没有什么指示，实际上你们已经决定了。我认为林教授的意见是正确的。经营林果园子和经营其他项目一样，都是和真金白银打交道，来不得半点的马虎，更不能有半点的虚假成分，那可是你们全村 1700 多位村民的血汗钱呀！”

梁主任的话说得很沉重，大家都把头低了下去。

过了一会儿，林静说：“那这第三项内容的得分是江南公司，请工作人员给江南公司记三分。”

林静说到这里，郑重地宣布道：“今天的竞标，万顺公司的总得分是三分，江南公司的总得分是六分。现在我宣布：江南公司中标！”

林静说完，站起来带头鼓起了掌。

大家一看，都站了起来，一齐鼓起掌来。

夏广泰虽然气色不好，但他也随着大家勉强拍了几下巴掌。

事后韩军和林静了解到，杨万顺的公司其实只有他和杨丽两个人，并且杨丽还是他的妹妹，会计是从会计事务所请的兼职，这是个真正的空壳公司。

夏广泰一出会议室就避开人群给杨万顺打电话。他的脸板得像一块黑铁皮，气愤地对杨万顺说："你那天不是说要来个高级园艺师吗？怎么今天弄了个农广校毕业的来了？"

杨万顺说："本来都已经说好了，那个高级园艺师的妈妈突然生病住院了，她到医院陪她妈妈去了，没办法就只好临时抱佛脚，弄了个小妞来。不过，那个小妞今天的题答得还不错，理论题不是都背出来了吗？"

夏广泰说："理论题答得再好有什么用？果子是要实实在在种出来的，纸上谈兵能当饭吃吗？"

杨万顺说："谁知道今天他们还会出实操题，真他妈的倒霉！"

夏广泰又说："那销售渠道呢？你给我满口答应说，你那个朋友每年可以销售5000吨，怎么今天变卦了，连3000吨都保证不了？"

杨万顺说："这些人说话不算数，那天是他给我拍着胸脯说的，谁知道他今天会变卦了！现在的人没有一个说话算数的，真他妈的没办法！"

夏广泰说："那还有保鲜库，你给我打包票说最少能装2000吨，今天怎么说只能装七八百吨，而且还说不清楚，你不识数吗？"

杨万顺说："哎呀我的好老哥！你都没听人家江南公司说，人家公司的保鲜库容积都上万吨，就咱们这个小地方，到哪里去找这么大的保鲜库嘛，能找个装七八百吨的就不错了！"

夏广泰说："办不到的就不要吹那个牛！叫花子坐着纸糊的奔驰，还装什么大款，真是！"

夏广泰气得电话还没放下就骂开了："吹牛皮，放大炮，满嘴跑火车！算我瞎了眼了！什么杨万顺，纯粹是杨不顺！"

第二十二章　小　胜

果园招标的事情办完后，韩军心里的一块石头落了地。他开始筹划种植绿色环保型小麦的事情。因为试验田的面积不大，他采取了姜太公钓鱼——愿者上钩的办法。通告一发出，养殖班的同志全部报了名。韩军想着这件事带有试验性质，他必须带头，便说服父亲也参与进来。韩庆厚也知道他的心思，况且家里的屯粮两三年都吃不完，即使试验田将来绝收了也没有大碍，所以就答应了。除了他们几个之外，只有枣木芯报了名。试验户确定后，为了把这些土地尽量地集中在一起，韩军主持调整了地块，按林静的要求进行了深翻，并对地里的杂草根等进行了处理，施足了经过腐熟的羊粪，最后还进行了灌溉。

养殖场生产出来的羊粪明显满足不了需求，倒逼着韩军得提前上马沼气项目。他原先的打算是等村民手里有钱了，先把居住条件改善一下，最好能集中居住，然后再统一把沼气项目修建起来，这样可以节约管道的开支，而且也不用重复建设，但现在没有办法了。果树需要有机肥，构树需要有机肥，种小麦更需要有机肥，有机肥成了唐僧肉。没有办法，韩军只好硬着头皮把沼气项目上马了。韩军找内行人算了一下，建沼气每一户需要花费 2700 元左右，全村 386 户，总共需要投入的资金上百万元，要是都让村里出，村里是拿不出这笔钱的，但是韩军给了大家一个承诺：凡是这次参加建沼气的，村里给每户补贴 1000 元，待转年年底支付，以后参加的不再补贴。这一招很奏效，很快就有几十户报名改厕建沼气。

建沼气是个技术活，也是个新事物，就连韩军自己也没有见过，对建沼气需要掌握的知识更是一窍不通，于是他就利用村里的农民夜校先给村民普及沼气的科学知识。村里的农民夜校是林静被派到村里不久利用村小学的校舍开办起来的，目的是利用这个平台及时组织村民学习宣传上级有关农村工作的指示精神和法律法规，给村民普及各种最新的农业生产技术知识，帮助村民提高科学文化素质，增强脱贫致富的本领。担任教学任务的主要是林静和村支两委的成员，赵铁柱、夏贝贝和燕子也都经常给夜校的学员讲课。另外，村里还根据办班的需要适时邀请镇上和县里的相关领导和专业技术人员前来授课，镇上的书记于亚军、镇长柴广钦和县上的一些局长和县委党校的讲师都来村里的夜校讲过课。就连黎萍和省农林科技研究所的科技人员来村里的时候，只要有时间，韩军也把他们请到夜校给大家讲课，很受村民的欢迎。现在要办沼气了，更需要给村民普及沼气知识，韩军就让林静利用夜校给村民讲解沼气的相关知识和技术要领。林静不愧是农业科技专家，她对沼气的知识非常精通，一开讲，她就围绕着什么是沼气、沼气的发酵原理、户用沼气池的设计、施工及运行管理等基础知识，进行了系统全面、深入浅出的讲解。为了帮助村民理解，她还制作了许多图片和图板，尽量把课讲得形象直观、通俗易懂，使村民们能够接受。沼气课一连讲了一个星期，开始是年轻人，后来一些年龄大的村民也都跑来听课，教室坐不下，林静只好把课堂搬到了学校的院子里。

沼气的基础知识普及后，韩军又专门组织村民代表到本地区建有沼气的村子参观学习，并派养殖班的电工专门到这个村学习培训。韩军知道养殖班的田茂利懂得电工和机械维修，有点基础，就提前派他前往学习。整个工作还是抽调赵铁柱具体负责。

对于农村工作来说，任务布置一千遍，不如做个样子看。由于过去谁也没有见过更没有使用过沼气，韩军知道这时候说多少话都不如树立起一个样板。他家早些年都已经用上了水冲式厕所，在他们家建沼气没有可学性，于是就选择赵铁柱家、李石榴家和一个养猪户先建了三个沼气池，然后把厕所和锅灶都做了改造。这三家的沼气建好后，试用了一天，第二天就召集报名参加建沼气的户主在这里开现场会，由赵铁柱介绍沼气建设的具体技术和注意事项，现场解答大家提出的问题。

为了提高大家建沼气的积极性，帮助村民掌握使用和管理沼气的科学方法，韩军还发挥李喜德的特长，把使用沼气的好处和沼气的使用管理办法编成顺口溜向村民进行宣传。比如使用沼气的好处，李喜德在顺口溜里说：

小小沼气不简单，带着福气光顾咱。
过去做饭烟满屋，如今只冒蓝火焰。

节柴节煤又省钱，卫生文明真方便。
沼气灯，明又亮，好像安上大电棒。
烧锅做饭热水器，样样都可用沼气。
沼液沼渣有机肥，综合利用增效益。
沼液浸种禾苗壮，苗期不用化肥上。
沼渣施肥效果好，优质高产费用少。
沼肥用在农家田，粮菜质好又高产。
沼肥富含氮磷钾，改良土壤人人夸。
沼气灯光诱杀虫，喂鸡养鸭花钱省。
农林牧渔用沼液，增产增收效果佳。
建设沼气用处广，堪称绿色小工厂。
种养沼，搞经营，家家户户都能行。
沼气成了农家宝，脱贫致富离不了。
办沼气，节能源，它的好处夸不完。
沼气早建早受益，晚建后悔来不及。
你追我赶快行动，争先恐后莫迟疑。

对于如何建沼气，李喜德在顺口溜里说：

建设沼气有诀窍，掌握要领最重要。
技术人员经训练，科学建沼有经验。
改厨改厕改畜圈，沼气池子圈底建。
圈舍下面沼气池，养殖放在池上面。
沼池厕所连圈舍，环境卫生大改变。
原料丰富不用找，人畜粪便秸秆草。
混合入池发酵好，废物也能变成宝。
勤进勤出常换料，原料配比很重要。
节能环保巧设计，立体开发增效益。
村办沼气投资少，家家户户都能搞。
一般只需两千元，可以使用几十年。

家家燃起蓝火焰，户户建起生态园。
生态农业良循环，庭院经济大发展。
保护环境节能源，建设韩冲做贡献。

对于沼气的使用管理特别是安全问题，李喜德在顺口溜里说：

使用沼气要小心，安全管理讲科学。
所有盖板都盖好，池口严禁把火着。
防止漏气关系大，涂抹香皂来检查。
闻到异味要警惕，不点明火先关气。
雨水农药莫进池，影响产气害处多。
想知池里剩多少，每天察看压力表。
输气不畅找原因，请把管道来搜索。
气管有水或堵塞，压力水柱上下波。
找出原因排故障，经验都从用中获。
沼气突然来中断，先查接头是否脱。
接头开关都完好，再看管道是否破。
电子灶具常擦拭，严防堵塞点不着。
只要人勤灶不坏，气足火旺家欢乐。
沼气管理并不巧，多加实践能掌握。
经常维护和保养，熟能生巧不会错。
安全使用寿命长，天道酬勤莫懒惰。

群众发动起来后，由沼气工作领导小组成员根据每家每户的具体情况逐个统一规划设计，统一组织施工，所用的材料也是统一购买，并安排专人监督。村里也修建了同一制式的大型沼气池，对各家各户进来的沼液和废料统一进行处理。

沼气的好处很快就显示出来了：不用电，不用烧柴，干净卫生。没有参加建沼气的农户一看，也找到韩军要参加，建沼气的农户很快就扩大到了近300户。到后来全村只有20多户没有建，且都是鳏寡孤独户或特困户，韩军就在村支两委会上提议由村里出钱把这些户的沼气也建起来。因为这是件积德的事，这一次没有人提反对意见。

临近天气上冻的时候，家家户户都用上了沼气，也给村民过冬创造了温暖的条件。尤其是那些老年人过冬怕冷，现在有了沼气可以取暖，这个冬天就可以顺利地度过了。

全村建起了沼气，需要有人维护，沼液和废料也需要及时处理，村里就招了几个人专门负责这项工作，这又增加了几个就业岗位。韩军算着说，要不了一年，这几户就可以“摘帽”了，如果干得好，还可以实现“翻番”。

沼气建好后，由于沼液和废料逐渐增加，给蚯蚓养殖提供了大量的原料，韩军就安排由富贵负责，建起了由 6 户人家组成的蚯蚓养殖专业合作社，并由林静设计，修建了两座大型蚯蚓养殖房，扩大了蚯蚓养殖规模。按照韩军的保守估算，一年以后，这个蚯蚓养殖合作社的农户加上粮食作物的收入，人均收入不会低于 2000 元，这样就可以提前进入“翻两番”的行列了。

枣木芯家的老大田晓龙跟着富贵连学带干，这时候已经是养殖蚯蚓的骨干了。富贵为了充分发挥他的作用，专门让他负责蚯蚓养殖场的技术工作。田晓龙很负责任，对新进的蚯蚓养殖人员逐个进行技术帮带，没过多久，这些人员一个个都成了熟练的蚯蚓养殖工。

绿色环保小麦也在入冬前种上了，底肥没有施一点化肥，全部施用的是腐熟的羊粪。使用的种子是林静从省农科院购买来的，是一个抗逆性强、产量高、面筋好的新品种，名字叫“中麦一号”，播种的时候也没有使用一点农药。不像其他的麦种，在播种之前全部用农药处理了一遍，有的甚至是用农药做了种子包衣。为了留存资料，韩军听从林静的建议，在耕地、施肥、播种的每一个环节都专门拍了照片。

下种前，一些农户看种这种麦子不施化肥心存疑虑，他们担心地说：“现在的土地吃惯了化肥，如果不上化肥庄稼会不会不长啊？”

麦苗出来后，有人把这些麦苗与施用化肥的麦苗还做了一番比较，说这些麦苗没有施化肥的麦苗长得壮实。林静说：“现在你们还看不出来，等到明年开春麦苗开始返青的时候，你就会看到两种种植方法谁优谁劣了。”

大家都拭目以待。

这块绿色环保型的麦田在播种的时候，林静还让韩军组织人力把麦地里加了几道埂子，“埂子”在当地的方言中叫“圪岭”，说是到来春要在圪岭上种植玉米。韩军对这种方法不解，林静说：“麦田和玉米田都是害虫的天敌库，冬季和早春时节是害虫大量繁殖的季节，麦田和玉米田中存在的天敌即可起到控制害虫的作用。同时，在麦田的田埂上点播玉米或套种棉花、花生等作物，有利于提高田间天敌发生的自然景观连接度，为天敌由一种生境向另一种生境转移和繁殖提供廊道，这就为天敌提供了更多的有利环境和繁殖场所，也就可以更好地保护和利用天敌，强化天敌对有害生物的控制，从而达到调控生态的作用。”当初在选择地块的时候，林静就专门让韩军把这些地块尽量与按常规办法种的那些小麦地块隔开，以防止那些地块打农药而造成对这些地块里天敌的伤害。

林静还指着周围田边道路的绿化带对韩军说：“现在你应该明白当初我为什么让你在庄稼地周围多栽种杨树、刺槐等树木的用意了吧？”

韩军说：“还不是为了吸引更多的益鸟来这里栖息，为消灭大田的害虫提前建立天敌库吗？”

林静举起大拇指伸到韩军的眼前，戏谑地说：“聪——明——！”

临近春节的时候，韩军安排了一场表彰“翻两番”典型的电影。本来是应该召开专门的大会进行表彰的，因为获奖的人数太少，只好采取了这种方式。

好多年都没有集体放过电影了，一听说要放电影，大家都感到很新奇，扶老携幼地赶来，能来的都来了。

电影放映前，韩军做了个简短的讲话。他说：“去年的这个时候我曾经给乡亲们做过承诺，凡是在第一年实现‘翻两番’目标的农户，人均奖励3000元，第二年实现的人均奖励2000元，第三年实现的人均奖励1000元，第四年和第五年实现的不奖不罚。这个奖励标准当时是经过村支两委研究确认了的，讲了就要兑现。经过一年的辛勤劳动，有七户人家提前实现了‘翻两番’。其中六户是养殖班的人员，也包括富贵，这些情况养殖场都有账可查，具体情况我就不多说了。剩下的一户是姜家河的姜金旺，他们家总共三口人，姜金旺去年领养了三只种母羊，这三只种母羊第一窝一共产了八只羊羔，除了上交的六只，他自己还余下两只，育肥后秋天卖了3798元。第二窝产了七只，按照规定一只也不用上交，全部是他自己的。入冬前他又把这些羊羔全部卖掉，一共卖了3690元，两项加起来一共是7488元。按三人平均，每人纯收入2496元，完全达到了去年咱们规定的‘翻两番’指标。另外，他们家养的猪还没有算进来。他们家养的猪是自产自销，没有用于交易，不计算在可支配收入的账面里边……他们家的这个账是老支书带着会计亲自登门核算过的，没有一点虚假成分，所以应该发奖。本来是应该把奖金在现场发给姜金旺的，但考虑到今天晚上放电影，这么多现金装在身上也不安全，所以我在现场就不发了，请姜金旺同志明天上午到村部找会计李喜德同志领取。”

说到这里，他提议说：“我们大家为姜金旺同志鼓个掌好不好？”

“好！”人群里立刻响起了热烈的掌声。

有的人还开玩笑说：“姜金旺光领的奖金就够‘翻两番’了！”

韩军听到后说：“明年如果谁家还能提前实现‘翻两番’，村里照样给予奖励！”

大家又是一阵掌声。

突然有人问：“韩书记，养殖班的人为什么不给发奖金啊？”

韩军解释说：“本来是也要发奖的，但养殖班的这几位同志说，他们是一个特殊的集体，利益应该让给其他群众。根据他们的请求，村里已经把这笔奖金用于养殖场的发展基金了。不过请大家放心，这个奖金最后是一定要发给他们的！”

观众中又响起一阵热烈的掌声。

韩冲村奖励“翻两番”农户的消息很快就传到了镇长柴广钦的耳朵里，虽然获奖的农户只有7户，在全村的农户中所占的比例微乎其微，但柴广钦对韩军在一年前提出的要在3—5年使全村所有的农户实现“翻两番”的目标已经是深信不疑了。柴广钦知道，凭着韩军的能力，村里今年的获奖农户是7户，明年就可能是70户，后年可能会发展到170户或者更多，5年期满的时候，全村不会有一户落下，因为韩军有保底的措施。

记得韩军刚提出这一目标的时候，柴广钦压根儿就不相信这个目标能如期实现，为此他还在一些私下的场合说过这是“吹牛”的话，在具体的工作中他也曾对韩军做农村工作的经验和能力表现出某种怀疑。有一次在县上开会，乔丰年书记专门找柴广钦谈了一次话。乔丰年在询问了韩军的工作情况后语重心长地说：“广钦呀，人家韩军同志可是一位非常优秀的同志，你们不要看眼下人家对农村工作还不够熟悉，可是要不了多长时间人家对农村工作的熟悉程度就会大大地超过你们。你们可要善待韩军同志，支持韩军同志的工作，同时还要虚心向人家学习。”柴广钦对乔丰年的这番话咂摸了好几天，后来他猛然醒悟到，组织上对韩军是高看了好几眼呢，自己的眼光实在是太短浅了！于是此后他对韩冲村特别是韩军的工作就多了几分关注，在应该支持的时候给予了更多的支持，尤其是韩冲村每上一个大的项目他都要亲自到现场察看，真诚帮助解决具体困难。在具体的相处中，他越来越深切地体会到，韩军确实是一个有本事的人，是一个干大事的人，他的思想水平和工作能力比自己要高出好几个档次呢！随着时间的推移，两个人的感情也逐步地密切起来。

由于家家户户都增加了收入，这个春节各家各户都多了一些欢笑。互相串门拜年的时候，大家都在商量着新的一年应该做点什么，有些外出打工的人听说果园里要招上百人当园工，已经决定不再出去打工了，留在家乡干。

春节一过，江南公司就正式入驻了，他们完全是按照公司化、市场化运作的，不管这块地原来是谁家的，也不管谁家在这块地上占了多少股，只要你在这里打工就领取一份工资。自家的土地并且占了股，将来是要参与分红的，现在还要给发工资，连韩军都感到新奇，他没想到事情会发展得这么好。他为此也很是激动了几天。

招工计划很快就出来了，按照 3000 亩的林果园子设计，需要的园工是 150 人。果园要种植 6 个品种，每个品种的果园还需要 1 个园长，这样一共需要 156 人。招工告示一发，村民的报名热情很高，两天就超过了应招指标，最后由村里和公司逐个对照条件进行了筛选。但在编组的时候，田杏却遇到了难题：村民都分散在各个自然村里，如果把不同自然村的村民编在一起，大家互相之间不熟悉不说，就连上下班都不好统一管理，因为各个自然村到果园的距离是不一样的。为了解决这个问题，韩军给田杏出了一个主意：按村民小组进行组合，每两个相邻的村民小组组成一个园工队，全村 12 个村民小组，刚好可以组成 6 个园工队，队长就让村民小组的组长来担任。这样组合，大家彼此都相对比较熟悉，也好管理。那么两个村民小组组合以后，队长由谁来担任呢？韩军说："原来的两个村民小组组合后，两个组长中谁的文化程度高谁就当队长，另一个当副队长。同时还有一个园工的劳动任务没有着落，那么这两个队长就要把这个任务共同承担起来，每人管理 10 亩果园。"韩军这么一讲，大家都说是个好办法。

队伍组织起来了，接下来就是技术培训。管理果园是个技术活，尤其是管理无公害果园，技术要求就更高一些。培训班以夜校的形式开办，仍然放在村小学，担任主讲的是田杏和那次竞标会后被田杏要过来的张靓，林静做指导。讲课的内容先是无公害果园管理的一般知识，然后是分品种管理的专门知识。韩军也自始至终参加了培训。韩军的理解和感悟能力很强，对田杏、张靓和林静讲的内容往往是一点就破，还常常充当课堂上的带头发言人和课后给村民的补课人。

春节过后，石梅完成了她访问学者的任务后，也从美国回来了。她先是从美国直飞北京，看望了女儿和赵小刚。接着又回到韩冲村，与韩军以及韩军的父母团聚，然后才回到了西疆。一回到单位，就接受了一项新的研究任务：高原人的血液是不是蓝色的？这是一个世界级的课题。此前，一位美国运动生理学家曾在智利奥坎基尔查峰海拔 6000 米以上高度发现了一些浑身皮肤发着蓝光的人，后来，另一位美国生物学家在考察喜马拉雅山时，也曾在海拔 6000 米以上高度发现了一些蓝皮肤的僧侣。有科学家认为，这些蓝皮肤人之所以皮肤呈蓝色，是因为他们的血液为蓝色。但世界上究竟有没有"蓝血人"？"蓝血人"是不是和白色人种、黄色人种、黑色人种、棕色人种一样也是一个人种？"蓝血人"的蓝色血液是怎么形成的？"蓝血人"的血液能变红吗？这些问题一直引起科学家极大的兴趣，对于蓝色血液和蓝色皮肤的人，石梅也在昆仑山上亲自见到过。那是有一次她和她的同事在昆仑山的部队营地抢救一位因高原病而昏迷的战士时，从这位战士身上抽出的血液竟是蓝色的，确切地说是蓝灰色，她当时感到很震惊。因为在她所接触到的文献资料里还没有看到过类似情况，特别是对“蓝色血液”的发病机理更是无人涉及。于是她就特别留心这方面的情况，并把它当作自己的一个研究方向。现在既然上级把这个“蓝色血液”的课题作为一项研究任务交给她，她就必须认真对待，下功夫突破它，争取使自己成为喀喇昆仑“蓝色血液”的揭秘者。好在她过去曾经搞过大量类似的研究，虽不是这个课题，但内容有许多相近或相似之处，因此她对完成这个课题充满了信心。按她的设想，如果资料准备充分，到实地验证顺利，估计要不了一年就可以拿下这个课题。但谁也没有想到，也就是在这次课题研究，准确地说是在几个月后的高山采样中，石梅却走完了她年轻的生命历程。

植树的季节到了，江南带着车队把果树苗送了过来。栽树苗是个体力活，而且必须在规定的时间内栽上，否则就要影响成活率。村民们都知道，这是在给自己干活，因此劳动积极性很高，有的一家人中一个人当园工，全家人都来干，也不要增加工钱。江南和田杏对果树的栽种质量要求很高，开始栽种之前就明确规定，凡是不符合要求的要返工，树苗被损坏的要照价赔偿。因此各队的队长副队长都很负责任，谁都怕落后，谁都怕出现返工现象。为了保证栽种质量，韩军还特意把养殖班的赵铁柱和李威抽调出来，协助江南和田杏工作。赵铁柱和李威在部队上干习惯了，他们按照部队的标准规划树行，拉着绳子实施栽种，果树苗栽好后横看竖看都成行，看起来非常美观，就连江南和田杏都赞不绝口。

树苗全部栽好后，江南返回浙江，把田杏留了下来。田杏就住在她的老宅子里。这里既是她的家，也是她的办公室，既方便又惬意。田杏早在大学毕业的时候就加入了党组织，果园项目在韩冲村落地后，根据韩军的要求，她把自己的组织关系也转到了韩冲村，在这里和大家一起过党的组织生活。

转眼就到了小麦返青的季节了。眼看着试验田里的麦苗绿油油地直往上蹿，韩军像母亲看着自己的孩子一样，对麦苗看不够也摸不够，满脸的陶醉。他高兴地对林静说：“施用有机肥的麦苗就是比施用化肥的麦苗长得旺。”林静说：“要不，谁还下那么大的功夫去种植绿色环保型小麦呢！”

林静在试验田里察看了麦苗的长势，对韩军说：“应该施用追肥了。”韩军不解，说：“普通麦田的化肥还没施呢，咱们急什么?”林静说：“化肥见效快，农家肥见效慢，待到需要增加肥力的时候再去施，就晚了。”韩军知道林静是专家，她的话绝不是随意说的，于是赶快安排。好在富贵那边早已为他准备了足够的腐熟羊粪和沼液沼渣，没几天就把肥料施上了。韩军又按照林静的要求组织人力把施肥后的麦田灌溉了一遍。林静说：“这时候灌溉，既能给麦苗提供充足的水分，又有利于蚯蚓的成长和‘工作’，你就眼看着麦苗往旺处生长吧。”

养殖场的羊只也到了病虫害高发的季节，黎萍早早就来到了韩冲村，指导张勇他们及早动手，做好防止发生病虫害的工作。黎萍给养殖场带来了他们实验农场专门就预防肠毒血症研发的疫苗，给每只羊都注射了一支。忙完这些，她还帮助韩大妈把衣服被褥都拿出来晒了一遍。她对韩大妈说：“过了一个冬天，铺盖的被褥和不穿的衣服不在太阳底下曝晒，容易滋生细菌。”从她的举动看，与韩大妈的闺女真无两样，连林静都觉得她就是这韩家的闺女。

果园里的果树苗开始冒芽了，生机勃勃。由于栽种的时候把关严，很精心，只有极少的树苗没出芽。田杏马上打电话让江南派人把需要的树苗送过来，及时补栽。

这些工作就绪后，韩军总算松了一口气，他给石梅打了一个电话，询问她研究课题的进展情况。因为西疆的气候和这里的气候差别很大，那里的冬天还没有完全过去，房子里还烧着暖气。但石梅已经做好了上山的准备。石梅告诉他，她的研究课题就差最后一些数据了，天气一转暖她就出发，最迟到 8 月底就可以完成任务，到那时她就可以再回到老家来，陪着他把他的“一二三四五工程”完工。韩军对石梅说：“你出发的时候，一定要给我来个电话，我在韩冲为你践行！”

第二十三章　试　验

由于家家户户都增加了收入，许多人家开始筹划整修或重建房屋，就连富贵也开始做盖房的准备。韩军看到后赶忙制止。他对大家说："关于整修住房的事村里有统一的规划，请大家耐心地等一年再说，要不然到时候会造成浪费的。"有人问："既然将来有统一规划，那还急着搞沼气干什么?"韩军解释说："那也是不得已而为之。"接着说了理由。韩军还说："当时村里也是算过账的，就是一年后拆掉，那沼气所产生的收益也比建沼气本身的开支大得多。"想盖房子的村民听了韩军的解释心里明白了，既然村里有统一规划，那就等一等再说。

燕子最近成了小麦试验田的常客。按照韩军和林静的安排，燕子现在是这块小麦试验田的技术负责人。最初在确定这个项目的负责人选时，韩军就说过，养殖场由赵铁柱和李威负责，服装加工厂由李石榴和田改云负责，果园由江南公司的江南和田杏负责，那么小麦试验田也得有个具体负责的，特别是技术方面。因为这毕竟是个新事物，需要有专门的知识和技术。想来想去，韩军就把这个任务交给了燕子，因为燕子是镇上农科站的技术员，又是他韩军的妹妹，这块地里也有他家的份，理应承担起这个责任。燕子看哥哥和林静这么器重她，也感到这正是她向林静学习的好机会，就答应了。

燕子在上任前，林静专门跟她交代说："种植这种绿色环保型小麦，最重要的是防治病虫害。因为它不允许打农药，一旦发生病虫害，那就不是减产的问题，有时候甚至是毁灭性的，尤其是从小麦发芽到成熟前，是小麦病虫害的高发期，稍不注意，就会带来不可挽回的损失。"有了林静这样的叮嘱，燕子就特别留心和精心，一有空就往试验田里跑，用韩大妈的话说就是："燕子把魂都丢到小麦试验田里了!"

燕子的举动引起了养殖班两个人的注意，一个是李威，另一个是王卫东。李威已经整 30 岁了，前两次的婚恋失败后，他的心里曾经灰暗了一段时间，后来经赵铁柱反复开导，特别是韩军的格外器重，才使他慢慢地从颓唐的情绪中走了出来。这时候他突然发现燕子每次见了他都非常地客气和热情，他从燕子的眼神中好像读到了一点什么，但他又不敢往深处想。便暗暗告诫自己，人家可是韩书记的妹妹，是个高枝，攀不得呢！但实际上，李威在中学的时候暗恋过燕子，但那时候韩军已是远近知名的军官，韩军的妻子既是军官，还是高干子女，李威感到自己的家境与人家不般配，因而把情愫埋藏在心里。这段时间他发现燕子几乎天天都要往小麦试验田里跑，就提出要用摩托车把燕子送到地里去，燕子也没有拒绝。他的心里就起了波澜：燕子是不是对自己有意呀？这么想着，他想见到燕子的心情就一天比一天热切起来。经过几天的观察，他发现了燕子每天去小麦试验田的时间很规律，每当这个时候，他都悄悄地来到村边等着，一见到燕子从家里出来，他就把燕子送到试验田里去。

王卫东 28 岁了，1 米 75 的个头儿，皮肤不白也不黑，身材匀称，又经过部队的锻炼，属于女孩子喜欢的那种，但因为家境贫寒，至今也没有解决婚姻问题。王卫东从小失去母亲，是父亲把他和妹妹拉扯成人。如今，他的妹妹已经出嫁，家里只有他和父亲相依为命。父亲快 60 岁了，患有腰椎病，腰部常年弯着直不起来，重体力活只能靠王卫东来完成。王卫东在部队的时候，家里给他说过一门亲事，后来女方一听说他要复员，人还没有回来，就把彩礼给退了，所以他至今仍是单身。王卫东也是很早就暗恋燕子，但由于自卑，他迟迟不敢表白。现在他发现燕子天天都要到小麦试验田里去，于是，便去他妹妹家里把人家新买的一辆摩托车借了过来，并且准备了一身见燕子的新衣服——人靠衣裳马靠鞍，男人穿得帅，女人才会爱嘛！但他没想到，当他骑着摩托车去迎燕子的时候，却发现李威把燕子送到了试验田里。他一时感到很沮丧，但观察了几天，并没有发现李威和燕子有什么更亲近的举动，加上最近两天听张勇说赵铁柱想把张靓说给李威，王卫东就想，李威之所以敢公开接送燕子，估计可能是韩军的安排，因为韩军对李威很器重，一遇到重要的工作任务就要给李威安排，王卫东就把自己的心多多少少放下来一些，继续寻找着接触燕子的机会。

燕子哪里知道王卫东的这些心思，她仍然是每天一有空就往试验田里跑。不过，这几天她不让李威送了，而是自己骑着电动摩托车下地，她怕招来别人的议论。

这天，燕子又骑着自己的电动摩托来到试验田察看。这时的小麦已经孕穗，有的开始抽穗，可是她却发现有的小麦植株还没有抽穗就突然死了，有的虽然抽穗了但穗茎弯曲着像一张弓。她拔出一颗病株仔细观察，发现在病株的茎秆表面覆有一层厚厚的像白霜一样的蜡质层。燕子把病株拿回去叫林静看，林静看后说："这是一种真菌性的病害，名字叫小麦霜霉病。这种病害与气温和地势有关，今年春季的气温偏低，咱们那块小麦试验田的地势又比较低，加之种的时候种子没有使用农药，所以造成了病情的发生。"

燕子问怎么处置，林静拿出一张纸条，在上面写了两种药名，交给燕子说："你到镇上的农资公司买两瓶回来，然后我告诉你怎么使用。"

等燕子把药买回来后，林静和韩军已经组织李威和王卫东等人把试验田里的病株全部拔除了。他们把病株拔除后，还在每个病株拔除的地方插了一杆小红旗。

林静让燕子按比例把药液配好，然后对燕子说："你去把这些药液喷洒在病株拔除的地方。喷洒的时候要紧挨着地皮喷洒，一定要精准，不要伤害病株周围的健康植株。"

燕子按照林静的要求把病株拔除的地方喷洒了一遍。

临了，林静又交代说："那些小旗子一定要保护好，不能拔掉。你每天至少要到这些有小旗子的地方察看一遍，看看它周边还有没有出现新的病株。隔上一个星期后，把这些药液按同样的比例和办法再喷洒一遍。如果小旗子周围没有新的病株出现，那就算治理成功了。如果再有，还是按这种办法处理。"

此后一段时间，燕子按林静说的办法坚持了半个月，这种病株再没有发现。

刚把试验田里的霜霉病处理完，当燕子在麦田里走动时发现有小虫子往脸上撞，她拍下来一只一看，是小麦蚜虫。她扒开麦垄察看，发现有的植株的叶面和穗部爬满了大大小小的蚜虫，有的叶面布满了黄色的斑点，有的整片叶子都已经变黄，还有的甚至整株已经枯死了。燕子知道这种蚜虫是小麦、棉花等农作物的常见虫害，危害很大。用化学方法来处理这种虫害燕子知道，但用生物方法处理，燕子没有经验，便又来请教林静。

林静跟着燕子来到田间仔细进行了察看，既看到了蚜虫，也发现了天敌昆虫，林静仔细测算了天敌和蚜虫的比例，感到天敌种类和数量太少，就打电话让省农科院的农科站尽快为他们准备一批商品化瓢虫、食蚜蝇和蚜茧蜂。第二天，燕子就带着现金赶到省农科站把这些蚜虫的天敌买了回来，按林静教给的方法放到了蚜虫密集的小麦植株上。

蚜虫还没治下去，燕子又发现了小麦吸浆虫。林静看了后说："蚜虫和吸浆虫的成虫都有趋黄性，我们就使用一次黄板诱杀技术吧！"

林静把整个有虫害的面积测量了一下，计算了黄板的总需求量，给省农科院的同事打了电话，让她的同事联系农资公司连夜赶制了一批黄板，第三天由公司用车送了过来。

黄板送过来后，林静让韩军和燕子组织人力按照每亩 30 块的标准，把黄板插挂在了蚜虫和吸浆虫比较密集的地方，并给他们讲了黄板更换的时机。这样过了一个多星期，蚜虫和吸浆虫两轮虫害终于被抑制住了。燕子这才松了一口气。她说："妈呀！这些绿色环保型小麦比襁褓中的婴儿还难伺候！"林静取笑她说："你这也等于战前练兵了。"一句话说得燕子的粉脸一下子红得像含苞待放的花蕾，因为她连男朋友还没有呢。

说来也怪，每次遇到防治病虫害要紧的关头，李威都是第一时间知道情况，第一时间前来支援燕子。燕子想，这可能就是人们说的缘分吧，于是这天晚饭后她把李威约了出来，来到了小麦试验田边的防护林下，和李威攀谈起来。

燕子一上来就直奔主题："李威，我发现你这段时间在我面前特别殷勤，你不是对我有啥想法吧？"

李威一听，不知道燕子问这个话是什么意思，他还以为自己做错了什么事情，人家要向自己兴师问罪呢，于是赶忙使劲摇着头说："没有！没有！你哥是咱们的大书记，又是我们的直接领导，我哪敢哪！要是让别人知道了，还认为我李威是活过月了呢！"

燕子看着他的眼睛说："你说的这些话真是你心里想的吗？"

李威发誓一样说："都是真的！要是有半句瞎话，天打五雷轰！"

燕子一下子生气了，冷着脸说："那算我眼瞎，看错人了！"说着，站起身拍了拍身上沾的草屑和土，朝旁边扎着的摩托车走去。

李威一下子急了，赶忙拦住燕子说："你既然知道我哪些地方做错了，你就直接给我说嘛！你就这样走了，我哪知道你心里想的是什么，那还不是要天天憋在心里，我们两个以后还见不见面嘛！"

燕子停下脚步，严肃地对着李威说："那我问你一句话，你心里究竟有没有我？"

"我心里究竟有没有你？"李威自言自语地把燕子的话重复了一遍，突然间意识到了什么，大声说道，"我心里肯定有你！要是没有你，我天天撵着你干什么？"

燕子还是严肃地说："你说的这些话可是真的？"

李威还是像发誓一样说："我说的全是我心里的话，要是有半句是假的，我愿意让天……"

李威的话还没有说完，燕子就赶忙用手把他的嘴巴捂住了。

燕子突然放低了声音幽幽地说："如果我心里有你，你愿不愿意？"

李威一听，激动地说："我当然愿意！我太愿意了！我一千个，不，我一万个愿意！"一边说，一边激动得忍不住抱住燕子亲了一口。

待燕子醒悟过来，李威早已松开自己的双手，像个做错了事的孩子一样，垂下头连声说道："对不起！对不起！我错了，你惩罚我吧！"

燕子红着脸说："看把你吓的，人家也没有怪你嘛！"

李威朝周围看了看，又上前抱住燕子，爱恋地说："其实我早就看上你了，就是怕你哥。"

燕子说："你们不是天天和我哥在一起，他对你们挺好的呀，你们怎么还那么怕他？"

李威说："我们在部队上，平时见到连长指导员都是悄悄的，你哥人家是团政委，我只是一个兵，见了那么大的官儿能不害怕吗？"

燕子说："现在都什么年代了，还讲什么官儿不官儿的！你听我的，以后常到我们家来，你来的次数多了，就不会害怕他了。”

就在李威和燕子真情表白的时候，隐蔽在他们不远处的王卫东听得清清楚楚，看得明明白白。李威和燕子离开后，他既失落又生气地回到了养殖场。

王卫东一回到养殖场，脸没洗脚没烫就躺下了，这在平时他可是从来没有过的。

这天夜里他翻来覆去在床上折腾了一夜，第二天早上两只眼睛就肿到了一起。大家都按照一日生活制度洗漱、出早操、整理内务，而他还是躺在床上不起来。李威负责检查内务，问他怎么不起床，他把身子扭个面向里，很不情愿地说了一句：“病了。”李威说：“病了就好好休息一天。”李威说完，还嘱咐轮值炊事员给他做碗病号饭端过来。王卫东小声嘀咕了一句：“猫哭耗子——假慈悲！”紧接着又闭上眼睛睡去了。

王卫东睡了一天，除了上厕所，一直都没离开自己的那张床。这天的轮值炊事员是田茂利，田茂利把病号饭端过来他也没吃。

第二天，王卫东还是不起床。李威急了，去村卫生室找医生。医生过来问诊，王卫东说：“头疼，腰也疼。”谁都知道，这两种病医生一般是看不出来的。李威对医生说：“那就请你给开点药吧。”医生开了药。李威端来温开水让王卫东服药，王卫东冷冷地说：“先搁那里，死不了！”李威不知道王卫东说这话是什么意思，只好把茶杯放下了。

第三天还是照样，王卫东仍然把身子搁在床上，李威亲手把病号饭端过来，王卫东还是不吃。赵铁柱这几天被韩军派到广州洽谈扩大服装加工厂业务的事情去了，家里的工作是让李威负责的。李威怕出事，就坐在王卫东的床边做开导性的工作。

李威关切地问道：“卫东，你最近是不是遇到啥不顺心的事了？要是有，你就跟我说说，看我能不能帮你解决一下。”

王卫东很不情愿地说：“不用你操心，没有。”

李威想，肯定有，要不然，怎么能一连几天不吃不喝也不起床呢？于是他又耐心地说：“对我你还不信任？别说咱们都是当过兵的，就凭着咱们天天都在一个锅里搅勺子，你有啥话也该跟我们说说，说不定我们还真能帮你想个办法呢！”

王卫东还是冷冷地说：“不需要！”

李威又说：“是不是场长不在家，我哪些地方做错了？要真是这样，你就说出来，我虚心接受批评，坚决改正！”

王卫东用讥讽的口气说：“你李威是谁呀？你现在这么吃香，谁敢批评你呀？”

李威听出来了，王卫东肯定是对自己有气，才闹情绪的。他又反复问了几次，王卫东就是不说，他只好给赵铁柱打电话把这件事说了。刚好赵铁柱的任务也完成了，第二天就返了回来。

赵铁柱返回来后，连家都没回，径直来到养殖场，找王卫东谈心。

赵铁柱坐在王卫东的床边先是安慰了一番，接着就问道：“卫东，咱们都是当过兵的人，俗话说，一日军营，终生兄弟，兄弟之间就不需要遮遮掩掩的。你也是个痛快人，如果你信得过我，有什么事情不好跟别人说，你就跟我说说，看我能不能帮你解决一下。人家李威也很关心你，你不能就这样躺着，咱们那么多羊还等着你给喂呢！”

王卫东终于开口了，说：“啥人嘛！吃着碗里还看着锅里，一个人霸着两个，吃独食也不是这个吃法！”

赵铁柱一时听不明白，问道：“你说的是谁呀？谁吃独食了，还吃着碗里看着锅里？”

王卫东也不隐瞒，说：“谁？能还有谁？你去问问李威，看他跟你怎么说！”

赵铁柱更加不解了，说：“李威吃着碗里看着锅里？他办啥事情是吃着碗里看着锅里了？”

王卫东说：“他一边挂着张靓，还一边跟人家韩春燕谈恋爱，脚踩两只船，啥人嘛！还装得人模狗样的！”

赵铁柱蒙了，说：“他啥时候挂人家张靓，还跟韩春燕谈恋爱，这事我怎么不知道？”

王卫东更加生气了：“装！你也来装！怪不得人们说，自古以来官官相护，一个芝麻大的官也会来这一套，嘁！骗鬼去吧！”

赵铁柱真诚地说："卫东，咱们在一起工作这么长时间了，我是个什么样的人你还不了解？我真是不知道李威谈恋爱的事，你是听谁说的？"

王卫东说："那李威和张靓挂钩的事不是你给牵的线吗？"

"我牵的线？"赵铁柱笑了，说，"我啥时候给他们两个牵线了，你是听谁说的？"

王卫东说："反正有人说，说了你也不会承认。"

赵铁柱想了想说："我是说过这么句话，但那只是随便说的，我只是看张靓的条件不错，可是我还没问人家张靓有没有对象呢。"

王卫东停了一会儿说："你说的这些可是真的？"

赵铁柱说："你见我什么时候说过假话了？"

王卫东说："要是你这样说，那算我冤枉李威了。"

赵铁柱说："你是不是看上人家韩春燕了？"

王卫东嘴唇动了一下，没有说出来。

赵铁柱又问："那你是看到李威和韩春燕谈恋爱了？"

王卫东这次没回避，说："我亲眼看到的。"

他把见到的情况跟赵铁柱说了一遍。

赵铁柱一听笑了，自言自语地说："这个李威，动作还挺快的！"

他拍了拍王卫东的肩膀说："卫东啊，谁都有选择爱情的权利。既然人家两个已经谈上了，咱就不要再去想这个事了。凭着你的个人条件，加上现在咱们村里的好形势，你还愁将来找不到一个好媳妇？小伙子，振作起来，要有点出息，不要让人家看咱笑话。"

王卫东自嘲地笑了笑，起床吃饭去了。吃完饭，还没等上班的哨音响，就穿上工作服上班去了。

事后，赵铁柱把这个情况告诉了李威，李威又告诉了燕子。燕子一听笑了，说："真没想到，我韩春燕在你们养殖班还成了一个香饽饽了！这样，你去跟王卫东说，这件事包在我身上，他将来要是找不到媳妇，我就宁可不结婚！"

第二天，燕子就来到村小学找夏贝贝。虽然夏广泰和韩军平时在工作上有些摩擦，但燕子和夏贝贝的关系却很好。两人都说，大人是大人的事，她们都是年轻人，而且两个人从小学到高中毕业都是同学，就是上了大学也没断过联系，所以她们的关系一直很要好。

燕子找到夏贝贝后，先是寒暄了一阵，接着燕子就问夏贝贝：“你和城里那个姓朱的处得怎么样啊？”

夏贝贝也不隐瞒，说：“一般化，像一锅温吞水。”

燕子说：“人们都说，宁拆十座庙，不拆一桩婚。可有时候也不一定。如果一桩婚姻眼看着过不下去还要强扭，那不是把两个人都害了吗？所以说，人家都是劝和不劝离，但我今天来是要给你泼一瓢冷水。如果你觉得和那个姓朱的没有多少话说，就赶快了断，不要优柔寡断、黏黏糊糊。否则吃亏的还是我们女人。我说的不知道你信不信？”

夏贝贝说：“我也是这么想的，可我爹就是抓住人家不松手，我要是说了他还老是发脾气，你说我该咋办呀？”

燕子说：“咋办？凉拌！晾他们一段时间，如果实在不行，就快刀斩乱麻，一断了事！”

夏贝贝叹了一口气说：“这或许就是我的命吧！”

经过两个多月的准备，石梅把课题的理论框架基本搭了出来，下一步就是要开展实地研究和验证。就在她开始做上山准备的时候，又接到了一项新任务：青藏铁路很快就要开工建设，上级通知要求他们研究所帮助解决青藏铁路施工中高原病的预防和救治问题。这是一项大任务，也是一个急课题。于是所里就组织全所人员都投入这个课题的研究和攻关。石梅既是所里的领导，又是所里的科研骨干，而且她这些年来的主攻方向就是研究高山病的预防和救治问题，所以她当然也就成了这一课题的担纲人物。在所长的领导下，她晚上查阅资料，整理自己过去采集的数据和实例，白天和大家一起集体研究，集体攻关。经过近两个月的昼夜奋战，终于拿出了《富氧室在高原缺氧时应用的初步研究》这一科研成果。这一方案的中心环节就是在极度缺氧的高原施工作业中，采取集中连续供氧的方法给作业者创造一个富氧环境，以便于作业者能够精神饱满、健康有力地完成任务。经过专家论证一致认为，这一科研成果，对当前高海拔地区现场施工和将来青藏铁路营运中局部环境供氧有着重要的指导意义和参考价值。后来，青藏铁路涵洞施工中的供氧，采取的就是富氧环境式供氧。青藏铁路通车后，在青藏铁路行驶的富氧列车，就是借鉴了富氧室的研究理论。

这几天，韩冲村种植的小麦大田里发现了一种专吸小麦叶片和叶鞘组织汁液的虫子，村里的老人们叫它“麦猴子”。这种虫子来势凶猛，凡是遭受到这种虫害的麦田，放眼望去一片枯黄，令人胆寒。老辈人说，他们已经多少年都没有见到过这种虫子了。燕子闻听，赶忙跑到试验田里察看，试验田里也有，只是虫情轻一些罢了。林静因家里有事，前几天回省城去了。燕子怕误事，就把这一情况通过电话告诉了林静。当燕子把这种虫子的特征向林静描述完后，林静说：“这种虫子的学名叫‘条沙叶蝉’，它的危害性很大，不仅能造成小麦大幅减产，更重要的是它能传播小麦红矮病、小麦蓝矮病和小麦矮缩病等小麦病毒病和类菌原体病害，引起病害流行。”但林静也说，“干生虫，湿生病，这种虫害一般是在气候较为干燥的地方才会发生，我们的试验田里水分充足，又比较低洼，哪来的这种虫子呢？即使有也不会是大面积出现呀？”燕子说：“听镇上植保站的人说，这种虫子是从陕西方向传过来的，咱们村里先是在坡上的麦田里发现，后来才看到咱们的试验田里也有，估计也是从坡上的大田里传下来的。”燕子还说，“现在大田里已经开始打农药了，咱们有几户也要求打药，他们把农药都准备好了，你看咱们的试验田里打不打农药呀？”林静说：“千万不能打，一打咱们就前功尽弃了。你跟大家说一下，我马上就回去，请他们放心。”

林静回来的时候，带着两个大纸箱子，取出来一看，是诱虫灯。她把韩军和燕子他们几个叫到跟前，详细说明了诱虫灯的使用方法，然后就带着大家来到麦田把诱虫灯架了起来。林静看虫口特别大，就让韩军他们用粗布和木棍制作了六七个槽状大网，用人力掠着麦垄依次拉开，把这些条沙叶蝉兜进了网内，然后进行了集中消灭。燕子也把李威喊了过来，又叫来养殖班的其他人，和他们一起晚上都守在麦田边，待诱虫灯的网子里虫子一满，就立即拿到地边倒出来集中灭杀。这样一直过了五六天才把虫势压下去。

其间，燕子和李威的恋情也迅速升温。有天晚上夜已经很深了，燕子和李威两个人还在麦田里观察条沙叶蝉的诱杀情况。两个人一边观察虫情，一边聊天，聊着聊着，就说到了自己的婚事。燕子说："过去村里穷的时候，自己总想着往城里跑，别人给我介绍了好几个农村的小伙子我连见都没见一个。这两年咱们村里变化一大，我的想法又变了，心想城里有什么好呀？连新鲜空气都吸不饱，想见个好天气更是难上加难，还到处人挤人。哪像咱们农村，天宽地宽人心宽，到处宽宽敞敞的，只要不下雨下雪，天天都能见到蓝天白云，正像《朝阳沟》里银环唱的，'山沟里空气好实在新鲜'，待在城壳楼里真不如待在咱这农村。"

燕子唱完，李威也学着拴保唱了一段。

两个人唱完，燕子"咯咯咯"笑了一阵，幸福地依偎在李威的怀抱里。

他们两个不知道，韩军和林静早已站到了离他们不远的地方。他们也是来察看虫情的。当他们并肩快走到麦田地里的时候，老远就听到了这两个年轻人在窃窃私语，接着就听到了他们幸福的歌声。两个人站在那里听了一阵，林静在韩军的耳边说："你看现在的年轻人，一谈恋爱，就像胶水一样粘到一起了，掰都掰不开。"然后拉着韩军悄悄地离开了。

在回家的路上，韩军说："我看李威这个小伙子不错，这几天还正想着怎么给他们两个撮合一下子呢，没想到他们两个已经走到一起了。"

林静说："你一天到晚只顾忙村里的事，哪能顾得上管人家年轻人的私事。"

韩军说："要不这样，你给操个心，抽空把两个孩子叫到一起谈一下，如果双方都没有意见，就把两家的大人叫到一起吃顿饭，把事情给定下来。这样他们两个人好交往，也免得别人背后说闲话。你说呢？"

林静故意开了个玩笑说："那我算是个什么角色呢？"

韩军回答："农村人讲究个明媒正娶，你就权当是个媒人吧。这也是你这个当姐姐的责任！"

林静"扑哧"一声掩着口笑了一下，说："那你这个当大哥的得给我这个媒人送些什么礼物呢？"

韩军想了想说："礼物好办，随你挑，只要能把这两个孩子的事办成就行。"就这样，两个人肩并着肩边走边说，边笑着。

他们的背景被一个人在暗中用照相机悄悄地拍了下来。

第二十四章 挫 折

试验田里的小麦在人们忐忑不安的等待中终于度过了成熟的季节。亩产虽然比施用化肥和农药的大田小麦低了一些，但总算有了收成，并且比韩军预想的结果要好。收获归仓后，韩军让赵铁柱先拿出200公斤加工成面粉，分装成5公斤一袋，贴上提前在县城印刷厂印制的带有这种面粉情况介绍的标签，核算了成本和销售价格，开始试销。为了增强产品说明的权威性，林静还让省农科院对这种面粉的营养成分进行了化验，并出示了化验单。试销之前，韩军专门给于亚军和柴广钦各送了一袋子让他们尝一尝，也算给这种小麦做点广告。于亚军和柴广钦没舍得独吃，而是拿到机关灶上让大家尝了鲜。凡是尝了的人都说又吃到了小时候的味道。有了这个评价，韩军有信心了，就让赵铁柱拿到县城去试销。韩军怕男同志干这种事情缺乏耐心，就把李石榴也抽出来帮忙。因为这时候两个人的关系已经发展得很成熟了，两个人平时出双入对，也没人再嚼舌根了。

赵铁柱和李石榴带着这近40袋面粉来到了县城。赵铁柱和李石榴都没有做过生意，不知道怎么做，来到县城后通过赵铁柱高中的一位同学找了一个日用百货小商店把摊子支了起来。这里处于闹市区，来来往往的人不少，顾客们对这种新款的面粉很感兴趣，但一听说价格就扭头而去。他俩早出晚归，一连三天都是这样，没有卖出一袋面。

这件事情让田杏知道了。田杏对赵铁柱说："搞营销要懂得顾客的心理。"她说，"我们公司每上市一个新的水果品种，一开始都是要让顾客免费进行品尝试吃的，另外还要通过广告进行宣传。咱们这里过去没人吃过这种面粉，你们既不让人家试吃，又不做宣传，没有人知道它究竟有什么好处，所以肯定不会有人买。"

赵铁柱说："面粉又不是水果，怎么试吃呀？"

田杏说："把咱们的这种面粉分装成比如说半公斤一袋，再把说明书贴上，然后做个展架，把咱们这种面粉的生产地域、种植方法、营养价值、口感如何以及产品优势等都喷绘到上面，如果能印上一些宣传页更好。这样你把产品往那里一摆，肯定就会有人过来询问。有人询问，你就把这种面粉的好处详细地讲给他们，然后免费送给他们一袋，他们就是当时不买，过后也会再来的。即使过后也不买，他们也会在亲朋好友中传播，最终总会有人对这种面粉感兴趣，这样你的产品慢慢就会有市场了，当然这得有个过程。搞营销就是这样，特别是新产品，没有一个反复的过程是打不开销路的。”

经田杏这么一说，韩军觉得有道理，就让赵铁柱按照这个办法去准备。准备工作就绪后，赵铁柱和李石榴又开始进城。韩军也想亲自摸摸行情，就和林静一起跟着赵铁柱他们来到城里。

田杏的办法果然有效。摊子一支开顾客就围了上来，有的询问价格，有的询问品质，有的询问口感，有的询问这种面粉是不是真的是用绿色环保型的麦子磨成的。有的甚至直言不讳地说：“今年的小麦都降价了——前年每公斤是一块三，去年是一块四，今年降到一块一了——，市面上的‘八五’粉最高才一块四，而你们这面粉每公斤就要四块二，比人家那面粉整整高了三倍，你们这面粉是金子呀！”

韩军笑了笑，向顾客们讲述了他们这种小麦的种植过程。他反复强调说：“我们的麦子可是一点化肥都没施，一点农药也没打，全部是按着绿色环保的标准和要求生产的，生产成本比普通小麦高得多，如果定价和普通面粉一样，那老百姓谁还来种呀！”

有的顾客说：“我们又没在你们身边，你说的这些话谁信呀？”

林静说：“我可以作证，我那里还拍的有照片呢。”

顾客说：“照片是你们自己拍的，能证明吗？”

话虽是这样说的，但他们对这种面粉还是很感兴趣，虽然没有人买，样品却都拿走了，说：“我们回去试吃一下，要是真像你们说的，我们会回来买的，现在用化肥农药种的粮食都把人们给吃怕了。”

临近中午，突然过来几个穿制服的城管执法人员，为首的一位被称为“主任”的执法人员对韩军说：“请把你们的营业执照出示一下。”

韩军朝左右看了看说：“营业执照？什么营业执照？”因为他从来没有

干过这种事情，他还不知道营业执照是干什么用的，就如实答道，“我们没有营业执照。”

这位主任说：“没有营业执照你们销售什么产品哪！况且粮食是国家统管物资，虽然现在不像过去管得那么严了，但也不能没办任何手续就随便经营。”他再次把韩军打量了一遍说，“看样子你们也是第一次从事这种活动，我们就不没收产品了，你们快拿上东西离开吧，否则，我们就要按规定执法了。”

赵铁柱插了一句说：“我们这是销售自己的产品，又不是二道贩子，没有干违法的事，为什么要对我们执法呀？”

主任说：“无照经营本身就是一种违法行为，况且你们销售的小麦面粉也没有经营许可证，这是一种严重的扰乱市场行为，为什么我们不能执法？”

赵铁柱还要争辩，主任不耐烦了，让手下人把这些面粉全部装上执法车拉走了。

带去的面粉被没收，韩军只好带着赵铁柱他们返回村里。

俗话说，好事不出门，坏事传千里。这批面粉被没收的消息不胫而走，第二天就在韩冲村传得沸沸扬扬。有的说本来就不该种这种劳而无功的什物。有的说，在山沟里种环保型小麦，简直是小土炉里造飞机，异想天开。有的甚至还找到韩军要说法，说：“你就是不给赚的钱，至少也得把买种子的钱给我们吧！”

夏广泰更是幸灾乐祸，在私下里散布说：“我早就说过，农村工作有农村工作的规律，做农村工作不是写文章，不是凑四六句，它是要见到粮食的。毛主席说，实践出真知；邓小平说，实践是检验真理的唯一标准。种庄稼要施化肥、打农药，这个方法都用了几十年了，那是经过多少人实践的。现在突然不给庄稼施化肥了，也不打农药了，这就像人一样，他吃惯了粮食，你现在突然不让他吃了，叫他光去吃菜。他过去有病你就给他打针吃药，现在有病不给打针吃药了，让他就那样硬挺着，他的病能好吗？”

夏广泰还说：“一个扛枪弄炮的想充当庄稼筋（方言：内行的庄稼人），除了能把庄稼地种成草，他还能干什么？”

他这样一说，好多人都跟着议论，他们说："过去我们什么事都是听韩军的，现在看来，韩军说的话也不一定都对，往后我们是不会再种什么绿色环保型小麦了。"

面粉不但卖不出去，还被没收了，韩军的心里更不好受。韩庆厚趁林静不在的时候对韩军说："你从部队上回来后，修了村道，造了林子，办了养殖场，建了加工厂，又搞了那么大的一个果园子，已经差不多了，要懂得见好就收的道理。人老几辈子种庄稼使用的老办法你想一下子把它改掉，那可不是小孩子玩过家家，是要付出代价的。再说，你从上小学到参军，都是出了这个学校的门又进了另一个学校的门，再后来就脱离了农村，对农村的事都不大懂，你又没有做过生意，现在突然要做买卖，能不栽跟头？"韩庆厚还说，"林静是个教书搞研究的，功夫都是在书本里，农村的事情她也没有多少切身体会，你也不能什么都听她的。再说，她是为了她的什么课题搞试验，试验成功了还可以，要是试验失败了呢？况且她干够三年是要走的，到时候她戳个烂摊子撂给你，谁来收场？"韩庆厚接着劝韩军，"一句话，要想让你自己和一家人都安安稳稳地过生活，我看你还是就此罢手吧！"

听到村民们的议论，特别是听了父亲的劝告，韩军意识到，自己现在其实是在冒一个风险——种植绿色环保型小麦失败了怎么办？由此他想到了一个传说故事。这个传说故事是在改革开放初期有一次他参加军区的理论读书班时，一个专家在授课时给他们讲的。说是当年江河湖泊里有一种双螯八足、形状凶恶的甲壳虫，不仅会挖洞使稻田缺水，还会用螯子伤人，被称之为"夹人虫"。后来，大禹到江南治水，派壮士巴解督工，发现夹人虫的侵扰严重妨碍着工程。巴解想出一个办法，在城边掘条围沟，围沟里灌进沸水，当夹人虫过来时，就此纷纷跌入沟里烫死。烫死的夹人虫浑身通红，发出一股诱人的香味。巴解好奇地把甲壳掰开来，一闻香味更浓，便大着胆子咬了一口，谁知味道鲜透，比什么东西都好吃，于是被人畏惧的害虫一下子成了家喻户晓的美食。大家为了感激敢为天下先的巴解，就用解字在下面加个虫字，称夹人虫为"蟹"，意思是巴解征服夹人虫，是天下第一食蟹人。想到这个故事，韩军心想，巴解能成为"天下第一食蟹人”，当时肯定是冒了风险的。自己现在在村里种植绿色环保型小麦，其实和当年的巴解一样，也是韩冲村乃至宛平县的“第一食蟹人”，如果不冒点风险，那么就永远也享受不到“鲜美的蟹味”。

韩军毕竟是个经过世事的人，他把种植绿色环保型小麦的前前后后回想了一遍，虽然中间也经历了一些曲折，但大方向并没有什么不对，就是费的工夫多了一些，产量低了一些，论质量，凡是品尝过的人没有不说好的。现在的主要问题是销售问题。自己确实不懂得销售工作，但不懂的可以学嘛！路都是人走出来的，只要对自己看准的东西有信心，就没有过不去的坎儿。他想，于亚军是自己的老同学，又是自己的上级，他长期在农村工作，又是从县上下来的，对县直的各个部门都熟悉，应该有办法。于是他骑上摩托来到于亚军的办公室，讲了他的苦恼。

于亚军一听笑了，说：“你们的这种环保型小麦种都种出来了，还发愁卖不出去？普通的老百姓消费不起，总有人消费得起嘛！我们不是说，绿色环保型粮食是未来农业的发展方向吗？这样，我给乔书记打个电话，先把执法部门收走的那些面粉要回来，然后让乔书记帮助给想想办法。活人总不能让尿憋死嘛！”

于亚军在电话中把韩军的事情一说，乔丰年说：“任何新生事物的产生和发展都不是一帆风顺的嘛！这样，我让执法部门先把没收的面粉给韩军他们送回去，然后让宣传部安排电视台的记者到韩冲村现场采访一下，让韩军他们做点准备，把这种小麦从播种到收割都严格按照绿色环保型要求种植的整个过程讲一遍，让消费者都知道这种小麦是怎么种植出来的，那样他们对你们为什么要定这么高的价格就能理解和接受了，消费起来心里也就踏实了。另外，我让县里机关事务管理部门的同志也到你们那里采购一点回来，给县直机关的同志们分一点，同时给地区和省上的有关部门也送一点，让他们也帮助宣传宣传，也算替你们做做广告。”

县委书记的话就是管用。韩军从镇上骑着摩托刚回到家，县里执法部门的同志就把没收面粉的钱给送回来了，说是他们把那些面粉留下来，分给了他们系统的人，让大家都帮着做宣传。他们还当众给韩军道了歉。

第二天，县电视台派来了三名记者，把韩冲村种植绿色环保型小麦的整个过程详详细细地采访了一遍，用事实向观众做了介绍。这个专题在电视台连续播了三天。地区电视台也在本地新闻节目里做了重点报道。这一下，韩军他们种植的这种绿色环保型小麦一下子就火了，谁都知道韩冲村种出了绿色环保型小麦，大家也都知道韩冲村有这种小麦，订购他们这种面粉的顾客络绎不绝，韩军的电话都快被打爆了。

有人购买是件好事，再忙再累也不能怕麻烦！韩军赶忙安排人昼夜加工，加工出来的面粉没几天就销售一空。没有种植这种小麦的农户纷纷要求种植这种小麦。这一下更加激发了韩军和林静的信心，他们决定来年把村里的 2200 亩洼地全部种成这种绿色环保型小麦，而且从现在起就要开始整地，并且要迅速进行招商，尽快建一座面粉加工厂，专门用于加工这种小麦粉。县面粉加工厂知道这一消息后专门找到韩军，要求由他们来建这个加工厂，他们负责投资，村里负责解决建厂用地和用工问题。韩军知道，这一下又可以解决一部分村民的就业和脱贫问题了。

石梅本来是 6 月初就应该上山的，但父亲石钟突然患了急性肺炎，整天咳嗽不止，有时咳嗽得连饭都吃不下，夜里也咳嗽得睡不成觉。韩军又不在，无奈石梅只得把行期往后推迟。石母多次对石梅说："要是韩军在就好了，他至少可以替替你。"

就在父亲住院期间，石梅又收到了一条短信，说是韩军和林静天天在一起如影随形，简直就是两口子，并且还把两人并肩走在一起的照片也发了过来。石梅开始还不以为然，因为上次回去两个人已经把话说开了，并且自己从老家走时还把照料韩军生活的事情托付给了林静。可是后来石梅越想越不对劲。一个孤男，一个寡女，在一起日子长了，日久生情，这是很自然的事，何况这两个人当初还曾经有过恋情。她想给韩军打个电话提醒一下，但又怕韩军不认账反而弄巧成拙，翻来覆去没有个好办法。这种事又不能向父母说，她只能一个人扛着。过了两天她实在忍不住了，心想，干脆给韩军打个电话把这件事直说了，看韩军有什么反应。这么一想，她就给韩军打了个电话。韩军一听笑了，说："简直是小儿科，这又是哪个挨千刀的在挑拨是非！"其实他心里也明白，干这种事恐怕夏广泰和夏海山叔侄脱不了干系。这件事还真是夏海山干的。

自从那次夏广泰为林果园竞标的事失败以后，他在心里对韩军又忌恨起来。在他的心里，韩军已经成了他谋权谋利的拦路虎和绊脚石，于是，他把夏海山叫到家里，一顿好酒好菜招待后，向夏海山说了自己内心的苦闷，夏海山气不过，于是故伎重演。

夏海山拿着夏广泰给他的照相机，一有机会就跟踪韩军和林静偷拍。那几天小麦试验田里出现了病虫害，韩军和林静几乎天天都要往试验田里跑，夏海山一看机会来了，韩军和林静走到哪里他就跟拍到哪里。但使他不满意的是，韩军和林静在一起的时候两个人始终是保持着距离，夏海山偷拍了好几个胶卷都不满意，气得他真想把照相机砸掉。

那天晚上，小麦试验田里不断有燕子和养殖班里的人出出进进，夏海山早早地蹲守在韩军和林静可能进出试验田的地方。终于看到韩军和林静一前一后从地里出来，两个人肩并肩走着，时不时传出笑声，还挨得很近。于是他就举起相机连拍了几张。第二天一大早他就骑上摩托到县城的照相馆把胶卷冲洗出来，挑了一些自己比较满意的放大加洗了两套，准备回家交给他的叔叔夏广泰。可是在加洗的时候，他却发现自认为最能说明问题的那一张照得光线太暗了，到这时候他才想起，拍照的时候由于激动和紧张，竟忘记调整照相机的亮度了。他后悔得直跺脚，但事已至此已经无法挽回了，只好就这样把照片交给了夏广泰。夏广泰看到照片后虽然也感到有些遗憾，但他觉得有总比没有强，对夏海山还是夸赞了一番。

夏广泰拿到照片后并没有急于发出去，他要等待时机。

这一天，韩军种的什么绿色环保型小麦受到了县委书记的重视，韩军在电视上也露了脸，夏广泰心里不平衡，就干了这种龌龊事。

韩军接到石梅的电话后，知道这一次石梅肯定是对他和林静在平时的接触中起了疑心，于是他就在电话中说："我在工作上和林静来往多一些这是实情，但我绝不会越界，否则就是对你的背叛。况且一家人都眼睁睁地看着，我也不会干那种伤风败俗的丑事。"为了使石梅放心，他还在晚上给石梅发了一条长长的短信。他在短信中说："你说人家拍我们两个的照片肯定是人家看到了，这个我也承认，如果不是采取技术手段拼接的，那就是生活中实际发生的。可是，别人看到了又会怎么样呢？亲眼看到的就一定是真实的吗？这倒让我想起一个故事。相传一个国王的王子外出打猎，临行时留下爱犬在家看护他的婴孩。王子打猎回来后，看见血染被毯，却不见自己的婴孩了。而爱犬呢，一边舔着嘴边的鲜血，一边摇尾晃脑地望着王子。王子怒火冲天，抽出腰刀向爱犬的腹部猛地刺去。爱犬发出了撕心裂肺的惨叫声，惊醒了熟睡在血迹斑斑的毯子下面的婴孩。这时，王子才发现屋角躺着一条死去的恶狼。王子一手抱起婴孩，一手抚摸着气息奄奄的爱犬。婴孩依然沉睡，爱犬却泪流满面。——我多次含着泪水读着这个故事，也细细揣摩着作者的注释：很多事情你（或者是别人）看到的、听到的，未必是你（或者是别人）想象的那样！你我之间的感情是经过20年培育和砥砺出来的，是牢不可破的，请你相信你深爱着的曾经穿过24年军装的这个人——韩军！”

石梅知道韩军的人品，读了韩军的短信，她的心里也就释然了。

不久，石梅的父亲出院了，石梅整理了行装，开始向昆仑山进发。出发前，石梅还给韩军打了电话。

韩军问：“你这次去需要多长时间？”

石梅说：“这次去的时间可能要长一些，一定要把需要的数据全部弄清楚。”

石梅在电话中说话显得有气无力，韩军关切地问：“你是不是最近身体不舒服呀？”

石梅在电话中苦笑了一下，说：“没关系，过几天就好了。”

韩军问：“让医生检查没有？”

石梅说：“我知道自己的毛病，可能就是在医院里伺候爸爸有点累了吧。”

韩军劝她说：“你还是休息几天吧，等身体完全恢复后再上山。”

石梅说：“你也知道，一年四季能上昆仑山的时间就那么几个月，已经耽搁几天了，如果再耽搁，今年恐怕就上不去了。”

韩军知道这个课题对于石梅的重要性，他嘱咐说：“那你上山后，可一定要照顾好自己的身体，不能为了完成课题把身体搭进去了。那样是得不偿失的！”

石梅答应着说："你说的话我记住了，谢谢你的关心。你也要注意自己的身体，千万不能累着自己！"

八一建军节到了。当过兵的人都把这一天看得很重，他们是把这一天当作自己的生日看待的。韩军也不例外。上一个建军节他就想和养殖班的同志在一起过个节，但当时由于忙购羊的事，一晃就过去了。他想，这回一定要组织大家在一起过一过节，回顾一下昔日的军营生活，同时也联络一下战友之间的情谊。

养殖班有个专门的灶房，是为值班不能回家吃饭的同志设置的。"八一"这天，韩军早早地就到镇上采购了菜品和酒水。林静因为也当过兵，就来和大家一起过。这次大厨是韩军，他让林静打下手。养殖班的同志要帮忙，被韩军阻止了。韩军说："你们辛苦了两年，今天要好好休息一下，让我也展示一下厨艺嘛。"

韩军说，他的厨艺是在参战前学的，当时团里以营为单位都办了炊事培训班，要求人人都要学会做饭，尤其是班长以上干部骨干要带头。因为到了战场上不知道会发生什么样的情况，不能因为吃不上饭而减员。

眼下快入秋了，院子里凉风习习，吹到人的身上很是惬意，韩军建议把晚上的活动放在外面的院子里。

饭菜很快就端上来了，他们还是用军绿色的牙缸当酒杯。七个当过兵的，加上富贵和田晓龙两个没当过兵的，一共九个人，大家边吃边喝边讲故事，边唱歌边跳舞，一个个乐得好像又回到了军营。

月亮挂在夜晚的星空，整个大地笼罩在银色的月光中。

晚会开始前，韩军先带着大家进到图书阅览室，让赵铁柱把事先准备的军旗挂在一进门正中间的墙上，然后组织大家排成队面向军旗，播放《解放军进行曲》。大家都穿着干净整齐的军装，就连富贵和田晓龙也穿上了赵铁柱给他们找来的迷彩服。每一个人都表情严肃地凝望着火红的军旗，好像又置身在战火纷飞的年代。紧接着，由赵铁柱领誓，大家面对军旗举起右拳宣誓，他们表情严肃，仪容端庄，话语铮铮，声调铿锵，好像他们仍在军营服役。

晚会开始了。赵铁柱用萨克斯演奏了一曲《当兵的历史》，李威用吉他弹唱了一曲《我的老班长》，田茂利和王卫东合说了一段相声《夸夸咱们的连队好》，张勇还朗诵了一首诗《忘不了那身绿军装》。韩军看大家都踊跃献歌献诗，他也参加了进来。他先是用口琴吹奏了一支《猫耳洞之歌》，接着给大家讲了一个发生在他们团的战斗故事。

韩军在用口琴吹奏《猫耳洞之歌》的时候，大家都感到很新鲜也很惊奇，因为平时谁都没见过他还会吹口琴。韩军对大家说："其实在南线参战的时候，人人至少会一种乐器，因为参战的时候待在猫耳洞里的时间很长，猫耳洞里又潮又闷，不会点乐器是熬不过去的。"说完，他就很投入地吹奏了起来。这支歌除了林静，其他人都没听过，当韩军吹奏完，大家都说好听。

然后韩军给大家讲述了他们团老团长王学礼的一段战斗往事。

1949年8月，曾经参加过一百多次大小战斗的老团长王学礼在恶劣天气中，带领全团指战员攻打马步芳匪帮盘踞的兰州锁钥沈家岭，誓死夺取兰州。当时，装备精良的马匪在沈家岭修筑了坚固的工事，自以为有恃无恐。我军将士战胜了重重险阻，付出了惨重的代价，一步步占领敌军的主阵地。敌人不甘心失败，一次又一次发起火力，我军将士不畏强敌，浴血奋战。王学礼身先士卒，指挥将士打退了敌人的五次反扑，夺下沈家岭，与兄弟部队一起解放了兰州城。就在战斗即将取得最后胜利的时刻，他被一发炮弹击中，喋血沙场，鲜血染红了祖国大西北的土地。王学礼同志牺牲时，年仅32岁，是我军在这次战役中牺牲的职务最高的军事指挥员……

韩军讲得声情并茂，大家都陷入深深的沉思中。

停了一会儿，王卫东问道："那这个王团长成家了没有？"

韩军说："成家了。他的爱人叫苏维仁，曾担任山西偏关县的妇救会干部，他们两个是在战火中结成的革命伴侣。在挺进大西北的前夕，王学礼曾经给在军部医院工作临近分娩的妻子写了一封深情的信。信中说：'我们南征北战几十年，就是为了打倒蒋介石，解放全中国，这一天就要盼来了。我们现在训练很忙，要集中一切力量消灭马匪，解放大西北。我不能来看你，望你注意身体，带好孩子，让我们在胜利的时候再相会。那时，我们的第三个孩子一定出世了，他们将是新中国第一代最幸福的人。让我们举起双手迎接祖国的新生吧。祝你和孩子们快乐。’他牺牲时，第三个女儿已经出世第10天了。在孩子满月后，这封信才辗转千里，由组织上交给苏维仁同志。苏维仁捧着磨损的书信，看着熟悉遒劲的笔迹，抑制不住悲伤，任泪水滴落在信纸上，渗透了她多少难忘的回忆。在长期的革命斗争中，王学礼和苏维仁这对亲密的革命伴侣结下了深厚的情谊。十多年来，每当王学礼去执行战斗任务时，苏维仁都毅然为丈夫整理行装。几次生孩子，她都是一个人独自面对。打兰州前，她为了不让王学礼分心，没有去部队看望他。她把丈夫的事业同祖国的解放联系在一起，默默地承担着家庭的重担。兰州解放后，她盼望着王学礼早点回来看看刚出生的小女儿。但是，她万万没有想到，王学礼会在新中国成立的前夜离开了她。”

大家静心倾听着韩军的讲述，好像王学礼的故事就发生在他们身边。

富贵说：“这个团长的事迹太感人了！俺看军叔你就是这样的人。”

韩军谦虚地笑了一下说：“我们和王学礼同志比起来，相差得还很远呢。不过，在我当团政委的时候，每年新兵到部队后的第一堂课就是参观团荣誉室，讲王学礼的战斗故事，教育新战士从入伍的第一天起，就要向王学礼同志学习。我们特别强调团里的领导要带头学习王学礼，做一个学人民、爱人民，为了人民的利益甘愿牺牲个人利益甚至牺牲自己生命的党员领导干部。”

晚会在不知不觉中进行着，此时已经是月挂中天，万籁俱寂。银色的月光透过夜空把它的清辉洒在每个人的脸上，更给晚会增添了清幽的意境。面对着皎洁的月光，林静也情不自禁地唱了起来。她先是唱了一首《为了谁》，接着又唱了那首《月亮之歌》。

林静在唱这支歌的时候很动情，很投入，歌声还没落下，她已经是泪流满面了。一开始是她一个人唱，后来韩军就加入了进来，她大声唱，韩军就用小声和；再后来，赵铁柱他们也都加入了进来，变成了合唱。歌声飘向夜空，伴随着满天的繁星和明亮的月光，营造出了一种舒缓、温婉、深沉、辽远、苍凉的意境，歌声在每个人的心里久久地飘荡……

“八一”过后，夏广泰的儿子夏宝收到了大学录取通知书，韩军带着一班人到夏广泰家里祝贺。韩军说：“从今年起，村里要立个规矩，凡是考上大学的，村里都要给予一定的奖励，鼓励孩子们好好学习，他们将来不管是回来还是到其他地方工作，都是咱们韩冲村的人，也都是为国家培养了人才。”夏宝说：“我将来毕业以后也回来，我看咱们韩冲村挺有发展前途的。”夏广泰朝他瞪了一眼，夏宝说：“我说的是真心话嘛！你们可以看看，过去咱们周围哪个村子都比咱们村强，现在却反过来了，别的村的姑娘都开始往咱们村里跑了。这说明了什么，还不明白吗？”

“八一”过后没几天，西疆那边突然传过来一个噩耗：石梅在昆仑山上遇难了！韩军一接到电话，什么都没有准备就飞奔中原机场，搭上了飞往西疆的航班。

第二十五章　噩　耗

韩军回到西疆后才知道，石梅为了抢救守防战士，患上了高原肺水肿，因为来不及抢救，才壮烈牺牲的。

这个情况是石梅的同事郭虹跟韩军讲的。郭虹既是石梅的学生，也是石梅的助手。她这次跟着石梅一起上昆仑山，是协助石梅进行“蓝色血液”课题研究的。

郭虹告诉韩军，这次执行任务的地点是在昆仑山的主要山脉喀喇昆仑山，你站在山下一看，整个山脉就像横空出世，直插云端，山上冰峰林立，银光闪烁，终年积雪不化，平均海拔在5000米以上。站在喀喇昆仑山下，你会觉得自己异常渺小，犹如一粒尘埃，随时都可能飘逝得无影无踪。那天他们的小分队跟着石梅来到喀喇昆仑山后，先是在山下的营地简单休整了一下，接着就上山开始工作。他们沿着边防线一个连队一个连队地开展巡查。巡查中，石梅带着小分队的医护和科研人员，边给连队官兵讲解高原地区的自我防护医学知识，边给患病的官兵进行疾病诊治，同时收集与课题研究相关的数据和第一手材料。他们工作了一个多月，完成任务后回到了位于喀喇昆仑山腹地的营地小分队刚刚卸下行装准备休息，山上突然传来消息说，空喀山口有两名战士因高原病昏迷不醒，生命垂危，需要马上抢救，上级决定由石梅所带领的小分队迅速派人上山。接到命令，已是晚上9点多。石梅知道，大家经过这一个多月的奔波，都已经是疲惫不堪，需要休整，派谁去都是一个难题。于是她毫不犹豫地做出决定，由她自己带两名助手前往执行任务。大家都知道她这次从家里出发的时候身体就不好，这一个多月来又在边防一线奔波，身体状况已经虚弱不堪，她是不能再继续上去了，必须休息，于是大家都争着要去。但石梅最后还是把大家劝住了。她说：“我们这次来的目的和任务有两个，一个是巡诊，为高原边防官兵解除病痛，另一个是收集资料，为我们的课题研究做准备。可是我们现在只完成了第一项任务，到现在为止我们还没有发现一例蓝色血液的人，就是说，第二项任务我们还没有完成。这次上去，说不定会遇到我们所需要的实例，即使遇不到，我们也算尽到最大的努力了。更何况我是所里的一名老党员，我是领导啊！党员领导干部哪有在急难险重任务面前打退堂鼓的？”大家被她说服了，由她选了两名助手前往山上去执行任务，其中就有郭虹。

石梅带领着三人医疗小组乘坐上营地派出的越野车连夜出发了。他们翻达板、过冰河，冒着零下40多摄氏度的严寒，昼夜兼程。第二天，大雪纷飞，四面八方白茫茫一片，看不清路面，也看不出哪里是悬崖哪里是沟壑。不久，车就被困在了雪地里，水箱冻住了，车上吃的、喝的和所有有水分的东西都被冻住了。郭虹回忆说：“我们当时只好下车挖雪，推车，人从外到里全被冻透了。饥饿、寒冷，加上疲劳，我们三个人都出现了严重的高山反应，呼吸困难，头痛欲裂。石梅姐由于出发前身体就极度虚弱，这时候高山反应就更加强烈。当时她的嘴唇乌紫，脸色铁青，每吸一口气都要付出极大的努力。那时我仿佛已经感觉到，石梅姐已经到了生命耐受和心理承受的极限状态。但她仍然鼓励我们说：‘同志们，山上的战士等待着我们去救治，上级交给的科研任务也等待着我们去完成，我们还有重任在肩，请大家一定要坚持住，我们自己可不能先垮了呀！’就这样，我们一个个都紧咬着牙关坚持着，一直等到第四天的黄昏，才等到哨卡官兵的救援，将我们接到海拔5010米的空喀山口。”

郭虹说，他们虽然被饥饿和严寒围困了三天三夜，身体和精神都已极度衰弱，但救人却刻不容缓。他们几个一到连队，石梅就硬撑着来到病人床前给病人做检查。在给这两名战士做抽血化验时，她看到抽出的血竟是蓝色的！确切地说，是蓝灰色！郭虹回忆说：“当我看到这个情况时，我的心差点跳出胸口。在这之前，我还从未见过蓝色的血！我当时就想，血都蓝了，人还能救活吗？但当我观察石梅姐时，她却是一脸的沉着和坚定。这个新发现好像让她忘记了极度的衰弱和严重的高山反应，她立即对这两名战士全面检查病情，确定治疗方案，实施治疗措施。同时，她还详细询问了这两名战士的基本情况，包括年龄、出生地、文化程度、家庭成员及病史、服役时间、何时上山、既往身体状况、发病的过程及其发病时的表现、救治初始阶段的情况包括给药情况和服药后的表征等，并做了详细的记录。”

郭虹说：“这时候，石梅姐的高原反应已经在悄然加重。夜间，她和大家一起睡在石头砌的窑洞里，她不住地咳嗽，后来她的咳嗽就越来越重。伴随着咳嗽，当她再一次咳痰时，突然觉得不对，赶快拿起手电起身来看，果然，满地都是呈粉红色泡沫状的痰迹。她顿时意识到不好，曾经吞噬过很多战士生命的高原肺水肿已经缠身了！这个危险的信号震惊了那里的医生和护士，也传到了山下。我当时很担心，一直陪在她身边，不敢离开。第二天，当大家都来看望她时，她早已拖着病重的身子来到这两名战士的病床前，察看昨天的治疗是否有效，她一边给战士治疗，一边还在不停地咳嗽。好在战士的病情在好转，这证明她的治疗方案是正确的和可行的。

“石梅姐当时在给战士治疗完后，又给自己做治疗，那时候她已经总结了上千例治疗高原病的经验，她的心里还是有那么一点儿底。她知道，高原病的起因主要是缺氧，只要及时给氧，生命就有希望。然而，这时候紧急情况出现了。护士一听她说要氧气，急得拖着哭腔说：‘石医生，氧气快没有了，只剩下半桶了。’‘只剩下半桶？’当时在场的人包括我，大家的心一下子又提到了嗓子眼儿。我们都知道，在高原上，生死存亡都取决于这个‘氧’字。简单地说，有氧才能活！没有氧气，怎么救活战士？只听石梅姐淡淡地说：‘半桶？那就算了，还是给战士们用吧！’我当时急了，抢上前说：‘战士的生命要靠你去救治，你必须把氧气输上！’护士们一边强行给她输氧，一边和山下联系，让他们派人派车火速向山上送氧。

“第三天，这两名战士中有一个开始想吃东西。因为饿了几天，这个战士一下子吃了两个大包子，结果引起了急腹症，出现黄疸，石梅姐又赶快组织紧急抢救。患了严重高原肺水肿的石梅姐，在咳嗽吐血、呼吸困难、自己也面临着死亡危险的情况下，却置自己的生死于度外，又一次从死神的手中夺回了战士的生命。

“当天晚上，石梅姐为能够保住战士的生命而高兴，但她却不知道自己是否能闯过这一关。她悄悄地把我叫到她的床前交代自己的后事。我十分难过地告诉她说：‘石梅姐，你的脸色很不好看，灰蓝灰蓝的。’‘灰蓝灰蓝?'她重复地说了两遍，然后说：'那就是说，我的血现在和那两名战士的血是一样的。'我说：'是的，我看了很害怕，心里特别难受。'石梅姐说：'小郭，别难受，我们的研究已经有结果了，我们应该高兴才对呀!'但我怎么也没有想到，战士的生命被石梅姐抢救过来了，而她自己却倒下了。"

石梅在躺倒之前，拿出她平时用的记录本，在上面认真地写下了她对"蓝色血液"课题的研究结论：第一，在地球上确实存在着蓝色血液人，但蓝色血液人不是一个人种，而是一种病态现象；第二，蓝色血液人主要存在于海拔5000米以上的高原，人从低于海拔5000米的地方进入5000米以上的高原，经过若干时间后他的血液抽出来就会是蓝色的；第三，蓝皮肤与蓝血有关，蓝血与血红蛋白的成分有关，血红蛋白的成分由于缺氧而变异，使血液呈蓝色，蓝色血液人发病的主要原因是缺氧，缺氧的血液就是蓝色的；第四，蓝色血液病是可以治好的，治疗蓝色血液病的主要途径是及时足量给氧，当血液中的含氧量充足时，血蓝蛋白会转化成血红蛋白，血液就会变成红色。石梅写好后把记录本交给了郭虹，让她转交给研究所的所长。

石梅在临终前，还专门让郭虹用她的录音笔给韩军录了自己最后说的一段话。石梅在录音中声音微弱地说：

……军，亲爱的！我就要走了，我的事业有了结果，我也就没有遗憾了。但我遗憾的是没能实现我对你的承诺：等我把课题完成后，就打报告转业，回去陪你完成你的"一二三四五工程"。以前我对你的选择不够理解，曾经拖过你的后腿，现在想起来还感到很后悔。我知道你的事业心很强，我也知道你的能力，我相信你一定会完成自己的使命。谢谢你多年以来对我父母像对待自己的亲生父母一样关心照料。我走后不担心你对我父母的照顾，也不担心你对女儿的爱抚，我最担心的是你的身体，你一定要定期体检，按时服药，千万不能耽误了。另外，我想对你说的是，林静是个好女人，很善良，很会体贴人，也很有学问，你如果能和她结合，我也就瞑目了。希望你不要受世俗的羁绊，及早地把她娶过来。这是你的福气，也是咱们双方父母的福气，更是咱们女儿的福气。我感觉梦梦和小刚也比较般配，如果两个孩子有意，你就成全她们吧。别了，我亲爱的军……

听完石梅的录音，韩军就像万箭穿心。人们常说，少年丧母、中年丧妻、老年丧子是人生的三大不幸。韩军怎么也没有想到，石梅这么年纪轻轻地就走了，走出了缤纷的人世，走向了另一个世界！他知道，石梅的走与自己有关系，如果自己能够多给她些照顾，如果父亲生病的时候他能帮她分担一些，她也不至于拖着病体走向高原。他真后悔，如果当时他在她身边，他一定会劝阻她的。然而现在一切都晚了！

韩军自从接到石梅遇难的消息，乘机飞往西疆，到医院的太平间里看到石梅的遗体，在家里为石梅设立灵堂接受亲朋好友对石梅的吊唁，开完追悼会安排石梅的遗体火化，又把石梅的骨灰做最后的安葬——石梅被追认为革命烈士，安葬在革命烈士陵园。一直到把石梅的遗物处理完，韩军的眼泪都始终没有干过。他想起了他们的初恋，他想起了他们的热恋，想起了他们手挽手走进婚姻的殿堂，想起了他们爱情的结晶——女儿梦梦的出生，想起了婚后他们两个人相亲相爱、相濡以沫的点点滴滴，特别是想起了石梅宁可自己吃苦受累也要全力支持他干好事业，韩军更是悲痛万分，痛不欲生。他抚摸着石梅的遗物，凝望着石梅和他的张张照片，回想着和石梅在一起生活中的每一个生活细节、每一个美好瞬间，他的心绪就像大海上的万里波涛，汹涌澎湃，久久难平。每当这时，他的眼泪就像开了闸门的洪水，带着对石梅的思念和没能照顾好石梅的痛悔，奔涌着流下来……

石梅是石钟和高洁唯一的骨肉，现在石梅走了，老两口整天以泪洗面。特别是不敢看到石梅的照片，他们一看见石梅的照片就会掉泪，有时候甚至会放声大哭。韩军怎么劝也劝不住。加上他自己心里也很悲痛，老两口哭的时候他也在一旁陪着默默地流泪。

梦梦在办理完妈妈的后事后回到学校，但她每天晚上都要给石钟和高洁打一次电话。她虽然自己也很悲痛，但她还是忍着眼泪劝解爸爸和姥姥姥爷节哀，保重好身体。

小刚知道这个情况后，专门给妈妈打了电话，让她也劝劝韩军伯伯，不要让韩军伯伯伤了身体。一有空他就来到梦梦这里陪伴梦梦，生怕梦梦因思念妈妈生出病来。

小刚看着茶饭不思、日渐消瘦的梦梦，心疼得不得了。他想，不管怎么说，我还有个爸爸，虽然他不在身边，但他总有一天会来看我。可是……可是梦梦的妈妈却永远不能来看她了……相比之下，我这点不幸又算得了什么……也许就在这一瞬间，他长成了一个敢于担当的男子汉。他无微不至地照顾梦梦，给她打饭，帮她补习，陪她散步，甚至在她痛哭时借她一副肩膀……

韩军知道村里还有许多事情等着他回去做，他怕自己走了以后石梅的父母在家里睹物思人更添悲伤，就动员两位老人跟着自己到老家住上一段时间。

两位老人跟着韩军来到韩冲村后，一家人都很热情。韩军把自己的卧室腾出来让老人住，又购买了新床新被褥，自己把杂物间收拾干净住了进去。林静像对待自己的亲生父母一样给老人端茶递水，缝补浆洗衣服，精心地伺候着老人的生活。两位老人在全家人热情关照的氛围中，慢慢地从失去女儿的悲伤中走了出来，开始了新的生活。他们一有空就在村里转悠，看到韩军给村里做的好事，心里也有了安慰感和满足感。他们感到，韩军选的路是对的，鼓励他继续走下去。他们对林静也像亲闺女一样亲近起来。

黎萍知道了石梅的事情，专门到家里来了一趟，表达了对石梅的悼念。她一有机会就安慰韩军，劝解韩军往前看，往宽处想，一定要保重好身体。此后她每过十天半月都要过来一趟，每次来的时候，不是给家里买吃的、用的，就是给韩军和四位老人买些衣服、鞋子或保健品。她对待石梅的父母也很亲，每次来只要有空，就陪着两位老人到村里村外走走看看，给两位老人介绍韩军为村里做过的事情和韩军对韩冲村未来的设想，好像她就是第二个石梅。

一转眼又到了小麦播种的季节。经韩军提议，村支两委研究，并经全体村民代表会议表决通过，韩军把 2200 亩洼地全部种成了绿色环保型小麦。播种之前，他们在林静的指导下，按绿色环保小麦的种植要求，对土地全部实施了无害化处理。经过林静争取，省农科院还把韩冲村作为他们的绿色环保型小麦种植试验基地，在资金和技术方面都给予了很多的支持。并且明确，这个实验基地的总负责人就是林静。韩军他们的这个举措也受到镇上和县里的重视。先是于亚军和柴广钦带着全镇的村支书和村委会主任在这里开了现场会，紧接着县里的乔书记和县长也带着全县的乡镇书记和乡镇长以及县直有关部门的一把手在这里召开了现场会，要求把这种新的种植方法在全县推广。

面粉加工厂也建起来了。厂长是县面粉厂派来的，韩军把李威从养殖场抽出来担任副厂长。一开始他是想让赵铁柱担任这个职务，但考虑到赵铁柱的任务过重，应该再培养些新的骨干力量。经过两年多的考察，他感到李威比较成熟，就把他派了过来，李威在养殖场的职位由田茂利担任。李威担任加工厂的副厂长以后，工作兢兢业业，干得很出色。

富贵的蚯蚓养殖合作社越办越红火，现在已经是三个大型养殖房了。此前，富贵还遇到了一段姻缘。原来，县城的公司每次来这里收购蚯蚓产品的都是一个三十出头的女子，这位女子每次来的时候都带着她的女儿。一开始他们只是工作关系，后来两人逐渐熟了，富贵才知道，这个女子叫桂花，男人在两年前因车祸死了，现在就剩下她们母女俩生活。富贵知道了她的家庭情况后，就对桂花母女有了些同情。刚好有一次桂花来这里进货，她的女儿玲玲趁人不注意到河边玩耍，不小心掉进一个小潭里。听到有人呼叫，富贵拔腿就往出事地点跑，到潭边连衣服和鞋子都没顾上脱就跳进了水里，把桂花的女儿救了出来。这时候田晓龙也跑过来了，他们两个一起把孩子背到村里的医务室进行了救治。桂花的女儿得救了，桂花对富贵的爱意也更深了。

有一天，桂花又带着她的女儿玲玲过来收购富贵合作社的蚯蚓产品，趁没人的时候，桂花试探性地问道："富贵大哥，我来了这么多回，怎么就没见过嫂子呀？嫂子肯定是长得很漂亮吧！"

富贵一时没有反应过来，问道："嫂子？你问的是谁的嫂子？"

桂花说："就是你们家的嫂子啊！怎么，你家的嫂子是金枝玉叶，不兴别人问一下吗？"

这一下富贵听明白了，是问他自己的。他的脸色一下子红得像猪肝，不好意思地挠了挠头，嗫嚅地说："你看俺这穷样子，哪有什么嫂子呀！"

桂花"哦"了一声，又问道："那你们家平时做饭洗衣服的事情是谁做的？是你家大妈吗？"

富贵说："俺妈的眼睛前些年看不见东西，做饭洗衣的事都是俺自己干的。去年韩军叔家的石梅婶子回来探亲，让俺们去医院做了个手术，俺妈的眼睛这才能看见东西。"

桂花说："那大妈今年有多大年纪了？身体还好吗？"

富贵说："俺妈今年 60 多了，身体还算好，就是眼睛有些花，平时做个饭还可以，缝补个衣服啥的已经不行了，经常都是央求邻居家给做的。"

桂花说："我常听老一辈的人讲，人若无妻，就好像房子上无梁。家里没个能干活的女人是不行的，洗洗涮涮、缝缝补补的事情不能老是去麻烦别人。"

富贵说："谁说不是呢！可像我这个样子，也是没有办法呀！"

桂花说："过去就没有人给你提过亲吗？"

富贵说："提过，提过好几个呢，人家一听说咱这么穷，没见面就吹了。有一年别人给介绍了一个，也和俺见了面，可是后来人家到家里一看，当时连饭都没吃就走了，往后就再也没人给提了！"

桂花问："那是为啥？"

富贵说："那还用问？一个字，穷呗！"

桂花低下头停了一会儿，然后抬起头来说："大哥，既然你这样说，那我问你一句话，要是现在有人想给你介绍个对象，你愿意吗？"

富贵想都没想，说："就俺这个穷样子，哪有不愿意的，就怕没人给说。你要是能给俺说一个，俺保证请你喝酒！"

桂花说："我这里有，是个寡妇，年龄嘛，和我差不多，不知道你愿意不愿意？"

富贵说："只要你能看上就行，俺哪有不愿意的？"

桂花说："听说她还带着一个孩子，不知道你嫌弃不嫌弃？"

富贵说："有个孩子就有个孩子，俺们家里还正缺个孩子呢！"

桂花说：“人家是说，孩子不是你亲生的，带过来怕你不亲。”

富贵说：“咱们打了这么长时间交道，对俺这个人你还不了解？什么亲的异的，他还是个孩子，就看你咋带，你只要待他亲，时间长了，不是亲的也亲了。”

桂花说：“你要是这样说，人家就放心了。不过人家还说，将来过门了，人家还可以给你再生一个。”

富贵说：“生不生都不要紧，只要一家人和睦，日子就会越过越好。”

桂花说：“人们常说，婚姻是人生的大事，大哥你看你要什么条件，对人家有什么要求，比如说长相呀、文化程度呀什么的，你说个标准，我好给人家回话。”

富贵说：“哎呀大妹子！你看俺这个穷样子，还挑人家啥条件，只要人家不嫌弃俺就行。”

桂花说：“那总得有个标准吧？要是长得太丑，你也愿意？比如说，像我这样。”

富贵说：“人长得一般化就行了，又不是去买花！要是能长得像你一样，那俺这辈子就算烧了高香了！”

桂花笑了一下说：“你要是这样说，那我明天就把人带过来让你看一看。”

富贵一听急了，说：“明天就来？那也太仓促了吧！俺总得到镇上买点酒菜，要不然，人家来了连顿饭都管不了，那不就黄了？”

桂花说：“东西你就不用操心了，城里啥都有，我都方便，明天我早早地去买一点，带过来就行了，也免得你多跑腿。况且养殖场这边的事你也离不开呀！”

富贵想了想说：“那也行，你就辛苦一下。”说着，到身上去掏钱。

桂花拦住他说：“要不了几个钱，事情我先办，过后你再给也不晚。”

富贵想了想说：“那也行。”就把钱又放进了口袋。

第二天，桂花早早地就提着肉菜、带着女儿玲玲来到富贵家，还特意带了两瓶红酒。看来桂花是经过精心打扮的，脸上化了不浓不淡的妆，身上穿着不艳不俗的衣服，就连头发也修饰了一下，既不潮也不土，是那种很得体的发式。女儿玲玲被她打扮得像一朵花儿一样，一进门就跑到富贵的母亲跟前一个劲儿地喊“奶奶”，喜得老太太搂住她不放手。

富贵一看到桂花，眼睛里立刻放了光，心想，自己要是能娶到这样好的媳妇，这辈子就是给人家做牛做马也心甘情愿。

桂花来到富贵家里后，没顾上喝口水，就开始进灶房忙碌起来。

富贵一边帮着桂花打下手，一边朝外边张望，心绪不宁地等待着对象的到来。

桂花是个利索手，没有多大工夫，就做了几个碟子几个碗。

富贵心不在焉，跑到院外朝来家的路上张望了几次，也没见到有人来。这时桂花已经把饭菜端上了桌，富贵情绪低落地挨着母亲坐了下来，心想，看来这次又是竹篮打水一场空，人家又是嫌咱穷，八成是不会来了。人穷志短！算了吧，这或许就是自己的命。于是，他自解自劝了一番，拉过玲玲坐在自己身边，准备招呼桂花吃饭。

这时，桂花解下围裙走进来，坐到桌前，主动拿过酒瓶打开，给富贵和富贵的母亲各倒了一杯，然后自己也倒了一杯。她端起酒杯说：“今天没有其他人，就我们娘儿俩。如果婶子和富贵哥不嫌弃我们，从今天起我们娘儿俩和你们母子俩就是一家人。”说着，就要给富贵和他的母亲敬酒。

富贵一听愣了，说：“咋是你们娘儿俩！你不是说你今天还有人来吗，人呢？”

桂花笑了一下，说：“怎么，我们娘儿俩不行吗？如果我给你说的是我和玲玲，你不喜欢我们吗？”

富贵愣怔了一会儿，突然醒悟过来，激动得两只手直发抖。他怔怔地看了一会儿桂花，突然站起来，对桂花说：“桂花，你真是个好人哪！你能看上俺富贵，看上俺富贵这个穷家，看上俺富贵还有个穷妈，情愿到俺们家来过穷日子，俺富贵一辈子都会把你当神敬！”说完就要给桂花敬酒。

富贵刚把酒杯端起来，还没放到嘴边，突然停住。他提起酒瓶，拿着一只酒杯，也没给桂花打声招呼就往外走。

桂花问：“正吃着饭，你这是到哪里去呀？”

富贵也不解释，说：“你把玲玲带上，也跟俺过来。”

桂花就把玲玲拉着，跟在富贵的身后走。

富贵带着桂花和玲玲来到韩军家，当时韩军一家正坐在餐桌前吃饭。富贵一进门，还没等韩军开口，就斟满一杯酒双手捧着送到韩军手里，然后退后一步，扑通一声跪在地上，感激涕零地说：“军叔，侄儿今天来给你报喜，俺富贵也有媳妇了！想想当初要不是你搭救，后来要不是你把俺安排到养殖场，再后来要不是你又让俺办蚯蚓养殖场，还有林教授手把手教俺，俺哪能摘掉穷帽，俺哪能娶到媳妇，俺富贵哪能有今天的好日子啊！还有，要不是俺石梅婶子，俺那个瞎妈还不是要瞎一辈子？”说完，他拉过桂花和玲玲跪下，朝韩军恭恭敬敬地磕了三个响头。待他拉着桂花和玲玲站起身来的时候，他已经是泪流满面了，就连桂花的眼里也噙满了泪花。

韩军感动得热泪盈眶，他拉着富贵的手亲切地说：“富贵，我的好侄儿，要说感谢，咱得感谢党的好政策，感谢全养殖场和全村人的齐心协力，咱也得感谢人家桂花对咱们的看重和支持啊！俗话说，男儿无妇财无主，家有女人家则安，你现在有了媳妇，军叔我和你一样，高兴啊！这样，咱叔侄共同喝三杯，也算是我对你们一对新人的祝贺！”

韩军说着，从自家的酒柜里拿出一瓶西疆出的伊力老窖，又取出两个酒杯，亲自斟酒，和富贵一连喝了三杯。喝完酒，韩军到自己住的屋子，找了两个红包，装上崭新的人民币，拿过来递到桂花和玲玲的手里。

富贵把韩军的手挡住，生气地说：“军叔，俺今天过来是给你报喜的，你要是这样做俺可就生气了！”说着，从桂花和玲玲的手里把红包拿过来，又塞到了韩军的手里。

韩军说：“富贵呀！我是你叔啊！这可是咱们农村的规矩！要是在以前，我想给你的媳妇送个红包，可是你让我送给谁呢？这红包不是给你的，是给桂花和玲玲的，这是我们全家对你们的祝福，难道你可以拒绝祝福吗？”

富贵无奈，就只好让桂花和玲玲把红包接了。

桂花拉着玲玲又给韩军磕了头。

桂花这次来，不仅给富贵带来了喜讯，也给田晓龙带来了好消息。

自从那天田晓龙跟着富贵把桂花的女儿从水潭里救起后，桂花就对田晓龙产生了好感。后来经过接触和了解，她感到田晓龙也是一个好后生，人也长得帅气，就有了给田晓龙找个媳妇的想法。刚好她们公司不久前来了一个新员工，名字叫桃子，从小父母双亡，是跟着奶奶长大的。后来奶奶生病卧床不起，桃子为了伺候奶奶只好辍学了。给奶奶送终后，她来到桂花所在的公司。桃子长得很秀气，两只大眼睛长得水灵灵的，皮肤白皙，平时很爱笑，一笑脸上就会露出两个小酒窝，特别招人喜爱。现在经桂花介绍，两个年轻人一见倾心，很快就把婚事给定了下来。这一下乐坏了田晓龙的父亲枣木芯，如李喜德所说，连他的耳朵都笑开了花。两个年轻人订婚后，枣木芯办的第一件事，就是到镇上买了一大堆好酒好菜用摩托车驮回家来，并从镇上请了一个大厨师亲自掌厨，然后来到韩军家请韩军喝酒。

这可给韩军出了一个难题，因为韩军自从在村里上任后，没有吃过一家的宴请。韩军叫着枣木芯的大名为难地说："我说桓仁老弟，你知道，我从干上这个支书，从来都没有到谁家里吃过请啊，你可不能让我坏规矩呀！"

枣木芯也有理由。他说："别人家的你没吃过，这全村的人都知道，可是俺这个情况和别人不一样。这要是搁过去，你就是想吃，俺也不会来请你。你打听一下，全韩冲村的人都知道，除了俺结婚的时候请过客，这么多年俺田桓仁从来就没请人到家里吃过一次酒席，你是俺请的头一个人。今天是俺甘心情愿请你的，你今天不去不行，因为俺已经改邪归正了，俺再也不会给村里添麻烦了，你要是不去，那就是对俺田桓仁不信任，你就是看不起俺田桓仁！"

枣木芯的话说得很实在。韩军听得出来，枣木芯来请他是真心实意的，而且也没有什么私心私事，要是不去，真会让他生气的。

正在他左右为难的时候，林静给出了个主意："韩书记，人家桓仁兄弟也是一片好意，你就答应了吧。你如果心里实在过意不去，酒柜里不是还有几瓶好酒吗？你就提上酒过去，和桓仁兄弟一起庆贺一下，这未尝不是一件好事呢？"

经林静这么一提醒，韩军就答应了。他打开酒柜，从里边拿出四瓶伊力老窖，找了一个塑料袋子装了起来。

枣木芯拦住他说："今天是俺请客，酒俺都已经准备好了，你拿这么多酒干什么？你是不是认为俺田桓仁请不起客呀？"

韩军诙谐地说："你认为我这酒是谁想喝就给谁喝呀？我这可是从几千公里外的西疆带回来的，纯粮酿造，被称为西疆的茅台，是西疆的名酒，接待中央的领导用的也是这种酒。不信等一会儿你尝尝，保证让你一喝就上瘾，别的酒你连沾都不会再沾啦！"

韩军这么一说，枣木芯也知道韩军的用意，就没再阻拦，而是从韩军手里接过装有伊力老窖的塑料袋子，高高兴兴地拉上韩军往自己的家里走去。

临近春节，学校都放假了，梦梦和小刚一起来到了韩冲村。梦梦失去了妈妈，回来后一直沉默寡言。林静知道这时候女孩子的心情，就像亲妈妈一样照顾着梦梦。梦梦也把林静当成了亲妈妈，一天到晚形影不离。梦梦感动地说："阿姨，你都快成我的亲妈妈了！"林静充满爱怜地说："好孩子，女孩子家是离不开妈妈的，你要是不嫌弃，就把我当成你的亲妈妈吧！"

春节期间黎萍也来了。每年她都是大年初三来，这回也是一样。来之前她就听说梦梦也回来过春节，所以专门给梦梦买了一套过春节的衣服。她知道梦梦的皮肤和她妈妈一样白皙，一开始她想给梦梦买一套红色的衣服，后来一想，梦梦刚刚失去妈妈，穿红色的肯定不合适，就改买了一套橘黄色的短款大衣。她还给梦梦买了两套春装，说一开春天就慢慢变暖了，让梦梦开学时带上换季穿。梦梦对黎萍这位热情关爱她的阿姨也非常亲近。

小刚一有空就让韩军给他讲部队上的事情，还让韩军带着他去养殖班学匍匐拳和擒拿格斗技术。当他看到韩军也有两下子后，惊奇地说："韩伯伯，真没想到，你也有这身功夫！"韩军说："如果没有这身功夫，那在战场上用什么去消灭敌人呢！"

过完春节，梦梦和小刚一起回了学校。石梅的父母说他们在这里已经住了快半年了，也该回去看看家里。另外，他们还有个惯例，每年开春他们都要到军区总医院检查一次身体。韩军知道他们的心思，就没再挽留，亲自把他们送回了西疆的家。一开始石钟还不让送，说刚开年，村里那么多的事情，一把手离开怎么行？后来在韩军的一再坚持下，他们才勉强同意了。

第二十六章　样　板

韩军从西疆回来后，村里发生了一件意想不到的事情：马家山马金旺的儿子马小旺把邻家马钢锤和马铁锤兄弟俩的房子一把火烧了，马钢锤和马铁锤逼着马金旺给他们家盖房子，不然就到他们家里吃住。

韩军刚一听到这个消息时心头一紧：天下万事，水火无情！自从回村上任以来，村子里可从来没有发生过这样的事呀！人是大事，不知道这火伤着人没有？他一边担心地想着，一边丢下提包，连脸都没顾得上洗，就赶到出事地点，仔细一问，这才弄清了事情的原委。

原来，一天半前的下午，大人们都下地劳动去了，马小旺在家里和邻家的小伙伴玩耍。正玩儿着，马小旺突然想起过春节时，他们家春节时还剩些鞭炮和烟花。马小旺把这些鞭炮和烟花从家里拿出来后，在外边找了个空地，和小伙伴们你一个我一个噼噼啪啪给放了。其中有一个“钻天猴”点燃的时候倒在了地上，马小旺准备去扶，这个“钻天猴”却“嗖”地一声蹿了出去，最后传来了一声沉闷的响声。马小旺循着“钻天猴”的声音在周围转来转去寻找，找了半天也没有找到。他们家和马钢锤家是邻居，中间隔着一片空地，空地边上堆着一个草垛，是马钢锤用来喂羊的。这个草垛紧挨着马钢锤家的厢房。马钢锤家的厢房是土木结构，比较低矮，去年马钢锤就想把这间厢房连同主房一起扒掉建成新的，但韩军说村里有整体规划，就没有扒。马小旺没有找到钻天猴，到周围看看也没有什么动静，就接着和小伙伴玩儿了。晚上大人们收工回来后，马小旺吃完晚饭就睡觉去了。

半夜时分，邻居家突然传来了“失火啦！救火呀!”的喊叫声。马金旺赶忙爬起来往门外看，只见邻居马钢锤家的房子火光大冒，烟雾腾腾。当时正刮着东南风，处在下风头位置的马铁锤家的房子也被点燃了。两家的房子火光熊熊，直冲云天，火光在夜空中更加耀眼。邻居们都拿着水桶、脸盆和扫帚救火，马金旺也操起水桶冲了上去。但由于土木结构的房子易燃，两座院落很快就变成了一堆瓦砾。好在是人多救得及时，两家的人只是受了点小伤和惊吓，没有大碍。第二天经查问，才知道火源是由马小旺引起的。

韩军来到马金旺家门前，见马小旺正赤身裸背地被绑在一棵大树上，身上被马金旺抽打得血痕斑斑。只见马小旺满脸泪痕，嘴巴微微张着，两条腿痉挛似的颤抖着。马金旺双手抱着头蹲在门口的地上一言不发，不停地叹气。他家的楼门被锁着，里边不断传来马小旺妈妈撕心裂肺的哭喊声："你快把我的娃儿放开，我把命拿出来还他们家房子！"看样子门是马金旺锁的，他是怕媳妇跑出来给马小旺求情。

韩军一看到马小旺痛苦的样子，就像看到自己的孩子受到委屈一样，一个箭步冲到马小旺跟前，迅速地解开马小旺身上的绳索。一边解一边埋怨马金旺说："金旺哥，你真糊涂啊！孩子这么小，你就这么忍心下手！何况孩子也不是故意的，你就是把孩子打死，能给钢锤和铁锤两家换回来房子吗？"

韩军把马小旺身上的绳索一解开，马小旺浑身瘫软扑通一声倒在地上。韩军立马喊来两个年轻人把马小旺送往村卫生室急救，马金旺和马钢锤兄弟俩也跟着来到村卫生室。

待到马小旺苏醒过来，韩军对马金旺说："这件事情村里一定帮你们处理好，金旺哥你要把孩子照看好，不能再打骂，把嫂子也要安慰好，不能再使性子，如果你不按我说的做，出了事情我可要追究你的责任。"接着他又对马钢锤兄弟俩说："钢锤、铁锤兄弟，你们失去了房子，没有家了，生活暂时遇到了困难，我能理解，但也要请你们消消气暂时忍耐一下，委屈几天。俗话说，亲为亲好，邻为邻安。千年的邻居，万年的街坊。一拃没有四指近，远亲不如近邻。你们家和金旺哥家都是老几辈子的老邻老舍，每天抬头不见低头见，不能因为小孩子的一次无意事故伤了邻里之间多少代人积攒下的亲情。烦请你们找亲戚朋友先借住几天，等村支两委研究后一定给你们答复。"韩军说完又补充了一句，"我再说一遍，这件事情村里一定会帮你们想办法，一定会给你们一个满意的答复。"

钢锤问："韩书记，几天能给个回话？"

韩军斩钉截铁地说："三天，三天之内一定给你们答复！请你们耐心等待一下，先把家里的事情安排好。"

围观的人们散了，但人们对韩军做的承诺却半信半疑。对于农村人来说，起房盖屋是大事，没有三五个月是盖不起来的。何况马金旺家前几年也是穷得叮当响，就这两年因为养了几只羊，又在果园地里打了工，日子才像点样，但现在要让他赔人家两座院落，拿什么赔呀！

其实，韩军在刚听到这件事的时候心里就已经有了主意。按照他原来的设想，等再过上一两年，村民们手里普遍宽裕了，村集体的积累有了量了，他就请人把村庄的居住条件好好规划一下，然后分期分批进行建设，实现他心目中让乡亲们"居住城镇化"的目标，让乡亲们真正过上现代生活。所以，当部分村民提出要扒旧盖新或重新盖房的时候，他制止了。现在这件事一出，他打算请人把村庄建设整体规划一下，在新的居住点给马钢锤兄弟俩划出两块宅基地，让兄弟俩盖上新房。关于盖房补贴，按照韩军原来的设想，村里给每一家最好能补到 1/3，当然能补到 40%以上更好，这样村民盖新房的资金压力就会小一些。韩军把这个想法先告诉了韩俊法，韩俊法表示同意，但又怕村里拿不出这个钱。韩军说："这两年村里有了点积累，但确实还太少，我前面之所以说要等一两年再搞，是因为从今年年底开始，村集体就可以有比较可观的收入了，到那时村里就可以为大家办点像样的事了。而且我原来的打算是等有了钱，先把学校的老房子扒掉盖成新的，不是有句话叫作'再穷也不能穷教育'吗？然后再盖一座综合性的办公楼，把村委会、党员活动室、农技培训室、文体娱乐室、卫生室等这些公益性的活动室都放进去。现在情况发生了变化，马钢锤兄弟俩的房子成了头等大事，我们必须帮他们把这件事情办好。要不然，这几家连眼前的困难都度不过去，甚至还会结仇结怨，那样造成的后果就严重了。"

老支书同意了韩军的方案，韩军就把这个方案拿到了会上。谁知他的话音还没落，就遭到了夏广泰激烈的反对。

夏广泰说："杀人偿命，放火赔钱，这是古往今来的惯例，也是天经地义。马金旺家的儿子把人家马钢锤、马铁锤两家的房子烧了，那他马金旺家就应该赔人家两座院子，好汉做事好汉当，这是情理之中的事情，为什么要让村里背这个包袱？村里的钱是全村人的集体财产，是全村人用血汗挣来的，不是唐僧肉，不能谁想吃谁就吃。拿村民的血汗钱去送人情，我不同意！”

自韩军担任村党支部第一书记（包括之前的代理书记）和村委会主任以后，每次开会夏广泰都是沉默寡言，很少说话，即使说话也都是模棱两可，或随着大流，口气也都很委婉，从来没有像这样势如砸铁、咄咄逼人，噎得韩军好一阵没有回过神儿来。大家都怔怔地看着韩军，不知道接下来该怎么处理这个问题，甚至还对他和夏广泰今后的关系捏了一把汗。

其实，夏广泰对韩军的态度也不是突然变化的。这些天来，他一直在琢磨他和韩军的关系，琢磨韩军究竟要在村里干什么。一开始他想，韩军嘴上说他要在村里干三五年，但实际上他是干不了这么长时间的，哪有放着堂堂的县团级位置不去享受，而要跑到这山沟沟里吃这份苦、受这份罪呢？这不是白痴干的事情吗？后来他看韩军把全身心扑下来，为村里办了几件事，心想，那也不过是做个样子让人们看看，以此堵堵别人的嘴、捂捂别人的眼，不要让人家说他韩军回来当村支书是为了哗众取宠，说不定风头一过，他就会拍拍屁股溜之大吉了，那时候韩冲村的大权就会再次回到他夏广泰的手里。但他万万没有想到，韩军一件事接着一件事情地干，干一件成一件，事情越干越大，在群众中的威信也越来越高，而把他夏广泰早就忘到爪哇国里去了。尤其是那次招投标，他总认为是韩军在故意堵他的财路，故意给他使绊子，故意让他难看。那件事情过后，他心里很有气，但又没处撒，就让田改云做了几个菜，把夏海山叫过来陪他喝酒解闷，夏海山借着酒劲儿说：“叔你不知道，现在外面都把你议论得不值一分钱啦！”夏广泰不以为然地说：“瞎说！他们说我不值一分钱我就不值一分钱了？我还是村里的党支部书记嘛，我还管着村委会的章子和钱呢，谁敢小看我？”夏海山仗着酒胆说：“那是你自己想的，你那是大街上相亲——一厢情愿，自己给自己寻安慰。其实你的那个书记和主任早就成了个聋子的耳朵——摆设了！村里哪个人不知道，现在人家韩军是老大，大小事情都是他说了算，你就像一碗粉蒸肉被埋在饭底下，净给人家垫背，在人家韩军面前，你只不过是个应声虫罢了！”夏广泰听了这话，当即把筷子一摔，骂道："简直是有眼无珠！我夏广泰还没有低贱到那一步！"吓得夏海山的醉酒醒了一半，连连告饶说："请叔恕罪，请叔恕罪！小侄我喝多了，该打该骂我都认！"

事情过后，夏广泰越想越不是滋味。可不是嘛，现在在韩冲村，韩军可以说是老天爷的巴掌一手遮天，要风得风，要雨得雨，大事小情都是他一个人说了算，说是集体领导、集体讨论、会议决定，狗屁！哪一件不都是他想好了，私下和委员们串通一下，然后拿到会上冠冕堂皇地过一下，还美其名曰是集体决议。不行！不能就这样让他霸道下去！"人善被人欺，马善被人骑"，他必须勇敢地站起来！于是这段时间他一直在寻找机会，要和韩军干一架，让韩军知道，他夏广泰也不是好惹的！会议一开始，他便开始发难。他认为韩军这样做纯粹是刘备摔孩子——收买人心，他必须把韩军顶住。他的话说完后，面色冷峻下来，观察着韩军有什么反应。

韩军看了一眼夏广泰，用委婉但内核很硬的话说道："广泰在党的会议上能够直言不讳地说出自己的看法，这样做很好。我们党历来强调在党内生活中要发扬民主，集思广益，而不能搞一言堂。这样才能保证决策的正确性和科学性，减少随意性和盲目性，从而最大限度地减少工作失误。刚才广泰同志谈了对这个问题的看法，我们既然是讨论问题，那就要做到知无不言、言无不尽。我想问一下，广泰同志认为我说的方案有问题，那么请广泰同志看一下，你那里还有什么更好的办法，其他同志有什么好的办法也可以提出来，如果可行，那我就把我刚才说的方案收回，按照大家说的办法去办。总之一句话，不管采取什么办法，只要能把事情办好，不要留下后遗症，我们的目的也就达到了。广泰，你说呢？"

夏广泰没想到韩军会把皮球给踢回来了。他想都没想就干脆地说："我刚才不是说了吗？杀人偿命，放火赔钱，天经地义！马金旺家的儿子把人家两家的房子烧了，他马金旺家就应该赔人家两座院子，这还有什么说不通的？反正不管怎么说，这个钱村里不能出，不能是他们闹出了事情让全村人买单，这个道理到哪里都讲得通！"夏广泰说完，还很不服气地看了韩军一眼，那意思无非是说：我就是这个态度，看你能把我怎么样！

韩军仍然和风细雨地说："那要是马金旺家赔不起呢？因为大家都看见

了，马金旺家才刚刚摆脱贫困，要让他们家赔人家两座院子，那就等于逼着他们家的人去上吊。”

夏广泰坚持：“就是扒房子卖地他也得赔！谁叫他没把儿子管好，把人家的房子烧了呢？”

韩军又问了一句：“那要是出了人命呢？”他接着说，“大家都看到了，马金旺为火灾的事，已经把儿子打成那个样子，真要是救晚了，那结果就不是现在这个样子了。更何况，农村里为了这种事割腕、上吊、喝农药的也不是没有例子。”

夏广泰还是不改口：“出了人命也是活该！这怪谁呢？还不都是他们自己做下的！”

韩军轻轻冷笑了一声，把目光转向韩俊法说：“老书记，我在当兵前就老听你在忆苦思甜会上说，旧社会在咱们韩冲，谁谁家大年三十到地主家门前讨饭，被地主家的狗咬伤，不得而治最后死去了；谁谁家因还不起债，被债主活活逼死了；谁谁家因邻里纠纷，大动干戈，最后出了人命。你能不能再给我们讲讲呀？”

夏广泰不满地看了韩军一眼，那意思是说：我们现在是研究如何处理火灾的事，扯旧社会的事情干什么？真是新棉袄上打补丁，没事找事，多此一举！他心里是这样想的，但他没有直接说出来。

韩俊法已经明白了韩军的意思，声音低沉地说：“这种事在旧社会多了去了！不说别的，就广泰你爹就是个例子。那一年我和你爹给咱村的韩老财家扛长工，秋天一连两个多月老天爷不下雨，地上旱得到处冒烟。有天黑夜，韩老财家的马棚子着火了，还连带着把他家的厢房烧了两间。当时在几个长工中就你爹会抽烟，韩老财找不到失火的原因，就硬咬着说是你爹吸烟引起的火灾，逼着你们家赔他们的损失。你爹吓得躲到野地的坟堆里不敢回来，韩老财逼得紧，你们家又拿不出那么多钱，你爷爷就拿根草绳悬梁自尽了……”

韩俊法话音还没落地，夏广泰就很生气地说：“那都是多少年前的陈年古事了，我们今天讨论的是如何解决眼下的事情，扯那些陈谷子烂芝麻的事情有啥意义？”

韩俊法说："不管是古事还是今事，道理都是一样的，人被逼急了会走上绝路。难道我们也要逼着让马金旺家为这件事去卖儿卖女、悬梁上吊吗？"

韩军说："旧社会穷人被逼得走投无路，现在都解放几十年了，如果再发生那样的事情，我们无论如何是无法向我们的父老乡亲交代的。人到难处拉一把，既是做人的根本，也是我们共产党人的责任。我们常说，党支部是村民的主心骨，村委会是村民利益的代表，现在村民遇到了困难，我们党支部应当给他们当好主心骨，我们的村委会应当把他们的利益保护好。我们经常说，人说人要换把椅子坐一坐，遇到事要将心比心，这件事情要是发生在我们在坐的人身上，我们会怎么想？"

韩军说到这里，看了一眼夏广泰，接着说："刚才广泰同志说我拿着村委会的钱去送人情。对于这种说法，我不能同意。大家都知道，我和马金旺既不沾亲也不带故，可以说，如果我不是回来当这个支部书记，我连马金旺这个人还不认识哩！但我为什么要管这件事呢？因为我是党支部书记，是村委会主任，我有责任给马金旺包括村里的每家每户当好主心骨，当好他们利益的代言人，如果起不到这个作用，那还要我这个书记和主任干什么？还要我们的党支部和村委会干什么？我们每一个在座的同志都应当明白这样一个道理，我们是代表党在工作，代表人民的根本利益在工作，我们在任何时候都要站在党的立场上，站在人民群众的根本利益问题上来考虑问题、处理问题，而不能站在个人或小团体的利益上来考虑问题、处理问题。如果我们把屁股坐歪了，说话办事不是出于公心，不是替老百姓着想，而是时时处处都在考虑个人的利益，小团体的利益，那么说出的话就会出现偏向，看人看事就会得出错误的结论，做出的决定就会损害群众的利益，就会给党的形象抹黑，就会让群众心寒，就会给自己前进的道路设置障碍。对于这个大是大非问题，我们每一个同志都应该头脑清醒，立场坚定，千万不能犯迷糊。"

韩军虽然没有耍态度，但谁都听得出来，他的话是很重的，涉及一个共产党员的立场问题。在座的人都知道，韩军向来说话办事都是光明磊落，出于公心，直言不讳，从来不打隔山炮。他对人一向都是以表扬和鼓励为主，轻易不批评。支委们包括林静都看得出来，韩军保持了极大的克制，给夏广泰留了面子。

夏广泰本来是想占个上风，没想到讨了个没趣，心里虽然还是不服气，但他看韩军的话里还有话，其他人都不向着他，他不想再引火烧身，就言不由衷地说了一句软话："可能是我刚才的意思表达得不够准确，让韩军同志多心了。但我还是那句话，党内要让人说话，广开言路，不能搞一言堂。这是我们党的规矩。"

韩军说："广泰同志这个意见提得很对，我们在党内就是要发扬民主，广开言路。一个正确决策的形成，离不开集体的智慧，任何个人的智慧和力量都小于集体。我在会上说的意见不一定都对，错了的请大家批评和纠正，我不会计较，更不会打击报复。我多次说过，我们这代人都是背诵着毛主席语录长大的，毛主席他老人家就说过，因为我们是为人民服务的，所以我们如果有缺点，就不怕别人批评指出。不管是什么人，谁向我们指出都行。只要你说得对，我们就改正。你说的办法对人民有好处，我们就照你的办。只要我们为人民的利益坚持好的，为人民的利益改正错的，我们这个队伍就一定会兴旺起来。"

俗话说，人怕输理，狗怕夹尾。韩军这么一讲，夏广泰彻底没词了，就像霜打的茄子一样，把头耷拉了下去。会后李喜德悄悄地对李石榴说："广泰今天是扒着眼皮照镜子——自找难看！"

韩军讲完，看大家没有更多的意见，就接着研究他在会议开始时提出的方案。

经过讨论，大家都认为可行，但就是担心有人攀比。李喜德就说："我最担心的，就是有些人会这样说，你马钢锤兄弟俩的房子被火烧了，村里就批准盖新的，那我们也想个办法把老房子扒掉，盖成新房，请问你们批不批？"

韩军说："这就需要我们多做宣传解释的工作。要相信我们的村民绝大多数都是通情达理的，只要我们把道理讲透，他们是会理解的，是会支持党支部和村委会决定的。"

关于赔偿的问题，会议也根据韩军的提议定了一条：由老支书组织人员对马钢锤兄弟俩的损失做出评估，赔偿额以适度为止，即使马金旺家眼下拿不出来也不要逼得太紧，允许有个缓冲的时间，村委会可以用文字的形式做出担保。不要因为一件意外的事故把一家人逼上绝境。今后处理类似的问题都要采用这种方法。李喜德最后很服气地说：“用这种办法处理问题好，有利于化解矛盾，凝聚人心，建设和谐社会。”

会后，当韩军把党支部的这个决定告诉马金旺时，马金旺拉着一家人扑通一声给韩军跪了下来。韩军赶忙把他们拉起来，说：“金旺哥，现在是新社会，咱们可不能这样做。我是党的支部书记，这样做都是应该的。群众有了困难，党不解决谁解决？”

马钢锤兄弟俩听到党支部的决定，吃了一颗定心丸。弟兄俩对韩军说：“党支部办事公道，我们坚决服从。”

晚上回到家里，韩军对林静说：“现在正是你施展才华的好时机，请你出马吧。”

林静一时没有反应过来，说：“你们搞整村规划，怎么就成我施展才华的好时机了？”

韩军说：“你难道忘了？你不是早就说想搞一个生态村的样板吗？”

林静恍然大悟地说：“我还真把它给忘了！”

林静根据韩军的要求，专程回了一趟省城，从省农科院和规划院请了三位专家来到韩冲村，按照生态村的标准和要求对全村未来的建设进行了整体规划。在对居住方式进行规划设计时出现了两种意见：一种是韩军提出来的，就是把全村九个自然村的十二个村民小组全部集中起来居住，这样的好处是便于集中供电、供水、供沼气，也便于管理；另一种意见是林静提出来的，就是在现有居住方式的基础上适当集中，具体就是保留韩冲这个大村，把村部还建在那里，然后把“Y”字两边的村庄各集中在一个居住点，这样从村西往东看，会形成一个倒品字形，将来如果想发展乡村旅游，这样就会形成一个独特的景观。如果再把河道治理一下，在老居民点上改建一些民宿，那样就更有旅游潜力了。

林静对她的观点进行了阐释。她说：“现在在新农村建设中有一种新的理念，叫‘逆城市化’，就是在新农村建设中一定要从农村的实际情况出发，充分发挥农村的天然优势，有条件的地方要想办法把农村建设成为城市的‘后花园’，而不要照搬城市的做法，像城市那样去扎堆，更不要去搞所谓高楼大厦。”

林静解释说：“‘逆城市化’是相对于‘城市化’而言的。‘城市化’是一定区域的政治、经济、文化、社会功能以及居住和消费功能向城市聚集。在这些聚集过程中，一个突出的现象是农村人口向城市转移。‘城市化’的必然结果是越来越强大的聚集效应，同时也带来了聚集空间趋近极限而导致种种‘城市病’，比如交通拥挤、人口密度增大、污染严重等。当城市的发展到了一定极限，就得调整和优化城市的功能结构和空间结构，由此，中心城市的各种功能包括居住和休闲娱乐等功能都会向有条件的中小城镇及乡村分解。这些功能分解就是‘逆城市化’。‘逆城市化’的主要表征，就是城市人口开始向郊区乃至农村流动，在那里形成一个绿色的生态环境。这样一来，市区就会出现‘空心化’，城市人口就会呈现负增长，以人口集中为主要特征的城市化就会由此而发生逆转。”

林静还说：“‘逆城市化’对于城市和乡村的发展都有利好。对于城市来说，可以利用‘逆城市化’的力量纾解城市功能，缓解城市压力，解决‘城市病’；对于乡村来说，可以利用‘逆城市化’的力量发展自己，通过加强交通、通信、住宿等基础设施建设和提高服务质量，吸引城市的人流、物流和产业流，为乡村二三产业的发展奠定坚实的基础，促使城乡共同发展、共同繁荣。从这个意义上说，‘逆城市化’实际上是为我们乡村的建设创造了实现跨越式发展的捷径和最佳选择。我们应当抓住这个机遇发展自己，尤其是在规划之初，就要强化我们自己特有的天然优势和历史优势，同时创造出新的优势，使我们的发展一开始就站在一个更高的起点上。”

经林静这么一解释，韩军的视野和思路更加开阔了。他研究了林静讲的一个新理念：“逆城市化”，专门从林静那里找了好多这方面的资料进行学习，对韩冲村未来的发展路径更加清晰了。他决心在生态村的建设上再下一把气力，争取把韩冲村至少打造成金佛寺镇和宛平县城的“后花园”。

规划方案经村支两委讨论后报到了镇上，镇上拿不准又报到县里。乔书记看后说：“人家韩冲村请的这些人都是省里的专家，搞出来的方案还有啥说的？按这个方案干就是了！”于是，韩军就拿着规划图让马钢锤兄弟俩选择自己喜欢的建房地点。兄弟俩说：“韩书记和专家们设计的地方肯定都是好地方，我们都是没有多少文化的人，你说哪个地方好我们就在哪个地方建，绝不会有半点意见。”韩军看兄弟俩的态度很真诚，就给他们指了两个点位。兄弟俩二话没说，第二天就开始挖地基。

坡地上林果园里有的果树已经开始挂花，有的红，有的白，有的半红半白，还有的是黄色和紫色的，真是一片姹紫嫣红的景象。村民们在果园里劳作着，不时地发出欢快的笑声。

麦田里的小麦正旺盛地生长着，村民严格按照绿色环保型小麦的种植方法管护着春天的麦苗。有农科院的专家们坐镇，并且有全新的智能型预防病虫害设备和技术，病虫害只要一露头他们就采取措施，一个个被消灭在萌芽状态，也省去了燕子天天往地里跑。

一批小羊羔又降生了，一只只活蹦乱跳的，很是惹人喜爱。

黎萍也比过去来得更勤了，与其说是来指导养殖的，倒不如说是来看望韩军的。

富贵和桂花的感情迅速升温，已经到了谈婚论嫁的阶段。桂花每次过来，都要带着女儿小玲玲到家里来看望富贵的妈妈。富贵妈看见桂花就像看见了亲闺女，对桂花的女儿小玲玲特别亲，平时有点好吃的东西都要搁起来，专等小玲玲来了吃。小玲玲嘴也很甜，一见到富贵妈就“奶奶”“奶奶”地叫个不停，喜欢得富贵妈，恨不得把自己的心肝掏出来送给这个聪明可爱的小孙女。

桂花给田晓龙介绍的对象桃子，现在也成了田晓龙家的常客，每次来都要在田晓龙家住上一两天。枣木芯把未来的儿媳当成了亲闺女，好吃好喝好穿的都要留着，盼着桃子到家来。他对儿女们说：“过去老说，富贵由命，成事在天。这句话俺过去信，现在不信了。你就拿俺们家来说，宅子地还是原来的宅子地，老祖坟还是那块老祖坟，过去的日子穷得叮当响，现在想要啥就有啥，这怎么解释？难道是咱们的命换了吗？不是的，是咱们遇到了一个好领导。你们不管到什么时候可都不能忘了人家韩军书记啊！”

养殖班的赵铁柱、李威、张勇包括富贵和田晓龙都“脱单”了，唯独王卫东还留在光棍队里。正当他为自己的婚事愁眉苦脸的时候，一个喜讯传进了他的耳朵里：夏贝贝主动提出来要嫁给他。

原来，夏贝贝和朱尚煌订婚后，朱尚煌家里迟迟不给结婚的准确消息，后来一打听才知道，朱尚煌被县上主管组织人事的副书记看上了，要让朱尚煌给他当女婿。朱尚煌的父母也想高攀，就答应了这门亲事，但朱尚煌觉得这位副书记的千金长得不如夏贝贝，一直不置可否。这位副书记一看朱尚煌一家态度不明朗，就发出了最后通牒：如果不同意就赶快拉倒，地区一位领导的儿子还在等着呢！朱尚煌一家一看，也不好再推辞，就把决心下了。

夏贝贝看人家把自己抛弃了，羞愧得怕见人，一连几天都躲在学校里。

燕子一听到这个消息，就来到学校找夏贝贝谈心。燕子说：“我早就跟你说过，城里那个‘小白脸’是个靠不住的人，让你别在他身上浪费青春，怎么样，是不是让我给猜准了？”

夏贝贝说：“事到如今，还说那些有什么用？现在的关键问题是，李威已经属于你了，你让我找谁去？”

燕子说：“你不是说你就想找个当过兵的人吗？”

夏贝贝说：“我是这样说过，可是哪有啊？”

燕子说：“你傻呀！养殖班不是还有一个吗？”

夏贝贝说：“养殖班？养殖班谁呀？”

燕子说：“还有王卫东呀！怎么，你不认识他？”

夏贝贝说：“认识是认识，但我不喜欢他。”

燕子问：“为什么？”

夏贝贝说：“王卫东一天到晚蔫不拉叽的，没有一点当兵的精气神！”

燕子说：“这你就看错人了。要不，我哪天陪你到养殖班去看看，看看王卫东是不是你说的那个样子？”

夏贝贝想了想说：“也行。”

有了夏贝贝这个态度，燕子就来找李威商量具体办法。李威说：“这个好办，时间你定，事情我来安排，保证叫夏贝贝对王卫东一见倾心。”

这天是星期六，燕子陪着夏贝贝如约来到了养殖场。

养殖场的院子里被布置一新。按照赵铁柱和李威的安排，这天是养殖场、服装加工厂和面粉加工厂的员工过军事日。具体安排是：由三个单位各抽出七个人组成一个表演队，进行队列和匍匐拳表演，其他人员集体观摩，其中有一半是女工。担任军事日活动的总指挥是赵铁柱，表演队的指挥是王卫东。

赵铁柱宣布军事日活动开始后，王卫东立即带着他的表演队喊着番号跑步上场。小伙子格外精神，一上场就表现出了一个标准军人的巍巍雄姿。他对规定的表演内容严格按照教范的要求组织训练，每个科目都做到开始前有要求、训练中有示范、结束后有讲评，中间还穿插进行了文娱活动，活跃训练场气氛。在文娱活动中，他还单独为大家演唱了三支军歌：《当兵的历史》《十五的月亮》《一棵小白杨》。每唱完一支军歌，场上就响起一阵热烈的掌声。

表演结束后，夏贝贝对燕子说："没想到，这家伙还有两下子！"

在夏贝贝的眼里，王卫东虽然比李威差一点，但也比村里的其他小伙子强。于是在燕子的撮合下，她最终把绣球抛给了王卫东。夏广泰知道后，虽然对女儿的选择不满意，但想想也没有其他更合适的人，也就默认了。

服装加工厂那边还是那么兴旺。李石榴现在是心无旁骛地抓生产，她已经完全是一个企业家了，和田改云把厂子打理得井井有条。广州那边的客商来了几次，每次来都要把李石榴夸奖一番，他们甚至还提出要把李石榴调到他们的总厂去工作。李石榴在这里有家，有她的心上人，而且很快就要结婚了，她无论如何是舍不得离开韩冲村的。

马钢锤兄弟俩的新房子几乎是同时盖起来的，让人一看就心生羡慕：哟！这纯粹是小别墅嘛，好漂亮啊！都超过韩军和夏广泰的二层楼了嘛！

按照韩军原来的设想，房子的图纸是按照三层设计的，但如果经济条件不允许，也可以先盖两层，把屋顶上的位置留出来，待条件允许时再把第三层加上去。后来兄弟俩一商量，说，起房盖屋，百年大计，反正已经沾这个手了，不如一步到位，省得将来还得再费功夫，所以就干脆一下子把三层都盖起来了。房子盖好后，兄弟俩在装不装修这个问题上琢磨了好久，拿不定主意，就来请教韩军，韩军说：“你们如果有这个经济实力，就可以把房子也装修一下，毕竟是小洋楼嘛，里外要般配。”兄弟俩现在手头上确实已经没钱了，但他们想，韩军说得对，买起骡子要配得起鞍，于是就找亲戚朋友转借了一点，把房子里里外外都粉刷装修了一遍。

在兄弟俩盖房子期间，马金旺只要忙完地里的活就要过来帮忙，几乎是天天过来，有时还带着媳妇，并且还凑了些钱给兄弟俩送了过来，当时兄弟俩也接了。后来兄弟俩看人家天天来，心里很过意不去，毕竟都是老几辈子的邻居嘛，于是就把钱又还给了马金旺。马金旺不接，兄弟俩说：“你要是不接，我们就不让你再过来给我们帮忙了。”马金旺很感动，给兄弟俩帮忙更加尽心尽力了。

兄弟俩的房子盖好后，成了村里和周围村庄的样板房，几乎每天都有人过来参观，他们围着这个阔气的三层小洋楼左转转右转转，在心里琢磨着将来如何把自己的房子也盖成这个样子。有的还当着兄弟俩的面开玩笑说：“你们这也是因祸得福啊！要不是马小旺烧那一把火，你们现在能住上这么漂亮的小洋楼吗？”

第二十七章　错　位

省里下来通知说，根据中央关于新农村建设的总体部署，省委决定利用两到三年的时间，在全省范围内建设一批生态样板村。乔丰年知道韩冲村正在进行这项工作，就专程来到这里进行实地考察。

此时的乔丰年已升任地委副书记兼宛平县县委书记。考察结束后，乔丰年对韩军说："你们韩冲村已经有了建设生态村的基础，但是你们的短板也很明显，就是你们村里的两条河需要好好整治，河道两旁的造纸厂、砖瓦厂严重污染环境，要是不治理好就不是一个全面的生态村。另外，还有马家山再往上走的那座小山，到处光秃秃的，哪像个山呀！当然我也知道，你们一下子还顾不过来，我就不给你们施加这个压力了。但这两条穿村而过的河道必须治理好。"

"韩政委呀……"乔丰年总喜欢这样称呼韩军，"听说你当初在竞选村委会主任的时候曾经对大家讲过，争取用三年到五年的时间让韩冲村成为全地区的先进，这个目标也太低了嘛！我听说你在部队的时候四年就把一个落后的团队带成了全军的标兵团，凭着你的能力、素质和水平，我们先不说在三到五年内让你们韩冲村走在全国的前列，但在这个时间段里让你们村走在全省的前列总还是可以的吧！"

乔丰年的话等于给韩军将了一军。韩军不好回答，只是微微笑了笑。乔丰年也知道韩军的心里在想什么，就换了个话题说："关于河道治理的问题，过一段时间上面可能要有一笔专项资金拨下来，到时候我给你们倾斜一下，希望你们把这件事情办好。时间嘛，最多两年，不能突破，因为还要给各级领导机关留出检查验收和整改的时间。"

韩军在部队养成了对上级指示坚决服从的习惯，乔丰年的话音一落，他就立马成立正姿势朗声答道："是！请书记放心，我们韩冲村坚决完成任务！"

乔丰年先是愣了一下，忽然笑了，指着韩军的鼻子说："你呀，还是部队上的作风!”

韩军不好意思地笑笑说:“习惯了!”

乔丰年走了，韩军当天就召开村支两委会议，研究河道治理问题。首先，由韩军传达了乔丰年这次视察韩冲村的指示精神，尤其是关于河道的治理问题，接着他就让大家围绕着如何贯彻落实乔丰年书记的指示开展讨论。

其实，村民早就对此意见很大，要求对河道两旁的砖瓦厂和造纸厂进行整治，最多是这两种厂子各保留一个，其他的全部拆掉，否则，污染环境不说，将来一旦有洪水下来，靠河道两旁的住户就会遭殃。现在乔书记郑重地提出了这个问题，等于给了韩军一柄尚方宝剑，但是，因为这个问题涉及夏广泰，他在河道两边有一个砖瓦厂和一个造纸厂。这两个厂子原来都是村里的集体财产，后来实行了联产承包责任制，集体财产大部分都分给了村民，只保留了少部分的财产，其中就有这两个厂子。按照合同，这两个厂子每年要给村里上交一定的承包金，可是每年到年底算账的时候，夏广泰不是说外面欠的账要不回来，就是说这一年生产形势不好，厂子亏了。因为他是村委会主任，管着村办企业，他这样说，其他人又不好去查账，加之老支书韩俊法身体不好顾不上，夏广泰这些年就没有给村里上交多少钱，反而还让村里赔进去不少劳动力，还把附近的好土地给挖去了不少。

韩俊法看没人发言，就打了个头炮。他说:“河道治理的问题，从我当支书的后期就开始讲，到现在已经讲了十几年了，也到该解决问题的时候了，就是县上的领导这次不提，我们也应该主动做，因为这是咱们自己的事情。说得重一点，这件事是涉及子孙后代的事情，我们再也不能光打雷不下雨，听之任之了!”

韩俊法刚一说完，夏广泰就插了一句:“老支书，话说重了吧!办个厂子就会涉及子孙后代，有那么严重吗?不要自己给自己扣大帽子嘛!‘文化大革命’都过去这么多年了，怎么动不动地就上纲上线呀，怪吓人的!”

韩俊法争辩道:“砖瓦厂和造纸厂的大烟筒一天到晚冒黑烟，造纸厂的黑水臭水天天往河道里排，这难道不影响村民的身体健康吗?吸了这样的空气、吃了这样的水，难道对我们的后代没有影响吗？另外，砖瓦厂烧砖烧瓦把好地挖去了那么多，我们村里人均就那么一点地，要是就这样挖下去，我们的子孙后代还有地种吗？没有地种将来你让咱们的子孙后代吃什么？难怪有群众编顺口溜说，砖瓦厂‘烧的是群众的心，掘的是祖宗的坟，砸的是子孙的碗，损害的是党支部的形象’，难道这样的话你们就没有听到吗？”

夏广泰反唇相讥：“俗话说，儿孙自有儿孙福，到那个时候科学技术发达了，兴许就不需要种地了。过去我们常说的一句话是，看戏掉眼泪——替古人担忧，我看咱们现在也没有必要去讨论自己身后的事情，我们还是先把眼前的事情办好吧。”

韩俊法也不让：“眼前的事情就是把河道赶快治理好！”

夏广泰这一下没话说了，闭上眼睛养起了神。

李石榴想发言，但看了看夏广泰又把话咽了回去。

会议闷了一会儿，李喜德朝左右看了看，清了一下嗓子，说：“我提个建议吧。”说完，朝韩军看了一下。

韩军不知道他想说什么，便鼓励他说：“喜德有什么好建议尽管说，党内的会议嘛，说错了也不要紧。”

李喜德又清了一下嗓子，试着说：“我听韩书记刚才传达县委乔书记的指示，乔书记说这项工作给我们的时限是两年，并且说，专项经费过一段时间才能拨下来。要是这样，我建议等专项经费拨下来后再研究这个问题。不知道我的这个建议对不对，请书记定夺。”

李喜德说的这个意见也是韩军在会前就想到的。他知道，这个问题因为涉及夏广泰，仅靠开一两次会议恐怕难以解决问题。“语迟则贵，事缓则圆”，他明知道解决不了问题还要开会，目的就是先试探一下，也算是给大家打个招呼，反正有两年的时间，等专项经费拨下来后再研究也不迟。于是他便就腿搓绳，向大家问道：“大家看喜德同志的这个意见怎么样？”

他的话音刚落，夏广泰就表态说：“我同意。”李石榴也说：“我同意喜德的意见。”林静也表示同意。只有韩俊法没吭声，他的意见一开始就说得很明白，要抓住时机，当机立断，借着乔书记给的尚方宝剑，尽快把问题解决掉。

韩军朝韩俊法看了一会儿，最后说道："那就暂时这样吧，下次开会再议。"说完，就宣布散会了，河道治理的问题被暂时搁置了。

夏贝贝的婚恋又出现了戏剧性的变化。朱尚煌找的那位姑娘的父亲因为经济问题被停职了，朱尚煌一家人一看这位县委的副书记靠不住了，况且朱尚煌还看不上那位姑娘，他们就把婚事给退了。朱尚煌又回过头来找夏贝贝，想重续旧缘。夏贝贝心想，婚姻之事能像换衣服那样随便吗？之前就是因为你朱尚煌扰乱让我把李威给丢了，现在如果因为你再把王卫东给丢了，那我这辈子还怎么过？于是就把朱尚煌轰出了门。

然而夏广泰却对朱尚煌舍不得丢手。他对夏贝贝说："人家把县委副书记的女儿都舍弃了，那说明是对咱们看得重，你还有什么可挑剔的？"

夏贝贝说："俗话说，好马不吃回头草。他现在来吃回头草，本身就说明他不是一匹好马。既然不是一匹好马，那我们还有什么可留恋的？"

夏广泰生气了，说："你这纯粹是狡辩！我对这件事情的态度是，这门亲事你要是不愿意，以后就别想再进这个家门！"

夏贝贝也不示弱，冷着脸说："不进就不进，从今天起我就搬到学校去住，你们谁也不要去找我！"说完，就真的卷起铺盖住到学校去了。

夏贝贝一连几天不回家来吃住，田改云急了，就和夏广泰吵了一顿，要到学校去找夏贝贝。夏广泰虽然还在生气，但也感到那天在女儿面前把话说得太重了，事情过后也有点后悔。特别是儿子夏宝上大学走了，身边就这一个女儿，要是跟女儿就这么怄气，自己的日子过着还有什么滋味？于是他嘴上说不让田改云去找女儿，行动上却并没有阻拦的意思。

田改云来到学校，劝夏贝贝说："你赶快回家吧，老住在这里，就不怕外人笑话吗？"

夏贝贝说："让我回去住可以，但我的婚事你们谁也不许干涉，要是还像以前那样，我宁可天天住在这里，永远不进家门！"

田改云说："你爹的脾气你也知道，他要是认准的死理，谁也别想扭过他。他一门心思想让你找个城里人，也是为了你好，你也得从他的角度替他、也替你自己想想。"

夏贝贝说："现在都啥年代了，你们还抱着过去的老思想不变。过去农村生活穷，人们都争着往城里跑，现在农村变化这么大，除了没有高楼大厦，哪一点不如城里？就是高楼大厦我也不稀罕，哪有咱农村住的宽敞。何况咱们农村吃的东西安全，空气也好，城里人想要还得不到呢！"

田改云说："人各有自己的活法，妈不跟你抬杠，妈只跟你说一句话，你要是确实不愿意城里的这门亲事，就回去跟你爹好好说说，反正不能就这样怄气。你要是出个啥事，你让妈这辈子还怎么活下去？"田改云说着，还真的落下泪来。

夏贝贝忙从纸巾盒子里抽出两张纸巾递到田改云手里，换了个口气说："妈，你既然想让我回去，那我这个做女儿的也不能不孝，和你们扭着劲来。但我有个条件……"夏贝贝说到这里停下了，想看看妈妈的态度。

田改云一看女儿松口了，连忙说："有啥条件你尽管说，只要你说的有道理。"因为她知道女儿不是那种不讲道理的人，从小在家、在学校都是一个懂事理很听话的孩子。

夏贝贝郑重地说："现在有句话很流行，叫作'我的婚姻我做主'。我自己的婚事我也想自己做主，不想让你们干涉，但我不和你们闹别扭，那样做伤你们的心，外人也会说我不孝。我的意思是想让朱尚煌和王卫东他们两个当着你和我爹的面比试一下，看看他们两个究竟有多大本事，也看看他们谁的本事最大。对他们两个，尤其是那个姓朱的我们都不是很了解，我不能黑着眼把自己的一辈子交给他们。"

其实这个主意也不是夏贝贝自己想出来的，是燕子教给她的。那天她搬过来住后，心里很矛盾，想想自己这样做是不是有点对父母太绝情了。她对父亲的做法虽然很生气，但也知道父亲是为她好，要是就这样怄下去，对谁都不好。想来想去，她感到还是燕子能说上话，就把自己的苦恼向燕子说了。燕子给她出了这个主意。

田改云一听，"扑哧"一声笑了，说："还有这样选女婿的，要是说出去还不怕别人笑掉大牙？"

夏贝贝却没有笑，而是一本正经地说："反正我就是这么想的，我也就这么个条件，你和我爹看着办。"

田改云想了想说："也行，只要你能回去住。"停了一会儿，她又问道，"你让他们比试啥？总不能比试打拳吧！"那天在养殖场搞表演时，田改云也在场，她知道女儿就是因为看了王卫东的军事动作特别是武术表演后才对王卫东动了心的。

夏贝贝也笑了，说："打拳又不能当饭吃，就让他们比试怎么过日子！"

田改云说："过日子怎么比？都是些鸡毛蒜皮的事情，那有个什么标准呀？"

夏贝贝说："那就选几样嘛！比如说，做饭呀，收拾房子呀，缝补衣服呀，反正就是干家务那一套吧。你知道，我白天忙教学，晚上还得批改作业，根本没有时间做家务，你在厂子里也是一天到晚忙，我爹的吃饭都成了问题。加上我爹的朋友多，平时到家里来的客人也多，到时候我们俩都顾不上，恐怕客人连顿饭都吃不上。要是咱们能找个会做饭的女婿，那不是给咱们解决了这个困难了吗？"

田改云想了想，感到女儿说的也有道理，就说道："我回去就给你爹说，估计他也不会反对。"

田改云说完，把女儿的铺盖卷起来，扛到肩膀上就走了。

夏贝贝在后边追着说："我爹还没答应呢，你怎么就把我的铺盖卷都拿走了？"

田改云头也没回地说："你爹的工作我来做，你今天晚上就给我回去住！"

夏贝贝看着妈妈扛着铺盖卷快步走的样子，偷偷地笑了。

田改云回到家里，把女儿的话说了一遍。夏广泰这次没有再反对，只是说了一句："看你这个小心眼儿多的闺女，又在玩什么花样！"说完又补了一句，"找个会做家务的女婿也好，咱们家还正好缺个做家务的呢。这样，明天刚好是个星期天，你给那两个小伙子打电话，让他们明天就过来，免得你那个心眼子多的闺女变卦！"

田改云嘟囔了一句说："好像那不是你的闺女！"

夏广泰没接田改云的话茬，而是叮咛了一句："给小朱打电话的时候要交代一句，就说明天要考他，让他有点思想准备，不要比输了。"

第二天，朱尚煌和王卫东早早地就来到了夏广泰家。朱尚煌一来就帮忙端茶扫地，好像他就是这个家里的人。王卫东却有些陌生，夏广泰当年盖这座房子的时候，他已经当兵走了，复员回来后就再也没有到这边来过，现在过来一看，真有些拘束不安。好在是前一天晚上夏贝贝已经给他打了电话，他的心里才稍稍安宁了一些。

夏广泰在平时并没有注意到两个小伙子之间有什么不同，现在往他面前一站，两个人的区别马上就显现出来了：一个细白，一个结实；一个柔弱，一个刚毅；一个肉不拉叽，一个干脆利索；一个说话奶声奶气，一个说话底气十足；一个身上有一种说不出的别扭，一个浑身上下充满了蓬勃朝气。夏广泰在心里说："王卫东这个小伙子是谁家的娃子，我平时怎么就没有注意过呢？"

正式比赛开始了。第一个项目是缝被子。夏广泰家的房子大，夏贝贝早早地就把楼上那个宽宽的走廊打扫得干干净净，并且铺上了席子、褥子和床单，作为缝制被子的临时工作台。她把准备结婚用的两个被套和两床被胎提前从柜子里拿出来，在临时工作台上铺好，好让这两个候选的女婿使用。她在做这样准备的时候，田改云还取笑了她一顿，说："哪有你这样选女婿的，真是天下奇闻！"夏贝贝说："奇闻才有味道，要是让那些拍电视剧的人知道了，说不定他们还会把我这种别出心裁的选婿办法写进电视剧呢！"

田改云笑着说了一句："看把你臭美的！"

对于王卫东来说，缝被子简直就是小菜一碟！在部队服役的时候，战士们每个季度就要拆洗一次被子，连队还经常进行缝被子比赛，他不知道拿了多少次流动红旗呢！缝被子比赛开始后，王卫东不到二十分钟就缝好了，而且针脚细密匀称，被面平整光滑。夏贝贝叫夏广泰上楼来看，一开始夏广泰还不以为然，躺在躺椅上闭着眼睛聚精会神地听他的豫剧《花木兰》，夏贝贝叫的次数多了，他有些不耐烦，便上到楼上看了看。不看还好，一看愣住了，向王卫东问道："这个被子是你缝的？"王卫东点点头说："是我缝的。"夏广泰随口说了两个"好"字，转身下楼来了。王卫东不知道夏广泰这样说是什么意思，忐忑不安地接着进行下面的比赛。

朱尚煌则相反，他从小到大都是衣来伸手饭来张口，从来没有干过这种活。比赛开始后，他学着王卫东的样子也把被胎往被套里边套，套好后里面疙里疙瘩的，他拿起针线要去缝，结果连针都不会穿，还搞得满头大汗，最后只得交了个白卷。

第二项比赛的内容是做饭。夏贝贝指着一篮子土豆宣布比赛规则说："下面进行做饭比赛。做饭的内容很多，我们今天只选一项，就是用这些土豆做一顿饭，配料都在冰箱里。具体流程是：用土豆做主料，每人先写出不少于二十种的饭菜名称，然后挑出你最拿手的做两个菜、一个汤、一个饭，再由我爹妈从你们写的饭菜名字中再选挑两种让你们做，这样每人刚好是四菜一汤一饭，两个人合起来就是八个菜、两个汤、两个饭，这也符合我们农村招待客人八个碗的规矩。"

夏贝贝宣布完以后，就让朱尚煌和王卫东开始写菜谱名字。朱尚煌有些为难，朝夏广泰看了看。夏广泰也想给他解个围，但一看王卫东也在场，就打消了这个念头。朱尚煌只得硬着头皮写起来，写了好一阵，才勉强写出了不到 10 种用土豆做主料的菜谱名称。

王卫东是给养员出身，因为在部队上多次参加过这样的专门培训和比赛，加上前一晚夏贝贝又在电话里给他通报了信息，他拿起纸笔一口气写出了 60 多种用土豆作为主料的菜谱，其中有：酸辣土豆丝、尖椒土豆丝、土豆沙拉、土豆烧排骨、土豆炖牛肉、土豆炖香菇、油炸土豆丸、油炸土豆条、干锅土豆片、土豆饼、孜然土豆、咖喱土豆、干煸土豆、茄汁土豆片、土豆泥虾球……

两个人写好菜谱后，圈出自己最拿手的饭菜名字，然后交给夏广泰和田改云抽点。田改云不想为难朱尚煌，从朱尚煌写的菜谱中挑了两个简单的菜品，一个是香辣土豆片，一个是牛肉炒土豆。夏贝贝拿着王卫东写的菜谱让夏广泰抽点，夏广泰说："我对吃的没研究，你看着点就行。"夏贝贝说："那好，我替你点，你可得认账呀！"夏广泰点着头说："我认，一定认。"夏贝贝拿起菜谱看了一阵说："就点土豆丝鸡蛋饼和土豆泥虾球。"点完，把菜谱交给了王卫东。

王卫东接过菜单，问家里有没有马苏里拉芝士和面包糠，夏贝贝不知道这两种东西是干什么用的，就如实答道："没有。我从来就没有见过，也没有听说过。"王卫东就把这两种东西的名称写到一张纸上交给夏贝贝说："你到镇上的'万客隆'超市去买一下，那里边有。"夏贝贝问："买这些干什么？"王卫东说："你不是要让我做土豆泥虾球吗？"夏贝贝说："有土豆和虾就行了，还买这些东西干什么？"王卫东说："你先去买回来，做的时候我再跟你说。"夏贝贝面带疑虑，骑上电动摩托，一会儿就把这两种东西买回来了。

接下来，朱尚煌和王卫东就开始进行烹饪比赛。

夏广泰家过去烧的是煤气，现在烧的是沼气，刚好有两套灶具，朱尚煌和王卫东每人单独使用一套灶具。夏贝贝把炊具和碗盘也分成了两份，供他们两个分别使用。

两个人做的第一道菜里都有土豆丝。从刀工看，朱尚煌在家可能没有做过饭，连拿菜刀的姿势都不对。他握住菜刀就像握着一把大锤，用手抓得紧紧的，生怕菜刀跑掉一样。切出的土豆丝也是粗细不均，好像柈子柴。一个土豆还没有切完，他就把左手的食指割了个口子，鲜血直流，疼得他直咧嘴，田改云忙去找来碘酒和创口贴帮他处理。

王卫东这边却是另一番景象。只见他手握菜刀就像一个熟练的音乐指挥拿着一根指挥棒，菜刀切土豆丝的声音就像有节奏的音乐键盘敲击声，切出的土豆丝精细而匀称。

当王卫东做菜做到夏贝贝抽点的那两个菜品时，夏贝贝还故意让他把这两道菜品的制作方法说出来，以便使她能够边看边学习。

王卫东首先边做边给夏贝贝讲解了土豆丝鸡蛋饼的制作方法。他在做这道菜的时候先是卖了个关子，说："这道菜的做法很简单，就是往土豆丝里打上四个鸡蛋，在锅里摊成饼煎熟。好多人都没见过，更没有吃过，保证让你吃过一次就会爱上它。"

夏贝贝揶揄着说："你就快做吧，不要王婆卖瓜自卖自夸，菜还没有做出来，就开始瞎吹起来了，我不是听你说的好听，我是要看你的真功夫哩！"

王卫东一本正经地说："你就瞧好吧！"然后他连讲带做，一步一步地开始了。

王卫东拿起一个大土豆边削皮边说："做这道菜要首先准备一个可爱的大土豆，去皮后清洗干净，切成丝，往里面打入四颗鸡蛋，用筷子搅拌均匀。搅匀后加入一勺盐，再来一点胡椒粉，先放在一旁腌制五分钟，让土豆丝入底味。接下来准备一个西红柿，把西红柿的皮撕掉，切成丁。准备少许的红椒，也切成小丁。锅里加入少量的食用油，油烧热后把鸡蛋和土豆丝倒进锅里，然后用铲子稍微地给它整理一下，开小火给它慢慢地煎，把底部一面煎好后翻面，两面都煎至金黄。煎好后，先把土豆鸡蛋饼盛出来，装入盘中备用。接下来，把西红柿丁放进锅里翻炒均匀，倒入事先调好的料汁，料汁开锅后把煎好的土豆鸡蛋饼放进来，盖上盖子转小火烧三分钟。最后放青红椒丁，就可以出锅了。土豆和鸡蛋这样搭配，既营养又美味，而且还吸足了西红柿的汤汁，吃一口可过瘾了！你先来一块尝尝！"王卫东说着，就用筷子搛了一小块送到了夏贝贝的嘴边。

夏贝贝接过来吹吹热气，放进嘴里，一嚼，惊叹地说："哇！真香啊！真是太好吃了！你这是跟谁学的呀？"

王卫东不好意思地笑了笑说："是我自已琢磨出来的。"

夏贝贝夸张地说："是吗？那你也太能琢磨了！"

王卫东说："那一年我参加军区空军组织的炊事大比武，比赛之前我就想，比武场上肯定是高手云集，没有绝活肯定要败下阵的。于是我就查资料，拜师傅，还几次跑到市里的大酒店找大师傅讨教，后来就琢磨出了这道菜的做法。"

夏贝贝问："后来呢？后来比赛的结果怎么样？"

王卫东说："后来就得了并列第一名，拿回来了个金奖。"

夏贝贝伸出大拇指夸奖说："王卫东，好样的！来，我今天再给你祝贺一下！"说着伸出了一只手。

王卫东满手沾的都是油，他慌忙在身上擦了擦，刚想去握，田改云进来了。他赶忙把手又收了回来。

土豆丝鸡蛋饼出锅后，王卫东又给夏贝贝讲解了土豆泥虾球的制作方法。

王卫东把这道菜做完后说："这道土豆泥芝心虾球，颜值很高，端上桌绝对是最抢眼的那个。吃起来外表酥脆，咬一口都能听到酥酥的声音。里面却是绵软的。土豆泥与鲜虾的搭配，让口感更为丰富，吃起来也更加鲜香。还有，就是它的芝心爆浆，简直好吃到无法形容。总之，这样做省油又健康，好吃又好看。你先吃个尝尝？"

夏贝贝用筷子搛了一个放到嘴边咬了一口，边嚼边说："好吃，真好吃，就是做起来太麻烦了，要这么多步骤呢！"

王卫东笑着说："任何美味的获得都不是轻而易举的。就像歌中唱的，'樱桃好吃树难栽'，做菜也是一样，好吃的菜品不下一番苦功是吃不到嘴里的。"

夏贝贝带着夸奖的口吻说："我还真没想到，你说出话来像是一个哲学家呢！"

王卫东红着脸腼腆地说："哪能呢！我不就是一个普通的饲养员吗？"

夏贝贝亲昵地拍了一下王卫东的肩膀说："越说越不像话，你还真把我们一家当成你的饲养对象了呢！"

王卫东赶忙解释说："你都想到哪里去了？我说我自己不就是养殖场的一个普通饲养员吗！"

夏贝贝敛住笑说："快做吧，人家是跟你开个玩笑。"

饭菜做好后，田改云和夏贝贝帮着朱尚煌和王卫东端上了餐桌。夏广泰给每个人斟满了酒，给自己斟的是白酒，给朱尚煌和王卫东斟的是红酒。夏广泰说了一句"小朱、小王你们辛苦了！"，接着跟两人共同碰了一杯。

朱尚煌和王卫东喝完夏广泰敬的酒，夏广泰、田改云和夏贝贝开始品尝他们两个做的菜品。夏贝贝一个劲儿地夸奖王卫东的菜品做得好，被夏广泰狠狠地瞪了一眼。夏贝贝会意，知道这是父亲提醒自己不要光顾夸王卫东，而冷落了人家朱尚煌，这样做是有悖待客之道的，于是也赶忙夸奖起朱尚煌做的菜品来。朱尚煌本来很囧，听了夏贝贝的夸奖后很受用，脸上的尴尬相才慢慢地缓解了。

几个人品尝了一阵子，夏贝贝感到餐桌上的气氛有点沉闷，就说："老爹，咱们就这么闷吃闷喝多没劲呀，能不能唱支歌活跃一下气氛呀？"

夏广泰知道女儿的用意，支持说："这是你们年轻人的事。你们想唱就唱，我鼓掌欢迎。"

于是，夏贝贝就让朱尚煌和王卫东唱支歌曲。朱尚煌和王卫东也想打破这种沉闷的气氛，就每人唱了一支。朱尚煌唱的是《一生爱你千百回》，王卫东唱的是《说句心里话》。《一生爱你千百回》是流行歌曲，年轻人都喜欢，但明显不对夏广泰的胃口，夏广泰听着听着就皱起了眉头。《说句心里话》是军歌，昂扬向上，夏广泰很喜欢，还跟着王卫东哼唱了几句。

朱尚煌和王卫东唱完，夏广泰跟他俩又喝了一杯酒，然后向王卫东问道："小王，我听着你的嗓音不错，你除了唱歌还会唱什么？"

"我还会唱什么……"王卫东好像没听明白夏广泰说的是什么意思，愣在了那里。

夏贝贝提醒说："我爹的意思是说，你除下唱歌还会唱什么，比如，你会不会唱戏？"

王卫东这一下听明白了，说："会唱一点，但会得不多。"

夏广泰问："你都会唱啥戏？"

王卫东说："我业余时间学唱过豫剧，但唱得不好。"

夏广泰一听王卫东说会唱豫剧，来了兴致，问道："你都会唱那些剧目？"

王卫东说："会唱几段《花木兰》。"

夏广泰更加高兴了，说："会唱《花木兰》？那好啊，我也喜欢《花木兰》，你能不能给我们唱几段听听？"

王卫东看了看夏贝贝，夏贝贝用鼓励的口吻说："我爹喜欢听，你就唱几段呗，都是自己人，唱得不好他也不会笑话你。"

王卫东鼓了鼓勇气说："那我就献丑了。"说着，就拉起架势用女腔唱起了豫剧《花木兰》经典名段《谁说女子不如男》。

王卫东刚一唱完，夏广泰高兴地连叫了两声"好"，端起酒杯和王卫东碰了一下。碰完，他又问道："你能不能再唱一段？"

王卫东说："既然叔你喜欢听，那我就再唱一段，你可不要笑话。"说完，又学着常香玉的唱腔唱起了《花木兰羞答答施礼拜上》一段。

王卫东唱完后，夏广泰又跟他碰了一杯酒。夏贝贝看父亲还想让王卫东再唱，她怕王卫东唱得多了支撑不下去，就说："爹，不要光听唱啊！这么多的菜，要是再不吃，等一会儿就凉了，你让大家吃一点再唱行不行？"

夏广泰高兴地说："好，好！闺女说得对，大家都快吃！小朱，小王，你们辛苦了一上午，做了这么多的好菜，不吃都浪费了。快，大家都快吃！"说着，带头搛了一只土豆泥芝心虾球填进了嘴里。

夏广泰吃了几口菜，又问王卫东说："小王，你姓王，你是不是王家梁的人？"

王卫东不知道夏广泰问这个干什么，就如实答道："叔，我是王家梁的。"

夏广泰又问："你多大了？"

王卫东回答说："我今年29岁。"

夏广泰说："你爹叫个啥名字？"

王卫东回答说："我爹叫王大栓。"

夏广泰说："你爹叫王大栓哪，我们两个还一起在镇上上过初中呢！过去我只听说他有个儿子，就是不认识。你爹可真有福气，养了你这个有出息的儿子。"

王卫东腼腆地说："谢谢叔的夸奖。其实我们都认识你，我当兵走的时候，还是你讲的话，鼓励我们到部队后要好好干，为咱们韩冲村争光，你还给我们戴了大红花呢！"

夏广泰听了王卫东说的话很受用，笑了一下，谦虚地说："是吗？我都记不得了。"然后又端起杯来，亲切地说："娃子，来，叔单独跟你碰一杯，往后你多到叔这里来，咱们叔侄俩在一起多切磋切磋豫剧……"

夏贝贝听得出来，这是夏广泰接纳了王卫东。于是第二天她就给朱尚煌发了一条短信。她在短信中说："朱尚煌同志你好！很高兴认识你。咱们都是青年人，正处在谈婚论嫁的年龄段，不管是谁都有选择爱的权利。我今天选择了王卫东而没有选择你，希望你能想得开，也请你不要气馁。凭着你的条件，你完全可以找到比我优秀得多的伴侣。其实你的身上有许多优点值得我学习，比如你能摒弃世俗的偏见把择偶的目光投向农村，这就说明你是一个有胸怀、有眼光的青年，我打内心里佩服你。让我们在不同的岗位上来一个竞赛，看谁在祖国现代化建设的征程上做的贡献更大。祝你工作顺利！祝你早日找到如意的伴侣!”

小麦的成熟季节到了，2200亩小麦给韩军他们交了一份满意的答卷：亩产量比去年高出近20%。韩军、林静和面粉加工厂的厂长在一起核算了一下，最后把面粉的价格还是定在了去年的水平。广告一发出，没几天就订购一空，订货的都是一些大户，包括一些国有企业和粮油公司。根据面粉加工厂厂长的建议，韩军在于亚军的协调下，与周边的一些村子也达成了扩大绿色环保型小麦种植面积的协议，面粉加工厂也随之新盖了一座大型加工车间，增加了两条面粉加工自动化生产线，工人还是从韩冲村招收，不足的就从周围的村庄招。他们还把“韩冲”这个名字注册成了商标，印在面粉的包装袋上。韩冲村的村民又多了一条致富的路子。

麦收过后，根据林静的建议，为了倒茬改善地力，培养天敌，韩军组织力量把一部分麦茬地种上了玉米、红薯、花生、蚕豆、蔬菜等作物。

果园里的桃子、杏子等果树陆续成果，田杏摘了一些送过来让韩军和林静品尝。韩军感叹地说：“科学技术的威力真是无穷的。谁能想到过去三五年、七八年甚至更长时间才能结果子的果树，现在一两年就挂果了，真是奇迹!”田杏说：“现在果树的盛果期也提前了，所以有人说，一棵果树就是一棵摇钱树，现在有些地方把其他的作物都换掉了，改成了栽种果树。”为适应果子贮藏的需要，江南和田杏还专门投资在林果园子的旁边修建了一座水果保鲜冷库。

大秋作物一种上，韩军的工作稍微轻松了一些，他的婚姻问题被提上了日程。这还是石梅的父母主动提出来的，他们知道女儿的临终遗言。按照韩军的本意，他是不愿意提起这个话题的。他太爱石梅了，其他女人在他的心目中根本就挤不进去。还是在春节过后他送石梅的父母回西疆的时候，两位老人就劝他说：“不要受老观念的束缚，有合适的就及早考虑一个。”他摇了摇头，谢绝了。过了个把月，两位老人从医院检查完身体又给他打电话说，生老病死是自然规律，劝他不要再顾虑了。他们还诚恳地对他说：“林静这个女孩子确实不错，应该考虑。”他当时还是没有答应。前不久石梅的父亲住了一次院，韩军专门回去看望，老人出院后叮嘱韩军：“人的生命很短暂，你如果能把婚姻问题解决了，孙女也有个依靠嘛。”韩军这才松了口，说：“至少得等石梅过了周年。”林静也知道韩军的这个心思，就一直耐心地等待着。

正在这时，黎萍又来了。黎萍这次来还是和往常一样，又是从车上卸下来好多吃的和用的，并且还把韩军秋冬季穿的衣服都买了。韩大妈对此不理解，趁没人的时候悄悄地对韩军说：“军军，这姑娘是不是对你有意呀？”韩军也不隐瞒，如实说道：“我也有这个感觉，可她从来没有正面说过，我也不好解释。要不，你就跟她直说了吧，免得耽误人家的婚事。”

吃过晚饭大家都休息后，韩大妈和黎萍拉起了家常。韩大妈问：“萍萍啊，小郑那个小伙子不是挺好的吗，你怎么还不结婚呀？女孩子结婚太晚了不好，将来生个孩子都困难。”

黎萍看了看韩大妈没有正面回答，而是反问道：“那韩军哥呢？他的事情有什么考虑？”

韩大妈说：“你石梅嫂子走的时间不长，你韩军哥的心里还没有从那件事里走出来。看他那个样子，将来如果考虑了，估计可能是林静吧。”

“林静？”黎萍惊讶地抬起头，问道，“林静姐在省城不是有家室吗？”

韩大妈说：“你林静姐和她的丈夫分居多年，去年就离了。”

黎萍“哦”了一声，脸色瞬间暗了下来。过了一会儿，像自言自语地说：“我说呢，每次我和韩军哥说话，他总是像对待亲妹妹一样，从来都不理解人家的心思。”黎萍问韩大妈，“林姐都离婚这么长时间了，为什么就没人说起过呢？”

韩大妈说：“大家都怕伤着她的心，所以就没人提起过。”

黎萍突然间感到心里有一种说不出的委屈要倾泻，眼眶里的泪水也快溢出来了，为了掩饰，她对韩大妈说道：“妈，我今天开了一天车，有点累，我先去睡了。您也早点休息吧，别累着了。”话还没说完，就起身进屋去了。

这一夜，黎萍没有合眼，半夜里还哭了一场。韩大妈也没有睡，在床头靠了一夜。黎萍的哭声她也听到了，她本想起来过去劝劝，但又怕黎萍害羞，就没有动。

第二天早上，黎萍早早地就起来了。她到门口一看，韩军比她起得还早，已经把她的红色小轿车擦拭一新。

吃完早饭，黎萍要走，韩军挽留说："再住一天吧，今天我陪你出去走走。"说完，示意黎萍开车，自己也上了车。

一路上，黎萍都是漫无目的地开着车，也不说话，只是默默地流眼泪。韩军不停地把面巾纸递给她。

两个人就这么出去转了一天，中午在街上吃了顿饺子，也是没有说一句话。

又住了一夜，黎萍走了，走时也没说话，只是上前把韩大妈紧紧地拥抱了一阵。大家都看得很清楚，她的两只眼睛已经红肿得像两只水蜜桃了。林静知道她的心思，但也不好劝解，只是站在不远的地方朝黎萍看着，同情的眼泪也顺着脸颊直往下淌。

黎萍回去不久就和郑远方领取了结婚证，草草地结了婚。黎萍结婚那天，韩军亲自去参加了婚礼，代表全家为一对新人送上了美好的祝福。三天回门的时候，黎萍没有回自己的家，而是带着郑远方来到韩军的家，因为她母亲去世得早，她说自己真正的家就在韩冲村。

第二十八章　底　气

林静很有耐心，自从她提出把韩兵的儿子亮亮交给自己进行启蒙教育那天开始，她每天都要教亮亮识字、认数、讲故事、听音乐。她买了一块小白板和水写笔、白板擦，每天早上教亮亮认识生字，然后再温习头天或头几天学过的字。她还买来识字挂图贴在墙上让亮亮学。这些挂图在她的住处挂不下，经韩庆厚同意，她就把它们挂在了客厅和餐厅的墙壁上，让亮亮随时随地都能学习。一开始亮亮是跟着韩兵和秋云睡着的，后来为了方便学习，她就干脆把亮亮接过来和自己睡，这样一早一晚的空闲时间就被充分地利用起来了。

林静对亮亮的学习舍得投资。她不但给亮亮买了故事机、功放机、电子学习机，还为亮亮专门买了一台电脑。要知道，那个时候不仅整个韩冲村还没有一台电脑，就连金佛寺镇也没有几台。林静给亮亮买电脑的目的，就是要对亮亮进行形象直观的教学。她听说杭州一家科技公司开发了一款识字软件，就通过单位的同事从这家公司买了一套教学光碟，拿回来在电脑上播放，大大提高了亮亮的识字效率。每次进城或回省城办事，只要时间允许，她都要专门到新华书店买一些适合亮亮阅读的儿童读物。她还通过新华书店给亮亮订购了一套从一年级到六年级的小学课本，有选择地教亮亮学习。

由于林静懂得儿童的学习心理，教学方法得当，使亮亮始终保持了浓厚的学习兴趣，不到一年半就全部认识了3500个常用字，并对数学、音乐、美术等方面的基础知识也有所了解，还养成了良好的生活习惯、学习习惯和品德认知，一家人非常感谢林静。尤其是韩兵和秋云，一做点好吃的就要给林静端点过来，秋云还经常趁林静不在家的时候帮她洗衣服。

有一天，夏贝贝过来找燕子办事，无意间看到他们家里到处都挂满了识字挂图和手工制作的字卡，房间里还堆了好多儿童读物，有《幼儿看图识字》《安徒生童话故事》《唐诗三十首》，等等。夏贝贝不解，问燕子：

“你们家没有小学生呀，怎么买了这么多的儿童读物?”

燕子说：“谁说我们家没有小学生？我二哥家的亮亮不是小学生吗?”

夏贝贝笑了，说：“你二哥家的亮亮还没到上学的年龄，哪来的小学生啊?”

燕子说：“这你就孤陋寡闻了！亮亮从去年的上半年就开始上学了，不过，不是在你们学校，而是在我们家学的。”

夏贝贝：“那叫什么学生啊！还不是随便认识几个字罢了。”

燕子说：“你可不要小看我们家亮亮，他现在学的东西不比你们小学的一二年级学生学的少，不信，你可以考考他。”

夏贝贝摇摇头，说：“我才不信呢！那么小的孩子能会什么?”

燕子认真起来了，说：“你要是不信，我现在就把他叫来，你随便考，只要不出偏题怪题就行。”燕子说着，就把亮亮拉到了夏贝贝跟前。

夏贝贝弯下腰，亲切地问道：“亮亮，听说你能认识字，是真的吗?”

亮亮眨了眨两只忽闪的大眼睛，点点头说：“是真的。”

夏贝贝朝燕子说：“也不谦虚呀!”接着拿过一张纸写了个“一”字问亮亮：“这个字怎么读?”

亮亮笑了，说：“这个当然认识!”

夏贝贝说：“认识你就说嘛，这是个什么字?”

亮亮“嗨”了一声说：“这个字简单得跟个‘一’一样!”

这一下轮到夏贝贝笑了，说：“哟！还挺自信的！不要认为简单，越是简单的字有时候越是不一定认识。”接着，又在纸上写了个“了”字，让亮亮认。

亮亮说：“这个字是一个多音字，在‘为了’‘除了’这些词里边读‘le’。在‘不得了’‘了不起’这些词里边读‘liǎo’。”

夏贝贝惊奇地说：“你连多音字都知道啊！那你再认一下这个字。”说着，写了一个“貝”字让亮亮认。

亮亮说：“这是一个繁体字，这个字的简化字是这样写的。”一边说，一边写了一个“贝”字。写完后还说，“老师，这不就是你名字中的‘贝’吗?”

夏贝贝更加惊奇了，又写了“不亦说乎”四个字，指着第三个字让亮亮认。

亮亮说：“这是一个通假字，现在读“shuō”，古时候读‘yuè’。”

夏贝贝连连惊呼：“神了！神了！简直神了！”她又弯下腰问，“你这是跟谁学的？”

亮亮说：“我是跟林阿姨学的。”

夏贝贝疑问地说：“林阿姨？就是在你们家住的林教授吗？”

亮亮点着头说：“就是的。”

夏贝贝说：“怪不得的，人家是大教授啊！有大教授亲自教，那还能学不好？”说完，她像是自言自语地又说了一句，“一个大教授来教一个学龄前儿童，那也太屈才了吧！”

燕子说：“你这个观点我就不赞成了。大教授怎么就不能教儿童了？

夏贝贝若有所思地想了一会儿，突然向亮亮问道：“亮亮，我问你，如果阿姨让你去咱们的村小学里向小朋友们展示一下你的学习成果，你愿意吗？”

亮亮带着疑问的口气说：“展示？你准备让我怎么展示呀？”

夏贝贝解释说：“我说的展示，就是让你把你学的知识拿出来让大家看一看，或者说，向大家汇报一下，同学们如果要给你提些问题，你也可以回答他们。我这样说，你能听懂吗？”

亮亮扑闪了几下眼睛，说：“我听懂了。不过，要是他们提的问题我回答不出来怎么办？”

夏贝贝说：“这个你不用担心，到时候我会提前给他们提要求，不能为难你。”

亮亮想了一阵子，说：“那好吧，那我就去试试，我要是回答不好，你可别怪我。”

夏贝贝抚摸着亮亮的头说：“哪能呢？就是你真的回答错了，就也不怪你。学习嘛，允许有错，如果我们什么都懂，那还要我们去学习干什么？”

夏贝贝回到了学校。她要策划一个学习观摩会，让她的学生和这些学生的家长都来听听亮亮的学习情况，看看人家亮亮这么小是怎么学习的，这样或许能够激发一下学生的学习自觉性和积极性，同时对学生的家长也是一种教育和激励。

她把这个主意想好后，确定了学习观摩会的具体时间，就给学生和家长发了一个通知。为了办好这次观摩会，她还特意邀请了林静来参加，请她给大家讲一讲。

观摩会如期举行。会场设在学校最大的教室，并把两个教室的桌椅合并在一起。果然，学生全来了，家长们能来的也全都来了，教室里挤得满满的，里边坐不下，有的家长只好坐在教室外面。

观摩会开始后，夏贝贝说了个开场白。她说："今天观摩会的主角，不是老师，也不是我的学生，而是一个学龄前儿童，他的名字叫亮亮。"夏贝贝说完这句话，让亮亮站起来，和大家见了个面。会场上响起了一阵掌声。

夏贝贝接着说："今天的观摩采取问答的方式，就是在座的同学和家长都可以给亮亮提问题，然后由亮亮来回答。问题要适合亮亮的年龄特点，范围限制在识字、认数、辨别戏曲和音乐这些方面。我们的主要目的是让大家亲眼看一看，儿童的学习能不能搞好，儿童的学习潜力究竟有多大，怎么样才能把儿童的学习和教育搞好。下面我们就开始。"

夏贝贝的话音刚落，一位男生走到黑板前用粉笔在黑板上写下了一个"拗"字请亮亮认。

亮亮拿着夏贝贝提前给他准备的教鞭指着黑板上的字说："这个字是个多音字，有三种读法，一种是读'niù'，四声，比如拗不过。第二种是读'ào'，四声，比如拗口。第三种是读'ǎo'，三声，比如拗过去。"

会场上立刻响起了一阵掌声，有人惊叹说："这个孩子不得了，连这个字的声调都知道，真不得了！"

又上来一位女生，也在黑板上写了一个"a"，让亮亮认。

亮亮用教鞭指着说："这是个字母，在汉语拼音里面读'啊'，在英语里面读'A'。"

"哗——"下面又响起了热烈的掌声。

有个家长站起来，指着墙上的挂钟说："请亮亮看看现在是几点？"

亮亮扭过头朝黑板上方的挂钟看了一下说："现在是下午3时15分。"

会场上又是一阵热烈的掌声，好多学生和家长还发出了“啧啧”的赞叹声。

夏贝贝说：“好，下面我们继续让亮亮小朋友给我们回答问题。哪位同学有问题要问?”

一位小男生站起来问：“既然亮亮小朋友掌握这么多知识，那么请问我们各个省、自治区、直辖市的简称你知不知道?”

亮亮说：“知道!”

这位小男生说：“那就请你给我们大家说一说。”

亮亮很镇定地回答说：“关于各省、自治区、直辖市的简称，林阿姨给我教了两种记忆的方法。两种方法都是五句顺口溜。第一种是：两湖两广两河山，五江云贵福吉安，四西二宁陕甘青，海内台北上重天，还有港澳紧相连。”

刚才那位小男生说：“你能不能给我们解释一下呀?”

亮亮说：“好吧，我给大家解释一下。‘两湖两广两河山’，指的是湖南、湖北、广东、广西和河南、河北、山东、山西。‘五江云贵福吉安’，指的是江苏、江西、浙江、黑龙江和新疆，新疆的‘疆’在这里用的是谐音，为的是好记；剩下的是云南、贵州、福建、吉林和安徽。‘四西二宁陕甘青’，指的是四川、西藏和宁夏、辽宁，还有陕西、甘肃和青海。‘海内台北上重天’，指的是上海、内蒙古、台湾、北京、上海、重庆和天津，当然，这里的‘海’字也包括海南。‘还有港澳紧相连’就更好理解了，指的是香港和澳门这两个特别行政区。”

那位小男生听完亮亮的解释，把亮亮说的那几句顺口溜默念了一遍，然后点点头说：“这样一归纳，挺好记的。”说完，又问道，“那第二种方法呢?”

亮亮说：“第二种方法也是五句顺口溜，是这样说的：‘京津沪渝港澳连，晋冀鲁豫苏浙皖，闽赣台琼辽吉黑，湘鄂粤桂川黔滇，青新宁蒙藏陕甘。’这是按照各省、自治区、直辖市的简称编的。”

会场上不少学生小声念起了这些简称所代表的省、自治区、直辖市的名称，纷纷称赞编得好，易学易记。好多学生把这些顺口溜写到了自己的本子上。

一位小女生站起来问：“老师，亮亮小朋友口才这么好，能不能让亮亮小朋友给我们读一篇课文呀？”

夏贝贝问：“你的课文是几年级的？”

小女生答：“是一年级的。”

夏贝贝说：“可以，请你把课本拿上来。”

小女生就把课本拿到了课堂上。

夏贝贝问台下：“还有哪位同学想让亮亮小朋友给咱们朗读课文呢？”

台下有两位男生几乎是同时站起来，举起了手。

夏贝贝问：“你们两位都是几年级的？”

两位男生一个回答说：“我是二年级的。”另一位回答说：“我是三年级的。”

夏贝贝说：“好，把你们的课本都拿上来。”

三位同学都上台后，他们把想让亮亮读的课文都指给夏贝贝看。

夏贝贝接过课本一篇一篇念出了声：“《小小竹排画中游》《朱德的扁担》《古诗三首》《葡萄沟》。”夏贝贝把这几篇课文翻着看了一遍，说：“四篇都读，时间太长了。要不这样，让亮亮把这首古诗读一遍。”然后把三年级语文上册递到亮亮手里，说：“就这一篇，《饮湖上初晴后雨》。”

亮亮说：“这一篇我会背。”说着，就两只手背在后面，一字一句地背诵了起来：“饮湖上初晴后雨，宋，苏轼。水光潋滟晴方好，山色空蒙雨亦奇。欲把西湖比西子，淡妆浓抹总相宜。”

夏贝贝接下来说：“我听说亮亮小朋友还会读小说，但我没有亲眼见过，今天我就让亮亮小朋友读一篇小说让我们大家看看。”她弯下腰对亮亮说，“亮亮，行不行？”

亮亮点点头说：“行是行，就是有些地方我可能读不顺。”

夏贝贝说：“读不顺不要紧，只要能读下来就行。你看下面的小朋友，他们有的上到三年级、四年级了，还不会读小说呢。”夏贝贝说着，跑回自己的办公室抱过来一摞子书放到讲台上，然后从里边随便拿出一本说：“我最近正在看路遥写的《平凡的世界》，我看就让亮亮小朋友给我们读一段

《平凡的世界》第一卷中的第一章。”她把书递到亮亮手里说，“你就把这第一段读一读。”

台下的人都屏息静气地看着亮亮。

亮亮从夏贝贝手里接过书默看了一遍，然后大声地朗读道：“1975 年二三月间，一个平平常常的日子，细濛濛的雨丝夹着一星半点的雪花，正纷纷淋淋地向大地飘洒着。时令已快到惊蛰，雪当然再不会存留，往往还没等落地，就已经消失得无踪无影了。黄土高原严寒而漫长的冬天看来就要过去，但那真正温暖的春天还远远地没有到来。”亮亮朗读时，语速不紧不慢，念词断句也很符合语法要求，还能让人明显地听出来语调的抑扬顿挫。亮亮朗读完，把书合起来交给了夏贝贝。

夏贝贝接过书忍不住向台下问了一句：“大家说亮亮读得好不好？”

“好！”台下的人情不自禁地鼓起了掌。有人突然喊了一句：“能不能让亮亮再给我们大家读一段呀？”

夏贝贝朝墙上的挂钟看了一眼说：“后边我们还要请林教授给我们讲话，时间太紧了，下面就不再读了。如果哪位同学和家长有兴趣，我们可以另外安排个时间，让亮亮小朋友多给我们读一读，我们好好享受一下。大家说行不行？”

“行！”大家都同意了。

夏贝贝说：“我听说亮亮小朋友听了好多戏曲和音乐，这样，我播放几段戏曲唱腔和音乐，看看亮亮小朋友能不能听出名字。”夏贝贝说完，打开功放机的播放键，先放了一段黄梅戏：“树上的鸟儿成双对，绿水青山带笑颜。随手摘下花一朵，我与娘子戴发间。从今不再受那奴役苦，夫妻双双把家还。”

夏贝贝放完，按下暂停键，问亮亮：“这是什么剧中的唱段？”

亮亮笑了一下回答道：“这一段谁不知道呀，我们经常听，这是黄梅戏《天仙配》中的《树上的鸟儿成双对》。”

夏贝贝也笑了，说：“那我再放一段。”说着，又放了一段京剧：“这一封书信来得巧，天助黄忠成功劳。站立在营门三军叫，大小儿郎听根苗：头通鼓，战饭造，二通鼓，紧战袍，三通鼓，刀出鞘，四通鼓，把兵交……”

夏贝贝放完，又按下暂停键，问亮亮："这是什么剧中的唱段？"

亮亮很流利地回答："这一段是京剧《定军山》中的唱段，《这一封书信来得巧》。"

"哇——"台下有人在惊呼。夏贝贝感叹着说："难不住我们的小亮亮啊！"

夏贝贝想了一阵，说："我们再放段音乐你听听。"接着，就放了一段音乐。

音乐放完，夏贝贝问亮亮："这段音乐叫什么名字？"

亮亮答："《我和我的祖国》。"

夏贝贝又放了一段。

亮亮答："《黄河船夫曲》。"

夏贝贝又放了一段。

亮亮答："《莫斯科郊外的晚上》。"

这一次大家为亮亮鼓掌的时间很长，有的人边鼓掌边称赞着说："神童！真是神童！过去只是听人家说有神童，就是没有见过，今天可算是见到真神童了！"

韩庆厚带着老伴儿、儿子、儿媳也来了。他们来的目的，一是想给亮亮助助威，再一个就是看看亮亮的表现。

亮亮从讲台上下来，回到了家人身边坐了下来。

大家都用羡慕的目光看着亮亮。坐在韩庆厚身边的一位中年家长还对韩庆厚说："庆厚叔，你可真有福气，培养了这么一个爱学习的小孙子！这娃儿将来肯定有出息！"

韩庆厚谦虚地说："咱哪有这个本事，这得感谢人家林教授哩！"

掌声慢慢落下来后，夏贝贝邀请林静给大家讲话。

林静走上讲台，先是向大家鞠了一躬，缓缓地讲道："各位老师和同学们，各位家长同志们，大家下午好！刚才亮亮小朋友给大家汇报了他这一年半来的学习情况，他的表现很好，作为他的辅导老师，我感到很高兴，同时也很自豪和骄傲。亮亮之所以学得这样好，是因为他爱学习、肯钻研、悟性好、自觉性高。否则，就算我教得再好，他也不一定能学好。就像毛主席说的，外因是事物变化的条件，内因才是事物变化的根据。所以，在这里，我要向亮亮小朋友所取得的好成绩表示祝贺，也要向亮亮小朋友给予我的积极配合表示衷心地感谢！”

大家鼓了好一阵子掌。

林静继续讲道：“其实，在这一年半的时间里，亮亮学到的东西还有很多。刚才夏老师已经给大家讲了，他把3500个常用字都学了一遍。要说学习认字，除了上面讲的以外，他还学了许多生僻字和繁体字，这些都没有计算在内。因为他认识了很多字，所以他能阅读很多东西。

“有的家长可能会问：‘一个四五岁的小孩子，你教这么多，他能学会吗？’我的回答是，不但能，而且一定能！亮亮小朋友刚才的表现就是一个有力的证明。我只是利用业余时间教给他的，要是像在学校一样，全天候地学习，那他学到的东西会更多呢！夏贝贝老师刚才问大家，一个孩子的学习潜力究竟有多大，大家可以从亮亮的身上看到，这个潜力是巨大的，我们才开发了一点点。据科学家研究，普通人的大脑一生开发的还不到5%，像爱因斯坦那么伟大的科学家，一生为人类做了那么多的贡献，他的大脑才开发了20%，我们想想看，人的潜力有多大呢？几乎可以说，人的潜力是无限的。因为人在这一生中，没有听哪个人说，他的潜力特别是智力全部用完了。”

林静说到这里，在场的好多人笑了。

林静说：“大家不要笑，我说的是实话，也符合科学。现在我们就来谈谈正题。夏贝贝老师说让我给大家谈谈我是怎样教育亮亮的。要说经验谈不上，但也算有点粗浅的体会。我个人认为，要从小教育孩子爱学习，首先一条是，我们的家长要重视教育，尤其是孩子的早期教育。我开始教亮亮的时候，亮亮是4岁。学习过人类大脑结构的都知道，人的大脑中有很多突触，这些突触是有开发的最佳时期的，如果错过了这个最佳时期，就会影响开发的效果，如果错过的时间太长，可能就开发不出来了。所以，我们要重视孩子的早期教育。第二条，教育小孩子要讲科学。也就是要适应小孩子的特点和接受能力。因为他们还处在婴幼儿时期，对他们实施教育，和对于大孩子或大人实施教育，是不一样的，甚至是截然不同的。就拿识字来说，一方面让他看这个字，教给他怎么读，另一方面要走出去。我教亮亮就是这样，认完几个字以后，就带他出去，看到树木就说‘树’字，看见汽车就说‘车’字，我们还经常带他上街，进县城，让他认商店的名称，认超市的商品名称，认大街上的各种标识，认各种汽车的名称，等等。小孩子的精神容易分散，所以你每次教的时间就不能太长，一般5分钟至10分钟就可以了，一次最多不要超过15分钟，否则他的注意力就转移了，再教效果就不好了。还有，各种知识要穿插着教，比如认完字要换成听听故事或看看书画，学完数字要听听音乐，这样调节着学，他学起来也有兴趣。第三条，教小孩子学习要有耐心，不要怕麻烦。因为他毕竟太小，孩子对玩的东西都特别感兴趣，当出现好玩的东西时，他的注意力马上就会转移。年龄太小，他还不知道自我约束，还不知道什么叫学习习惯，学习也没有多少持久力，这就需要大人要有耐心，用科学的方法来培养他们的学习习惯和持久力。我们大人要时刻记住，喜欢玩是孩子们的天性，我们小时候不也是这样的吗？我们不能因为学习而扼杀他们的天性。第四点，要持之以恒。大家都懂得滴水穿石的道理。教育孩子，三天打鱼两天晒网不行，必须锲而不舍，久久为功。尤其是在我们农村，农忙季节大人们都下到田间去了，一天到晚面朝黄土背朝天，劳动一累，把教育孩子的事情都丢到脑后去了。这样是教不好孩子的。要安排好劳动和教孩子学习的时间，既不要耽误生产，也不要耽误孩子的前程。”

林静最后说：“当然，我在上面说的只是一个大概，真要是把孩子教育好，还有许多深层次的东西，以后我们再慢慢交流。另外，亮亮的学习时间毕竟很短，他目前学的一些东西只是一种启蒙，后面上学的时候，还需要做好衔接的工作。我的希望是，大家都要重视孩子的教育问题，这样我们的孩子长大后就会有一个美好的未来，我们未来农村的发展也会更美好。”

林静讲完之后，会场上响起了经久不息的掌声。她说的话和她做的事，给学生和家长们都留下了深刻的印象……

石梅过了周年，韩军跟着林静来到了省城林静父母的家。两位老人一看到韩军就很喜欢：女儿的眼光不错，这才真正是他们喜欢的姑爷！韩军和林静的婚事就这样暂时定下来了。老人问他们什么时候办事，韩军回答说："等我们抽出空到西疆石梅的家里去一下才能定下来。"两位老人通情达理地说："有道理，有道理。人之常情，就应该这么做！"

韩军从省城回来后，从上面传出来一条消息：地委可能想让他当宛平县的县委书记，因为这个职务现在还是乔丰年兼着，这样重要的职务不可能兼更长的时间。韩军听后笑了笑说："从村支部书记到县委书记，相差好几个档次哩！"

夏广泰一开始听到这个消息的时候也是这么认为的，但后来他想，人家在部队就是正团级，和县委书记是平级，现在回来又干了这么长时间，并且干得不错，直接当县委书记也不是不可能。于是，在嫉妒心的驱使下，他把夏海山叫了过来，准备授意他写一封告状信。

夏海山一听夏广泰说的话就心领神会地说："叔，你的意思我全明白，不就是要揭发他韩军吗？他干的那些事多了去了，比如，擅自把进村公路加宽，劳民伤财；为修路到处伸手，向村民乱摊派；和省里派来的那个女农业科技特派员不清不楚，在群众中造成了恶劣的影响，等等。反正很多，随便找一条都够他喝一壶了。还想当什么县委书记，做梦去吧！"

夏广泰说："最后即使一条都查不实，这个县委书记他也别想当。"

夏海山问为什么，夏广泰说："你没听说过吗？花上八分钱，够你查一年。一年以后县委书记的位置早就配上了，还要他韩军干什么？到那个时候，就继续当他的村支书吧！"

他们说的话被田改云听到了，田改云说："海山，胡告状可是要遭报应的。做人要讲良心。你们说人家韩军自从当了咱们村里的书记，哪件事情办得不好？哪个地方对不起你们了？不就是那条路没让你们修吗？那你们也去竞标啊！我还不知道，就凭你们那几个乱窜班的人，哪个是行家？修路架桥是百年大计，你们给人家修不好，也不怕将来全村人捣你们的脊梁骨？我倒是认为那条路亏得没让你们修，要是真让你们修了，我和贝贝、夏宝恐怕就再也不敢出门了！"

夏海山说："不光是修路，当初竞选支部书记的时候他韩军和上面的书记于亚军联手整我叔，明明选的是我叔当支书，后来把他韩军弄成了个第一书记，把我叔纯粹变成了个聋子的耳朵，到现在我们都咽不下这口气。要是没有他这个第一书记，我们叔侄两个能混得像现在这样狼狈吗？”

田改云说：“那还不是你们在背后耍小聪明，搬起石头砸了自己的脚，你们能去怪谁？纯粹是自作自受，活该！”

田改云还当着夏海山的面给夏广泰下了话：“夏广泰我跟你说，过去在家里都是你说了算，我和孩子们都是听你的，但这一次不行！如果你真要去告韩军，我和孩子们就到镇上和县上去揭穿你，让你在大家面前永远都抬不起头！不信你们做一次试试看！”

田改云在夏广泰面前从来没有这样说过狠话，夏广泰怕田改云将来真会这样做，就说了一句软话：“我们也就是随便这么一说，你还当真了！”

田改云瞪着眼说：“这些事想都不能想，更不要说去做了。那样做是要坏良心的！”

夏广泰给夏海山使了一个眼色，夏海山出门走了。

河道治理的第一批专项经费拨下来了，上级要求要及早开工，韩军只得再次召开村支两委会议研究办法。会议还是卡在几个厂子的停产问题上。无奈，韩军只得采取折中的办法，先从河道两头往中间治理，矛盾放到最后再处理，因为上级有明确的时间要求，再拖就要挨批评了。

河道治理对于一个村子来说是一项大工程，为此会议决定成立河道治理工程指挥部，韩军担任指挥长，夏广泰和赵铁柱担任副指挥长，林静和县里派来的工程师担任技术总监。此前由韩军以党支部的名义向上级打了报告，请求增补赵铁柱和田杏为党支部委员。赵铁柱的表现大家是有目共睹的，田杏经过一年多的考察也完全符合这个要求，所以当时在会上形成了一致意见。夏广泰对这种事情的态度仍然和往常一样，既不表示同意，也不表示反对。韩军在心里说，你不反对就是默认，那就按同意对待。

会后，韩军立即组织力量开始对河道进行测量设计，图纸出来后经过村支两委讨论，报给了镇上，镇上又上报到县里。走完流程，工程就正式上马了。韩军和赵铁柱他们都当过兵，组织这样的活动那是他们的拿手戏。工地上到处红旗招展，人欢马叫，机器轰鸣，一派会战景象。

夏广泰身为副总指挥，也经常出现在施工现场，但每次见到他时，他都是垮着脸低着头，好像有想不完的心事。人们跟他打招呼，他也是心不在焉，应付一下了事。有些爱说闲话的人在背后说，这个人是不是神经出问题了？也有的说，他可能又是在琢磨害人的坏主意哩！

其实，他在心里琢磨的仍然是他让夏海山写的那封告状信发还是不发。那天他向夏海山授意后，夏海山回去就把告状信写好了。夏海山催着夏广泰快发，说是如果发得迟了，人家把生米做成了熟饭，你想发也来不及了。但夏广泰一直犹豫不定。他在心里想，也许田改云说得是对的，人家韩军也没有哪个地方对不起自己呀！想了几天，一直犹豫不决，他最后还是决定把这件事暂时放下，等以后看看情况的发展再说。

年终到了，要是在部队，又该进行年终总结了。韩军知道，这一年家家户户的收入都有了大幅增长，就连那些五保户、特困户，因为有了麦田和果园的股份收入，加上国家和村里给予的补助，生活都有了保障。村里的集体经济也上了一个大台阶，已经有能力办大事了。为此韩军建议，由党支部做出决定，搞一次年终总结，大张旗鼓地表彰一批勤劳致富的先进典型和各种类型的先进模范人物，鼓舞一下村民的士气，争取明后两年再上一个大台阶。根据韩军的提议，这项工作还是由老支书韩俊法负责。

经过自下而上的评选，特别是对那些申报“翻两番”奖励的农户反复进行核实，表彰的对象很快就确定下来了。

表彰大会还是在村小学的操场上召开的。人们的精神面貌比两年前那可是天壤之别了。村民们的口袋里有了票子，走起路来一个个都充满了自信和自豪。

这一年实现“翻两番”的农户占了全村总户数的三分之一，人口也超过了三分之一。按照规定，奖励标准是人均2000元，当获奖的人从主席台上领到奖金时，一个个都喜笑颜开，有的还止不住流下了激动的泪水。“孝老爱亲模范”“关心集体标兵”等先进模范也都上台领了奖状和奖金。会场上掌声不断，这些掌声是大家发自内心的。那些拿到奖金的村民更是笑得像裂开嘴的石榴。

韩军在做会议总结时说：“党支部实现‘翻两番’的目标是既定的，对提前实现‘翻两番’目标的人实施重奖也是既定的。不管是谁，只要你提前实现了‘翻两番’的目标，党支部都会毫不犹豫地给你发奖。另外，当初我在发表竞选演说的时候说到，我们要利用三年到五年的时间争取跨入全地区先进村的行列，前段时间县委乔书记来我们村检查工作的时候批评了我，说我们定的这个目标太保守了，要把目光放大一点、放远一点，要把奋斗的目标瞄准当全省甚至是全国的先进。我当时没有表态，也没敢表态。我知道咱们村的基础，我也知道我一个人表态也没有用，要实现这个目标，要靠我们村支两委班子团结一致，要靠我们全村的家家户户、老老少少齐心协力。如果大家都这样想了，都这样去做了，让我去表这个态我就有底气了。不知道我说的这句话有没有道理？”

会场上立马响起了一阵又一阵的欢呼声：“有！有……”

会后，由韩军主持，老支书韩俊法证婚，为新近申请结婚的青年男女举办了一场别开生面的集体婚礼。

富贵也是这场集体婚礼的参加者。婚礼过后，大家围着富贵开玩笑说：“富贵，要不是你当初死那一回，能把韩书记留下？如果韩书记不回来当支书，咱们韩冲村能发生这么大的变化？咱们能过上现在这么好的日子？咱们能娶上老婆？你可是咱们韩冲村的大功臣啊！”说得富贵脸红得像关云长。

富贵说：“你们说的都是实情，可也是俺害了人家韩军叔啊！”

大家都知道富贵话中的含义：人家韩军要不是回来当这个村支部书记，说不定现在已经当上地委书记了！

也有人和枣木芯开起了玩笑，说：“富贵是自己死了一回留下了韩书记，你可是进北京上访后既给儿子找了一份好工作，又得了个好儿媳妇，你这可是双喜临门啊！”

枣木芯红着脸连连摆手：“别提了，别提了！打人别打脸，欺人别欺短！那都是过去的事了，还提它干什么？”

大家于是就放过了他。

第二十九章　大　祸

按照原来的计划，韩军是要在春节前带着林静去看望石梅的两位老人的，同时也到石梅的墓前把他和林静的事情告诉石梅。可是因为治理河道的任务时间要求很紧，韩军就和林静商定把这个时间推迟到五一期间。

春节前，梦梦和小刚放寒假都相约来到了韩冲村，和爸爸妈妈一起过年。两个孩子不知是因为上了大学还是因为石梅的去世、赵北峰的离开，都变得懂事多了，也稳重多了，时时处处知道为大人着想。韩军和林静对这两个孩子也更加爱怜了。

黎萍这次是在大年初二来的，按照乡俗这是闺女回娘家的日子。因为路途遥远，春节走亲戚又必须是在上午，所以他们头天下午早早就出发了，晚上在途中住了一夜，第二天上午的时候就到了。

韩军一看红色的小轿车停在了门前，就知道是黎萍来了，忙带着林静出来迎接。

新婚后的黎萍穿着一身红装：红色的大衣，粉红色的围巾，红色的高跟鞋，头上别着一朵小红花，显得更加妩媚动人。她还是像过去一样，一进门连椅子都没挨就忙活起来，洗菜，淘米，炖肉，一会儿就把一桌丰盛的饭菜端到了饭桌上。

尽管黎萍在饭桌上不停地给大家搛菜敬酒，泼泼辣辣，嘻嘻哈哈，但从她那频频落在韩军脸上游移的目光中，敏感的韩军仍然读到了她对他的一往情深和对他们最终没能结合的深深遗憾。

林静的三年任期快到了，春节前她给单位写了份申请书要求延长任期。单位给省委组织部报告后批准了她的申请。

过完春节，韩军遇到了一个大难题：拆除圪潦河和驴尿河河道两旁的建筑尤其是造纸厂和砖瓦厂。这件事又涉及他的弟弟韩兵。俗话说，村看村，户看户，群众看的是干部，干部看的是支部，支部看的是党支书。支部书记的弟弟横在那里，谁肯先扒？韩军登门去跟韩兵做工作，韩兵生气地说："哥，你怎么老是跟我过不去呀？我高中毕业的时候想去当兵，爹说他就我们弟兄两个，你在战场上，不知道最后是个啥结局，万一有个三长两短，我再走你的路，他和妈将来老了怎么办？不得已，我就只好留在了农村。后来你在部队上成了家，离家几千里，家里的事情哪一件不是我打理的？这一次你可回家来了，我们都很高兴，哪知道自从你当了这个破支书后，就三天两头瞎折腾，你折腾你的就算了，可每次都来拿我开刀。第一次，你扒我的商店，我认了。第二次，你收我的柿树地，我又认了。这一次你又来拆我的造纸厂。你知道造纸厂对我有多重要吗？我要靠它买油盐酱醋，我要靠它供孩子上学，我要靠它为父母养老送终，我要靠它为我们自己留条后路。现在可好，你要把它拆掉！我现在就把话撂在这里，就是你敢把夏广泰的厂子拆掉，你也休想把我的拆掉！不信你试试看，你要是敢动我韩兵造纸厂一下，你就永远不要再登我的门！"

韩兵说的很难听，但也是实情，韩军知道这么多年弟弟为了这个家很不容易，把弟弟的造纸厂拆掉，就断了弟弟生活的来源，弟弟肯定是想不通的。况且在弟弟面前自己又是兄长，为这事也不能伤了兄弟之间的和气。他只好怏怏不乐地离开韩兵家往回走。

韩军带着一肚子气刚回到自己家里，赵铁柱找上门来了，气呼呼地说："韩书记，那几家都说了，如果不把韩兵和夏广泰的厂子拆掉，他们就坚决不动，而且他们还把亲戚都找来了，说是要保卫他们的厂子。"

韩军一听，气得在屋子里直打转。心里想，军中无戏言，一诺值千金，自己在乔书记面前已经立了军令状，如果这道坎过不去，那不等于自打嘴巴吗？于是在军营里养成的那种果断和命令式的作风一下子在他的脑海里占了上风，他当即给赵铁柱下令说："准备推土机和挖掘机！"

赵铁柱不解，疑惑地问："这几家的工作还没有做通，你让我准备这些做什么？"

韩军没做解释，仍然是命令的口气："快速准备，马上进场！"

赵铁柱问："现在？"

韩军斩钉截铁地说："就现在！"

赵铁柱领命，小跑着做准备去了。

不到一天工夫，韩兵的造纸厂就被推平了，剩下的纸张由赵铁柱做了价，韩军出钱，让赵铁柱送到了韩兵的家里。厂里的机器设备韩军也让赵铁柱收起来放进了村部的仓库。

韩兵一家气得连晚饭都没有吃，第二天一大早就大人连孩子都不见了。韩兵在走之前给韩庆厚写了一张纸条，纸条上写道：

爹，这个家我实在是待不下去了，我带着秋云和亮亮出去走走，看看能不能找个能吃饭的地方，等我那个想当大官的哥哥什么时候高就离开这个家了，我们再回来伺候您老人家。

不孝的儿子韩兵叩首，再拜！

2001 年×月×日

韩兵走了，一家老少的脸上一天到晚都像掩上了一块灰布。要不是林静有话没话的寻找个话题，谁都不会主动说出一句话。

“五一”去西疆拜望石梅父母的计划就这样落空了。

韩军把韩兵的造纸厂拆掉了，其他几户一看，没有再说什么，也同意让赵铁柱带人把自家的造纸厂和砖瓦厂拆掉了。但夏广泰怎么也不拆，韩军不好下手，就让施工队把已经拆掉的厂子，沿着河道进行治理，最后只剩下夏广泰的那一段放在了那里。

夏广泰之所以不拆，他是看到了更大的商机。自从去年马钢锤兄弟俩盖起了小别墅，好多人眼馋，都纷纷效仿起来，目前已经有三十几家也把小别墅盖起来了。下一步肯定有更多的人家要盖。要盖，就需要砖瓦，自己村子里的砖瓦质量好不说，还比市面上便宜，谁不想在家门口买砖瓦呢？所以，不管韩军采取什么办法，夏广泰就是不动。他知道，韩军就是再能，他也得顾及老同学的面子，他也得考虑这是田改云的家。只要他不把自己的党员资格撸掉，他就没有办法像处理他弟弟的造纸厂一样把他夏广泰的砖瓦厂也一把推平。于是，他每天就坐在他的砖瓦厂的院子里悠闲自得地喝茶，听着那些豫剧的经典唱段，高兴的时候他还会眯着眼跟着他那个心爱的双卡收录机来唱一段。

但韩军也有自己的主意，他就让夏广泰的砖瓦厂耀武扬威地站在那里让人们品评，他有足够的耐心等待时机解决这个问题，而且要让夏广泰自己把它拆掉。

重建的河道两岸都陆续栽种上了绿化树。在选择树种时还是按照林静说的树名选栽的，比如杨树、柳树、刺槐等。河道两旁不缺墒，树栽上就活了，没几个月就显出了绿色。

这期间，地区对乡村治理特别是生态村的建设抓得很紧，不断地派出督导组下来检查。当他们检查到韩冲村的时候，认为这里的工作不但抓得紧，而且标准高，很有示范价值，于是就建议地委领导在这里召开现场会。地委领导研究后做出决定，要召开一次全区性的乡村治理工作经验交流会，韩冲村可以作为一个参观点，到时候让韩军在会上把他们的经验好好介绍一下。会议经过一番准备，按时召开了。韩军也按通知的时间，参加会议去了。

韩军走后，夏广泰心想，如果这个会议一开，参加会议的人员到韩冲村一参观，那他夏广泰的砖瓦厂肯定要被拆掉，而且其间的时间也不会太长。如果砖瓦厂保不住了，那这条财路就断了，这不等于是在割他的心头肉吗？想来想去没有其他好办法，最后又想到了告状的事。他想，只有告状才能把韩军的步子打乱，也只有告状才能延缓河道治理的速度，没准儿能把这项工程搞成半截子工程，那他夏广泰的这个砖瓦厂不就保住了吗？于是，他连夜把夏海山叫来，如此这般地交代了一番，还喝了点酒，夏海山带着酒意回到家后，就给媳妇交代，第二天早上要早点起床给他做饭，他吃了早饭要进县城办事。夏海山说完就睡觉去了。告状信是装在一个半透明的塑料袋子里，他的媳妇在床头看到了这个袋子，无意中发现了里边是告韩军的信。夏海山的媳妇也在村里的服装加工厂上班，是一个通情达理的女人，韩军在她的心目中是一个好干部的形象，平时夏海山说韩军的不好时，她都要替韩军打抱不平，有好几次为这事两口子还动了手脚。她就把夏海山叫醒，让他不要去干这种伤天害理的事情。夏海山说他的媳妇是多管闲事，骂了媳妇一顿。媳妇不服气，和夏海山争吵起来，夏海山一气之下，借着酒劲儿，打了媳妇一顿。媳妇很生气，第二天早晨一起床就到厂子里去了，也没给夏海山做早饭吃。

李石榴这天刚来到厂子门口，就看到夏海山的媳妇蹲在那里，李石榴问她为什么来这么早，她也没说理由，一看她的脸上明显有伤痕，就向她询问情况。夏海山的媳妇一开始还不愿意说，后来李石榴带着她来到自己的办公室，倒上茶水，一番劝导下，夏海山的媳妇才把事情的来龙去脉说了一遍。李石榴一听，赶紧来找李喜德商量处理办法。李喜德沉思了一会儿，说："韩书记现在不在家，就是在家，这种事也暂时不能让他知道，咱们还是去找老支书。老支书经历的事情多，他肯定会有办法。"于是两个人急急地来找韩俊法。

韩俊法听了李喜德和李石榴的叙述，骂了一句："这条恶狗，改不了吃屎！"骂完后问道，"夏海山现在在哪里？"李喜德看了看手表说："估计还在家里。"

韩俊法拨通赵铁柱的电话，用极其严肃的口气说："铁柱，你带上李威，从你们养殖班再找上两个人，马上到进咱们村的公路口去，一见到夏海山就把他拦住，带到村部去，就说我找他有事。对，现在就去，动作要快！如果他牛毬（方言：犯倔），就对他采取措施，坚决不能放他出去！动静别太大，尽量不要让其他人看出什么。对，就这样办！我等你们的消息。"

韩俊法打完电话，叮嘱李喜德和李石榴对这件事要注意保密，然后让他们两个各干各的事情去了。

送走李喜德和李石榴，韩俊法坐下来，仔细盘算这件事该怎么处理。开始他想把夏海山先关到村部审审，但这样做是违法的，想了一阵，他突然有了主意：喝酒！他是长辈，他说要请夏海山喝酒，夏海山也不好推辞，到了酒桌上就有办法了。于是他让老伴儿做了几个菜，端到了村部的招待室里。

夏海山吃完早饭，骑上他的摩托车往外走，一边走还一边盘算着当天的事情怎么办，办好后会带来什么效果。

正准备往公路上拐，赵铁柱和李威带着养殖班的另外两个人把他给拦住了。赵铁柱笑嘻嘻地对夏海山说："海山老哥，这么早你是准备到哪里去呀？"夏海山朝他们几个看了看，不知道是什么意思，就随口答道："我进城去办点事。"赵铁柱说："哎哟，真不巧！咱们老支书说找你有点事，请你去趟村部。”夏海山说：“我进城有点急事，是老支书找我，这样，我加快速度，办完事不吃饭就往回赶，保证不误事。”赵铁柱说：“老支书说让你现在就过去，应该是有急事，要不然，也不会叫我们来这儿等你，就怕你走了，误他的事。”

夏海山朝自己带的黑色手提包看了看，有点迟疑，一时间不知道怎么办好。

赵铁柱敛起笑容，盯着他看了一阵。夏海山平时最怯这几个人。他看这几个都瞪着眼睛，不知道是什么意思，又迟疑了一阵，然后骑上摩托，跟着赵铁柱他们几人往村部走。

赵铁柱把夏海山带到村部，韩俊法早就在村部的招待室等着，餐桌上摆着菜和酒，酒杯已被斟满，韩俊法热情地招呼夏海山入座。

夏海山疑惑地说：“老叔，早饭我已经吃过了。”

韩俊法说：“咱叔侄俩好长时间没在一起说话了，刚好我今天有点空，就把你请过来。我听说你准备进城去，这样，我也没几句话，说完你就走，也不耽误你的事。”说着，就把酒杯端了起来。

夏海山也不好推辞，就端起酒杯和韩俊法碰了一下，喝了下去。韩俊法由于胃不好不敢喝太多的酒，所以把酒杯端到嘴边抿了一下，就放下了。

韩俊法拿起筷子招呼着说：“来，海山，快吃菜！”

夏海山吃了口菜，说：“老叔，你找我有什么事你尽管说，只要我能办到，我就是上刀山下火海也给你办，我夏海山在老叔您面前向来说一不二！”

韩俊法说：“我找你来其实也不为自己的事，是为公家的事。”

夏海山说：“是公家的事我也照样办！我现在虽然不当小组长了，可我还是一名党员嘛，是党员就得为公家办事，老叔你说是不是这个理儿？”

韩俊法点了点头说：“海山侄儿说得对！来，再上一气儿！”

夏海山端起酒杯又喝了个底朝天。

韩俊法把夏海山的酒杯又满上。

夏海山一边吃着菜，一边问道：“老叔，你还没说找我有啥事哩，别让我一会儿喝多了误您老的事，有什么事您就直说吧。”

韩俊法看了一眼夏海山，若无其事地说："其实也没啥事。你们可能也听说了，县上下一步准备让咱们的韩书记进县委工作，要进，肯定要派人下来考察。你知道，我是咱们支部的老人，又是纪检委员，到时候肯定会找我谈话，我得先征求一下群众的意见，要不然到时候我谈的话代表不了群众的意见，你说是不是？"

夏海山像鸡啄米似的点着头说："是！是！老叔您说得对！"

韩俊法说："因为你过去在村里也是群众中的骨干，我就想找你聊一聊，看看你对韩书记有什么看法。"

夏海山连忙说："没什么看法！我没什么看法！要说我对韩书记有看法，那都是好看法，没有不好的看法！"

韩俊法说："你能不能说得具体一点，比如说他做了哪些好事，群众有什么好的反映，等等。"

夏海山振振有词地说："韩书记给大家办的好事嘛，那可多了去了！比如说，修路、办养殖场、办服装加工厂、建林果园子、办沼气、种绿色环保型小麦、建小麦加工厂、改善了村容村貌，治理河道，开展'五讲四美三热爱'活动，争创生态村，等等。这些大家都是看在眼里的。"

韩俊法看了看夏海山，放缓声音说："那我怎么听说，有人要告韩书记的状，你听说了吗？"

夏海山赶忙遮掩起来，摇了摇头说："不可能！人家干这么好，还要去告人家的状，那不是要坏自己的良心吗？"

韩俊法又看了夏海山一眼，说："那我怎么听说告状的人当中还有你夏海山，有这事吗？"

夏海山连忙摆手："没有！没有！绝对没有！我夏海山怎么会去干这种下三滥的事情！老叔，什么玩笑都可以开，这种玩笑可不敢开！不敢开！"

韩俊法没有接夏海山的话茬，而是朝夏海山的提包瞄了一眼。因为韩俊法看到，夏海山一进门就把提包放在跟前。韩俊法猜测，那封告状信很可能就装在这个提包里。

夏海山看韩俊法盯着他的提包，下意识地伸手把提包往自己怀里拉了一下，一只胳膊压在了上面。这更加证实了韩俊法的判断。

韩俊法这时说了一句让夏海山怎么也没有想到的话："海山，你那个提包里装的是什么宝贝呀？能不能拿过来让你老叔我看看。"

夏海山这一下紧张了，嘴里"我我我"了半天也不知道怎么回答好。

韩俊法还是半开玩笑地说："怎么，海山老侄儿，你对老叔我还不信任吗？"

夏海山不想给，但他朝外头看了看，赵铁柱几人都在门口站着，他连头上的汗水都被吓出来了。无奈，他只得磨蹭着把提包推到了韩俊法面前。

韩俊法打开提包，取出一沓子材料，瞄了一眼，脸色一下子沉了下来，警告性地说："海山，你也是个有十几年党龄的人了，你可是知道党内规矩和法律规定的，诬告可是要被开除党籍的，问题严重的还要坐牢呢！"

夏海山一听，吓得面如土色，连连说："老叔，我给您说实话，这材料不是我写的，你就是给我三个胆，我也不敢干这种事。"

韩俊法眼睛盯着夏海山，严肃地说："你要跟我说实话，这是谁写的？你要是跟我说实话，这件事咱们就销账，从此以后与你无关，我也会给你保密。如果你不说出来，我就认为是你写的，那我就查你个诬告。要是查出来你是诬告，恐怕不仅你的党籍保不住，你这个人也得进去了！何去何从，你自己掂量，我也不勉强你。你自己看着办吧！"

韩俊法说完，正襟危坐，等候着夏海山的态度。

夏海山一会儿看看韩俊法，一会儿又看看站在门口的赵铁柱几人，连擦了几把汗，最终说出了实情。

韩俊法带着表扬的口气说："我说嘛，我们的海山同志还是有这个觉悟的嘛！"

韩俊法说完，让夏海山在告状信上亲笔写下了这么几句话：

> 这份告状材料是我的叔叔夏广泰授意我起草的，然后由他修改后，让我拿到镇上的打印店打印了三份，准备送到县城的邮局，然后发往县委、县纪委和地区纪委。
>
> 证明人夏海山，2021 年×月×日。

夏海山写完，签上自己的名字，回去了。临走，韩俊法给夏海山吃了颗定心丸："这件事只有你、我、夏广泰咱们三个人知道，对其他人保密。"

韩俊法拿着这封告状信，让赵铁柱用摩托车带着他来到镇上，他把告状信复印了一份，把原件送回家里存起来，然后带着复印件来到了夏广泰的家里。

夏广泰正躺在躺椅里，悠闲地喝着茶，听着收录机里播放着的豫剧《南阳关》。他一看到韩俊法不请自到，不知道韩俊法有什么急事，赶忙站起身，给韩俊法让座。

韩俊法也没说客气话，而是冷冷地说："广泰呀！当年你和韩军都是我看好的接班对象，二十几年过去了，你们两个都发生了很大的变化，但非常可惜的是，一个是往好的方向发展，一个是往坏的方向发展。看看你做的事，你和人家韩军差得太远了！"

韩俊法一边说着，一边掏出那封复印的告状信，"啪"地一声摔到了夏广泰的面前，然后气哼哼地出门走了。

夏广泰快步追出来，带着恳求的口气说："老书记，老书记！我错了，我一定改！这件事你可不能跟韩军说呀！"

韩俊法挺着腰杆只管往前走，连头也没有回。

天气还没有出伏，就遇到了连阴雨，雨下得很大，老人们说，他们长这么大都还没有遇到过。河道里的水位在不断地上涨，就连往日里涓涓细流的驴尿河，也变成了一匹脱缰的野马，波浪翻滚，涛声咆哮。韩军接到上级的通报，这场雨未来几天还会持续，如果出现险情上游的水库会开闸泄洪，要求下游各相关单位做好防汛抗洪的准备。接到通知后韩军立即召开党支部会议，决定成立防汛抗洪指挥部，由他当总指挥，夏广泰和赵铁柱任副总指挥。夏广泰名义上是副总指挥，实际上并不起什么作用，实际工作还是由韩军和赵铁柱来做。为了防止万一，赵铁柱按照韩军的指示把养殖班组织起来，作为骨干力量使用。

大雨昼夜不停地下着，到处是水汪汪的一片。好在韩冲村处在岗坡地，从岗脊上下来的水都顺着河道经过韩冲河流向了西边的赵河，对果树和庄稼没有造成太大的威胁。

大祸常常是在人们的意想不到时发生的。

根据上级的汛情通报，这几天韩军每天都要组织巡逻队进行巡逻，凡是危险的房屋和危险的地段，他都安排专人督促及时排除险情，特别是对居住在危房里的人家都采取了应急措施。对靠近河岸的住户，韩军也组织力量逐户排查，对河流暴涨后可能受到威胁的房屋，动员其家人及早搬出。

这天韩军带着排查人员来到了位于夏广泰砖瓦厂背后岸上的几户人家进行排查，这几户离河岸较近，建议他们还是及早搬出为好。这几家很犟，说他们人老几辈子都住在这里，河水从来都没有涨到过这个程度，这次洪水就是再大，也不会淹到这个地方。他们还带着韩军来到房子后边，用步子丈量了从房子到河岸边的距离，说，这么远的距离哪能说淹就淹了呢？真要是遇到了那种情况，再搬家也来得及。韩军也用步子来回丈量了几次，感到他们说的也有些道理，就依了他们。但韩军还是叮嘱说："你们几家必须高度警惕，一有险情立即报告，不能有半点侥幸和大意。"

话虽这么说了，韩军还是不放心，每天都要亲自来这里巡查一次，以防万一。

这天雨停了，露出了太阳，大家放松了警惕，该干什么就又干什么去了。谁知夜里雨又下了起来，韩军赶忙起床到外面察看，一看大雨如注，情况不好，他进屋拿起雨布和手电就往外跑。韩庆厚在后边叮嘱他一定要当心，他也没有停下步子来。林静这时候也起来了，她抓起雨伞打着手电追了上去。韩军一口气跑到村部，通信员交给他刚刚收到上级发来的紧急通知：河道上游的水库已经开闸放水了，要求下游各单位立即行动，坚决打赢这场防汛抗洪战斗。韩军看完通知，打开话筒通过大喇叭向全村发出了紧急号令，要求全村立即行动，共产党员必须站在抗洪的第一线！

紧接着，他通过电话分别向巡逻队、养殖班和各村民小组的组长下达了指令。

韩军把工作安排完，忽然发现林静站在跟前，问道："你怎么也来了？"

林静说："天这么黑，雨又下得这么大，风狂雨猛的，让你一个人来我怎么能放心？"

韩军没再说什么，带着林静踩着泥水到村里察看险情。雨下得更大了，伴随着雷电，如注的雨水直往大地倾倒，让人心惊肉跳。韩军带着林静冒着暴雨把之前掌握的几个有险情的地方察看了一遍，这些地方都有人员在把守，当场把注意事项交代了一遍，然后往夏广泰砖瓦厂背后岸上住的那几家赶。自从那天察看后，他对这个地方就一直放心不下。

待他和林静赶到时，只听房后有轰隆隆的流水声，他想绕过房子去察看一下，却被房子前面的水流挡住了去路。原来这里是一片洼地，四周流汇到这里的雨水没地方流泻，就在这排房子的周围形成了一个水塘。这排房子的背后是一片松软的土地，土地靠河岸的下面是夏广泰的砖瓦厂。河道上的其他厂子在之前都已经被推掉，河岸都是用石头和水泥修了护坡，水沿着护坡流下，汇入了河道，岸壁完好无损。唯独夏广泰的砖瓦厂还留在那里，土质的岸壁经雨水不断地冲刷，慢慢就形成了一道水口。这道水口越冲越大，很快就延伸到了这排房子的背后。这排房子的住户只在各自的院子里排水，并没有注意到背后河岸的情况。

韩军和林静蹚着齐腰深的积水一家一家拍门喊叫，住户们这才知道险情已经袭来，房子随时都有倒塌和被冲走的危险，赶忙往外搬东西。韩军怕耽误时间造成更大的损失，命令这几家的人员必须立即全部撤出，再贵重的东西也要丢掉。

大多数的人听了韩军的劝告都撤了出来，唯有一个老妇人执意返回屋里拿钱。林静上前拉住她，老妇人甩开林静一头钻进了房子。正在这时，这座房子的后墙突然坍塌，房梁掉了下来。林静不顾生命危险钻进屋里，把老妇人拽了出来。她们刚一出来，整个房子“轰”的一声便倒塌了。林静把老妇人推出院子，自己却被水中的一根木头绊倒了。待她从水中爬起来想继续往外走时，已经来不及了，水流很快就把房子四周冲成了几道沟，林静所在的位置完全变成了一座孤岛。

雨还在哗哗地下着，林静面前的水沟越冲越大、越冲越深，眼看就要把她吞没了。韩军听到她的呼喊声迅速赶了过来，把一根原木抱起来朝林静面前推了过去。林静踩着泥水走到原木跟前试了试，不敢往前走，韩军就找来一根绳子拴在腰间，把自己吊在原木上爬了过去。韩军爬到林静的跟前，迅速把身上的绳子解下来绑在林静的腰间，让她也学着他刚才的办法爬过去。林静按照韩军说的办法，战战兢兢地刚爬到对面的沟岸，原木靠近韩军的这一头突然掉进了水里。韩军面前的冲沟在不断加宽，韩军随时都有被冲走的危险。韩军喊人快把绳子甩过来。站在冲沟对岸的人们将绳子甩了几次都没能甩过来。情急之下，韩军找了一个冲沟稍窄一点的地方，拼尽全力一跃而起，最后落在了冲沟站人的这一面。由于用力过猛，当他身体落地的时候只听“咔嚓”一声，他“啊”的叫了一下，重重地躺在泥水中。当大伙儿把他抬起来的时候，他的身子软软的，两眼紧闭着，满脸满身都糊满了泥浆，用手电一照，头上和脸上还流着血水。闻讯赶来的赵铁柱和李威他们赶忙背着他来到水泥路上，用车把他送到了县城的人民医院。

林静在抢救前面那位老妇人时也被房顶上的木头和砖块砸伤，也一同被送进了县医院。

韩军不知道，就在他通过大喇叭向全体村民下达抗洪抢险的命令后，老支书韩俊法不顾虚弱的身体，立即穿上雨衣、打着手电往村部赶。谁知他刚一出门就重重地摔了一跤，当即把腰部扭伤，躺在了泥水里，后来还是老伴儿听到他的呼救声，才跑出来把他搀回家里，现在还在床上躺着，不能下床……

第三十章　住　院

林静被送到医院后，经过检查，发现她的头和身上多处受伤，好在伤势不重，处理了一下，休息了几天就好了。而韩军右大腿腿部骨折，腰部重度扭伤，头上和身上都有不同程度的划伤或挫伤。而且由于他在风雨中被侵袭的时间太长，高烧不退，一直昏迷，直到第四天下午才醒过来。

韩军醒来的时候，林静和韩庆厚陪在病床前，护士长亲自在做护理。当他睁开双眼的时候，病房里的人都一阵惊喜，护士长激动地说："您终于醒来了！"

韩军想动，没想到浑身像个石磙子一样僵硬。他想翻个身，身上到处都像锥子扎的一样疼。他皱了皱眉，又把身子恢复到了原状。这时候他才知道，他的大腿被打了钢钉，用石膏和夹板固定着，他的腰部也被护上了钢板。他知道，伤筋动骨一百天，看样子短时间内是出不去了。他无奈地摇了摇头，痛苦地垂下了眼睑。

他想喝口水，护士长说："您刚刚醒来，现在还不能大量饮水。"就让林静用棉签蘸着温开水在他的唇边来回擦拭。

父亲韩庆厚爱怜地抚摸着他的头发，两行老泪顺着脸颊流了下来。

他的眼泪也止不住，安慰说："爹，您别难过，我这不是好好的吗？"

韩庆厚忍不住哭了，颤抖着说："你还好呢，差一点就……"

韩庆厚说不下去了，这时的林静早已是泪流满面。

韩庆厚接过林静递过来的纸巾擦了擦眼泪，哽咽着说："你要是有个三长两短，让我和你妈怎么过呀？"说完，竟放声哭了起来。

林静也"哇"的一声哭出了声。她怕影响韩军的情绪，赶忙用手绢捂住嘴跑到窗前，把目光投向了远处。

韩军为了缓和一下病房里的气氛，向父亲问道："雨停了吧？那几家的人有受伤的没有？"

韩庆厚止住哭声，答道："雨到第二天就已经停了，那几家的人都搬出来了，有的受了点小伤，没有大碍，只是房子都被大水闷塌，有两家的房子被冲走了。”

韩军问夏广泰的砖瓦厂有没有人受伤？父亲说：“夏广泰人能，早就把人和值钱的东西转移走了，只是厂房已经全部被大水冲走了，他那个砖瓦厂背后的河岸被冲成了一道大沟。”

韩军说：“只要人没伤着就好。”又问，“河道里两边的护坡受的损失大不大？”

韩庆厚说：“只有几个地方被冲出了豁口，稍微一整修就好了，损失不大。”

韩军又问：“养殖场和果园还有咱们的大田有没有损失？”

韩庆厚说：“这些地方不要紧，就是洼里的地里集了好多水，有些秋庄稼可能要吃点亏。”

韩军心里的石头落地了，欣慰地说：“地里只要没有大的损失就好。”

黎萍得知韩军受伤住院了，连夜开车奔了过来。

黎萍一看到韩军额头上扎着绷带，身上被钢板和石膏紧紧地箍着，也没顾忌韩庆厚和林静都在跟前，一下子扑到韩军的病床前，放声大哭起来。她一边哭一边说：“你怎么成了这样？你怎么会这样……”

黎萍的哭声惹得韩庆厚和林静又抹起了眼泪。

黎萍在韩军的身边陪了好几天。陪护期间，她天天都要出去给韩军买一大堆吃的和用的东西。韩军怕她耽误工作，多次劝她回去上班，可她就是不肯。后来还是单位领导打来电话催促，她才依依不舍地开车返回去了，临走前又给韩军买了一大堆东西，还买了两套换洗的衣服。

其间，夏广泰和韩兵都来过一次。

还是在韩军受伤的第二天早上，夏广泰听说韩军因为营救砖瓦厂背后河岸上的几家住户受了伤，很早就起床来到现地察看。不看不要紧，一看把他吓了一跳。眼前的这道冲沟已经把这几家的房屋完全吞没，如果不是韩军组织力量营救及时，这几家人凶多吉少。要真是出了事，那他夏广泰怎么向这几家交代？怎么向全村的父老乡亲交代？他夏广泰还能像现在这样安稳地站在这里吗？他越想越后怕，越想越自责，浑身上下不由自主地战栗起来，脊背上也沁出了冷汗。

夏广泰怀着忐忑和自责的心情回到家里。这时候田改云已经把饭菜做好。一看到他回来，就把饭菜端了上来。夏广泰却无心吃饭，只是闷着头坐在那里想心事。

田改云知道他心里在想什么，劝他说："放下你那臭架子，去看看韩军吧，要不是人家韩军，你现在恐怕已经戴着'银镯子'住到不用掏钱的房子里去啦！"

夏广泰又闷坐了一会儿，自言自语地说："我是得去看看韩军了！"

夏广泰来到韩军的病床前，向韩军低下了头，含着悔恨的泪水哽咽着说了一句："韩军老同学，我夏广泰对不起你……"

韩军躺在病床上不能动着急地说："广泰，你这是干什么呀？咱们两个谁跟谁呀！从小就在一起上学，现在还在一个班子里共事，你这说的是哪一码子事嘛！"

夏广泰走上前紧紧地握住韩军的手，久久不愿放开。他十分内疚地说："过去我不但不支持你的工作，还处处给你使绊子，让你受了那么大的委屈，遭了那么多的难处，而且还想告你的状，现在想起来心里惭愧极了，我真是太不应该了！这次要不是你舍命相救，不知要闹出多大的乱子来，想想真后怕。真要是那几家人被洪水冲走了，我可真就成了我们韩冲村的千古罪人了……"

夏广泰说到这里，哽咽得说不下去了。

韩军示意林静给夏广泰递过来几张纸巾。

夏广泰的情绪缓过来后，掏心掏肺地说："过去都是我的私心太重，说了许多不该说的话，做了许多不该做的事，你大人大量，没跟我计较过。以后我夏广泰就是你的左臂右膀，你指到哪里我们就干到哪里，要是再说句二话，凭你怎么处置都行！"

韩军也推心置腹地说："广泰呀！你在农村工作的时间长，有经验，以后你得好好地把你的智慧贡献出来，咱们一起把韩冲村的事情办好，让乡亲们都过上好日子！"

夏广泰说："你是书记，只管安排，我一定尽全力配合。以后我哪些地方做错了你就随时指出来，我一定改，再不能出现像以前那样的事情了！”

韩军说：“我们都是韩冲村人，都是吃着韩冲村的粮食喝着韩冲村的水长大的，不论到什么时候都不要忘了我们的父老乡亲。你我都是共产党员，共产党员有义务带领老百姓脱贫致富，有义务把乡亲们引向幸福生活的康庄大道。我说的都是我的肺腑之言，不知道你有没有同感。”

夏广泰点着头真诚地说：“你说的这些都是实话，从我的教训中就说明了这些道理。”

韩军最后说：“我很赞同一位政治家说过的一段话。他说，一个人如果仅仅只是为了自己而活着，那么他人生的意义是十分有限的，甚至是十分渺小的，而如果他的人生不仅仅是为了自己，更多的是为了他人、为了社会、为了民族，甚至是为了全人类而活着，那么他人生的意义就会被无限地放大，他的人生就是十分有意义的，就是伟大的人生，壮丽的人生，他就会被无数的当代人和后代人所铭记。我们应当共同朝这个方向努力。”

夏广泰静静地谛听着，胸膛里奔涌着激荡的浪涛……

夏广泰从韩军的病房里走后，林静问韩军：“你就这样原谅他了？”

韩军笑了笑说：“其实我在心里从来就没有记恨过他。我总想，人这一生的路是漫长的，不可能不遇到不顺心的事，也不可能碰到的都是顺眼的人。你如果不学会原谅，就会活得很痛苦，活得很累。记得一位哲人说过，对于一个有着远大理想和抱负的人来说，原谅是一种风度，也是一种修养，又是一种溶剂，是人与人之间相互理解的润滑油，同时它又是一把伞，保护着你在风雨中前行。另外，由于人和人的经历不同，学识不同，见识不同，修养不同，对事物的看法就自然不同。从这个意义上讲，人与人之间有碰撞、有摩擦、有矛盾都是正常的。这就需要我们去正视这种差别，正确对待和处理这种差别，当他人与自己有碰撞、有摩擦、有矛盾的时候采取一种宽容的态度，这样就有利于化解矛盾，减少摩擦，把消极因素转化为积极因素，从而把我们的工作做得更好。否则，它就会给你设置障碍，阻碍你前进的脚步，严重的时候甚至会把你的前途和事业毁掉。当然，原谅别人需要有自我牺牲的精神，还要有一个宽阔的胸怀。所以有人说，人间最美是原谅，这句话应该成为我们处理人与人之间关系的座右铭。”

林静静静地倾听着韩军说的这些发自内心的人生哲理，带着十分钦佩的口气说："君子不念旧恶，你的心胸确实够宽阔的。如果做领导工作的人都能像你这样，没有搞不好团结、做不好工作的。"

夏广泰这次也确实从心灵上受到了触动，他不但在对待韩军的态度上发生了根本的变化，回到村里后他还主动上交了这几年拖欠的两个厂子的承包费。

韩军和林静刚才的对话以及之前和夏广泰的对话，韩庆厚也听到了，他对儿子的气度和胸怀也更加赞赏了。以前儿子参军离家多年，交流的日常很少。自从这次儿子回来当了村支书，他与儿子在工作和思想上的交流才多了起来。这时候他才真切地感到，儿子确实是长大了、成熟了，成熟得连自己都不敢想、不敢看、不敢比了。作为父亲，他既对儿子的成长进步感到欣慰和骄傲，又在儿子的成长进步面前感到惭愧。他感到自己和儿子的最大差距，就是差在思想、差在境界、差在胸怀。他觉得应该向儿子学习和看齐，像儿子那样为他人、为社会服务，不断发出新的光和热。想到这里，他拿起手机给韩兵拨了过去，说："你哥为抢救村里的人受伤了，伤得很重，你当弟弟的应该回来看一看。"

韩兵对韩军的气还没消，说："他受伤与我有什么关系？为别人的事受伤也是活该，谁叫他爱多管别人的闲事！"

韩庆厚气得骂了韩兵一顿，说："没良心的！要不是你哥把你的造纸厂推掉，你恐怕现在已经坐牢了！"

韩兵不解，说："他把我的造纸厂推掉与我坐牢有什么关系？要坐牢也是该他坐呀！"

韩庆厚说："我没有闲工夫听你狡辩，你还是自己回来看看！"说完就把电话挂了。

韩兵一看父亲真的生气了，就半信半疑地带着老婆孩子回来了，他到河岸边一看，一下子吓蒙了，以前自己造纸厂背后的河岸上也住着几户人家，他们的房子离河岸更近，要是让大水一冲，房子倒塌人没有及时撤离，出了人命，那自己不得去坐牢？韩兵这么一想，赶紧拉着秋云和亮亮来到了医院里。

他走进韩军的病房，看到浑身是伤的哥哥躺在病床上一动不动，心被猛然一揪。他扑通一声跪到了韩军的病床前，声泪俱下地说："哥，是我不好，不该跟你置气，不该给你出难题。要不是你，我恐怕已经住进监狱了。人都说，长兄如父，从今往后，我只要做了错事，你该打打该骂骂，我决没有二话可说！"

韩军挣扎着挺起上半身，指着韩兵说："你们快起来，快起来！"

韩军只说了一句话，就剧烈地咳嗽起来。林静急忙上前扶着他又躺了下去。韩军的咳嗽止住后，又对韩兵说："我不该没经你们同意就把你们的厂子给推了，哥向你们做检讨。自从我参军后，家里的事情都是靠你和秋云操持的，哥对父母、对你们没有尽到责任，每每想起来心里都很不是滋味。哥今后一定改正。你们的损失哥一直记在心里，有了机会哥会弥补的。这一点请你们放心……"

"不！不！不是你的错，是我们错了，我们今后一定改！"韩兵流着懊悔的眼泪说，"今后不管你为村里办什么事，我们都支持你的工作，就是要我的命我也不会说半个不字……"

韩军伸出双手把韩兵搂在怀里，眼眶里涌出了激动的泪水……

亮亮看到林静也在这里，他跑上前一头扎进了林静的怀抱里，哭着说："林阿姨，我想你，我天天想你呀！那天早上走的时候，我说去跟你说一声，我妈说天太早，你还在休息，让我不要打扰你。他们还骗我说，去不了几天就回来了，结果我连书都没有带。这些天我天天想你，天天想看书，林阿姨，你不会生我的气吧？"

林静爱怜地抚摸着亮亮的头说："你们能回来，阿姨高兴都还来不及呢，哪有生气的道理！你回来就好，你今天回去就把你的书本找找，明天带过来，这个地方有处住，阿姨现在也有时间，我们就在这里学习，好吗？"

亮亮高兴地说："要是在这里也能学习，那就太好了！"他刚一说完，扭头看看病床上的韩军，情绪低落了下来，说，"我大伯身体不好，在这里学习影响我大伯养病，我还是就在家里学吧。"

亮亮带着稚气的话说得韩军热泪盈眶，他示意亮亮来到他身边，伸出一只胳膊把亮亮揽在怀里，亲切地说："我的好亮亮真乖！你这么小就这么理解大人、体贴大人，长大后肯定有出息！大伯希望你好好学习，多加把油，将来争取考上名牌大学。等你将来上大学了，你的学费由我出。你说好吗?”

亮亮的头蹭在韩军的怀里，像大人一样感激地说：“谢谢大伯。不过，我想到城里去上学。”

秋云知道亮亮还是个孩子，有些事还不懂，就拉过亮亮哄着说：“你大伯现在还病着，等你大伯的病好了，咱们再说去省城上学的事，好吗?”

亮亮眨巴着两只眼睛看了看妈妈，又看了看韩军和林静，只好说：“那好吧，我听妈妈的。”

韩军给林静使了个眼色，林静会意，把亮亮拉到自己怀里，郑重地说：“过几天我带你去省城，就到我曾经给你看过的那个幼儿园的学前班上学，到时候你妈妈也过去，就住在我家里，反正我也不在家，那套房子也闲着。你和妈妈去了，也等于给我照看房子了。你妈妈还可以在那里找个临时性的工作干干，等明年咱们村里的新学校盖好了，咱们再从城里请一些学历高、有经验的老师过来，你就还回到咱们村里来上学，你说这样行吗?”

亮亮想回答，但看了看妈妈的脸色，又把想说的话咽回去了，显出了失望的样子。

林静轻轻推了秋云一下，朝亮亮看了看，意思是让她答应孩子的要求，不要伤了孩子的心。

秋云只好答应说：“亮亮，快谢谢你林阿姨!”

亮亮一听高兴坏了，一下子扑到林静的怀里。

韩兵也是感动得热泪盈眶，一连声说：“林教授，你为了亮亮真是费尽了心思，我和秋云都不知道怎么感谢你了!”

韩庆厚也说：“真叫林教授费心了，我们韩家遇到你真是福气啊!”

林静说：“不要说我和亮亮他大伯有这层关系，就算没有这层关系，我也得把亮亮教育好！自从我来到咱们韩冲村，你们待我就像亲生父母和兄弟姐妹一样，要说感谢，我还不知道怎么感谢你们呢!”

韩军的事迹传开了，记者几次来医院采访都被医生劝住了。这天他们听说韩军的身体有所好转，征得医生的同意，对韩军做了专访。

记者问韩军：“韩书记，听说你当时明明知道去救人会有生命危险，那你为什么还要奋不顾身地冲过去，难道你就不怕牺牲吗?”

韩军答道：“因为我是一名共产党员，也是一名革命军人，当人民的生命财产受到严重威胁的时候，挺身而出，奋不顾身，那是我们的本分。如果我们面对受到死亡威胁的人民群众为了自保而不救，那就和战场上的逃兵一样了。实际上，在这次抗洪抢险的战斗中，我们的许多同志都表现得非常突出，像我们村里的老支书韩俊法和养殖班的几位退役军人，还有村党支部的李喜德、李石榴同志，特别是在我们村担任农业科技特派员的林静教授，以及广大的村民，都是冲在抗洪抢险第一线的，他们在生与死的考验面前都交出了一份闪光的答卷，为党的形象增了光，为鲜红的党旗添了彩。他们的事迹才更需要你们去宣传。”

记者扭过头朝林静敬佩地看了一眼说：“一定的，随后我们就专门做出安排。”接着继续采访——

记者：“听说你过去在战场上就表现得非常勇敢，曾经立过战功，后来在团政委的岗位上还受到过全军的表彰，是这样的吗?”

韩军：“过去的光荣只能说明过去，今天的时代更需要我们去创造新的辉煌。如果躺在过去的功劳簿上自满自足，不思进取，终究会被历史所淘汰。所以我们现在的任务不是去回望历史，而是要展望未来，让我们的生命绽放出新的光彩!”

记者：“韩书记，对不起，刚才我说的话可能表达得不够准确。我的意思是说，你已经取得了那么高的荣誉，那你现在还追求什么?”

韩军：“过去我常对我的部下说，人的生命是有限的，但人的潜力是无限的，关键是看你有什么样的人生目标。我个人认为，人生的最高境界应该是生命不息追求不止，人生的终极目标应该是活出最大值。因为我现在还没有活到最大值，所以我还必须继续努力。”

记者：“你这样做，最根本的动力是什么?”

韩军：“是信仰！是我们共产党人的信仰!”

记者：“请问你怎样看待信仰对于人生的意义和价值?”

韩军：“我个人认为，信仰是人生的灯塔，是人生的动力，是抵御和排除各种人生障碍的法宝，是我们战胜困难不断夺取新胜利的武器。唯有信仰才能引领和激励我们端正人生的态度，确立正确的航向，提供前进的动力，从而创造出事业的极致，活出人生的最大值。记得一位哲人曾经说过，虎啸深山，龙潜海底，驼走大漠，雁排长空，万物都有它的极致之美，人生亦然。人生几十年步履匆匆，如流星划过，如白驹过隙，我们不能选择生命的长度，但我们可以拓展生命的宽度和深度，为短暂的人生增添更为动人的一笔。生活中有很多种愉悦和惊喜的时刻，但多数关乎于功名富贵，这些快乐往往是短暂而虚浮的，只有深扎于内心的信仰之乐，才能给我们带来真正发自内心的喜悦，这也是人生极大的幸运。”

记者：“那么韩书记，请问你在回到村里任职之前已经是正团级干部，和我们的县委书记平级，你的待遇甚至比我们的县委书记还要高，那你为什么要放弃优厚的生活条件回到农村，甘愿吃这份苦呢？”

韩军：“记者同志，这个话题涉及我们共产党人的苦乐观和幸福观。获得优厚的生活条件是人们普遍的愿望和追求，但如果沉湎于优厚的生活条件往往容易销蚀人的斗争意志，阻碍人们前进的步伐。相反，艰苦的生活条件则常常能够磨砺人的斗争意志，激励人们更好的奋发向上、成就人生。”

记者：“‘人往高处走’是人人皆知的道理。听说组织上已经安排你担任机关的处长职务，那你为什么要放弃这个相对轻闲的职务，而回来当这个很难讨好的村干部呢？”

韩军：“这个话题涉及共产党人的价值观。我个人认为，一个人做多大的官不重要，重要的是看你为老百姓做了多大的事。正如爱因斯坦所说，一个人的价值应该看他贡献了什么，而不是看他取得了什么。不管是在机关当处长还是在农村当村干部，仅仅是工作岗位不同而已。就‘为人民服务’这个根本宗旨而言，这两种不同的岗位在本质上都是一致的。按我自己的意愿，我现在更喜欢村支书这个位子。”

记者：“现在大家都知道你是一个上校村支书，那么请问你认为应具备什么样的心态才能干好工作？”

韩军：“作为一个职务较高的同志来当村干部，最重要的是需要有一个空杯心态。就是说，一定要从内心深处忘掉自己过去曾经当过什么官，要时刻记住你仅仅只是所在村子的一个村民而已。如果说内心还留存过去当官的影子的话，那就应该以更高的标准和更严格的要求把这个村干部干好，而不是其他。”

记者：“现在大家在选择职业的时候都喜欢讨论岗位的优劣，你认为选择什么样的岗位才有价值，或者说什么岗位才是好岗位？”

韩军：“这个问题不复杂。在我国广袤的大地上，可以供我们选择的劳动和工作岗位数以亿万计。我个人认为，只要能够实现自己的理想抱负，体现自己的人生价值，创造出无愧于时代、无愧于人民、无愧于自己的光辉业绩，那就是好岗位，就值得我们去选择，去追求，去奋斗，去拼搏。”

记者：“许多人都认为村干部难当，当村干部没有多大意思，每天忙得鸡不叫就得起，晚上狗睡了才回来，到头来还落得浑身不是。你怎么看待这个问题？或者说，你认为怎样才能当好一个村干部？”

韩军：“你说的这种情况确实带有一定的普遍性，但如果我们站得高一点，就会破解这个难题。我个人认为，要当好村干部，或者说要当一个真正有作为的村干部，最重要的是要把村干部当成实现人生价值的事业来干，而不只是把它当成一个谋生的岗位。我们经常说，人生要活出精彩，活出精彩的道路有千万条，其实对于一个有理想、有抱负、有爱民情怀且年龄适宜的人来说，村干部这个岗位就是我们能够活出精彩的最佳舞台。”

记者：“听说你当了村支书后吃了不少苦，也受了不少委屈，你现在感到后悔吗？”

韩军：“不后悔！有人说，纤夫的快乐与自豪，正在于逆流而上拉纤的艰苦努力；我要说，村干部的幸福和骄傲，恰如是知难而进、为民造福的不懈奋斗。人的一生就像奔腾的江水，没有岛屿与暗礁，就难以激起美丽的浪花。人生若没有一段想起来就心情激荡、热泪盈眶的拼搏史，那就不能算是完美的人生。如果组织上和乡亲们需要，我会在村支书这个岗位上继续干下去，直到生命终结。”

记者采访到这里，又换了个话题。

记者：“韩书记，您在党支部书记和村委会主任这两个岗位上已经干出了经验，你认为贫困村要想脱贫，最重要的是什么？”

韩军：“在同样的政治和政策环境下，我认为脱贫最重要的是选好带头人，也就是选好党支部书记和村委会主任，尤其是党支部书记。”

记者："你认为这两个岗位怎么选才好？"

韩军："我认为要打破一定要在本村选的老路子，尽量扩大选拔范围，包括上级或上两级的机关干部都可以进入我们的视野。同时也不要考虑他原来是什么职务，因为农村相对于城市来说，工作基础更薄弱，工作难度更大，这就更需要选派那些有能力、敢担当，甚至职务更高的人来补齐短板，改变面貌，否则农村就会永远在低层次上徘徊，城乡差距就会越拉越大。另外，根据未来农村的发展，要注意选拔那些有知识有文化的人充实农村基层干部队伍。听说现在南方一些省份正在开展从高校毕业生中选拔优秀大学生到农村基层锻炼的试点，这是一个富有前瞻性和时代眼光的战略举措。"

记者："你刚才讲的是带头人的问题，从村民的角度看，要实现脱贫致富最重要的是什么？"

韩军："对于一个长期处于贫困状态的村子来说，村民要脱贫，最重要的是两条，一是自信，二是齐心。俗话说，不怕人穷，就怕志短。脱贫路上千般苦，'自信'二字值万金。一个人有了自信就会长精神，有了精神就会添干劲，有了干劲就会千方百计地去克服困难创造财富。一个村子如果人人都充满自信地生活和劳动，实现脱贫就不是什么难事了。同时，脱贫致富靠单打独斗不行，一定要靠集体的力量。在脱贫致富的路上，党支部一定要在凝聚人心上下功夫，把大家的干劲儿拧成一股绳。只要人人都心往一处想，劲儿往一处使，就没有过不去的'火焰山'。"

记者："现在在好多地方都存在着"仇富"的心理，为此还引发了许多矛盾，依你的经验，怎样做才能有效地解决这个问题？"

韩军："'仇富'心理的产生是因为多数人不富裕，如果大家都富了，也就不会'仇富'了。所以要解决这个问题，还是要在共同富裕上下功夫，想尽办法让乡亲们尽快富裕起来。"

韩军在回答完记者的问题后，说"我现在最大的心愿，就是让乡亲们都能尽快地住上好房子，过上好日子，养成好习惯，形成好风气，像城里人一样，就地享受现代文明生活。"

第三十一章　突　变

在医护人员和林静的精心治疗和护理下，韩军的伤情很快好转，能够拄着拐杖下地活动了。每天在接受规定的治疗后，林静就搀扶着韩军来到医院的小树林里散步。

这天，林静正陪着韩军在院子里散步，赵铁柱满头大汗地跑过来了。一见到韩军，赵铁柱就气喘吁吁地说："韩书记，不好了，咱们的羊和水果卖不出去了！"

韩军关切地说："看把你跑得！慢慢说，遇到什么情况了？"

原来，前不久，欧洲有些国家暴发了口蹄疫，国内的牛羊肉市场受到了严重的冲击，现在许多消费者都不买牛羊肉了，改买家禽肉和水产品，所以市场上的牛羊肉销量严重萎缩，食品公司也不敢收购牛羊了。

韩军问："你说人家食品公司不收购牛羊了，那是因为有疫情，那水果怎么也卖不出去了？"

赵铁柱说："水果卖不出去也是受国际市场的影响。你知道，咱们的水果主要是出口到东南亚国家的，最近有些东南亚国家遇到了金融萎缩，金融市场动荡，不仅影响金融业，对各行各业都有影响。水果业因为经营的是鲜品，因而是一个较为脆弱的产业。能够从国外进口新鲜果品的商家一般是大企业，他们往往受金融市场的制约较多。金融业出了问题，鲜果业当然也就会跟着受影响。这些客商因为有合同在不好直接拒绝进货，就在质量要求上提出各种苛刻的条件和要求，实际上是在变相地拒绝接收合同约定的鲜果。"赵铁柱还说，"江南公司那边的损失也很大，江南老板都急得快要疯了！"

韩军知道，这些羊是全村父老乡亲辛辛苦苦养起来的，他们把幸福生活的希望都寄托在这些羊只的身上。眼下已经到了育肥羊批量出栏的季节，如果卖不出去，他们会急疯的。水果也是一样，很快就要批量摘果了，江南公司虽然在果园边修建了一座保鲜冷库，但库容量是远远不够的，要是这些果子都烂在树上，那损失可就大了。事不宜迟，必须马上采取措施，想办法把这些羊和水果卖出去！

韩军提出要马上出院，被林静挡住了，医院也不同意。医生说：“伤筋动骨一百天，这是常识。你现在还拄着拐杖，腰里的钢板也还没有取下，要是再伤着，那你这辈子就别想站起来了。”

韩军说：“我不能因为这点伤就把全村父老乡亲的生活指望丢在脑后，你们只要让我回去，就是坐在家里我也可以帮助大家渡过难关。”

医生拗不过他，只好同意，但他们也有约法三章：不准劳累，不准随意走动，定期来医院复查。

“坚决照办！”韩军像一个接受命令的士兵一样朗声回答。

韩军回到村里后，黎萍也在村里，还是住在他们家。黎萍说，她这次来就是为销售韩冲村养殖场的羊想办法的。她说：“哪怕我们自己吃点亏，也不能让韩冲村的老百姓损失太大，因为乡亲们为了养羊太不容易了。”

田杏也在为销售水果的事情忙得焦头烂额。

韩军听了他们的情况介绍，决定亲自出去摸摸行情。夏广泰知道后，特意从县上的劳务公司找了一辆桑塔纳轿车，陪着韩军考察市场。

金佛寺镇是全国著名的玉器产品集散地，国家玉器博物馆就建在这里，经营玉器的客商来自全国各地，其中也有来自西疆的维吾尔族客商。当韩军在夏广泰的陪同下来到维吾尔族客商经营的商铺时他猛然想到，这些维吾尔族兄弟平时喜食羊肉，那他们食用的羊肉是从哪里来的呢？他想找个人问问，但没见到一个熟人。于是他想到了达吾提书记。

达吾提是西疆亚尔番县葡萄村的党支部书记，也是韩军在部队时的军民共建对子，两个人更是好朋友。韩军马上拨通了达吾提的电话。

电话接通后，他们先是寒暄了一阵子，然后，韩军把这边的情况说了一遍。

达吾提在电话中幽默地问道：“我的好朋友韩大政委同志，请问您有什么需要我帮忙的吗？”

韩军也学着达吾提的腔调说：“我亲爱的达吾提书记，我想打听一下我们金佛寺这边有没有你的熟人？”

达吾提说："你是说在你们那个全国最大的金佛寺玉器市场吗？"

韩军说："是的，我聪明的达吾提书记！"

达吾提幽默地说："你知道我们维吾尔族人天生是生意人，哪里能挣到钱我们就会像候鸟一样往哪里飞，你们那里的金佛寺是全国最能挣到钱的地方，我熟悉的人肯定是要去的，他们要是不去，让聪明的阿凡提知道了，那不是要骂他们是天底下最愚蠢的傻瓜吗？"

韩军"哈哈哈"笑了一阵，也学着达吾提的口气说："那你就让那个聪明的阿凡提给我推荐一个他在这里熟悉的人吧！"

达吾提说："哎，朋友，不是让阿凡提给你推荐我的熟悉的人，是阿凡提的弟弟我达吾提给你推荐我熟悉的人！"

韩军又笑了，说："亲爱的达吾提朋友，你就别绕弯子了，快给我推荐一个你熟悉的人吧！我这里的羊和水果还等着拿去兑换人民币呢！"

达吾提又卖了一个关子："哎，韩政委我跟你说吧，你那里不仅有我最熟悉的人，而且还有你最熟悉的人。"

韩军问："我最熟悉的人，那是谁呀？"

达吾提说："你不知道吧，我现在就告诉你，就是你的侄子和侄媳妇啊！"

韩军一听蒙了，说："我的侄子还没上学呢，哪来的侄媳妇呀？"

达吾提在电话中笑了："我给你出的是个脑筋急转弯题，请你再好好地猜一猜吧！"他说到"好好地猜一猜"的时候，还故意把声音拉得很长，并且还拐了一个弯。

"脑筋急转弯？"韩军的脑子急速转了一下，恍然大悟地说，"你说的是不是阿不力米提和阿孜古丽呀？"

阿不力米提是达吾提的儿子，阿孜古丽是达吾提的儿媳妇。当年就是他们首先把韩军当成《凯旋在子夜》里的童川叫起来的。这两个孩子结婚的时候，韩军还参加了他们的婚礼呢。

听了韩军的回答，达吾提学着电视台主持人在主持知识竞赛时的语调说："回答正确，加 30 分！"

韩军问："这两个孩子是什么时候到这里来的？他们现在在干什么呀？"

达吾提说：“他们是今年年初到你们那里去的，干的工作就是专门给在你们那里做玉器生意的维吾尔族商家供应羊肉。”

韩军说：“那就太好啦！”又问，“那他们的羊肉是从哪里来的？”

达吾提说：“是从西疆这边运送过去的。”

韩军说：“这得浪费多少运力呀，为什么不从我们这里直接购买呢？”

达吾提说：“他们也想从当地购买，但没有熟悉的人，买来的羊肉他们也不放心，所以就一直是从西疆这边往你们那边运，光运费就多出了不少呢。”

韩军说：“那他们怎么不来找我呀？”

达吾提说：“走之前我就跟他们交代了，到了金佛寺那边以后就和你联系。他们是不是生意太忙，把这件事给忘了。”

韩军说：“我这里的事情很急，那就请你帮助给联系一下他们吧。”

达吾提说：“我的好朋友韩政委能够找我帮忙，这是给了我达吾提好大的面子啊，我现在就给他们打电话，命令他们立即为他们的叔叔韩政委服务！”

达吾提把阿不力米提的电话打通后，阿不力米提说，他和阿孜古丽到这里后把原来的手机弄丢了，韩军叔叔的手机号码也给丢了，现在换了新手机，他还正想跟家里要韩军叔叔的电话号码呢。

阿不力米提和韩军联系上后，带着阿孜古丽主动登门来到了韩军的家。韩军把林静喊出来，对阿不力米提和阿孜古丽说：“你们看她是谁？”两个孩子愣了一下，惊叫道：“江曼！江曼！她就是江曼！”

林静被他们两个叫愣了，她朝前后左右看了一圈说：“江曼？江曼在哪里？谁是江曼？”她看没人应答，随之“哦”了一声，说，“我说嘛，人家江曼是电影大明星，怎么会轻易到咱们这里来呢？”

她这样一说，大家都笑了。

韩军说：“他们是把你当成电视剧《凯旋在子夜》里的江曼了。当初我到他们村子里去商量搞军民共建的事，当时电视上正在热播《凯旋在子夜》，他们看我长得像电视里的童川，就追着我叫童川，所以后来他们一见到我就叫我童川，反而不叫我韩政委了。”

林静听后羞红着脸，不好意思地说："人家江曼是大明星，我这丑八怪怎么敢跟人家比呀！"

阿孜古丽说："你长得还丑啊！要是说你长得丑，那我们就赶快钻到葡萄地里去吧！"

说得林静和在场的人都笑了。

韩军带着阿不力米提和阿孜古丽来到养殖场。他们一看到满院的羊禁不住惊叫道："哇！你们这里还有这么大、这么规范的养殖场啊！"他们仔细地察看了羊只饲养的全过程，又抽查了几只育肥羊的膘情和健康状况，对韩军说："韩叔叔，这些羊完全符合我们的要求。"

经过充分协商，阿不力米提公司和养殖场签订了供货协议。协议规定，每天由养殖场为他们公司供应肥羊不少于10只，并且由他们亲自宰杀，村里只需要提供屠宰场地就行。

办完羊的事情，韩军带着他们观看了村里的林果园。看着满园的果树上挂满了各色各样的累累果实，一颗颗果子饱满鲜艳，温润欲滴，阿不力米提和阿孜古丽高兴坏了，阿不力米提问韩军："韩叔叔，这么好的果园子，你们为什么不在这里办个水果采摘节呀？要是能办个水果采摘节，既活跃了人们的文化生活，又销售了你们的水果，那该有多好啊！"一句话惊醒了梦中人。韩军想起了亚尔番每年举行的葡萄节，猛然醒悟道："对呀，我怎么就没有想到这一招！"

经过一番讨论，韩军和阿不力米提商定，近期利用这个果园举办一个水果采摘节。采摘节先办歌舞，然后组织游客进行水果采摘。歌舞由阿不力米提和阿孜古丽组织力量筹备，不收观看费，采摘水果由村里组织，按低于市场的价格收取费用。

事情定下来后，他们各自开始做起了准备工作。阿不力米提和阿孜古丽一回到镇上，就把歌舞队和乐器队组织了起来，并按一台节目的体量准备了演出的节目。村里这边，韩军专门组织召开了村支两委会议，对筹备工作进行了分工。整个采摘节的工作由韩军挂帅，具体由赵铁柱和田杏负责，另外由夏广泰负责维持治安，李石榴负责招待，李喜德负责生活保障，老支书负责相关部门的联络和接待。

采摘节正式举行那天，韩军安排人在果园的入口处专门搭了一个彩门，彩门上面挂满了五彩的气球。正对着彩门是一个舞台，舞台的背景墙上打着投影，投影的画面是果园的彩色照片，照片里各色水果琳琅满目，让人一看就垂涎欲滴。舞台的台口飘动着两条用气球牵引的条幅，条幅上写着一副对联：

生态立村景满田园展锦绣

绿色富民果盈大地迎嘉宾

舞台前面是一个偌大的戏场，戏场的四周都插着彩旗，彩旗在微风中随风飘荡，带给人们一种激荡澎湃的心情。

采摘节开幕式开始后，首先由韩军致辞，接着是维吾尔族的姑娘和小伙子们带给观众的维吾尔族歌舞。

演员们在欢快的维吾尔族音乐的伴奏下，表演了开场歌舞《甜甜的歌儿迎宾客》。

韩冲村的村民和前来参加采摘节的游客手舞足蹈，也学着舞台上演员们唱跳起来，就把采摘节的气氛推向了高潮。

接下来，演员们演唱了《达坂城的姑娘》《掀起你的盖头来》《玛依拉》《半个月亮爬上来》，还跳起了《赛乃姆》《多朗舞》《手鼓舞》《盘子舞》等经典舞蹈。这里的人们从来都没有见过这样的歌舞，他们都带着新奇的目光欣赏着。

韩军也被主持人邀请上台献歌。他先是唱了一首军歌《离开部队的那一天》，接着唱了一首流行歌曲《明天会更好》。

开幕式的压轴戏是《麦西来甫》。这是一种集演唱、歌舞和品行教育于一体的民间娱乐活动，男女老少均可参加。人们通过参加这种活动，抒发自己的情感，歌颂美好的生活，表达自己内心的喜悦。担任这个节目主角的是阿不力米提和阿孜古丽，主旋律是由著名音乐家王洛宾作词作曲的《亚克西》。节目开始后，由阿不力米提和阿孜古丽领唱，维吾尔族演唱队合唱，民族乐队伴奏，各民族群众一起翩翩起舞，在舞台上欢快地唱跳起来。

舞台上站不下，好多观众就在台下唱跳。台上台下的人们在欢快的音乐伴奏声中载歌载舞，一个个激情四射，都兴奋得像天真烂漫的孩子，尽情地唱着、跳着、欢呼着，把开幕式再一次推向了高潮。

按照原计划，开幕式过后就是采摘环节。后来阿不力米提和阿孜古丽又加了一个环节：游园。他们按照维吾尔族的风格，在果园道旁搭建了一个廊道，在廊道两边的空地里摆上了有烤羊肉串、烤包子等风味小吃的烧烤摊，还把维吾尔族的一些饰品也摆了一些摊位，这样就丰富了采摘节的内容。前来采摘的游客不仅可以采摘到自己喜食的美果，而且可以买到心仪的饰品，可谓一举两得。后来的结果证明，这个创意出乎意料地好。

当然，收益最好的还是果园。游客在果园里现采现摘，都是鲜果不说，价格比市面上低得多，不管是乘坐公共汽车来的，还是自己驾车来的，走的时候都是满载而归。

最尴尬的事情有两个。一个是厕所，事先没有料到会来那么多人，把每家每户的厕所都打开还不够用。另一个是吃饭，除了维吾尔族同志摆一些小摊之外，没有一个大一点的餐厅，无奈，韩军就让李石榴把服装加工厂的餐厅全部用来给游客做饭，也是杯水车薪。还有不少游客没有尽兴想住下来，但村里没有民宿，游客只好带着遗憾回去了。

事后，在村支两委会议上，韩军总结这次活动的经验教训时说：“这次活动给我们韩冲村扬了名气、聚了人气、招了财气，同时也给了我们很大的启发，就是我们也要搞文化旅游。”

会后，韩军让林静专门从省城的规划设计院请来了两位专家，按照乡村旅游的标准和要求，为他们村设计出了文化旅游规划图，经过听取各方面的意见后正式组织实施。根据这个图纸，韩军组织力量把一部分已经搬进新居的农户的老房子改造成了民宿，并在必要的地方修建了水冲式卫生厕所。他们还在“Y”字丫杈上的两条河道旁边修建了商业廊道用于摆摊设点，以满足游客的需要。

阿不力米提和阿孜古丽也从这次活动中受到了启发。他们看到，这里从初夏到深秋都有果子可摘，春季也有鲜花可供游客欣赏，于是就以公司的名义与田杏的公司签订了合作协议，把果园变成伴有民族歌舞的采摘园，并在采摘园的门口挂上了“韩冲村美果风情采摘园”的牌子。阿不力米提和阿孜古丽为此还专门成立了长期的维吾尔族歌舞队。

韩军这段时间虽然劳累，好在有林静的护理和监督，他的腰伤和腿伤没有出现大碍。

这几项大事办完后，韩军在林静的陪同下来到韩冲河边散步。此时的韩冲河两岸已被茂密的树林遮蔽，河岸的护坡也已全部用石头和水泥修筑，清澈的河水像一个天真活泼的姑娘，唱着清脆的歌流向远方。韩冲河的南岸是进村的主道路，道路两旁的树木郁郁葱葱，像美丽的少女亭亭玉立。塔柏仍然笔挺地插向天际，国槐已经展开了伞形的树冠，给来往的行人遮挡着紫外线的照射和风雨的侵袭。在人行道与河岸的连接处，已经全部铺上了青砖，每隔半里地修有一座凉亭，也叫风雨亭，亭子里有桌有凳，是专门为来往的行人和出来散步的人们准备的歇脚和休憩之处，当然也是情侣们谈情说爱的好地方。在主道路和公路连接的地方搭建了一个偌大的彩门，上面用镂空的大红字写着“韩冲村”三个字。彩门两边镶嵌着一副对联，上联是：同心同德奋力谱写春天的故事；下联是：众志成城倾情塑造美丽的乡村。韩军站在彩门下朝村里眺望，一条笔直的水泥路把希望和幸福送往家家户户乡亲们的心田。

“时间过得真快呀！”韩军禁不住脱口而出。

是啊！这条路从开始筹划到人车通行，经历了那么多的波折，同时也涌现出了那么多可歌可泣的动人故事，这些都仿佛发生在昨天！

韩军也知道，为了这些改变，自己吃了不少苦，受了不少累，同时也经受了不少委屈，但这些苦累和委屈与得到的收获相比又算得了什么呢？想想上级组织和领导的信任和关怀，想想班子成员的协力和相助，想想乡亲们的尊重和拥戴，想想家人的理解和支持，一切个人的恩怨和委屈都会被抛向九霄云外！

此时已是金秋时节，满眼的秋庄稼等待着收获，到处都是黄灿灿的，好像一幅金色的油画。韩军抬眼朝四周望了望，情不自禁地说道：“今年又是一个丰收年！”

林静说：“真没想到，遭了那么大的水灾，庄稼还能长得这么好！”

韩军说："这就是大自然的奇妙之处。"

他弯下腰，抓起一把泥土，放在手掌上端详了半天，深情地说："做人应该像这些土地一样坚韧和厚道，不管遇到多大暴风雨的侵袭，风雨过后仍然一如既往地为人类造福，其初心永远不变，其锐气永远不减，其精神永不懈怠，其目标永远在前！"

林静知道，韩军说的话，正是他的心灵和品格的真实写照，也是他的人生追求。

第三十二章 遗　憾

韩军的腰伤和腿伤基本痊愈以后，他带着林静回到了西疆的家。他们先是拜望了石梅的父母，接着来到石梅的墓前。韩军手捧百合花，拉着林静绕石梅的墓葬转了一圈，然后把百合花敬献在石梅的墓碑前，又退后几步，朝石梅的坟冢深深地鞠了三个躬。鞠完躬，韩军站在石梅的墓前，凝望着墓碑上刻着的石梅的遗照默默地说：

"……石梅，我的爱妻！今天我和林静专门看你来了。两年前的今天，你为了心中的事业，为了抢救战士的生命，走向了另一个世界。你走得是那样匆忙，甚至都没来得及和家人见上一面。

"回想我们在一起的日子，我深切地感受到，你既是一个有理想、有抱负、有作为的巾帼英雄，也是一个关心人、理解人、体贴人、帮助人，总之是一个温柔贤惠、知冷知热、可亲可敬的柔情女性。在单位，你是一个好员工；在家里，你是一个好媳妇；在女儿面前，你是一个好母亲、好榜样；在丈夫眼里，你是一个好伴侣、好妻子。在社会上，你是一个好公民；在下属面前，你是一个好领导；在病人面前，你是一个尊重病人、关怀病人、一心一意为病人着想的好医生。在你的心里，只有事业，只有战士，只有病人，只有家人，唯独没有你自己。你把自己的全部精力和宝贵生命献给了自己的事业，献给了战士，你把人间的大爱全部奉献给了别人，却一点也不顾惜自己。特别是为了我，你用柔弱的肩膀挑起了家庭生活的全部重担，默默地帮助我、支持我、成就我。是你给了我成就事业的梦想，是你给了我成就事业的力量，是你给了我成就事业的条件，是你给了我成就事业的辉煌。然而，就在你自己已经到了即将登上事业峰巅的时候，你却轰然地倒下了，倒在了巍巍的昆仑山上，倒在了人生的黄金时段，倒在了摘取事业皇冠的路上！这真是太可惜了！太令人惋惜了！太让人痛心了！你的逝去，使那些凡是知道你的人，凡是了解的人，凡是受到过你恩惠的人，都陷入了深深的悲痛之中……

“梅子，我的爱妻，让我再一次这样呼唤你。我将遵从你的遗嘱，牢记你的遗愿，继承你的遗志，把父母赡养好，把女儿抚育好，把小刚和梦梦的事情办好，把家乡建设好，用我的实际行动来弥补自己的人生缺憾，用新的成就来告慰你的在天英灵……

“安息吧！我的爱妻，我的梅子……”

韩军默默地站在那里，对石梅说着发自肺腑的心里话，说得声泪俱下，感动得林静也禁不住热泪潸潸。

林静也对着石梅的墓碑真诚地说：“石梅姐，我一定会像你生前一样，把韩军照顾好，把梦梦抚育好，把伯伯和伯母赡养好，你就放心吧。”

办完这些事情，韩军带着林静到首府最好的一家照相馆拍了结婚照，和石梅的父母吃了团圆饭，然后乘飞机回到韩冲，开始筹办两个人的婚礼。

按照韩庆厚的想法，韩军第一次结婚的时候是在部队上办的，办完后第二年才回来看了看，连顿像样的饭都没有吃，这次应当风风光光地大办一场。但韩军不同意，说：“我现在是村里的党政一把手，咱家要大办婚事，你说人家参不参加？参加了随不随份子钱？这些都是违反党的纪律的。”

商量到最后，大家都同意韩军的意见：选个日子，把石梅和林静的父母都接过来，让梦梦和小刚也请个假回来，三家人到县城找个酒店吃顿团圆饭，然后照一张全家福。

事情定下来后，韩军一边工作一边筹备婚礼的事。日子确定后，韩军和林静分别给石梅的父母和林静的父母发出了邀请，又给他们预订了机票和火车票，梦梦和小刚都请假回来了。这天，韩军和林静带着两个孩子来到村里村外转悠。韩军指着麦田的方向说：“下一步我们要搞一个麦田公园，把过去老式耕作的工具和场景如石磨、碾子、麦垛、打场等都展现出来，再搞个小麦博物馆，作为农耕文明的遗迹保留下来。”

梦梦和小刚说：“咱们村的地形和绿化情况很适合搞写生，我们毕业后就在咱们这里搞个写生基地，我们把名字都想好了，叫‘韩冲手绘小镇’。到时候我们也成立一个公司，把全国各地的美术爱好者都吸引到咱们这里来。”

韩军说：“你们的这个创意很好，到时候又要给咱们的父老乡亲们创收了。”

梦梦说：“要搞手绘小镇，现在村里的用电和民宿还不行，不够用。”

小刚说：“那还不好办？咱们也可以招商啊？”

林静说：“这些事你们都不用操心了，你爸早就把这些事情考虑到了，你们就等着挂‘韩冲手绘小镇’的牌子吧。”

“是吗？那我们也太有福气啦！”梦梦和小刚都高兴得跳了起来。

林静说：“等办完事以后，我也申请把我的工作关系转到县上来，我们就踏踏实实地在这里安下心来，搞咱们的生态村建设。”

韩军听了两个孩子和林静对未来的规划很欣慰，说：“看来我们的生态村建设后继有人了，将来就把我们韩冲村叫成生态旅游村吧。”

小刚直蹦高：“好！太好了！好，韩伯伯，我们现在先去做点功课。”他拉起梦梦的手，“Go！”两人并肩走远。

婚礼的前一天，一辆橘黄色的中型面包车开到韩军家门前停下了，司机跳下车打开车门，先是取出一张轮椅并伸开，接着把一名中年男人抱下来，放在了轮椅上，然后便开车走了。

坐在轮椅上的中年男人按下电动开关走到楼门前，伸手在门上轻轻地拍了几下，然后轻声喊道：“这是韩军书记的家吗？”

林静听到这个熟悉的声音，拉开婚房的门朝外看了一眼。这一看不打紧，顿时惊讶得她张大了嘴巴。

韩军跟了出来，看了看来人，问道：“这是谁呀？我怎么不认识。”

林静的脸色一下子红到了耳根，嗫嗫嚅嚅地说：“他……他就是小刚的爸爸……”话还没说完，眼眶里就溢满了泪花，表情复杂。

韩军说：“小刚的爸爸？那可是贵客呀！快让人家进来！”说着就要下楼。

林静一把拉住韩军，果决地说：“你不要动！”说完快步下楼走到门口，带着怒气，低声对赵北峰说：“你来干什么？”

赵北峰涎着脸苦笑了一下说：“听说你明天就要入洞房了，我提前过来看看你。怎么，老夫老妻的，还不允许我来送个祝福啊！”

林静生气地说：“我和你已经没有任何关系了，我也不需要你来祝福，快走，现在就走！”说完又补了一句，“你还有脸来见我，真不害臊！”

赵北峰收敛起笑脸，咬着牙说：“你说我们两个没有任何关系？笑话！我们两个没有关系孩子是从哪里来的？当初要不是你爸你妈给我说好话，我能和你结婚吗？”说完，还冷笑了一阵子。

林静气得把牙齿咬得咯嘣响，眼睛里噙满了泪花。

一个要撵，一个赖着不走，僵持在那里。

韩军看到这个场面，走出门对赵北峰热情地说：“我说大兄弟，你是客人，来了就进屋嘛，待在门口多不好呀！”说着，把轮椅上的赵北峰推进院子里。

韩军给赵北峰面前搬过来一个小茶桌，然后亲自倒了茶水放到赵北峰面前，和颜悦色地问道：“大兄弟，你的身体原来不是好好的吗，现在怎么成了这个样子？”

赵北峰仰起脸长叹了一口气，把自己这几年的遭遇一五一十地说了出来。

赵北峰和林静离婚以后，和黄莺办理了结婚手续，并且共同注册了一个外贸公司，做起了国际贸易和物流生意。没多久，孩子出生了，是个女孩。这时候，他们已经有了一定的积蓄，那个女人就缠着赵北峰给她们母女俩办了澳大利亚移民，说是将来好让女儿接受更好的教育，享受更好的生活，还把他们共同的积蓄拿到澳大利亚买了一套别墅。

可是没过多久，赵北峰去海关报关时，不小心让一辆特大型货车撞倒了，当时就昏迷了过去。醒来时已经躺在了医院里，下半身就这样瘫痪了。后来听说是海关的同志把他送到医院来的，还替他垫付了住院费。赵北峰给黄莺打电话要钱，她在电话中迟疑了一下，把钱送了过来，只是一般性地问了问赵北峰受伤的情况和简要经过，也没有表现出明显的悲伤和同情。过了几天，她就让律师送来了一份离婚协议书，并且协议书已经经过公证处公证。赵北峰当时不同意，打电话想跟她再求求情，但她就是不接，无奈之下就在离婚协议书上签了字。不久，黄莺就带着女儿远走高飞了，走之前把房子也给卖了，并让律师给赵北峰送来了一笔钱，出院时勉强够交住院费。

赵北峰说："出院后我无处可去，就去学校找儿子，一打听，才知道你们明天就要结婚了。你们知道，我现在已经是一无所有，就连生活也不能完全自理。如果让父母来养，我也于心不忍，因为他们把我从小养大，已经付出了很多，现在本来是我应该赡养他们的。况且他们年事已高，已经无力再养我这个没有生活能力的残疾人了。所以想来想去，我还是来找林静，我们虽然不是夫妻了，但兄妹的情分还在，这一点谁也不能否认。即使将来林静老了，还有小刚可以挑起这个担子。我知道，无论找到谁我都是个累赘。我也知道，你们很快就要结婚了，结了婚你们会有更加幸福的生活。但我也想活下去，因为我只有四十几岁，我还年轻。如果你们不收留我，那我就只有一条路：去死！我来的时候已经把自己死的地方都看好了，就在你们驴尿河上游那个有深潭的地方。我这样说也不是吓唬你们的。谁都知道，对生活绝望的人，什么样的事情都是做得出来的。"

赵北峰说完怔怔地看着韩军和林静，等候着他们的回答。看样子这些话在他的脑子里已经酝酿了很久，他也做好了各种准备。

林静指着赵北峰说："早知现在，何必当初！当初你干什么去了？要不是你不顾羞耻，能落到现在这个下场？你就是个自私的人，你来了，让我怎么办？"说着浑身发抖，眼泪也溢了出来。

赵北峰瞪着眼辩解说："这些事能都怪我吗？你一天到晚都是事业、事业，连星期天节假日都泡在教研室、农科院里，让我一个人在家里守空房，谁能知道我的感受？"

"你……"林静似乎被赵北峰戳到痛处，竟然不知说什么了。

赵北峰看林静没有一点回心转意的样子，就沉下脸来，也不再说话，打开轮椅上的电子开关，掉转头向门外走去。

韩军知道他来之前肯定是已经下了决心的，赶忙追出来，喊道："大兄弟，你这是往哪里走？回来，快回来！有话咱们慢慢商量嘛！"

韩军把赵北峰拦住，推着他的轮椅又回到院子里，一边走还一边劝着说："你来得太突然，大家都没有思想准备，你说了这么多，也该让大家都再想想嘛！来，先住下，有话咱们慢慢说，事情总会解决的！"

正在这时，为"韩冲手绘小镇"设计调研、采风的小刚和梦梦风风火火地一头扎进院子。

“爸爸!”小刚冲上前抱住赵北峰，眼泪止不住地流下来。

父子抱头痛哭。赵北峰一把鼻涕一把泪，哭得像个孩子。林静惊愕，她从来没看到他这么失态，就连跪求她离婚时也没这样。她没有泪，眼神里一片空洞，一副呆呆的样子。

赵北峰努力克制着，哆嗦着嘴唇：“儿子……我的好儿子。要不是放不下你，爸早就……”

“爸，别说了！这回……我说什么也不让你离开……”小刚搂着赵北峰的脖子，哭着说。

院子里的人愣在原地，面面相觑，不知所措。

韩军看着这对父子，不禁红了眼眶。

林静父母互相搀扶着，泪眼相对。毕竟在一起生活了这么多年，隔了一年多忽然变成了残疾人，二老心如刀绞，又恨铁不成钢。

韩庆厚老两口表情复杂地对视了一眼，韩大妈转过头去擦着眼睛。

梦梦看了看小刚，又看了看爸爸，泪如泉涌。

林静一动不动地站在那里，木然地看着眼前发生的一切，突然一阵眩晕，身子晃了晃就要倒下，被韩军一把扶住……

韩军想把自己的卧室腾出来让赵北峰住，弟弟韩兵看这样不方便，就把赵北峰安排到了自己的家里。

赵北峰的突然到来，把一家人的心绪都打乱了。婚礼当然是办不成了，现在的关键问题是：赵北峰怎么办？

按照林静父母的想法，先别谈离婚，也别谈结婚，三人都冷静一段时间，由他们把赵北峰带回去，赵北峰的生活由他们来照料。韩军说：“那样不行，二老年事已高，再过几年恐怕连自己的生活都照料不过来，再有个腿脚不便的残疾人，那怎么行?”

韩军看出了老两口的无奈，一边是以前曾经朝夕相处的养子，一边是亲生女儿的幸福。手心手背都是肉，两难选择啊！

老两口说：“那就把他送到福利院里去。”

韩军说：“进福利院的人都是一些鳏寡孤独的老人或孤儿，不管怎么说，赵北峰也算是有家的人，并且还有孩子，送进去你跟人家怎么说？他又会怎么想?”

两位老人想想，也是这么个道理。

对于赵北峰，不收留他，他会走上绝路，收留他又会带来各种矛盾，究竟怎么办？韩军陷入深深的矛盾之中。

梦梦和小刚也不知道该怎么办。梦梦曾经问过小刚：“你是喜欢你爸爸，还是喜欢我爸爸?”小刚说：“我很喜欢你爸爸，但我也不忍心眼睁睁地把我爸爸丢弃。”

“这可怎么办呀?”两个孩子都发出了无奈的呼喊声。

韩军一时也想不出来一个两全其美的办法，于是就采取了冷处理的办法，把这件事情暂时放下了。反正赵北峰眼下有饭吃，也有地方住，一时半会儿他也不会闹出什么事情来。

上级组织的一年一度的检查验收工作开始了，村里也到了五年大总结的时候。五年了，全村的人都付出了许多，韩军付出的更多，当然他们付出的辛劳和汗水没有白费。在检查验收和总结之前，村里的好几项综合性工作已经进入了县、地区和省的先进行列，有的单项工作还受到了全国的表彰。不用总结人们都能算得出来，韩军当年提出的包括“翻两番”目标在内的“一二三四五工程”已经变成了现实，全村丧失劳动能力的二十几户“五保户”的“翻两番”任务，也已经由村里的集体经济给兜了底。

检查验收和年终总结过后，赵北峰的生活出路问题又被提上了日程。

经过这段时间的沉淀，大家的思绪都平静了下来，韩军也不例外。他知道，现在能解决问题的只有林静，只要林静能够接纳赵北峰，问题就不成其为问题了。关键是，林静对赵北峰还有没有感情？林静愿不愿意再次接纳赵北峰？如果林静愿意接纳赵北峰，那他韩军怎么办？林静这几天沉默寡言，脸色白得像纸，她接受不了这个现实，又不能不面对。

在一个月朗星稀的晚上，韩军把林静约到韩冲河边的凉亭里，把自己的想法说了出来。

林静听完韩军的话，突然“哇”的一声哭了起来。韩军赶忙掏出手绢递到了林静的手里。林静接过手绢一边擦眼泪一边说：“你是不是看到他来了，想到他过去曾经是我的丈夫，你就不喜欢我了？”

韩军一听，笑了：“真是说傻话！看你都想到哪里去了？这是哪跟哪的事？”

林静抽噎着说：“那你是为什么？”

韩军说：“你想啊，要是没有赵北峰这个事情，或者即使有赵北峰但他的身体还是好好的，那我们的事情怎么都好办，可是他现在出现了，他的身体又是这么一种状况，我如果和你结合了，外人会怎么看？我也知道，你和他已经离婚了，我们两个如果结合，也不违背法律，可是还有道义呢？道义上能允许我们这样做吗？要知道，除了法律，人们往往是喜欢用道义这把尺子来衡量人世上的长和短的。”

韩军这么一说，林静沉默了。

韩军又说：“现在的问题是，你和赵北峰究竟还有没有感情，或者说过去的感情还能不能恢复起来？”

林静停顿了一下如实说道：“要说没有一点感情，那也不是心里话，两个人毕竟从小在一起长大，后来又结婚生子，婚后的生活也是幸福的。如果不是他出了那种事情，我们也不会是现在这个样子。”

韩军说：“他出现那样的事情，他自己应该负主要责任，因为他触碰了道德底线。可是你想到过自己吗？难道你自己就没有一点责任吗？”

林静的情绪也冷静了下来，诚实地说：“他出那样的事情，要是把责任全部推到他的身上，那也是冤枉了他。那个阶段我的工作特别忙，有个部级课题，我是科研带头人，又是项目的主要负责人，思想上压力很大，生怕搞不好无法向上级交代，所以几乎把家都忘了。他当时经常给我打电话要我回去，打得多了我就很烦，再来电话我干脆就不接了。后来他到我的公寓和办公室找过我几次，我因为急于赶课题，就把他给撵走了。再后来，他就和那个女的好上了……”

韩军说：“你为了赶课题把他给撵走了，可是你没想想，他那个时候三十几岁，正当生命的旺盛期，他的个人需求长期得不到满足，他会怎么想？这时候如果再有个异性投其所好，投怀送抱，他能不出问题吗？”

林静争辩说：“那只能说明他意志薄弱。”

韩军说："我承认这里边有个意志的问题，但除了意志就没有其他原因了？你们都是有学问的人，对人的生理和心理都有着深刻的认识和理解，我想，其中的道理是不言自明的。我还听说，他和你离婚时他并不是出于自愿，而是在那个女人的逼迫和要挟下才不得不那样做的。另外还有一点值得我们考虑，就是当初他出了那件事情以后，听说他很后悔、很自责，生怕你知道，就用各种办法来掩饰，结果越掩饰越说不清楚，最后就越滑越远了，直到不可收拾。"

林静听到这里也忍不住苦笑道："当时我问他情况，他吓得吞吞吐吐，语无伦次，编理由都编不圆。后来有几次遇到的明明是真事、好事，他也说成是假的、坏的了。"

林静想通了，这件事就好办了。林静决定把赵北峰带回省城。

之前，两家的老人已经分别返回西疆和省城。梦梦和小刚也早早就上学走了。

一天，林静约韩军到县城去一下。韩军说："家里又没有其他人，有什么话咱们就在家里说吧。"林静不依，韩军只好跟着他去了。

到县城后，林静引领着韩军来到了这个县城最豪华的新纪元酒店。来到酒店以后韩军才知道，林静早就打电话把房间订好了。

这是一个大套间，客厅里沙发、茶几、桌子、电视等一应俱全，卧室里是一张双人床，室内的摆设高档而温馨。

林静来时手里提着一个装满衣物和化妆品的时尚提袋，路上韩军要替她拿她不让，说提袋不沉。进到房间后，她把提袋放下，先是烧了一壶开水，给韩军和自己各倒了一杯，然后把卧室里的窗帘拉上，进到洗浴间开始洗浴。洗完后给身上喷上了香奈儿香水，又坐在梳妆台前精心地化了妆。做完这些，她从洗漱间走出来，从卧室的提袋里取出一套男士浴衣递到韩军面前说："你也进去洗个澡吧，走了这么远。"韩军不解，说："在家里几乎是天天洗，还用跑到这里花这个钱吗？"嘴上虽是这么说，但他看林静的眼神里有一种命令式的神色，也就进去了。

韩军洗完，听到林静在卧室里低低地喊了一声："进来吧。"

韩军迟疑了一下，往卧室走，刚一进门，就闻到一股温馨的高档香水的味道，整个房间都好像被这种温馨的香味笼罩着，给人一种沉湎迷醉的感觉。

这时，床头的夜灯突然亮了，灯光被橘黄色的锦绣灯罩遮挡着，整个房间都发出了温馨的梦幻般的光芒。林静穿着红色的睡衣平躺在用白色床单和白色被褥铺就的双人床上，前胸一起一伏，可以感受到她内心的澎湃和激荡。她美妙的身体散发着诱人的光芒。韩军呼吸急促起来，他的心脏也剧烈地跳动起来，好像要把他的心房撞破一样。韩军身不由已地踉跄着往前走了几步，忽然间又停了下来。他站在地上定了一会儿神，这才慢慢地清醒过来。他朝林静默默地看了一会儿，然后缓缓地转过了身。

没等他迈步，林静忽地一下从床上跳下来，搂住他的脖子期期艾艾地说："韩军哥，我虽然结过婚，但我这几年一直守着身子。明天我就要走了，就让我做一次你的新娘吧，也不枉我们相爱了一场。"林静说着，紧紧地贴着韩军的脸颊，竟然嘤嘤地啜泣起来。

韩军扶着林静坐到了床边，含着泪说："好妹妹，我何尝不知道你的心意，可我不能那样做啊！你知道，我们之间的感情是真挚的，我们之间的友谊是纯洁的。如果我们两个能够结合，那我们怎么做都行，但现在你已经属于另一个男人，我要是那样做就突破自己做人的底线了，以后我们还怎么见面？我怎么去面对你的丈夫和你的孩子？更何况还有梦梦和小刚这两个孩子，如果我那样做了，以后在孩子们面前我是会自责的，甚至会在自责中度过羞愧的一生，那种结局恐怕也不是你所希望看到的。"

林静依偎在韩军的怀抱里，对韩军充满了无限的爱恋。她抚摸着韩军的脸颊，喃喃地说："韩军哥，你说得对，我都听你的。"林静一边说，一边用头发在韩军的胸前来回摩挲着，心中有着数不尽的温情。韩军也珍爱地用右手在林静的头发和脸颊上深情地抚摸着，很久很久。

过了一阵，林静又说："我没有完成石梅姐交给我的任务，你的身边没有个女人，你的身体不好，你一定要照顾好自己。往后如果有合适的，你就再找一个，那样我也就心安了。"说完叹了口气，又补了一句，"要是早知道这样，去年还不如把黎萍留到你身边，那也是一个很优秀、很知道体贴人的姑娘，她的心里一直是有你的。”

韩军说：“黎萍和你我不一样，她还年轻，需要有更好的生活，我不能太自私了，那样会耽误了人家的前程。况且小郑那个小伙子也不错，两个人也很般配，从他们婚后这一年多的生活来看，他们都很珍惜自己的生活和事业，他们以后会过得很好的。”

林静说：“遇事你都是替别人考虑在先，什么时候你也顾惜一下你自己呀……”

两个人就这样掏心掏肺地说着贴心的话，不知不觉到了中午。两个人退了房，来到一家小吃店，每人各要了一碗芝麻叶面条、一个火烧馍。因为明天林静就要回去了，韩军不顾林静的阻挠，又执意点了一只侯记烧鸡，也算是为林静送行了。本来韩军是要带林静去县城最高档的“涅阳饭店”为林静送行的，但林静坚持不肯。

第二天，林静就怀着万般的不舍和留恋，带上赵北峰回省城去了。韩军坐着于亚军的专车，把林静和赵北峰一直送到了宛都机场。

韩军自从赵北峰来了以后，在林静面前一直控制着自己的感情，生怕给林静带来悲伤，但在林静走了之后，他的情绪却低落到了极点，失恋的痛苦像蛇一样在他的心灵深处缠绕。他整夜整夜地睡不着觉，白天也打不起精神，要不是工作摆在那里，他可能还要躲着不想见人呢！

村里的角角落落都留下了林静的足迹，特别是那些晕染着生态农业理念的建筑、植被和沟沟坡坡，更是浸透着林静的心血和汗水。每当韩军在村里村外漫步，他的心绪一下子就会飞到林静身边。

林静和韩军分手的消息是燕子在一个晚饭后通过电话告诉给黎萍的。黎萍在听到这个消息的时候一下子蒙了，自言自语地说了一句“怎么会是这样的一种结局呀”。她的话音还没落下，突然像疯了一样从座位上忽地一下站起身，抡起双拳就往郑远方的身上擂，一边擂还一边歇斯底里地喊叫：“都怪你！都怪你！”

郑远方被黎萍这一突如其来的举动给弄懵了，疑惑地说：“平时家里的大事小事都是你做主，什么事今天又赖到我头上来了？真是神经病！”

黎萍没有正面回答，而是自言自语地说："这可能就是人们所说的命吧！"

郑远方更加不解了，问道："什么命不命的，你说的是谁呀？"

黎萍说："说了你也不懂。算了，过去了，不说了。"

郑远方说："大白天说梦话，真是莫名其妙！"

黎萍没有接郑远方的话茬。她坐在那里愣了一会儿神，流了一阵子眼泪，又埋头写她的论文去了。

五年的任期到了，上级通知韩军将另有任用。韩军根据上级的指示和有关规定主持对村支两委进行了改选，赵铁柱和田杏分别担任村党支部书记和村委会主任。紧接着因为村里办的企业规模越来越大，为了对各个企业加强领导，村里专门成立了集团公司，集团公司和几个大的合资企业也分别设立了党的支部，村党支部升格成了党总支，成员也从原来的 7 人变成了 9 人。李威、夏贝贝、燕子、王卫东都进了总支的支委。王卫东此时已接任养殖场场长，有的同志问："两口子能一起进班子吗？"韩军回答说："他们几个代表的是不同的方向，而且他们的素质在全村都是拔尖的，只要任用他们对村里的发展有好处，为什么不能进班子呢？"镇上的乡镇企业办公室主任位置空缺，韩军向镇党委和镇政府推荐了夏广泰。这个主任的位置是事业编制，这项工作又是夏广泰的长项，镇上很快就批准了。夏广泰对这一安排当然满意，一再对韩军表示感谢。老支书已经过了退休的年龄，刚好这时候上级人事部门下发了一个文件，规定凡是在农村特别是党支部书记和村委会主任任上干满 30 年的老干部、老党员，经组织考察合格后，可以按副科级干部安排退休。老支书从 15 岁起就是工作积极分子，18 岁入党，20 岁担任党支部书记，早就超过了 30 年，韩军力推老支书享受了副科级待遇退休。李喜德和李石榴不仅作为骨干留在党总支的班子里，而且还分别担任了集团公司的领导职务，也算是各得其所。

在待岗期间，韩军被组织上安排到中央党校进修了半年。也就是在这次学习期间体检时，查出了他的肺上有毛病。医生反复说，他的病完全是积劳成疾得的，叮嘱他一定要注意休息，不能劳累。

韩军的任职命令下来了，上级让他担任宛都地委副书记兼宛平县委的书记。

此时的乔丰年已经升任地委书记。在研究韩军的任职问题时，组织部提出的方案是让韩军任宛平县委书记。乔丰年说："人家在部队的正团职岗位上已经干了5年，并且还是全军表彰的先进，回到家乡又干了5年，把一个全县垫底的村带成了全省的标杆，有许多项工作还受到了全国的表彰，凭人家的能力和水平，就是让他当个地委的正职也是绰绰有余的。现在讲究按台阶上，至少也得给人家个副地级吧。"大家对韩军的水平和政绩是有目共睹的，因而都投了赞成票。

韩军的任职命令下来的时候正值暑期，韩冲村也进入了旅游旺季。放眼望去，此时的韩冲村绿树成荫，道路通达，河渠纵横，梯田优美，整个韩冲村就像一幅水墨晕染的风景画。游客徜徉在林荫大道和村舍之间，赏景观果，怡情自乐，给这个昔日的穷村增添了幸福和欢乐。梦梦和小刚一放假就相约回到了韩冲村，他们自己提出要在这里实习，并且还要开始筹备手绘小镇的事。石梅的父母、林静的父母以及林静和赵北峰也都来了，赵北峰的右腿已经安上假肢，行动自如。村里不仅家家户户都盖起了小洋楼，而且还盖起了别墅式的老年公寓，韩军把自己分配的房子让给了石梅的父母，满足了他们在农村养老的夙愿。由于林静一直是村里的科技特派员，村党总支根据林静的贡献，报经镇上和县里批准，特意给她安排了一套面积较大的公寓房。林静说，这里就是他们一家的养老基地了。黎萍在韩冲村搞了个波尔山羊繁育基地，这是她所在的西农大实验农场和她的爸爸黎大发共同投资兴建的，她和郑远方都是这个繁育基地的负责人，签的合同是20年，他们也成了韩冲村的名誉村民，当然也获得了一套公寓。石梅的父母和林静一家这次就是来看他们房子的，当然也是为韩军上任送行。黎萍和郑远方常驻这里，他们已经住进了公寓里，当那几家到来的时候，他们主动承担起了接待的任务。

这天阳光明媚，一大早，韩军就在黎萍和郑远方的陪同下，带着石梅的父母和林静一家到公寓区看了房子。石钟对这里的环境特别满意，他看着满眼的绿色对老伴儿高洁说：“‘结庐在人境，而无车马喧’。这真是个养老的好地方啊。我们这里虽然没有‘南山’和‘菊花’，但我们这里有‘马山’和‘美果园’，每天推窗见绿色、开门闻花香、移步有景看，要是陶老夫子在世，他也会选在这个地方安度晚年的。”一番话说得大家都哈哈大笑起来。

的确，韩冲村这个“生态村”现在已经是名副其实了。要说贡献，林静是首当其冲。生态村不仅是她首倡的，也是她给宣传出去的。这个按照生态村标准建设的新韩冲村，为林静提供了破解生态村建设难题的鲜活标本。去年，她把自己到韩冲村担任农业科技特派员以来的工作进行了认真的梳理和归纳，写成了一篇论文，题目是《试论生态农业建设在我国农村发展的美好前景——以中原省宛平县韩冲村为例》。文中详细地回顾了韩冲村在生态村建设方面所走过的道路，总结了韩冲村在生态农业方面所做出的贡献及其经验，展望了今后一个时期韩冲村建设生态农业的光辉前景，并对全国农村的生态化建设和发展提出了许多前瞻性、政策性和可操作性很强的对策和建议。这篇论文在半年前召开的一次全国性的生态农业研究成果交流会议上宣读后，受到了与会领导和专家学者的一致好评，被会议评为学术交流一等奖，后来又被国家授予科技进步二等奖。韩冲村就这样在更大的范围内有了知名度，来这里观摩学习的人和旅游的游客每天都络绎不绝，这给韩冲村的加速发展也创造了新的条件和契机。

看完房子，梦梦和小刚提出，难得大家聚得这么齐，还是照一张合影吧。大家都赞同。他们两个都是中央美院的高才生，照片出来了，大家都说照得好。燕子拿着照片看了一阵子突然叫道：“这真是一张全家福啊！”

照完相，韩军带着大家往坡下走，韩军一边走，一边给大家描绘着韩冲村未来的发展。他还不无遗憾地说：“我在位的时候有好多事情没有做好，还有好多设想没有来得及实现，给后来人加重了担子啊！”林静说：“你就给人家留点发展的空间吧，要不然，怎么让人家建功立业呀？”说得大家都笑了。

正当大家都兴致勃勃地谈论着韩冲村的未来发展图景时，韩军的身体突然间摇晃了几下，“哇”的一声吐出了一口鲜血，然后缓缓地倒在了地上。

大家一阵惊呼，赶忙把他扶起来，只见他脸色苍白，眼睑微垂，呼吸急促，嘴角的血沫不停地往外冒。

梦梦和小刚吓得面无血色，赶忙给县医院打电话要救护车，两人架起韩军就往村医务室奔去。

一个小时后，一辆白色的救护车鸣着喇叭载着韩军向县城方向飞驰而去。

在村边的公路上，站着韩庆厚一家、石梅的父母、林静一家、黎萍和郑远方，以及老支书、夏广泰、李喜德、李石榴和赵铁柱、李威、夏贝贝、田杏、富贵、枣木芯等人；于亚军和柴广钦闻讯后也赶了过来。他们目送着远去的救护车，都在心里默默地为韩军祈祷……